ro
ro
ro

▶ ‖ ◀◀ ▶▶ ■

Nils Mohl

Stadtrandritter

Roman

Rowohlt
Taschenbuch Verlag

Die Arbeit an diesem Roman wurde ermöglicht durch:

- das Kranichsteiner Jugendliteratur-Stipendium des Deutschen Literaturfonds
- Industry Style (Max Reinhold), New York
- die kreative Beweglichkeit der smz GmbH, Hamburg
- nicht zuletzt die unfassbare Geduld und Liebe von A.

N. M. entschuldigt sich für die gestohlene Zeit bei Finn, Minnie und Nike.

Originalausgabe
Veröffentlicht im Rowohlt Taschenbuch Verlag,
Reinbek bei Hamburg, Oktober 2013

Lektorat Christiane Steen
Umschlaggestaltung any.way, Cordula Schmidt,
nach einem Entwurf von Raphael Schils
(Illustration: Raphael Schils)
Satz aus der Apollo PostScript, PageOne, bei
Dörlemann Satz GmbH, Lemförde
Druck und Bindung CPI books GmbH, Leck
Printed in Germany
ISBN 978 3 499 21614 5

Für meine Eltern, Elke und Holger Mohl

Dieser Roman spielt hauptsächlich an einem Ort, der sehr an den Hamburger Stadtteil Jenfeld erinnert. Es gibt dort eine Kirchengemeinde «Der Gute Hirte», ein klimatisiertes Einkaufszentrum, einen Getränkebasar, Plattenbauhochhäuser, einen Bauspielplatz – und im nahen Öjendorfer Park findet tatsächlich von Zeit zu Zeit das Mittelalterspektakel «Spectaculum» statt; die fiktiven Schauplätze sollten mit den realen trotzdem nicht verwechselt werden. Viel mehr noch gilt dies für die Ereignisse und handelnden Personen. Der Pastor der Geschichte ist definitiv nicht nach dem Vorbild eines Menschen in diesem Amt gestaltet. Leben und Ansichten aller Figuren sind freie Erfindungen, eventuelle Ähnlichkeiten mit der Wirklichkeit zuweilen nicht einmal gewollt. In Jenfeld hat in diesem Jahrhundert nie eine Kirche gebrannt. Alles Literatur.

– Woran glaubst du?

– …?!

– Vorschläge?

Trailer #1

[0:57 Uhr, K16, ganz oben]

Wie in einem Traum, wenn man noch nicht wach ist und doch weiß, man träumt; man befindet sich hier und trotzdem auch woanders, kommt nie ganz nach drüben, weder auf die eine, noch auf die andere Seite. Kennst du das?

Kennst du das, wenn die Wirklichkeit durchscheinend wird?

Du fehlst.

Ich höre deine Stimme. Wie sie meinen Namen sagt. Fest und warm. *Merle, Merle von Aue*. Und was war, spult da oben bei mir ab.

Aus der Finsternis schälen sich zerklüftete Wolkengebilde. Hoch aufgetürmte Massive, hinter denen weit entfernte Sterne als matte Lichtpunkte den Nachthimmel sprenkeln. Spärliche Verkehrsgeräusche wehen heran. Wind pfeift um Betonecken, Oktoberwind. Flüstert mit der Balkonbrüstung, an der du und ich lehnen.

– Wie möchtest du sterben, Merle von Aue?

– Wie möchtest *du* sterben, Silvester Lanzen? Zahnlos und schrumpelig?

– Lang und qualvoll.

Stockwerk um Stockwerk um Stockwerk geht es zu unseren Füßen in die Tiefe. Mir dämmert, woran du denkst. An *wen*. Du hast es selbst erlebt, dass ein Mensch vor der Zeit geht, ganz plötzlich, ein geliebter Mensch. Ich sage:

– Ich bin 17, ich würde gerne uralt werden.

– Diese Vorstellung, sagst du, mittendrin: *zack!*, Sicherung raus und weg. Der *Tilt*. Ich will wissen, wenn es so weit ist.

Ganz unten im schummrigen Außenlicht des Hauseingangs kratzt Laub vor den Treppenstufen über Stein, tanzt im Kreis herum; ein Ringelreihen, gelenkt von unsichtbarer Hand.

– Ich will überhaupt nicht sterben, sage ich.

– Wer weiß, sagst du, vielleicht geht danach ja alles noch mal von vorne los.

– Du meinst, das volle Programm, von A bis Z?

– Na ja, gibt Schlimmeres, oder?

– Okay, ich nehme die ersten 17 Jahre ohne die letzten zwei Wochen. Frag mich lieber was anderes.

– Egal was?

Ein betont gelangweiltes Achselzucken von mir.

– Egal. Frag!

– Sicher?

Unter meiner Mütze lugt eine Haarsträhne hervor. Ich zwirbele sie mir um den Finger. Verscheuche die Gedanken an die Zeit seit deinem Geburtstag und das irre Hickhack zwischen dir und mir. Ich sage:

– Feuer frei!

Du legst den Kopf schief.

– Wann hattest du das letzte Mal Sex?

Ich schaue dir in die Augen, wickele die Haarsträhne noch ein bisschen fester, schenke dir ein Grübchenlächeln, extrasüß, stumm wie ein Püppchen.

– …

– Okay, hattest du überhaupt schon mal Sex, Merle von Aue?

Das gefällt dir gut: Kopfschieflegen und meinen Namen an deine Worte anhängen. Aber mir gefällt das auch. Ich sage:

– Kratzen wir unsere Initialen eben noch in die Brüstung, Silvester Lanzen? Ich muss langsam los.

Du lachst in dich hinein, auf diese typische Art, leise,

stillvergnügt, während ich den Fahrradschlüssel hervorkrame.

– Ich wusste es, sagst du, ich wusste, du kneifst!

– Aha. Und wieso?

– Vielleicht haben wir das wirklich schon erlebt. Ich meine, hast du mal darüber nachgedacht? Wiedergeburt. Ewige Wiederkehr. Seelenwanderung. All dieses Zeug. Beschäftigt dich das?

– Ob ich als Krabbeltierchen zurückkehren will nach dem Tod?

Ich schüttle den Kopf, ritze probehalber mit der Schlüsselspitze den Stein, stupse dich an. *Wird wirklich Zeit für den Rückweg,* soll das heißen, *mach schon mit*. Du rührst dich aber nicht. Dein Gesicht! Es ist jetzt wieder ganz ernst.

– Woran glaubst du?

Ich (halb spitz, halb unschuldig):

– Das solltest du deine Freundin mal fragen, interessiert die bestimmt.

Die Sterne zwischen den Wolken, das kreiselnde Laub am Boden. Über uns und unter uns Abgrund.

– Eben nicht, sagst du, also?

– Also? Die Antwort … kennst du die nicht auch wieder im Voraus?

Du stößt dich von der Brüstung ab, gehst rüber zur dunklen Rückwand des Balkons, verharrst dort kurz. Drei Schritte entfernt von mir. Deine Erscheinung, dünn wie ein Papierhemd; dieser gefütterte Riesenparka, in dem du steckst!

– Komm, sagst du, trau dich.

– Ich verstehe nur Ritterburg, Silvester Lanzen.

Du gehst in die Hocke, lässt dich gegen die Wand fallen, rutschst daran hinab, bis du sitzt. Mir fällt auf, dass der

Wind, der die ganze Zeit im Ohr gerauscht hat, für einen Moment aussetzt.

Keine Kälte auf der Haut mehr. Kein Geräusch. Nichts.

– Zugbrücke runter, Merle von Aue, woran glaubst du?

– Ich glaube, du willst mich rumkriegen.

Trailer #2

[Nachgestellt: das Ende.]

Sirenengeheul, das durch die Nacht heranwehte, Böen verwirbelten die Rauchsäule über der eingerüsteten Kirche, heftige Böen; brennende Bauplanen schlackerten um Rohrstangen vor der fensterlosen Fassade, die Planken loderten. Das Feuer schlug, angefacht von den Windstößen, aus den Schächten am Boden empor bis zur Dachkante, rankte rauschend hinauf ins Dunkle, erblühte in elektrischem Orange. Die Gesichter der Menschen, der vielen, ausschließlich jungen Menschen auf dem Parkplatz an der Straße: verzerrt vom Widerschein der zappelnden und wild züngelnden Flammen, erhitzt von der Flucht aus den Kellerräumen, wo bis eben Bässe puckernd und meißelnd den Boden zum Vibrieren gebracht hatten, Musik durch die Gänge gesprüht, vor Minuten noch gefeiert, getanzt worden war. Der scharfe, süßliche Geruch in jeder Faser der Kleider jetzt. Ganz nah die Sirenen inzwischen, das Heulen; ein in die Adern fahrender Lärm. Vorn in der Menge, auf den silbernen Rüstungen der zwei Ritter vom Mittelalterspektakel, spiegelte sich eine Funkengarbe, wie Goldregen, und dann: Blaulicht. Feuerwehrleute sprangen von Löschzügen, rollten Schläuche aus, fluoreszierende Streifen an derber Schutzkleidung, Sicherheitsstiefel mit groben Profilsohlen. Klare Befehle an alle Umstehenden. Zurücktreten! Platz machen! *Dazu Knisterstimmen aus Funkgeräten.* Vermisste? *Ein Trupp mit Atemschutzgeräten stampfte auf den Hintereingang zu, durch das Gewicht der Montur (samt gelber Sauerstoffflasche auf dem Rücken) in den Bewegungen eingeschränkt wie Harnischfechter. Maskenbrillen schirmten die Augenpartien ab. Beile, Karabinerhaken und anderes Zubehör baumelten an breiten Hüftgurten. Die Helme be-*

stückt mit Klemmleuchten, in deren Lichtstrahl sich faseriger Qualm wie Trockennebel wand. Jemand auf der Wiese beim Pastorat schrie außer sich, irrte schreiend umher, leer der Blick, andere kamen hinzu, versuchten zu beruhigen, nahmen einander an der Hand oder in den Arm, zitternd, schluchzend, davongekommen, auf den Lippen nichts als hilfloses Stammeln und ein asche- und rußdurchsetzter Geschmack. Salz.

– Da unten! Ich glaube, da unten sind noch welche drin!

Trailer #3

[1:49 Uhr, die fremde Wohnung, im Halbdunkel]

Wie beim Erinnern, wenn man sich in der Vergangenheit verliert und doch weiß, was kommt; man fällt aus der Gegenwart, ohne jemals ganz fort zu sein.

Du kennst das.

Kennt das nicht jeder? Die Zeit gerät scheinbar aus dem Takt, man geistert in ihr hin und her, rückwärts, vorwärts; ganz selbstvergessen, bis man sich mit einem Mal besinnt, und was war lebendig vor einem steht.

Du bist da.

Jemand berührt mit den Fingern dein Gesicht, Silvester Lanzen. Streicht dir über die Wange, wie um zu trösten.

Das bin ich. Merle.

Wir sind allein in dieser fremden Wohnung. Das Surren des Filmprojektors erfüllt den Raum. An der Wand gegenüber eine großformatige Kachel aus Licht. Schatten von Fusseln und Flusen wippen an den Rändern auf und ab. Im monotonen Rhythmus flappt das Ende eines Filmstreifens aus einer leer laufenden Spule.

– Warum haut einen das so um, Merle von Aue, das war alles abgehakt, wieso macht einen das so fertig?

Deinen Kopf hast du in meinen Schoß gebettet, liegst auf der Seite, die Beine angewinkelt, deine Füße berühren die Sofalehne.

– Ssscht, mache ich.

Etwas Feuchtes, das an meinem Handballen kitzelt. Ich verwische die Träne auf deiner Haut. Für mich waren es nichts weiter als verwackelte Aufnahmen von Fremden, dich hat es kalt erwischt; du hast die alten Filme vorher nicht gekannt, teilst jetzt ein Geheimnis mit mir. Ich überlege, mich über dich zu beugen, dir einen Kuss auf die Stirn zu geben.

– Gefallen dir Heulsusen eigentlich, Merle von Aue, echte Waschlappentypen, die Gefühle zeigen können?

Du hast dich zu mir gedreht, schaust mich an.

– Gib's zu, sage ich, das ist doch alles bloß Masche.

Sage es leise. Zeichne deine Kinnlinie nach, ziehe dann die Hand zurück, berühre dabei das Tuch, das du um den Hals trägst.

Noch immer flappt der Filmstreifen gegen den Apparat.

– Alles Schauspielerei, sagst du, genau.

– Na klar, sage ich, in Wahrheit hast du mich natürlich nur hergelotst, um …

– … um dich rumzukriegen, ergänzt du.

– 18, ein paar Krümel und so durchtrieben, Silvester Lanzen, puh!

– Und, Merle von Aue? Funktioniert die Masche denn?

Die Schatten der Fusseln und Flusen wippen weiter auf und ab.

– Das könntest du mal abstellen, sage ich.

Du setzt dich auf, durchatmend, reibst dir zwei Mal kräftig übers Gesicht. Lehnst dich dann vor zum Wohnzimmertisch, streckst den Arm nach deinem Trödelmarktfund aus.

– Vielleicht geht es ja gar nicht um Sex, sagst du.

Klickst den Hauptschalter an der Seite des Projektors auf Aus.

– Ach!

– Zumindest nicht jetzt und hier.

Kein Surren mehr, kein Flappen. Die Kachel aus Licht ist von der Zimmerwand verschwunden. Du lässt dich zurück zu mir in die Polster sinken.

Diese Stille und Dunkelheit. Die Wärme, die dein Körper ausstrahlt.

– Ich darf nicht einschlafen, ich muss nach Hause, sage ich.

Mehr zu mir selbst. Rutsche im Sofa ein Stück nach oben, beiße fest auf meine Backenzähne, um ein Gähnen zu unterdrücken.

Deine Schulter tickt gegen meine Schulter.

– Du schuldest mir noch eine Antwort.

– Wegen deiner Masche? Ich muss dich enttäuschen, leider nein, funktioniert heute nicht. Netter Versuch trotzdem.

– Danke.

– Fast zu dramatisch für einen Flirt.

– Hm, das ist ja auch mehr, sagst du, ich bete dich an.

– Haha!

– Jetzt ist es raus, Freundschaft reicht mir auf Dauer nicht, Merle von Aue!

Ein Schweigen hält die Sache einen ganzen Moment in der Schwebe.

Dann sage ich:

– Ich glaube nicht, dass das so leicht geht.

– Womit wir wieder bei der Frage wären, sagst du, woran genau glaubst du überhaupt? Und ich meine nicht die Sache mit Gott und so weiter.

– An Vertrauen? Freundschaft? An Treue. Und ich möchte dich jetzt nicht allein lassen, aber …

– Aber?

Du machst dir am Knoten deines Halstuchs zu schaffen, öffnest ihn.

– Es geht nicht gut aus, wenn ich noch bleibe, sage ich.

Beobachte, was deine Hände tun, sehe sie näher kommen. Spüre jetzt den weichen Stoff, der den Geruch deiner Haut verströmt, auf meiner Haut, während du das Tuch in meinem Nacken bindest; dieses Dreieckstuch, das vorhin auch im Film zu sehen war, an jemand anderem.

– Was geht schon gut aus, Merle von Aue?

– Nichts?

– Nichts. Aber bis dahin glaubt man trotzdem an das Gegenteil, oder? Was immer das heißt.

Ich finde es schön, wie du deine Stirn in Falten legen kannst dabei. Und zugleich stört es mich ein bisschen. Du weißt, wie das geht: mich angucken, als könntest du in mir lesen.

– An das Gute, sage ich.

– Das ist das völlig Irre an uns, ja, sagst du, wahrscheinlich schon, für das Gute opfern wir uns gerne auf, um weniger allein zu sein.

– Daran glaubst du?

Deine Hand streicht inzwischen eine Strähne hinter mein Ohr, während dein und mein Blick sich treffen und nicht voneinander lassen.

– Wie du guckst, Merle von Aue. Visier hoch, daran glaubst du doch auch!

– Ein Ausflug in deinen Kopf, das wäre,
glaube ich, ein Abenteuer!

ÂVENTIURE I

Silvester

Der Schlüssel

Anfang Oktober

▸▸

|Samstag, drei Wochen
vor Ausbruch des Feuers

Silvester liegt auf dem Sofa, noch in den Klamotten vom Vorabend (abgesehen von Schuhen, Dreieckstuch und Parka), Augen geschlossen. Blind lauscht er durch die Wohnungstür das Treppenhaus hinunter, hört Schritte drei Stockwerke tiefer und wie die schwere Haustür im Erdgeschoss hinter jemandem zuschnappt.

– Merle …

Die zwei Silben: ein kaum vernehmliches Flüstern.

Silvester tastet (dabei ein Lächeln im Gesicht und ohne die Lider auch nur einen Spaltbreit zu öffnen) mit den Fingerspitzen über den Kissenbezug neben sich. Die Rezeptoren der Unterhaut melden ans Hirn: eine Mulde, noch warm, verlassen. Draußen rasselt ein Fahrrad über das unebene Pflaster davon.

Silvester begreift: Sie ist weg.

Er blinzelt kurz in die Welt hinaus, ins Dunkle um ihn herum. Nur ein wenig schummriges Licht von den Straßenlaternen sickert am heruntergelassenen Rollo vorbei ins Zimmer. Silvester stellt sich die Wirklichkeit dahinter vor: die beiden Hochhausblocks über Eck, die sich zu einem burgartigen Karree schachteln.

Graue Waschbetonplatten, gleichförmige Fassaden.

Fenster neben Balkonen neben wieder Fenstern, Balkonen und noch mehr Fenstern. Der Innenhof: eine schmutzig grüne Rasenfläche voller Maulwurfshügel. Mittendrin ein paar Bäume in letztem Laub, zwei steinerne Tischtennisplatten, ein Spielplatz: Schaukel Rutsche Klettergerüst.

Alles noch menschenleer um diese Zeit. Alles friedlich, beinah still. Nur von der nicht weit entfernten Autobahn summt es dumpf und eintönig. Ab und zu fährt auch ein Wagen auf der nahen Ausfallstraße vorbei.

Silvester nimmt die Geräusche kaum wahr, hat Merles Stimme im Ohr, ihr helles Lachen, bei dem die Grübchen so rund werden wie die feinen Ausbohrungen in einem Mensch-ärgere-dich-nicht-Würfel.

– Du lebst seit deiner Geburt hier, und du hast das noch nie gemacht, fragt Merle, wirklich noch nie?

Auf dem Weg zum höchstgelegenen Etagenbalkon von K16 (diesem Koloss, der alle Gebäude der Siedlung um Längen überragt) ist das gewesen. Erst ein paar Stunden her. Drei, vier vielleicht? Fünf höchstens.

Die verkratzten und vom vielen Anfassen ganz stumpfen Handläufe.

Das fahle Licht.

Die abgewetzten Stufen.

Der Widerhall der Schritte von den beschmierten Wänden.

– In diesen Treppenhäusern riecht es immer nach Suppe, sagt Silvester, ist dir das schon mal aufgefallen? Außerdem habe ich latent Höhenangst, ich war bislang nie sonderlich scharf auf so eine Klettertour …

Mehr als 320 Stufen, hat Silvester getippt. Merle: über 360. Sie gewinnt. Artig gratuliert Silvester. Nach beinah 400 Stufen treten sie, beide außer Atem, an die Brüstung. Der Blick geht weit über die nächtliche Siedlung.

– Wow, sagt Merle, gib's zu, das hat was.

– Zugegeben, sagt Silvester, die Häuser steigen aus der Landschaft wie anderswo Kirchtürme, und der Kirchturm sieht aus wie anderswo Hochhäuser, ein Klotz aus Beton. Welch ein Zuhause!

Silvester wohnt mit seiner Mutter im Südturm des Einkaufszentrums, keine fünf Minuten zu Fuß entfernt von der Wohnung, in der er jetzt die Nase in das Kissen presst, auf dem Merles Kopf gelegen hat. Er riecht den Horngeruch und die Spur eines Shampoos. Wildblüten?

Merle dürfte genau in diesem Moment unter der sanft geschwungenen Brücke durchfahren, die sich über die breite Straße beim Einkaufszentrum spannt. Wie ein absurd überdimensionierter Torbogen wirkt sie von weitem. Und tatsächlich markiert diese Fußgängerbrücke die unsichtbare Grenze, die den Stadtteil in zwei Hälften teilt.

Hier: die neuere Hälfte, sozialer Wohnungsbau, die Hochhäuser, K16, eine ausgediente, ungenutzte Kaserne, der Park. Dort: die ältere Hälfte, Doppelhäuser, Einzelhäuser, die meist wie die Doppel- und Einzelhäuser links und rechts von ihnen aussehen, sogar ein paar Villen gibt es, dazu ein Seniorenheim, die Fernsehstudios und das Eiscafé, in dem Merle jeden Sonntag jobbt. Auch der *Gute Hirte* steht hier.

Merle entfernt sich in Silvesters Vorstellung rasch in diese Richtung. Sie wohnt in der Nähe der Kirche in einer Seitenstraße.

Die vor Kälte vermutlich stark geröteten Wangen. Der Bommel der Mütze. Die im Wind flatternden Ohrenklappen. Vor allem aber die darunter hervorlugenden Locken. Silvester hat auch dieses Bild klar vor sich. Merle von Aue!

– Der Gral.

Das hat er bei der Septemberausfahrt ans Meer (halb im Scherz) zu Kamp gesagt. Kurz vor seinem Geburtstag war das, noch keine zwei Wochen her. Der Pastor hat den Rauch seiner Zigarette in die Luft über ihren Köpfen geblasen.

– Und deine Freundin?

– Domino? Sie will nicht alles wissen. Domino ist super. Auf ihre Art. Sie verlangt auch nicht, dass ich Dinge sage, die ich eigentlich nicht fühle.

– Sagst du ihr denn, was du fühlst?

Silvester hat beinah tonlos gelacht. Und dann wieder ernst geantwortet:

– Zum Glück nicht! Nein. Aber sie weiß natürlich, dass ich früher schon für Merle geschwärmt habe, als wir noch Konfirmanden waren.

Erneut blinzelt Silvester.

Dominos Wohnung. Dominos Möbel. Dominos Fernseher, der an der Wand gegenüber prangt wie ein geschwärztes Altargemälde. Das alarmrote Lämpchen unten rechts am Gehäuse glüht.

– Hmm!

Silvester angelt sich eine Wolldecke vom Fußende des Sofas, rollt sich hinein, krümmt sich in Fötusstellung zusammen.

Noch ein leiser Seufzer. Mit einem großen Anteil Zufriedenheit darin.

Herbstferien. Samstag.

Wäre Merle noch da, er würde sie jetzt bitten, ihn zu kneifen. So aber wirft er sich einfach herum, dass das Sofagestell aufquietscht, und es dauert nicht lang, da spürt er die schwere Müdigkeit in seine Knochen zurückkehren.

Merle muss inzwischen bestimmt schon, durch die bereits stark gelichteten Kronen der Bäume an der Straße, den offenen Turmkopf des *Guten Hirten* erkennen können: Die Glocke hängt oben (zwischen zwei Betonplatten) an einer Metallstange. Auf der Zinne darunter: das gedrungene, steingraue Kreuz. Noch ein Stück tiefer: ein weißer Uhrenwürfel. Die schwarzen Zeiger werden dicht beieinanderstehen.

Halb sechs war es eben. In ein paar Stunden hebt das Flugzeug ab: Eine Woche lang wird Merle mit ihren Eltern und ihren Brüdern verreist sein.

Silvester denkt an das Auf und Ab der letzten Zeit, vermisst umso mehr den schlafwarmen Körper neben sich, sinkt nach einer Weile dennoch wieder hinab in einen dämmrigen Zustand, spinnt sich ein in einen Kokon aus faserigem Halbschlaf, in dem die Bilder ineinander verschwimmen.

Aus einer Perspektive, die er selbst nie eingenommen haben kann, sieht er Merle und sich noch einmal dabei zu, wie sie in der Nacht zu zweit auf Merles Rad, einem rostigen Herrenrad, durch die leeren Straßen radeln. Schräg von oben und von der Seite: sie auf dem Sitz, er auf dem Gepäckträger. (Merles Oberkörper, der vor Anstrengung im Rhythmus der Tritte hin und her pendelt.) Sie lacht, flucht über den *störrischen Stahlgaul,* bremst.

Wechsel. Frontal von vorn: er auf dem Sitz, sie auf der Rahmenstange. Das Vorderrad schlingert. Aber sie kommen voran, passieren unter Johlen die verlassene Kreuzung beim Einkaufszentrum, wo die Ampeln nur noch blinkendes Orange in alle Richtungen senden.

Der Mond über K16 hat vergessen unterzugehen; silbrig und vor Übermüdung ganz blass schwimmt das abgeflachte Halbrund im Schwarz hinter tiefhängenden, nachtgrauen Wolken.

Auf der Erde fegen Blätter über den Asphalt: Papierschnitzeln gleich, die in einen Schlauch gesaugt werden. Gelbes Licht in kleinen Pfützen auf dem Fußweg.

– Das sieht nicht nur im Film nach etwas aus, hört Silvester eine Stimme gegen Fahrtwind Kettengeschnurre Schutzblechklappern anrufen.

Ist das er selbst? Ist sie das?

Aus dem Fahrrad, aus dem Stahlgaul, wird ein Pferd aus Fleisch und Blut und gesprenkeltem Fell. Ein Apfelschimmel.

Merle trägt ein Kettenhemd, überkniehohe Langschaftstiefel, deren kompakte Fußteile fest in den Steigbügeln sitzen. Silvester ist splitternackt, was ihn verblüfft, aber nicht unangenehm berührt, seine Haut jedoch glänzt (und zwar nur am Rumpf) schwarz wie Teer, und er hat Sorge, dass Merle das bemerken und es sie verstören könnte, klammert sich, so fest es geht, mit den Armen (kalkweiß sind sie, registriert er erleichtert, zum Glück!) an sie, die ihrerseits nun entschlossen den Rennspieß (mit der geringelten Bemalung und der scharfen Silberspitze) senkt.

Silvester erkennt nicht, auf wen sie zugaloppieren.

Hört allerdings Hufgetrappel. Wer kommt ihnen dort entgegen?

Die Augäpfel zucken hinter den geschlossenen Lidern.

Noch weiß Silvester, wo er sich befindet, dass er nicht schläft. Und döst dann, sehr bald schon, doch ganz hinüber, fällt zurück ins Unbewusste seiner Träume, in tiefen Schlaf. Bis ihn der Lärm weckt, den Domino bei ihrer verfrühten Rückkehr mit dem Rollkoffer veranstaltet. Das schwergewichtige Ding schlägt gegen Fußleisten.

Silvester schreckt auf.

– Domino …! Zurück …? Heute schon?

Das Knirschen und Wimmern der Räder, als das Gefährt über das Laminat ins Wohnzimmer gezogen wird. Das Hochschnellen des Rollos. Dämmerlicht, das in den Raum stürzt wie ein schlaftrunkenes Kind. Dann eine Stille, die nichts Gutes verheißt.

+

Keine Frage, Silvester sieht es: Sie bittet ihn mit ihren gesprenkelten Mandelaugen, die Wahrheit durch eine harmlose Erklärung in ein lächerliches Hirngespinst von ihr zu verwandeln. *Finde für das alles schnell einen Zauberspruch, auf dass der Spuk vorbei ist*. So guckt sie. Und er sagt etwas in die quälende Wortlosigkeit hinein. Es folgt allerdings kein erleichtertes Aufatmen.

– Sil, das ist so originell, wie eine Leiche in einen Teppich einzurollen.

Domino kommt genau einen Tag zu früh zurück, denkt er. Während sie wohl denkt (glaubt Silvester): genau einen Tag zu spät.

– Ich weiß, Dom, sagt er, aber es ist nun einmal so: Nichts war. Nada.

Sie lehnt an der Zarge der Wohnzimmertür, klemmt sich ihr tintenschwarzes seidiges wirbelloses Haar auf der einen Seite zurück hinter das Ohr.

– Ihr hättet doch wenigstens bei *Fräulein* zu Hause euren kleinen *Kinoabend* veranstalten können!

– …

Silvester stöhnt. *Fräulein* ist Dominos Name für Merle. Mittlerweile ganz klar ein Schimpfwort. Domino feuert nach:

– Du trägst kein Halstuch! Nimmst du das zum Fernsehen neuerdings ab?

– …

Treffer. Silvester hat es Merle mitgegeben. Als Andenken. Und Merle hat im Gegenzug etwas für Silvester dagelassen, wovon er noch nichts weiß. Bis Domino ihm die kurze Notiz vorliest, die sie auf dem Sideboard im Flur gefunden, die Merle dort für Silvester platziert hat.

– *Wenn ich zurück bin. Im Eiscafé. Samstag. Drei Uhr. Okay? M.*

Domino zückt ein Feuerzeug, dreht das knirschende Rädchen, hält die Flamme gegen das Papier. Es entzündet sich, lodert hell auf. Domino muss schnell sein, um es in den Aschenbecher zu legen, bevor sie sich verbrennt.

– Danke, dass du es mir wenigstens vorgelesen hast.

Es ist das i-Tüpfelchen. Aber auch ohne diese Nachricht wäre die Sache klar. Zwei Teebecher, eine leere Eispackung, aus der zwei lange Löffelstiele ragen. Plus der Filmprojektor auf dem Tisch.

Domino ist noch nicht ganz heimgekehrt, hat kaum die Jacke abgestreift und über den Stuhl gelegt, da weiß sie: Silvester hat mit *Fräulein* die Nacht verbracht. In ihrer Wohnung.

– Und ich habe sie alle deinetwegen gescheucht und bekniet, ich dumme Kuh.

Ihre erste aufwendige Außenaufzeichnung.

Domino arbeitet in der Aufnahmeleitung bei den Fernsehstudios. Ihre Mutter ist dort Maskenbildnerin, hat ihr geholfen, einen der begehrten Ausbildungsplätze an Land zu ziehen, als Domino mit 16 den Schulabschluss in der Tasche hat. Inzwischen ist sie 20 und fest angestellt. Damit sie früher zurückkann, hat sie die Produktionsleiterin überreden müssen.

– Letzte Woche war das alles doch noch so unglaublich wichtig, Dom.

Silvester wundert sich.

– Mein Part war so weit durch, und es ist schließlich nicht irgendein Datum, sagt Domino spitz, wir sind vor genau einem Jahr in diesem Baumhaus gewesen, Sil. Vergessen?

Fügt hinzu, dass sie Tod, Teufel und alle Timings in Bewegung gesetzt habe, um jetzt schon bei ihm sein zu können.

– Klar, sagt er, furchtbar lieb von dir, Dom.

Es klingt bescheuert. Was er sagt. Und wie er es sagt. Silvester spürt ein Bauchflattern, beißt sich auf die Lippe. Aber die Worte sind ausgesprochen. Also bemüht er sich, so gut es geht, um Gefasstheit. Greift nach einer Flasche Wasser, die neben dem Sofa steht, schraubt sie gemächlich auf, trinkt.

– Lieb von mir, ja, sagt sie, und jetzt sei du auch so lieb und erzähl wenigstens die Wahrheit. Warst du der Erste für *Fräulein*? Hat es ihr Spaß gemacht?

Diese Wut und Wucht im Blick. Ein krasser Gegensatz zu ihrer Zierlichkeit. Dominos Körper ist dünn, beinah ähnlich brustlos wie sein eigener; und unfassbar biegsam. Aber mehr als alles andere an ihr liebt er die Augen. Kann sich nie sattsehen an ihrem eleganten, tatsächlich mandelförmigen Zuschnitt unter den grazilen Brauen. Das Erbe ihrer vietnamesischen Vorfahren.

– Was ist mein bestes *Feature*?

Das hat Domino ihn gleich nach ihrer ersten Nacht gefragt. Damals ist sie für ihn noch die früher beste Freundin seiner Schwester Kitty gewesen. Er hat gesagt:

– Deine Retinae.

– Das machst du absichtlich, oder?

– Diese Ausdrücke? Ja.

– Was ist denn das Tolle an meinen *Retinae?*

– Ihre Farbe. Dieser perfekte Cola-Ton. Einfach süß.

Dafür hat sie ihn geküsst und hinterher erneut mit enormer Heftigkeit die schlanken Glieder um ihn gewunden. Mit dieser Energie ist sie vor zwölf Monaten zurück in Silvesters Leben gekracht. Eine Naturgewalt.

Silvester weiß, dass Domino lange nicht gerade als Kind von Traurigkeit galt. Bis zu dem Tag, an dem Silvester und sie zusammenkommen, ist Domino nie länger mit jemandem zusammen gewesen. Zuerst hat Silvester ihre Beziehung deshalb auch eher für ein Abenteuer gehalten, das maximal ein paar Wochen halten wird. Aber sie bleiben ein Paar, obwohl Domino und er kaum Interessen teilen. Was immer wieder Anlass zu Kabbeleien gibt.

– Gehen wir aus?

– Keine Lust, Dom. Warum liest du nicht auch einfach mal ein Buch?

– Wer Bücher liest, lebt nicht, los, hopp, aufs Sofa.

– Sobald du die Kiste ausstellst.

Ihr ausgestreckter Zeh nähert sich dem Powerknopf am Fernseher. Der seidene, mit Drachen-Motiven bestickte Kimono rutscht von den Oberschenkeln.

– Nur, wenn ich dir die Kleider dann vom Leib reißen darf, sagt sie, komm her!

Dominos Freizeit besteht aus Couch Fernseher Motorroller Fitnesscenter und (an den Wochenenden) Clubs. Silvester, noch Schüler, zieht es stattdessen zu den Gleichaltrigen in den *Guten Hirten*, mit denen Domino nichts anfangen kann.

Deshalb behakeln sie sich ebenfalls regelmäßig.

Wenn er sich freitags zum Knappentreffen der Jugendgruppenleiter aufmacht. Oder einmal im Monat samstags zum Konfirmandenunterricht. Oder immer sonntags zum Kinoclub. Meist beginnt es damit, dass Domino ihn aufzieht.

– Ich bin drauf und dran, den Sektenbeauftragten der Stadt anzurufen, sagt sie, ich kenne wirklich niemanden unter 79, der freiwillig so viel Zeit in muffigen Gemeinderäumen verdödelt wie du. Was haben diese Leute nur, was ich nicht habe?

– Nicht schon wieder, Dom.

– Paukt ihr Bibelverse?

– Kein Sex vor der Ehe!

Silvester hat den Zeigefinger mahnend erhoben und die Stimme gesenkt.

– Ist gut, ist gut, gickelt Domino, ihr seid keine abgedrehten *Jesus-Freaks*, die Bibelverse pauken. Aber was seid ihr, mein kleiner Heiliger?

– Naive Weltverbesserer. Was willst du hören?

– Ihr lasst Teenager mit Pappe und Klebestift basteln! Was ist der Kick?

– Wir finden uncool sein cool.

– Spinner! Kirchen sind groß, Kirchen sind dunkel, Kirchen sind kalt, Kirchen sind langweilig. Ist das die neue Coolness?

– Wir sind ja mehr die Kellerkinder aus den *Katakomben*. Stell dir das vor wie ein Spielparadies im Möbelhaus, nur für Ältere. Billardtisch, Kicker und Dartscheibe statt Rutsche, bunter Bälle und Trampolin.

– Horror. Hör auf!

– Gerade die Mädchen fahren voll drauf ab. Die finden Kamp natürlich sexy. Und das hat für uns Jungs durchaus Vorteile.

– Der Pastor? Der hat doch auch schon Rost an der Rüstung. Obwohl, seine Figur kann sich sehen lassen, stimmt. Und wer Teddybäraugen mag, okay.

– Komm mit, schau dir die Leute an.

– Ich fahre dich lieber rum, gebe dich ab und geh dann in der Zwischenzeit shoppen. Aber du kannst mich jederzeit ausrufen lassen, mein Schatz!

– Dann fahr mich rum.

Zum Abschied vor der Kirche hat Domino Silvester dann gerne noch mal (mit absichtlich übertriebener Leidenschaft) die Lippen auf den Mund gedrückt:

– Na, sagt sie, ein Quickie hinterm Taufbecken? Wie wär's?

+

Der Rollkoffer mitten im Raum: ein Grabstein ohne Inschrift. In der Luft hängt weiter der Geruch von verbranntem Papier.

– Warum hast du nicht angerufen, Dom?

Dominos Arme sind verschränkt. Sie hat sich ein Kaugummi in den Mund geschoben, mahlt angestrengt mit den Kiefern.

– Warum ich nicht angerufen habe? Du gehst doch sowieso nie an dein Telefon, fährt sie ihn an.

– …

Silvester widerspricht nicht. Man kann sich leicht vorstellen, findet er, dass sie in der Lage wäre, Ziegel mit der Handkante zu spalten. Besonders, wenn sie auf 180 ist.

Und der nächste Vorschlag, den er ins Rennen wirft, bringt sie locker über diese Marke.

Sie stemmt die Fäuste in die Hüften:

– Auszeit? Was soll das heißen, sagt sie, wann sehen wir uns dann deiner Meinung nach wieder?

– Je nachdem. Nächsten Monat? Gar nicht?

– Sei nicht albern. Was soll das bringen?

– Was ist daran albern, Dom?

– Hast du mit ihr geschlafen?

– Und wenn nicht?

Inzwischen steht Silvester strumpfsockig am Esstisch. Domino lehnt in roten Rüschenstiefeletten an der Heizung vor dem Fenster.

Er ist nah genug, um ihr Deo zu riechen.

– Wenn nicht, dann kann ich nur sagen, wie dumm von ihr, ätzt sie, dann hat *Fräulein* was verpasst.

Er denkt an die nächtliche Fahrradfahrt, an Merles Freude über die Aussicht von K16, an das Leuchten ihrer hellgrünen Stachelbeeraugen.

Ist es das?

Von Merles wacher Neugier fühlt man sich eingeladen. Auf Merle möchte man ständig zugehen, sie spaßhaft in den Arm zwicken, um von ihr dafür gegen die Schulter geboxt zu werden, und natürlich möchte man dieses Merle-Lächeln andauernd sehen. Die Grübchen.

Silvester möchte das.

Und ist da nicht noch mehr?

Wie Merle vorhin erschrocken ist, nachdem Silvester die Filmrolle vom hochgeklappten Spulenarm gehoben hat; das runde Teil lässt sich leicht mit nur einer Hand fassen, wiegt beinah nichts. Plastik.

Merken, dass die Hand zittert.

Dass sie leer ist.

Dass die Filmrolle weggefeuert wurde, blind weg, mit voller Wucht (von einem selbst). Noch hören, wie etwas hart gegen die Wand prallt, am Boden aufkommt, ein paar Hüpfer macht, Film abribbelt.

Nach einer Weile drückender Stille ist Merle dann zuerst aufgestanden, hat den Beutel mit den restlichen Filmen geholt, ihn dort, wo Domino jetzt auch steht, für Silvester aufgehalten. Merle mit dem Dreieckstuch um den Hals. Die ganz praktisch entscheidet, was als Nächstes zu tun ist. Die ihr Erschrecken einfach abschüttelt, noch bevor seins überhaupt einsetzt.

– Es gibt Dinge, die höher sind als Sex, Dom.

Sie guckt ihn plötzlich fragend an. Und dann sagt sie ihm auf den Kopf zu, er habe mit *Fräulein* auf ihrem Sofa geschlafen: *gefickt*. Und sie verlange, dass er das zugebe, sie wolle es von ihm hören. Alles andere würde sie verrückt machen.

– Und komm mir jetzt bitte nicht mit fehlenden Gemeinsamkeiten, tiefsinnigen Gesprächen und diesem ganzen Blabla, fährt sie fort. Du willst dich auf ihrem Schoß zusammenrollen? Dann roll dich auf ihrem Schoß zusammen. Geh!

– Wie du meinst, sagt er, trotzdem bleibe ich dabei, ich habe es zwar zu weit gehen lassen, es war aber nichts.

Er spürt den Druck auf den Ohren. Er findet selbst, es klingt wie eine Lüge.

Pause.

Sehr lange Pause. Bis Domino hervorbringt:

– Ich wünschte nur, ich könnte auf dich verzichten, Sil, kann ich aber nicht.

Das ist die Chance. Die Gelegenheit nach den vielen halbherzigen Versuchen der letzten Zeit, ausnahmsweise einmal keinen Rückzieher zu machen, ihr endlich zu beichten, was er fühlt und was er nicht mehr fühlt.

Nur, was fühlt er?

– Dom, sagt er, ich bin ein Arschloch. Tut mir leid.

Silvester betrachtet ihren gerade emporstrebenden Hals. Die zarten Schultern, die sich unter dem dünnen Blusenstoff abzeichnen, als sie mit den Besenstiel-Armen zurück in den roten Stutzer schlüpft: Die Wolljacke besitzt eine Doppelreihe von je drei großen Knöpfen.

– Wenn ich zurück bin, möchte ich, dass du aufgeräumt hast. Und schmeiß bitte die Wolldecke in die Waschmaschine, Sil!

Domino fädelt, während sie spricht, sehr sorgfältig die dunklen Knöpfe in die schlitzförmigen Löcher, ohne Silvester aus den Augen zu lassen.

– Also ehrlich, Dom, du wirst keine Spermaflecken finden, und wenn du zurück bist, bin ich weg.

Sie neigt den Kopf zur Seite, fixiert ihn starr.

Das ist zu viel.

Sie öffnet das Fenster. Greift Decke und Kissen vom Sofa, wirft alles nach draußen. Schnappt sich an der Garderobe ihren silbernen Fiberglashelm mit dem schwarzen Schirm. Der Klick-Schnellverschluss für den Kinnriemen schlägt gegen den Türrahmen, als sie aus der Wohnung stürmt.

Silvester wartet. Wartet auf den finalen Donnerhall, der ausbleibt.

Domino kehrt zurück. Mit schlanken Schritten.

– …?

Kommt zu ihm, küsst ihn, kurz nur, flüchtig, wie eine Frau, die zur Arbeit geht.

– Bis später, Sil.

Als sie das zweite Mal auf dem Absatz kehrtmacht, glaubt Silvester fast nicht mehr daran, dass sie die Wohnung überhaupt verlassen wird. Sie schiebt ihm die Zunge in den Mund. Silvesters Hose wird eng. Der Jet-Helm schlägt gegen sein Knie.

Dann stößt Domino sich unvermittelt mit der freien Hand von seiner Brust ab. Er solle die Sachen draußen nicht vergessen, sagt sie im Davonrauschen, er dürfe sie wieder reinholen, sobald sie ausgelüftet seien.

Ihre Worte haben ihn kaum erreicht, da rummst auch schon die Wohnungstür zu, nun doch. Die Druckwelle lässt Becher und den Eisbecher und die Löffel auf dem Tisch erzittern.

Draußen startet Domino die *Rosinante*, gibt stoßweise Gas, fährt an.

Silvester lauscht dem sich entfernenden Nähmaschinengesang des Scooters.

Schließt das Fenster, setzt sich.

Sitzt eine Weile einfach am Tisch, dreht eine von Dominos Haarnadeln in den Fingern und lauscht hinaus in die Siedlung.

Das leise Rauschen einer Klospülung bei den Nachbarn. Das Auftappen eines Tennisballs auf den Gehwegplatten vor dem Haus.

Der Tag steckt noch im Nachthemd. Nicht einmal richtig hell ist es.

Silvester erhebt sich, schaltet Licht an, blickt sich um in der Wohnung, die ihm (mehr denn je) wie ein Bühnenbild vorkommt, in das man ihn hineingesetzt hat. Wie gut alles zueinanderpasst: von den Lampenschirmen über Sofa Kommode Regal bis hin zum Übertopf für die Zimmerpalme.

Ein paar Zeitschriften liegen aufgefächert in einer Bodenschale neben dem Sofa. Mit Ausnahme vielleicht der Haarnadeln auf dem Esstisch und den Bildern darüber weckt nichts besondere Wärme in Silvester.

Er tritt dichter an die gerahmten Fotografien heran. Vier Porträts. Arrangiert als Quartett in zwei Reihen.

Kitty. Silvester.

Bozorg. Domino.

Bozorgs heller, europäischer Teint. Dominos deutlich dunklere, asiatische Pigmentierung. Kittys kastanienbrauner, afrikanischer Hautton.

Und was ist mit Silvester selbst? Obwohl die Ähnlichkeit unübersehbar ist, obwohl Kitty und er dieselben Eltern haben, verblüfft es ihn immer wieder, dass seine große Schwester und er so unterschiedlich aussehen.

Sie schwarz, er weiß. Ganz klar.

Und doch auch wieder nicht. Ein Hauch von Karamell mischt sich in sein Weiß. An die Farbe von Honig lässt Silvester das immer denken, diese blasse Sorte, die nur ein wenig goldbraun schimmert. Doch das allein wäre es noch nicht. Das Kraushaar aber: Das natürlich verrät ihn. Obwohl die Locken hell sind.

– Blonder Neger!

So haben sie ihn in der Grundschule gehänselt. Und er hat sich lange gefragt, ob es wirklich ausschließlich die Haare sind.

– Du bist anders als die meisten.

Das hat auch Merle letzte Nacht gesagt. Sicher keine Anspielung auf sein Aussehen, dennoch ist er zusammengezuckt.

– Was meinst du genau? Wieso bin ich anders?

Mondlicht fällt auf die Hochhäuser. Die Betontürmchen der Siedlung: lauter sehr unterschiedlich weit abgeschliffene Zahnstümpfe. Silvester wendet sich Merle zu. Ertappt sich bei einem halben, nach innen gerichteten Lächeln. Merle überlegt. Er strahle so etwas aus; halb arrogant, halb traurig wirke das, sagt sie nach einer Weile, ziemlich besonders, ziemlich unwiderstehlich, leider.

– Ist Kitty auch so gewesen?, fragt sie.

– Kitty war eher wie du, sagt er, fast immer fröhlich.

– Ich wünschte, ich hätte sie noch richtig kennenlernen können.

Und mit diesem Merle-Satz hinter der Stirn macht Silvester sich schließlich ans Aufräumen. Denkt, als er später den Parka überzieht und ein letztes Mal das Quartett an der Wand betrachtet: Bozorg hat sie gemacht, die vier Fotos, sogar das von sich, mit Selbstauslöser, hat den Blick dafür gehabt. Denkt (wie so häufig): Wo Bozorg wohl steckt, was er macht, wie es ihm geht?

Dann schaltet Silvester das Licht aus.

II

The Making-of

Silvester über … *Silvester (I)*

- *Was ich toll finde an ihm? Dass er sich nicht so einfach unterkriegen lässt. Silvester Lanzen (18) wächst ohne Vater auf, verliert als Teenager dann auch noch seine ältere Schwester Kitty, und all das macht ihn schon zu einem eher nachdenklichen Typ …*

- *Keine Frage: Kitty war eine ganz wichtige Bezugsperson für ihn: Sie spielt rührend mit Silvester, als er klein ist, bringt ihm später das Radfahren bei, schmiert Schulbrote, hilft bei den Hausaufgaben. Sie tut es, weil ihre Mutter zu kämpfen hat, um die Kinder und sich überhaupt über Wasser zu halten; außerdem liebt Kitty ihren drei Jahre jüngeren Bruder abgöttisch. Kaum vorstellbar, was dieser Verlust für ihn bedeutet. (Denkt nach.) Beeindruckend auf jeden Fall: Der Lebensmut verlässt Silvester nie …*

- *Trotzdem: Er hat zwei Gesichter. Zuweilen zeigt er beide gleichzeitig. Dann hat er diesen traurigen Blick drauf und sein gewinnendes Lächeln. Eine Kombination, die ankommt beim anderen Geschlecht. Ja, er kann wortgewandt und witzig sein, wenn er gut drauf ist. Kann sich aber auch als echtes Ekel aufführen und die Zähne nicht auseinanderkriegen. Oft versteht er sich selber nicht. Und das hat nun weniger mit Kittys Tod zu tun. (Lacht.) Ich sag mal: So bist du als Junge mit 18 einfach, oder? Eine merkwürdige Ansammlung widersprüchlicher Ichs.*

▸▸

Vor dem Eingang das kraftlose Leuchten vom beinah farblosen Himmel. Der Atem kondensiert hauchzart vor dem Mund. Silvester stellt den Beutel mit dem Projektor und den Filmrollen ab, hebt eine der Klappen an der Briefkastenanlage (vierte Reihe von unten, rechts außen), zögert nur kurz.

Blickt hinüber zu dem Mädchen, das allein neben der Sandkiste mit einem Tennisball spielt. Eben noch hat er die *ausgelüftete* Decke und die zwei Kissen im Vorgarten eingesammelt, alles wieder hochgeschleppt und sorgfältig hinter sich abgeschlossen; jetzt wirft er den Wohnungsschlüssel (Dominos Geschenk für ihn zum Geburtstag) entschlossen in die dunkle Öffnung.

Metall schlägt auf Metall.

Als wenn Klingen gekreuzt werden. Das war's.

– Abenteuer vorbei, sagt Silvester im Stillen.

Die Worte lösen etwas in ihm aus, das sich anfühlt wie ein Stromstoß hinter der Stirn. Ein allerletzter Blick hoch zu den Fenstern im dritten Stock.

Auch Bozorg hat, bevor er aufgebrochen ist, eine ganze Zeitlang hier gelebt. Als Dominos Mitbewohner. Seine Sachen lagern noch im Keller.

Vor der Ausfahrt ans Meer ist Silvester mit Kondor hinabgestiegen, um für Merle in dem Verschlag nach Bozorgs Gitarre zu suchen, hat dabei auch diese gefütterte Militärjacke entdeckt, den Parka. Gleich an Ort und Stelle schlüpft Silvester hinein. Kondor schmeißt sich fast weg:

– Fehlt nur noch die Pappschachtel oder der Hut fürs Kleingeld, Meister.

– Es kommt jetzt die Zeit der Herbst- und Wintermode, sagt Silvester, du hast keinen Plan! Das ist ein Kleidungsstück der Ausnahmeklasse.

Silvester erinnert sich gut, wie Bozorg (Dreadlocks Ziegenbart Spitzbauch) das erste Mal in ebendiesem Aufzug, mit olivgrüner Kutte und Instrument, bei ihnen geklingelt hat. Sechster Stock. Südturm.

– Hier steht eine 1,90 Meter große Geschirrspülmaschine, Schwesterherz, Marke Bozorg, mit Gitarre, ruft Silvester über die Schulter.

Kitty, ihren Kater Prinz im Arm, hüpft herbei, dreht dem kleinen Bruder zur Strafe das Ohr um, im Spaß, aber mit drohendem Blick: *Du hast Glück, dass ich dich nicht an Ort und Stelle vierteile.* Aber nach Bozorgs Besuch ist das wieder vergessen.

– Wie gefällt dir meine Eroberung, Silvester Lanzen?

Kitty liegt neben ihrem Bruder auf dem Bett, bäuchlings, die Unterschenkel und Füße pendeln in der Luft, das Kinn ruht auf ihren Händen.

– Das ist der *Nerd* aus der Videothek gegenüber, sagt Silvester, und er hat dir beim ersten Date ein Ständchen gebracht. Auf der Klampfe.

– Er bringt mich zum Lachen, Bruderherz, er wohnt bei Domino, und er weiß, wie man einer Dame ganz altmodisch den Hof macht.

– Auf jeden Fall kommen wir jetzt günstig an Filme, sagt Silvester.

– Du bist eifersüchtig, sagt Kitty, gib's zu.

Erneut dreht sie ihm ein Ohr um.

– Au! Von wegen, Schwesterherz. Dich würde ich niemals in die engen Wahl nehmen. Diese ständigen Gewaltausbrüche. Einen unmöglichen Geschmack hast du außerdem!

Kissenschlacht. Prinz ergreift maunzend die Flucht. Federn fliegen.

Die anschließende Rangelei verliert Silvester, behält aber in einem Punkt recht: Als Mitarbeiter der Videothek darf sich Bozorg jeden verfügbaren Titel über Nacht kostenlos ausleihen. Und bald bringt er beinah täglich für Silvester ein *Meisterwerk* mit, alle Genres querbeet.

– Filme sind Lebenserweiterungen, Kleiner.

– Und was, wenn ein Film Mist ist?

Bozorg trommelt sich mit zwei Fingern gegen die vorgeschobenen Lippen.

– Dann ist das Mist. Aber selbst in den miesesten Streifen findet man immer etwas Interessantes, jedenfalls, wenn man sich auskennt. Aber besser natürlich, du guckst und ehrst die *Meisterwerke*.

– Weil *Meisterwerke* anders sind.

– Echte *Meisterwerke* sind eine Welt für sich, sagt Bozorg, die beschäftigen dich, verstehst du? Die guckst du, und dann weißt du, da hat jemand einfach die Messlatte ein Stück nach oben verschoben, und du bist nicht mehr derselbe.

Kittys Freund entpuppt sich als wandelndes Filmlexikon. Und als jemand, der offenbar keine Mühe hat, mit Menschen zurechtzukommen. Selbst ihre Mutter findet Gefallen an ihm. Vielleicht, weil Bozorg sich so eindeutig vom Vater ihrer Kinder unterscheidet; anhänglich zuverlässig uneitel, wie er ist (und dazu nicht sonderlich musikalisch, trotz der Gitarre).

– Mama mag ihn, Bruderherz.

– Der Typ wirkt arg verkifft, Schwesterherz. Klar.

Aber auch Silvester glaubt: Bozorg ist der Richtige für Kitty. Er trägt sie auf Händen. Und seine Hände sind pfannengroß.

– Kleiner, deine Schwester ist eine Art Gottesbeweis, sagt Bozorg einmal.

Zeigt Silvester nebenbei Porträts, die er von Kitty gemacht hat. Schwärmt von ihrer Löwenmähne und der kastanienfarbenen Haut, die selbst unter den Nägeln milchigbraun schimmert.

– Gottesbeweis, sagt Silvester, ja, wenn du ihr weh tust, bringe ich dich um.

– Wenn ich ihr weh tue, mach ich mich selber weg. Keine Sorge.

Für Bozorg, gerade eben 19 geworden und gerade mit der Schule fertig, ist Kitty die erste große Liebe. Er fotografiert sie ungezählte Male. Und er filmt sie.

Auf der ersten Rolle, die Silvester mit Merle letzte Nacht in Dominos Wohnung angesehen hat, füttert Kitty Enten im Park.

Die Kamera fährt immer dichter heran an ihre Fingernägel. Dann ein Schnitt. Die gleichen Hände, die Augen und Mund auf einen großen blassen Zeh malen. Bozorgs Zeh, der hin und her wackelt.

Die Filme sind im selben Karton eingemottet gewesen wie der Parka, in einem Plastikbeutel, den Kondor zuerst in die Hand bekommt.

– Was ist denn das, Meister, fragt Kondor aufgeräumt, Heimpornos aus grauer Vorzeit? Schmutziger Kram mit Spielzeugen und Tieren?

Er beugt sich im trüben Kellerlicht vor, linst in die Tragetasche.

– Finger weg, geht dich nichts an, sagt Silvester.

Schlägt auf Kondors bandagierte Hand, fester als nötig, nimmt ihm die Tüte weg. Kondor verzieht vor Schmerz das Gesicht, sagt aber nichts weiter:

– ...

Silvester entschuldigt sich:

– Kannst du nicht wissen, sagt er, Filme von Bozorg.

Die Kamera, mit der sie aufgenommen wurden: eine von Kittys spontanen Überraschungen. Typisch Kitty. Silvester ist dabei, als das antike Gerät (ein Trödelmarktfund) an Bozorg überreicht wird.

– Zeig mir die Filme aus deinem Kopf, sagt sie.

Stapelt gleich noch neun handliche Kartons neben der Kamera zu Türmchen auf, originalverpackte Filmkassetten.

Der Ausdruck in ihrem Gesicht: Wenn Silvester in Merles Augen schaut, meint er häufig dasselbe zu erkennen. Diese Gabe, alles mit dem Blick aufzusaugen, wie ein ins Spiel vertieftes Kind, dem Jetzt und Hier völlig ergeben.

Bozorg, gerührt, zupft sich am Bärtchen unter dem breit vorspringenden Kinn:

– Ich soll dich filmen?

– Film von mir aus Blumenkohlwolken am Himmel oder Schatten von Motten hinter einem Lampenschirm oder deinen großen Zeh, was dir eben einfällt. Egal. Lass die Zugbrücke runter!

Hat sie das wirklich so gesagt? Sind diese Worte nicht auch vorhin gefallen? Die letzten zwei zumindest, die hat Silvester ganz sicher in der letzten Nacht gehört.

Kann Merle gewesen sein. Oder er selbst:

– Zugbrücke runter!

Auf dem Balkonboden vom K16 hocken sie, Hände eingeklemmt zwischen den Oberschenkeln, sie reden reden reden. Beide klappern mit den Zähnen. Auch wenn es unausgesprochen bleibt: Silvester will nicht, dass die Nacht hier endet. Und Merle, glaubt er, will es auch nicht.

– Meine Ma ist leider gerade in keinem guten Zustand,

unser ganzes Zuhause ist in keinem guten Zustand, sagt er, sonst hätte ich vorgeschlagen, wir gehen noch zu mir. In aller Freundschaft.

– Ich habe Kondors Bude gesehen, sagt Merle, so schlimm kann es nicht sein, aber es ist eh spät. Ein andermal.

Dann hat beim Aufstehen der Schlüssel in Silvesters Hose gezwackt; und kurz darauf waren sie hier, vor diesem Eckblock. Genau hier, vor Dominos Haustür, wo Silvester jetzt seine Kopfhörer aufsetzt.

Ein Windstoß treibt einen Schwung trockenes Laub über den Gehweg. Kälte kriecht durch die Tunnel von Silvesters Jackenärmeln. Er zieht die Schultern hoch, schüttelt sich, klappt die Kapuze nach oben, schnappt sich den Beutel.

Im Kopf Bruchstücke der Filmbilder, die er mit Merle gesehen hat. Kitty unter Blumenkohlwolken am See im Park. Motten hinter einem Lampenschirm.

Verruckelte Aufnahmen.

Belangloses Zeug, bis das erste Mal das Grab zu sehen gewesen ist, noch ohne Stein. Welke Kränze, vom Wetter verschmutzte Schleifen. Kittys frisches Grab. Danach: Silvester, drei Jahre jünger, beim Streichen seines Zimmers im Südturm. Schließlich die kurze Sequenz, die ihn vollständig wegknockt.

Katzenfell. Sehr nah, unscharf. Rückzoom. Kittys Kater, der auf einem Bett hockt, mit geneigter Stirn an etwas stupst. Ein nackter Rücken. Die Frau dazu liegt bäuchlings auf dem zerwühltem Laken. Die Höcker der Wirbelsäule unter der Haut. Die Schulterrundungen. Ein Kopf, der wie schlafend auf der Armbeuge ruht, abgewandt vom Betrachter.

Die Katze. Die Frau, von der Silvester weiß, dass es

seine Mutter ist. Bilder, die ihm nichts Neues erzählen. Und doch! Bozorg hat das gefilmt und Silvester keine Ahnung gehabt, dass es diese Aufnahmen gibt.

– Beide haben später versucht, sich wegzumachen, sagt er, Bozorg. Und meine Mutter auch.

Merle fragt nichts nach und sagt nichts. Bettet, als sie merkt, was vorgeht, einfach Silvesters Gesicht in beide Hände, dreht es weg, kommt mit ihrem dicht an seins heran, bis ihre Augen ganz nah sind.

Ihr Zimtgeruch. Das Klimpern des Holzperlenkettchens um ihr Gelenk.

Das Filmprojektorsurren.

Silvester hört es noch einmal. Und dann, gedämpft durch seinen Kopfhörer, wieder die Titschgeräusche. Er sieht zu der Kleinen mit dem Tennisball hin.

Die hält prompt die Filzkugel fest und zeigt ihm den Mittelfinger.

Silvester amüsiert das. Er wirft eine Kusshand zurück, macht sich auf den Weg, quer über die Wiese, steuert auf die Schneise zwischen den Häuserblocks zu, wo (knapp vor der Straße) in struppigen Heckengebilden letzte Blätter und Schnipsel von Folienverpackungen um die Wette zittern rascheln wispern. Halb verborgen hinter dem Geäst: die Großraumboxen für die Müllcontainer.

Waschbetonplatten.

Feuerverzinkte Fronttüren.

Feuerverzinkte Einwurfklappen.

Oben auf der Einhausung thront Kondor. Im Schneidersitz. Sein langes Haar schimmert schwarz durch die gelochte Häkelkappe auf dem Kopf.

– He, Meister, ruft Kondor, ein Kommen und Gehen in deinem Liebesnest, dagegen führt ein Deckhengst ja beinah schon ein geruhsames Leben.

Silvester entsorgt den schweren Beutel, ohne ein Wort von sich zu geben.

– …

Rumpeln im Bauch der Box unter Kondor. Silvester entfernt sich wieder.

In Kondor kommt Bewegung. Er rutscht von seinem Aussichtspunkt: Der ölige Zopf wischt im Nacken über das Leder der Motorradjacke. An den zahllosen Reißverschlüssen klimpern stumpf die Zipper. Kondor:

– Nicht so hastig, warte mal! Du mit Merle? In Dominos Wohnung? Und dann die Show da mit der fliegenden Bettwäsche. War ja besser als Kino eben.

Silvester greift in die Parkatasche, schaltet Musik an.

+

Am Rand des Fußweges stehen die Fahrzeuge Stoßstange an Stoßstange, ein Stück weiter in Parktaschen Tür an Tür; nirgendwo ein Mensch.

Die Siedlung schläft noch immer, schläft sich aus.

Kondor hat sich an Silvesters Hacken geheftet.

– Wenn ich Personenschutz brauche, melde ich mich bei dir, sagt Silvester, okay? Aber ich wäre echt dankbar, wenn ich jetzt meine Ruhe hätte.

Er macht dazu eine abwehrende Handbewegung, fragt sich dennoch irritiert, warum Kondor so früh schon an einem Samstag auf den Beinen ist. Und: Was hat er um diese Uhrzeit hier verloren?

– Schon klar, kapiert, kapiert, sagt Kondor.

Er bleibt nichtsdestotrotz an Silvester dran. Silvester schaltet die Musik aus. Hört das Schlappen seiner und Kondors Schuhe.

Zwei, vielleicht drei Minuten lang geht das so, kein

Wort fällt. Dann, in der Kurve beim Parkplatz vor K16 wird es Silvester zu dumm. Er bleibt stehen. Kondor schließt auf, schlurft an Silvester vorbei, stellt sich in dessen Blickfeld.

– Okay, was wird hier gespielt, Kondor, worum geht's?

Kondor kratzt sich im Schritt. Hinter ihm ragt klotzig der Wohnturm auf. Fahles Licht fällt von der Seite gegen die oberen Stockwerke. Der Morgen schickt sich an, die Dämmerung endgültig zu vertreiben.

– Du hast deiner Süßen den Laufpass gegeben, sagt Kondor, stimmt's? Hat sich ja lange angebahnt. Und? Glücklich jetzt?

– Geh mir nicht auf die Nerven.

– Warst du Merles erster Kerl?

Silvester bringt ein verkniffenes Lächeln zustande.

– Was willst du, Kondor?

Kondor quirlt mit einem Arm müde Luft um. Er sagt:

– Die Sache ist, ich muss dir noch was stecken.

– Und?

– Du erinnerst dich, Meister, worüber wir gestern gequatscht haben?

– Du bist bei Edda und Mauser raus, du willst abhauen.

– Egal, sagt Kondor.

Winkt ab.

– Egal? Gut, dann lass uns ein andermal darüber sprechen.

Silvester will sich schon wieder in Bewegung setzen, doch dann zögert er. Vielleicht ist es Kondors eigenartiger Gesichtsausdruck?

Kondor sieht (Stirn kraus, Mund verzerrt) auf die eigene Hand, als betrachte er etwas am Straßenrand Aufgelesenes, Abstoßendes. Wackelt mit dem Stumpf, der sich dort befindet, wo bei anderen Menschen der kleine Finger sitzt.

– Glaub nicht, was man dir erzählen wird, sagt er.

Silvester geht nicht darauf ein. Verdreht die Augen, wendet sich ab.

Aber Kondor ruft ihm noch etwas hinterher. Silvester spürt sofort das Kribbeln im Nacken. Ein Pochen in den Adern. Er dreht sich um. Stockt.

Kein Kondor.

Silvester braucht eine Sekunde, bis er es begriffen hat: Kondor ist weg! Als hätte sich dessen Häkelmützchen plötzlich in eine Tarnkappe verwandelt.

– Hey, Kondor! Wo steckst du?

Silvester geht über den Parkplatz. Dreht sich einmal um die eigene Achse. Hält vergeblich Ausschau.

Alles klar, sprechen wir ein andermal über die Katze!

Das ist er gewesen: Kondors letzter Satz. Als verhallendes Echo geistert er jetzt durch Silvesters Kopf. *Sprechen wir ein andermal über die Katze!*

Über die Katze!

Die Katze!

Seit vorletztem Sonntag wird Kittys Kater vermisst. Silvesters Mutter hat sein Verschwinden, so kurz vor Kittys drittem Todestag, spürbar zugesetzt.

– Erst verschwindet vor 15 Monaten Bozorg über Nacht, sagt sie, und man hat nie wieder etwas von ihm gehört. Und jetzt Prinz. Silli, ich habe furchtbar Angst.

– Wovor? Es gibt keine Rückfälle, okay!

Silvester versucht das nervöse Hin und Her ihrer Pupillen zu beruhigen, indem er seine Mutter fest anguckt.

Sie stehen nebeneinander am Wohnzimmerfenster.

Adern aus Regenwasser an der Scheibe.

Dahinter verschwommen die Blocks der Siedlung.

– Ich bin traurig, sagt sie, aber bitte mach dir meinetwegen keine Sorgen. Angst habe ich um dich.

Silvester nimmt sie in den Arm. Seine Mutter drückt sich fest an ihn.

– Versprich es, sagt er, es muss weitergehen.

– Versprochen, sagt sie, Ehrenwort, so etwas wie früher passiert nicht wieder. Und du: Pass auf dich auf. Bitte!

Im ersten Jahr nach Kittys Tod haben sie alle am Rad gedreht. Einmal, im Frühling kurz vor der Konfirmation, findet Silvester seine Mutter auf dem Küchenboden, auf den Knien neben ihrem Erbrochenen. Sie erkennt ihn nicht mehr, macht sich, das Haar wirr und strähnig, an einem Tablettenbriefchen zu schaffen, zu bedröhnt, um die Kapseln herauszudrücken.

Domino wiederum feiert damals so oft es nur geht besinnungslos, Wochenende um Wochenende. Und Bozorg legt 20 Kilo zu, greift zur Flasche. An Neujahr bearbeitet er dann mit einer Rasierklinge die Haut und das Fleisch der Unterarme, säbelt den Namen *Kitty* hinein.

– Ich wollte mich nicht wegmachen, behauptet er, ich schwör's, ich wusste, dass die Schnitte nicht reichen.

Domino findet ihn in der Badewanne. Ruft den Notarzt. Fortan umschließt eine steife Ledermanschette mit Rollschnallen Bozorgs gesamten linken Unterarm.

Außerdem kommt Kamp danach regelmäßig in die Videothek, zwei Mal die Woche. Er redet mit Bozorg und überzeugt ihn davon, sonntags einen Kinoclub im *Guten Hirten* zu organisieren, gemeinsam mit Silvester. Doch Silvester merkt es bald: Die alte *Droge* wirkt bei Bozorg nicht mehr, Filme sind dem Freund plötzlich egal, selbst die *Meisterwerke*.

– Ich schmeiß hin, sagt Bozorg, ich starre nur noch gegen Lichtflecken auf der Leinwand, ohne mitzudenken. Wie hirntot.

Zu dritt sitzen sie auf den Treppen zu den Katakomben.

Der Pastor trägt einen seiner farbigen Rollkragen-Pullover. Die Konturen des muskulösen und sehnigen Oberkörpers zeichnen sich ab. Kamp wirkt jünger als Ende 30, treibt eine Menge Sport. Er nickt:

– Zu viel Mitleid, zu viel rücksichtsvolle Blicke?

Bozorg kaut ein Stück Nagelhaut ab.

– Ja, sagt er, das ist, als wenn Leute auf eine Karre mit Totalschaden stieren. Sie sehen das Blut an der kaputten Scheibe und tun fürchterlich betroffen. In Wirklichkeit sind sie nur heilfroh, weil es nicht sie selbst erwischt hat.

– Mit Recht, sagt Kamp.

– Die Sache ist nur, sagt Bozorg, ich sitze drin in den Trümmern, sehe all diese Gesichter. Wenn mir noch einer sagt, wie tapfer er das findet, wie ich das alles wegstecke, dann flippe ich aus.

Kamp streicht sich das graublonde Haar aus der Stirn, zieht dabei nur kurz die Augenbrauen zusammen.

– Was meinst *du*, Silvester, wie geht es dir?

– Keine Ahnung, ich verstehe das, was Bozorg meint, mich gucken die Leute schon mein Leben lang komisch an wegen meiner Frisur und meiner Haut, aber das juckt mich nicht mehr groß. Mit der Zeit gibt sich das, oder man blendet das aus.

Der Pastor hat noch einmal genickt und dann den Arm um Bozorg gelegt, mit festem Druck Bozorgs Schulter gepackt, ihn sanft gerüttelt.

– Deine Kinoabende bedeuten den Jugendlichen etwas, und Silvester hat recht, das mit den rücksichtsvollen Blicken wird sich bald geben, du kommst raus aus den Trümmern.

Bozorg hat energisch den Kopf geschüttelt.

– Silvester bekommt das auch ohne mich hin, und vielleicht mache ich besser überhaupt ganz den Schuh, hau mal ab für eine Weile, sonst werde ich hier schlicht verrückt auf Dauer, laufe Amok oder fresse und trinke mich bestenfalls tot.

Noch einmal rüttelt Kamp Bozorg durch.

– Du und Kitty, ihr hattet nicht viel Zeit zusammen, ich weiß, sagt er, und es gibt leider keinen Weg, die Zeit nachträglich zu verlängern. Die Liebe weist immer in die Zukunft. Nimm ihre Kraft mit auf den Weg. Versuch dich durchzubeißen.

Bozorg hat danach noch ein paar Monate ausgehalten.

Aber im Sommer vor einem Jahr ist er dann, ohne Abschied, von einem Moment auf den anderen verschwunden. Beinah wie Kondor gerade eben.

Silvester schüttelt den Kopf.

– Hey, Kondor, lass den Blödsinn. Komm raus! Was weißt du über den Kater?

Etwas streift Silvesters Knöchel. Eine Tüte aus hauchdünnem Plastik huscht an ihm vorbei: Der Wind bauscht sie auf, treibt sie vor sich her, auf die übervollen Altglas- und Papiercontainer zu, lässt die Tüte flatternd aufsteigen und im Flug halsbrecherische Drehungen vollführen.

– Wo steckst du, Kondor?

+

Nasskalte Luft betastet Silvesters Wangen und Ohren, die Stirn. Die Temperaturen sind einstellig am frühen Dienstagmorgen. Tag drei nach der Trennung von Domino. In den halbkahlen Baumkronen der vielen Birken rund um den Bauspielplatz hängt dichter Dunst. Hochnebel.

Silvester kommt aus der geziegelten Baracke, schließt

hinter sich die Tür, stapft zur Pforte. Ihr heiseres Quieken beim Öffnen erschreckt ein Eichhörnchen. Es schießt, glutfarbenes Fell und Schwanz, einen Stamm hinab, wirbelt einen anderen wieder hinauf. Aus dem Wipfel flattern zwei Elstern.

Silvester schaut hoch.

Die schwarzen, wild schlagenden Flügel in der Luft über ihm.

Das Gezeter, überlaut feindlich unwirklich.

Als er weitergeht, ist ihm, als ob er mit jedem Schritt um Millimeter in den Boden sacken würde. Und er spürt das T-Shirt unterm Parka am Rücken kleben.

Auch die Hände überzieht ein feuchtwarmer Film.

Er hat sie wieder in den Taschen der Jacke vergraben, und seine Finger befühlen den einzelnen Wollhandschuh (noch vom Vorbesitzer Bozorg), finden das längliche Stück Leder mit dem Metallanhänger. Ein Tierhalsband. Der Grund für Silvesters Besuch beim Baui.

– Versuch's mal drüben, am alten Autowrack.

Die Leute vom Baui haben sich vergnügt angeguckt. Offenbar hat Silvester Kondor nur knapp verpasst. Kulturbeutel unterm Arm, Handtuch über der Schulter: So soll Kondor vorhin in die Baracke gestiefelt sein.

– Große Show! Schnurstracks rein in die Toilette, und eine Ewigkeit später geleckt bis zum gestriegeltem Zopf wieder raus.

– Gestern hat er hier übrigens schon nach Lappen und Putzzeug gefragt, scheint fast, als würde er eine Zeitlang in der Karre bleiben wollen. Darf man fragen, was das wird, Silli? Hast du eine Ahnung?

Ein Geruch nach verrottenden organischen Stoffen hängt in der Baracke. Fast wie am Meer, allerdings ein wenig muffiger.

Staubpartikel wirbeln durch das künstliche Licht.

– …

Silvester zuckt mit den Achseln. Nebenher nimmt er, schon aus Gewohnheit, eine Einzahlung in die Spendenbox auf dem Tresen vor. Wie immer wird protestiert:

– Halt dein Geld besser zusammen!

– Wo was war, kommt was wieder, keine Sorge, entgegnet Silvester.

Froh darüber, Kondor endlich aufgespürt zu haben. Mit rätselhafter Leere im Kopf, diffuser Wut im Bauch hat er seit Samstag nach ihm gesucht.

Jetzt ist er fast am Ziel: Pulserhöht quert er den von Laub bedeckten Bolzplatz vor dem Baui, gelangt auf ein ödes, unkrautüberwuchertes Gelände.

– Das verwunschene, vergessene Land.

Kittys Kosename für diese Gegend am Rand der Siedlung.

– Das ist nicht das verwunschene, vergessene Land, Schwesterherz, das ist ein verwahrlostes, verlottertes Nirgendwo.

– Die Welt und die Dinge sind, was du in ihnen siehst, sagt Kitty.

– Klingt nach Bozorg, Schwesterherz, sagt er, ich sehe jedenfalls eine Todeszone zwischen verfeindeten Staaten, bloß ohne Wachturm.

Eine Übertreibung. Aber Silvester ist nie wohl gewesen, wenn er Kitty, die einmal die Woche ehrenamtlich am Baui gearbeitet hat, abholen ging.

– Du guckst zu viel reißerisches Zeugs, Bruderherz, ich spreche mit Bozorg, wir werden dich auf Filmdiät setzen müssen.

Kitty versetzt ihm einen Ellenbogenstoß in die Rippen. Silvester sagt:

– Brand III und Konsorten treiben sich am Wrack rum, das weißt du.

– Ach, wo denn? Du und ich, wir treiben uns hier rum.

– Trotzdem nicht gerade ein Ort zum Picknicken. Komm, lass uns gehen!

Der Maschendrahtzaun der Grundschule. Die berankte Schallschutzwand der Autobahn. Eine Reihe weit ausladender Bäume, hinter der die Betonrücken einiger Hochhäuser aufscheinen: Zu drei Seiten ist das Areal abgeriegelt. Das Wrack selbst befindet sich (durch Hügel gegen neugierige Blicke von vorn geschützt) am Ende eines unebenen Trampelpfads in einer Senke.

Die Windschutzscheibe: blind, zerkratzt. Ein Loch klafft in einem Seitenfenster, notdürftig verklebt mit einem Müllbeutel. Eingetrockneter Staub und Dreck und Vogelkot auf der Karosse, dazu diverse Schichten Grafitti-Schmierereien.

Silvester schielt ins Innere. Kondors Siebensachen liegen, hineingestopft in Einkaufstüten, im Fußraum auf der Beifahrerseite. Ein Paar blaue Boxhandschuhe baumeln vom gesprungenen Rückspiegel. Unwillkürlich fischt Silvester in der Tasche des Parkas wieder nach dem Halsband von Prinz, stößt dabei wieder erst auf den alten Wollhandschuh, bevor er es zu fassen bekommt.

Edda hat ihm das Halsband überreicht.

– Tut mir so leid, sagt sie, ich habe keine Ahnung, was uns das sagen soll, Kondor hat behauptet: alles ein Missverständnis.

Edda (Kurzhaarschnitt Erdbeereiswangen Hornbrille) schaut Silvester an: *Ich wünschte, ich könnte helfen, ich weiß aber nicht, wie,* sagt ihr Blick. Dann umarmt sie ihn ungestüm und sehr fest, ganz nach Edda-Art. Silvester sagt:

– Zu mir hat Kondor gemeint, ich soll nicht glauben, was man mir erzählt.

– Das Halsband lag auf seiner Matratze, meint Edda (mit der Miene von jemandem, den pochender Zahnschmerz piesackt), was soll ich dir sagen?

Edda ist nicht nur Merles beste Freundin und die Nachfolgerin von Bozorg in der Videothek. Sie arbeitet auch im Jugendbüro des *Guten Hirten* und hat zusammen mit Silvester den Kinoclub wieder aufleben lassen. Sie und ihr Freund Mauser haben Kondor beherbergt, in ihrer ausgebauten Gartenlaube mit Chemieklo in der Kolonie am See. Über zwei Wochen.

– Ihr habt ihn also *nicht* rausgeschmissen?

– Er ist von sich aus gegangen, sagt Edda, wie geht es deiner Mutter?

– Sie weiß von nichts. Ich will sie nicht durcheinanderbringen. Aber erinnerst du dich, dass sie von Anfang an behauptet hat, es war ein Einbruch?

– Warum sollte das jemand tun? Warum sollte Kondor einen Kater kidnappen?

– *Catnappen?*

Es rutscht Silvester so raus. Edda lacht.

– Entschuldigung!

Silvester hat auf das Katzenhalsband geblickt, das Edda ihm gegeben hat, und selbst gelacht. Silvester blickt auch in dieser Sekunde wieder auf das Halsband.

Ohne zu lachen.

Im Hintergrund das Branden der Autobahn. Dann Kondors Stimme:

– Hier ist der Vogelfreie, du hast mich, Meister! Gibt es Kopfgeld?

Kondor hebt die Hand. Silvester sieht den oben noch geröteten Stumpf.

– Wo ist Prinz?

Kondor weicht zurück, als Silvester auf ihn zukommt. Die ohnehin schon leicht vorstehenden Augen treten noch weiter vor.

– Whoa! Whoa! Nicht so schnell. Ich war es nicht. Nagel mich nicht ans Kreuz.

Kondor versucht nicht einmal, sich zu wehren. Er lässt sich von Silvester an den Haaren packen umreißen durchsuchen, das Messer abnehmen; er bleibt sogar ruhig, beinah aufreizend entspannt, als Silvester ihm die Klinge unter das Kinn hält, das Butterfly mit der abgebrochenen Spitze.

– Was warst du nicht? Ich schneide dir den Zopf ab, Kondor, wenn du nicht sofort die Klappe aufmachst, und im Zweifelsfall ist das erst der Anfang.

– Ich weiß nicht, wo die Mieze ist, presst Kondor hervor, mir hat man das Halsband auch bloß gegeben.

Silvester beißt die Zähne aufeinander, sagt nichts, wartet auf eine Erklärung.

– …

Der erdige Geruch des Bodens vermischt sich mit dem süßlichen Duft von Kondors Haargel. Silvester lässt von Kondor ab. Pfeffert, angewidert vom eigenen Verhalten, das Messer gegen das Wrack.

– Ich habe gedacht, ich kriege das geregelt, sagt Kondor.

– Brand III, oder? Hat es was mit ihm zu tun?

– Nein. Ja. Seine Truppe rückt mir ziemlich auf die Pelle. Ich glaube, sie sind alle nervös, seit er im Loch sitzt. Und nächste Woche ist ja schon Stichtag. Da kommt er zurück. Mein Stumpf hier sagt mir: Die Zeichen stehen auf ungemütlich.

– Was hat das mit dem Kater zu tun?

– Na, der Bross wird nicht begeistert sein, wenn er hört,

dass seine Jungs *zugelaufene* Tiere verhökern. Unnötiges Risiko. Und das alles für ein paar Kröten.

– Wo ist Prinz jetzt?

Kondor spuckt aus.

– Nicht rauszukriegen, keine Chance. Die Information gibt es nur, wenn ich denen bei den Plaketten helfe.

– Es geht um Kohle, richtig? Nenn mir den Preis, Kondor.

Silvester, inzwischen wieder auf den Beinen, bückt sich nach dem Halsband von Prinz, das er bei der Attacke gegen Kondor verloren hat. Er steckt es ein. Muss an den einzelnen Wollhandschuh in der anderen Parkatasche denken.

Bozorgs Handschuh.

Er sucht und findet ihn.

– Meister, kapierst du das nicht? Die haben mich an den Klöten.

Und als Kondor die Sache erklärt hat, stimmt Silvester zu:

– Sie haben dich an den Klöten, weil die nämlich genau wissen, dass niemand beweisen kann, was du behauptest. Aber ich will Prinz zurück! Vielleicht kümmere ich mich doch besser selbst darum.

– Du willst dich kümmern?

Silvester sieht Kondors Gesichtszüge entgleisen.

– Komm, sagt Silvester, erzähl mir, mit wem muss ich das regeln? Wer war's? Die hässlichen zwei Zwerge? Josey?

Kondor berührt Silvester am Oberarm.

– Von mir weißt du nichts. Ich bin sonst erledigt, Meister!

Silvester macht sich grob los. Er überlegt.

– Eine Woche gebe ich dir, danach gehe ich zu den Blaumützen, kein Witz, Kondor.

Silvester weiß nicht genau, warum, doch er wirft Kondor, der ebenfalls längst wieder auf den Füßen steht und mit den Knöcheln knackt, den alten Handschuh hin.

Vor die Turnschuhe.

Und dort liegt er wie etwas, das einmal lebendig war.

II

Silvester über … *Gott usw. (I)*

- *Silvester ist nicht wirklich religiös. Aber wenn ein Geschwisterteil stirbt, wird dir die eigene Endlichkeit brutal vor Augen geführt, und du dringst, kann ich mir denken, automatisch in sehr dunkle Bereiche deiner Seele vor, bekommst richtig Angst. Silvester hat sich bemüht, keinen Menschen mit dieser Angst zu belästigen …*

- *Während sich alle in seinem Umfeld nach dem Unglück in die Betäubung flüchten, verkriecht sich Silvester in sich selbst. In dieser Situation hat Kamp fraglos eine wichtige Rolle gespielt, gerade weil der Pastor keiner von der Sorte ist, der dich belullt. Generell kommt Kamp als sportlicher, eher unkonventioneller Geistlicher gerade bei den Jugendlichen seiner Gemeinde gut an. Was ihn sympathisch macht: Kamp ist jemand, dem es um das Miteinander der Menschen geht, keiner, der einen das Fürchten lehrt und bei jeder Gelegenheit ein höheres Wesen, das alles Tun auf Erden kontrolliert, vorschiebt. Er garantiert weder Glück im Himmel noch auf Erden. Sondern vertritt die Meinung: Jeder soll Verantwortung für sich und seine Mitmenschen übernehmen. Das sei kein ganz leichter Weg, so Kamp, aber der vermutlich beste zu einem zufriedenen Leben.*

- *Silvester hat mit dem Pastor besonders oft darüber geredet, wie schwer es ist, der zu sein, der man sein möchte.*

Laut Kamp ein zentrales Thema im christlichen Glauben, das in der Figur von Jesus sehr modern angelegt sei. Auch das hat Silvester geholfen, sich aus seinem Tief zu befreien. (Nachdenklich.) Er wollte nach einer Zeit einfach nicht mehr so trauern wie seine Mutter und Bozorg. Eine Art Auferstehung, würde ich sagen …

▸▸

Silvester kehrt dem Wrack den Rücken, guckt sich nicht einmal um nach Kondor. Er kommt wieder am Baui vorbei, schlägt den Weg ein, den auch Kitty vor drei Jahren eingeschlagen hat. Nicht den direkten zurück in die Siedlung, sondern den Richtung Bach. Ein einsamer Schotterpfad. Links und rechts ein Gewirr von ranken, schlanken Baumstämmen, davor ein Streifen mit Gestrüpp Brennnesseln Gräsern.

Silvester gelangt an die Stelle, an der seine Schwester gefunden wurde. Der Ort ist nicht zu verfehlen: Bozorg und Silvester haben ein beinah mannshohes Kreuz dort errichtet, gezimmert aus Bohlen, die sie am Baui bekommen haben. Das Holz zeigt bereits Spuren der Verwitterung.

Silvester starrt auf das eingeritzte Datum. Alles fast drei Jahre her. Kitty hat am Tag des Unglücks gearbeitet. Allerdings nicht so lange wie sonst.

– Mir ist ein wenig schwummrig, sagt sie zu den Kollegen, nichts Ernstes, ich glaube, ich gehe trotzdem nach Hause, lege mich hin, wenn das für euch okay ist.

Silvester stellt sich vor, dass die Leute vom Baui ihr auf dieselbe Weise nachgeschaut haben wie vermutlich auch ihm vorhin: nicht bang, nicht sorgenvoll, eher ein wenig fragend. Dass jemand sich nicht fühlt, kommt vor.

– Gute Besserung, sagen sie, pass auf dich auf!

Man gibt Kitty einen Umschlag Spendengeld mit, keine große Summe, aber genug, um davon im Heimwerkermarkt, wo ihre Mutter an der Kasse arbeitet, einen soliden Feuerkorb kaufen zu können; Kitty fühlt sich fit genug, das noch zu erledigen.

– Wenn es mehr Geld wäre, würde ich mir auch zutrauen, auf der Stelle durchzubrennen, scherzt sie, ich bin nur ein wenig schlapp.

Den Schrei, den sie ausstößt, nachdem sie nicht einmal 200 Meter weit gekommen ist, bringen die Leute vom Baui zunächst nicht mit ihr in Verbindung.

Ein unmenschlicher Laut, den man vielleicht am ehesten einem Tier in Panik zuschreiben würde: Das wird später einer der häufigsten Umschreibungsversuche werden; im ersten Moment aber tun die Ohrenzeugen das Geräusch als Krawall ab.

Die Gegend am Rand der Siedlung gilt zu dieser Zeit als beliebter Treffpunkt obskurer Existenzen. Besonders Emmemm, Kondors älterer Halbbruder, aber auch Josey und Konsorten treiben sich gern am rostenden Autowrack herum. Brand III, heißt es, versorgt dort gelegentlich noch Kleindealer mit Nachschub: Poppers Gras Chief, kein wirklich hartes Zeug.

Aber eigentlich ist längst der lukrative Handel mit Kfz-Plaketten wichtiger. Zu *Spezialpreisen* verkloppt Brand III sie an zwielichtige Werkstätten und Autohöker. Greift dabei auf eine Schar von Helfern zurück.

Selbst ist er erst Mitte 20, und doch hat Brand III ein erstaunlich feines Gespür dafür, wer unter den vielen jungen und scheinbar Überflüssigen der Gegend, die sich sonst nicht mal mehr als Frittenschüttler oder Umzugshelfer ausbeuten ließen, für ihn noch nützlich sein könnte.

So floriert das Geschäft: Die Truppe wächst und sorgt laufend für Nachschub, veranstaltet Streifzüge in der halben Stadt. Kondor hat Kamp und den Knappen am *Guten Hirten* davon berichtet.

– Du brauchst Fingerspitzengefühl, sagt er, die Aufkleber gehen im Normalfall ja beim Abziehen kaputt, aber es gibt ein paar Tricks, und manchmal wird ein neuer Bepper auch einfach direkt über den alten geklebt, dann ist es leicht.

– Das kann sich doch nicht lohnen, glaubt Kamp.

Es klingt abenteuerlich, findet Silvester auch. Eins allerdings leuchtet ein: Den Handlangern kann wenig passieren, selbst wenn man sie erwischt. Der Schaden beläuft sich immer nur auf Summen im Eis-am-Stiel-Bereich. Die Anzeigenaufnahme lohnt dafür nicht; und selbst wenn Massen von Plaketten in einem Versteck gefunden werden, unter der Pritsche von Brand III im Getränkemarkt zum Beispiel: Dann hat die eben ein durchreisender Kumpel aus Nah- oder Fernost vergessen.

– Tja! Ist genauso passiert, sagt Kondor, Brand III hat bislang noch jedes Mal, wenn's brenzlig wurde, den Hals aus der Schlinge gezogen, und so ist es dann für ihn in den letzten Jahren auch immer weiter aufwärtsgegangen.

Brand III, munkelt man, schürft auch bei Glücksspielen mit Karten und Würfeln batzenweise Bares aus der Siedlung. Und er expandiert erfolgreich. Erst übernimmt er einen Wochenmarktstand. Dann kommt der Getränkebasar in der alten Scheune dazu. Was auch bedeutet: Brand III hält sich fortan fern von allen Drogen und dem rostenden Wrack, das sich (wie der Baui) in Hörweite der Stelle befindet, an der Kitty die Kontrolle über ihren Körper verliert, ins Gestrüpp stolpert.

– Dieser Schrei, sagen die Leute vom Baui.

– Mit 17. Wer bitte kriegt in dem Alter eine Gehirnblutung?

Die Leute vom Baui lernen wie Silvester, dass das Risiko für junge Menschen nicht hoch ist, aber treffen kann es einen in jedem Alter.

Scheinbar aus dem Nichts.

Silvester, der Fallberichte von Überlebenden kennt, stehen die Momente, in denen Kitty die Kontrolle über sich verliert, derart klar vor Augen, als hätte er sie selbst erlebt. Erst fühlt es sich an, als würde im Kopf lauwarme Flüssigkeit hin- und herschwappen. Sehstörungen: Das halbe Gesichtsfeld fehlt. Es kommt Kitty vor, als könne sie den eigenen Speichel nicht mehr schlucken.

Ein Kribbeln in der einen Körperhälfte.

Die Beine versagen.

Kitty findet sich auf dem Rücken liegend wieder. Ihr rechter Unterarm ragt senkrecht empor, die Hand daran rüttelt auf und ab. Wie ein krampfhaftes Winken, das sich nicht steuern lässt. Hilflos starrt sie in den Himmel.

Was sieht sie?

Betrachtet sie die Wolken, bevor mit der Ohnmacht der Vorhang fällt? Ähneln die Formationen denen, gegen die Silvester jetzt, Kopf im Nacken, selbst blickt?

Eine Ansammlung blankliegender, poröser Gehirne, umrandet von Licht.

Vielleicht sind es die Wolken.

Oder es ist das Licht.

Vielleicht die abebbende Wut auf Kondor.

Vielleicht auch einfach der Ort und dazu der nahende Todestag.

Silvester jedenfalls verspürt das spontane Verlangen, am Kreuz auf die Knie zu gehen, wie Bozorg das früher manchmal gemacht hat, und gibt dem Impuls nach.

Die Geste kommt ihm sofort überzogen vor. Er weiß nicht, was er auf Knien genau tun soll. Aufstehen erscheint ihm aber auch falsch; und so legt er sich ins Gras, lang ausgestreckt, die Hände vor der Brust gefaltet.

Kittys Perspektive.

Damals hat es genieselt. Bei recht milden Temperaturen.

Ein Spaziergänger alarmiert schließlich die Feuerwehr. Warum hat es nur so lange gedauert, bis man Kitty entdeckt? Kommt vorher wirklich niemand vorbei?

Nicht auszuschließen. Silvester ist weder vorhin (auf dem Weg zum Baui, noch eben (auf dem Weg zum Holzkreuz) jemandem begegnet.

Kein Hundebesitzer, Jogger, nicht ein Mensch läuft vorbei.

Es lässt sich immer etwas konstruieren, das den Gang der Dinge erklären hilft, auch die Tatsache, dass dieser Umschlag mit dem Geld nie gefunden wird.

Beim Sturz verteilt sich der gesamte Inhalt von Kittys offener Tasche weit in der Umgegend. Möglich, dass das Kuvert zunächst schlicht übersehen wird. Denkbar auch, dass es tief im Gebüsch liegt, wo womöglich erst Tage später jemand zufällig darauf stößt, um sich über den unverhofften Geldsegen zu freuen. Möglich.

Andererseits ist der Umschlag das Einzige, was verschwunden bleibt. Und speziell Bozorg ringt lange mit der Frage, ob nicht auch eine andere Wendung der Dinge denkbar gewesen wäre.

– Kitty hätte gerettet werden können! Ich bin mir sicher, jemand war gleich zur Stelle, und das Schwein hat das Geld genommen, ohne sich darum zu scheren, dass da ein Mensch dringend seine Hilfe braucht.

Glaubt er.

Domino platzt eines Tages der Kragen wegen dieser *fixen Idee*. Bozorg und sie sind im Südturm, um Silvester und seiner Mutter Gesellschaft zu leisten. Kittys erster Geburtstag nach dem Unglück. Bozorg hat erfahren, dass am Baui das Plakat, mit dem er nach Zeugen gesucht hat, vom Schwarzen Brett genommen wurde.

– Es ist vorbei, sagt Domino, niemand hat sich gemeldet.

– Sie hätte gerettet werden können, beharrt Bozorg, und vielleicht muss man doch mal in der ganzen Siedlung Handzettel verteilen. *Mörder gesucht!*

Aus Domino platzt es förmlich heraus in der Sekunde:

– *Hätte! Vielleicht!* Was wäre denn genau, wenn man sie gerettet hätte? Dann würde sie jetzt *wahrscheinlich* sabbernd im Rollstuhl zwischen uns sitzen, und du? Wärst du hier? Ich meine, was hast du gemacht die letzten Monate? Dich bemitleidet!

Ein lautstarkes Hin und Her folgt. Silvesters Mutter beendet es, indem sie sich vom Tisch erhebt, energisch, aber gefasst dabei (den Kater Prinz im Arm haltend).

– Genug, sagt sie, nichts macht Kitty wieder lebendig!

Ein trüber Nachmittag, meint Silvester sich zu erinnern. Draußen das Pfeifen und Heulen des Windes, der Regen, der in Wellen gegen das Küchenfenster drischt. Wie Pfeilhagel auf Pfeilhagel bei der Belagerung einer Burg.

Silvester fühlt sich aufseiten der Mutter in diesem Moment, eindeutig, was nicht oft vorkommt. Er schaut ihr nach, sieht sie am Ende des Flurs im Zimmer ihrer Tochter verschwinden.

Fast geräuschlos schließt sie die Tür.

Bozorg pustet mit aufgeblasenen Backen vernehmlich Luft aus. Domino kneift die Lippen zusammen. Silvester fährt sich durchs Haar, klopft sich mit flacher Hand gegen den Hinterkopf. Ihn schmerzt der Streit zwischen ausgerechnet den Menschen, die Kitty nahestanden wie sonst nur seine Mutter und er selbst.

– Keiner von uns kann wissen, was genau passiert ist, sagt er zu Bozorg, und selbst wenn, was genau würdest du tun?

Bozorg lehnt sich vor.

– Kleiner, sagt er, du hast mir mal mit dem Tod gedroht,

für den Fall, dass ich deiner Schwester nur weh tue. Weißt du noch?

– Es war anders gemeint.

– Schon klar, sagt Bozorg, aber wenn ich wüsste, wer das Geld genommen hat, dann würde ich dem armseligen Schwein einmal in die Augen sehen wollen. Der Typ soll für den Rest seines Lebens so schlecht schlafen wie ich. Das will ich!

– Halt jetzt endlich die Klappe, zischt Domino.

+

Das Gras am Holzkreuz ist nass. Feuchtigkeit dringt tief in Silvesters Kleidung. Der klamme Hosenstoff saugt sich an mehreren Stellen an der Haut fest, kühlt sie aus.

Erstaunlich schnell, soweit Silvester das abschätzen kann. Lange hält er sich noch nicht hier auf. Höchstens ein paar Minuten, wenn überhaupt.

Doch wen schert das? Es kommt nicht darauf an.

Damals bei Kitty allerdings hat jede Sekunde gezählt. Seine Schwester ist nicht im Freien gestorben. Die Rettungssanitäter bringen sie noch lebend in die Notaufnahme. Und von dort geht es gleich weiter auf die Intensivstation.

– Massenblutung. Fünf Prozent Überlebenschance. Das sollten Sie wissen, sagt jemand in OP-Bekleidung.

Betont viel Sachlichkeit in der Stimme. Die Druckstelle, wo das Gummi der Haube in die Stirn geschnitten hat, umrahmt von tiefen Mimikfalten.

Die Notoperation kommt zu spät.

Am Tag nach dem Schlaganfall wird Kitty im Krankenhaus für tot erklärt. Es lässt sich keine Hirntätigkeit mehr feststellen.

Silvester und seine Mutter dürfen noch einmal zu ihr. Wie in sich oder eher wie in die Matratze eingesunken liegt sie da. Ein dünnes Schläuchchen ragt aus ihrer Nase, ein anderes aus der Armbeuge. Alle übrigen Verbindungen zu den Geräten im Raum sind bereits gekappt.

Kitty steckt in einem papierenen Flügelhemd. Sie sieht aus wie unvorteilhaft geschminkt. Die Lippen bläulich, die Farbe in den Nagelbetten nur noch ein stumpfes Graubraun. Silvester, der sonst nie Kaffee trinkt, stößt die bittere Automatenplörre auf, an der er in der Nacht genippt hat. Fürchtet, die Augen seiner Schwester könnten sich gleich einen Spalt öffnen, den gebrochenen Blick enthüllen.

Er friert. Friert, als wäre er bis zum Bauchnabel ins Meer gewatet, in Wasser, das keine Badetemperatur hat. Und er kann sich nicht rühren.

Stur geht sein Blick weiter am Kreuz vorbei in den Himmel.

Wie groß wäre die Überlebenschance gewesen, wenn man sie wirklich früher gefunden hätte? Zehn Prozent bei einer Viertelstunde? Oder mehr? 50? Und bei einer halben Stunde? 99?

Diese unwirklichen Momente, als sie das Krankenhaus verlassen. Ohne Kitty. Das taube Gefühl in den Gliedern und im Kopf. Der Schock der frischen Luft: Die Schiebetür öffnet sich vor ihnen, sie treten ins Freie.

Die Gehwege erscheinen zu breit. Die Autos auf der Straße zu schnell und zu laut. Die Spatzen hüpfen zu flink umher. Und hängt nicht auch der Himmel, der die Farbe von altem Spülwasser hat, viel zu tief?

Die Tage und Wochen unmittelbar danach.

Alles wie von schwarzen Passepartouts eingerahmt. Jeder wache Augenblick. Jede Erinnerung. Jeder Traum. Überall Tod. Überall Kitty.

An allen Ecken plötzlich Leichenwagen Beerdigungsinstitute.

Silvester hat sein Zimmer schwarz gestrichen und mit weißem Marker nach und nach Sätze von Kitty, die ihm einfielen, an der Decke notiert, Wörter, die ihn an sie denken ließen. Er ist oft draußen gewesen, umhergelaufen, um nicht zu Hause sein zu müssen, wenn seine Mutter auf Kittys Bett gesessen hat, stundenlang.

Der Schmerz in ihrem maskenstarren Gesicht.

Die Totenstille um sie herum.

Die Haut an Silvesters Hals fing an, sich zu röten zu schuppen zu nässen. Er hat die Stelle mit Dreieckstüchern von Kitty verdeckt.

Silvester hebt im Liegen unwillkürlich die Hand dorthin, lässt sie anschließend zur Naht der klammen Hose wandern.

Über ihm schlüpft ein wenig Sonnenglanz durch die Wolken.

Er holt ein vergessenes Blinzeln nach, schließt die Augen, und wie von selbst streunen seine Gedanken weiter zu Merle.

Wie sie sich das Tuch, das er ihr umgelegt hat, zurechtzupft. Ihre geflüsterten Worte.

– Es geht nicht gut aus …

Er versucht, sich vorzustellen, sie würde neben ihm liegen. Wie vorvorgestern, in der Nacht in Dominos Wohnung. Oder wie an seinem Geburtstag, bei der Ausfahrt.

Wann war das genau?

Vor drei Wochen?

Entlang der Rippenbögen scheint freie Elektrizität zu fließen.

– Heirate mich, hat er gealbert.

– Darüber denke ich gerne in den nächsten Jahren nach, hat Merle gesagt, mal sehen, was noch so an Angeboten kommt.

Ein Zweig knackt.

Der Schreck strahlt aus bis in die Fingerspitzen, die Zehen und sofort wieder zurück durch die Brust, schießt hoch bis unter die Schädeldecke.

Die Lider öffnen.

Einen kühlenden Schatten auf der Netzhaut spüren. Die Nähe einer anderen Person, eine fremde Hand im Gesicht. Finger, übersät von winzigen Schnitten und Kratzern, Dreck unter den Nägeln. Das sind nicht Merles Finger.

Aber ist das überhaupt die Wirklichkeit?

Kondors hohlwangiges Antlitz schwebt über ihm.

– Hast du geflennt, Meister? Bist du in Ordnung?

Perplex wischt sich Silvester über die Wange, die Kondor gerade berührt hat. So perplex, dass er die Sache einfach wortlos abhakt.

– Die Kälte, sagt Silvester, was willst du?

Kondor, weiter über ihn gebeugt, weicht ein Stück mit dem Oberkörper zurück.

– Was ich will? Gegenfrage, was bitte wird das hier, wenn's fertig ist?

Silvester versteht nicht.

– Wovon redest du?

Übertriebenes Augenbrauenheben bei Kondor:

– Haut sich wie tot ausgerechnet hier ins Gras und fragt, wovon ich rede?!

Silvester hat sich auf die Ellbogen abgestützt, mustert Kondor. Ein ungutes Gefühl beschleicht ihn. Eine Art Vorahnung. Kondors Blick geht nach innen, das ist zu sehen, und Silvester hört ihn etwas murmeln, kaum verständlich.

Es braucht eine Zeit, bis das Begreifen einsetzt.

– Sag das noch mal, presst Silvester hervor, habe ich mich verhört, oder hast du eben wirklich behauptet, ich sehe aus wie …?

Er bricht ab. Kondor wischt sich über den Nacken, druckst herum.

– Es gibt da ein Wort für, Meister, fällt mir gerade nicht ein. Wenn man etwas wiedererlebt, was schon mal so ähnlich passiert ist.

Heiß-kaltes Brennen unter der Haut.

– Keine Rätsel, Kondor. Lenk nicht ab! *Wem* sehe ich ähnlich?

Kondor hebt den Kopf, stiert in Richtung Kreuz.

– Na, ihr, sagt er.

Ein kurzer, aber harter Stich in der Magengegend. Silvesters Faust krampft sich um ein Büschel feuchter Halme. Er sagt:

– Fang nicht mit dem gleichen Mist an wie beim Kater!

– …

Keine Reaktion darauf von Kondor. Außer, dass er sich erhebt. Silvester zerrt an dem Büschel. Halme reißen.

– Spuck aus, was du über Kitty weißt, sagt er, alles!

Ein Schuss ins Blaue soll es sein. Und doch trifft er mitten ins Schwarze. Das weiß Silvester, noch ehe Kondor die ersten Schritte rückwärts macht.

Sie tauschen Blicke.

Silvester nach wie vor halb aufgerichtet am Boden liegend, Kondor sich langsam entfernend. Aus dem Stich ist körperliches Unbehagen geworden.

– Man soll die Toten ruhen lassen, Meister, sagt Kondor, das ist doch das, was die Leute einem immer raten!

+

Dominos Finger stecken in gelben Gummihandschuhen. Sie reichen ihr beinah bis zu den Ellbogen und schlackern um die grazilen Unterarme. Geruch von Möbelpolitur durchzieht die Luft. Domino gesteht, eine Putzorgie liege hinter ihr.

– Frag besser nicht, sagt sie (gegen den Lärm des heulenden Staubsaugers an), ich habe noch ein Haar von *Fräulein* gefunden!

Gespielte Empörung. Darauf würde Silvester wetten: Sie freut sich über sein Kommen. Vermutlich stimmt auch die Geschichte mit dem Haar nicht. Domino liebt es, die Wohnung bis zur Ungemütlichkeit aufzuräumen und staubfrei zu halten. Ein Tick, der sich bei ihr unter Stress verstärkt.

– Rechnest du mit besonderem Besuch, Dom?

– Ich gehe heute aus, sagt sie, kommst du mit?

– Freitag. Knappentreffen.

– Ich hol dich hinterher ab, mein Schatz.

Das übliche Geplänkel. Das wiederum deutet Silvester als kein gutes Zeichen.

Nicht, dass er sich Domino als Häuflein Elend vorgestellt hätte, das sich rund um die Uhr nach ihm verzehrt. Aber kein Groll, obwohl sie die ganze Woche frei gehabt hat, nur seinetwegen? Den Urlaub hat sie vor langem eingereicht, um in den Herbstferien mehr Zeit mit ihm verbringen zu können.

– Ich muss dir leider einen Korb geben für heute Abend, Dom, das wäre keine sonderlich lange Auszeit gewesen.

Ihre colafarbenen Augen: Wie Kohlensäurespritzer in einem Werbespot blitzt es kurz in ihnen auf. Sie fragt:

– Was hältst du von einer Auszeit von der Auszeit? Ich petze auch nicht.

Silvester bemüht sich um ein Lächeln. Diese Zähigkeit!

Nachdem er die letzten Tage alle Anrufe und SMS ignoriert hat, kam gestern ein Umschlag mit der Post. Einziger Inhalt: sein Geburtstagsgeschenk, der Schlüssel. Ohne Kommentar. Aber die Botschaft versteht Silvester auch so: *Nicht auf die Art, nicht mit mir, mein Schatz, ich will dich sehen!*

– Eigentlich bin ich nicht zum Verhandeln hier, sagt er.

– Das heißt, du kommst mit.

– Das heißt, ich komme als Spielverderber.

Silvester schaut zu, wie Domino den Staubsauger wegpackt und danach in der Küche einen vorbereiteten Auflauf in den Ofen schiebt.

– Wenn du nicht wenigstens zum Essen bleibst, kill ich dich, ruft sie.

Dreht Knöpfe, reguliert die Temperatur.

– Seit wann reibst du dich am Herd auf?

– Das waren bocklangweilige Tage, sagt sie, dauernd Kochsendungen im Fernsehen. Und ich habe ja gewusst, dass du kommst. Weibliche Intuition.

Silvester setzt sich im Parka an den Tisch. Stellt die Plastiktüte am Boden ab. Darin: ein Knäuel aus roten Handschuhen. Auch heute hat er wieder den Markt am Einkaufszentrum besucht. Und diesmal ist mehr los gewesen als am Mittwoch. Der Freitag scheint überhaupt der viel lebhaftere Tag zu sein.

– Pudelmütze gibt's zum halben Preis dazu, wenn du zwei Paar nimmst.

Selbst bei den Textil-Tischen, wo Silvester die Handschuhe entdeckt, wirken die verfrorenen rotnasigen Figuren hinter den Auslagen viel weniger verfroren und rotnasig. Und besser aufgelegt.

– Ich nehme neun Paar von den roten, sagt Silvester.

– Das sind keine Einmalhandschuhe, mein Bester, das ist exklusive Wolle.

Silvester greift trotzdem zu. Dreht nach dem Kauf noch eine Runde. Verharrt in der Reihe zwischen Würstchenimbiss und dem Südfrüchte-Laster eine Weile am Stand von Brand III. Hier brummt es ebenfalls.

Silvester stellt sich unter dem Baldachin vor Kohlrabi, Lauch und Blumenkohl. Schaut den rotierenden Vertretern des einsitzenden Chefs beim Rotieren zu. Kondor zufolge, alles frühere Kleindealer und geübte Plakettenabkratzer.

Josey ist mit dabei, O-Ton Kondor:

– Die Schnalle von Brand III, seine rechte Hand, die hat das Kommando.

Zentimeterdicker Lidstrich unter den Augen. Rouge auf den Wangen. Josey trägt eine grüne Schürze und schippt Pilze in eine Papiertüte. Wiegt ab. Verteilt Tipps zum Putzen und Braten von Pfifferlingen, lobt deren Geschmack. Sie sagt:

– Das ist anders als im Supermarkt hier, die schmecken bei uns nicht fade nach Steckrüben, die sind so, wie sie sein sollen, leicht nussig!

Der kleine Glitzerstein auf ihrem Schneidezahn blitzt, sobald sie redet. Und sie dirigiert souverän ihre zwei Assistenten. Silvester kennt sie nicht, aber es sind (auch das hat ihm Kondor gesteckt) Göckel und Panzer.

– Was darf's denn sein, Sportsfreund, sagt der größere der zwei.

Silvester zögert einen Moment, als er an der Reihe ist. Dann sagt er:

– Ich habe etwas abzugeben. Für den Chef.

– Etwas abzugeben?

Panzer wiehert nicht, aber bleckt aufgekratzt die Zähne. Josey, auf deren Seite gerade Leerlauf herrscht, horcht auf, tritt hinzu.

Der Bross sei nächste Woche wieder da, versucht sie Silvester abzuwimmeln. Lässt sich auch nicht irritieren, als Silvester die knisternde Tüte öffnet, ihr einen Handschuh reicht.

– Für Brand III, sagt er.

Josey stopft das Wollding achtlos in ihre Schürze, revanchiert sich mit einer Möhre. Wirft sie Silvester zu:

– Für Hungrige, sagt sie, ein vitaminreiches Geschenk des Hauses.

Erntet dafür Gelächter von Panzer, Göckel und den Umstehenden.

Silvester legt die aufgefangene Möhre zurück. Kommentarlos.

– …

Joseys Augen: zusammengekniffen zu engen Schlitzen.

Silvester hat direkt hineingesehen, in die schmalen Öffnungen, hat sich wegen Joseys selbstsicherer Art sofort an Domino erinnert gefühlt. Wie er umgekehrt auch an Josey zurückdenken muss, als Domino (mit unergründlichem Blick) vor Silvester jetzt in ihr schwarzes Partykleid und die dazu passenden Kniestrümpfe schlüpft.

Ein Auftritt, wie er ihr Spaß macht.

Kenne ich dich? Das ist Joseys unausgesprochene Frage gewesen. *Ich kenne dich, mein Schatz!* Das will Domino ihm vermutlich sagen. *Ich kenne dich gut!*

Mit einer Unmenge Spangen und Haarnadeln steckt sie anschließend vor dem Spiegel im Flur Strähnen aus der Stirn, hantiert mit einer Wimpernzange. Fädelt dann links und rechte Kreolen in die Löcher ihrer Ohrläppchen, halb schon wieder auf dem Weg zur Küche, wo sie anfängt, mit Geschirr zu klappern.

– Ich bleibe nicht zum Essen, sagt Silvester.

Ihre Gabe, sich vor ihm mit gekonnter (nur ganz leicht

gekünstelter) Eleganz selbst zu inszenieren, hat Silvester sonst immer gemocht. Jetzt reizt es ihn.

– Und ob, sagt sie, du bleibst und, wenn du Glück hast, verzeihe ich dir sogar den Ausrutscher mit *Fräulein*!

Fast vergnügt flötet sie die Sätze.

– …

Silvester stöhnt. Die Fütterung des Parkas staut die Körperwärme vor der Brust. Er rührt den Reißverschluss dennoch nicht an. Beobachtet einfach stumm weiter, wie Domino den Tisch eindeckt. Für zwei Personen.

– Glaub mir, Sil, niemand passt so gut zu mir wie du, sagt sie.

Baut Kerzenständer auf, entflammt die Dochte mit einem Streichholz, stellt zum Schluss noch Wein auf den Tisch, wickelt eine Papierserviette um den Hals der Flasche. Silvester:

– Ist das auch aus dem Fernsehen?

– Aus einem Frauenmagazin, mein Schatz.

– Du trinkst nie Wein.

– Ist für dich. Christi Blut.

Silvester schlägt ein Bein übers andere, setzt die nächste Spitze. Selten hätten zwei Menschen so wenig zueinandergepasst wie sie beide. Seiner Meinung nach habe es in den letzten zwölf Monaten kaum einen Moment gegeben, in dem man sich nah gewesen sei, wirklich nah, außer im Bett. Er sagt:

– Du arbeitest, ich gehe zur Schule, so ist das. Du stellst keine Fragen.

– Anders als *Fräulein* und deine Kirchenfreunde? Was sind denn eure Fragen so? Ich meine, ich frage mich auch, was haben sie mit den ganzen Leichen nach der Sintflut gemacht? Wie schwängert ein Geist eine Jungfrau? Geht es um so was?

Silvester blickt zu den Porträts über dem Tisch auf.

– Was macht dich glücklich, Dom?

– Schuhe. Sex. Und Motorrollerfahren. Vielleicht nicht in der Reihenfolge. Du machst mich glücklich.

– Was macht dir Angst?

– Was willst du hören? Globale Erderwärmung und das Artensterben?

Domino lacht.

– Wovon träumst du?

Sie denkt einen Augenblick nach. Er sieht ihr die inneren Kämpfe an. Die Unterlippe zittert bereits leicht. Dann sagt sie absichtlich piepsig und lispelnd:

– Vielleicht habe ich irgendwann genug Geld zusammen, um einen eigenen Friseursalon zu eröffnen. Und wovon träumst du, mein Schatz?

– …

Silvester hat die Arme vor der Brust gekreuzt. Domino sagt (wieder normal):

– Ich möchte gar keinen Friseursalon eröffnen.

Plötzlich wendet sie sich ab. Schlägt die Hände vor ihr Gesicht. Der zuckende Rücken. Silvester merkt, dass es wirklich ernst ist.

– Bruderherz, mir tun die Frauen heute schon leid, wenn ich dich anschaue, du wirst allen das Herz brechen in ein paar Jahren.

Kitty, wenige Tage vor ihrem Tod.

Sie hat ihm durch die Locken gewuschelt. Dann ihr eigenes Haar mit einem Dreieckstuch gebändigt. Sie ist an dem Abend mit Domino verabredet gewesen, ausnahmsweise mal nicht mit Bozorg.

– Reduzierst du mich jetzt auf mein Aussehen? Pfui, Schwesterherz!

– Habe ich das erzählt? Sogar Dom meinte neulich,

wenn du ein paar Jahre älter wärst, würde sie dich glatt verführen.

– Eifersüchtig?

– Müsste ich das sein?

– Hm, sagt Silvester, Domino ist schon …

Er pfeift zwei Mal (nach Machoart) durch die Zähne. Kurz, lang.

– Pah! Untersteh dich, sagt Kitty, sie ist nichts für dich.

Ihre flache Hand landet an seinem Hinterkopf. Er fragt:

– Wieso nicht? Sie ist deine Freundin, Kitty Lanzen.

– Eben drum, Bruderherz. Sie würde dich kleinen Träumer mit Haut und Haar verspeisen, glaub mir, sie lebt in der großen Wirklichkeit.

– Sprechen wir von derselben Domino?

– So flippig sie ist, sie trifft praktische Entscheidungen!

Das hat Kitty gesagt. Und dabei den Knoten ihres Tuchs kräftig nachgezogen.

Wie recht seine Schwester hatte. Domino mag es bequem und einfach. Und Flippigkeit kann auch zur Routine werden, die nicht unbedingt im Widerspruch zu einem Leben mit normalem Job und schnieker Einbauküche stehen muss.

Ja, Kitty hat das gewusst, hat das durchschaut.

Denkt Silvester. Und hört sich nebenher selbst reden, mit der Stimme eines anderen, eines besserwisserischen unreifen Jungen.

– Tut mir leid, Dom, ehrlich, sagt er, wir sind nicht füreinander geschaffen.

Silvester knetet seine Unterlippe. Er steht auf und wirft den Schlüssel Richtung Tisch. Das helle Geräusch beim Aufprall auf der Tischplatte. Die in der Zugluft leicht flackernden Kerzenflammen. Domino dreht sich um.

– …

Sie zieht hoch, wischt mit dem Handballen übers Gesicht. Der Schleierblick aus ihren Mandelaugen schnürt Silvester die Kehle zu. Er weicht ihm aus, schaut noch einmal auf die Fotografie von seiner Schwester. Sagt:

– Wir sind nicht Kitty und Bozorg.

Dominos Miene wandelt sich, ihre Gesichtszüge werden wieder klarer.

– Erklär mir das, was genau passt dir nicht? Ehrlich, sagt sie, deine Mutter fällt seit Kittys Tod auseinander, dein bester Freund hat die Biege gemacht. Aber ich bin noch da, Sil, ich kriege alles geregelt.

– Du funktionierst. Gratuliere!

– Ja, ich funktioniere. Ist es das, was dir nicht passt?

– Kann sein. Vielleicht macht mir das Angst! Du funktionierst so gut, dass du gar nicht mehr merkst, wie traurig das ist.

Sie wirft ihm ihren vernichtendsten Blick zu.

– Warum bist du hier, Sil? Um mir Fiesheiten an den Kopf zu knallen? Und falls ja, ist das in Wahrheit nicht viel trauriger?

Die Schlinge um seinen Hals wird enger. Noch enger.

– Ich weiß, was wirklich vor drei Jahren passiert ist, sagt er, es gab einen Zeugen. Es gab sogar zwei Zeugen.

– …?!

Domino schaut ihn an wie etwas, das acht Beine hat.

– Kitty hätte gerettet werden können, setzt Silvester noch nach.

Es soll ein Befreiungsschlag sein.

– Du spinnst, sagt sie schroff, du hast einen Hau!

– Ja, sagt er.

Bückt sich. Nimmt die Tüte auf.

– Das ist unfair, sagt sie, ich weiß, dass *Fräulein* morgen zurückkommt, ich weiß, dass Sonntag Kittys Todestag ist.

Reicht das alles nicht? Sil, was immer vor drei Jahren passiert ist, es ändert heute nichts mehr! Nichts!

Dominos Gesichtsfarbe hat ungesunde Röte erreicht.

– Okay, sagt er.

Sie fragt ihn, wer ihm wohl so plötzlich eingeflüstert habe, was mit Kitty wirklich passiert sei. Ob ihm vielleicht der Geist Bozorgs erschienen wäre.

– Was ändern Zeugen denn, Sil? Das habe ich nie verstanden. War es Mord?

– Es war natürlich kein Mord. Aber es stimmt, dass das Geld gestohlen wurde.

– Sagt wer?

Silvester erklärt es ihr. Erzählt, was er von Kondor gehört hat. Domino wirft ihm daraufhin vor, seine Schwester zu missbrauchen. Von Merle abzulenken.

– Es ist die Wahrheit, Dom!

Sie starrt ihn gequält an, hebt verteidigend die Hände: *Das ist mir zu viel, Sil, ich glaube dir nicht, sei um Himmels willen still,* soll die Geste ausdrücken.

– Bitte, sagt Domino, hör auf damit, bitte! Werd ein bisschen erwachsener!

■

ÂVENTIURE II

Merle & Kondor

|Die Auserwählten I

August, September

◀◀

|Samstag, drei Monate vor Ausbruch des Feuers

Auf einer Seite scheuert das dusselige Latzbändchen der Servierschürze am Hals. Ich knote die Schleife im Nacken noch mal neu, schiebe auch gleich den BH-Träger ein Stück Richtung Schulter, schalte den Ventilator neben der Kasse eine Stufe rauf.

Kondor stürmt ins Eiscafé.

Ein Haudegen aus den Hochhaussiedlungen hinter dem Einkaufszentrum, der so aussieht, wie man sich woanders Haudegen vom Stadtrand wohl gerne vorstellt: Haudegen-Schaukelgang, Haudegen-Visage mit abgebrochenem Schneidezahn.

Öliger Zopf. Öliger Blick.

Er treibt eine herbfruchtige Deosprayduftwolke vor sich her, steckt in einem ärmellosen Nylonsportshirt (mindestens eine Nummer zu groß) und schlackriger Trainingshose. Auf Brusthöhe pendelt ein silberner Kettenanhänger aus. Lang wie ein Streichholz in etwa, nur viel massiver.

Eben, als Kondor am Eingang den Treppenabsatz hoch ist, hat das Kreuz noch zwischen seinen Lippen geklemmt.

– Leck mich an den Nippeln, sagt er, Klimaanlage defekt?

Sein Gesicht und die Haut an den nackten Oberarmen glänzen vor Schweiß.

– Hi, sage ich bloß.

Reinige den Portionierer an der Spezialdüse, warte auf die Bestellung.

Schwüle Mittagsluft drängt durch die offene Tür nach. Eine Klimaanlage hat es hier nie gegeben. Gut vorstellbar, dass sie den alten Backsteinkasten an der Hauptstraße eines Tages noch unter Denkmalschutz stellen. Immerhin gehört das Eiscafé zu den raren Attraktionen der Gegend. Quasi seit Ewigkeiten.

Meine lieben Erzeuger und Ernährer haben mir Kinderbilder von sich gezeigt: Waffelhörnchen vor den Schmiermündern, im Hintergrund Sonnenschirme (Ungetüme mit altbackenem Werbeaufdruck) und die Hecke, die den lauschigen Apfelbaumgarten vor dem einstöckigen Spitzdachhaus einfasst.

Ma und Pa kennen sich von der Schule. Hinterher haben sie sich eine Zeitlang aus den Augen verloren. Dann mit Mitte 20: Klassentreffen. Ein Jahr später Hochzeit. Ich glaube, sie mögen das. Fortsetzungen und Wiederholungen. Kaum waren meine zwei Brüder und ich jedenfalls auf der Welt, sind sie hierher zurück gezogen. Und natürlich existieren auch von uns solche Fotos.

Nicht nur die mit den Waffelhörnchen. Auch die mit den gewaltigen Schultüten. Die mit den Faschingskostümen. Die mit Papiergirlanden und Geburtstagskerzchen. Und so weiter.

– Erst ein Vollflop, der Sommer, sagt Kondor, und auf der Zielgerade jetzt das!

Er wischt sich mit dem Unterarm über die Stirn. Seit dem Schauer von heute Morgen sind die Temperaturen Stück für Stück bis weit über 20° geklettert, das erste Mal seit langem. Die Kühltruhe mit den Eisbottichen schnurrt angestrengt vor sich hin wie ein griesgrämiger Kater. Ich:

– Mein Chef hat wochenlang auf Knien gebetet, dass es brüllheiß wird.

Zumindest zur Hälfte stimmt das. Die Natur streut bereits verfärbte Blätter auf Wege und Straßen. Und ab Mitte der Saison falten vermutlich alle Eiscafé-Chefs ganz automatisch die Hände, sofern das Wetter nicht mitspielt.

– Amen, sagt Kondor, das Beten hat geholfen. Mächtig Gedränge hier!

Mit ruckendem Kopf tritt er einen Schritt zurück, betrachtet erst links die Leere neben sich, dann rechts. Haudegen-Grinsen.

Ich zucke die Achseln. Samstagmittag und schönstes Ausflugswetter. Kein Wunder, wenn es schleppend losgeht. Bis zum Meer fährt man nur eine Stunde, wenn die Straßen frei sind. Zwei Mal abbiegen: In weniger als anderthalb Minuten gelangt man von hier zur Autobahnauffahrt.

Schnappschüsse mit Schaufel und Eimer vor Sandburgen und Strandkörben: Auch die gibt es von allen Familienmitgliedern. *Spritztouren an die Küste* (Mas und Pas Worte) habe ich wirklich geliebt. Das Unterwegssein.

Dieser Staubsaugerbeutelgeruch der (volle Pulle laufenden) Fahrzeuglüftung. Die Kokosmilchdüfte der Sonnenschutzcreme, mit der meine liebe Erzeugerin und Ernährerin uns Kinder zentimeterdick eingeschmiert hat.

Butterdurchweichte Brötchen mit Salami und Käse.

Ich kann die zig Stunden im Stau förmlich noch riechen und schmecken. Und wette, dass auch heute auf den Straßen zum Meer die Hölle tobt.

Das letzte Drittel Sommerferien läuft.

– Das Gedränge kommt, sage ich, am Nachmittag stehen sie garantiert wieder bis runter zur Bushaltestelle Schlange.

– Tja, sagt Kondor, das Näschen für die Gunst der Stunde, das hat man oder man, hat es nicht.

Er nimmt drei Mal je eine Kugel in der Waffel, greift tief

in die Trainingshose, häuft einen Hügel aus Klimpermünzen auf den Tresen.

– Stopp, sage ich, viel zu viel. Sparschwein geschlachtet?

– Passt so, sagt er.

Schnalzt albern mit der Zunge. Ist wieder weg.

Seinen Namen habe ich ziemlich sicher mal bei einem der anderen Mädchen aufgeschnappt, mit denen ich hier früher schon gejobbt habe. Kondor war ab und an da, erinnere ich mich. Und groß verändert hat er sich, während ich weg gewesen bin, kaum. Fast nichts hat sich groß verändert im letzten Jahr.

Der *Tilt* im ersten Moment.

Auch wenn das klar ist, dass die Welt, aus der man kommt, nicht gleich völlig umgemodelt oder abgerissen wird, wenn man ihr für ein paar Monate den Rücken kehrt: Insgeheim wundert man sich doch über den unveränderten Trott (vor den allzu vertrauten Kulissen).

Weil man sich selbst so anders vorkommt?

Ich jedenfalls finde nicht, dass ich schon wieder richtig *zu Hause* gelandet bin. Und während ich zum Türausschnitt schaue, durch den Kondor mit seinen drei Eis in die Sonne raus ist, überlege ich: Vielleicht fehlt mir das? Wie Kondor einfach mal mit ein paar Leuten was vorhaben. Muss ja nicht gleich an den Strand gehen.

Okay, ich arbeite heute, was mir Spaß macht. Und von den Freundinnen, die mich vor drei Wochen am Flughafen empfangen haben, sind die meisten jetzt im Urlaub. Aber von dem Rest hat auch lange keine mehr gefragt, was ich treibe.

Bestimmt freue ich mich auch deshalb, als ich am Abend nach meiner Schicht das Eiscafé durch die Seitentür verlasse und mir gleich jemand im Garten zuwinkt.

Christian, den du immer Kamp genannt hast.

Er streicht sich mit den kräftigen Händen das blonde, dichte Haar zur Seite, das ihm bis zu den Augenbrauen ins Gesicht fällt. Goldene Stoppeln lassen die wettergebräunte Haut an Wangen und Kinn noch dunkler aussehen.

Ein Pulli hängt locker über den breiten Schultern, nach Tennistrainermanier. Meinem lieben Erzeuger und Ernährer würde ich das als Modesünde ankreiden.

Bei Christian geht das halbwegs in Ordnung.

Vor drei Jahren verabschiedete sich der alte Pastor vom *Guten Hirten* in die Rente, und Christian übernahm das Amt. Du und ich waren damals Konfirmanden und wie eigentlich alle in unserer Gruppe ziemlich baff. Christian wirkt auf zeitlose Art jugendlich, Typ Sportlehrer eben. Die sympathische Sorte, wie man sie manchmal im Fernsehen zu sehen bekommt.

Ich schiebe mir eine Locke hinters Ohr, winke zurück.

Christian sitzt nicht allein.

Und ich bemerke, wie ich beim Blick ins Rudel, das da um ihn versammelt ist, Ausschau nach dir halte. Ein paar von den Gesichtern kenne ich. Alle ungefähr mein und dein Alter. Jugendgruppenleiter in der Gemeinde.

Aber du bist nicht dabei.

– Merle, wie war's in fernen Landen? Setz dich, sagt Christian, ist es hart, nach dem Abenteuer in der alten Heimat klarzukommen?

Eine Motorradjacke rutscht von seiner Lehne, als er aufsteht, um mir seinen Platz anzubieten. Ich bücke mich danach:

– Die neue Kluft für Geistliche in diesen Breiten?

Christian streicht sich noch einmal durchs Haar. Ich erfahre: Die Haudegen-Lederjacke gehört Kondor, reiche sie an Christian zurück.

Die vielen Zipper klimpern.

Ähnlich wie das Münzgeld, mit dem Kondor am Mittag bei mir bezahlt hat.

|Kondor, Bonusmaterial: nachgestellte Szene #1

Der mächtige Schatten eines Wohnblocks teilte den vollbesetzten Parkplatz in zwei Hälften. Kondor schlich auf der kühleren Seite entlang der Autoreihen. Hinter ihm heller Zweitakter-Singsang. Gleich doppelt.

– Hey, Kondor! Plakettentour bei dieser Affenhitze?

– Magere Ausbeute die letzten Tage, wie!

Im Schritttempo folgten ihm die hässlichen beiden Zwerge bis hoch zur großen Kreuzung zwischen Einkaufszentrum und Eiscafé. An der Haltestelle gegenüber der Fahrradwerkstatt pflanzte Kondor sich am Wartehäuschen auf.

Der 10er stadteinwärts kam. Hielt. Kondor stieß sich ab. Die zwei Zwerge verbauten ihm auf ihren Mofas den Weg. Er wischte sich übers Kinn. Die Lederjacke knarzte. Kondor:

– Klasse Maschinen, kann man die jetzt auch ohne Lappen fahren?

Er schaute zum Bus: Licht spiegelte sich in den Scheiben. Ein Pulk Kinder schwärmte heraus, ein Senior mit Brustbeutel wackelte zur Fahrertür. Kondor unternahm einen Anlauf, sich zwischen den Mofas durchzuschlängeln.

Augenblicklich rollten die Vorderreifen dichter zusammen.

– Es ist verdammt heiß, Kon, und wir haben dem Bross nicht gepetzt, wo du am Wochenende wieder abgehangen hast, sagte der eine Zwerg.

Der andere ergänzte:

– Du schuldest uns ein Eis, zwei Kugeln jedem.

Pressluftzischen. Die Bustüren klappten zusammen. Der 10er reihte sich in den Verkehr ein. Fuhr davon.

– Warum schlagt ihr nicht einfach die zwei verunstalteten Kugeln auf euren Hälsen gegeneinander, am besten Helme ab und gleich loslegen.

Kondor setzte mit einem Sprung über das Hindernis, verfiel in den typischen Schaukelgang, die Mofas tuckerten auf dem Gehweg wieder hinter ihm her. Der eine Zwerg krächzte:

– Eine Kugel Zitrone, eine Kugel Stracciatella.

Der andere:

– Eine Kugel Erdbeere, eine Kugel Banane. Mit Streuseln!

Sie überholten am Kirchenkindergarten eine gebeugt gehende Silberlockige mit Einkaufsshopper. Die Frau hob den Kopf, die eine Hälfte des Runzelgesichts entstellt von beulenartigen Geschwüren. Kondor beschleunigte den Schritt.

– Ich hab keine Kohle, zischte er, verzieht euch!

– Wir wissen, dass du Samstagnacht mal wieder im Freibad warst, das war eine Homofete, *Alter.*

– …

Kondor winkte ab.

– Und was, wenn wir von dir und einem der Schwanzlutscher ein Bild auf dem Telefon hätten, wie der in Badehose einen Arm um dich legt?

An der Kirche schlug es ein Uhr.

– Das war keine Homofete, sagte Kondor, und dieser Typ war ein alter Kollege von mir, leckt mich doch!

– Ganz sicher nicht, Alter.

– Wir sind doch keine Schwuchteln und Spinatstecher, Mann!

Der Glockenton verklang. Kondor hielt an, schaute schräg über den Vorplatz zum Guten Hirten. *Eine würfelartige Festung aus Betonplatten, ein ganzes Stück zurückversetzt von dem eckigen, alleinstehenden Turm vorn an der Straße.*

Keine Fenster, nur ein Band aus Oberlichtern rundum.

Kondors Blick verharrte beim Eingangsportal an der Seite.

Die schwere Holztür stand weit offen. Er zog hoch, spuckte aus, marschierte los.

– Drei Kugeln für mich, ihr teilt euch eine. Gebt mir zwei Minuten.

An der Schwelle blinzelte er noch einmal über die Schulter zurück in die Sonne, vernahm Orgelmusik, schlüpfte in den dämmrigen Vorraum.

Kühle Luft. Schwacher Geruch nach Holzpolitur. Tiefe Akkorde, verziert mit auf- und absteigenden Tonfolgen in höheren Lagen.

An der Wand ein Holzkästchen mit Geldschlitz im Deckel.

Geschützt von einem Regal mit Gesangbüchern spähte Kondor um die Ecke: der Würfel von innen. Ein himmelhoher Saal. Leere Bankreihen. An der geweißten Stirnseite hinter dem Altar ein Kreuz aus schlanken Birkenstämmen.

Keine Menschenseele.

Kondor zog die Schultern zusammen, vergrub eine Hand in der Trainingshose, fischte das Butterfly heraus. Machte sich am Vorhängeschloss des Holzkästchens zu schaffen. Bis die Klingenspitze abbrach. Die Metallecke fiel zu Boden.

– Mir wächst gleich ein zweiter Pimmel, murmelte er.

Setzte das ramponierte Messer neu an, hebelte jetzt den ganzen Kasten von der Wand ab. Die Finger am Ende halb taub vor Anstrengung.

Die Dübel flutschten samt Schrauben aus dem Stein.

– Pst!

Kondor fuhr herum. Sah Kamp. Nur zwei Armlängen von sich entfernt. Nach wie vor waberte die Orgelmusik von der Empore herab.

– …?!

Zwei schnelle Bewegungen aus dem Handgelenk: Das Butterfly verschwand wieder in Kondors Trainingshose. Der Pastor machte einen Schritt auf ihn zu.

– Heee!!!

Kondor rutschte auf dem glatten Kirchenboden weg, rappelte sich hoch, wurde im selben Moment fest am Kragen der Lederjacke gepackt, schlug den Ellenbogen blind nach hinten, traf etwas Hartes.

Der Griff lockerte sich kurz.

Kondor schlüpfte aus den Ärmeln, jonglierte dabei den erbeuteten Kasten zwischen den Händen. Klimpern der Zipper, Klimpern der Münzen.

Kondor stürzte ins Freie.

An den zwei hässlichen Zwergen vorbei.

Sprintete quer über die Straße, zwang mehrere heranrauschende Wagen zu Bremsmanövern. Gellendes Hupen. Kondor wandte sich kurz um, tänzelte auf der Stelle, nahm seinen Kettenanhänger zwischen die Lippen.

Sein Verfolger verfolgte ihn nicht mehr. Drüben stand nur die Alte mit den Beulen im Runzelgesicht. Im Abgasnebel der Mofas, die Richtung Eiscafé rauschten.

Ein welkes Apfelbaumblatt trudelt auf den Plastiktisch. Christian schnippt es weg. Ich gebe mir Mühe, nicht ständig auf das Veilchen unter seinem Auge zu starren. Ein wie nachlässig hingepinselter Strich, fingerdick. Ich lenke meinen Blick auf das Pärchen, das mir direkt gegenübersitzt.

Sie heißt Edda. Altersmäßig hebt sie sich von den anderen ab, ich schätze sie auf Anfang 20. Christian hat sie mir als die *gute Seele des Jugendbüros* vorgestellt. Seit letztem Herbst macht sie den Halbtagsjob.

Alles an ihr wirkt groß. Brille, Mund, Hände. Das mit der *guten Seele* kaufe ich Christian ab: Eddas Gesicht ist eins, in das man gerne guckt, weil es so offen und fröhlich wirkt; eine Narbe zwischen Lippe und Nase macht es zusätzlich besonders.

Ihr Freund erscheint jünger, er kommt mir bekannt vor.

Ein Kumpel von dir?

Er trägt eine Mütze mit Namenszug: *Mauser*. Und so wird er offenbar auch gerufen. Wenn ich das richtig heraushöre, hat er nichts mit den Gruppenleitern zu tun, trainiert aber hin und wieder mit Christian zusammen im Boxschuppen. Und er weiß eine ganze Menge über Kondor, der früher offenbar auch geboxt hat. Mauser:

– Klassischer Schulabbrecher. Arbeitet seit einer Weile für Brand III am Gemüsestand und hat ein Faible für Schlösser und Türen.

– Ein Einbrecher mit Nebenjob also, sagt Christian.

– Nein, kein Einbrecher. Aber wenn du Geld für den

Schlüsseldienst sparen willst … Ist einfach eins von Kondors Talenten. Er frisiert dir auch dein Mofa.

– Unser alter Hausmeister hat einen kaputten Rasenmäher.

Mauser nickt.

– Den frisiert dir Kondor bestimmt auch.

Edda leckt sich einen Streifen Eis über ihrer Lippe weg:

– Rund ums Einkaufszentrum ist Kondor auf jeden Fall eine echte Größe.

– Klingt so, sagt Christian, na, man kann nicht alle bunten Vögel kennen.

Er schiebt sich eine Selbstgedrehte in den Mundwinkel, klopft auf der Suche nach dem Feuerzeug die Hosentaschen ab.

– Kondor hat mir einen schönen Batzen Trinkgeld gegeben, sage ich.

Öffne mein Portemonnaie, zähle Geld zusammen. Aber Christian will es nicht nehmen. Es gibt ein kurzes Hin und Her. Und am Ende, als ich mich verabschiede, schaut er mir noch einmal direkt in die Augen. Sagt:

– Komm doch mal wieder vorbei, wir treffen uns jeden Freitag.

– Mittwochs ist außerdem Puppenabend, ergänzt Edda, und, falls du morgen noch nichts vorhast, sonntags ist Kinoclub.

– Oh, Bozorg macht den noch?

Am Tisch werden Köpfe geschüttelt. Bereits vor rund einem Jahr hat Bozorg ohne Abschied von irgendwem das Weite gesucht, erfahre ich. Praktisch über Nacht.

– Konto aufgelöst, Rucksack geschultert und weg, sagt Mauser.

– Den Kinoclub macht jetzt Edda, fügt Christian an, zusammen mit Silvester, du erinnerst dich an Silvester?

Sein Blick, als er das sagt. *Ich weiß was über dich, das du selbst nicht einmal wirklich weißt*. Er kann das schon gut.

– Was gibt es denn morgen für einen Film?

– Einen mit guten Menschen, denen böse mitgespielt wird, aber das ist ja fast immer so, lacht Edda, Filmtitel verraten wir vorher nie.

+

Am Mittwoch geht das Zwischenhoch langsam in die Knie. Fieser Wind zaust an der Hecke des Eiscafés, während dahinter der Feierabendverkehr vor sich hin grummelt.

Unter den aufgeblähten Sonnenschirmsegeln räume ich an verlassenen Tischen das backsige Geschirr ab, rücke leere Plastikstühle.

Jemand zupft an der Schleife meiner Servierschürze.

Edda. Sie strahlt mich an.

Mir sprießt eine zarte Gänsehaut ab Ellbogen armaufwärts. Vor allem wegen der Kälte. Edda sieht das. Rubbelt mir zur Begrüßung die Schulter, als würden wir uns seit Jahren kennen. Erkundigt sich, was Sonntag los war.

Ich überlege, was sie meint. Dann fällt es mir ein. Der Kinoclub.

– Ich musste hier länger machen. Während der Ferien nehme ich jede Schicht mit, die ich kriegen kann, sage ich.

Schleppe das klirrende Geschirr zurück nach drinnen, eskortiert von Edda.

– Du sparst für eine Weltreise, sagt sie.

Hatte ich von meinem Fernweh erzählt? Spätestens nach der Schule soll es auf jeden Fall wieder weit weg gehen, zumindest eine Zeitlang.

– Ja, mal gucken, was aus dem Plan wird, sage ich.

Stelle das Tablett neben der Spüle ab. Edda schaut zu, stupst sich gegen den Steg ihrer Brille, erinnert mich dann an den Puppenabend heute.

– Die einzige Ausrede, die akzeptiert wird, ist, dass du schon etwas Besseres vorhast, ein Rendezvous zählt, etwas anderes eher nicht.

Sie klopft mit ihren rundgeschnittenen Fingernägeln einen Rhythmus auf den Tresen. *Entscheide dich schnell, entscheide dich richtig,* soll das heißen.

Ich spendiere ihr eine Kugel Haselnuss mit Schokoraspeln.

Stelle fest, dass ich amüsiert vor mich hin lächle. Der *Gute Hirte* liegt keine fünf Minuten zu Fuß vom Eiscafé und ein Rendezvous gibt es nicht.

Ich gehe also mit. Und staune.

Der Geruch in den Katakomben unter der Kirche ist zwar noch immer der alte; in der Luft hängt etwas, das mich an Kreidestaub erinnert oder an Trödelmarktmöbel mit bröseligen Polstern. Aber die Räume gegenüber vom Gemeindesaal sind kaum wiederzuerkennen. Speziell im Bunker, wo früher schon der Kinoclub stattgefunden hat, sieht es jetzt aus wie in einer Kellerkneipe.

Mehrere Sofas. Kniehohe Tische dazwischen. Ein alter Billardtisch, ein neuer Kicker. Es gibt sogar in der einen Ecke einen Tresen inklusive mehrerer Barhocker.

Drei Mädchen spielen dort ein Würfelspiel. Der Lederbecher klongt dumpf auf einen Bierdeckel. Musik läuft. An der Decke dreht sich eine Discokugel.

Und am Boden liegt: Sand.

– Frisch im Frühjahr von Knappen und Konfirmanden aufgeschüttet, sagt Edda, der einzige unterirdische Strand der Gegend!

– Knappen?

– Die Gruppenleiter.

Sie und ich ziehen Schuhe und Strümpfe aus. Gesellen uns zu den anderen dazu. Besorgen uns an der Bar Tee. Pusten in unsere Tassen. Reden.

Über Edda, die neben der Halbtagsstelle im Jugendbüro auch noch in der Videothek jobbt, *um das Konto aufzubessern* und weil es ihr Spaß macht.

Über Mauser, der mit ihr zusammenwohnt, mehr als ein Jahr schon.

Über dich (du gehst auf dieselbe Schule wie Eddas Freund).

Über die Zeit nach der Konfirmation, als Christian dich und mich gerne für die Jugendarbeit in der Gemeinde eingespannt hätte.

– Ich habe sogar meinen Gruppenleiterschein gemacht, sage ich, vorletzten Winter, aber dann war das mit dem Auslandsjahr plötzlich fix. Naja, eins kam zum anderen.

Edda kommentiert das nicht weiter, bleibt aber neugierig.

– Was muss man über Merle mit den irren Stachelbeeraugen sonst noch so wissen? Familie, Hobbys, Sport. Spielst du ein Instrument?

– Ich? Ich bin mit zwei Brüdern groß geworden, sage ich, die studieren schon, ich spiele ein bisschen Tennis, habe im Ausland meinen Führerschein gemacht und mir auf der Gitarre meines Gastvaters ein paar Akkorde selbst beigebracht. Oh, und ich habe einen greisen Wellensittich, Artus heißt der.

– Gitarre? Das wäre ja phantastisch, wenn wir auf Ausfahrten mal jemanden dabeihätten, der spielt, ehrlich.

Ich wiegle ab.

Das ist nichts, womit man wirklich angeben könnte, und jetzt bin ich dran mit Ausquetschen!

– Später, sagt Edda, es wird Zeit für eine Runde Dart.

Ich gewinne die ersten zwei Spiele mit Abstand und liege auch im dritten sofort wieder souverän vorn.

– Übrigens, sage ich, ich habe vorher noch nie im Leben gedartet!

Dieses Lachen von ihr. Eine Girlande aus Tönen, die im Raum schwebt und sachte schwingt. Wenn man kleine Kinder durchkitzelt, klingt es so ähnlich.

– Du bist ein Dartgenie, sagt sie.

Das Wort spricht sie absichtlich albern aus: *Schänie*. Wie immer, wenn ich zu lachen beginne, schießen mir Tränen in die Augen. Und trotzdem treffe ich mit dem nächsten Wurf wieder die Triple-20. Da gibt es kein Halten mehr.

+

Den nächsten *Kinoclub* verpasse ich nicht. Ich erlebe, wie die Leinwand aus dem Kasten über der Bar heruntergefahren wird. Applaus im Bunker. Konfirmanden und Knappen lümmeln auf den Sofas. Christian, Edda und Mauser. Und natürlich bist auch du da.

Ich bekomme keine weichen Knie deshalb. Aber du gefällst mir nach wie vor. Vielleicht sogar noch besser als zur Konfirmandenzeit.

Deine Haare trägst du jetzt ein wenig länger. Wild stehen sie dir vom Kopf ab. Passt zu dir. Und im allgemeinen Durcheinander nach der Vorführung gehe ich dann einfach zu dir hin.

– Merle von Aue, meine erste große Liebe, sagst du, zurück aus der Fremde!

– Soeben eingeflogen.

– Wie war's?

Keine Umarmung, kein Handschlag. Mehr als anderthalb Jahre sind du und ich uns nicht mehr über den Weg gelaufen. Und ich frage mich, ob du mich vielleicht aufziehen willst. Ein Kuss bei unserer letzten Ausfahrt vor der Konfirmation; mehr hat sich zwischen uns nie abgespielt.

Klar, es ist keine dieser unsäglichen Tat-oder-Wahrheit-Flaschendrehen-Albereien gewesen, um die ich mich sowieso immer lieber gedrückt habe. Du hast mir nicht den Mund ins Gesicht gepresst, als wolltest du mich beatmen. Deine Lippen gingen mit Neugier vor. Im Hintergrund raschelten Blätter in den Baumkronen, und zu unseren Füßen gluckste ein tiefdunkles Gewässer.

Das Ende eines Nachtspaziergangs um einen See, bei dem du und ich mit einem Mal die Letzten waren, eine Hand sich wie von selbst in die andere flocht, wir aufhörten zu reden und stehen blieben. Ein besonderer Moment.

Aber erste große Liebe?

Um ehrlich zu sein, war es doch eher die erste kleine Enttäuschung, oder?

Wer weiß, woran es lag? Wir waren gerade mal 15, gingen nicht auf dieselbe Schule. Ich wohnte auf der einen Seite des Stadtteils, du auf der anderen. Hinzu kam: Du bist nach dem Tod deiner Schwester viel mit Bozorg unterwegs gewesen, der deutlich älter war als wir, viel zu viel trank, kiffte und den ich zwar ganz witzig, aber insgesamt doch eher schräg fand. Mit den radikalen Weltverbesseransichten. Und dem Filmtick. Du eifertest ihm ziemlich nach.

Wir sahen uns deshalb vielleicht noch ein-, zweimal in der Kirche. Und das war's.

Inzwischen bin ich schon eine Weile 17 und du fast 18.

– In der Fremde war's fremd, sage ich.

Du lachst.

Lässt dir noch ein bisschen mehr von mir erzählen. Hörst noch ein bisschen weiter zu, hakst von Zeit zu Zeit nach. Bis ich an der Reihe bin, dir ein paar Fragen stelle. Wie es zu Hause geht. Ob du für deinen Geburtstag etwas Größeres geplant hast. Nur so harmloses Geplänkel an sich. Aber trotzdem kein Blabla.

Ich weiß nicht genau, wie ich es ausdrücken soll. Wie erklärt man, dass man auf einer Wellenlänge ist? Woran merkt man das?

– Und die Fremden in der Fremde, fragst du, vermissen die dich jetzt?

– Andere Mütter haben auch schöne Söhne, sage ich. Verschränke die Arme vor der Brust.

(Was bitte geht dich das Thema an?)

– Du hast dich nicht großartig verändert, sagst du.

– Ach! Beleidigt, weil ich dir die persönlichen Details vorenthalte?

– Tust du das? Glück, das man nicht teilen kann, was ist das schon wert?

Dein herausfordernder Blick. Ich kreuze ein Bein vors andere.

– Die gesamte Schulband. Besonders der Sänger, der hatte noch längere Haare als du. Die verzehren sich jetzt alle vor Sehnsucht nach mir. Zufrieden?

Ein Wimperschlagstakkato von mir. Du:

– Ich nehme alles zurück, du hast dich doch verändert.

– Du auch. Deine Frisur zumindest! Und was meinst du überhaupt?

– Früher schlug dein Herz im Grunde ja nur für den einen, wenn ich mich richtig erinnere. Wie hieß dein Wellensittich noch? Lanzelot? Eisenherz?

– Artus, sage ich, *meine* erste große Liebe.

– Artus? Aha.

– Eigentlich Butschi, aber es klang nie so, wenn er seinem Namen gegurrt hat. Und mein Pa mag alte Rittergeschichten.

– Sympathisch. Unser Kater heißt Prinz.

– Kein Kater heißt Prinz.

– Meine Schwester mochte Märchen.

– Aber ist das nicht eher ein Hundename?

– Vielleicht ist Prinz ja ein Hund, gefangen in einem Katzenkörper.

Und so weiter. Zum Schluss sagst du, eher unverbindlich:

– Vielleicht bis nächste Woche?

Kurz darauf gesellt sich dann Christian zu mir. Das Veilchen unter seinem Auge hat eine interessante Farbe angenommen. Mattes Laubgelb.

Ich erkundige mich, was aus dem Fall Kondor geworden ist. Christian legt eine Hand auf mein Schulterblatt, was er hinbekommt, ohne dass es aufdringlich wirkt.

– Oh, ich habe den Herren inzwischen kennengelernt, interessanter Typ, sagt er, vielleicht sieht man ihn demnächst sogar häufiger hier. Was ist mit dir?

Kondor, Bonusmaterial: nachgestellte Szene #2

Hinter dem Einkaufszentrum bauten die Marktleute ihre Stände Tische Schirme ab, legten Kabel, die sich über den Parkplatz geschlängelt hatten, zusammen, beluden die Fahrzeuge. Kondor ging Brand III beim Packen des Lieferwagens zur Hand.

– Was will der von dir?

– Wer?

– Dieser engagierte Gottesmann. Der Bross fragt sich, warum der sich wegen dieser Sache so ins Zeug legt.

Kondor stieß Luft aus. Mit flatternden Lippen.

– Keine Ahnung, Bross, der will nichts.

Er hievte eine randvolle Kiste Gurken zu Brand III auf die Ladefläche. Eine Pranke, besetzt mit kantigen Ringen, griff den Holzbehälter: Brand III stapelte die Gurken einhändig auf einen Kistenturm hinter sich.

– Du warst doch bei ihm. Er will nicht mal die Kohle zurück?

– Ich könnte einen Rasenmäher reparieren.

– Rasenmäher? Wie zum Teufel kommt der Prediger auf den Schwachsinn? Zu viel Gras geraucht?

– Wahrscheinlich wegen der Mofas.

– War das vielleicht ein Vorstellungsgespräch? Du hast mit ihm nicht ernsthaft über deine Jugendsünden gequatscht, oder?

– Hat sich so ergeben, Bross.

Kondor reichte die Spanngurte an. Brand III zurrte die Ladung fest und sprang aus dem Fahrzeug. Sogleich hob sich der Lieferwagen ein ganzes Stück.

Kondor schielte hoch.

Akkurat sitzende Tolle. Zickzackmuster im Bart.

Brand III sah aus zusammengekniffenen Augen auf ihn herab.

– Das ist Erpressung! Der Prediger lässt die Blaumützen aus dem Spiel, und du reparierst dafür seinen Rasenmäher, oder wie?

Die Schiebetür flog zu, rummste ins Schloss.

– Erpressung? Weiß nicht. Es geht um den alten Rasenmäher von jemand anders. Und ich muss das nicht machen.

– Dann machst du das auch nicht, sagte Brand III, Ende der Durchsage.

– …

Pause.

– Du hast nicht ernsthaft darüber nachgedacht?

– …

Kondor wich einen Schritt zurück, hob Hände und Schultern, machte so körpersprachlich klar, dass ihm zu dem Thema überhaupt sehr wenig einfiel.

– Rasenmäher, sagte Brand III, wie viel war in diesem Spendenkasten?

– 13 Tacken.

– 13 Tacken? Nur Geizkrägen, die Gottesdienste besuchen! Das hat schon den alten Herren von Brand III fertiggemacht. Himmelfahrt gratis. Das ist das, was alle wollen. Belohnt werden fürs Nichtstun.

Das Zickzackmuster des Bartes geriet in Bewegung. Ein breites Grinsen zerriss das vernarbte Gesicht des Gemüsehändlers.

– Scheint so, sagte Kondor, die Aktion war jedenfalls eine Schnapsidee.

Brand III legte ihm die beringte Pranke in den Nacken.

– Du hast mehr drauf, keine Frage. Und Brand III sagt dir

jetzt mal was, mein Bester, was hältst du davon, wenn du heute 30 extra bekommst für deine Hilfe hier? Damit bringst du die Sache sauber wieder in Ordnung.

– Bedingung?

– Sagen wir mal so, der Bross hat einen bei dir gut. Apropos, wie sieht es bei den Plaketten aus? Die bringen Kohle, mein Freund, hörst du. Keine Rasenmäher. Der Typ hat sie doch nicht alle!

Nach meinem ersten Knappentreffen hocken wir in kleiner Runde auf der Wiese vorm Pastorenbüro. Mildes Augustlicht verfängt sich in den Wipfeln der Bäume, drüben am Kindergarten, der auch zum *Guten Hirten* gehört.

Ein Betonbungalow.

Buntpapiermännchen kleben von innen an den großen Scheiben.

Christian öffnet Wein, die Flasche geht reihum. Jeder schenkt sich ein, bis auf Mauser, der gerade vom Training gekommen ist, nie Alkohol trinkt. Eigentlich will er nur Edda einsammeln, wie er das auch mittwochs, nach den Puppenabenden, meist macht, pflanzt sich dann aber doch noch einen Moment zu uns in den Kreis.

Das Gespräch dreht sich um Kondor.

– Tja, der Lederjackenbesitzer war hier, sagt Christian, hat sich reumütig das gute Stück zurückgeben lassen, schätze, du schuldest mir eine Kugel Eis!

Sein Blick geht zu dir. Du hattest vermutet, dass Kondor sich das nicht trauen würde; was mir nicht recht einleuchten will.

– Wenn die Jacke einem wichtig ist, warum sollte man nicht herkommen?

Du rupfst ein paar Halme, lachst leise in dich hinein.

– Jemand wie Kondor?

Mauser springt dir zur Seite, erklärt:

– In Kondors Kreisen steckt man in Situationen wie diesen eigentlich eher den Kopf in den Sand oder sucht das Weite. Ist wahrscheinlich Instinkt.

Dann erzählt er, angespitzt durch Fragen und Kommentare, von Kondors Rauswurf aus der Boxstaffel, auch von Emmemm, Kondors älterem Halbbruder.

Ich halte mich zurück. Bin nicht ganz sicher, was ich vom Schicksal dieses Haudegen-Gespanns halten soll. Emmemm, eigentlich Milan Marks, ein blässlicher Hänfling und Stotterer, gehörte zu den Ersten, die bei dem Boxprojekt mitmachten. Christians Vorgänger hatte es gerade erst ins Leben gerufen, und in den Blocks der Hochhaussiedlungen waren Flugblätter verteilt worden.

Emmemm bekam von Größeren gerne mal eine Abreibung und eins dieser Flugblätter in die Finger. Mausers Legende nach, als er just mit blutender Nase von einer Spielplatzprügelei kam und am Briefkasten eines Peinigers herumkokeln wollte.

Kondor, lebendiger Schatten Emmemms, schleppte dem Größeren zunächst bloß die Sporttasche in die Umkleide, ein Zuschauer am Rande.

Scheinbar gelangweilt, insgeheim wahrscheinlich sehr beeindruckt.

Der Trainer, Ex-Europameister im Schwergewicht und selbst in schwierigen Verhältnissen aufgewachsen, nahm die Jungs seiner Staffel hart ran, stellte klare Regeln auf, zu denen auch gehörte, dass jeder flog, der die Schule schleifen ließ, Drogen anrührte oder mit dem Gesetz in Konflikt geriet.

Für Erfolge schwitzen, Fairness lernen, sich berappeln, wenn man etwas einstecken muss, um diese Dinge sollte es gehen. Mit Regeln tat sich Emmemm allerdings von Haus aus schwer. Und die Lust, sich beim Boxen zu schinden, hielt sich in überschaubaren Grenzen.

Seilspringen? Mädchenhaft. Laufen? Langweilig.

Er blieb der, der er war. Ein mickriges Kerlchen mit vorlauter Klappe, Hang zu Ausrastern, voller selbstzerstörerischer Energie. Er schnüffelte Klebstoff, seit er elf war, stahl Mofas, knackte Zigarettenautomaten. Der Trainer gab Schützlinge aber ungern auf und bot Emmemm sogar nach den ersten Ladendiebstählen noch eine Chance, steckte nebenbei auch Kondor in Handschuhe.

– Ich habe gehört, Kondor soll nicht untalentiert gewesen sein, sagt Christian, flinke Beine, ordentlich Biss und Herz.

Er kennt die Geschichte von Kondors kurzer Sportlerlaufbahn ebenfalls, vom Trainer selbst, zu dem er einen engen Draht hat und der sich auch noch gut an Emmemms rasanten Absturz erinnert.

– Kondor und sein Bruder, die waren halt eng wie Docht und Wachs, sagt Mauser, und als Emmemm anfing, mit der Truppe von Brand III rumzulungern und hartes Zeug einzuschmeißen, bedeutete das quasi automatisch auch das Aus für Kondor.

Dass man seinen Bruder abserviert, wollte er nicht hinnehmen. Dem Trainer werden eines Tages die Reifen am Auto zerstochen.

– Kondor, sagt Christian, wenigstens hat er damals die Schuld dafür auf seine Kappe genommen.

Und nach kurzer Pause fügst du hinzu:

– Falsche Freunde. Aber immerhin keine Drogen. Was das betrifft, war Kondor immer sauber, soweit ich weiß.

Mauser tippt sich gegen den Schirm seiner Mütze, nickt:

– Sein Bruder ging ihm über alles, das hat ihm letztlich das Genick gebrochen. Der Rauswurf war jedenfalls bitter für Kondor. Er hat er sich beim Training immer voll reingehängt. Obwohl er auch mal eine Tüte geraucht hat, meine ich, das schon.

Christian überlegt.

– Der Bruder ist aber seit einiger Zeit tot, richtig?

Mauser drückt auf den Kolben einer imaginären Spritze.

– Goldener Schuss, genau. Letztes Jahr. Im Klo eines Schnellrestaurants am Hauptbahnhof. Ganz am Ende ist Emmemm, weil er schon zu fertig zum Dealen war, dann sogar anschaffen gegangen, habe ich gehört.

Stille.

Ziemlich lang sogar.

Wein macht noch einmal die Runde auf der Wiese, es ist bereits die zweite Flasche, und ich erwische mich, wie ich lange in deine Richtung starre.

Du stützt dich im Sitzen mit den Armen nach hinten ab, wirkst abwesend, wie tief in Gedanken. Das Thema Tod, die Erinnerung an deine Schwester, so reime ich mir das zurecht.

– Und jetzt?

Christians Frage wie aus dem Nichts richtet sich an uns alle, an niemand Bestimmtes jedenfalls; aber mir ist, vielleicht auch, weil du mir plötzlich direkt in die Augen schaust, als müsste ich etwas sagen. Möglichst schnell. Ich sage deshalb:

– Die Boxstaffel.

Edda versteht. Sie nickt, als wäre das ein enormer Geistesblitz von mir:

– Ja, falls Kondor wirklich etwas am Boxen liegt, könnte ihm das vielleicht helfen. Ich glaube auch, dass ihn das einige Überwindung gekostet hat, wegen der Jacke herzukommen. Vielleicht sucht er eine Chance.

Die anderen sind eher skeptisch. Besonders Mauser. Er schüttelt den Kopf:

– Was für eine Chance? Kondor ist Kondor. Und fest steht, solange er etwas mit Brand III zu tun hat, kann er sich das mit dem Boxen abschminken. Typen aus der Truppe von Brand III nimmt der Trainer nicht, das ist Gesetz seit Emmemm.

– Kann man für den Anfang nicht mal ein bisschen so mit Kondor trainieren oder ihn einfach mal zum Laufen mitnehmen?, fragt Edda.

– So funktioniert das nicht, widerspricht Mauser, Kondor ist zwar schon auf Zack, hat vermutlich auch das Herz am rechten Fleck. Trotzdem: So Typen holt man nicht einfach von der Straße. Glaube ich nicht dran.

Das Thema scheint durch.

Christian nippt an seinem Wein. Mir ist, als würde man in der Runde auf sein Schlusswort warten. Aber dann sprichst du. Du sagst:

– Stark ist, wer Schwachen hilft.

Mehr nicht. Einer der Knappen, der schlaksige Tristan mit den Spaghettihaaren, kommentiert:

– Zitat Bozorg.

Es klingt eine Spur abwertend. Und jetzt kommt Edda.

– Vom wem auch immer der Spruch ist, sagt sie, ist da nicht was dran?

+

Edda und Mauser wohnen am Park, in der Kolonie am See. Um dorthin zu kommen, biegt man am Einkaufszentrum von der Hauptstraße ab, direkt hinterm Südturm.

Die letzten Plattenbaublocks.

Dann den Anstieg zur Autobahnbrücke hoch und auf der anderen Seite wieder runter, wo es früher nur Äcker und Felder gab und ehemalige Kleingartenanlagen. Inzwischen sind hier gleich hinter der ersten Kurve die Bagger zum Buddeln und Planieren angerückt.

Der trostlose Anblick der öden Sandflächen hinter den Gitterzäunen.

Bauschilder für das neue *Wohnquartier* mit Stadt- und Reihenhäusern.

Die Spuren der Raupenfahrzeuge.

Einen Augenblick schockt mich die Idee, ein großes Heer könnte hier quasi über Nacht durchgezogen sein, die Bewohner der Umgebung vertrieben und alle alten Behausungen niedergewalzt haben.

Bekloppt, klar.

Und ein Stück weiter, gegen Ende der langgezogenen Allee, durch die ich muss, beruhigt sich mein Puls auch wieder. Das merkwürdige Labyrinth aus Hecken, verschlungenen Wegen und schmalen Gründstücksparzellen, das ich suche, gibt es natürlich noch.

Als Kind haben meine Brüder und ich manchmal eine Radtour mit unseren lieben Erzeugern und Ernährern in den Park gemacht. Zur Minigolfbahn oder zum Blockhüttenimbiss. Auch so Schnappschüsse aus dem Familienalbum. Kinder mit Pommestüten im Park und natürlich Mützen auf den Köpfen.

Denn im Sommer, wenn man das Grün der hügeligen Wiesen rund um den See vor Picknickdecken und Menschen kaum mehr sah und ein Seidenschleier aus Grilldunst über allem hing, fuhren wir so gut wie nie her.

Absolut nichts für meine Ma.

Wenn wir aber fuhren, gehörte der Schlenker durch die Kolonie am See dazu. Pa gefiel das *Fleckchen ganz am Rande der Zivilisation*; die Ansammlung früherer Gartenlauben und winziger Steinhäuschen, die im Laufe von Jahren, wenn nicht Jahrzehnten immer weiter um- und ausgebaut worden waren.

Bemooste Dächer aus Teerpappe.

Spakige Plastiktonnen unter verdellten Regenrinnenrohren.

Windschiefe Wintergärtchen, umrankt von Lichterketten, die Scheiben verziert mit Wimpeln, muschelbesetzten Fischernetzen oder anderem Tinnef.

Wie Urlaub fühlt sich dieser Ort immer an. Vielleicht weil er so gar nicht zu der Welt mit den grauen Burgen auf der anderen Seite der Brücke passt, finde ich und radle erst einmal glatt an der richtigen Zaunpforte vorbei.

– Du hast unser Versteck gefunden, begrüßt mich Edda.

Und drinnen, im schmalen Flur hinter der Tür, empfängt mich dann gleich ein feucht-nussiger Geruch, wie von meerwassergetränkten Planken; nur ein Hauch davon, ganz zart wahrnehmbar. Passt genau.

– Ich bin schwer verknallt, sage ich.

Edda führt mich durch ihr *Anwesen*. Witzelt:

– Kenne ich ihn? Erzähl mir mehr, und falls es sich um Silvester handelt, schlag's dir aus dem Kopf. Leider vergeben.

Es ist auch das Geschick, mit dem die Räume eingerichtet sind. Bunt zusammengewürfelte Möbel, Schalen mit Steinen auf den Fensterbänken, gerahmte Filmplakate an den knallig gestrichenen Wänden; Edda hat ein Händchen dafür.

Vor gut einem Jahr erst ist sie hergezogen, erfahre ich, hat nach dem Tod ihrer Oma (als einzig noch lebende Angehörige) das Haus geerbt, entrümpelt und nach ihren Ideen hergerichtet.

– Ein begehbares Puppenhäuschen, sage ich, ich mag das.

Edda freut sich.

– Ja, sagt sie, verlaufen kann man sich nicht.

Im Erdgeschoss gibt es ein Wohnzimmer, die Toilette

und eine Küche (in deren einer Ecke die Duschkabine steht), oben eine winzige Schlafkammer und noch ein Kabuff mit vielen Schrägen.

– Ah, das Jungszimmer!

Schreibtisch, Kartons, ein halb blinder Spiegel, eine Hantelbank. Gegenüber der Tür das Schwarzweißposter einer Boxlegende, daneben ein fest verschraubter Punchingball. Edda knipst Licht an.

– Die Kapelle. Für Mauser ist sein Sport Religion. Aber wenigstens steigt er nicht mehr für Wettkämpfe in den Ring, sagt sie, mir zuliebe nicht, weil ich das zu brutal finde, und dafür hat er dieses Zimmer zum Trainieren bekommen. Tja, und das war der Rundgang. Wollen wir raus, in den Garten?

Sie und ich klettern die kaum schulterbreite, leitersteile Treppe zurück ins Erdgeschoss, setzen uns hinter der Hütte in die Hollywoodschaukel.

Wir gucken auf Beete, in denen vergilbte Kärtchen mit Bildern von Gemüse- oder Blumensorten stecken, Strünke und Blattgebilde aus dem Boden gucken. Am Rand juckelt ein Spielzeugwindrädchen müde im Kreis. Und ein Duft wie von frisch umgegrabener Erde weht heran. Ein guter Duft.

– Oh, hier könnte ich ständig zu Besuch kommen, sage ich.

– Nur zu, sagt Edda, jederzeit.

Will dann natürlich wissen, ob ich mich schon entschieden habe. Wegen der Knappen. Aber es hat sich noch nichts an dem Jojo-Gefühl unter der Bauchdecke geändert. Ich mag Edda, Christian, all die Leute, die dabei sind. Einerseits.

Andererseits ich und Konfirmandenarbeit?

Der Gedanke denkt sich komisch. Ich fühle mich nicht

sonderlich gläubig. An meiner eigenen Konfirmandenzeit haben mir die Ausfahrten am besten gefallen. Was soll ich den Kleinen beibringen? Ich bin doch nur Merle.

– Vielleicht ist es das, sage ich, vielleicht gehöre ich nicht dazu? Ich kenne nicht einmal ein Gebet.

– Ich wette, du kennst das Vaterunser, sagt sie, aber darum dreht es sich auch gar nicht. Man kann zusammen mit Leuten, die schwer okay sind, anderen ein paar Ideen geben, wie wir leben wollen. So sehe ich das. Und keine Angst, du musst dir nicht in den Finger piksen und mit Blut unterschreiben.

– Nicht? Nicht mal freiwillig?

– Nein, ich muss dich enttäuschen, so ein Verein ist das nicht.

+

Am selben Abend arbeite ich wieder im Eiscafé. Der große Ansturm ist vorbei, als du aufkreuzt, mit Kopfhörer und Tuch um den Hals und diesem Duft im Schlepp; schwer zu beschreiben. Beim Schälen von festen, fast noch unreifen Birnen riecht es an den Fingern hinterher manchmal so. Ein wenig nach Baumrinde und zugleich eine Spur süßlich, aber eben nicht künstlich.

Du bestellst zwei Becher zum Mitnehmen bei mir.

Für dich und deine Freundin, davon gehe ich aus. Was mir gegen meinen Willen einen Piks gibt; aber als könntest du problemlos in mir lesen, stellst du gleich klar: Du möchtest bloß deine Mutter überraschen.

– Kleine Wiedergutmachung, sagst du.

Vergräbst die Hände hinten in den engen Hosentaschen, erklärst, dass du in den Ferien viel auf Achse gewesen seiest, dich kaum zu Hause hast blicken lassen.

Zwei Jugendfreizeiten von Christian, bei denen du Betreuer gewesen bist, mit ein paar der anderen Knappen zusammen. Ein Ferienaushilfsjob in der Videothek als Eddas Vertretung. Und natürlich hast du auch einen Haufen Stunden einfach so am *Guten Hirten* verbracht.

– Was ist mit deiner Freundin, frage ich, beschwert die sich gar nicht?

Beiläufiger Ton. Unschuldsmiene.

– Domino …?

(Kurzes, aber tiefes Luftholen bei dir.)

– … stimmt, die zieht mich gerne auf, sagst du, wenn sie mich dann mal zu Gesicht bekommt. *Mein kleiner Heiliger ist zurück von der Kirche!*

Ich streue Streuseln, stecke Waffeln in die Sahne. Wickele alles in Papier ein. Du nimmst das Paket entgegen. Und nebenher bohre ich noch ein wenig nach.

– Beim Kinoclub war sie gar nicht dabei, oder?

– Beim Kinoclub ist Domino nie dabei, nicht so ihre Tasse Tee.

Wieder lachst du dieses beinah tonlose Lachen in dich hinein.

– …

Ich sage nichts. Erfahre, dass deine Freundin sich offenbar für alles, was mit dem *Guten Hirten* zu tun hat, nicht wirklich erwärmen kann.

– Wobei, sagst du, seit kurzem wird sie neugieriger.

– Wie kommt's?

Du freust dich über die Frage, das ist dir anzusehen.

– Ich weiß auch nicht genau, sagst du, aber ich habe erzählt, dass du zurück bist. Sie weiß von unserer wilden Knutscherei als Konfirmanden.

Nichts weiter als ein launiger Einwurf. Es klingt harmlos.

– Wild? Schamlos übertrieben, sage ich.

– Stimmt, war nicht spektakulär, gibst du zurück.

Ganz trocken. Ich tue völlig ungerührt.

– Nein, sage ich, war nicht toll.

Du neigst den Kopf leicht, ganz leicht, musterst mich. Der Versuch wohl, den Ironiegehalt der Bemerkung richtig abzuschätzen.

– Danke, bringst du hervor, war es so schlimm, Merle von Aue?

– Du wirkst irritiert, sage ich.

Keckes Lächeln.

Mir ist, als wüsstest du wirklich nicht mehr, ob ich dich auf den Arm nehme oder nicht. Du sagst:

– Ich weiß nie, was Mädchen so denken, das macht mich nervös.

Ich richte mit einem Griff in den T-Shirt-Kragen meinen BH-Träger. Versichere, dass ich nichts von meinem intimen Wissen über deine lausige Darbietung von einst preisgeben werde. Und schenke dir das Eis.

– Jungs, die ihrer Mutter etwas Gutes tun, kommen bei Mädchen immer prima weg, sage ich.

Ein Zucken in den Mundwinkeln.

Ich weiß nicht mal genau, warum: Aber es ist ein brutal schönes Gefühl, Merle von Aue zu sein, in diesem Moment. Und das Gefühl hält an.

Was auch meinen lieben Erzeugern und Ernährern nicht entgeht. Sie amüsieren sich, als ich später, vergnügt summend, Wasser in die Wanne einlasse, ordentlich Badezusätze hineinkippe.

– He, sagt Pa nebenan zu Ma, der Zoll hat endlich das alte Merle-Lächeln rausgerückt, samt Grübchen. Gemerkt?

Ich glaube, sie freuen sich.

Und so sitze ich dann da, in einer gebirgigen Schaumlandschaft, weiter Gute-Laune-Songs summend, eine Grübchenriesin.

Ich drehe den Hahn zu, trage Gipfelspitzen mit der Hand ab, puste sie in die dunstige Luft, rutsche nach und nach tiefer ins Warme, Augen halb zu.

Die letzten Tage passieren Revue. *Ich weiß nie, was Mädchen so denken,* sagt deine Stimme nach einiger Zeit in meinem Kopf.

Und ich sehe diesen Mund vor mir. Wie hübsch er geformt ist!

Die Hand unter Wasser fühlt sich fast an wie eine fremde Hand auf meiner Haut, gleitet vor zur Körpermitte. Doch der Mund (voll und mit dieser herzförmigen Kerbe oben), hat sich eben nicht zu den Worten bewegt; und mir geht auf, während die Finger unter Wasser abrupt stoppen, dass das, was ich sehe, gar nicht du bist.

Amen, sagt der Mund. Und dann noch mit anderer Stimme: *Was ist mit dir?*

Puh, diese Badezusätze! Keine Ahnung, was die da genau reintun, aber man wird mit der Zeit wirklich plemplem davon. Ziemlich plemplem sogar.

|Kondor, Bonusmaterial:
nachgestellte Szene #3

Mauser zog auf der Westseite des Sees das Tempo an. Sie liefen nebeneinanderher, im Gleichschritt, unter einem makellosen Morgenhimmel. Leuchtendes Blau; ein Streifen am Horizont gegenüber knallrosa verfärbt, fast wie Kondors Kopf.

– Hast du's eilig? Ich krieg Schnappatmung!

Kondor hielt nicht mehr Schritt, verlor ein, zwei Meter. Biss. Kam noch einmal heran, aber am Anstieg zur Straße musste er endgültig abreißen lassen und fasste sich an die Seite. Mauser verlangsamte den Schritt. Rief über die Schulter:

– Sind noch ein paar Meter bis zum Ziel! Was' los?

Kondor war stehen geblieben, stützte das Gewicht des Oberkörpers auf den Schenkeln ab, kurz über den Knien.

– Batterie leer!

Er schnäuzte aus, indem er sich ein Nasenloch zuhielt. Mauser trabte zurück, tänzelte auf den Ballen um Kondor herum.

– Quäl dich! Gibt nichts geschenkt im Leben, weißt du doch.

Geschnatter von Enten im Hintergrund. Kondor:

– Was meinst du? Klopft der nur Sprüche, oder legt der Pastor echt ein Wort für mich beim Trainer ein, falls ich mich um dies Rasenmäherdings kümmere?

– Ich weiß von keinem Rasenmäher. Komm, spar deine Luft!

Mauser haute Kondor den Handrücken in die Seite. Äch-

zend richtete der sich auf, pumpte die Lungen voll, setzte sich schwerfällig wieder in Bewegung.

– Was hältst du vom Pastor?

– Ich halte nichts von Brand III, antwortete Mauser knapp.

– Das ist Familie, Mann. In meinen Adern fließt Zigeunerblut, genau wie in den Adern von seinen zwei Stiefbrüdern.

– So ein Quatsch. Heißt das überhaupt Zigeuner?

– Ich bin Halbzigeuner, Mann.

Sie verließen den Park über einen holperigen Weg, gelangten auf eine schmale, asphaltierte Straße ohne Fahrbahnmarkierungen, eine Allee. Mauser sagte:

– Edda mag den Pastor.

– Ui, ui! Pass bloß auf, der mag junge Frauen. Habe mich erkundigt. War der nicht mit so einer Gehirnakrobatin von der Uni liiert?

– Eddas Vorgängerin. Die war Ende 20, vielleicht zehn Jahre jünger als der Pastor. Ich denke, das geht wohl in Ordnung.

Kondor schüttelte im Laufen die Arme aus.

– Der lässt nichts anbrennen!

– Er lebt getrennt von seiner Frau. Der kann machen, was er will.

– Pass trotzdem auf.

– Pass du auf, du Konditionsbolzen. Letzter Anstieg!

Mauser verfiel wieder in eine schnellere Gangart. Kondor hechelte, blieb dran. Sie liefen vorbei an der Baustelle für das Neubaugebiet, auf die Autobahnbrücke zu. Im Hintergrund tauchte das eckige Haupt von K16 auf. Auch die oberen Stockwerke der Einkaufszentrumstürme rückten nach und nach ins Blickfeld: ein Grau-in-Grau, als hätte die Luft alle Farbe aus den Fassaden herausgesaugt. Nur die Balkone blitzten bunt hervor hinter den Bäumen.

– Ich … seh … Sterne, Mann!

Kondors Augen: nur noch Schlitze. Schweiß tropfte vom Kinn.

– Bis oben, Endspurt!

– … aaaggh!

Kondor schüttelte hechelnd den Kopf. Mauser versetzte dem schwächelnden Laufpartner einen Aufmunterungsklaps.

– He, nicht aufgeben.

Aber Kondor sackte auf den Klaps hin theatralisch zusammen, blieb rücklings auf dem Boden liegen, die Beine lang von sich gestreckt.

– Silvester war das, japste Kondor, er hat gemeint, der Pastor legt ein Wort für mich ein. Und Silvester … Mann, der Typ war überzeugend.

– Was man von dir nicht behaupten kann.

– Ein bisschen Training, und ich hau dich noch mal aus dem Ring. In aller Freundschaft, versteht sich.

Mauser streckte den Arm aus, um ihm aufzuhelfen.

– Schon klar, sagte er, aber bist du auch bereit, was dafür zu tun?

Kondor rührte sich nicht. Seine Hände lagen über dem Kettenanhänger auf dem Brustbein: Im rasanten Rhythmus bewegte sich darunter alles auf und ab.

Auf und ab.

– Alter, dafür würde ich meinen kleinen Finger opfern, lachte er.

Rappelte sich plötzlich allein hoch, ganz allein, sprintete voraus, reckte, als er als Erster oben auf der Brücke ankam, die Fäuste in Siegerpose über den Kopf.

|Merle

Im großen Gemeindesaal unter der Kirche riecht es nach Klebstoff und ein bisschen auch wie nach einer Kindergeburtstagsfete mit Übernachtung. Bei Christian findet der Konfirmandenunterricht immer nur einmal monatlich statt. Immer an einem Samstag. Immer im Block. Ein intensives Erlebnis. Für alle.

– Lief doch super, verabschiedet sich der lange Erik mit K von mir, besonders dein Gedankenspaziergang, richtig gut.

Am Nachmittag haben er und ich gemeinsam eine Kleingruppe zum Thema Lebenswege geleitet. Aber auch der kleine Erec mit C, die quirlige Gwyn, Tristan und ein paar der anderen Knappen sagen etwas Nettes, bevor sie gehen.

– Feuerprobe bestanden, fasst Edda zusammen.

Und du? Du siehst zu mir hin, nachdem die anderen weg sind, greifst dir in die (allerdings auch heute besonders schön) zerstrubbelten Haare, spendierst mir ganze zwei Doppelsilben.

– Allseits beliebt, sagst du.

Dieses vieldeutige Lächeln um die Mundwinkel.

– Überall die Neue, gebe ich zurück, Welpenbonus.

Und während wir nebenher die restlichen Aufräumarbeiten erledigen, palavere ich mit dir noch ein wenig über meinen Start in der Schule.

In der neuen Klasse gibt es ein paar Mädchen, die ich mag. Aber mit den alten Freundinnen hat es sich dafür leider nicht wieder eingerenkt. Aus den Augen, aus dem

Sinn, scheint wohl so zu sein. Und ich erzähle von meinen Versuchen, es mir nicht zu sehr zu Herzen zu nehmen.

– Zum Glück hast du ja uns, sagst du.

Hilfst mir gerade, Bastelzeug zurück in die Tragekisten zu stellen. Mehrmals berühren sich unsere Handrücken dabei. Nicht zufällig, wie ich glaube.

– Ich finde es noch immer komisch, dass ich dabei bin.

– Wieso?

– Findest du es nicht schräg, wenn die Kleinen einen plötzlich ernst nehmen, so, als wäre man schon erwachsen?

Wieder berühren sich unsere Handrücken.

– Was ist so verkehrt daran, ernst genommen zu werden?

Ich pule mir hauchdünne Klebereste von einer Fingerkuppe.

– Passiert eben nicht so oft. Ich komme mir vor wie eine Hochstaplerin.

Du hebst die Schultern, zupfst an deinem Halstuch. Sagst:

– Du schlägst dich wacker. Ich wusste, dass du dabeibleibst, Merle von Aue.

Mein Name an deine Worte gehängt. Wir zwei allein in diesem Raum mit den leeren Tischen und den Regalen voller Gesangbücher. Der Kindergeburtstagsmuff um uns herum. Auf einmal poppt da oben diese Idee auf.

Ein spontaner Gedanke, als hätte mir den eine verborgene Macht ins Gehirn gelegt: Schädeldecke auf, Gedanke rein, Kalotte wieder zu.

– Man müsste mal ein Fest hier feiern, sage ich.

– Eine Merle-Willkommensparty zum Beispiel?

– Ein Silvester-Lanzen-Geburtstagsfest im großen Stil! Man wird schließlich nur einmal 18. Noch reicht die Vorbereitungszeit.

Du bist skeptisch.

– Ein Feuerwerk nur meinetwegen? Das bin ich nicht.

– Aber gib's zu, die Räume hier sind ideal. Denk mal an den Bunker drüben. Juckt keinen, wenn es da laut und spät wird.

Es stellt sich allerdings raus, dass dein Geburtstag sowieso kein toller Termin wäre. Zwar könnte man reinfeiern, es geht um den letzten Septembersonntag, aber ausgerechnet an dem Wochenende findet die Konfirmandenausfahrt statt.

– Warum nicht einfach ein Knappenfest? Anfang Oktober.

Als dir diese Eingebung kommt, stehen du und ich bereits im Laubengang. Hinter dir flutet Spätnachmittagslicht golden die Wiese.

– Das wird nichts, sage ich, sind da nicht Herbstferien?

– Dann eben Ende Oktober, sagst du, bring das doch nächsten Freitag mal auf die Tagesordnung. Kamp wird die Idee gefallen.

Ich öffne das Schloss an meinem klapprigen Rad. Schlage beiläufig vor, noch ein Eis essen zu gehen. Doch du musst los. Besorgungen fürs Wochenende. Domino würde dummerweise bereits warten, entschuldigst du dich.

– Tja, Verabredungen zum Einkaufen, kenne ich von meinen lieben Erzeugern und Ernährern.

Ich merke, dass du den Blick zu tief hast, um mir von den Lippen lesen zu können. Du taxierst mich, und ich nehme es als Kompliment.

– Man kann sich nicht immer nur die Rosinen rauspicken, sagst du.

Ich, mit einem Zwinkern:

– Du schlägst dich wacker, Silvester Lanzen.

Beiße mir auf die Lippe. Was habe ich dummes Schaf

mir auch eingebildet? Du hast eine Freundin, und natürlich willst du deine freie Zeit mit ihr verbringen!

+

Der Wasserkessel in Christians Büro ächzt los, verfällt in ein leises Säuseln, dann in lauteres Blubbern und Pfeifen. Edda macht Tee. Ich sitze wie bei den Knappentreffen in der Ecke mit den alten Sofas, blicke im Raum umher.

Jede Menge Grünpflanzen auf der Fensterbank in einer beeindruckend bunten Mischung von Übertöpfen. Gegenüber Regale bis unter die Decke, eng bepackt mit Ordnern und Büchern.

Hinterm Schreibtisch ein Bord voller Bilderrahmen.

Christians kleine Tochter in verschiedenen Altersstufen. Gruppenaufnahmen von Freizeiten. Landschaftspanoramen, auf Reisen fotografiert, tippe ich.

Am Garderobenständer bei der Tür lehnt ein Einkaufsbeutel. Gut gefüllt. Am Nachmittag hat Christian mal wieder den Gemüsestand von Brand III besucht.

Jetzt sitzt er auf seinem Drehstuhl, blättert in einem Kalender.

– Das Wochenende, an dem die Uhren umgestellt werden, sagt er, das wäre theoretisch frei. Das könnte ich zumindest mal vormerken.

Er notiert etwas. Aber das Fest ist dann nicht weiter Thema. Es geht noch einmal um den Konfirmandenunterricht letzte Woche. Um mich. Um ein erstes Fazit.

– Es macht Spaß, sage ich, aber wenn ich darüber nachdenke, haben wir über bestimmte Dinge bisher auch nur am Rande gesprochen. Kirche. Die Bibel. So was.

– Und das stört dich?

– Nein. Ja. Keine Ahnung, sage ich, ist mir bloß aufgefallen. Selbst bei den Knappentreffen bleibt das meist außen vor.

– Sag mal ein Beispiel.

– Zum Beispiel reden wir über den Umgang mit Fremden oder darüber, aus was für Stationen ein Lebensweg besteht, und klar, dazu blättern wir auch manchmal in der Bibel, aber nie reden wir so richtig darüber, woran wir glauben.

Edda nippt am Tee, amüsiert sich.

– Bamm, sagt sie, wir kommen ans Eingemachte.

– Im Ernst, sage ich, was ist mit Gott und so weiter?

Und ich merke, dass mich die Frage wirklich interessiert. Dass ich sie gestellt habe, weil ich auf eine Antwort hoffe. Christian:

– Allah, Wotan, der große Kürbis! Gott hat viele Namen. Und sie alle sind nur Platzhalter. Es ist gar nicht leicht darüber zu sprechen, ohne einen Knoten im Hirn zu bekommen. Was ist das Gute? Woran lohnt es sich zu glauben? Weshalb steht man jeden Morgen auf?

Er greift nach seiner Tasse. Ein Finger streicht kreisförmig über den Rand. Wäre die Tasse ein Glas, sie müsste singen. Ich sage:

– Weißt du das? Ich meine, woran glaubst du?

– …

Ein Zucken um seine Mundwinkel. Unverwandt sieht er weiter zu mir hin. Ich stelle die Frage abermals. Setze hinzu:

– Es gibt doch mehr als einen Grund aufzustehen?

Christian weicht nicht aus.

– Du kannst wählen, daran glaube ich, sagt er, wir können die Gründe ganz für uns bestimmen. Den einen treibt dies an, die andere das. Glauben bedeutet für mich jedenfalls nicht, pausenlos über Gott zu spekulieren.

– Und das sagst du als Pastor?

Ihm gefällt das. Das ist deutlich zu sehen. Er:

– Gerade als Pastor sage ich das. Ist Gott ein Mann oder eine Frau? Das alles sehende Auge des Universums? Eine lenkende Kraft, die Regie auf Erden führt? Ein Ideal, an dem der Mensch sich orientieren sollte? Oder nur ein griffiges Wort, das mir hilft, sehr komplexe Vorstellungen in einer Formel zu bündeln? Ich glaube, die Frage nach Gott ist wirklich nicht eine der entscheidenden.

– Sondern?

Ich zwirble eine Locke um einen Finger. Christian lehnt sich zurück, streicht sich Haar aus der Stirn.

– Das versuchen wir hier gemeinsam herauszufinden, sagt er, und das ist gar nicht wenig. Wir Menschen stehen ja nicht morgens auf, weil uns Gott so wichtig ist. Wir stehen auf, weil wir neugierig sind. Was passiert heute mit mir? Wir sehnen uns nach dem Gefühl, gebraucht zu werden. Von anderen. Darum geht's für mich auch. Wer glaubt, teilt etwas mit anderen, der entscheidet sich, jemandem zu folgen, sich denen anzuschließen, die an dasselbe glauben.

Edda schaltet sich ein:

– Das ist wie mit Familie und Freunden. Man sucht nach einem Zusammenhalt mit Menschen, die einem wichtig sind, die so ähnlich ticken wie man selbst.

– Eben, sagt Christian, das ist das, wofür wir uns entscheiden können. Was fangen wir mit unserem Leben an? Die einen glauben an Karrieren, an den Zauber gefüllter Konten, an Macht. Daran, dass einem alles zusteht, was man sich unter den Nagel reißt. Und andere wieder glauben, dass niemand auf der Welt Hunger leiden müsste, wenn man gerechter teilen würde. Dass niemand sich allein fühlen sollte. Dass es reicher macht und sich besser anfühlt, auch mal Opfer zu bringen. Und so weiter. Es geht um das Dazugehören. Um das Finden einer gemeinsamen Idee.

Wieder blicke ich zur Einkaufstasche. Hinter meiner Stirn rauscht und flirrt und summt es allmählich von den vielen Worten.

– Okay, sage ich.

Mache offensichtlich kein überzeugtes Gesicht.

– Keine Sorge, sagt Christian, du bist 17. Es ist dein gutes Recht, Erwachsene für Scharlatane zu halten. Auch Pastoren.

Er strahlt zufrieden. Und sogar noch ein bisschen mehr, als Edda sagt:

– Gerade Pastoren!

– Absolut, sagt Christian, Glauben beginnt mit Zweifeln.

Und später gehen wir drei dann noch zum Rest der Knappen in den Bunker. Sprechen an der Bar auch über Christians Besuch bei Brand III. Und über Kondor.

– Eins muss man jedenfalls zugeben, sagt Christian, meiner Ernährung hat die Bekanntschaft gutgetan. Was die an diesem Stand anbieten … klasse Gemüse.

+

Vor Eddas Hütte lehne ich das Rad gegen die Regentonne. Im Arm eine Papiertüte, durch die noch die Ofenwärme der Brötchen dringt. Ich bin zum Sonntagsfrühstück verabredet, klingle gerade an der Tür, als Mauser in Laufschuhen und mit hechelndem Kondor im Windschatten um die Ecke biegt.

Seit dem denkwürdigen Eiscafé-Besuch habe ich Kondor nicht wieder zu Gesicht bekommen. Knapp einen Monat also.

Schweiß perlt vom Haudegen-Kinn. Neugierig entziffert Kondor das Gekritzel auf dem Rahmen meines Rads. Weißer Marker. Deine Handschrift. Kondor:

– *Merles klappriger Stahlgaul?*

Ein Scherz von dir zum Abschied am Freitag; Mädchen hätten schließlich immer einen Namen für ihre Fortbewegungsmittel.

– Hi, Kondor, sage ich wieder nur.

– Kette hängt durch, merkt er fachmännisch an, kann man spannen, ein paar Spritzer Öl dazu, ein völlig neues Fahrgefühl, jede Wette.

Kondor tritt sich lange die Schuhe auf dem Schmutzgitter ab, kommt mit rein.

Und am gedeckten Wohnzimmertisch erklärt Edda dann:

– Bei Kondor im K16 ist das Warmwasser abgedreht.

Sie, Mauser und ich pellen bereits die gekochten Eier. Hören von nebenan das Pladdern aus der Küche, Kondors Gepfeife in der Duschkabine.

– K16?

Ich habe den Namen noch nie gehört. Edda erklärt:

– Der *Ka*-ventsmann hinterm Einkaufszentrum, der alles überragt.

– Ein Mahnmal für Fremde, ergänzt Mauser, *bleibt besser weg, wenn ihr könnt, der Stadtrand ist eine Nummer zu groß für euch!*

Ich nicke und greife nach dem Salz:

– Und da gibt es jetzt kein Warmwasser mehr?

– Nicht in Kondors Loch, sagt Mauser, ist eine Art Erziehungsmaßnahme von Brand III, wenn ich das richtig verstanden habe. Brand III zahlt alles, kassiert aber vorher bei Kondor und den anderen Hupen, die auch in dem Loch hausen. Unkostenpauschale für seine Mühen inklusive.

Edda macht eine Tja-Geste (Arme aufgestützt, Hände nach außen geklappt):

– Und wenn die Untermieter mal nicht flüssig sind …

– … lässt Brand III sie das eben ausbaden, ergänzt Mauser.

Auch Christian hat das zugeben müssen: Kondor in seiner augenblicklichen Lage einen Strohhalm hinzuhalten, ist nicht gerade Seifenblasenpusten.

Brand III regelt eine Menge.

Brand III hat Kondor den Unterschlupf organisiert.

Brand III lässt ihn am Gemüsestand jobben.

Und er hat ihn vor allem schon einmal vorm Einsitzen bewahrt. Frisierte Mofas wären Kondor beinah zum Verhängnis geworden. Die ersten zwei Male wurden die Verfahren eingestellt, beim dritten Mal gab es dann 35 Sozialstunden. Und als er wenig später wieder geschnappt wurde, führte kaum noch ein Weg an ein paar Wochen Dauerarrest vorbei.

Doch Brand III half auch diesmal aus.

Die wichtigsten Beweismittel, die beiden Mofas von Kondor, verschwanden angeblich wie von Wunderhand zum richtigen Zeitpunkt und gingen schließlich, nachdem Gras über die Sache gewachsen war, als *Pfand* an die hässlichen beiden Zwerge.

So weit Mauser. Ich:

– Hat Kondor denn keine Verwandten? Das geht doch alles so gar nicht.

– Brand III ist über drei Ecken mit ihm verwandt. Laut Kondor. Kann stimmen, muss aber nicht, wie diese Halbzigeuner-Schote, mit der er auch gerne mal angibt. Kondors eigentliche Verwandten jedenfalls taugen nur dazu, ihm das Jugendamt vom Hals zu halten, kriegen dafür allerdings auch seine staatliche Unterstützung.

Mauser wischt die Krümel auf seinem Teller zusammen.

Und Edda sagt noch:

– Auch wenn ich Christians Enttäuschung verstehe, dass Kondor sich bislang nicht um den Rasenmäher gekümmert hat, wir waren da wohl alle sehr naiv.

Als schließlich Kondor, umwölkt von diesem herbfruchtigen Deosprayzeug, im Wohnzimmer erscheint, ist das Frühstück mehr oder weniger durch. Trotzdem bekommt auch er sein Ei. Verputzt in ziemlich aufgeräumter Stimmung den Rest Brötchen. Spricht nebenher, leicht angestachelt von Edda, über Brand III.

Dem Getränkebasarinhaber war kürzlich ein Mischlingsdackel zugelaufen.

Eine bizarre Geschichte.

– Was Köter allgemein angeht, galt der Bross bisher ja immer als in etwa so sensibel wie ein Traktorreifen, aber dieses Vieh hat es ihm wirklich angetan.

Kondor leckt gekleckerten Honig vom Daumen, erklärt, dass angeblich seit Ewigkeiten ein Napf hinter der Getränkebasar-Scheune existiert, täglich befüllt mit Hundefutter, unter das Brand III zermahlenes Flaschenglas rührt.

– Abartig, empört sich Edda.

Kondor zuckt mit den Schultern.

– Die meisten streunenden Tölen rühren das Zeug gar nicht an, sagt er, aber falls doch, ist der Vorteil eben, die verenden woanders.

– Du spinnst!

Der Anflug eines Haudegengrinsens bei Kondor:

– Habt ihr mal sein Gesicht gesehen? Als Kind wäre Brand III beinah mal von einem Terrier zerfleischt worden, sein alter Herr hat ihn in letzter Sekunde gerettet, das war echt auf der Kippe, und wegen seinem halben Ohr wurde er in der Schule ständig gehänselt. Er hasst jede Art von Kläffer.

Lümmel nun hat, so Kondor weiter, mehrere Tage hintereinander aus dem Napf gefressen und fiel einfach nicht tot um. Brand III mengte mehr Glassplitter unters Futter, aber der herrenlose Vierbeiner besaß offensichtlich einen Verdauungstrakt aus Stahl. Das amüsierte, ja rührte Brand III.

Und bei der Damenwelt sorgte der Halbdackel geradezu für Entzücken. Auf Joseys Drängen organisierte man für Lümmel, wie Brand III das Hündchen getauft hatte, eine Leine und ein Körbchen, entsorgte den mörderischen Napf.

Der Getränkebasarinhaber besaß nun ein Haustier.

Er ging damit zum Arzt, um es untersuchen und impfen zu lassen. Dort stellte sich raus, dass der Dackel weiblichen Geschlechts war. Ein anderer Name kam für Lümmel trotzdem nicht in Frage. Brand III nimmt Entscheidungen aus Prinzip nicht zurück.

– Verständlich, dass er den Hund mag, sagt Mauser, das wahrscheinlich erste Wesen überhaupt, das er nicht gekauft hat, damit es zu ihm hält.

– Das mit den zweien ist Liebe, gibt Kondor zu, der Bross hat jetzt sogar den Schornstein kaltgelegt, qualmt keine Zigarillos mehr, zieht dafür mit Gassibeutel in der Tasche um die Häuser. Schwebt momentan auf Wolke neun, oder wie das heißt.

Edda hakt an dieser Stelle noch einmal wegen des Rasenmähers nach.

– Vielleicht solltest du die Gunst der Stunde wirklich nutzen, sagt sie.

– Wenn der Bross erfährt, dass ich etwas für den Prediger mache, bin ich den Job auf dem Markt los, den nervt das Herumscharwenzeln dieses Typen eh schon. Freitag kauft der bei uns Blumenkohl und Radieschen und faselt dabei etwas von einer Fahrradwerkstatt und einem Praktikum, das er für mich in der Hinterhand hat.

Edda und ich schauen uns an.

Wir wissen das schon von Christian. Jemand im Kirchenvorstand besitzt eine gute Verbindung zu dem kleinen Laden in der Nähe des Eiscafés. Und es ist wahr, dass man bereit ist, sich Kondor mal anzuschauen.

– Du kennst dich damit doch aus, sage ich, Ketten nachspannen, ein Spritzer Öl hier und da. Eine einmalige Gelegenheit, jede Wette.

– Pffft, macht Kondor.

Will scheinbar nichts von der Angelegenheit wissen. Aber ein paar Tage später repariert er doch den Rasenmäher, er schärft gleich die Klingen mit. Ein Klacks für ihn. Und er guckt sogar in der Fahrradwerkstatt vorbei. Man einigt sich auf einen Termin für den Probetag.

Doch den lässt Kondor platzen.

Ist plötzlich auch nicht mehr am Gemüsestand anzutreffen.

Kondor, Bonusmaterial: nachgestellte Szene #4

Die einzigen nennenswerten Schatten auf dem weitläufigen, beinah leeren Parkplatz vor dem Getränkebasar warfen Kamp und Kondor selbst. Ein langer Schatten: der Pastor. Der kürzere Schatten daneben: der Schützling von Brand III.

– Ich habe dich gesucht, sagte Kamp.

– Glückwunsch, Sie haben mich gefunden, wie es aussieht.

Kondor, den Kopf gesenkt, arbeitete. Trug statt Lederjacke einen grauen Kittel. Hielt in einer Hand eine langarmige Greifzange, in der anderen einen fleckig weißen Eimer.

– So schnell geht's, ein Leben gewidmet der Ordnung und Sauberkeit, sagte Kamp, zufrieden mit deinem neuen Job? Habe dich auf dem Markt vermisst.

– …

Kondor brummte gequält. Wich an den Rand des Parkplatzes aus, pickte dort nach Zigarettenstummeln und anderem Kleinmüll am Fuße einer Hecke. Kamp, eine Sporttasche geschultert, heftete sich Kondor an die Fersen.

– Wenn du mich fragst, es sieht nach Degradierung aus.

– …

Kondor ging nicht darauf ein. Hatte seit Beginn des Gesprächs sein gekonnt angeödetes und muffiges Gesicht aufgesetzt: hängende Mundwinkel, hängende Augenlider. Kamp ließ nicht locker. Er fragte nach:

– Was wird das hier, Kondor?

– Der alte Herr von Brand III war bei der Müllabfuhr, wussten Sie das nicht? Angestellter bei der Stadtreinigung, hat sich für seine vielen Sprösslinge aufgeopfert, Brand I bis

VII, alles prächtige Kerlchen. Bis er dann mit Herzkasper vom Hecklader gekippt ist. Dann ging's den Bach runter für die Bande, die Witwe hat sich ruckzuck einen Trinker angelacht und munter mitgebechert. Kein Witz, Pastor, was ich hier mache, ist ein Ehrenjob.

Ein bitteres Lächeln umspielte Kondors Mund.

– In der Werkstatt hat man auf dich gewartet, sagte Kamp, was war los?

– Ich bin eher der unzuverlässige Typ, wissen Sie.

– Schade. Ich hatte den Sturkopf von Boxtrainer praktisch fast weichgekocht, er war bereit, mir den Schlüssel für die Baracke zu geben, für ein bisschen Sparring mit dir. Ich habe auch mal ganz anständig geboxt.

– Ist bekannt, sagte Kondor, erwähnten Sie letztes Mal schon.

– Also, warum hast du gekniffen? Druck gekriegt?

– ...

Kondor beschäftigte gerade eine widerspenstige Flasche. Die Metallfinger der Greifzange rutschten mehrfach am Glasbauch ab. Kondor gab auf, fischte mit dem Arbeitsgerät nach etwas anderem, ließ es in den Eimer plumpsen. Blieb stumm.

– Verstehe, sagte Kamp, das mit dem Rasenmäher war auf jeden Fall schwer in Ordnung von dir. Ich danke.

Der Pastor hob die Hand zum Abschiedsgruß, wandte sich ab.

Kondor hob den Kopf.

– Eins kapiere ich echt nicht, sagte er, warum haben Sie mich wegen der Sache in der Kirche nicht einfach angezeigt, Mann?

Kamp hielt inne. Drehte sich wieder zu Kondor um.

– Ist die Frage ernst gemeint?

– Diebstahl, sagte Kondor.

Der Pastor lächelte, zwinkerte ihm zu.

– Es gibt eine höhere Gerechtigkeit als das Gesetz. Ich dachte, das wäre dir vielleicht bekannt. Du trägst immerhin eine Kette mit Kreuz, das ist mir schon in der Kirche aufgefallen, sagte er.

Deutete auf den Schmuck um Kondors Hals.

– Ich will mal in den Himmel, sagte Kondor.

Jetzt schwieg Kamp.

– …

– Auch kein Witz, Pastor.

– Okay, du hast Ziele, das ist wichtig. Wie alt bist du?

– 17?

– Du bist dir nicht sicher?

– Lang nicht mehr groß Geburtstag gefeiert, Mann.

Kamp wechselte die Sporttasche von einer Schulter auf die andere. Berührte Kondor mit der frei gewordenen Hand am Oberarm.

– Was willst du mal machen? Beruflich. Hast du dich das mal gefragt?

– Auf dem Markt, das war voll in Ordnung. Haben wir doch auch schon drüber gequatscht, gab Kondor zurück.

Stocherte mit der Greifzange ein Loch in den Boden. Zeichnete Gitterlinien drum herum. Der Pastor wartete, bis sein Gegenüber ihn wieder ansah.

– Tja, sagte er dann, du weißt, ich bin durchaus zuständig für Menschen, die in den Himmel wollen. Besonders, wenn sie auf Erden zu kämpfen haben. Lass dir den Unsinn mit diesen Strafarbeiten nicht gefallen.

Nach dem nächsten Knappentreffen hast du dich im Laubengang postiert, nicht weit von meinem *klapprigen Stahlgaul*. Es ist bereits dunkel, und die Außenbeleuchtung am *Guten Hirten* brennt. Du lehnst an einem Betonpfeiler, Kopfhörer auf, wartest.

Ich fische nach dem Schlüssel für das Schloss, frage:

– Was hörst du für Musik?

– Hör sie dir an.

Du nimmst den Kopfhörer ab, hältst ihn mir hin.

– *Verändert das mein Leben?*

Ein Zitat aus einem Film, der vor einiger Zeit im Kinoclub lief. Du setzt mir die wuchtigen Muscheln auf. Ich rieche den Geruch, der daran haftet, und mache einen Schritt zurück. Du behältst mich im Blick.

– Gefällt mir. Ist Mädchenmusik, sage ich.

Und dann bist du es, der vorschlägt, noch ein Eis essen zu gehen.

Nebeneinanderher spazieren wir die Straße hoch. An den Bäumen zeigen sich mittlerweile deutliche Anzeichen von Herbst. Die Blätter beginnen, schlaffer zu werden, verfärben sich an den Spitzen.

Tagsüber hat der niedrige Himmel die Farbe von Spülwasser gehabt.

September, man merkt es.

Im Eiscafé müssen wir nicht lange warten, und die meisten Plastikstühle draußen sind leer. Um unseren Tisch herum liegen die Äpfel, die von selbst zu Boden geplumpst sind.

Du schaust mich über deine Waffel hinweg an, fragst:

– Was glaubst du, wie es mit Kondor weitergeht?

– Mir ist Kondor nicht geheuer, sage ich.

Kicke gedankenverloren das Fallobst zu meinen Füßen zur Seite.

– Wusstest du, dass Kondor das Grab seines Halbbruders besucht? Es gibt da nicht einmal einen Stein, aber manchmal spricht er mit Emmemm.

Mir kommt die Frage, ob du das auch so machst, mit deiner Schwester. Stelle sie dann aber doch nicht. Vielleicht, weil ich die Vorstellung seltsam finde, dass du und Kondor etwas gemeinsam habt; oder weil ich noch einen Nachsatz erwarte.

– …

Und da ist er auch schon:

– Das Einzige, was Kondor von Emmemm geblieben ist, sagst du, das sind das Silberkettchen, das er immer trägt, und ein Paar blaue Boxhandschuhe.

– Ich weiß, sage ich.

– Du weißt was?

– Diese ganzen Geschichten. Deprimierend. Er kann einem leidtun.

– Aber?

Ich lutsche am Eis.

– Er hat geklaut und Glück gehabt, sage ich, keine Anzeige, kein Ärger, und Christians Versuch, ihm zu helfen, war echt nobel, oder nicht?

– Ja, nur steckt Kondor gerade deswegen auch in der Patsche. Den Job auf dem Markt, der ihm Spaß gemacht hat, den ist er los.

– Und warum schmeißt er dann in der Fahrradwerkstatt hin?

Darauf hast auch du keine richtige Antwort. Schaust

für einen Moment zum Nebentisch, wo im fahlen Licht eine Wespe über einem einsamen Eisbecher schwirrt und ganz verfroren aussieht mit dem zerzausten Pelz auf der Rückenplatte.

– Ich glaube, sagst du schließlich, Kondor fehlt Anschluss. Am eigenen Zopf kriegt er sich nicht aus dem Sumpf gezogen.

Was genau du damit meinst, verrätst du allerdings nicht mehr. Wir sind durch mit unseren Waffelhörnchen. Und es beginnt zu tröpfeln.

– Mauser hat vermutlich recht, sage ich, Kondor ist eben Kondor, ich meine, er käme ja zum Beispiel auch nie von sich aus auf die Idee, mal den Spendenkasten in der Kirche zu ersetzen oder so was.

Du und ich umarmen uns zum Abschied. Nichts Besonderes. Wir Knappen umarmen uns zum Abschied oder zur Begrüßung fast immer. Freundschaftlich.

Ein Ritual.

Ich inhaliere tief deinen Birnengeruch, halte dir die Wange hin.

Du küsst. Fragst:

– Was macht eigentlich dein Freund in der Fremde, Merle von Aue?

Ein leichtes Kribbeln im Nacken. Ich brauche eine Millisekunde zu lang.

– Du meinst den mit den langen Haaren?

– Ja, sagst du, den Typen aus der Band.

Deine Augen weiten sich amüsiert. Du weißt Bescheid. Und ich versuche, entspannt zu sein, plappere ein bisschen Unfug über Entfernungen und darüber, dass einem mit Abstand manche Dinge klarer werden würden.

– Ich bin einfach wählerisch, sogar ziemlich wählerisch, sage ich.

Strecke meinen Oberkörper vor. Du streichst dir unter der geöffneten Jacke über dein eng anliegendes T-Shirt, wo die Bauchmuskeln sitzen.

– Ah, eine Prinzessin. Wartet auf den mit dem weißen Schimmel.

– Ich mag keine Pferde, antworte ich, Warten auch nicht besonders.

Und das war's. Mehr passiert nicht. Bis zum Sonntag. Da bediene und wirble ich im Schürzchen wieder selbst hinter der Eistruhe. Und du erscheinst mit deiner Freundin, Hand in Hand, stellst sie mir vor.

Domino.

Was soll ich über sie sagen?

Tolles Haar, lang, schwarz, wirbelfrei glatt. Klamotten, die ihre schlanke Figur glänzend zur Geltung bringen. Ohrringe wie Schlüsselanhänger. Kajal und Lippenstift weiß sie zu handhaben, keine Frage.

Sie ist auf eine Weise hübsch, die vielen Männern bestimmt gefällt. Wie ein schnittiger Sportwagen, mit dem man gern angibt. Sie strahlt Energie aus, Selbststolz. Und ihr Auftreten hat etwas Aufreizendes. Ein bisschen billig, aber nur einen Hauch.

– Und das ist Merle, sagst du.

Nickst mit dem Kinn in meine Richtung. Fast, als wären du und Domino im Zoo: *Guck mal, das drollige Exemplar da drüben.* Und sie bringt dann wirklich einen Spruch von wegen der Knutscherei zwischen dir und mir zur Konfirmandenzeit.

– So süß, wie Sil davon erzählt hat, sagt sie, er muss ganz furchtbar verknallt gewesen sein, damals. Ramontisch!

Sie sagt es wirklich mit diesem albernen Vokaldreher: *ramontisch!* Dazu ein heiterer Gluckser. Und du? Kurzes, vielleicht sogar leicht verlegenes Schweigen. Gefolgt von einem verunglückten Lächeln.

– Japp, sagst du, wobei Merle fand's im Nachhinein eher mitteltoll, hört man.

Schlimmer als hundert Peitschenhiebe. Ich muss es zugeben: Es ist mir nicht gleichgültig. *Du* bist mir nicht gleichgültig. Als der Spuk vorüber ist, bin ich nur froh, froh, froh. Und ziemlich übel geknickt, ohne es selbst voll und ganz zu verstehen.

+

Zum Kinoclub am Abend gehe ich mit flauem Magen. Und das düstere Wetter macht es auch nicht besser. Die Temperaturen purzeln merklich. Spinnenfadenniesel von allen Seiten. Ich klappe gerade am *Guten Hirten* meinen Schirm ein, als auch du in den Laubengang einbiegst. Auf dem röhrenden Scooter.

Dominos Zweirad, das weiß ich. Und hinter dir auf der Bank kauert Kondor, Regencape über der Haudegen-Lederjacke.

– Ich mag Mädchen unter Regenschirmen, begrüßt du mich.

Helm noch auf dem Kopf. Ich, bemüht gelangweilt:

– Man schützt sich, so gut man eben kann.

Und während wir anderen die recht alberne Komödie gucken, die ihr, Edda und du, für heute ausgewählt habt, montiert Kondor oben in der Kirche einen neuen Spendenkasten. Er hat ein Werkzeugtäschchen dabei und ein Vorhängeschloss.

Nachher spielt er eine Runde Billard mit.

Der grüne Filz unter dem staubdurchtanzten Lichtkegel wirft einen schwachen Schimmer auf die Gesichter zurück. Kondors Züge wirken hochkonzentriert, wenn er sich über den Tisch beugt. Das Silberkreuz klemmt zwischen den Lippen.

Sein Mund. Nicht ganz so schön wie deiner, aber ähnlich mädchenhaft. Voll und weich. Ein seltsamer Kontrast zur übrigen Haudegen-Visage.

Und noch etwas fällt mir auf.

Wie Kondor deine Nähe sucht. Du und er spielen in einer Mannschaft. Und wenn du deinen Queue mit andächtiger Versunkenheit einkreidest, stellt Kondor sich fast immer sofort neben dich, legt dir die Hand auf die Schulter.

– Südländische Wurzeln, sagt Edda.

Am Waschbecken in der Mädchentoilette.

Sie hatte mich nach einem Tampon gefragt, und ich war mit ihr mitgegangen, auch weil ich sie unauffällig auf Kondors Tatscherei aufmerksam machen wollte.

– Südländische Wurzeln, wiederhole ich, aha.

– Alle schwärmen für Silvester, Mausi, das weißt du doch.

Ich stöhne still in mich hinein. Freundinnen sind manchmal wirklich auch kein großer Trost. Und als Edda in einer Kabine verschwindet, sage ich durch die Tür:

– Kennst du Domino? Sie ist heute im Eiscafé gewesen.

– Fegefeuer, was? Früher die beste Freundin von Silvesters Schwester.

Ich berichte von ihrem Auftritt. Und bin neugierig.

– Findest du, dass sie gut zu ihm passt?

– Findest du, dass Mauser und ich zusammenpassen?

– Ja, absolut.

Die Klospülung geht. Der Türriegel wird zurückgeschoben.

– Also, wenn du meine prophetische Meinung hören

willst, sagt Edda beim Händewaschen, Silvester wird Domino später nicht zum Altar führen.

Ihr Spiegelbild zwinkert meinem Spiegelbild durch die Brillengläser belustigt zu. Belustigt und zugleich auch warnend. *Finger weg, sonst verbrennst du dich noch,* lese ich aus ihrem Blick. Sage ein wenig ablenkend:

– Wie kriegt ihr das eigentlich hin, du und Mauser? Wieso läuft es so rund? Es wirkt zwischen euch beinah schon unnormal harmonisch.

Edda dreht den Wasserhahn zu, schüttelt die Hände über dem Becken ab (ihre großen, schönen Hände), zupft Papiertücher aus dem Spender an der Wand.

– Naturtalente.

– …?

Ein Edda-Lächeln. Versonnen, im Reinen mit der Welt.

– Wir wollen das, schiebt sie hinterher, wir wollen einfach miteinander klarkommen, schätze ich, wir haben uns dafür entschieden. Uns tut es gut, dass wir wissen, da ist jemand, auf den man sich verlassen kann. Wir glauben an uns.

– Das ist das Geheimnis? Beneidenswert, sage ich.

Sie nickt bekräftigend.

– Zwei Wochen, nachdem wir uns das erste Mal begegnet sind, ist Mauser bei mir eingezogen. Er hatte einen schlimmen letzten Sommer, wie du vielleicht weißt, hat ein paar sehr hässliche Dinge mit seinem Vater erlebt. So gesehen, haben wir es vermutlich auch leicht, uns über unser Glück zu freuen.

Ich lasse die Schultern hängen.

– Hm, mache ich, du meinst, kein Glück ohne Unglück?

Edda dreht sich zu mir um, rubbelt aufmunternd meinen Oberarm.

– Oje, sagt sie, du siehst ja aus, als hättest du gerade die

Asche eines nahen Verwandten in einem Bankschließfach deponiert.

– Ich habe mir das nicht ausgesucht, sage ich, aber mich hat's erwischt.

– Ihn auch. Aber er hat eine Freundin.

– Ja, er hat eine Freundin.

– Ach, warte ab, sagt Edda, das Fest kommt. Und vorher noch die Ausfahrt. Wer weiß, was passiert. Und wenn nichts passiert, dann klären sich zumindest die Fronten. Ihr kennt euch lange, ihr versteht euch gut. Ist das nicht auch viel wert?

– Silvester schwänzt sicher die Ausfahrt.

Edda ist bereits an der Klinke.

– Weil er Geburtstag hat? Oder keinen Ausgang kriegt? Glaubst du das?

+

Edda und ich sehen Kondor noch durch den Gang der Katakomben abdampfen. Im flatternden Regencape. Ein filmreifer Rückzug mit gespitzten Lippen, die gekonnt eine bekannte Marschmelodie pfeifen.

– Die Damen!

Im Bunker hat sich derweil die Runde vom Billardtisch an die Bar verlagert. Christian fehlt. Wegen des anstehenden Kirchweihjubiläums brummt es zurzeit bei ihm. Aber die Knappen sind fast vollständig versammelt.

Kondor hat Gesprächsstoff geliefert.

Laut ihm knistert seit gestern die Luft am Getränkebasar, eine Vorladung ist eingetrudelt. Wegen Beleidigung muss Brand III, der mittlerweile 17 Verstöße im Register besitzen soll, ohne bislang auch nur eine Minute gesessen zu haben, eine Freiheitsstrafe antreten. Schon in Kürze.

Vier Wochen ohne Bewährung.

Äußerst ungewöhnlich offenbar, aber das Urteil scheint rechtskräftig.

Du hältst das für *die* Gelegenheit.

– Jetzt oder nie, sagst du, es kann einfach nicht sein, dass es einem genügt, auf Dauer den Hampelmann für diese Witzfigur mit dem Zickzackbart zu spielen.

Und davon versuchst du Kondor in den nächsten Tagen zu überzeugen.

Du holst dir Rat bei ihm wegen Dominos Roller.

Du chauffierst ihn zum Friedhof.

Du bringst ihn wieder mit zum Kinoclub. Und bittest zuletzt Edda, Mauser und mich, dich zu begleiten, als du ihm noch einmal ins Gewissen reden willst. Im K16.

– Nichts für Zartbesaitete, warnt Mauser, ich sag's euch!

Er übertreibt nicht.

Diese dunkle Höhle, in die Kondor uns einlässt; ich erlebe das Geschehen zunächst nur wie auf Autopilot.

Mauser und du drängen Kondor durch den Flur in einen Raum zurück, in dem ein Fernseher läuft. Das Gerät steht auf einer umgedrehten Getränkekiste. Eine uralte, vergilbte Raufasertapete schält sich dahinter von den Wänden.

Ranziger Mief beißt in der Nase.

Mehrere lakenlose Matratzen am Boden, die Flecken darauf umsäumt von weißen Streifen wie von eingetrocknetem Salz.

– Du willst bestimmt wissen, warum wir hier sind, sagst du.

Kondor, mit nacktem Oberkörper und die Haare nicht wie sonst im Nacken zusammengebunden, sondern offen, pustet sich eine störende Strähne aus dem Gesicht. Er lehnt am Türrahmen zum Flur.

– Schießt los, sagt er, ist ja ein toller Auftritt.

Edda bückt sich unter einer in Kopfhöhe gespannten Wäscheleine hindurch, schiebt mit dem Schuh eine verwitterte Zeitschrift zur Seite, über der mal eine Flüssigkeit ausgelaufen sein muss.

– Wir haben mit den Leuten in der Fahrradwerkstatt gesprochen, meint sie, die sind bereit, es noch einmal mit dir zu versuchen.

– Ist wahr, ergänzt Silvester.

– Pack deinen Kram zusammen, sagt Mauser, komm mit, für ein paar Tage kannst du bei uns unterkommen.

Ein Poltern aus dem Treppenhaus ist zu hören. Kurz darauf, gedämpft, der Lärm eines Streits in einer anderen Wohnung. Kondor späht um die Ecke in den leeren Flur und wendet sich dann wieder uns zu.

– Ich soll meinen Kram zusammenpacken? Kapiert ihr das nicht? Das hier ist nicht: *Tschüss, ich gehe dann mal eben*.

Er hat seine Arme vor der nackten Brust verschränkt.

Auch du verschränkst jetzt die Arme vor der Brust.

– Wovor hast du Angst? Geht's um Geld?

Das letzte Wort bleibt in der Luft hängen. Kondor verdreht die Augen.

– Mann! Ihr macht einem den Alltag echt nicht leichter. Mal erlebt, wie man mit einer Nussratsche, ihr wisst schon, so einem massiven Dings zum Schraubenlockern bei Fahrrädern, Schienbeine bearbeitet? Oder habt ihr mal Hände bestaunt, die in einer Autotür eingeklemmt waren? Ist Emmemm alles passiert.

Pause.

Sehr lange Pause.

Dann höre ich eine Stimme fragen:

– Was ist dein größter Wunsch, Kondor?

Es ist meine Stimme, stelle ich fest.

Kondor betrachtet mich eine Weile, dreht dann den Oberkörper bedächtig so, dass sein Rücken zu sehen ist. Edda wird blass um die Nase. Kondor deutet mit den Daumen auf die Narben, bevor er sich wieder umwendet.

– Ich habe so viel Mist hinter mir, sagt er, ich hätte nichts gegen ein Leben, das für ein paar Jahre ohne viele negative Momente verläuft. Aber eben mal Kohle auf den Tisch packen, das reicht nicht. Müsste ich auch. Das wäre überhaupt die Grundvoraussetzung. Ließe sich im Zweifelsfall sogar klären. Doch vor allem geht es um Respekt. Um Regeln, an die man sich halten muss.

Er wischt sich über den Mund. Du trittst näher zu ihm heran. *Glaub mir,* spricht dein Blick, *was jetzt kommt, solltest du dir besser gut anhören.*

– Schalt mal an hier oben, sagst du (tippst dir gegen die Stirn), deine Chance musst du dir selbst geben, und das jetzt ist eine gute, vielleicht auch die letzte. Du gehst gerade eine Treppe im Dunkeln runter, und der nächste Schritt kann der ins Bodenlose sein. Denk an deinen Bruder!

Meine Hände sind eiskalt, als wir wieder im Freien sind.

Stumm marschieren wir vier nebeneinander auf das Einkaufszentrum zu. Autos sausen vorbei. Auf der Straße steht das Wasser, Fontänen spritzen seitlich der Reifen hoch. Und das ist mein Gefühl: Wir sind mit heiler Haut davongekommen.

Wir haben Glück gehabt. Edda, Mauser, du und ich.

Kondor nicht.

Für Kondor wird es nie einen Ausweg geben.

Nie.

Abends im Bett höre ich seine Stimme im Kopf. Das Bild

von den Narben auf dem fast noch jungenhaften Körper setzt mir zu.

– Meine Großmutter, höre ich Kondor sagen, die hatte einen Freund, bei dem haben wir eine Zeitlang gehaust, und der hatte nicht gerade nur gute charakterliche Eigenschaften, würde ich mal behaupten.

Wie aufgeklebte Plastikstreifen haben die Verwachsungen ausgesehen, und Kondors Schilderungen verfolgen mich. Schläge mit dem Ledergürtel, regelmäßig. Seinem Halbbruder, der einen Block weiter bei einer Tante lebte, ging es ähnlich; er bekam seine Abreibungen mit einem Socken, der mit Reis gefüllt war, wurde in die Abstellkammer gesperrt, wenn der Lover kam, Kondor wiederum manchmal sogar wie ein Hund auf dem Balkon angeleint.

Ich weine bei dem Gedanken daran. Tränen fließen in meinen Kissenbezug, der blumig nach Weichspüler duftet, und ich fühle mich leer.

Was ist dein größter Wunsch?

Was für eine Frage! Und ich habe sie ihm wirklich gestellt.

Ich.

Was sind wir doch für unreife Laberköpfe!

Aber dann, ein paar Tage später beim Kirchweihjubiläum, erscheint Kondor mit Sack und Pack am *Guten Hirten*. Fünf Tage vor der Ausfahrt, wenige Stunden, bevor Brand III die Haftstrafe antreten muss.

Der Getränkebasarinhaber höchstpersönlich fährt Kondor und einen Haufen Plastiktüten im SUV vor, parkt nachlässig auf dem Fußweg beim Kindergarten.

Christian, der eine raucht, und ich, die ich soeben zur Schicht ins Eiscafé aufbrechen will, sehen Kondor durch den Laubengang kommen.

– Meine Siebensachen, sagt er.

Deutet auf die Tüten. Christian fragt:

– Was ist mit deiner Hand passiert?

Kondors Gesichtsfarbe nennt man wohl *kreidebleich*. Er trägt ein Küchentuch wie einen Verband um die Finger. Blut ist in dem Stoff eingetrocknet. Und es sieht aus, als wenn noch immer Blut nachsuppt.

– Das? Nichts Großes, nuschelt er, verheilt wieder.

Kondor, Bonusmaterial: nachgestellte Szene #5

Es roch nach dem Mettbrötchen in Joseys Hand, nach der Suppe mit den Fettaugen, vor der Brand III saß, und darunter nach fremdem Wohnzimmer, privat, ein bisschen nach Hund. Lümmel in der Ecke winselte und fiepte matt.

– Ich bringe den Schlüssel.

Kondor trat weiter vor in den Raum; das Hinterzimmer vom Getränkebasar. Brand III maß den Gast mit scheelem Blick, tauchte den Löffel in den tiefen Teller.

– Zwiebelsuppe mit Ingwer und Knoblauch, sagte er, genau das Richtige für die ungemütliche Zeit. Hat der alte Herr vom Bross auch immer gesagt. Probieren?

Kondor schüttelte den Kopf, stellte einen Haufen Plastiktragetaschen vor den Füßen ab, legte einen Schlüssel auf den Tisch.

– Der Schlüsselmann gibt den Schlüssel ab, sagte Josey, auch nicht schlecht.

Brand III löffelte ungerührt weiter.

– Was gibt's Neues beim Prediger? Man hört, heute läutet da groß die Glocke. Der Kirchenklotz hat Geburtstag. Vierzigsten. Wetter spielt allerdings nicht so mit. Dabei sollte man meinen, die hätten Petrus auf ihrer Seite. Gehst du hin, Kon?

Ein Schulterzucken.

– Hier ist der Rest der Schulden, Zinsen und alles.

Kondor zog ein flaches Geldscheinbündel aus der Jacke und legte es zum Schlüssel auf den Tisch. Brand III stieß Luft durch die Nase.

– Da schau her! Hast du von dieser Plaketten-Nummer gehört?

– Ich bin raus.

– Du bist raus? Okay. Aber die Frage war ja auch bloß, hast du davon gehört. Es gibt Leute, die machen im Viertel Geschäfte mit Plaketten, hinterm Rücken vom Bross. Kannst du dir das vorstellen? Vielleicht die Knackfüße aus dem Osten? Oder vielleicht auch jemand, den wir kennen?

– Ich bin raus. Wenn du glaubst, ich war das, sag's ruhig.

Brand III ließ den Löffel los. Metall schlug gegen Steingut, Suppe kleckerte auf den Tisch. Der Getränkebasarinhaber tupfte mit dem Finger unsichtbare Krümel auf.

– Warum so empfindlich, Kon? Wenn du meinst, die Kohle ist sauber, dann ist die sauber, sagte Brand III, schade nur, dass ausgerechnet jetzt der Fachmann für Plaketten hinschmeißt. Du weißt, der Bross muss auf einen ungeplanten Ausflug.

Er schob seinen Stuhl zurück, klatschte die Pranken auf die Schenkel.

– Zum Glück nur vier Wochen, sagte Kondor.

– Ja, nur vier Wochen unter lauter Asozialen. Die Hälfte Rosenkranzfriemler. Typen, die drei Mal am Tag den Teppich ausrollen. Allah Akbar! *Übersteht man, wirst du denken. Und richtig, was ist schon groß dabei? Wen juckt es, dass die dem Bross morgen in alle seine Körperöffnungen leuchten. Ein bisschen spökern! Wird bestimmt richtig witzig. Vier verlauste Wochen Vollpension.*

– Und in so einer Zeit machst du hier die Biege, sagte Josey.

Sie sah Kondor scharf an. Der schaute stumpf durch sie hindurch.

– Lass mal, sagte Brand III, wir kennen uns so lange. Und er hat die Tucken auf den Tisch gepackt. Reisende soll man nicht aufhalten. Oder wie heißt das noch?

– Ja, sagte Josey, Reisende soll man nicht aufhalten.

Brand III erhob sich jetzt schwerfällig, streckte die Arme nach vorne aus.

– Komm her, Kon, komm her!

Kondor senkte die Stirn, ging auf Brand III zu. Der Mann mit dem Zickzackbart winkte ihn näher, wartete nicht weit von der Küchenarbeitsplatte entfernt. Stumm ließ sich der Jüngere dort vom Älteren an die ausladende Brust drücken. Das Leder der Motorradjacke knarzte bei der Umarmung.

– Machen wir einen sauberen Schnitt, ja?

Brand III flüsterte mit heller Stimme. Kondor antwortete leise:

– Deine Regeln, Bross.

– Gut. Warum ist ein sauberer Schnitt am Ende wichtig?

– Damit alle Seiten zufrieden sind? Um sich in guter Erinnerung zu behalten?

– Ja, ganz wichtig. Erinnere dich gut an deine alten Freunde. Du willst doch nicht, dass irgendwer darunter leidet, dass du hier Abschied genommen hast.

– Nein.

– Alles, was du über deine alten Freunde weißt, bleibt eine Sache zwischen dir und deinen alten Freunden.

– Ja.

– Also machen wir einen sauberen Schnitt! Bereit?

Kondor sagte nichts mehr.

– …

Brand III hatte ihm den Rücken zugedreht, Kondors Handgelenk geschnappt. Er klemmte sich den Arm unter die Achsel, presste Kondors Faust mit aller Kraft auf die Arbeitsplatte, bog ihm den kleinen Finger heraus.

Mit einem Griff zur Seite zog Brand III ein Fleischmesser aus einem Holzblock. Die breite Klinge schnellte nach unten. Wie ein Beil auf den Richtklotz.

Kondor wandte den Kopf zum Tisch. Josey stierte geradeaus, als würde um sie herum nichts vorgehen. Zu hören war nur ein einziges, kurzes Geräusch, als das Metall auf die Arbeitsplatte traf.

Sklapp!

Wie aus einer Wasserpistole schoss das Blut aus dem Fingerstumpf, spritzte pulssynchron über den Ärmel der wattierten Jacke von Brand III, über das Kochfeld, spritzte auch auf das abgehackte Körperteil, das dort vor ihnen lag wie eine Wachsattrappe. Kondors Kiefer krampften sich zusammen.

Er verbarg, als der Schrei aus ihm herausbrach, das Gesicht im flauschigen Stoff der Bekleidung seines Peinigers, erstickte den Schmerzlaut am Leib von Brand III.

Der Getränkebasarinhaber schnippte das von der Hand getrennte Glied über den Rand des Herds, spielte es mit dem Fuß in Richtung Lümmel weiter.

Lümmel hielt interessiert die lange Schnauze an das Etwas, schnupperte.

Kondor sah es. Sah durch die Schleier aus Rotz und Tränen, was die Dackeldame dort am Boden anstellte.

– Nun schaut euch das an, sagte Brand III, Lümmel scheint es zu schmecken!

■

ÂVENTIURE III

Silvester

|Das Schwert

Anfang Mitte Oktober

▸▸

|Sonntag, 13 Tage vor Ausbruch des Feuers

In der Zugluft eines Lastwagens wirbelt Laub auf. Die Blätter fegen ein ganzes Stück hinter dem Fahrzeug her, bevor sie kraftlos zurück zu Boden trudeln. Die Tüte mit den Wollhandschuhen, die Silvester wieder bei sich trägt, knistert und raschelt hell. Er steht auf dem Fußweg gegenüber vom Getränkebasar.

Fröstelt. Trotz Parka.

Wie lange späht er schon auf die andere Seite?

Drei Minuten? Länger?

Gerade erlischt die Straßenbeleuchtung über ihm: Licht für Licht für Licht, in rascher Folge, wie bei kippenden Dominosteinchen. Halb acht dürfte es sein, schätzt Silvester, vor gut einer Viertelstunde hat er den Südturm verlassen, nachdem er noch etwas an die Zimmerdecke geschrieben hat.

Er findet den weißen Permanentmarker zwischen Büchern Zetteln Krams, schüttelt den Stift und besteigt den wackeligen Drehstuhl. Mit gestrecktem Arm hat er der Galaxie aus Wörtern, die das schwarze Viereck rund um die Lampe ziert, zwei weitere hinzugefügt. *Trau dich!*

Dann ist er aufgebrochen.

Ein kurzer Marsch: ein paar hundert Meter bloß. Ein an sich altvertrauter Anblick. Und doch nach allem, was er von Kondor erfahren hat, erscheint Silvester das Bild heute fremd, geradezu bedrohlich in seiner verschlafenen Friedlichkeit.

Im Hintergrund: Hochhauszinnen. Vorn: die zwei länglichen Ziegelsteinbauten, ehemalige Scheunen. In einer residiert Brand III als Inhaber des Getränkebasars.

– Die letzten Überbleibsel dörflicher Geschichte, hat Bozorg einmal gesagt, und nun guck dir an, wie der Kerl die schönen Gebäude verschandelt!

Es hat gestimmt, und es stimmt noch immer. Die Fassade verschwindet hinter Reklametafeln: kreisrund rechteckig quadratisch, Werbung für Softdrinks und diverse Biersorten. Elektrisch bunt strahlen die Logos für gewöhnlich in die Welt. Sonntagmorgens allerdings blinkt und leuchtet nichts.

Alles tot: alle Schilder, alle Lämpchen. Um sie herum ein Geflecht aus Kabeln Drähten Strippen, wie Krampfadern überziehen sie die schmutzig rote Mauerwand.

Silvester spürt einen Druck auf der Brust.

Was genau hat ihn hergetrieben?

Nur die Schlaflosigkeit?

Der Laden hat geschlossen. Natürlich. Und Brand III, der *Bross*, sitzt im Bau, 15 Kilometer weiter nördlich. Silvester klingen Kondors Worte noch durch den Kopf:

– Montag ist Stichtag, Meister! Dann kommt der Typ raus, und dann kläre ich das mit der Katze, wie ausgemacht.

Morgen also.

Silvester nimmt die gepolsterten Kopfhörer von den Ohren, denkt an Kondor, dem er nicht mehr traut, denkt ans heutige Datum, verliert sich dabei (die Sinne wie benebelt nach der x-ten halb durchwachten Nacht in Folge) in der Geräuschkulisse um sich herum, lauschend.

Hört einen Vogel tschilpen. Den Wind, der sich um die Häuser drückt. Hört ein Auto an der nahen Ampel beinah lautlos kuppeln und den Gang wechseln, dann das wieder anschwellende Brummen des Motors nach dem Abbiegen, hört Reifensingen.

Und ganz deutlich dazwischen: Merles Stimme.

– Waren das lange sieben Tage, sagt sie, aber ich habe deine Musik gehört, rauf und runter.

– Lieblingstrack?

– Die neun.

Silvester sieht Merle und sich durch das bunte Laub stelzen, das der Herbst von den Zierbäumchen rund um das Einkaufszentrum gerissen hat und das von einem Männchen mit dröhnendem Handrüssel zu bunten Haufen zusammengepustet wird. Gestern ist das gewesen.

Einen langen Spaziergang haben sie unternommen (vom Eiscafé in den Park) und das getan, was sie eine Woche nicht konnten: miteinander geredet.

– Track neun, sagt er, dachte ich mir.

– Mädchenmusik eben, sagt sie, hast du dich gut von mir erholt?

– Um ehrlich zu sein, sagt er, geht so, ich habe kaum ein Auge zubekommen.

– Ha. Ha.

– Wirklich, und meine Knie, gesteht er, sind ganz weich jetzt.

Auch wenn es als Scherz bei Merle ankommt: Er übertreibt kaum. Silvesters Beine fühlen sich (am Anfang zumindest) tatsächlich in den Gelenkbereichen an wie Götterspeise. Eine Woche Funkstille, um ja nichts kaputt zu machen, das haben sie in der Nacht, die in Dominos Wohnung geendet ist, so ausgemacht.

– Wird das eine Art Prüfung?, hat sie gefragt.

– Das ist einfach das Beste, hat er geantwortet.

Die Erinnerungen blieben lebendiger dann, unverfälschter, hat er behauptet. Ein Irrtum. Das weiß er inzwischen. Denn immer, wenn Silvesters Augen während ihrer Abwesenheit geschlossen waren, ist ihm eine Merle erschienen, die ihm auf rätselhafte Weise gestaltlos vorkam, perfekt auf ihre Art, überirdisch.

In Gegenwart der echten Merle (einer zart gebräunten Merle, die in einem verwaschenen Fleecepulli steckt, Fäustlinge und Mütze trägt und ihm ein Geschenk zur Begrüßung überreicht) treibt ihm das eine seltsame Beklemmung ein. Liegt es an ihm? An ihr? Oder am Thema Domino, das sie beide sehr sorgsam umschiffen?

Was nicht einfach ist. Silvester jedenfalls fühlt echte Erleichterung, als sie ihr Ziel endlich erreichen und dort, im Park, vorübergehend abgelenkt sind.

Merle scheint es nicht anders zu gehen.

– Auf in die Schlacht, ruft sie.

– …?

Silvester versteht zuerst nicht. Und hört wieder das Lachen nach dem Satz:

– Dein Geschenk, sagt sie, Zeit, den Drachen zu besiegen!

Als wäre es die ganze Zeit in der Luft umhergetragen, konserviert worden, schallt es ihm jetzt wieder im Ohr: Merles offenes Lachen. Das plötzlich in schrillere Geräusche übergeht, lautere, jäh von diesen Geräuschen übertönt wird.

Quietschen von Reifen eines scharf bremsenden Autos, lang anhaltendes Hupen. Silvester (er macht unwillkürlich einen Schritt rückwärts) senkt den Kopf in Richtung Straße.

Ein verwischter Schwenk: Stoßstange Kotflügel Windschutzscheibe, dahinter undeutlich das Halbrund eines Lenkrads und eine gequälte Grimasse.

Der Geruch von erhitztem Gummi durchzieht die Luft.

Ein vierbeiniges Etwas trottet über den Asphalt, zieht eine neongelbe Leine, die in einer verwaisten Griffschlaufe endet, hinter sich her. Ein Hund. Halb Dackel, halb sonst was. Sein dichtes Fell bewegt sich an zwei, drei Stellen büschelweise im Wind. Ein Bein schlenkert merkwürdig vom Körper weg.

Der Hund kommt geradewegs auf Silvester zu, zwängt sich innen an dessen Knöcheln vorbei, und Silvester beugt sich hinab, geht in die Knie, verheddert sich unglücklich in die lange Leine, verliert erst das Gleichgewicht, dann die Tüte aus der Hand, fällt aus der Hocke auf den Rücken.

Rote Wollhandschuhe liegen, verteilt um ihn herum, auf dem Fußweg. Und der Hund klettert Silvester mit kurzen Sprüngen auf die Brust: Die Pfoten mit den schwarzen Krallen bohren sich in den Stoff des Parkas. Das Tier rollt die Zunge aus, wischt damit hechelnd über sein Gesicht. *Sfuff!*, macht der Hund mit einem Fiepsen in der Stimme. Und: *Grrrow!* Silvester streichelt von oben bis unten über den Rücken des Halbdackels, über beinah drahtiges Haar.

– Nichts passiert, sagt Silvester beruhigend, alles gut.

Der Hund entspannt sich. Legt den Kopf auf die Pfoten. Silvester spürt, wie ihn ein leichtes Glücksgefühl durchströmt. Ganz ähnlich wie gestern im Park, als Merles Freude über das bevorstehende Drachensteigenlassen wieder etwas in Silvester zum Klingen gebracht hat, was alle Scheu und Zweifel übertönen hilft: Ganz plötzlich ist da die Vertrautheit der letzten Stunden vor ihrem Urlaub zurück.

Sie stapfen von einer der zahlreichen Anhöhen (zu denen sich das Gelände rund um den See an mehreren Stellen ausbeult) hinab in eine weite Senke, als würden sie das immer so machen. Jeden Herbst.

Silvester betrachtet im Gehen Merles Mitbringsel genauer.

– Ich bin wirklich gerührt, sagt er, was für ein Fund!

In der köcherartigen Plastikverpackung steckt ein Zwei-Stab-Drachen, Motiv: Langschwert. *Excalibur,* steht oben auf der Papplasche am Beutel (silberne Lettern in pseudokeltischer Anmutung).

– Ich wusste, dass es dir gefällt, sagt sie, eine echte Rarität, das einzige Exemplar mit diesem Aufdruck, das es in dem Krimskramsshop am Strand gegeben hat. Mal sehen, ob du das Schmuckstück heil in die Luft bringst!

– Winkt eine Belohnung?

– Du meinst eine Prinzessin, wie in guten alten Zeiten?

– Zum Beispiel.

– Ein unschuldiger Kuss in aller Freundschaft ist vielleicht drin, sagt Merle.

Sie haben die Wiese mit Blick auf die Badestelle am Ostufer ganz für sich. Merle hüpft gegen die Kälte auf und ab, gibt Silvester vergnügt Tipps, während der das Kinderspielzeug zusammenbaut, dabei mit dem Wind ficht. Am Ende erfolgreich.

– Spule oder Drachen?, fragt er.

Excalibur ist startklar. Merle pufft Silvester gegen den Parka.

– Du rennst, sagt sie, ich scheuche das Ungeheuer hoch.

+

Die Spule dreht sich in seinen Händen, bis Merle rund 30 Meter entfernt stehen bleibt. Sie hält den Drachen über den Kopf, präsentiert mit halber Drehung einem unsichtbaren Publikum stolz das Wappensymbol: die legendäre Hieb- und Stichwaffe mit verschnörkeltem Griff und breiter Klinge.

– Excalibur!, ruft sie.

Silvester ruckt zwei Mal an der Schnur: das Zeichen.

Merle versetzt dem Fluggerät einen Schubs. Der Wind drückt gegen die schräg stehende Unterseite, sorgt für Auftrieb, hebt den Drachen in die Höhe.

Silvester rennt los, Blick über die Schulter.

Das Schwert schießt gen Himmel. Aber der Stoff flattert. Der Drachen hört sich an wie ein durchgedrehter (wild mit den Flügeln schlagender) Wellensittich. Silvester murmelt stumm ein Stoßgebet. Erhöht sein Tempo.

Es nützt nichts. Excalibur ist nicht ausbalanciert und kommt ins Trudeln. Kracht nach steilem Sturzflug zurück auf den Boden.

Bamm!

Merle eilt zur Unglücksstelle.

– Und?!, ruft Silvester in ihre Richtung.

– Alles gut!

Sie hebt den Daumen.

Zweiter Versuch. Wieder nichts. Dritter. Diesmal verheddert Merle sich im Doppelschwanz. Großes Gelächter!

Vierter.

Fünfter.

Sechster. Silvester keucht, längst von einem völlig übersteigerten Ehrgeiz angestachelt, als gelte es tatsächlich, das Herz einer Prinzessin zu gewinnen.

Er denkt an den ersten Drachen (Merles Geburtstagsgeschenk), den er vor zwei Wochen hier geschrottet hat, an diesem Ort. In Begleitung von Mauser und notgedrungen auch Kondor, weil Merle ihm, nach der Ausfahrt ans Meer, nur die kalte Schulter gezeigt hat und Kondor sich nicht hat abschütteln lassen.

Silvester sprintet stratzt spurtet.

Das feuchte Gras und Laub unter seinen Sohlen quietscht. Er wetzt, so schnell es nur geht, über Tausende braune gelbe grüne Schnipsel und Fetzen, hinweg über diesen löchrigen Teppich aus Laub, erreicht den Weg: Der Belag unter den Schuhen wechselt von Wiese zu Schotter, und Silvester bemerkt den viel kräftigeren Zug an der Schnur. Bremst ab, blickt sich um: Höher und höher sieht er den Gleiter steigen.

Übermütig peitschen die Schweif-Enden den Himmel.

Silvester ballt die freie Faust und unterdrückt ein Jauchzen. Merle klatscht in die Hände, jubelt. Sie formt die Hände zum Schalltrichter vor dem Mund:

– Excalibur! Wuu-hu!

Ein Ruf aus den Tiefen der Brust. Sie rennt zu Silvester. Er übergibt die Spule, sie hält sie fest, dreht rasch daran, um ein lockeres Stück Schnur wieder aufzurollen.

– Wir haben den Drachen besiegt, sagt er.

Er bekommt seine Belohnung. Nichts Aufregendes: ein simpler Schmatzer. Aber immerhin. Er schmeckt Lippenbalsam. Immerhin das.

Doch Merle hält ihn danach sanft, aber bestimmt auf Distanz.

– Das geht nicht so schnell, Silvester Lanzen.

– Warum, fragt er, ich bin frei, Merle von Aue.

– Kann ich dir glauben? Gib uns Zeit bis zum Fest.

Damit hat er nicht gerechnet. Und ist beim Blick in das gesprenkelte Grün ihrer Augen fast ebenso überrascht gewesen wie jetzt, als auf einmal wieder ein Hupen ertönt und zwei Gestalten auf Silvester zuflitzen, kaum größer als Grundschüler. Die Gesichter beinah mannsartig, verhärmt.

Sie kommen aus derselben Richtung wie eben der Hund. Ihre Frisuren bestehen nicht aus simplen Stacheln, sondern aus kammartigen Dreiecksgebilden, so wie in Bilderbüchern auf Schwanzrücken von feuerspeienden Fabelwesen. Silvester denkt: Kobolde? Gnome? Zwerge?

Einer von ihnen pflückt Silvester das Dackeltier von der Brust. Zerrt und reißt es unsanft und fluchend hoch. Ein Klaps. Ein Winseln. Anschließend widmen sich die Stachelköpfe Silvester. Beugen sich über ihn.

– Was ist denn der für 'n Opfer?

– Guck dir die Augen von dem an.

– He, du Dackelflüsterer, lange nicht mehr gepennt, wie?

– Du hast Hundesabber im Gesicht!

Silvester stützt sich auf den einen Ellbogen, fegt mit dem freien Arm ein paar Handschuhe zusammen, deutet mit dem Kinn auf den Hund.

– Gehört der zu euch?

– Gewissermaßen, Blitzmerker. Gehören dir die ganzen Handschuhe?

In Silvesters Hirn arbeitet es. Er gleicht die Gesichter über sich mit Gesichtern aus seinem Gedächtnis ab. Und wirklich, es macht *klick*. Es sind Kondors Cousins, Stiefbrüder von Brand III. Der Hund, dieser Halbdackel, muss Lümmel sein.

– …

Silvester rappelt sich auf. Wischt mit der Hand über Wange Nase Mund. Und dann erkennen die hässlichen zwei Zwerge auch ihn.

– Leck mich an den Nippeln, weißt du, wer der Typ ist? Natürlich. Das muss der abgedrehte *Albinomulatte* sein, vom dem Jo erzählt hat, der Kumpel von dem Verschollenen aus der Videothek, Kondors großes Idol.

– Der Bruder vom süßen *Schokololli*?

– Exakt. Der mit der vermissten Katze, der weiße Nigger. Hahaha!

Silvester treibt es den Puls nach oben. Die Stachelköpfe feixen sich eins. Der Halbdackel bellt. Silvester will vorspringen, den einen Zwerg, den ohne Hund, an seinen klebrigen Haardreiecken packen.

Hört schnelle Schrittgeräusche von der Seite.

Er sieht sich schon losstürmen, mit Stachelkopf zu Boden stürzen, prallt, als er tatsächlich losstürmt, aber unvermittelt (den heranfliegenden Schatten nimmt er aus dem Augenwinkel noch wahr) gegen ein Hindernis, das es bis eben nicht gegeben hat, fällt hinein in gellende Stille.

Kein Geräusch mehr, kein Ton, nichts.

Kurz auch kein Bild.

Dafür das Gefühl, als hätten oben und unten soeben Plätze getauscht. Und in dem Schwarz der unergründlichen Tiefe, in die Silvester dann zu schauen glaubt (als die Wahrnehmung wieder einsetzt), taucht plötzlich der Drachen auf. *Excalibur.*

Sanft wiegen die langen Schweif-Enden hin und her.

– Irre, oder? Nur die dünne Schnur verhindert, dass der Wind ihn davonträgt, sagt Merle, soll uns das was sagen?

Ein leichtes Hallen, glaubt Silvester, verfremdet den Klang ihrer Sätze, und er betrachtet den Nylonfaden, bis sich aus dem Schwarz um diesen Faden herum nach und nach ein Himmelgrau schält, vor dem sich die Schnur am Ende beinah vollständig verliert.

Silvester lenkt seinen Blick zur Seite.

Der Park.

Der See.

Merle.

Da steht sie. Mit vom Wind geröteten Wangen. Den Kopf im Nacken, um das Schwert hoch oben bei seinem Tanz beobachten zu können.

– Ich weiß, dass du dich auf das Fest freust, sagt Silvester, aber was passiert, wenn du mich bis übernächsten Samstag hast zappeln lassen?

– Warten wir's ab. Nimm es als Prüfung.

– Warum muss ich eine Prüfung bestehen ...?

(Silvester denkt nach, beantwortet sich die Frage gleich selbst.)

– ... okay, räumt er ein, die letzten Wochen waren keine Glanzleistung von mir, aber diese Frist, das ist doch albern!

+

Eine Brise weht über die Ebene: Vertrocknete Blätter heben ab, als wollten sie dem Drachen hinterher. Silvester sieht, wie sich Merle mit den Fäustlingen eine Locke aus dem Gesicht streicht, betrachtet ihr Profil. Sanft wird es von der Nachmittagssonne umfangen. Merle sagt keinen Ton.

– ...

Silvester fragt noch einmal nach:

– Warum warten?

Er ist sich sicher, sie spürt, dass er sie anschaut. Genießt sie es? Sie wendet sich jedenfalls vorerst nicht zu ihm um. Und er erzählt ihr dann endlich von Domino. Von der verfrühten Rückkehr. Von dem Zettel mit Merles Nachricht, den sie gefunden und verbrannt hat. Sogar von Decke und Kissen, die aus dem Fenster geflogen sind.

– Ein Albtraum, dann weiß die Ärmste also, dass wir die Nacht bei ihr in der Wohnung verbracht haben, sagt Merle.

Wörtlich, so. *Die Ärmste. Ein Albtraum.* Speziell die letzte Formulierung trifft und verwirrt Silvester aus Gründen, die er nicht nennen könnte. Er meint, das Rauschen der Blutbahn im Ohr zu hören, während Merle sich Zeit lässt, viel Zeit, ihm nun doch in die Augen zu schauen. Ihre Blicke treffen sich.

– Es war eine ganz und gar merkwürdige Woche …, sagt er.

Und Silvester würde Merle jetzt am liebsten in seinen Kopf schauen lassen. Er will ihr alles erklären und weiß einfach nicht, wo überhaupt anfangen.

Kitty.

Die Handschuhe.

Die Besuche am Marktstand von Brand III.

Das Hin und Her mit Dominos Wohnungsschlüssel.

Ahnt Merle, was in Silvester vorgeht? Liest sie in seinen Gedanken? Fast hat es den Anschein. Sie lässt ihn jedenfalls nicht hängen, sagt (nach kurzer Pause):

– Traust du dich, die Schnur loszulassen?

– Ganz?

– Ganz und gar!

Unvermittelt kommt das, wirkt aber nicht unüberlegt oder gar albern.

– Dann ist der Drachen weg, sagt er.

Merle hält Silvester die Spule hin.

– Wir lassen ihn ziehen und haben dafür einen Wunsch frei.

– Quatsch.

– Trau dich!

Wie eine geheime Losung zwischen ihnen kommt Silvester dieses *Trau dich!* inzwischen vor. Er greift zu, lächelt, lässt die Drachenschnur abnudeln.

– Du willst wissen, ob ich das kann, sagt er, stimmt's?

Die Spule zwischen seinen Fingern dreht und dreht sich.

– Ob du was kannst?

– Na, loslassen …

– Kannst du denn?

Das Schwert entfernt sich weiter und weiter von ihnen.

Dann geht ein Ruck durch Silvesters Körper. Zu heftig, um vom Drachen stammen zu können, das weiß er sofort. Und Silvester kehrt mit einem Mal zurück.

Zurück auf die Straße vor dem Getränkebasar.

Zurück auf die Füße.

(Mit fremder Hilfe. Und halb benommen.)

– Geh einfach, sagt eine Stimme, dreh dich nicht um!

Er registriert, dass man ihn unter der Achsel am Arm gepackt hat und Schritt für Schritt vorwärtsschiebt. Hinter ihm Hundekläffen. Die Stimmen der Zwerge.

Ziemlich aufgebrachte Stimmen.

Ziemlich klägliches Kläffen.

Silvester tastet nach der Schramme im Gesicht. Ein Glühen, ein pochender Juckreiz dort, wo seine Haut abgeschürft ist. Bis zur Fußgängerbrücke am Einkaufszentrum folgen die hässlichen zwei Zwerge plus Halbdackel Silvester und Mauser noch. Mit gebührendem Sicherheitsabstand zwar (aus Respekt vor Silvesters Begleiter), aber weiterhin Fäkalflüche und unflätige Beleidigungen auf den Lippen.

– Tut mir leid, sagt Mauser, ich bin ein wenig rabiat dazwischen, aber das wäre sonst unerfreulich ausgegangen.

Silvester winkt ab.

– Ein paar Schellen, mehr wäre diesen Hänflingen schon nicht zugestoßen.

– Das war eher nicht meine Sorge.

– Diese zwei abgebrochenen Wichte haben Kitty verhöhnt, sagt Silvester, man hätte ihnen die Handschuhe gleich in ihre Dreckslästerhälse stopfen sollen!

Unter ihnen rauscht der gemäßigte Morgenverkehr dahin. Silvester lehnt mit der Hüfte an der Metallbrüstung, hält Ausschau nach den zwei Stachelköpfen. Die scheinen aber die Lust an ihrem Verfolgungsspielchen verloren zu haben.

– Ich wusste gar nicht, dass du so ein Heißsporn bist, sagt Mauser.

Sofort fällt Silvester die Rangelei mit Kondor am Autowrack wieder ein und die eigene Verwunderung anschließend über sein Tun.

– In der Grundschule habe ich mich mal mit jemandem geprügelt, der einen Witz über meine Schwester gemacht hat, der war allerdings größer als ich.

Silvester bemüht sich um einen spöttischen Tonfall, findet, dass der Freund mit seiner Rettungsaktion stark übertrieben hat. Aber Mauser bleibt ernst.

– Die sind nicht ohne, die reizenden Lieblinge von Brand III, sagt er, du hast Glück gehabt, glaub mir, sobald es sich um die heilige Dackeldame dreht, hört der Spaß auf.

– Und deshalb bist du wie ein mittelalterlicher Rammbock auf mich los? Was treibst du überhaupt um die Uhrzeit auf der Straße?

Mauser zupft am Bündchen seiner formlosen Jogginghose.

– Held spielen. Seit Kondor beim morgendlichen Ausdauertraining fehlt, kann ich mich wieder um andere kümmern. Und du? Wieso rennst du draußen rum und mischst dieses Pack beim Gassigehen auf?

Silvester macht eine Unschuldsgeste.

– Lümmel ist denen einfach entwischt, sagt er.

Mauser verschränkt die Arme.

– Die sind mit Elektroschockern ausgestattet. Wusstest du das?

– Elektroschocker?

Mauser nickt. Die Jungs hätten mächtig aufgerüstet in

letzter Zeit, erklärt er, mit ihren Handgeräten würden sie Aufmüpfige im Zweifelsfall zappeln lassen wie einen Discokönig im Stroboskoplicht. Er sagt:

– Die Zeiten, in denen die mit Plastikschwertern andere Rotzlöffel gepiesackt haben, sind definitiv vorbei. Und eins und eins zusammenzählen, das kriegen sie auch hin. Sie werden Kondor Dampf machen.

– Soll mir recht sein.

– Du glaubst nicht, dass er das mit Prinz allein geregelt bekommt, oder?

Silvester schüttelt den Kopf. Weiht Mauser (wie Merle) dann in das ein, was er von Kondor weiß. Brand III sei vermutlich in der Nähe gewesen, sagt er, als sich das mit Kitty damals abgespielt habe, und ihm wäre es nur recht, wenn der sich von ihm genervt fühle, der Typ sei der Pesthauch der Siedlung.

Pause. Dann fügt Silvester hinzu:

– Es geht nicht nur um die Katze, verstehst du?

Mausers breite Schulterpartie hebt und senkt sich ein Mal.

– Du erinnerst dich, was der Kerl mit Kondor veranstaltet hat?

– Kondor, pffft …

(Silvester schleudert ein unsichtbares Etwas in die Luft.)

– … Kondor haust in einem Autowrack, sagt er, wenn Brand III mir auch den kleinen Finger abhacken will, nur zu, dann wandert er sofort wieder hinter Gitter.

– Zum Glück weiß ich, dass das jetzt nur Schockgelaber ist.

– Aha. *Zum Glück*.

– Was du da treibst, sagt Mauser, bei allem Respekt, findest du das nicht auch grenzidiotisch? Nehmen wir mal an, Kondors Geschichte stimmt, was versprichst du dir von deinem Kreuzzug? Eine Entschuldigung von Lümmels Herrchen?

Kreuzzug. Silvester lacht auf. Das Lachen soll etwas überspielen, von dem er selbst nicht genau weiß, was es ist, und er schaut am Südturm hoch, zählt dort das richtige Quadrat im Fensterraster ab. Kittys Zimmer. Ein dunkles Viereck.

– Was meinst du mit Kreuzzug? Das mit den Handschuhen?

– Ja, das mit den Handschuhen. Warum?

Mauser deutet mit einem Mützenschirmnicken auf die Plastiktüte. Silvester folgt der Bewegung, betrachtet die Grifflaschen am Handgelenk.

Eins der Wolldinger hat er Lümmel noch unters Halsband geklemmt.

– Ach, sagt er, das ist ja bloß ein Witz.

Keine drei Stunden später (beim Gottesdienst im *Guten Hirten*) denkt er noch einmal an Mauser zurück. Die Glocke läutet. Silvester hat neben seiner Mutter am Gang Platz genommen, wippt unruhig mit den Beinen.

Licht flutet die Kirche an diesem Morgen, an dem sich Kittys Tod das dritte Mal jährt, bricht durch das schmale Fensterband unter der Decke wie etwas Lebendiges, Gütiges. Eine Erinnerung ohne feste Gestalt. Ein stiller Gast, der allein durch seine Gegenwart für Glanz sorgt zwischen den geweißten turnhallenhohen Wänden.

Das Glockengeläut klingt aus, und Akkorde orgeln feierlich durch den Raum.

Kamps Stimme hallt hinterher, zur Begrüßung.

Dann das Anheben eines Chors wispernder Papierseiten, als alle in den Gesangbüchern blättern. Silvester rutscht mit dem Hosenboden auf dem Holz der glatten Kirchenbank herum, bleibt stumm während der Lieder. Schiebt zum Gebet die Hände nur locker ineinander. Bewegt beim Vaterunser kaum die Lippen. Spricht auch das Glaubensbekenntnis nicht mit. Anders als Merle.

Zwischen den Konfirmanden sitzt sie, drei Reihen vor Silvester. An der Spitze einer ihrer Locken hat sich ein Faden Sonnenlicht verfangen.

– Amen, sagt Kamp.

– Amen, murmelt die Gemeinde.

Silvester glaubt fest, dass Merle den Wollhandschuh sieht, der vorne auf dem Altar liegt, rot und anklagend. Beschienen von oben. Auch er.

Wie der Pastor. Wie die Konfirmanden. Wie Merle. Wie Silvesters Mutter. Wie sie alle hier, in dem dreiviertelleeren Würfel aus Beton.

– Ein Witz, aha, hat Mauser vorhin gesagt, das glaubst du doch selbst nicht.

II

The Making-of

Merle über … *Merle*

- *Was mir als Erstes einfällt: Sie wird immer für jünger gehalten. Im Kino und beim Weggehen taxiert man sie jedes Mal auf höchstens 15 – klar, das nervt (verdreht die Augen): Ausweis vorzeigen und Tralala. Aber Ego-Krisen deswegen? Nö! Merle von Aue (17) kommt klar, ist im Reinen mit sich …*

- *Attraktiv? Na ja. Bezaubernd. Das ist Merle schon, würde ich sagen. Auf den ersten bis dritten Blick wirkt an ihr sicher nichts superspektakulär, aber schon als Kind hat sie bis in die Lockenspitzen voll schwer zu erschütternder Lebensfreude gesteckt. Das Jahr im Ausland hat sie bestimmt verändert. Freiheit, Einsamkeit, Abnabelung von der Familie – das sind natürlich prägende Erlebnisse. Und trotzdem: Merle gehört noch immer, behaupte ich mal, zu der seltenen Sorte Mensch, die allein durch ihre Anwesenheit deine Laune zum Besseren wandeln kann. (Lacht.)*

- *Ja, Silvester! Interessant ist, wer sich für andere interessiert! Und das tut er. Er besitzt dies feine Gespür für Menschen, er kann sich gut einfühlen. Hat zugleich diese entschlossenen Züge, scheint in vielerlei Hinsicht reifer als andere Halbwüchsige. Vielleicht gerade weil er durch das, was er erlebt hat, innerlich zerrissen ist wie nur wenige. Er weckt, vermute ich mal, dies Gefühl in Merle: Hoppla, es tut sich was, jetzt werde ich quasi groß – und ich, die ich bislang immer vorsichtig war, was Jungs anging, will das so. Selbst wenn es kompliziert ist, selbst wenn es vielleicht gar nicht gut für mich ist, es fühlt sich aufregend an. (Guckt plötzlich ernst.) Obwohl! Auch das ist Merle: Sie hat Stolz, jede Menge Stolz. Und schenkt sich nicht her.*

▸▸

Kamp ist völlig arg- und ahnungslos. Und sogar Silvesters Mutter, der es nicht anders geht, huscht der Anflug eines Lächelns übers Gesicht, als der Pastor den Handschuh vor den Abkündigungen entdeckt und spontan einen Scherz darüber macht.

– Wie passend, über die zunehmende Vereinzelung in der Gesellschaft werde ich dann in der Predigt nächste Woche sprechen, sagt er.

Silvester riskiert einen Seitenblick auf seine Mutter.

Die von zahllosen Fältchen geriffelte Haut neben den Augen.

Dunkle Ringe darunter.

Welke Wangen.

Spuren des Alters, aber vor allem auch des Kummers.

Nur wenn man genau hinschaut, erkennt man noch die Ähnlichkeit zu Kitty: diese naturgegebene Schönheit, die sie an Kitty vererbt hatte.

Wie die Fröhlichkeit.

Beide, Mutter und Tochter, konnten sich toll kaputtlachen, oft, bis die Tränen flossen. Heute ist schon der Anflug eines Lächelns viel. Und in diesem Fall bedrückt diese Regung Silvester fast mehr, als dass sie ihn freut.

Er fühlt sich auf namenlose Art schuldig. Aber das geht vorbei. Nach dem Gottesdienst ist die Beklemmung fast abgeflaut.

Merle wartet draußen vor der Kirche. Sie nimmt Silvester am Parkplatz beim Glockenturm beiseite, schaut eine Spur besorgt. Er kostet den Blick in ihre Augen trotzdem aus. Diese Wimpern: Lang sind sie, wie bei Kindern. Merle fragt:

– Warum der Handschuh für Christian?

Beinah ein Flüstern.

– Das Schicksal des Vertreters, sagt Silvester, ich kann ihn ja Gott schlecht persönlich geben. Und Kamp hatte seinen Spaß, oder?

Eine trotzige Flucht nach vorn. Sie gelingt nur mäßig.

– Hm, sagt Merle, man weiß bei dir nie, ob du es nicht doch ernst meinst.

Sie wischt sich eine Strähne aus der Stirn und guckt. Silvester lässt die Sache mit gelassenem Lächeln im Vagen.

– Natürlich meine ich es ernst, sagt er, wie alles, wie immer, aber du hast es mitbekommen, es kapiert sowieso niemand, außer dir und mir in diesem Fall. Und Edda vielleicht noch.

– Warum tust du es dann?

– Warum legt man Blumen aufs Grab an einem Tag wie diesem?

Silvester zuckt die Achseln, hebt dabei erneut einen Finger an den frischen Ratscher auf der Wange. Merle bemerkt es ganz offensichtlich und wechselt das Thema. Durchaus dankbar für die Gelegenheit, wie Silvester vermutet.

– Was hast du da am Auge?

Silvester zieht die Hand zurück. Die Stelle sieht weniger dramatisch aus als befürchtet, er hat es vorhin im Spiegel gesehen. Und er wiegelt ab. Es sei nichts Wildes, er habe einen kleinen Satz gemacht heute früh.

– Blind vor Liebe, vermutlich, fügt er hinzu.

– Ich stricke dir eine Armbinde, wenn du willst, sagt sie.

Er lächelt.

– Aber erst nach der Feier, nehme ich an, oder?

Sie sagt nichts weiter zu der Verletzung, auch nichts mehr zum Handschuh in der Kirche. Silvester muss los.

Es gibt noch eine unverfängliche Umarmung vor dem Abschied.

– Dein *Taxi* wartet, sagt Merle, sei tapfer.

Sie winkt. Silvester steigt ins Auto ein. Edda hat sich angeboten, ihn und seine Mutter in ihrem falschen Käfer noch zum Friedhof zu chauffieren.

– Was ist mit Domino, fragt Silvesters Mutter unterwegs, kommt sie auch?

Seine Mutter sitzt vorne neben Edda, Silvester hinten.

– Zum Friedhof? Nein, sagt er, das heißt, ich weiß es nicht.

– Sprecht ihr denn gar nicht mehr miteinander?

Wortlos kurbelt Silvester das Fenster ein Stück runter.

– …

Seine Mutter hat Parfüm aufgelegt. Zu viel. Das ist ihm schon im *Guten Hirten* aufgefallen, und er steigert sich in das Gefühl hinein, die Dämpfe kröchen nun durch die Poren unter seine Haut. Das Ekzem am Hals, das Silvester seit Kittys Tod immer wieder schubweise plagt, brennt. Und er schabt kurz mit den Fingernägeln über die Stelle, die eigentlich tabu ist.

– Ich finde das nicht in Ordnung, sagt Silvesters Mutter, ich mag Domino, das weißt du, sie ist ein liebes Mädchen.

Unbemerkt verdreht Silvester die Augen. Unterdrückt dabei ein Gähnen.

– Ich kann es nicht ändern, ich weiß nicht, was sie heute macht.

– Sie ist ein liebes Mädchen, wiederholt seine Mutter.

Silvester würde gerne in den weichen Sitzpolstern der Rückbank versinken.

– Domino macht sich nicht viel aus Kirchen und Friedhöfen und solchen Orten, sagt er, das ist doch kein Geheimnis.

– Hast du sie denn gefragt, ob sie mitkommen will?

Silvester hat seiner Mutter bisher nichts von sich und Merle erzählt, zumindest nichts Konkretes. Wie auch? Aber in Anwesenheit von Edda findet er dieses Gespräch trotzdem mehr als nur anstrengend. So oder so.

– Nein, ich habe nicht gefragt, sagt er, es gab keinen Grund.

– Sie war die beste Freundin deiner Schwester.

– Wir waren bisher immer allein am Grab, Mama, seit Bozorg weg ist.

Er seufzt, blickt nach draußen, auf die verschrammte, aufgeraute Fahrbahn, die im hellen Tageslicht aussieht wie eine Filmprojektion, unwirklich, grobkörnig.

Der Film spult zurück.

Das frostige, beinah tonlose *Hallo* seiner Mutter für Merle am *Guten Hirten*.

Der Film spult weiter zurück.

Dominos Aufstand am Freitag, als er mit ihr über Kitty hat reden wollen.

Der Schleier vor den colafarbenen Mandelaugen.

Der Film stoppt.

Und Silvester denkt an die Dinge, die er sich im Laufe der letzten zwölf Monate wegen Domino, dem nun so plötzlich geadelten *lieben Mädchen*, hat anhören dürfen. All die mütterlichen Sorgen Bedenken Warnungen.

Die drei Jahre Altersunterschied und die Verschiedenheit der Ansprüche. Die unkalkulierbaren Risiken des Motorrollerfahrens. Die fast panische Angst, Domino könne ungewollt schwanger werden (der Horror schlechthin).

– Ich habe das erlebt, Silli, wenn man selbst noch ein

halbes Kind ist. Kinder zu bekommen, das verändert einfach alles, das ist brutal.

– Du wärst sicher eine phantastische Großmutter, hat Silvester gescherzt.

Und das ist noch immer die beste Methode gewesen, längere Diskussionen umzubiegen, die zu kippen drohten: mit einer launigen Bemerkung, einem Witz.

Jetzt und hier, in Eddas Wagen, reicht das leider nicht, das merkt Silvester.

– Silli, es ist nicht gut, wenn man im Zorn auseinandergeht.

– Sind wir nicht, sagt er.

– Ich sag's ja nur, Domino hat das nicht verdient.

– Mama! Bitte!

Silvester rutschen die zwei Worte eine Spur zu laut raus, und er überlegt sich, seiner Mutter als Geste der Entschuldigung eine Hand auf die Schulter zu legen.

– …

Sie sagt nichts mehr.

Silvester will den Arm heben.

Aber etwas hält ihn zurück. Besser gesagt: Es gelingt ihm einfach nicht, sich zu rühren. Das Schweigen von vorn lastet wie eine Röntgenschürze auf ihm. Alle Glieder: bleischwer. Die Schwingungen sind deutlich spürbar. Es ist ein strafendes Schweigen. Und die Umgebung tut ein Übriges.

Sie sind von der Hauptstraße abgebogen. Blumenpavillons und die Grabsteine vor den Geschäften der Steinmetze links und rechts. Die Urnen im Schaufenster des Beerdigungsinstituts. Weiter vorn in der Kurve das Café mit den abgetönten Panoramascheiben.

Edda hat das Tempo gedrosselt. Sie fahren an dieser Kulisse vorbei wie auf Schienen, beinah gleitend. Sonnenschein spiegelt sich rund und ausgefranst wie Pfützen aus gefrorenem Blitzlicht in den Chromteilen parkender Autos.

Ein Zeitlupengefühl. Bis Eddas Wagen abrupt über die breite Bremsschwelle am Friedhofstor holpert, sich unvermittelt erst vorn, dann hinten aufbäumt.

– Püh, sagt Edda, diese Karre besitzt die Federung einer mittelalterlichen Kutsche mit Holzrädern. Entschuldigung!

Silvesters Mutter hat gleich beim ersten Hüpfer nach dem Haltegriff über der Tür gefasst, merklich erschrocken. Silvester berührt die Schulter vor sich, ohne viel Nachdenken, hebt den Arm, schiebt seine Hand an der Kopfstütze vorbei. Nun doch.

– Schon in Ordnung, sagt Silvesters Mutter, alles gut.

Sie tätschelt seine Hand.

Greift auch am Grab von Kitty noch einmal danach, knickt fast weg in den Beinen, nachdem sie die drei Rosen dort abgelegt hat.

Silvester nimmt seine Mutter in den Arm. Sie krallt sich an ihn.

+

Ein Himmel wie erfunden: blauer als Schwimmbadkacheln. Ein Blau, derart grell, dass sich in seinem Widerschein alles zu verfärben scheint. Das Gras, die Erde, selbst die Grabsteine, allen Dingen haftet etwas Künstliches an, findet Silvester, wie bei einem Fernsehbild, wenn die Kontraste falsch eingestellt sind.

Er beschattet das Gesicht mit einer Sonnenbrille. Es hilft. Gegen den Druck auf die Augen von außen zumindest. Den von innen zu kontrollieren gelingt nur, solange er es schafft, nicht an Kitty zu denken. Wenn er es doch tut, hat er jedes Mal wieder an diesem Ort das beklemmende Gefühl der Endgültigkeit.

Gerade in Gegenwart seiner Mutter.

– Guck mal, sagt sie, jemand hat das Windlicht entzündet.

Silvester hat das winzige Flämmchen bereits beim Kommen flackern sehen.

– Domino war es nicht, sagt er.

Es klingt grob. Was es gar nicht soll.

– Wer dann? Kann es nicht sein, dass sie doch hier war?

Silvester glaubt es nicht. Domino hat ihm gegenüber mehrfach behauptet, der Friedhof bedeute ihr nichts, habe absolut null mit ihrer Freundin zu tun. Er würde wetten, dass sie nach der Beerdigung (eine von Kamps ersten Amtshandlungen) nie wieder hier gewesen ist.

– Trauer, hat der junge Pastor damals gesagt, formt den Menschen, sie besitzt die Kraft, wenn wir sie annehmen, neue Lebens*wut* in uns zu wecken.

Silvester erinnert sich an die unüberschaubare Menge, die sich um Kamp herum am offenen Grab versammelt hat. Weit verteilt stehen die Menschen, einige halb auf den Nachbarbeeten. Die steinernen Klötze, die aus den Anpflanzungen ragen, kommen Silvester in diesem Moment vor wie Miniaturen, groteske Abbilder der Hochhäuser ihrer Siedlung.

Silvester sieht die geschlossenen Schirme, die an den Armen der schwarz gekleideten Gestalten hängen, als wären es übergroße, dürre, unter ihren Flügeln schlafende Fledermäuse. Der angekündigte Regen bleibt aber aus.

In einem nahen Baum lärmen sogar Vögel. Dohlen oder Elstern vermutlich.

– Eine Einheit ist zerrissen, sagt Kamp, und wir sind hilflos. Es wird diese Einheit nie wieder geben. *Nie ... wieder.* Das sind die zwei Wörter, die vor uns den Abgrund öffnen, schwarz und unergründlich wie das Meer bei Nacht. Fragen nach dem *Warum* werden uns nicht loslassen, und wir werden keine Antworten finden. Sie, die Angehörigen und Freunde, müssen lernen, die Liebe, die sie empfinden, zu bewahren und zu übertragen. Es wird schwer.

Die Schluchzer. Die Nasenschnäuzer.

Das Entsetzen in den starren Mienen von Silvesters Mutter und Bozorg, als sei die Grube zu ihren Füßen nicht für Kitty, sondern für sie selbst ausgehoben worden, als würde von oben gleich ein Beil niedergehen.

Ihnen rollt nicht eine Träne über die Wangen.

Auch Silvester nicht.

Er lauscht der Stimme des Pastors, den vorletzten Worten vor den letzten.

– Erst wenn wir verstehen, sagt Kamp, wirklich verstehen, was uns heute den Abschied so schwer macht, haben wir die Chance, wieder frei zu sein.

Er hat Silvester beeindruckt. Nicht nur wegen der kantigen Gesichtzüge und der physischen Präsenz. Schon in der übervollen Kapelle hat Kamp zuvor gesprochen, als habe er die Verstorbene gut gekannt. Jedes seiner Worte trifft. Ihm gelingt, das Leben Kittys in wenigen treffenden Sätzen zusammenzufassen.

Noch einmal steht sie lebendig vor Silvester.

– *Ich bleibe bei dir, Bruderherz,* sagt sie, *dort oben, hinter der Stirn!*

Der Sarg wird an zwei Seilen hinabgesenkt.

– Asche zu Asche. Staub zu Staub.

Die erste Schaufel Erde rummst auf den Deckel.

Die zweite. Die dritte. Und noch eine.

Und immer mehr.

Rumms! Rumms! Rumms!

(Schläge von Wurzelkeulen gegen einen hölzernen Schild.)

Die Zeremonie nimmt kein Ende. Kamp legt die Hände auf die Schultern von Silvester und Bozorg. Silvester ist sich dieser Berührung fast schmerzlich bewusst. Versteht nicht, warum er nicht weinen kann, obwohl es ihm vorkommt, als pressten unsichtbare Pranken den Brustkorb zusammen.

Leichenblasse Gesichter ziehen an ihm vorbei, Kondolenzwünsche dringen an sein Ohr, belegte Stimmen.

Mein Beileid.

Mein Mitgefühl.

Beileid.

Mitgefühl.

...leid.

...gefühl.

Die Erleichterung kommt erst Wochen später. Die Schleifen an den Kränzen haben längst angefangen, so welk zu werden wie die Blumen.

Es passiert in der Warteschlange im Supermarkt, als er sieht, wie jemand an der Kasse Katzenfutter bezahlt. Die teure Sorte, die auch Kitty gewählt hat, wenn sie Prinz etwas besonders Gutes tun wollte.

Der Scanner hat gepiept, seine Mutter neben ihm ist zusammengezuckt, als wäre ihr ein Klingenblatt zwischen die Rippen gefahren.

Silvester erinnert sich.

Wie er dagegen angekämpft hat.

Und verlor.

Silvester weint.

– Lass uns bitte gehen, sagt er, okay?

Er hält seine Mutter noch immer im Arm. Steht so, dass

er Namen und Datum auf Kittys Grabstein lesen kann. Etwas Warmes rinnt nah an seiner Nase vorbei. Der Salzgeschmack dazu auf der Zunge.

Silvester schaut hoch, damit die Tränen rückwärtsfließen können. Starrt durch das Glas der Sonnenbrille, aber da ist nichts, nicht ein verirrtes Wölkchen, nur das verschwommene Blau des Himmels, die Leere, in der (keine 24 Stunden früher) der Drachen entschwunden ist, nur ein paar hundert Meter Luftlinie entfernt.

– Wünsch dir was, hat Merle gesagt.

– Wie viele Wünsche habe ich denn frei?

– Genau einen und nur, solange du den Drachen siehst.

Das Schwert segelt auf die weite tiefenlose Fläche hinter den Baumwipfeln zu, entfernt sich schnell. Ein gottverlassenes Wesen auf der Suche nach Artgenossen.

– Einer ist viel zu wenig.

Silvester hält die leere Spule in der Hand, blickt Merle an. *Spielverderber.* Das sagt ihre Miene, ganz eindeutig.

– Du bist sauer, sagt sie, du hast es dir anders vorgestellt, oder?

– Wundert dich das?

– Ja, sagt sie, nein. Ach, keine Ahnung.

Silvester ist nicht wohl in seiner Haut. Er sagt:

– Ich habe das Gefühl, ich muss mich entschuldigen und weiß nicht, wofür.

Sie senkt die Augenbrauen, zieht die Lippen schmal. Welch ein Kontrast: Merles Gesicht. Dieses sonst immer so wache fröhliche neugierige Kinderbuchgesicht und diese bittere erwachsene Enttäuschung darin.

– Tut mir leid, sagt sie schließlich, ich habe es mir auch anders vorgestellt.

Eine Weile Schweigen.

Was ist nur in ihn gefahren? Was in sie?

Merle hat recht. Er fühlt sich geprellt und beschämt zugleich. Und sie? Wieso hat sie diese unsichtbare Wand zwischen sich und ihm errichtet?

Oder redet er sich das nur ein?

Silvester wirft die leere Spule zur Seite. Atmet tief durch, tritt dichter an Merle heran. Berührt mit seinen Fingern ihre Wange.

Wärme sickert hinein in die Kuppen.

– Du kennst meinen größten Wunsch, sagt er.

Fährt an ihrer Kinnlinie entlang, streicht ihr eine Locke hinter das Ohr.

Eine ähnliche Geste wie nach dem Wespenstich am Meer, bei der Ausfahrt, als Merle ihm ritterlich zu Hilfe gesprungen ist. Und die gleiche, völlig unpassende Begierde überfällt Silvester, hinterrücks. Aber sie schiebt seine Hand zur Seite.

– Du nimmst mich nicht für voll, sagt sie, oder?

– Dich nicht für voll nehmen?, sagt er, ich habe mit Domino Schluss gemacht. Deinetwegen. Ich glaube, etwas läuft hier gerade fürchterlich schief.

Dann nimmt sie sein Gesicht zwischen ihre Fäustlinge.

Dann steht sie auf Zehenspitzen.

Dann ist ihre Zunge in seinem Mund.

Kurzes Luftholen.

Dann noch einmal das Schnappen der Münder, die sich suchen.

Die Lippen kribbeln hinterher. Ein lindes Brennen, von der Luft gekühlt.

– Ich muss mit dir reden, sagt Merle, ich glaube, ich sollte dir etwas beichten.

Sie hat sich von ihm losgemacht. Und er spürt sofort, dass dieser Kuss nichts verändert hat zwischen ihnen. Nichts. Es war kein echter Kuss.

– Etwas beichten?

Ob sie ihm einen Urlaubsflirt gestehen wolle, fragt er, ohne selbst daran zu glauben. Sie verneint. Das beruhigt ihn. Und beruhigt ihn auch nicht.

– Ich meine es ernst, Silvester Lanzen, sagt sie.

Silvester bildet sich ein, den Drachen noch immer als winzigen Punkt in der Ferne zu sehen. Der Wunsch, Merle etwas heimzuzahlen, flackert plötzlich auf. Er weiß, dass das kindisch ist, aber Silvester hält sich die Ohren zu.

– Nein, Merle von Aue, sagt er, ich lasse dich auch bis zum Fest zappeln.

+

Mittwoch, zwei Tage nach der Entlassung von Brand III, bemerkt Silvester, dass die hässlichen zwei Zwerge ihn wieder verfolgen. Seit Sonntag machen sie sich offenbar einen Sport daraus, seine Pfade zu kreuzen, so oft es nur geht.

Silvester befindet sich auf dem Rückweg zum Südturm, hat gerade Kondor in der Fahrradwerkstatt besucht. Es ging um den Kater.

– Hast du mit Brand III gesprochen?

– Gib mir noch bis zum Wochenende, Meister.

Aber Kondors Blick verrät, dass das nicht viel ändern würde.

– Die Frist ist abgelaufen, sagt Silvester, heute Abend kläre ich die Sache mit dem Typen direkt. Wenn du mitkommen willst, 19 Uhr, wir treffen uns gegenüber vom Getränkebasar. Am Schaukasten vom Kulturhaus.

– Vergiss es!

– 19 Uhr, Kondor.

Silvester verlässt den warmen Laden, das Türglöckchen

bimmelt. Der Geruch von Kettenöl und Gummireifen begleitet ihn auf die Straße.

Silvester pumpt die Lungenflügel bis zum Anschlag voll mit Stadtrandluft.

Nasser Pappkarton.

Ein Hauch von geöffnetem Müllschlucker.

Sowie unter allem eine Spur von ausgebrannten Wunderkerzen: die Abgase. In großer Zahl zischen Fahrzeuge stadtein- und stadtauswärts.

Pkws, meist der unteren und mittleren Preisklasse, dann und wann auch der Linienbus, ein Transporter oder ein rumpelnder Laster.

Ununterbrochenes Vorbeisirren Begleitrauschen Dröhnen.

Lümmel hat Mühe, gegen den Lärm anzukläffen, aber Silvester hört ihn. Weiß, ohne sich umzudrehen: Die Zwerge bleiben an ihm dran.

Bis er am Südturm ankommt.

Am Morgen hat es den ersten Frost gegeben. Weiße Schlieren und blaue Flecken durchsetzen das helle Grau des Himmels über dem Einkaufszentrum.

Silvester setzt sich an der Fußgängerbrücke auf eine der kalten Stufen unten, beobachtet das nahende Gespann aus den Augenwinkeln. Er kennt das schon: In Rufweite zu ihm bauen sie sich auf (heute neben einem der riesigen Plakataufsteller fürs *Spectaculum)*, wedeln mit einer Süßigkeit, als wäre es ein Fähnchen.

Dazu ihr Krächzen, immer im Wechsel:

– He, du angesengtes Weißbrot, Schokololli gefällig?

– Kostet aber einen rechten Handschuh.

– Wir haben bisher nur den linken.

– Schokololli gegen Handschuh, Deal?

Lümmel zerrt an der Leine, fiept.

Silvester streift sich einen Handschuh von den Fingern. Die beiden Zwerge beäugen ihn voll Vorfreude, als er auf sie zugeht. Greifen in die Jackentaschen.

Hoffen sie, dass er erneut die Beherrschung verliert?

Machen sie die Elektroschocker mobil?

Wenn ja, werden sie enttäuscht: Silvester bückt sich nur zu dem Hund hinab, streichelt ihm durchs Fell am Rücken und krault ihn zwischen den Ohren. Eins der Ohren, bemerkt Silvester, ist zerfetzt wie das von Brand III.

– Lümmel, meine Freundin, sagt Silvester, ich habe was fürs Herrchen.

Silvester klemmt einen weiteren linken Handschuh unter das Halsband.

– …?

– …?

Verwirrt zerren die Zwerge das schwanzwedelnde Tier von Silvester fort. Feuern eine Salve fäkaler Verwünschungen ab.

– Wir sehen uns, sagt Silvester.

Übertönt von orientalischer Musik, die aus einem vorbeifahrenden Auto fiedelt: Darbouka-Getrommel. Schalmei. Leiernder Gesang.

Den Plan, nicht bis zum Abend zu warten, hat Silvester da längst gefasst. Er will jetzt Brand III sehen, sofort, geht über die Brücke auf die andere Straßenseite, nimmt dort aber nicht die Stufen nach unten, sondern bleibt auf der oberen Ebene, passiert den Westturm.

Auf der Rückseite des Gebäudes kann man hinab in den Innenhof blicken.

Markttag.

Ein Sonnenstrahl dringt durch ein Wolkenloch, legt kaltes Licht auf Dächer und Waren der Stände. Brand III kommt eben aus Richtung Parkhaus.

Trainingshose, Flanellhemd, wattierte Cordweste, darunter der stark gewölbte Brustkasten: die Muskeln, schwere Pakete, der Lohn von offensichtlich jahrelangem Gewichtstemmen; so schreitet Brand III durch die Menge.

Ein Goliath, dem man automatisch Platz macht.

Er schleppt eine Gasflasche.

Dann, in Höhe des Imbisswagens, stürmt eine Schar Kinder an ihm vorbei. Ein Junge, der um ein Haar mit ihm kollidiert und bremsen muss, bekommt mit der freien Pranke vorm Weiterrennen kurz den Schopf massiert. Halb tadelnd, halb vergebend.

Silvester klappt die Kapuze zurück.

Brand III erreicht den Gemüsestand und hantiert, nach kräftigem Begrüßungs-Poklaps für Josey, an einem Heizpilz.

Schließlich tauchen auch die hässlichen zwei Zwerge auf, liefern Lümmel ab. Brand III befestigt die Hundeleine am Türgriff des Lieferwagens.

Silvester nimmt die Treppe ins Erdgeschoss. Im Gehen streift er sich auch den verbliebenen Handschuh noch ab. Seine Hände sind leicht schwitzig.

– Na, heute vielleicht doch eine Möhre?

Josey erkennt ihn sofort wieder. Silvester schweigt, betrachtet die Gasflamme im Hintergrund, ihr feurig-goldenes Lodern.

– …

Brand III verabschiedet einen Kunden, rupft für den nächsten ein dünnes Plastiktütchen vom Haken unter dem Standdach, schielt hinüber und nimmt Silvester fest ins Visier. Die tief in ihren Höhlen sitzenden Elefantenaugen unter den zusammengewachsenen Brauen zeigen keine erkennbare Regung. Josey:

– So, mein Guter, immer frisch raus damit, was darf's

denn sein? Vielleicht mal ein paar Zucchini? Sehr eisenhaltig und vitaminreich.

Gereiztheit in ihrer Stimme.

Sicher hat sie den Handschuh bemerkt, den er bereithält.

– Josey, Süße, alles klar mit dem Jungen?

Die Stimme von Brand III: heiser, dabei aber eigenartig hell. Ein irritierender Kontrast zum Volumen des Körpers. Überhaupt zur ganzen Erscheinung.

Die zur Hälfte zerfetzte Ohrmuschel.

Die Tolle über der Stirn.

Der mit Sorgfalt gestaltete Kotelettenbart, das Zickzackmuster darin.

– Der Handschuhwerfer von letzter Woche, sagt Josey.

Tauscht die Plätze mit dem Koloss, widmet sich der gebeugten, silberlockigen Frau, die jetzt an der Reihe ist.

– Na, Junge, sagt Brand III, was kann Brand III denn für dich tun?

Was man für ihn tun kann?

Silvester schaut zur alten Frau, die ihrerseits ganz unverhohlen gafft. Er kennt sie. Eine frühere Nachbarin, sehr schwatzhaft. Die Bottels.

Sie hat, Kissen auf dem Küchenfenstersims, gerne die Straße vorm Südturm beobachtet, manchmal stundenlang. Schon damals entstellten erste beulenartige Verwachsungen ihre eine Gesichtshälfte.

Kitty und ihn hat vor der Alten immer ein wenig gegruselt.

Inzwischen sind die Beulen zahlreicher geworden, einige fast hühnereigroß.

– Die jungen Seelen, sagt die Bottels, plötzlich fährt etwas in sie.

Nein, sie scheint ihn nicht einordnen zu können, obwohl man sie seit Ausbruch ihrer Krankheit regelmäßig in der Kirche sieht. Silvester ist trotzdem nicht wohl.

Es ist der falsche Moment, mit Brand III zu sprechen.

– Sie können etwas für mich tun, ja, sagt Silvester, aber nicht jetzt, nicht hier.

Er lockert den Griff um das wollene Kleidungsstück.

– Aha, sagt Brand III, nicht jetzt, nicht hier …

– Nein, ein andermal, sagt Silvester.

Der Gemüsehändler haucht sich in die Hände, wischt sich betont gelangweilt einen Tropfen von der Nase, ein mächtiger breiter eingeknickter Kolben: Mindestens einmal wird er ihn sich in der Jugend gebrochen haben.

– Hat es was mit Kondor zu tun, Junge? Bist du einer von Kamps Schäfchen?

Der rote Handschuh klatscht, als wäre das die Antwort, gegen die breite Brust von Brand III. Verharrt dort für eine Sekunde wie festgetackert, flappt dann müde in eine Kiste mit Tomaten.

Die Bottels mit dem Beulengesicht hält hörbar den Atem an. Musikgedudel im Hintergrund. Die Alte wispert:

– Wer zum Schwert greift, sprach der Herr, stirbt durch das Schwert.

Der Dackel kläfft.

Silvester dreht ab, geht auf den tunnelartigen Eingang des Einkaufszentrums zu. Dunkel liegt er vor ihm wie der Weg am schattigen Westufer des Parks, den er mit seiner Mutter nach dem Besuch des Friedhofs gegangen ist.

Die Äste der Bäume bilden ein Dach über ihren Köpfen.

– Guck mal, da!, sagt seine Mutter.

Sie deutet über den See hinweg auf die Wiese beim Badestrand. Kinder tollen dort herum. Dick eingemummelt. Eines jagt einem Ball nach, und ein anderes purzelt um, und ein drittes versucht tatsächlich gemeinsam mit einem Erwachsenen, einen Drachen in die Luft zu bringen.

– Was genau meinst du?

Silvesters Mutter schreitet durch das Laub zur Wasserkante. Silvester folgt ihr. Der Ufersaum ist unterspült, Treibhölzchen Laub Vogelfedern sammeln sich an freigeschwemmten Wurzeln und abgebrochenen Ästen, die ins Wasser hängen.

Gemeinsam mit seiner Mutter schaut Silvester hinaus auf den See. Drüben die spielenden Kinder. Silvester bückt sich, wirft einen Stein. Zwei lahme Hüpfer.

Während das Wasser verheilt, taucht in Silvester eine trübe Erinnerung an den Vater auf, der mit ihm früher hier gespielt hat: Mit Papphelm und Holzschwert sind sie auf unsichtbaren Pferden Richtung Holzfort galoppiert.

Lange her.

Von einem Tag auf den anderen hat er Frau und Kinder sitzenlassen, nie wieder haben sie von ihm gehört. *Musiker.* Für Silvesters Mutter die Quintessenz der Geschichte. Die Erklärung für sein Verschwinden. Drei Silben, keine einzige mehr.

– Gestern, Silli, habe ich in Kittys Zimmer am Fenster gestanden, sagt sie, ich glaube, ich habe einen herrenlosen Drachen über K16 fliegen sehen.

– Hast du dir was gewünscht?

Silvester rechnet mit einem verblüfften Kopfschütteln oder Ähnlichem, schielt zu seiner Mutter hin. Der Wind bewegt die Bäume um sie herum, Sonnenstrahlen blenden von der Seite. Ein Flackern auf dem Gesicht seiner Mutter. Aber die Frage scheint sie nicht für den Bruchteil einer Sekunde zu irritieren. Sie wendet sich zu ihm.

– Vorhin, als das Kerzchen gebrannt hat, habe ich mir gewünscht, Bozorg wäre das vielleicht gewesen. Hätte das nicht zu ihm gepasst, Silli, an so einem Tag wie heute zurückzukehren?

Silvester zupft an dem Kapuzenband des Parkas.

– Ja, sagt er, an Bozorg habe ich auch kurz gedacht.

Schafft es bei dem Versuch, seiner Mutter in die Augen zu schauen, jetzt nur knapp bis auf Höhe ihrer Wangen. Die Filmspulen. Er wehrt sich dagegen und kann es doch nicht ändern, daran zu denken. Bozorgs Filmspulen.

Das Bild von den zerwühlten Laken und das Licht von der Seite.

Der nackte Rücken seiner Mutter.

Ihr Lächeln.

– Manchmal meine ich so eine Vorahnung zu haben, sagt sie, sehe Bozorg in Menschenmengen auftauchen und verschwinden. Kennst du das?

– Kennt das nicht jeder? Ich bin mir sicher, Bozorg geht es gut, sagt Silvester.

Pause.

Seine Mutter schaut wieder in Richtung See. Beinah tonlos sagt sie:

– Ich wünsche mir, dass Prinz gefunden wird.

Dieser auf einmal wieder maskenstarre Blick. Der Schmerz in den Zügen.

Silvester:

– Frag mich nicht, warum, aber das passiert. Katzen haben neun Leben.

Sie schaut noch einmal zu ihm hin. *Es ist nett, dass du das denkst,* sagen ihre Augen. Und um die Mundwinkel zuckt es kurz.

– Vorhin im Auto, das war nicht fair von mir, sagt sie.

Spricht dann sehr leise weiter. Sie wolle sich ganz bestimmt nicht einmischen, aber sie kenne Domino nun auch schon so lange. Ob es für sie und Silvester denn wirklich keine Chance mehr gebe? Manchmal brauche man mehr Geduld, und oft zahle es sich aus, nicht davonzurennen. Es mache sie traurig, wenn Menschen, die sich viel bedeutet haben, auseinandergehen.

– Es war bei uns nie wie bei Kitty und Bozorg, sagt Silvester, es hat etwas gefehlt, glaube ich.

– Auch die waren zuweilen wie Hund und Katz.

Silvester verblüfft das. Das hat er anders in Erinnerung. Ganz anders.

– Wann denn?

Seine Mutter antwortet darauf nicht. Sie sagt:

– Es ist die Kleine, mit der du vorhin an der Kirche gesprochen hast, stimmt's?

– Merle, heißt sie, sagt er, Mütter merken so etwas wohl, oder?

– Sie sieht mit ihren Locken wie ein Engel aus, Silli. Ist sie einer?

II

The Making-of

Merle über … *Gott usw.*

- *Es kommt etwas nach dem Tod, das glaubt Merle ganz sicher. Aber was, darüber denkt sie nicht nach – Faszination für Übersinnliches gehört eher weniger zu ihrer Natur. Auch das nächste Leben möchte sie jedenfalls mit den Menschen verbringen, die ihr am Herzen liegen. Ich würde sagen: Alles andere klingt für Merle nach übler Bestrafung …*

- *In der Familie von Aue ist man zwar gefühlsmäßig immer aufseiten der Schwachen und schreibt das Gemeinschaftsdenken groß. Aber nein: Merles Eltern, er Dozent in der Erwachsenenbildung, sie Mitarbeiterin in einem Modehaus, sind keine Kirchgänger. Dass Merle sich in der Gemeinde engagiert, hat viel mit der Person des Pastors zu tun. Ein Erwachsener, bei dem man nicht sieht, wie sich der Aufziehschlüssel im Rücken dreht. (Lacht.)*

- *Ob Merle Christian idolisiert? Ach, klar! Wobei Merle kein Naivchen ist. Dass der Pastor auch eine körperliche Anziehung auf junge Frauen ausübt, entgeht ihr nicht. Doch Merle findet sich in dem wieder, was Christian vermittelt. Spricht man über Gott und Glauben, sagt er, dann geht es nicht darum, ob das Leben überhaupt einen Sinn hat, sondern es stellt sich automatisch die Frage, welchen Sinn es haben* sollte. *Unabhängig von Religion. (Spielt an einer Haarsträhne.) Ich denke, Merle glaubt ganz stark an Gefühle und besonders an die Liebe – und für sie steckt Gott in allem, was dieses Wort umfasst.*

▸▸

Dichter Feierabendverkehr am Kulturhaus, ein Sattelschlepper nimmt Silvester kurzfristig die Sicht auf den Getränkebasar. Die bollernden Basstöne des Viertakters und das Geklapper der Laderampe übertönen für Momente jedes Geräusch in der Umgegend. Der Sopran des nahenden Rollers dringt deshalb auch erst spät zu Silvester durch. Die Fahrerin bremst ab, setzt den Blinker.

In derselben Sekunde gibt es einen Rempler von der Seite gegen Silvesters Schulter: Kondor. Silvester riecht den süßlichen Duft des Haargels.

– Zuverlässig wie die Feuerwehr, sagt Kondor, 19 Uhr!

– Zwei Minuten früher, das wäre besser gewesen.

Kondor sieht jetzt ebenfalls zu dem Scooter hin, der über den Kantstein auf den Gehweg hoppelt, knatternd und puckernd.

– Was wird das, Meister? Hast du die halbe Siedlung zusammengetrommelt, um den Laden zu stürmen?

– Purer Zufall. Das ist ihre Strecke von den Fernsehstudios.

Das Scheinwerferrund und das Rot von Dominos Jacke kommen auf sie zu, heben sich hell und leuchtend vom stark eingedunkelten Himmel im Hintergrund ab.

Silvester stöhnt, schaut kurz zum Nebenmann. Der hat diesen eigentümlichen Blick drauf, den er so gut beherrscht, wenn er einfach durch einen hindurch sieht.

– Wie auch immer, sagt Kondor, brauchst du mich überhaupt noch? Ich will nicht stören, weißt du. Tippe, Händchenhalten hat sie ohnehin besser drauf als ich.

– Schön hiergeblieben, sagt Silvester.

Domino stellt einen Fuß zur Seite, schaltet den Motor ab.

– Wie war die Arbeit, Dom?

Silvester kann es in ihrem Gesicht lesen: Sie freut sich, ihn zu sehen. Auch wenn sie versucht, sich das nicht anmerken zu lassen.

– Super war's, sagt sie, ich konnte meine neuen Slingpumps einweihen …

(Sie rutscht von der Sitzbank, hebt den Roller auf den Ständer.)

– … klassischer Frustkauf. Sind ihren horrenden Preis aber wert. Was meinst du, mein Schatz?

Domino dreht sich auf dem Standbein, schiebt das Spielbein so vor, dass der Schuh besonders gut zur Geltung kommt.

– Und die gab's ohne Waffenschein? Stehen dir.

Sie nimmt den Helm ab, schüttelt ihr loses Haar. Silvester schaut ihr in die Augen. Das Ungeklärte der Situation hat den Hauch von etwas Verbotenem, fast so wie am Anfang, findet er, als er die Freundin der Schwester das erste Mal berührt, das erste Mal geküsst hat. Domino sagt:

– Danke, Sil. Und was treibst du hier? Und vor allem, was macht *er da* bei dir?

Sie deutet auf Kondor. Silvester sagt:

– Kennt ihr euch? Kondor, Domino. Domino, Kondor.

Er leiert die zwei Namen gerade so eben noch verständlich herunter. Kondor fällt ihm fast ins Wort:

– Tu was, sagt er zu Domino, dein Exfreund will Amok laufen.

Silvester bemüht sich, die Bemerkung zu überspielen. Sagt:

– Wahr ist, wir haben uns nach dem aktuellen Kursangebot hier umgetan …

Er klopft gegen das Glas des Schaukastens, neben dem sie stehen.

– … Tinnitus-Selbsthilfegruppe und Zirkusschule klingen gut. Und nächsten Mittwoch großes Laternelaufen. Mit Spielmannszug. Sollte man nicht verpassen!

Domino guckt gequält, mustert Kondor, fragt:

– Was war das mit dem Amok?

Silvester will einhaken. Aber Kondor grätscht dazwischen:

– Komplizierte Sache, sagt er, aber unterm Strich möchte der Herr hier gleich dort drüben reinmarschieren, rumpöbeln und mit Handschuhen um sich werfen.

– *Mit Handschuhen um sich werfen?*

Über Dominos Kopf schwebt ein unsichtbares Fragezeichen.

– Handschuhe, bestätigt Kondor, die besitzt er in rauen Mengen!

Domino mustert Silvester aufmerksamer. Sagt:

– Sil, du *hattest* am Freitag eine ganze Tüte voll Handschuhen dabei.

– Das Barometer fällt, sagt er.

Kondor lacht auf, richtet sich wieder an Domino:

– Moment, sagt er (und fummelt an seiner Jacke), dein Exfreund verteilt die Dinger seit neuestem nämlich an jeden Zweiten in der Siedlung. Mitgekriegt? Als *Fehdehandschuhe!* Mal ehrlich, da ist doch was angeknackst bei dem!

Kondor hat etwas Rotes, Wollenes aus der Seitentasche gezogen, hält es demonstrativ hoch. Mit zwei spitzen Fingern wie ein wichtiges Beweisstück. Silvester fährt sich über den Nacken. Domino guckt vom einen zum anderen.

– Kondor kann bezeugen, dass Leute von Brand III Prinz verhökert haben, sagt Silvester, und ich will wissen, an wen, aber Kondor hat die Hosen voll.

– Ich hab die Hosen voll? Der Typ hier, sagt Kondor (legt Silvester brüderlich die Hand auf die Schulter), der hat Probleme. Hätte wohl gerne, dass ihm mal jemand den Gefallen tut und ihn nach allen Regeln der Kunst auseinanderpflückt. Warum auch immer. Brauche ich nicht. Kann ich einfach niemandem empfehlen.

Er zeigt seinen Stumpf her. Silvester befreit sich von ihm.

– Blödsinn, er will kneifen, er hat mir die Sache mit Brand III und Kitty erzählt, wirft er ein, los, sag's ihr …

Er stupst Kondor an.

Kondor bläst die Backen auf, lässt die Luft herausplatzen.

– He, krieg dich ein, Meister!

– Los! Sag's …!

Silvester stupst heftiger. Kondor aber rollt nur stumm mit den Augen. Klemmt sich das Kreuz zwischen die Lippen. Domino erlöst ihn:

– Ich komme mit dir, Sil.

Kondor wringt sich den Zopf. Sichtlich verblüfft über die plötzliche Wendung.

– Nimm ihn lieber mit nach Hause, quakt er.

Silvester zeigt sich von Dominos Idee ebenfalls wenig angetan.

– Es reicht! So ein Kindertheater.

Er lässt Domino und Kondor einfach stehen, nutzt eine Lücke im Verkehr und marschiert über die Straße. Silvester hält auf das Gelände mit den ehemaligen Scheunen zu, an einem brusthohen Zaun entlang. Der scharfe Wind treibt ihm welke Blätter entgegen. In seinem Rücken das Geräusch klackernder Absätze.

Domino holt ihn ein und hält ihn an.

Direkt an der Kopfsteinpflaster-Auffahrt zum Getränkebasar. Bis auf den silbernen SUV von Brand III ist der Parkplatz davor leer.

– Ich meine es so, sagt Domino, ich komme mit.

Silvester dreht sich zu ihr um, schüttelt den Kopf, denkt an Merle. Denkt an das brennende Windlicht auf Kittys Grab. Und wieder an Merle.

Gerade eben erst ist Silvester wegen der Vorbereitungen zum Fest noch bei ihr gewesen. Er hat Merle gegenüber allerdings nur vage Andeutungen gemacht, was er vorhat. Edda und Mauser und eine Handvoll Knappen saßen schon da, als er kam. Es gab keine gute Gelegenheit, Merle richtig einzuweihen.

Vielleicht hätte sie auch nur versucht, ihn davon abzuhalten?

Nach dem vermasselten Ausflug in den Park ist Silvester auf dem Rückweg mit Merle dem Bachlauf gefolgt, um ihr das verwitterte Holzkreuz am Baui zu zeigen. Sie hat sich dort angehört, was er von Kondor weiß.

Anschließend sagt sie:

– Lass dich in nichts reinziehen, Silvester Lanzen, auch wenn es dich quält, du kannst das alles nicht mehr ändern, niemand kann das.

Es klingt besorgt, aber auch warnend.

Wieder hat er sich etwas anderes von ihr erhofft. Das merkt Silvester. Wischt sich übers Kinn. Und borgt sich die Antwort von Bozorg:

– Ich will diesem Typen einmal in die Augen sehen, und er soll wissen, dass ich alles weiß, sagt er, ich will, dass er ein paar unruhige Nächte hat.

Sie stehen vor dem Grünstreifen am Rand des Weges, etwa eine Armlänge voneinander entfernt, tauschen Blicke.

– Hm, macht Merle, vielleicht spekuliert Kondor ja darauf? Was, wenn er dich nur gegen Brand III aufhetzen will?

– Wozu?

– Ich weiß nicht. Um von etwas abzulenken? Aus Rache? Warum rückt er nach all der Zeit ausgerechnet jetzt mit dieser alten Geschichte raus?

Silvester versenkt die Hände in den Parkataschen.

– Ich verstehe nur Ritterburg, Merle von Aue. Aus Rache an wem? An mir?

– An Brand III? Denk mal an Kondors Finger …

Eine Regung in Merles Gesicht, als würde es sie kalt überlaufen. Silvester macht einen Schritt zur Seite. Unter seinem Fuß biegen sich welke Brennnesseln.

– Ich will die Katze endlich zurück, sagt er, ich muss da hin. Und ich glaube nicht, dass Kondor mich aufhetzen will. So schlau ist er nicht.

Merle schließt kurz die Augen, als würde sie tief in sich hineinschauen, und hebt hinterher die Hand in dem Fäustling ans Mützenbündchen. Die Sonne steht tief.

– Ich begleite dich, wenn du möchtest.

Er hat das nicht gewollt. Ein bisschen aus Trotz vielleicht. Weil Merle auf die Art versuchte, etwas wieder hinzubiegen. So kam ihm das vor.

Das Gefühl blieb, klang aber nach und nach ab.

Tags drauf erschien Merle seinetwegen zum Gottesdienst und abends auch zum letzten Kinoclub, mit Kittys Dreieckstuch um den Hals. Es tat gut, die Grübchen zu sehen und eine Woge dieses Shampoos zu atmen, die ihr Lockenhaar verströmte. Wildkräuter. Mit einer zart süßlichen Note. Es tat gut, ihre Stimme zu hören.

Nach wie vor gab es da etwas zwischen ihnen, diese besondere Verbindung.

Silvester hat das gespürt.

Und dennoch.

Diese eine Sache muss er ohne sie regeln.

Und auch ohne Domino.

– Du willst mitkommen, Dom? Letzte Woche bist du ausgeflippt, als ich bei dir war, um mit dir über das alles zu sprechen, sagt er.

Silvesters Blick schweift vom SUV über den dunklen Parkplatz. An der Seite liegt Sperrmüll vor dem Zaun und (in eine Pfütze gekippt) ein Einkaufswagen der Größe XXL. Domino tritt noch ein Stück näher.

– Es tut mir leid, Sil, sagt sie, es war wahrscheinlich alles zu viel für mich!

Buntes Licht von den Reklametafeln fällt auf ihr Gesicht.

– Warst du an Kittys Grab am Sonntag?

Sie beißt sich auf die Unterlippe.

– Wie kommst du darauf?

Silvester riecht den Duft, der um Domino in der Luft liegt, ihr Vanilleparfüm.

– Eine Kerze war angezündet, sagt er.

Bemerkt in ihren Mandelaugen eine Veränderung, den hauchdünnen, silbrigen Schleier, der sich vor das Cola-Braun senkt (wie schon am Freitag).

– Du bist nicht der Einzige mit Gefühlen, sagt Domino, wusstest du das?

+

Ohne Hast nähert sich Silvester dem Eingang, wundert sich über die Ruhe auf dem Gelände. Deutlich hört er das Knirschen der Steinchen unter den Schuhen. Niemand ist mehr bei ihm. Domino hat schließlich nachgegeben und sich zurück auf den Roller geschwungen.

– Ich wäre dir sehr dankbar, wenn du mich das regeln lässt, hat er ihr gesagt, ich will nicht, dass du da mit reingezogen wirst.

Silvester muss ihr versprechen, sich später noch zu melden.

– Ruf an, bitte, sagt sie, oder komm vorbei.

– Du hast einen gut bei mir, sagt er.

Dominos Antwort (wie aus der Armbrust geschossen):

– Dann komm vorbei.

Diesen Wunsch hat Silvester bloß mit einem Lächeln quittiert, ihn aber nicht zurückgewiesen. Noch immer fühlt er die Erregung, die ihn in Dominos Nähe von jeher überfällt. Spürt das Herz im Hals schlagen, die Hose im Schritt spannen und ermahnt sich, nicht über das nachzugrübeln, was er später tun wird (oder auch nicht), während er weiter Fuß vor Fuß setzt.

30 Meter trennen ihn in etwa noch vom Getränkebasar.

An der Seite des Gebäudes markieren Tannen und Birken vor tintenblauem Himmel die Grundstücksgrenze. Unter den ausladenden Ästen: ein Gabelstapler und silberne 50-Liter-Fässer, außerdem jede Menge Getränkekisten: mint braun blau gelb rot,bis zu vier Etagen hoch übereinander. Nirgends Bewegung außer dort, wo eine wuchtige Faltmarkise einen dunklen Türausschnitt beschirmt.

Silvester hält darauf zu.

Schwarze Lettern werben auf dem schmuddeligen wetterfesten PVC-Material für die *Getränke-Hotline*. Drei Gestalten haben sich darunter versammelt, als würden sie die Öffnung ins Innere bewachen.

Silvester hört sie reden.

Zwei von ihnen kennt er: Göckel und Panzer, der dritte (dem Aussehen nach jünger) muss ein Frischling sein. Man instruiert ihn gerade, versorgt ihn mit Tipps. Göckel

(Schielauge, Bartklecks unter den Lippen, hängende Schultern) stützt sich auf einer Sackkarre ab, erzählt:

– Vorsicht bei Leuten, die Flaschen in Plastiktüten und Beuteln bringen. Du kannst nicht sehen, ob was kaputt ist. Also: Leerkasten hinstellen und die Leute selbst auspacken lassen.

Der andere (breit wie hoch, wuchtiger Kiefer, Panzer eben) ergänzt:

– Abgesehen von der Verletzungsgefahr, richtig leer kommt das Pfandgut nie an, da schwimmt immer eine Suppe am Boden der Tüte. Immer. Bäh!

Gemeinschaftliches Gelächter. Das abrupt verstummt: Man hat Silvester jetzt bemerkt. Die Lakaien von Brand III treten mit durchgedrückten Wirbelsäulen auf ihn zu. Ob man helfen könne?

– Ich bin hier verabredet, sagt Silvester.

Schlüpft mit zwei geschmeidigen Haken einfach zwischen Göckel und Panzer hindurch in den Getränkebasar. Schattenkühle Luft und ein Geruch wie nach nasser Zeitung empfängt ihn. Dazu das leise Ticken von den erhitzten Leuchtstoffröhren, die unter der hohen Decke hängen.

– Wir haben geschlossen, Handschuhmann, ruft Göckel.

Er ist ihm nachgestürzt und hält ihn am Ärmel des Parkas gepackt.

– Ich will zum Chef, sagt Silvester ruhig, lass mich los!

Er befreit den Ärmel, macht einen Schritt auf das Kassenkabuff zu, lugt hinein: leer. Auf der Rückseite entdeckt er (versteckt hinter einem Vorhang aus Holzperlen) einen Durchgang. Dahinter wird das Büro liegen, vermutet er und setzt mit einem Hocksprung über den Tresen.

– Ich glaube, es hackt, du Opfer!, bellt Göckel.

Erwischt die Kapuze. Tumult. Jemand reißt die Displays

neben der Kasse um. Ein Schokoriegelregen ergießt sich über Silvester. Zigarettenschachteln hageln auf seinen Rücken nieder. Silvester liegt, eh er sich's versieht, mit einem Mal bäuchlings auf dem Estrich. Bilder schießen ihm durch den Kopf.

Schnipsel wie in Träumen, wenn Erinnerungen an Kitty ihn heimsuchen.

Ihr totes Gesicht, in dem die Lider aufklappen. Der Regen auf ihren Wangen. Die unkontrolliert zuckenden Muskeln. Spuckeschaum vor den Lippen.

Drei Jahre ist es her, dass sie bewegungsunfähig im Gras gelegen hat. Drei Jahre, dass Brand III nicht geholfen hat. So Kondor.

Kondor.

Wut kocht in Silvester hoch.

Wut auf Kondor, der ihn hat hängenlassen, Wut auf Brand III, Wut auf die Welt, Wut auf alles. Silvester sträubt sich nicht dagegen. Spürt das Knie im Rücken. Jemand hat ihm außerdem den Arm dort fixiert. Die Wut kommt nicht von ungefähr.

– Alte Geschichten, Meister, hat Kondor gesagt.

Eben erst. In der Woche zuvor hat Kondor sich noch vielfach entschuldigt. Die Dinge seien völlig aus dem Ruder gelaufen an jenem Tag damals. Emmemm und er hätten Kitty gesehen, ja, aber Brand III wäre dagegen gewesen, Hilfe zu holen.

Kondors Halbbruder ist inzwischen selbst anderthalb Jahre tot.

Alte Geschichten.

Er denkt an Domino, die auf dem Friedhof gewesen ist. An das züngelnde Windlicht, an seine Mutter, an den Spaziergang mit ihr im Park, an die Frage, ob Merle ein Engel sei. An Merles Kuss auf der Wiese am See.

– Du bist mir zu nichts verpflichtet, Silvester Lanzen.

Merles Stimme.

Ihr Kommentar, als er noch einmal betont hat, dass er sich ihretwegen von Domino getrennt hat. Und dann wollte sie ihm etwas *beichten*. Er wollte es nicht hören in dem Moment, enttäuscht, wie er war.

Der Drachen über ihnen. Der leere Himmel später über dem Holzkreuz.

– Du bist mir zu nichts verpflichtet, Bruderherz.

Und das? Ist das jetzt Kittys Stimme?

Dieser Krach im Kopf.

Diese Bilder.

Vor allem aber dieser elende, unaufhörliche Lärm!

Alte Geschichten!

– Lasst mich, verdammt!

Mühsam die Silben hervorpressen. Mit verwaschener Aussprache, weil der Mund sich nicht wie gewohnt bewegen lässt. Eine fremde Hand im Haar.

Sich zu wehren versuchen, die Muskeln anspannen, sinnlos mit den Beinen strampeln. *Man drückt mir den Kopf nach unten,* schießt es ins Bewusstsein.

Und Silvester gibt auf, als man seinen Arm schmerzhaft weiter verrenkt. Beißt die Zähne fest aufeinander, konzentriert sich auf das, was er hört.

Gekeuche am Ohr. Nebenan Bellen. Dann zentnerschweres Schlurfen, das näher kommt. Helles Klackern: der Holzperlenvorhang. Und urplötzlich, sehr dicht: ein durchdringender Pfiff. Das Kommando, ihn loszulassen.

– Genug, Leute, er wird den Bross schon nicht umbringen wollen!

+

Überquellende Ablagekästen, Ordner, Stapel aus eselsohrigen Durchschlagseiten in verschiedenen Farben. Dazwischen ein Monstrum von Taschenrechner, inklusive externer Stromversorgung und eigener Papierrolle. Hinweg über dieses Chaos auf seinem Schreibtisch schaut der Getränkebasarinhaber Silvester an:

– Du kennst Brand III gar nicht, sagt Brand III (mit schiefgezogener Visage), wir unterhalten uns gerade mal fünf Minuten. Und jetzt behauptest du, der Bross soll etwas mit dem Verschwinden deiner Katze zu tun haben und im Grunde auch schuld am Tod deiner Schwester sein. Starker Tobak, Junge!

Abgesehen von Lümmel, der Brand III zu Füßen liegt, sind sie in dem überraschend geräumigen Hinterzimmer allein. Es gibt eine Pritsche und eine Kochnische, komfortabel mit Ceranfeld, Dunstabzug, tresenartiger Arbeitsplatte und Spüle. Ein Heizlüfter pustet (ein wenig nach versengtem Haar riechende) Luft in den Raum. Silvester spürt den warmen Hauch in die Hosenbeine dringen.

– Warum haben Sie Kondor nicht telefonieren lassen damals?

Brand III fläzt sich in seinem abgewetzten Lederdrehstuhl zurück. Das karierte Flanellhemd spannt an den Schultern, verzieht sich dadurch vorn zu schiefen Falten.

– Kapierst du das nicht, sagt er, ein Stückchen *Anatomie* im Oberstübchen spielt dir einen Streich, Wahn nennt man das! Du bist auf dem Holzweg.

Lautes Lachen, das viel krabbenfarbenes Zahnfleisch entblößt. Leise HipHop-Beats scheppern dazu im Hintergrund aus Billig-Boxen. Silvester bleibt gefasst:

– Wenn Sie damals am Wrack gewesen sind, müssen Sie den Schrei gehört haben. Da ist ein Menschenleben in Gefahr gewesen!

Brand III guckt Silvester an. Mit verblüffend glaubwürdiger Unschuldsmiene.

– *Ein Menschenleben in Gefahr,* wiederholt er.

– Meine Schwester war 17, sagt Silvester.

Ein bedächtiges Nicken von seinem Gegenüber.

– Nur mal angenommen, die Geschichte, die dir da durchs Hirn spukt, stimmt. Die Sache ist Jahre her. Und aus heutiger Sicht scheint dir alles ganz eindeutig, aber überleg mal, wie das seinerzeit wohl wirklich gewesen wäre in der Situation. Kannst du dir das vorstellen?

Brand III beugt sich vor, schenkt sich heißen Kaffee aus einer Thermoskanne ein, hält den Becher anschließend in den beringten Händen vorm Gesicht, während er spricht. Kondor und Emmemm hätten schon immer eine lebhafte Phantasie gehabt, gerade zum Schluss aber, als Emmemm schon völlig im Eimer war, wäre es nichts Ungewöhnliches gewesen, dass er einem Märchen auftischt. Kranke Mutter, Ärger mit Typen aus dem Osten, Arabern oder sonst wem. Ausreden habe es immer gegeben. Für alles Mögliche. Vor allem aber Gründe, um jemanden anzupumpen.

– Man muss den Schrei gehört haben, beharrt Silvester.

Er steht vor dem Schreibtisch, die Arme baumeln nach wie vor schlapp neben dem Körper, aber die Finger, die bisher wie Baumwurzeln nach unten zu streben schienen, ballen sich langsam zur Faust. Brand III:

– So ein Schrei ist schnell geschrien. Der Bross weiß ja nicht, was Kondor gegen ihn hat, aber die Story, die du da zum Besten gibst, dass Brand III damals Emmemm vor die Wahl gestellt haben soll, Telefon oder Stoff, die ist und bleibt ein Märchen.

Brand III sagt Silvester die Worte gerade ins Gesicht, mit abgetönter Stimme, aber kräftig genug, dass sie den

Dampf verwirbeln, der aus seinem Kaffee aufsteigt. Silvester betrachtet den kantigen Schmuck an den Pranken.

– Ich habe nicht gesagt, dass ich die Geschichte von Kondor habe.

– Von wem sonst? Emmemm weilt ja nicht mehr unter uns.

Brand III stellt den Becher zurück auf den Tisch, um sich zu bekreuzigen. Dann schiebt er Lümmel mit dem Schuh beiseite und erhebt sich.

Der Hund jault auf. Brand III bückt sich, züchtigt das Tier mit Patschern auf den Kopf, mehr zärtlich als streng. Die Dackeldame schlabbert Herrchens Hand ab.

– Ist es denn auch ein Märchen, dass Kondor von Ihnen verstümmelt wurde?

– Ach, Kondor! Kondor ist eine Flasche ohne Pfand, Junge, der hat nichts drauf außer jeder Menge Zahnbelag und ein paar dummen Sprüchen. Typen wie der ticken anders als du. Schlimme Kindheit. Große Armut. Wenig Zuneigung. Es gibt Leute, die behaupten, unter solchen Umständen kommst du einfach nicht ohne kleinen Sprung im Napf davon.

– Kondor lügt also.

– Du meinst wegen der Sache mit seiner Hand?

Silvester antwortet nicht. Wartet stumm auf eine Erklärung:

– ...

Brand III stapft derweil zur Kochnische, greift eine geöffnete Dose Hundefutter von der Arbeitsplatte, leert sie mit einem Löffel auf die Fliesen. Lümmel stürzt sich begierig auf den klumpigen Fraß.

– Weißt du, Junge, sagt sein Herrchen, Brand III mag diesen Köter hier wirklich sehr, sehr gerne, und der Bross versteht auch, dass es außerordentlich schmerzt, wenn man ohne jemanden, an dem man hängt, zurande kommen muss.

– Sie wissen gar nichts, sagt Silvester.

– Nicht?

Der Breitschultrige geht auf ihn zu. Bleibt etwa zwei Schritte vor Silvester stehen. Fuchtelt mit dem Löffel in der Luft herum. Ob er es denn nicht gehört habe? Vier Wochen sei er gerade im *Knast* gewesen. Unschuldig. *Ein Opfer der Justiz*.

– Was Verlust bedeutet, echter Verlust, das wissen Sie nicht, sagt Silvester.

Sieht zu, wie Brand III den Löffel in den Mund steckt und genüsslich ablutscht.

– Vorsichtig, Junge, mit schnellen Urteilen, sagt er, die längste Zeit seines Lebens ist der Bross als Halbwaise aufgewachsen, dabei hat er sehr an seinem alten Herrn gehangen, und um seine Freiheit gebracht zu werden, ist kein Pappenstiel, Verlust hat vielerlei Gestalten. Ist Freiheit nicht sogar ein Grundrecht?

– Sie waren wegen Beleidigung im Knast.

– Ja, ist das nicht albern. Hast du noch nie geflucht? Aber Brand III will nicht meckern, das Essen in der JVA war nicht schlecht, der Bross hat sogar zwei Löcher im Gürtel zugenommen. Nichtsdestotrotz, als quasi unbescholtener Bürger in einer Zelle von 28 Kubikmetern mit jemand völlig Fremdem … das ist so attraktiv wie der Anblick fleischfarbener Stütz-BHs, wenn du weißt, was ich meine.

– Im Vergleich mit den Prüfungen, die noch auf Sie zukommen werden, wenn Sie so weitermachen, war das ein leichtes Spiel, sagt Silvester.

– Oho! Prüfungen. Ist das eine Drohung?

– Nein. Ein Versprechen! Ich will die Katze zurück. Ein

paar von Ihren Leuten haben sie verkauft. Ich will sie zurück und eine Entschuldigung von Ihnen!

– Oder …?

– Oder ich komme wieder, sagt Silvester.

Öffnet die eine Faust, greift in seine Parkatasche, wirft einen weiteren Handschuh vor die Füße von Brand III. Der betrachtet erst das Wollstück. Dann mustert er Silvester von oben bis unten.

– Brand III erzählt dir jetzt mal was, sagt er, du langweilst den Bross, Junge. Mein Tipp: Markier hier nicht den Messias, sondern sieh mal schnell zu, dass du dich verziehst. Brand III geht sich nebenan die Flinte auswinden. Und wenn er zurück ist, bist du verschwunden und dieses Wollding auch, alles klar?

Brand III tippt und pikst ihm mit dem Löffel gegen die Schulter, schlurft zum Holzperlenvorhang. Ein Klimpern. Silvester ist mit Lümmel allein.

Er betrachtet das Tier, das noch immer Futter vom Boden schleckt. Blickt sich im Raum um. An der Wand neben ihm hängt ein gerahmter Zeitungsausschnitt. *Held aus dem Hochhausghetto,* lautet die Überschrift. Silvester tritt dichter heran. Neben dem Porträt eines lächelnden Brand III: die zwei Jahre alte Geschichte von der Schießerei am Einkaufszentrum.

Ein Maskierter stürmt aus dem Restaurant, in dem er gerade das Geld aus der Kasse geraubt hat. Ballert auf der Flucht wild um sich, die Waffe mit gekipptem Griff in Schulterhöhe haltend. Eine Dunstwolke umhüllt den Schützen, der das Magazin bis zum letzten Schuss leert. Es sind nur Platzpatronen.

Bevor das alle kapiert haben, hat Brand III, der auch gerade im Restaurant saß und dem Kerl gleich hinterher ist, den Dieb bereits überwältigt. Die kleine Belohnung, die er für die *Heldentat* kassiert hat, soll er (so will es die Legende) am Roulettetisch in der Spielbank über Nacht verhundertfacht haben. Der Gewinn wird der Grundstock zum Erwerb des Getränkebasars. Angeblich.

Silvester blickt auf den Artikel hinter dem Glas des Wechselrahmens, auf das Schwarzweißbild von Brand III, hört das Rauschen einer Klospülung, denkt: *Du Held, ich habe dich gewarnt*. Denkt: *Versprochen ist versprochen!*

Und im Gehen wirft er noch einen Blick zurück auf den schmatzenden Dackel.

■

ÂVENTIURE IV

Merle

Die Ausfahrt

Ende September

|Freitag, fünf Wochen und
einen Tag vor Ausbruch des Feuers

Ein ekliger Schauer geht draußen nieder: Lautes Prasseln auf den Blättern der alten Blutbuche vorm Haus, als ich dir mit Schwung die Tür öffne. Bis zum Klingeln bin ich zwischen Schrank und Bett, wo meine Reisetasche steht, hin und her getänzelt und gehüpft. Jede Faser im Körper voll freudiger Erwartung aufs Wochenende und die Ausfahrt ans Meer.

– Oh, sage ich, was hast du denn geplant?

Du lugst unter der triefnassen Kapuze eines gefütterten Parkas hervor, in dem ich dich noch nie gesehen habe; und du trägst, was mich erst recht verblüfft, einen Gitarrensack über der Schulter.

– Was ich plane? Alle Zelte abbrechen? Durch die Welt tingeln? Falls du dabei bist, pack Gummistiefel ein, sagst du.

Ein lässiges Strahlen im Gesicht. Und das sind dann die Momente: Man will das Pausenbrot mit dir teilen oder dich besser gleich adoptieren. Ich:

– Das Wetter wird auf jeden Fall morgen besser, behaupten sie im Radio.

Im Vorgarten und auf der Straße zerplatzen weiter wie wild die Regentropfen.

– Na dann, Merle von Aue, sagst du, Bikini nicht vergessen.

Christian und die anderen sind bereits am Mittag mit der Bahn gestartet. Du und ich wollen jetzt gleich mit Edda und ihrem Auto hinterher. Du hast eben noch einem deiner Nachhilfeschüler wegen einer Klausur nächste Woche geholfen, Edda arbeitet freitags sowieso bis vier in der Videothek, und ich …

Ich habe nach der Schule die letzten Einkäufe übernommen. Ein paar frische Lebensmittel, Batterien für die Boombox, so was. Ziemlich plumpe Taktik, man hätte das alles auch vorher schon erledigt haben können, aber niemand hat sich mokiert.

– Edda ist noch nicht da, sage ich.

Führe dich erst einmal ins Wohnzimmer, wo Ma am Sekretär sitzt, Papiere sortiert und einem schmachtenden Tenor lauscht, der über die Lautsprecher sein Bestes gibt. Eine sehr, sehr getragene Arie.

Ich fühle mich an deiner Seite plötzlich fast selbst wie ein Gast, nehme meine liebe Erzeugerin und Ernährerin und unsere ganze Einrichtung um sie herum wahr wie etwas noch nie Gesehenes.

Zwei Clubsessel und ein runder Antiktisch füllen Pas *Bücherkabinett* in der Kaminecke. Eine Menge Krimskrams überall: Vasen hier, Holzfiguren dort, diverse Leuchten und sogar ein Zinnkrug, ein Urlaubsmitbringsel, verziert mit kampfbereiten Rittern. Und natürlich gerahmte Fotografien.

Hauptsächlich meine Brüder und ich als süße Wonneproppen.

– Oh, Besuch, sagt Ma.

Sie sieht auf. Nimmt ihre Lesebrille ab, erhebt sich. Modisch *adrett* gekleidet, wie immer; weder spießig, noch extravagant. Überhaupt hat ihre ganze mütterliche Heile-Welt-Durchschnittlichkeit etwas erstaunlich Natürliches.

– Das ist Silvester, sage ich.

Ertappe mich dabei, wie ich gedankenverloren lächele, als hätte ich einen Heiratsantrag zu verkünden oder wäre schlagartig verblödet. Dass mir nach meinen drei Worten kein *Tata!* herausrutscht und ich mich nicht bei dir einhake, beruhigt mich.

Vor dir ist erst ein einziges Mal ein Junge meinetwegen bei uns gewesen, noch vor dem Auslandsjahr; jemand vom Tennisclub, der unangekündigt mit Blumenstrauß und Karten für den Zirkus auf der Fußmatte stand. Er bekam einen Kaffee. Meine Brüder klopften ihn (nicht gerade pfleglich) auf seine Hobbys und Zukunftspläne ab. Sie fanden heraus, dass er einen Bausparvertrag abgeschlossen hatte und Mitglied im Modellflugverein war. Ein desaströser Nachmittag.

Aber die Mimik meiner Ma und ihre Körpersprache verraten gleich, dass du ihr gefällst. Mehrmals fasst sie sich in ihre sorgfältig frisierten Haare, als sie mit dir über die Operneinspielung fachsimpelt, die läuft. Komponist. Solist. Du kennst sogar das Jahr der Aufnahme.

– Silvester hat einen Musiktick, sage ich zu Ma.

Du schiebst den Riemen vom Gitarrensack zurecht, wiegelst ab.

– Alles bloß Bluff, Frau von Aue, sagst du, ein guter Freund hat das Stück mal für meine Schwester mitgebracht, er kannte die Arie aus einem Film.

So geht das eine Weile. Und dann schlägt meine Ma doch *ganz spontan* vor, *eine Quarkspeise anzurühren*, um sie uns auf die Ausfahrt mitzugeben. Ich reibe mein Schulterblatt, will schon beginnen, mit meinem Blick ein Loch ins Parkett zu bohren, da folgst du meiner Ma bereits in die Küche.

Dort lernst du meinen Wellensittich kennen. Und ich nutze die Gelegenheit, verpacke in meinem Zimmer mit gespitzten Ohren noch schnell dein Geschenk für Sonntag: einen Lenkdrachen.

Etwas, das einerseits unverbindlich genug ist, um dich nicht in Verlegenheit zu bringen, andererseits aber vielleicht noch so originell, dass es dich ein klein bisschen überrascht. Das Persönliche am Geschenk soll die Möglichkeit sein, es gemeinsam auszuprobieren. Weit gedacht, aber in der drolligen Phase letzten Monat, als ich mir vorm Einschlafen manchmal ausgemalt habe, was du und ich unternehmen würden, wenn wir zusammen wären, ist das mein liebstes Herbstbild gewesen.

Laubbedeckte Wiese, ein windiger Tag, wir zwei mit Blick gen Himmel, wo sich die Wolken bauschen und wälzen, und das bunte Fluggerät tollt und tobt wie ein phantastisch-übermütiger Welpe der Lüfte. Oder so.

Besorgniserregend. Finde ich selbst. Schnüre Schleifenband um das Paket und gehe hinüber in die Küche, stehe im Türrahmen. Ma reicht dir Zutaten, du mengst sie unter die Süßspeise. Nebenbei horcht sie dich aus, sehr charmant allerdings. Aber auch mit Ausdauer. Nur ein paar Minuten nachdem ich dich von ihr loseisen kann, um dir mein Zimmer zu zeigen, ertönt die Hupe vor dem Haus.

– Edda ist da, ruft Ma aus der Küche.

Gepäck und Besorgungen werden in den Kofferraum gestopft. Einsteigen. Kurzes Winken. Los.

Unterwegs zur Autobahn sprichst du mich auf das Cocktailkleid an, das du auf einem Bügel außen an meinem Kleiderschrank gesehen hast. Elsterfarben (schwarz, weiß und schimmernd blau gestreift).

– Verrate uns doch mal, was du damit vorhast, sagst du, Filmgala demnächst?

Edda hat mich letzte Woche zum *Secondhand-Shopping* mitgeschleppt. Ein Laden von den Ausmaßen einer Turnhalle. Überlaute Hintergrundmusik. In der Luft muffiger

Schuhschachtelgeruch. Nicht ganz so meine Welt eigentlich.

Ich schlurfte etwas ratlos hinter Edda durch den Parcours aus vollbehängten Rundständern. Sie zog immer wieder prüfend Bügel mit den unglaublichsten Scheußlichkeiten von den Chromstangen und schubste mich schließlich mit einem ihrer Fundstücke in eine Kabine. Sie war sofort entzückt. Und ist es jetzt noch immer. Bei Tiefdunkelgelb rauscht sie über eine Kreuzung, sagt:

– Wahnsinnskleid, oder? Und sitzt wie Engel auf Wolke!

Edda wechselt mit mir Blicke über den Rückspiegel. Die Scheibenwischer vorne sind auf volle Kraft gestellt. Ich, zu dir in Richtung Beifahrersitz:

– Für das Fest vielleicht. Du feierst deinen Geburtstag ja im kleineren Kreis.

– Lagerfeuer und Rotwein.

– Mit Gitarrenmusik, sagt Edda.

– Genau, genau, sagst du, oder, Merle von Aue?

– Mal sehen, mal sehen, sage ich.

Kämme mir mit einer Hand durchs Haar, sehe zur Seite. Hausfronten ziehen vorbei, gefleckt vom Regen wie T-Shirt-Rücken von schwitzenden Dauerläufern.

– Mir hat noch nie jemand ein Ständchen gebracht, sagst du.

Lugst an Rückenlehne und Kopfstütze vorbei zu mir nach hinten. Dein geübter Betörerblick sitzt. Das sehe ich selbst mit halbem Auge. Sage:

– Verrate du uns doch mal, wie du zu der Gitarre gekommen bist.

Merle, Bonusmaterial: nachgestellte Szene #6

Silvester stand vorm Vogelbauer in der Küche. Der blauweiße Wellensittich stupste die gefiederte Stirn gegen einen Rundspiegel mit Glöckchen. Produzierte im Kropf gurgelnde Laute, piepte. Das Gurgeln klang entfernt wie der Name des Tiers: Artus.

– Sein Wortschatz ist einstellig, erklärte Frau von Aue, aber er spricht. Das machen diese Tiere nur, wenn ihnen ein Partner fehlt. Habt ihr auch ein Haustier?

Sie reichte Silvester eine schwere Schüssel.

– Einen Kater. Prinz. Und ich bin mir eigentlich sicher, er hat noch nie ein Wort gesagt, und das, obwohl er auch ohne Artgenossen lebt.

– Könnt ihr ihn rauslassen?

Silvester lachte.

– Höchstens auf den Balkon. Nein, Prinz ist eine Wohnungskatze. Er leistet meiner Mutter Gesellschaft. Seit meine Schwester nicht mehr da ist, haben meine Mutter und ich sehr unterschiedliche Strategien entwickelt. Sie bleibt fast immer zu Hause, ich bin so oft wie möglich unterwegs.

– Ich finde es selbst schrecklich, wenn das Haus leer ist, sagte Frau von Aue, aber sich dann ständig spontan etwas vorzunehmen, würde mir auch schwerfallen.

Sie drehte an einem ihrer Ohrstecker. Silvester sagte:

– Meine Mutter geht schon unter Leute. Sonntags ist sie ja regelmäßig in der Kirche. Und morgen hat sie ihren allmonatlichen Konzertabend, passst ganz gut. Der Gedanke, sie sitzt einsam und allein mit der Katze in der Wohnung, während

ich das Wochenende weg bin, würde mich sonst auch nervös machen.

– Eltern und Kinder.

– Genau, sagte Silvester, meine Mutter behauptet gern, wer sich noch nie an seine Grenzen vorgetastet hat und das unbedingt mal will, sollte sich Kinder anschaffen. Aber ganz ehrlich, Eltern sind für Kinder auch Extremsport, oder?

Ein langstieliger Holzlöffel wurde Silvester gereicht, und er durfte rühren. Als Merle zu ihnen stieß, nahm man kaum Notiz von ihr.

– Die Arie vorhin, sagte Frau von Aue, ist wirklich eine sehr schöne.

– Absolut, sagte Silvester, merkwürdig, meine Schwester hat die geliebt, aber seit ihrer Trauerfeier habe ich das Stück nicht mehr gehört, heute zum ersten Mal wieder.

– Hat deine Schwester denn auch selbst Musik gemacht?

– Nein. Und das, obwohl mein Vater Musiker war.

– Im Orchester?

Ein amüsiertes Kopfschütteln von Silvester.

– Schlagzeug. In so einer Hochzeitskapelle. Nichts Tolles.

Frau von Aue ging darüber hinweg.

– Nimmst du selbst denn schon lange Gitarrenunterricht?

– Ich? Oh, ich spiele gar nicht, sagte Silvester, nicht einen Akkord, um ehrlich zu sein, diese Gitarre ist …

Er unterbrach jetzt sein Rühren, schaute zu Merle.

– … auch wieder nur ein Bluff, sprang sie ein.

Öffnete den Vogelbauer, an dem sie inzwischen stand.

– Ein kleiner Bluff, sagte Silvester, im Grunde ja.

Artus hüpfte von der Stange zur Öffnung und kletterte den Finger entlang, den Merle ihm hingestreckt hatte. Sie hob den Wellensittich dicht vor ihr Gesicht.

– Merle kann ein paar Gitarrengriffe, sagte Frau von Aue.

– Ich weiß, ich spekuliere ja darauf, dass sie mir ein

Ständchen bringt am Sonntag, dafür habe ich mir das Instrument eigentlich ausgeborgt.

Merle küsste Artus mit geschürzten Lippen den Schnabel, und der Blauweiße ließ es sich gefallen, plusterte sich auf, gurgelte wieder und bekam noch einen Kuss.

– Na, da bin ich gespannt, ob das klappt, sagte Frau von Aue, aber wenn man Merle etwas umgarnt, stehen die Chancen eigentlich meist nicht schlecht.

Der Wellensittich flatterte Richtung Zimmerdecke. Die Lampe schwang hin und her, als er darauf gelandet war. Silvester nickte.

– Ich werde tun, was ich kann, sagte er, zur Not werde ich sie beknien.

Ausfahrtsschilder wischen vorbei. Der Abstand zwischen den hellen Lichtern auf den Gegenspuren wird größer. Ohne jede Störung brausen wir über die Autobahn in die anbrechende Dunkelheit hinein. Entfernen uns eine Wagenlänge nach der anderen von zu Hause, von Domino, Kondor, vom Alltag.

Der Regen, der am Seitenfenster zu Wasseradern zerläuft. Die Musik, die du in den Spieler geschoben hast.

Mit beinah jedem Kilometer steigt dieses fiebrige Gefühl, das den Anfang von Reisen immer so schön macht; speziell, wenn man zu einem Ort unterwegs ist, wo man noch nie war: Als wäre alles möglich, als würden am Ziel ganz eigene Gesetze gelten. Ein Prickeln in meinen Adern wie von Brausepulver.

Nur einmal holt Edda noch das, was hinter uns liegt, in die Gegenwart zurück.

– Mir fällt gerade ein, der alte Projektor von meiner Oma müsste eigentlich in Mausers *Kapelle* lagern, aber ich meine, das Ding ist kaputt.

Sie kommt wegen der Filmspulen darauf.

Zusammen mit dem Parka hast du sie gefunden, als du auf der Suche nach der Gitarre für mich gewesen bist. Gestern. In diesem dubiosen Kellerverschlag, der zu Dominos Wohnung gehört.

Das weiß ich, obwohl du ihren Namen vorhin, beim Erzählen, kein einziges Mal erwähnt hast. Man könnte glatt meinen, du hättest überhaupt keine Freundin. So geschickt bist du dieser Klippe ausgewichen.

– Bozorg hatte nur die Kamera, sagst du, er hat die Filme nie sehen können.

Edda hat die eine Hand vom Lenkrad genommen, reibt sich das rechte Auge unter der Brille. Sie fragt:

– Meinst du denn, er hätte etwas dagegen, wenn du die guckst?

Die Andeutung eines Kopfschüttelns von dir.

– Ich kann mir den Projektor von deiner Oma ja mal anschauen.

– Beim letzten Trödelmarkt wollte ich den schon verkaufen, sagt Edda, aber vielleicht kriegt Kondor ihn ja hin. Unseren Trockner hat er auch wieder flottgemacht.

Seit dem Kirchweihjubiläum letzte Woche haust Kondor im Trainingsraum von Mauser, hat wenig um die Ohren: Wegen des abgehackten Fingers verzögert sich sein Start in der Fahrradwerkstatt, aber er hilft, wo er kann. Beinah übereifrig.

Kondor war auch beim Heben von Bozorgs Schätzen dabei, hat dir das rostige Vorhängeschloss an dem Bretterverschlag geknackt, zu dem sich der Schlüssel nicht mehr auftreiben ließ.

– Was ist da überhaupt drauf, auf den Filmen?

Du zuckst die Achseln nach meiner Frage.

– Nichts Spektakuläres wahrscheinlich, sagst du, ich weiß nur, Bozorg hat die Kamera kurz vor Kittys Tod bekommen und einfach ein bisschen rumexperimentiert.

– Von meinen lieben Erzeugern und Ernährern gibt es auch ganz viele so altmodische Filmchen, sage ich, war immer ein Ereignis, wenn die geguckt wurden.

– Ja, Bozorg stand auf diese überholte Technik, gehörte alles zu seinem Kinotick, sagst du, deswegen ja auch der Job in der Videothek. Später wollte er dann Drehbücher schreiben oder Regisseur werden. Hauptsache Limousine, die einen zur Premiere bringt. Roter Teppich. Blitzlichtgewitter.

Du lachst. Ich spiele an meinem Sicherheitsgurt, frage:

– Was ist verkehrt an großen Zielen?

– Nichts. Gar nichts. Wenn man etwas wirklich will und fest daran glaubt …

Du unterbrichst dich. Edda hat den Blinker gesetzt.

– Apropos, sagt sie, ich glaube, wir müssen hier raus …

Sie dreht die Musik auf lautlos.

Und für einen Moment sind dann nur die Wagengeräusche zu hören und ein leises Tac-tac-tac. Es geht ab von der Autobahn, hinein in eine ländliche Gegend.

Dunkle Felder.

Alle paar Kilometer kleine Dörfer.

Ein Navigationsgerät gibt es nicht an Bord. Du und ich lotsen unsere Fahrerin deshalb mit einer alten Straßenkarte und ein paar losen Zetteln weiter.

Ein Streckenplan, den du zu Hause ausgedruckt hast.

Wir verfransen uns trotzdem. Gleich mehrfach. Nach der dritten falschen Abbiegung gähnt Edda herzhaft:

– Oooah, dieses Gegurke, macht sie, bin ich scholle. Willst du mich nicht mal für ein paar Kilometer ablösen, Mausi?

Ziemlich sicher meint sie das nicht wirklich ernst. Ich:

– Ihr wollt doch nicht im Graben landen!

– Ich würde dich ans Steuer lassen. Sofort, sagt sie.

– Sicher?

– Absolut. In dieser Einöde stört das sowieso niemanden.

Tatsächlich durfte ich letzte Woche in der Kolonie am See einige Runden drehen. Ich sollte das, was ich im Ausland gelernt habe, für die anstehenden Fahrstunden ein wenig auffrischen. Und nach dem Ausparken (mit circa

150 Mal Wagenabwürgen) lief es auch; ich wuchs um ein paar Zentimeter.

Aber ich muss mich jetzt gar nicht weiter sträuben. Die nächste Ortschaft ist richtig. Sie liegt auf dem Weg.

+

Edda hält auf die Stadtmitte zu, drosselt die Geschwindigkeit. Vor uns eine lange Schlange roter Bremslichter an einer Ampelkreuzung.

– Irre, sagst du, was passiert denn hier?

Teile der Straße ragen senkrecht in den Nachthimmel. Es dauert einen Moment, bis wir kapieren, dass wir nicht das Ende der Welt erreicht haben, sondern vor einer Klappbrücke stehen. Edda schaltet den Motor ab. Dann steigen wir aus.

Es nieselt nur noch leicht. Der Wagen dampft vor Wärme, riecht nach Benzin, Regen und noch etwas anderem. Einer Unrast. Ich spüre wieder dieses Kribbeln unter der Haut, gehe auf das Geländer zu.

Am anderen Ufer das Panorama des schnuckeligen Städtchens: historische Gebäude, angestrahlter Kirchturm, Spiegelungen von Straßenlaternen im Wasser.

Ein romantisches Postkartenmotiv.

– Hoi!, sagt Edda.

Ich stehe zwischen euch, wir sind nicht die einzigen Menschen auf der Brücke.

– Die können unmöglich alle in diesen paar Autos gesessen haben, sagst du, sieht ganz so aus, als würden die auf etwas warten.

Du hast recht. Über den Dächern der Häuser gegenüber explodieren auf einmal Farben. Knallbunte Sträuße. Es kracht, zischt und pfeift. Der Nachthimmel flackert rot, grün und golden auf, glitzernde Sterne regnen aus silbrigem Rauch zum Fluss hinab, funkelnd zeigt sich ihr Widerschein auf den sanften Wellen unter uns.

– Wahrscheinlich ein Stadtfest, sage ich.

Spüre, dass du kaum merklich dichter an mich herangerückt bist. Unsere Finger berühren sich, dann gleich noch einmal; in der nächsten Sekunde müssten sie sich ineinanderflechten, du und ich Hand in Hand dastehen.

Aber das passiert nicht.

Eh ich mich's versehe, endet die Berührung wieder. Kurz darauf endet auch das Feuerwerk. Die Menge klatscht. Wir steigen zurück in den Wagen.

Hinter der Stadtgrenze geht es weiter über dunkles Land und abenteuerliche Straßen, mehr Schlaglöcher als Asphalt. Wir hoppeln auf und nieder. Edda stößt sich den Kopf an der Wagendecke, du stützt den Arm gegen das Handschuhfach, ich meine Hände gegen die Vordersitze.

Der Ort, den wir suchen, ist eine parkähnliche Anlage, versteckt gelegen zwischen winzigen Siedlungen, die aus nichts bestehen außer weit verstreuten Gehöften und Scheunen.

Allerdings finden wir den entscheidenden Wegzweig einfach nicht.

Edda lässt an einer Straßengabelung den Wagen vor einem Weidezaun ausrollen. Ich versuche, Christian zu erreichen, bekomme aber keine Verbindung.

– Und jetzt, frage ich, Vorschläge?

Eine einsame Kuh tritt ins Scheinwerferlicht.

– Ein Wiederkäuer, sagt Edda.

Ich:

– Eine Schwarzbunte.

Du:

– Ein heiliges Tier.

– Es nickt nach rechts, stelle ich fest.

– Ein Zeichen, sagen Edda und du gleichzeitig.

Wir biegen nach rechts ab, und drei Minuten später sind wir da.

Auf dem Parkplatz sieht man die Hand vor Augen nicht, aber dafür durchdringt bereits das Rauschen der Wellen die Luft. Ich recke und strecke mich.

– Angekommen, sage ich, wir sind am Meer.

– Wir sind im totalen Nirgendwo, sagst du.

– Ja, sagt Edda, bin mal gespannt, ob sich die anderen überhaupt schon bis hierher durchgeschlagen haben.

Haben sie. Im Tischtennisraum finden wir Christian, einige der Knappen und jede Menge Konfirmanden. Die Bälle klackern auf der Platte. Es ist noch gar nicht so spät, wie es sich anfühlt. Gerade mal kurz nach zehn.

Wir packen aus, und bald müssen die Kleinen dann in die Betten.

Eine Flasche Wein wird geöffnet. Noch eine. Nach der dritten verordnet Edda uns Knappen einen Ausflug ans Meer. Ich habe mir gerade Christians Feuerzeug geliehen und ein paar Teelichter angezündet.

– Keine Widerrede, sagt Edda, wir gehen jetzt Nachtbaden.

Sie blickt in die Runde. Erec und Erik protestieren.

– Es ist fast Oktober.

– Es ist so dunkel wie in einem Sarg da draußen.

Doch die meisten schnappen sich sofort Handtücher, Christian einschließlich. Wir gehen barfuß durch Gras, das feucht ist und glitschig unter den nackten Sohlen. Hinter einem flachen Dünenkamm liegt der Strand.

+

Ich fühle die Steinchen des groben Sandes, rund drücken sie gegen die Ballen, sehe über eine beinah spiegelglatte, dunkle Fläche bis zum Horizont: Weit und glänzend breitet sich das Meer vor uns aus. Wellen rollen schaumig ans Ufer.

Ich teste mit dem Zeh die Temperatur des schwarzen Wassers. Im ersten Moment bekomme ich leise Zweifel, ob Eddas Idee wirklich so toll war. Aber um mich herum fliegen bereits die Pullis, T-Shirts, Hosen in den Sand. Kichern ist zu hören.

– *So bade und salbe dich.*

Christian.

Er flitzt gleich mit dem ersten Pulk los. Es wird aus vollem Hals gequietscht, gejuchzt, krakeelt. Weiß aufschimmernde Körper hechten ins Nass, schießen wieder hoch, stürzen sich erneut in die Fluten. Und auch die letzten überwinden sich jetzt, streifen die Klamotten ab.

Du bleibst als Einziger angezogen.

– Feigling, sage ich, trau dich!

Du linst zu mir herüber.

– …?

– Komm, trau dich, Silvester Lanzen, wiederhole ich.

Du hebst den Kopf.

– Schöne Beine, Merle von Aue, sagst du.

Wir sehen uns in die Augen. Lange. Dann schnaube ich, drehe mich um und wate bis zu den Knien ins Meer. Werfe mich hinein.

Kurz bleibt mir die Luft weg.

Ich tauche unter und sofort wieder auf. Ein spitzer Laut entfährt mir. Ich schwimme ein paar Züge, bevor ich mich umdrehe.

Du stehst reglos am Strand, die Hände im Parka vergraben.

Ich winke, lasse mich zurückgleiten, schaue nach oben. Kein Mond. Dafür hier und da ein Stern zwischen den Wolkengebilden. Ich lecke mir Salz von den Lippen, schließe die Augen. Das Schnarren von Möwen. Mein Atem. Entfernt die Stimmen von Edda, Christian und den anderen, fröhliches Gackern und Johlen.

Die Bilder des Tages ziehen vorüber: du in unserer Küche, die lange Fahrt, das Feuerwerk, der Moment am Brückengeländer, die Kuh auf der Weide.

Ein Lächeln breitet sich über meinem Gesicht aus.

Und auch am nächsten Morgen, als ich vor die Hütte trete, gibt es gleich wieder einen Grund zum Strahlen. Der Himmel: blau wie in einem Urlaubskatalog.

Auf der nassen Wiese vor dem Dünenkamm kicken die ersten Konfirmanden mit einem aufblasbaren Strandball, der viel zu groß ist und viel zu leicht und ständig verweht. Ein geblähtes Segel treibt weit draußen im anlandigen Wind dahin.

Ich schlendere hinter einem der Fußballtore entlang zum Spielplatz, setze mich auf eine Schaukel. Eine Bö zaust das lange Gras zu meinen Füßen.

Ich stoße mich vom Boden ab.

Die gesamte Anlage, umgeben von Bilderbuchwiesen und -feldern, Strand und Meer, hat etwas von einem liebevoll gestalteten Modell. Unsere Ganzdachhütten stehen wie Spielzeughäuschen in der Landschaft.

Eine Miniaturwelt. Alles scheint mir vertraut und an seinem Platz, obwohl ich hier noch nie zuvor gewesen bin. Ich mag es, mag es sehr, und schaukele höher. Genieße das Ziehen und Kribbeln im Bauch; dies heftige Gefühl, wenn es nach dem kurzen Moment hinten, am Umkehrpunkt, mit Schwung wieder nach vorne geht, der Luftzug in den Ohren rauscht.

Dann gibt es Frühstück.

Wir essen draußen.

Du fehlst.

Erst als alle anderen schon fertig und wieder unterwegs sind, erscheinst du und hast gleich Pech. Du fängst dir einen Wespenstich ein.

Ohne großes Nachdenken springe ich dir zu Hilfe.

Dein Gesicht ist noch leicht vom Schlaf verknautscht. Das Haar steht wild vom Kopf ab. Du riechst ganz zart nach Schweiß. Und ich merke, dass wir uns plötzlich aus sehr naher Distanz anschauen. Und da fühle ich es wieder, wie beim Schaukeln: das Ziehen und Kribbeln im Bauch, diesmal zu ebener Erde.

Sogar ein leises Rauschen im Ohr höre ich. Höre außerdem deine Stimme reden. Und meine. Höre, wie ich dich provozierend an Domino erinnere.

– Ich glaube, sage ich schließlich, wir sollten besser eine Zwiebel für dich besorgen, das sieht nach einer üblen Schwellung aus.

Hitze steigt in mir auf. Mein Kopf fühlt sich rot an.

Du berührst mich im Gesicht und ganz sacht am Oberarm, um mich noch ein Stückchen an dich heranzudirigieren. Und wieder ist es wie am Vorabend auf der Brücke beim Feuerwerk. Das, was jetzt eigentlich passieren müsste, passiert nicht.

Merle, Bonusmaterial: nachgestellte Szene #7

Merle rupfte Halme aus der Wiese vor der Ferienhütte, saß auf der Picknickdecke, hob ihre Nase in die Sonne. Das Geräusch von nackten Füßen, die über das Holz der Terrasse tappten, kam näher.

– Wehe, du stellst dich mit deinem Schatten in mein Licht, sagte sie.

Linste zu Silvester hin.

– Alle schon weg, sagte er, warum hat mich niemand geweckt?

Er blickte auf die Frühstückssachen. Strubbelte sich durchs Haar, das in alle Richtungen stand. Merle ließ das Halmerupfen sein und stützte sich nach hinten auf die Arme ab, drückt die Ellenbogen weit durch.

– Ich habe behauptet, du erledigst den Abwasch, sagte sie, da sind dann alle gegangen. So ist das, wenn man verschläft.

Silvester trat einen Schritt zur Seite. Sein Schatten legte sich auf ihr Gesicht.

– Ich erledige erst einmal den Rest Quarkspeise, sagte er.

– Geh sofort aus der Sonne, Silvester Lanzen.

Er setzte sich mit auf die Picknickdecke, Beine zum Schneidersitz verkreuzt, schnappte sich die große Schüssel. Ließ Merle nicht aus den Augen beim Löffeln.

– Ich mag Mädchen mit unsichtbaren Sommersprossen, sagte er.

Eine Wespe näherte sich ihm im taumeligen Tiefflug, stoppte über Margarine und Marmelade, steuerte schließlich Silvesters Knie an.

– Vorsicht, warnte Merle.

Silvester vollführte ein paar wedelnde Handbewegungen. Die Wespe, gerade eben noch da, schien mit einem Mal verschwunden.

– Ist wohl weiter ans Wasser, blutjunge Konfirmanden attackieren, sagte er.

– …

Gefolgt von einem aufgeräumten:

– Hat wahrscheinlich einfach keine Lust auf Küchendienst.

– …

Gefolgt von einem ziemlich plötzlichen, ziemlich lauten:

– AU!

– …

Gefolgt von einem wieder leiseren:

– Dieses Mistding hat mir die Lanze ins Fleisch gerammt!

Silvester sprang auf. Betrachtete ungläubig den roten Fleck mit dem weißen Kranz am Unterarm. Drei, vier Sekunden lang.

– Du kannst versuchen, das Gift auszulutschen, sagte Merle, Allergiker?

Silvester hob den Arm, krümmte sich, beugte den Kopf vor, bemühte sich, die Stelle, die schon leicht angeschwollen war, mit dem Mund zu erreichen. Sie lag aber nah am Ellbogen. Er erreichte sie nicht.

– Ich bin noch nie gestochen worden, sagte er.

– Wenn du kein Allergiker bist, wirst du deinen nächsten Geburtstag auf jeden Fall erleben, sagte sie, oder aber du läufst gleich blau an.

– Ha! Ha!

Silvester verrenkte sich weiter. Merle stand auf, ging zu ihm hin, drehte seinen Arm ein Stück und presste ihre Lippen auf den Stich. Sog kräftig. Spuckte aus.

– Besser? Lässt der Schmerz nach?

– Mach ruhig weiter, sagte er.

– Idiot, sagte sie.

Ließ den Arm los, blieb aber dicht vor ihm stehen.

– Das war sehr ritterlich, Merle von Aue.

– Du bist kein Allergiker, sagte sie.

– Weiß man's? Ich habe mich schon in deinen Armen sterben sehen.

Silvester verlagerte das Gewicht seines Oberkörpers, kam Merle so noch ein wenig näher. Sie sagte nichts.

– …

– Trau dich, sagte er.

Silvester neigte den Kopf. Aber Merle wich zur Seite aus, trat auf Geschirr.

Ein Klappern.

– Du hast eine Freundin, sagte sie.

– Vielleicht ja nicht die richtige, erwiderte er.

Merle verschränkte die Arme.

– Da mische ich mich bestimmt nicht ein.

Sie hielt seinen Blick, bis er zur Seite schaute, auf die Hütte, aus der er eben gekommen war. Die Vorhänge an der Terrassentür bewegten sich in der leichten Brise. Er sagte:

– Ich mag dich, das weißt du, das weißt du schon lange.

Merle pustete sich eine Locke aus dem Gesicht.

– Du magst mich?! Aha. Und jetzt?

Er lachte. Trug Spucke auf den Wespenstich auf, strich mit dem Handballen darüber hinweg. Sah dann wieder hoch.

– Jetzt? Jetzt ist es raus, Merle von Aue, sagte er.

Im Proviant finde ich eine Gemüsezwiebel, halbiere sie und bringe dir die eine Hälfte nach draußen. Danach will ich zurück zur Hütte, in der ich geschlafen habe, mir die Hände waschen und mich umziehen.

Gedanken toben kreuz und quer.

Da oben geht es zu wie bei einem Spielautomaten im Alarmzustand, und ich registriere gar nicht, dass ich im falschen Häuschen lande. Von außen und von innen sehen unsere Unterkünfte alle mehr oder weniger gleich aus, und ich schlurze direkt ins Bad, ohne mich groß umzuschauen.

Die Tür ist nicht verschlossen.

– Ups!

Warmer Wasserdampf schlägt mir entgegen. Shampooduft. Jemand muss hier geduscht haben, und dieser Jemand steht jetzt mit einem Wegwerfrasierer vor dem Waschbecken, legt Schneisen im Gesicht frei.

Ich sehe die Falten in Christians Augenwinkeln. Er lächelt.

– Merle, sagt er, alles in Ordnung?

Christian hat ein Handtuch um die Hüften geschlungen. Das Beste wäre es wohl, schnell eine Entschuldigung zu nuscheln, einfach die Tür wieder zuzuziehen.

Aber ich tue es nicht.

Starre ihn an, betrachte seinen Körper, die vorstehenden Muskeln unterhalb der Halskuhle, Christians kräftige Arme.

– Äh ... Silvester ist von einer Wespe gestochen worden, bringe ich schließlich hervor, ich wollte mir nur die Hände kurz waschen.

Dann schlage ich die Augen nieder.

Alles in mir und an mir in hellem Aufruhr. Die Konturen meiner harten Brustwarzen heben sich durch den Stoff meines T-Shirts hindurch schwach ab.

Ich beiße mir auf die Lippen.

Nehme wie in Trance wahr, dass ich einen Fuß vorsetze. Schließe hinter mir die Tür. Gehe vor zum Waschbecken, als wäre ich ferngesteuert. Der Wasserhahn läuft. Während ich die Hände unter den Strahl halte, blicke ich in den beschlagenen Spiegel: Christian wischt sich Reste des weißen Rasierschaums mit einem Handtuch weg. Ein weiteres Lächeln streicht über sein Gesicht.

Ich drehe mich um.

Noch könnten er und ich, wenn wir wollten, zurück.

Vielleicht auch noch, als ich die Hand ausstrecke. Oder dann, als ich seine Wange berühre. Einer von uns beiden – er oder ich – könnte in ein Lachen verfallen und dem anderen damit klipp und klar sagen: *Alles ein Versehen, genau bis hierhin und nicht einen Millimeter weiter.* Ja, mein Verstand rät mir sehr deutlich: *Geh! Geh einfach wieder raus aus dem Bad, geh zu den anderen nach draußen.*

Und selbst als er seine Hand auf die fremde Hand in seinem Gesicht legt und ich einlenke und mich für den Schritt nach vorne entscheide, ist vielleicht noch nicht alles zu spät. Aber dann.

Er küsst mich. Ich küsse ihn.

So wie ich dich eben habe küssen wollen. Schlinge die Arme um seinen Hals, presse mich fest an ihn, stehe auf Fußspitzen.

Zungen wandern zwischen den Mündern hin und her.

Ich warte darauf, dass Christian mir mit den Händen

unter das T-Shirt fährt, dass er es mir nach oben schiebt, mir beim Ausziehen hilft.

Doch stattdessen höre ich ihn sprechen:

– Ein Wespenstich? Ist Silvester okay?

– Bitte?

Ich brauche einen Moment, bis ich begreife. Aber dann nicke ich, nuschele eine Entschuldigung, trete den Rückzug an, ziehe hinter mir die Badezimmertür zu.

Ziehe sie fest zu.

Sehr fest.

Edda lacht sich später fast schlapp, als ich ihr davon erzähle.

Sie ist inzwischen mit Christian in der nächsten Ortschaft einkaufen gewesen (ein Sack Brennholz und Grillanzünder), und ihre Reaktion beruhigt mich ein wenig. Sie weiß von nichts. Christian hat auf der Fahrt offenbar mit keiner Silbe erwähnt, dass ich bei ihm ins Bad geplatzt bin.

– Tja, sagt Edda, bei Pastoren steht die Tür halt immer offen.

Natürlich habe ich die Geschichte zensiert.

Vom merkwürdigen Teil am Waschbecken weiß sie nichts.

– Ich bin wirklich ein Schussel, sage ich.

Denke dabei auch wieder an dich, lasse ein wenig Sand durch meine Finger rinnen, spüre die Sonne auf meinen nackten Armen. Es ist richtig warm geworden, am Himmel zeigen sich nur ein paar Zuckerwattegebilde. Wind streichelt durch das Dünengras. Ein paar Strandfliegen tollen zu unseren Füßen umher.

Edda und ich sitzen ein wenig abseits von den Konfirmanden. Die Mädchen liegen mit hochgezogenen Oberteilen auf Handtüchern. Die Jungs schielen immer wieder zu ihnen hin beim Frisbeespielen.

– Lass mich raten, sagt Edda, du haderst mit dir. Du hast Silvester vorm Tod durch Wespenstich bewahrt, und du weißt nicht, ob das klug gewesen ist.

– Ich habe keine Lust, Nummer zwei zu spielen.

– Das *ist* klug, sagt sie, auch wenn es sich anders anfühlt.

– Hm, mache ich.

Schaue in Richtung Meer, bemerke ein einsames Boot mit feuerrotem Segel, das sich draußen, in der Weite des Blau-in-Blaus, fast verliert. Edda:

– Und jetzt?

Ich klippe mir eine Spange ins Haar, drehe mich zu ihr um.

– Was würdest du an meiner Stelle tun?

– Ach, Mausi, schwer zu sagen. Denk nicht zu viel darüber nach.

– Du meinst: Was passiert, passiert?

Sie berührt mich an der Schulter, runzelt die Stirn:

– Ihr wäret ein schönes Paar, mehr sage ich dazu nicht. Aber falls es mit euch klappt, was ist dann mit Domino und ihm?

Eine aufmüpfige Wolke verdunkelt kurz die Stelle, an der wir sitzen. Dann folgt eine neue Garbe Licht, und ich höre Stimmen hinter uns: Die Gruppenarbeit geht los. Mit einer Schnitzeljagd.

+

Kaum ein Lüftchen rührt sich in diesen nachgereichten Sommerstunden. Ich sehe zu, dass ich ab mittags nebenbei Sonnencreme verteile, sobald bei mir an der Station eine Schar Konfirmanden mit frischen Gesichtern und geröteten Nacken aufkreuzt.

Das Geländespiel funktioniert.

Die meisten sind voll dabei. Aufgeteilt in mehrere kleine Grüppchen lösen sie in der ganzen Gegend Aufgaben. Mal sollen sie jemanden, der die Augen verbunden hat, gemeinschaftlich durch einen kniffeligen Baumparcours lotsen, mal am Wasser Feuersteine und Hühnergötter sammeln. So was.

Zur Belohnung gibt es Hinweise, wer von uns Knappen *Hüter des Zielortes* ist. Mit der Zeit wird den einzelnen Teams allerdings auch erlaubt, Späher auszusenden und irreführende Botschaften an den Anlaufpunkten zu hinterlassen.

Schleichend greift Chaos um sich, die Grüppchen zerfallen. Schließlich muss die Schnitzeljagd (nach monumentaler Länge) ohne Sieger abgebrochen werden.

Wir versammeln uns am Strand zum Schlusskreis. Über uns bloß ein paar an den Rändern durchscheinende Wolken. Vor uns ein sanft gekräuseltes Meer.

Christian überlässt es dir, den Konfirmanden zu verklickern, dass der Ausgang des Spiels von uns genau so geplant war. Alle murren, die bis eben in der Nähe des Campingplatzes oder weit weg am Leuchtturm umhergeirrt sind.

– Ihr wart im Spiel zu egoistisch, sagst du, wir haben euch mit Absicht in die falsche Richtung gelockt, weil ihr um jeden Preis gewinnen wolltet. Dazu hättet ihr aber bereit sein müssen, den Sieg zu teilen. Das war der Trick.

Christian schoppt die Ärmel.

– Im wahren Leben jemanden in die falsche Richtung zu schicken oder aber sich in die falsche Richtung schicken zu lassen, kann fatale Folgen haben, sagt er, deshalb ringen wir Menschen ja auch immer wieder neu mit der Frage, was ist denn überhaupt die richtige, was ist die falsche Richtung?

An dieser Stelle legt er eine kunstvolle Pause ein.

– …

Schweigen in der Runde. Christian schaut vom einen zum nächsten, blickt jedem einmal direkt in die Augen. Verteilt anschließend reihum Streichhölzer.

– Manchmal ist auch das Leben wie eine Schnitzeljagd, sagt er, mal geht es voran, mal verrennen wir uns, mal hilft man uns aus der Patsche, mal nicht …

– Und zum Schluss kommt raus, man wurde die ganze Zeit verkaspert, ruft ein Konfirmand dazwischen, na, herzlichen Glückwunsch!

Es wird gelacht.

– So sieht's aus, Leute, sagst du, man darf sich eben nicht verkaspern lassen.

Und wieder wird gelacht.

Christian wartet, bis er die Aufmerksamkeit zurückhat.

– Es stimmt schon, sagt er ernst, die Veranstaltung, an der wir hier unten alle teilnehmen, wirkt manchmal vielleicht lächerlich. Wir suchen nach einem Weg, ohne das Ziel genau zu kennen. Sogar ohne zu wissen, ob es überhaupt ein Ziel gibt. Aber eins ist klar, wir teilen uns die Welt. Und wir alle gemeinsam bestimmen das Niveau unseres Zusammenlebens. Von uns hängt es ab, wie die Veranstaltung insgesamt verläuft. Wir Menschen brauchen einander.

– Und was hat das jetzt mit dem Streichholz zu tun?, fragt eines der Mädchen.

Christian fordert die Kleine auf, das Streichholz durchzubrechen.

– Das ist leicht, sagt er, oder?

Das Mädchen nickt.

Alle sollen jetzt ihr Streichholz durchbrechen. Unter Tuscheln, Kichern und Seitenblicken folgen die Konfirmanden der Aufforderung. Und auch ich mache mit, erinnere mich noch gut, dass mich diese Übung als Konfirmandin selbst ziemlich überrascht hat, sehe neugierig in die Gesichter links und rechts von mir.

Skepsis. Ahnungslosigkeit. Befremden.

Ein Junge schräg gegenüber von mir sagt laut:

– *Ka! Putt!* Sollten wir etwa rausfinden, wie stark wir sind?

Er heißt Körts und greift nach der Frage einmal an sein klobiges Hörgerät, das er immer trägt, obwohl er es angeblich gar nicht braucht. Sein Arm ragt spirrelig aus dem T-Shirt. Christian wirft ihm eine Streichholzschachtel zu.

– Wirklich Kraft braucht man für die Übung ja nicht, sagt er, aber trotzdem hast du recht, ihr seid stark. Hol doch mal die ganzen Hölzer raus.

Körts:

– Soll ich die alle durchbrechen?

Es ist als Scherz gemeint: Er grinst. Doch Christian nickt.

– Versuch es mit dem ganzen Bündel auf einmal.

Körts legt los. Erst demonstrativ locker. Schließlich mit großer Anstrengung und aller Gewalt. Vergeblich. Das Bündel bleibt ganz.

– Huh, Superkraftakku leer! Keine Chance.

Wieder schraubt er an einem der winzigen Rädchen am Hörgerät, kann seine Verdatterung kaum verbergen. Christian sagt:

– Es liegt in unserer Natur, Beziehungen zueinander aufzubauen, ähnlich wie die Atome, aus denen wir bestehen. Jeder Mensch sehnt sich nach Freunden und Verbündeten. Wenn schlimme Dinge passieren, wenn Menschen unter Druck stehen, reagieren sie selten wie im Kino. Einzelkämpfer werden nicht stark, und sie wachsen auch nicht über sich hinaus, sondern sie krachen vollkommen zusammen. Guckt euch die Streichhölzer in euren Händen an!

Erneut Pause.

– …

Erneut sagt keiner ein Wort. Und obwohl die meisten längst geblickt haben, worum es geht, ist spürbar, dass sie mehr hören wollen. Ich verstehe das.

Ich begreife plötzlich (zum vielleicht allerersten Mal) einen Teil von Christians Geheimnis so richtig: Er ist unser Botschafter aus dem Reich der Erwachsenen. Alt genug, um mehr von der Welt zu verstehen als wir, aber auch noch jung genug, um Erfahrungen auf die Art rüberzubringen, dass man kapiert, was er uns mitteilen will.

Ohne öde Vorbuchstabiererei.

Ohne dass er uns seine Ansichten aufzwingt.

Das ist mein Gefühl: Er möchte, dass wir an uns selbst glauben.

– Das war's, sagt Christian, lasst uns Holz sammeln, und dann machen wir nachher, wenn es dunkel wird, ein schönes Feuer!

+

Die Sonne hat sich hinter dem Horizont verkrochen. Es wird frischer. Auf der Wiese an der Dünenkante legen wir aus Steinen einen Kreis, schichten Holzscheite in der Mitte zur Pyramide auf, stopfen Papier und halbtrockenes Laub darunter.

Christian gießt ordentlich Spiritus über alles, klopft die Hosentaschen ab. Du bist schneller. Hast von vorhin noch die Streichholzschachtel von Körts, kniest dich hin, übernimmst das Anzünden.

Sofort breitet sich Qualm aus, der uns rasch alle einnebelt.

Erec und Erik beginnen, mit Stöcken in dem brennenden Haufen zu stochern. Christian schiebt mit dem Schuh ein umgekipptes und züngelndes Holzstück zurück in den Brandherd. Ich schlucke eine Menge Qualm, huste.

Und auch Edda wedelt mit den Armen.

– Aushilfsfeuerteufel am Werk, sagt sie.

– Ein Bild für die Spötter, legt Gwyn nach.

Alle reiben sich die tränenden Augen. Du sagst:

– Leistungskurs Naturburschenkunde, da bleibt kein Auge trocken.

– Naja, sage ich.

– In der Siedlung zünden wir eben immer nur Autos an.

Mit einer Mischung aus Herablassung und Erheiterung siehst du zu mir hin. Bekommst natürlich ein Lächeln. Ich:

– Zu Hause ist halt was anderes als die freie Wildbahn.

– War das jetzt etwa eine versteckte Anspielung, Merle von Aue?

Kein schlechter Konter. Kurz hast du mich. Aber ich fange mich schnell wieder. Frage unschuldig nach:

– Wie kommst du darauf?

– Bei euch Mädchen weiß man ja nie so genau, sagst du.

Ich rolle mit den Augen.

– Sag bloß, Silvester Lanzen braucht Nachhilfe.

– Vielleicht. Du brauchst auf jeden Fall langsam die Gitarre.

Und weil ich gerade keinen Preis als Kratzbürste gewinnen will, lasse ich mir sie geben, ziehe mich ein bisschen zum Üben auf die Terrasse von einer der Hütten zurück. Mache mich mit dem Instrument vertraut. Vergesse beim Spielen die Zeit.

Bald ist es richtig dunkel. Und schließlich bemerke ich,

wie eine Gestalt über den Rasen kommt. Mein Herz setzt einen Schlag aus.

Christian.

Denke ich erst, und der Vormittag steht mir sofort wieder vor Augen. Die nicht verriegelte Badezimmertür. Der Moment am Waschbecken.

Ich schiebe schon Panik, weil ich keine Ahnung habe, was kommt, und bleibe einfach tief über die Gitarre gebeugt.

Aber die Gestalt entpuppt sich als Edda.

Kurze Erleichterung, bis klar wird, dass Edda nach mir gesucht hat, um dringend etwas loszuwerden. Mein Herz setzt einen weiteren Schlag aus.

Offenbar hat sie am Feuer einem Dialog zwischen dir und Christian gelauscht. Diesmal schiebe ich Panik, weil ich befürchte, gleich vor Scham im Boden versinken zu müssen. Doch am Ende bin ich bloß ein bisschen mehr verwirrt. Sie haben über mich gesprochen. Und ich rätsle, was von alledem zu halten ist.

– Keine vier Stunden mehr, sagt Edda.

Da sind sie und ich schon zurück bei den anderen.

Die Boombox rödelt. Um uns herum garen Konfirmanden und Knappen fleißig Stockbrot über der ersten Glut. Der Hefeteig, großzügig mit Gewürzen aufgepeppt, schmeckt (knusprig gebacken und frisch vom Stock gebrochen) unfassbar lecker. Speziell wenn ein Stück erwischt, das außen nicht völlig verkohlt ist.

– Keine vier Stunden?

Ich gucke doof.

– Na, bis zu Silvesters Geburtstag, sagt Edda.

Und sie nickt in deine Richtung.

|Merle, Bonusmaterial: nachgestellte Szene #8

Nur ein Streifen fahles Licht fiel auf die Terrasse, malte die mattdunklen Holzlatten blassgelb. Merle saß vorn an der Kante im unbeleuchteten Teil vor der Hütte, Gitarre auf dem Schoß, griff Akkorde. Edda gesellte sich zu ihr:

– Du wirst schon schwer vermisst, sagte sie beim Näherkommen, die Schar deiner Verehrer hat sich am Feuer zusammengerottet.

Merle unterbrach ihr Spiel, ohne aufzublicken, zupfte einen dumpfen Ton am fünften Bund der dicksten Saite, schlug die nächste Saite leer an, drehte dann kräftig an einem der Wirbel oben am Kopf der Gitarre, stimmte nach Gehör.

– Pah, Silvester hat mich den ganzen Tag kaum beachtet.

– Erleichtert deswegen? Oder beleidigt?

Nun blickte Merle doch auf.

*– Wieso eigentlich Verehrer*schar*? Habe ich was verpasst?*

Edda gluckste und setzte sich neben die Freundin auf die Terrassenkante.

– Ein Strahlen, das von innen kommt …

Sie raunte die Worte im übertrieben schwärmerischen Ton, spreizte wie eine Operndiva die Finger und öffnete weit die Arme. Merle betrachtete das Schauspiel, die Augenbrauen so tief, dass die sich beinah trafen.

– Das hat Silvester nicht gesagt.

– Nein, das stimmt, gab Edda zu, das war … Christian.

– Christian?

Die Augenbrauenbögen rückten noch ein paar Millimeter dichter zusammen.

– Christian, sagte Edda, du weißt schon, unser Pastor.

– Ach, sagte Merle.

– Er und Silvester haben die Köpfe zusammengesteckt. Und dann ging es in einer Tour hin und her. Silvester wurde regelrecht ausgefragt.

– Nach mir?

– Ich habe bei dem Radau da drüben nicht alles genau mitbekommen, sagte Edda, aber beide haben sie geschwärmt. Christian hat gemeint, es ist etwas an ihr wie nie endender Sommer, *klang fast wie verknallt, und Silvester …*

– Ist gut, fuhr Merle dazwischen.

– … und Silvester, wiederholte Edda, war von deiner Mutter ganz angetan.

– Von meiner Ma? Das hast du dir gerade ausgedacht. Du ziehst mich auf!

– Der Besuch im Hause von Aue muss echt Eindruck auf den guten Silvester gemacht haben. Heile Familienwelt.

Merle legte die Gitarre weg.

– Soll ich das nun bescheuert oder schmeichelhaft finden? Und wieso spricht er eigentlich mit Christian über so was.

– Gespräche unter Männern. Davon verstehen wir nichts.

– Hm.

Ein Windstoß pustete in Merles Locken und in Eddas kurzen Schopf. Der fröhliche Lärm, der durch die Dunkelheit vom Lagerfeuer zu ihnen herüberwehte, driftete ein wenig ab, klang leiser. Edda sagte:

– Sie haben auch über Domino geredet.

– Ich weiß nicht, ob ich das hören muss, sagte Merle, wenn ich zu viel über D. nachdenke, bekomme ich am Ende noch Komplexe oder werde fitnesssüchtig.

Ein Edda-Lachen.

– Okay.

– Okay, was?

– Okay, kein Wort über D.

– Gut.

Einen Augenblick herrschte Stille zwischen ihnen. Leises Wellenrauschen im Hintergrund. Dann säuselte Edda wieder:

– Ein Strahlen, das von innen kommt …

Merle reagierte darauf nicht. Sie legte den Kopf in den Nacken. Edda machte es ihr nach, die großen Hände gefaltet auf dem Oberschenkel. Über ihnen: Sterne. Fern das Krächzen einer Möwe. Nach einer Weile fragte Merle:

– Wie meintest du das vorhin eigentlich? Glaubst du nicht, dass er sich von Domino trennen würde, falls er und ich …

Sie biss sich auf die Lippen. Edda fragte:

– Was glaubst du? Warum hat er sich bisher nicht von ihr getrennt?

Merle nahm die Gitarre wieder in die Hand.

– Sie war die Freundin seiner Schwester, ist das der Punkt?

– Ich weiß es wirklich nicht, sagte Edda, und manchmal plappere ich ja auch einfach nur so unsinnigen Krams vor mich hin.

– Danke, eine irre Hilfe! Also wären wir für dich doch kein schönes Paar.

Edda schüttelte den Kopf und nickte.

– Über so was haben wir mit den Knappen doch neulich mal gesprochen. Es gehört Mumm dazu, sich auf andere einzulassen, weil … Wie war das noch?

Sie schnippte mit dem Finger.

– … weil wir uns in anderen erst selbst begegnen, ergänzte Merle.

– Zitat Kamp, sagte Edda, genau, sich trauen, muss man sich trauen. Und ich glaube, Silvester gefällt, wenn deine Stachelbeeraugen ihn anhimmeln. Aber traut er sich auch, sich richtig auf dich einzulassen?

– Das muss ich nicht verstehen, oder?

– Für ihn bist du ein anderes Kaliber als D., vermute ich mal. Ich kenne sie ja kaum, aber du kommst aus einer anderen Welt, Mausi.

– Aus dem Lande Nebenan.

– Von weit, weit her …

Merle stieß Edda den Gitarrenrumpf gegen den Arm.

– Können wir jetzt wieder ein normales Gespräch unter Frauen führen, bitte?

– Über Autos?

– Über Grillbesteck.

Sie sahen sich an. Unterdrückten mühsam Kichern und Gackern.

– Komm, sagte Edda beim Aufstehen, genug Klampfe gezupft, da drüben duftet es nach Essen. Riechst du das auch? Ach, riecht das herrlich!

Funken verglühen vor dem schwarzen Himmel. Nach der Stockbrotzeremonie ist das Lagerfeuer noch einmal neu geschürt worden. Es knistert und knackt.

Ich spüre die Wärme auf meiner Haut, an den Wangen besonders und an der Stirn. Sehe in die zappeligen Flammen, sehe die Gesichter der Konfirmanden und Knappen dahinter: Licht und Schatten spielen auf ihnen; kann sein, dass es auch daran liegt, aber wirklich alle Gesichter um mich herum strahlen gerade in dieser außergewöhnlichen Weise.

Zufrieden, glücklich, ja, … einfach *beseelt*.

Ein komisches Wort, das ich sonst nie richtig verstehe. Doch jetzt, in diesem einen, sehr kurzen, kippligen, kostbaren Moment, scheint es genau das zu sein, das am besten trifft. Wir haben uns im Freien versammelt, haben es gemütlich, wir hören Musik und genießen einfach, dass wir untereinander sind.

Wir.

Darum geht's. Um uns. Um das Zusammensein.

Glaube ich.

Merke aber auch gleich, dass dieses schöne Gefühl sich nicht festhalten lässt und verpufft; genau, als ich es so richtig tief zu empfinden und zu begreifen meine.

Die Boombox wird weiter aufgerissen.

Und je näher Mitternacht rückt, umso ausgelassener und lauter geht es zu. Wir feuern uns Erdnüsse und anderen Knabberkram in den Mund, als wären diese salzigen Dinger überlebensnotwendige Präparate. Die Gespräche werden alberner, schriller, kürzer. Ein kleines Grüppchen veranstaltet zwischendurch einen Stopptanz-Wettbewerb, ein anderes geht noch einmal baden.

Ich aber bleibe am Feuer.

– Auch einen Schluck?

Tristan neben mir hat einen Wein entkorkt. Einen Platz weiter schnippst du Streichhölzer in die Flammen. Lächelst, wenn eins aufzischt.

Ich hebe die Hand, lehne dankend ab.

– Vielleicht später.

– Was ist los?, will Tristan wissen.

Ein Hüsteln von dir.

– Merle von Aue gibt gleich ein kleines *Konzert*, antwortest du für mich.

Dies Strahlen in deinen Augen. Dieser arrogante Unterton.

– Wünschen kann man sich alles, sage ich.

Lasse mir nun doch einen Wein geben, auch wenn mir etwas einflüstert, es vorerst damit besser nicht zu übertreiben; ich nippe nach dem Zuprosten nur einmal kurz an der Pfütze in meinem Pappbecher.

Zwanzig Minuten später ist es so weit.

Alle erheben sich. Zählen aus vollen Kehlen die letzten Sekunden runter. Auf null schmettern wir das übliche Geburtstagslied. Pusten und werfen Luftschlangen in deine Richtung. Du wirst umarmt, bekommst kleine Geschenke.

Ich denke, du freust dich über meins.

– Endlich reif für den Kampf mit dem Drachen, sagst du.

– Tja, man braucht das Zeug dazu, sage ich.

Du wiegst die längliche Packung in deinen Händen wie eine kostbare Waffe.

– Winkt am Ende nicht immer auch eine Belohnung?

Mein Vorschlag:

– Unverwundbarkeit vielleicht?

Deiner:

– Eine Prinzessin?

– Wenn schon, *die* Prinzessin, sage ich.

Dein Telefon klingelt.

Der Empfang in der Abgeschiedenheit am Meer ist mies. Um uns herum herrscht Trubel.

Du klemmst dir den Drachen unter den Arm, und das Geschenkpapier landet in den Flammen. Du gehst außer Hörweite. Das bunte Papierknäuel krümmt und windet sich in der Hitze, dann lodert es hell auf.

Unschwer zu erraten, wer zum Gratulieren angerufen hat. (Deine Mutter jedenfalls nicht.)

Du bist nur kurz weg, offenbar hat der Akku schlappgemacht, aber ich bringe bei deiner Rückkehr bereits den ersten Lagerfeuergassenhauer, sitze, die Gitarre bequem auf dem Oberschenkel, an Christians Seite.

Hat sich ganz einfach so ergeben.

Oder habe ich es ein bisschen mit gesteuert?

Ich achte jedenfalls nicht groß auf dich, spiele weiter, gleich den nächsten Klassiker. Die allermeisten Knappen haben inzwischen ziemlich einen im Tee, und auch Christian, der sich jetzt fußwippend eine Kippe dreht, wirkt angeheitert.

Es wird kräftig mitgesungen.

Ich schummle bei diversen Akkorden in Sachen Fingerstellung, und beim Auf- und Abschlagen nehme ich grundsätzlich, egal welcher Griff, immer alle Saiten mit, aber das stört natürlich niemanden. Im Gegenteil. Als mein Repertoire erschöpft ist, werden mir sogar noch zwei Wiederholungen als Zugabe abgerungen.

Dann verkünde ich:

– So, Schluss! Das war's jetzt wirklich.

Es gibt Applaus. Spaßeshalber verneige ich mich einmal über der Gitarre. Suche anschließend deinen Blick. Eine eigenartige Figur bildet sich gerade aus dem Rauchfaden über dem Lagerfeuer; erinnert an ein krakeliges Strichmännchenpaar.

Siehst du es auch?

Es kommt mir fast so vor. Das Gebilde schwebt in der Luft, löst sich dann wieder auf, und du gibst mir ein verstohlenes Zeichen. Setzt deine Augen ein, mit denen du echt großartig lächeln kannst. Und noch besser betteln. *Ich will mit dir allein sein, unbedingt,* teilen sie mir mit.

– Das war was Besonderes, sagt Christian.

– Was, das?!

Ich klopfe gegen das Instrument.

– Du kannst das, sagt er, du verstellst dich nicht.

Berührt mich am Unterarm, hat seine Hand dort auf den Fleecestoff meines Pullis gelegt, zieht sie aber auch gleich wieder zurück.

– Oh. Danke, sage ich, aber das ist ehrlich nur Gestümper gewesen.

Er lächelt. Ich lächle.

Um uns herum Stimmen, Menschen, die Nacht und der Geruch von Holz, das in einem Haufen aus orangefarbener Glut ausbrennt.

Christians Gesicht kommt mir nah vor. Vielleicht schrumpft der Abstand auch (wenigstens in meiner Einbildung) durch sein Lächeln. Die Situation hat aber nichts Unangenehmes, eher sogar etwas Klärendes, Beruhigendes.

Etwas, das dumme Gedanken verscheucht.

– Alles gut, Merle?

– Alles gut, sage ich.
– Dann ist gut, sagt er.

+

Du wartest am Spielplatz. Unbemerkt von den anderen hast du dich davongestohlen. Und ich? Ich habe vorgegeben, die Gitarre wegbringen zu wollen, und bin dir gefolgt. Wie gestern schon nehmen du und ich wieder den gewundenen Trampelpfad zum Meer, gehen ein ganzes Stück am Strand spazieren, stoßen nach einer Weile auf ein Ruderboot, das umgedreht im Sand liegt.

Hier bekommst du dein Ständchen.

Ich traue mich an diesen Song, den du mir damals über Kopfhörer am *Guten Hirten* vorgespielt hast. Gar nicht so leicht, musste ich vorhin beim Üben feststellen. Doch jetzt gleiten die Finger beinah traumwandlerisch über die kalten Stahlsaiten, die kaum schnarren bei den Akkordwechseln; ich greife immer schön nah am Bundsteg. Wie beinah von selbst wiegt mein Oberkörper im Takt mit während des Singens.

Passt einfach alles.

– Heirate mich, sagst du.

Die Gitarre klingt noch aus, und es soll ein Kompliment für das Vorspiel sein. Ein provozierender Jux selbstverständlich auch.

– Und wenn ich den Antrag annehme, frage ich, wie geht's dann weiter?

– Dann werde ich dich bitten, mir natürlich sofort deinen Slip zu schenken.

– Natürlich.

– Japp, nach gutem, altem Brauch, wie die Sagen ihn uns lehrten.

Wir lachen.

Und ich puffe dir gegen die Brust.

– Ist mir zu frisch. Keine gute Idee bei diesen Temperaturen. Ich glaube, ich behalte ihn doch lieber an.

– Egal, sagst du, behalte ihn an.

– Egal?

– Du warst auch so sagenhaft. Danke!

Auf dem Weg zurück entlang der schwarzen Wasserkante, erlaube ich dir drei Dinge. Du darfst mir den Parka leihen, den Gitarrensack schleppen und einmal auch den Arm um mich legen. Das letzte geschieht stumm, fast wie selbstverständlich; du passt deine Schritte meinen an, senkst mir deine Hand sanft auf die Schulter.

Ich schmiege mich an dich, genieße die Wärme, die dein Körper ausstrahlt. Fühle eine unerhörte und kostbare Vertrautheit.

Bis zurück zur Wiese an der Dünenkante gehen wir so nebeneinander, stellen dort fest: das Feuer ist aus. Verkohlte Strünke und Holzscheite liegen im Aschenrund am Boden. Musik schallt gedämpft aus Richtung der Unterkünfte zu uns herüber.

– Sie feiern deinen Geburtstag drinnen weiter, sage ich, komm!

Die Andeutung eines Kopfschüttelns bei dir.

– Müssen wir da unbedingt rein?

Die Schultern sind hochgezogen, du hast das Kinn tief vor der Brust, rührst dich nicht vom Fleck.

Du fröstelst.

– Du frierst, sage ich.

– Holen wir die Schlafsäcke raus, sagst du.

Völlig ernst. Ich druckse herum. Es wird Gerede geben. Morgen. Bestimmt auch nach dem Wochenende.

– Bist du sicher, dass du das willst?

– Es ist mein Geburtstag. Ich wünsche mir das, sagst du.

Ich sehe dich fragend an.

– Was wünschst du dir? Gerede?

Du nickst, machst einen Schritt auf mich zu, streichst mir eine Locke aus dem Gesicht. Nichts Großes. Eher eine beiläufige Geste. Wie von jemandem, der einem einen Fussel vom Pulliärmel zupft. Mein Herz klopft trotzdem schneller. Ich überlege, ob ich auch noch einen Schritt auf dich zu machen soll.

Tue es, den Kopf um eine Winzigkeit geneigt.

Die Situation könnte kaum eindeutiger sein. Deine Hände könnten über meine Taille gleiten. Du könntest deinen Kopf ebenfalls neigen. Du und ich stehen so dicht beieinander, dass ich dich atmen höre.

– Ich bin jetzt 18, sagst du, und ich bin immer mit einer Zimmerdecke überm Kopf aufgewacht, ich habe noch nie am Strand geschlafen.

– Okay, Silvester Lanzen, sage ich.

– Okay, was?

– Okay, du verstehst es, zur richtigen Zeit das Richtige zu sagen, antworte ich.

Lege dir zwei Fäuste gegen die Brust. Schiebe dich ein Stück von mir weg. Du hebst angeberisch das Kinn.

– Eins meiner genetischen Geschenke, sagst du.

Möglichst unauffällig schaffen wir alles aus den Hütten, was gebraucht wird. Schlüpfen am Strand komplett mit allen Klamotten am Leib, einschließlich Schuhen, in die Schlafsäcke. Du mummelst dich fest ein, ich mummle mich fest ein, bis wir schließlich auf sandigem Grund rücklings daliegen wie zwei gestrandete Robben.

Kopf an Kopf.

Blick steil nach oben.

– Manchmal hast du auch richtig gute Ideen, sage ich.

– Leinwand, oder?

– Ja, Leinwand, gebe ich zurück.

Die Sterne über uns: Als hätte jemand eine Handvoll Dekoglitzer in einen tiefen Schacht geworfen und genau in dem Moment wäre die Zeit stehengeblieben. Je schläfriger ich werde, desto mehr kommt es mir vor, als würden du und ich gar nicht von unten hinauf ins schwarze All gucken, sondern von oben hinunter.

Dazu der gute, salzige Rostgeruch in der kalten Luft. Und dein regelmäßiges Einatmen und Ausatmen. Mir werden die Lider schwer. Ich dämmere weg, schrecke gleich wieder hoch; wobei ich mir allerdings nicht sicher bin, wie viel Zeit tatsächlich verstrichen ist. Sekunden nur? Oder gar Minuten? Stunden?

Nach wie vor umfängt uns stockdunkle Nacht. Ich schubbere mit der Hüfte eine störende Kuhle unter mir halbwegs eben, frage dich flüsternd, ob du schläfst.

Ich drehe meinen Kopf ein wenig, sehe aber nur deine Nasenspitze.

– Du bist … toll, Merle von Aue, murmelst du.

Und es raschelt müde neben mir.

– Du bist es, sage ich, als soufflierte mir wer, du bist toll, Silvester Lanzen.

Ich lache beinah lautlos.

– …

Du reagierst nicht.

– So, jetzt habe ich es gesagt, jetzt ist es raus …, hauche ich.

Bin mir sicher, dass du inzwischen eingedöst bist. Gebe darum auch selbst endlich das Ringen auf, tauche ab in einen Raum ohne Begrenzungen; bekomme plötzlich einen sanften Knuff gegen die Schulter.

Schlage die Augen wieder auf.

Diesmal brauche ich länger, um mich zu orientieren. Ich habe nicht wirklich das Gefühl, als wäre ich lange weg gewesen, aber es dämmert bereits.

Im schummrigen Halbdunkel erahne ich die Konturen von schwankendem Dünengras, sehe über mir einen Himmel, der sich zugezogen hat.

Wolken, die dahinsegeln. Wolken, die sich wälzen.

Und nach und nach verstärken sich die Kontraste. Dunstschwaden wallen über schieferfarbenem Wasser auf. Am Horizont zeichnen sich helle Streifen ab: orange. Lila. Malve. Wellenrauschen untermalt die Ruhe der Szenerie.

Du sitzt neben mir. Aufrecht.

Ich gähne, befreie einen Arm aus dem Schlafsack und strecke meine Hand nach dir aus. Ich freue mich: Du löst dich nicht in Luft auf, als ich dich berühre.

– Christian war eben hier, sagst du, ich muss gleich zurück, nach Hause.

– Christian? Nach Hause? Moment, sage ich, ich verstehe nur Ritterburg.

– Meine Mutter hat bei ihm angerufen, bei uns ist eingebrochen worden.

Die Pause nach dem letzten Satz schluckt jedes Geräusch wie ein Vakuum, für Sekunden ist die erwachende Welt nur eins:

Stille.

Dann frage ich:

– Wie genau willst du zurückkommen, von hier?

+

Feucht und kühl hängt die Luft zu dieser frühen Stunde zwischen den Sitzen von Eddas falschem Käfer. Ich wische Kondenswasser ab, das sich über Nacht an den Scheiben gesammelt hat, stecke den Schlüssel in die Zündung, starte den Motor.

– Du musst das nicht tun, sagst du.

– Du auch nicht, sage ich.

Drehe den Schlüssel in der Zündung gleich noch einmal, obwohl der Wagen schon läuft. Die Kiste jault metallisch auf. Schnell lege ich einen Gang ein.

Immerhin denke ich vor dem Ausparken an die Handbremse.

Im Rückspiegel sehe ich die Schemen der Hütten mit den Dreiecksfassaden, feuchtes Rasengrün davor, halbkahle Bäume. Außer dir und mir ist sonst niemand auf den Beinen. Auch Edda schläft sicher längst wieder.

Gut möglich, dass sie eben gar nicht richtig geblickt hat, was vorging und was ich genau von ihr wollte. Auf die Frage nach den Wagenpapieren bekam ich bloß ein zaghaftes Blinzeln zur Antwort, nahm es als Zustimmung, in ihren Sachen zu wühlen. Danach sammelten du und ich auf die Schnelle Dinge zusammen, die auf jeden Fall mit dem Auto mitmussten und warfen sie in den Kofferraum.

– Kamp hat vorhin ziemlich verkatert ausgesehen, so schnell wird man uns nicht vermissen, sagst du.

Blickst dich ebenfalls noch einmal um. Du schnallst dich an, regulierst am Gebläse herum und am Radio, erzählst von Christians penetranter Weinfahne. Davon, dass er recht froh schien, sich wieder hinhauen zu können, nachdem er dir die Nachricht von deiner Mutter überbracht hatte. Die Geburtstagsparty ohne Geburtstagskind war wohl recht lange gegangen. Ich sage:

– Die ganze Welt sieht heute wie verkatert aus. Und ich habe Edda eine kurze Nachricht dagelassen, niemand wird uns vermissen …

Es beginnt zu tröpfeln. Wir fahren vorbei an der Weide,

wo uns die Kuh den Weg gewiesen hat. Keine Spur mehr von dem Wiederkäuer. Die Weide ist leer.

Ich schalte die Scheibenwischer ein.

Als wir das Städtchen mit der Klappbrücke erreichen, schüttet es heftig. Das Panorama am Fluss wirkt im düsteren Morgengrauen trist. Wie geduckt drängen sich die kleinen, schiefen Häuschen unter dem zugezogenen Himmel aneinander.

Auch später wird es nicht richtig hell. Auf der Autobahn trommelt der Regen einmal derart heftig gegen das Autoblech, dass mir das nächste Raststättenschild beinah wie ein himmlischer Fingerzeig vorkommt. Ich setze den Blinker, fahre ab, halte etwas abseits von den Gebäuden, hinter einer Reihe mit Lastwagen.

Ungläubig schauen du und ich uns an.

Der Motor ist aus, die Wischblätter stehen still, man sieht nichts mehr von dem, was jenseits der Windschutzscheibe liegt. Wie in einer Waschanlage rauschen Wassermassen zu allen Seiten an dem Fahrzeug hinab. Ganze Sturzbäche ergießen sich über Eddas falschen Käfer.

Track #5, zeigt das Radio an. Man hört kaum einen Ton.

– Es tut mir leid, sagst du.

Und ich glaube dir. Ich weiß, was du meinst.

Die ganze Zeit habe ich versucht, das auszublenden. Will nicht darüber nachdenken, was wäre, wenn wir in eine Kontrolle gerieten. So oder so wird Ärger auf uns zukommen; ich unterbreche dich, als du weiterredest, mir vorschlägst, einfach umzudrehen. Ich lege dir einen Finger auf den Mund.

– Trau dich, sage ich leise.

Lehne mich zurück, rutsche dir ein Stückchen entgegen, sehe, wie du dich zu mir rüberbeugst. Und nachdem wir uns wieder voneinander gelöst haben, sagst du:

– Wer vor dem Autofahren jemanden küsst, fährt defensiver, der hat seltener einen Unfall. Haben sie kürzlich erst rausgefunden.

– Ist das so? Wer?, frage ich ein wenig dümmlich.

Hinter meiner Stirn noch summender, nachklingender Schwindel.

– Wissenschaftler. Habe ich in einem Frauenmagazin gelesen.

– Du liest Frauenmagazine?

– Das lässt mich harmloser erscheinen, sagst du.

Klappst dir die Parkakapuze über den Kopf, öffnest die Tür. Lässt mich im Wagen warten, während du im Tankstellenshop Brötchen besorgst und von dort mit deiner Mutter telefonierst. Du willst ihr Bescheid geben, dass du unterwegs bist und wann du etwa zu Hause sein wirst.

Keine neun Minuten lässt du mich allein.

Doch das reicht. Mir geht auf, dass sich auf einmal nichts mehr richtig anfühlt. Was war das da gerade eben? Unsere Lippen haben sich berührt, das schon, aber nichts an dieser Annäherung ist besonders gewesen, oder? Diesmal wirklich nicht.

Und hinterher?

Ich weiß nicht, was ich zugelassen hätte, ich weiß nicht, ob ich so begeistert gewesen wäre, über den Schaltknüppel und die Armlehne zu dir zu kraxeln, aber du hast ja nicht einmal etwas versucht, sondern lieber einen dummen Spruch gerissen.

Fuuh!

Aber: meine Schuld. Falscher Moment. Endgültig klar wird mir das, als wir dann wieder auf der Autobahn sind.

– Hast du deine Mutter erreicht?

Du stöhnst.

– Sie hat mir nicht mal zum Geburtstag gratuliert, sagst du.

Unwillkürlich gehe ich vom Gas, ordne mich hinter einem Wohnmobil ein. Das Wasser steht auf der Fahrbahn. Fontänen spritzen an den breiten Reifen vor uns nur so hoch. Du erzählst, was du Neues weißt.

Offenbar hat deine Mutter die Wohnungstür nur angelehnt vorgefunden nach dem Konzertabend. Es war aber nichts zerwühlt. Es gab keine herausgerissenen Schubladen oder leeren Regale, keine losen Kabel, die im Nichts endeten, weil man den Fernseher hatte mitgehen lassen.

Auf den ersten Blick schien alles unberührt. Doch euer Kater war nirgends zu entdecken, und in Kittys Zimmer, das deine Mutter, wenn sie ging, normalerweise immer geschlossen hielt und abdunkelte, war die Jalousie geöffnet. Jemand musste in der Wohnung gewesen sein, für deine Mutter stand das fest.

– Klingt nach Horrorfilm, sage ich, gut, dass wir doch weitergefahren sind.

Du aber wirkst nicht schockiert.

– Wir hätten am Meer bleiben sollen, wir können noch immer umkehren, wenn du willst, sagst du, ehrlich.

Der unterdrückte Schmerz in deiner Stimme.

Die Kälte. Und Wut. Ich traue mich kaum, etwas zu antworten. Mir fällt Eddas Spruch für Situationen ein, in denen man sich als Zuhörer von einer Sekunde auf die andere plötzlich unwohl oder hilflos fühlt. *Das ist wie Igel essen.*

Im Zusammenhang mit Kondor hat sie das häufiger gesagt. Und ich schlucke in der Tat schwer, als du weiterredest. Bin berührt und erschreckt zugleich.

Bisher war ich überzeugt, immer ohne Schwierigkeiten

in dir lesen zu können. Das vielleicht erste Mal wird mir nun klar, dass das nicht stimmt.

Ich Trottel.

Wie wenig ich dich kenne!

|Merle, Bonusmaterial: nachgestellte Szene #9

Merles Hände lagen ordentlich bei Viertel vor drei auf dem Lenkrad. Umgeben von sprühender Gischt zogen links von ihr die Autos vorbei. Ein unrhythmisches Brausen und Zischen. Merle sprach gegen den Lärm von Wagen und Verkehr an.

– Hat deine Mutter die Polizei gerufen?

– Hat sie, ja.

Silvesters Arme waren vor der Brust gekreuzt. Er lachte auf. Merle riskierte irritiert einen Seitenblick.

– Habe ich was Falsches gefragt?

– Nein. Ich muss nur gerade denken, wie die Blaumützen bei uns nachts in der Wohnung stehen und meine Mutter ihnen erklärt, dass ein Kater entführt wurde.

Diesmal lachte Silvester so, als könne er sich gar nicht dagegen wehren.

– Es ist bei euch eingebrochen worden, sagte Merle.

– Die Tür hat offen gestanden, und der Kater ist weg. Das sind die Fakten.

– Ja, und?

Er drehte den Kopf zum Fenster, wo man hinter dem Vorhang aus Regen die Landschaft vorbeirauschen sah: Wiesen, Felder, Wiesen, wieder Felder. Als grauer Störbalken davor: die Leitplanke.

– Meine Mutter raucht gerne mal was Homöopathisches, *um klarzukommen, sagte Silvester, sie ist oft fahrig. Außerdem steht Kittys dritter Todestag demnächst an. Vielleicht wäre es nicht schlecht, wenn mal jemand kommt und die ganze Bude ausräumt, alles komplett. Meine Mutter hat*

Kittys altes Zimmer in eine Art Schrein verwandelt, während die restlichen Räume, na ja, … gemütlich ist was anderes.

– Du glaubst, sie hat die Tür selbst offen gelassen?

Silvester löste die Arme vor der Brust, fingerte an der Brötchentüte in seinem Schoß herum. Er sagte:

– Wozu sollte jemand bei uns einbrechen? Bestimmt nicht, um einen Kater zu entführen. Nein, Prinz irrt unten im Kellerlabyrinth herum oder hat sich bei Nachbarn verkrochen. Den sehen wir wieder, da bin ich mir sicher.

Pause.

– Ich wusste nicht, dass es deiner Mutter so schlechtgeht, sagte Merle.

Die Antwort kam schnell.

– Das schwankt, sagte Silvester, mal ist alles bestens und mal unterhalten wir uns, und plötzlich frage ich mich, mit wem spricht sie da überhaupt? Spricht sie mit dem Sechsjährigen oder dem Zwölfjährigen, der ich mal war? Jedenfalls nicht mit mir. Eben am Telefon hat sie gesagt: Schnall dich auch ja gut an, es passieren so viele Unfälle im Herbst.

Silvester wischte sich mit beiden Händen übers Gesicht. Merle verringerte den Druck auf das Gaspedal. Die Tachonadel pendelte sich bei etwa 90 ein. Die Musik, die leise im Hintergrund spielte, war wieder deutlicher zu hören.

– Deine Mutter hat Angst um dich.

– Mehr als normal, ja, was auf verquere Weise sogar logisch ist. Erst ihr Typ, dann die Tochter und letztes Jahr Bozorg. Um sie herum verschwindet ständig wer.

– Oh Mann.

– Na, Hauptsache, ich bin angeschnallt.

Er zog das Gurtband in die Länge und ließ es wieder los. Merle sagte:

– Auch du könntest abergläubisch werden, weil alle verschwinden.

– Ich? Es liegt kein Fluch *auf unserer Familie. Bozorg und mein Vater stiefeln sicher noch irgendwo rum da draußen, schätze, denen geht's prima, wie Prinz. Sogar für das, was meiner Schwester zugestoßen ist, gibt's eine Erklärung.*

– Das glaubst du?

– Ja. Das war eine Gehirnthrombose. Ein Schlaganfall.

Merle korrigierte ihre Sitzhaltung, sah in den Seitenspiegel und kurz über die Schulter, überholte das Wohnmobil. Für eine Weile herrschte Schweigen.

– Vielleicht eine blöde Frage, sagte sie dann, aber wie kommt es, dass du das so viel besser wegstecken kannst als deine Mutter?

Geräuschvolles Luftholen: Silvester sah zu ihr hin.

– Kittys Tod, meinst du?

Die Andeutung eines Nickens von Merle. Sie schwieg.

– …

Silvester schaltete das Radio aus. Er sagte:

– Am Anfang, das weiß ich noch genau, war ich über mich selbst erschrocken. Nach einer Zeit hat sich alles einfach wieder angefühlt wie immer. Und ich habe erst gedacht, das darf niemals passieren, ich darf nichts vergessen, muss mich an jedes Frühstücksbrot erinnern, das Kitty mir geschmiert hat. So ein Blödsinn!

– Warum Blödsinn?

– Du denkst an all die Dinge, die du behalten hast, und du glaubst auf einmal, das Leben dauert keine Sekunde. Es ist so unfassbar wenig, was man sich merkt, und alles verblasst auch noch mit der Zeit oder verschwindet ganz.

– Angeblich ändert sich das auch wieder, im Alter, sagte sie.

– Ich weiß nicht. Ich frage mich, ob alles, was man erinnert, nicht sowieso zur Hälfte reine Phantasie ist. Als ich jetzt die Filme gefunden habe, habe ich daran gedacht, wie

Kitty, Bozorg und ich nachts in der Videothek gewesen sind und sie ihm die Kamera geschenkt hat … aber in echt, das fiel mir dann hinterher ein, war ich in dem Moment gar nicht dabei. Bozorg und sie haben mir später nur davon erzählt …

Silvester guckte nach vorn, Blick ins Nichts. Beiläufig schlüpfte er von unten mit der Hand in den Ärmel seines Parkas.

– Nicht kratzen!

Merle schob seine Finger von der Wespenstich-Stelle.

– Eine Narbe wäre doch was Schönes, sagte er, etwas, das für immer bleibt. Ein kleines Merle-Andenken.

Silvester hielt ihre Hand einen Moment fest. Merle lächelte, dann legte sie ihre Hand zurück auf das Lenkrad.

– Ich verstehe deine Mutter, sagte sie, ich habe noch nie erlebt, dass jemand stirbt, den ich gut kenne, aber ich würde mir an ihrer Stelle auch einen Ort wünschen, an dem alles so bleiben kann, wie es mal war, glaube ich.

Ein Achselzucken von Silvester.

– Und weshalb?

– Zum Trost? Um demjenigen nah zu sein, den man vermisst? Ich weiß noch, wie meine Ma und mein Pa heimlich geflennt haben, als meine beiden Brüder nur ausgezogen sind, als die ganzen Kisten aus dem Haus geschleppt wurden.

Silvester nickte. Rollte die Brötchentüte oben an der Öffnung zu einem Wulst zusammen und wickelte sie anschließend wieder auseinander.

– Ich habe gelogen.

– Gelogen?

– Wenn etwas richtig Schlimmes passiert ist, dann fühlt sich nur ein Teil von dir an wie immer, sagte er, und der andere quält und quält dich. Nicht dauernd. Aber sobald du dich nur ein bisschen schlecht fühlst, geht es los. Dann kommen die Fragen. Dann fragst du dich, ob die Erklärungen, die

es für alles gibt, auch wirklich stimmen, ob die überhaupt reichen. Wieso hat meine Schwester mit 17 einen Schlaganfall und ist tot? Wieso?!

– …

Merle blieb stumm. Silvester ließ die Brötchentüte los.

– Entschuldigung, sagte er, es ist nicht in Ordnung, wenn ich dich überfordere.

– Alles gut, sagte Merle.

– Tapfer, sagte er.

– Nein. Ich kenne mich nicht aus mit dem Tod, sagte sie, ich finde das Ganze einfach nur grausam, so sinnlos. 17. Was ist das schon?

Sie rieb sich auf Höhe der Nasenflügel etwas mit dem Handballen aus dem Gesicht. Er sah zu ihr hin, lange. Dann fragte er:

– Nimmst du die Pille?

Schallschutzwände wischen vorbei, dahinter die Gewerbegebiete der Vorstädte und ein paar graue Wohnsiedlungen. Eine Wagenlänge nach der anderen entfernen wir uns weiter vom Meer. Kalter Lagerfeuerrauch hängt in unseren Klamotten, das fällt mir nicht zum ersten Mal auf. Doch eigenartigerweise scheint der Geruch intensiver zu werden, je länger wir unterwegs sind.

Es riecht nach versengtem Haar. Ich halte mir meinen Pulliärmel ans Gesicht, und du beobachtest mich dabei, lehnst mit dem Kopf am Seitenfenster. Das Reden über Kitty hat uns offenbar beiden zugesetzt. Dein Blick kommt mir wie eine Bitte vor. Ich weiß nur nicht, um was es geht.

Vielleicht ja darum, keine Stille aufkommen zu lassen oder mich nicht vor dir zu verstecken. Also nehme ich den Arm runter, sage, was mir in den Sinn schießt:

– Deine Mutter ist bestimmt froh, wenn du gleich zurück bist, garantiert hat sie kein Auge zugemacht, allein in der Wohnung.

– Sie hat nicht im Südturm geschlafen.

– Nicht?

– Sie war bei Domino, sagst du.

– Oh.

Du seufzt.

– Meine Mutter hat Domino gleich als Erstes angerufen. Ich glaube, sie hatte ganz vergessen, wo ich überhaupt war.

Der nächste Igel passiert meine Kehle. Das D-Wort ist ausgesprochen und zeigt Wirkung. Du und ich grübeln für Minuten nun stumm vor uns hin. Du schaltest das Radio an, wieder läuft deine Musik von der Hinfahrt.

Woran denkst du beim Zuhören?

An deine Mutter?

Oder noch einmal an deine Schwester?

Kitty litt an Migräne, hast du erzählt, und schon vor Bozorg nahm sie die Pille zum Verhüten. Mir war bekannt, dass Östrogendosen das Risiko für Hirnblutungen erhöhen; und dass Migränepatienten, was das angeht, gefährdeter sind als andere (das steht auch in den Beipackzetteln).

Und dennoch ist Kittys Tod einfach ein höchst unwahrscheinliches Unglück gewesen. Und genau das sei das Böse, meintest du, es gebe keinen Feind, man bleibe mit sich allein. *Niemand hat Schuld daran, es ist einfach ein idiotischer Fehler in der Welt*. So hast du das formuliert. Und so ähnlich fühle ich mich jetzt auch.

Allein. Ganz ohne Feind. (Oder besser gesagt: Feindin.)

Domino hat mir schließlich nichts getan. Fast tut sie mir sogar leid, wenn ich überlege, wie die letzten Tage verlaufen sind. Der Wespenstich. Das Ständchen am Meer. Die Nacht am Strand unter den Sternen. Und du, ihr Freund, der bei diesen Gelegenheiten eine Menge Dinge gesagt hat, die sie schwer verletzen würden.

Wenn sie davon wüsste.

– Wo soll ich dich gleich rauslassen?

Ich stelle die Frage früh. Wir fahren gerade von der Autobahn ab.

– Am Einkaufszentrum, sagst du.

Fällst danach wieder in Schweigen.

Denkst du vielleicht auch über dich und Domino nach?

Ich versuche, das Gespräch wieder in Gang zu bringen. Mir ist mulmig wegen dem, was uns bevorsteht: der Abschied. Ich biete an, dich gleich in die Wohnung zu begleiten, falls du es willst. Ich sage:

– Ich kann dir helfen, nach dem Kater zu suchen.

Aber ohne groß zu überlegen, schüttelst du den Kopf. Es kommt mir merkwürdig vor: Übertrieben drastisch schilderst du, wie es am Wochenende in eurer Gegend für gewöhnlich aussieht.

– Da ziehen sich Pissespuren über den Boden bei den Bushaltestellen, sagst du, und in den vergitterten Eingängen der Parkhäuser hängen oft noch ganz andere Dinge nach einer normalen Samstagnacht. Es ist gut, dass es regnet.

– Mir ist es egal, wie es bei euch vor der Tür aussieht. Und du hast mein Mini-Zimmer gesehen. Ich wette, du hast den besseren Ausblick.

– Sechster Stock, kaum der Rede wert.

– Verstehe, sage ich, heute ist ja eh kein guter Tag für einen Besuch. Von allen anderen Problemen, die mir sonst so einfallen, mal abgesehen.

Ich gebe mir Mühe, dabei möglichst nicht eingeschnappt zu klingen.

– Wir haben Gästen einfach wenig zu bieten, sagst du, und wenn du mal einen guten Ausblick haben willst, dann gehen wir besser zusammen auf K16.

– Ja, sage ich.

Konzentriere mich dann einfach wieder auf die Straße, obwohl es kaum etwas zu sehen gibt. Die wenigen Menschen, die um die frühe Uhrzeit bereits auf den Beinen sind, scheucht der Regen schnell wieder zurück in die Häuser. Mit über den Kopf gezogenen Mänteln. Mit tropfnassen Schirmen.

Als uns zwischen Eiscafé und *Gutem Hirten* zwei Löschzüge überholen und mit Blaulicht Richtung Siedlung und

K16 rasen, ist mein Tipp ein voll gelaufener Keller, deiner ein in Brand gesetztes Auto. Zuletzt ist das häufiger vorgekommen, überall in der Stadt. Du und ich irren beide.

Es hat das China-Restaurant erwischt. Das sehen wir beim Näherkommen. Qualm quillt aus dem Gebäude, steigt pechschwarz in den grauen Himmel über dem Einkaufszentrum. Die Straße davor hat man gesperrt. An die Betonfassade sind Steckleitern gestellt, Feuerwehrmänner stehen auf den Sprossen, die Düsen ihrer Rollschläuche auf die Stellen gerichtet, wo es auf dem Dach orange flackert.

– Ein Bandenkrieg, sagst du, die Mafia, das geht immer mal wieder so.

Dann bemerke ich den Polizisten mit dem Regencape und der Kelle. Er steht mitten auf der Fahrbahn, winkt uns 20 Meter vor der Fußgängerbrücke hinein in eine Stichstraße. 20 Meter vor dem Ziel!

Mein ganzer Körper kribbelt kalt.

Ich sehe mich bereits auf einer Wache sitzen. Bin mir absolut sicher, der Polizist weiß längst, dass das Auto nicht mir gehört und dass ich ohne erwachsene Begleitperson nicht fahren darf.

Er weiß, dass wir nicht zusammen sind, dass du eine Freundin hast, dass ich mich gestern unserem Pastor an den Hals geschmissen habe.

Dieser eine Polizist weiß einfach alles über mich. Und vermutlich wird er im Kofferraum gleich eine Leiche finden oder zumindest eine Drogensendung, groß wie ein Sack Blumenerde.

Er schreitet auf Eddas Wagen zu, sieht alles andere als glücklich aus in seinem flatterigen Regencape und bedeutet mir, die Scheibe herunterzulassen.

Ich drehe die Kurbel, die Muskeln im Arm spielen nicht

richtig mit, aber auf wundersame Weise funktioniert es. Das Regenrauschen wird lauter. Ich wage kaum aufzusehen. Eine raue Stimme fragt:

– Müssen Sie in die Siedlung rein oder stadtauswärts?

+

Dicke Tropfen hängen an der Mütze. Das Gesicht darunter, maximal zwei Handbreit von meinem entfernt, zeigt keine erkennbare Regung. Ich meine, jede einzelne Pore lupenrein zu erkennen. Aftershave steigt mir in die Nase, süßlich wie Weingummi.

Der Polizist, der alles weiß, wiederholt noch einmal seine Frage. Es summt in meinen Ohren. Ich nicke nur bekloppt. Kriege kaum mit, dass du längst reagiert hast.

– Kommt man noch ins Parkhaus auf der anderen Seite?

Du hältst eine Magnetkarte in der Hand. Sprichst mit dem Polizisten. Der wischt sich einmal unter der Nase längs.

– Hier einmal um den Pudding, sagt er.

Dann stößt er sich vom Fenster ab, gibt mit dem wippenden Zeigefinger die Zufahrt zur kleinen Einbahnstraße vor dem Südturm frei.

– Fahr, sagst du.

– …?!

Ich schaue in den Fußraum. Mein Schuh zittert auf der Bremse. Aber dann fahre ich. Fahre ruckelnd an und gurke im zweiten Gang um die nächste Ecke.

Kurz darauf hebt sich ein Schrankenbaum vor mir.

Ich bringe Eddas Wagen heil bis auf Parkebene drei.

Wir stehen. Der Motor ist aus. Du und ich haben die Sicherheitsgurte gelöst, bleiben aber noch sitzen. Mir ist zum Heulen zumute.

– Da vorne habe ich meinen ersten Kuss bekommen, sagst du vergnügt.

Wie auf Stichwort überfällt mich ein Kälteschauer. Ich zucke innerlich zusammen. Will ich das hören? Ich sage nichts.

– …

– Ich war neun, sie elf, sagst du, es war eine Mutprobe.

Ich starre auf das Autoradio.

– Deine Musik, sage ich, vergiss sie nicht.

– Schenk ich dir, sagst du, für dein erstes Auto später. Du bist gut gefahren.

Du hast deine Hand jetzt schon am Türgriff. Ich frage:

– Wie geht es weiter?

– Ich werde dich natürlich bitten, mir deinen Slip zu schenken, sagst du.

– …

Ich ziehe stumm die Augenbrauen hoch. Du fragst:

– Falsche Antwort, Merle von Aue?

Meine Finger streichen den unteren Bogen des Lenkrads entlang. Mir gelingt ein Kopfschütteln. Das anschließende Lächeln allerdings verunglückt. Auch wenn ich die Wiederholung des Scherzes erkannt habe.

– Ich glaube, sage ich, ohne ist es mir einfach zu frisch, den brauche ich noch, und ein Geburtstagsgeschenk hast du ja schon bekommen.

Deine Tür schwingt auf. Du setzt ein Bein nach draußen.

– Bist du heute Abend im Eiscafé?

– Vermutlich, ja, antworte ich ziemlich mechanisch.

Du versprichst, mich abzuholen. Ich erinnere dich daran, dass du noch immer Geburtstag hast. Doch du lässt das nicht gelten.

– K16, sagst du.

Irritiert hebe ich den Kopf.

– Ich komme nicht mehr mit, Silvester Lanzen.

– Der Ausblick, sagst du, K16, heute Abend, ich war auch noch nie oben.

Und unaufgefordert schiebst du gleich hinterher, dass ich mir keine Gedanken machen solle. Alles würde sich klären. Alles.

– Denk besser in Ruhe darüber nach, sage ich.

Greife mir ins Haar, ziehe eine lockige Strähne heraus, wickele sie mir um den Finger. (Diese dumme Angewohnheit.) Du stemmst dich aus dem Sitz hoch, steigst aus und gehst an den Kofferraum.

Warum, weiß ich nicht, aber ich will weinen und kann nicht. Was ist nur los?

Ich bereue wieder, dich auf der Raststätte nicht einfach in Ruhe gelassen zu haben. Und zugleich bin ich froh, dass es diesen einen Augenblick gab. Ich bereue, mit dir in Eddas Wagen getürmt zu sein. Dieser Leichtsinn! Und zugleich hasse ich mich für diesen Gedanken.

– Bis nachher, sagst du, ich hole dich ab.

Mir ist es gelungen, aus dem Auto auszusteigen. Wie, das erinnere ich nicht. Ich erinnere auch nicht, ob du und ich uns schon zum Abschied berührt haben.

Du stehst auf jeden Fall dicht vor mir, küsst jetzt meine Nasenspitze. Dann verschwindest du durch eine Stahltür ins Treppenhaus des Südturms.

Sie schlägt zu, fällt hallend ins Schloss.

Und ich stehe da in diesem offenen und zugigen Betongebilde, schaue auf meine schlapp herunterbaumelnden Arme rechts und links: Wie ein aus dem Nest gestoßenes Jungtier, das nun seine Flügel betrachtet, von denen niemand weiß, ob sie zu gebrauchen sind oder wie weit sie tragen.

Ich schließe Eddas falschen Käfer ab, gehe vor zur Brüstung. Der Wind wirft in Böen Regen gegen die Hauswand. Ich sehe die rußverschmierte Gebäudefront über dem China-Restaurant, drüben auf der anderen Straßenseite, aber keinen Rauch mehr.

Das Feuer scheint gelöscht.

Der Himmel ist einfach wieder nur bleistiftgrau und bleibt es bis zum Abend.

+

Draußen vor dem Fenster des Eiscafés schwanken die Apfelbäume im Regen. Meine Schicht hinterm Tresen geht in die letzte Stunde. Und in jedem Gast, der durch die Tür kommt, meine ich für Sekundenbruchteile immer dich zu sehen. Ich sehe deinen Parka. Ich sehe deine Locken. Sehe *leibhaftig* dich! Nur um im selben Moment bereits zu wissen: Fehlalarm.

Überreiztheit?

Vielleicht auch eine dunkle Vorahnung?

Etwas Namenloses beginnt, tiefe Stollen in mein Inneres zu bohren. Plötzlich erscheint es mir wie ausgedacht, dass du mich im Morgengrauen am Strand geweckt hast, dass wir zwei in Eddas Wagen vom Meer getürmt sind.

Du und ich.

Der Flaum auf meinen Unterarmen und am Haaransatz im Nacken richtet sich auf. Zugleich quetscht es mir den Magen zusammen.

Die Pause am Rastplatz. Unsere Ankunft am Südturm.

Mit Qualmgeruch in der Nase und schockweichen Knien bin ich zu Fuß nach Hause gewackelt. Niemand rechnete so früh am Morgen mit mir. Ich stellte mich auf Fragen ein, fürchtete, meine lieben Erzeuger und Ernährer würden mir auf der Stelle ansehen, was los war. *Ihre Tochter verbotenerweise hinter dem Steuer eines Autos! Kind! Was, wenn …* Ja! Was, wenn?

Ich bekam Schweißausbrüche.

Kurz vorm *Guten Hirten* reiherte ich neben einen Altkleidercontainer.

Danach beschloss ich: keine Lügen. Sollte man mir doch den Kopf waschen. Nichts war schiefgegangen. Ich hatte dir geholfen, das zählte.

Doch die große Beichte fand gar nicht statt: Ma und Pa waren nicht da. Sie *brunchten* irgendwo außerhalb bei Freunden.

Ich packte aus, schnappte mir Bozorgs Gitarre, die ich einfach mitgenommen hatte, und warf mich aufs Bett. Ich griff ein paar Akkorde. Gleich ging es mir besser. Die möglichen Standpauken von Christian und Edda: Ich redete mir ein, damit würde ich klarkommen.

Ich dachte an dich. Es hat sich gut angefühlt, wenn auch nicht so gut, wie ich es mir wünschte. Ähnlich wie jetzt.

– Ich hole dich ab.

Deine Worte am Morgen.

Aber wo bleibst du? Ständig drehe ich mich zur Wanduhr um. Ich stehe im Servierschürzchen an der Kühltruhe, klicke sinnlos mit dem Portionierer herum, bis eins der anderen Mädchen genervt Protest einlegt.

Ich bete im Stillen.

Ich verfluche die Zeiger bei jeder Bewegung.

Ich sehe dich mit deiner Mutter und Domino fröhlich Geburtstagstorte essen, einen Sekt köpfen, bei Kerzenlicht. Dann kommt mir der verschwundene Kater in den Sinn. Ist er überfahren? Habt ihr eben die Nachricht erhalten?

Sofort tun mir deine Mutter und du schrecklich leid.

Ich wünsche mir, dass ich mich irre, suche nach einer neuen Erklärung, und schon verstopft die fixe Idee mein Denken, dir könnte etwas zugestoßen sein.

Nach Ladenschluss finde ich mich hinten in der Küche wieder, Telefonhörer schon in der Hand, kurz davor, bei dir anzurufen. Will mir aber keine Blöße geben und pflanze mich lieber auf die Stufen vorm Eingang.

Warte, warte, warte.

Ich Idiotin. Ich sitze unterm Vordach, starre in den Regen. Fast eine Stunde lang. Die Füße und Schienbeine taub vor Kälte. Und in meiner ganzen Verzweiflung fahre ich noch auf meinem Rad in die Kolonie am See, weil mich die Vorstellung killt, versetzt und sterbensallein in meinem Zimmer ins Bett kriechen zu müssen.

Folter!

Ich gebe Edda Autoschlüssel und Wagenpapiere zurück. Merke, dass sie nach wie vor richtig sauer ist, obwohl wir am Nachmittag bereits telefoniert haben. Der Stachel sitzt offenbar tief. Sie sagt:

– Stell dich drauf ein, Mausi, Christian wird sich euch vorknöpfen, das ist nicht witzig, wenn seine Jugendgruppenleiter Kommando Himmelfahrt spielen.

Jugendgruppenleiter! Nicht Knappen. *Kommando Himmelfahrt!*

– Hätte Christian nicht so viel gebechert, vielleicht hätte er Silvester dann ja sogar selbst zum nächsten Bahnhof gefahren, blaffe ich zurück.

– Erzähl Christian das!

– Kein Problem! Es gibt so etwas wie *Aufsichtspflichten*, oder?

– Für das Fest sehe ich jedenfalls schwarz, sagt Edda.

– Abwarten. Christian feiert offensichtlich ja selbst ganz gerne!

Wir fetzen uns nicht zu knapp, bis ich mich schließlich entschuldige. Edda rubbelt mir den Arm. Gibt zu, schlecht drauf zu sein. Bereits seit einiger Zeit steht das Gerücht im Raum, die Videothek stünde vor dem Aus. Und vorhin hat ihr Chef wohl bestätigt: Ende Oktober ist definitiv Feierabend.

Nun rubbele ich Edda den Arm. Frage erst danach kleinlaut, ob sie vielleicht heute etwas von dir gehört hat. Aber sie weiß auch nur von ihrem *Gast* Kondor, dass der am Nachmittag einmal mit dir wegen Prinz unterwegs war. Ihr habt Handzettel in Briefkästen verteilt und an Ampeln aufgehängt. Edda, fast beiläufig:

– Das war's.

Das war's, echot es in meinem Kopf: *das war's.* Aber die Krönung folgt noch. Die *Rührmichnichtan-Keule* von Kondor. Ich stolpere in Eddas Vorgarten über ihn. Und er stiefelt mir nach. Er und ich unter dem Regenschirm. Dieses eigenartige Gespräch, das Kondor beginnt.

– Du magst mich nicht, sagt er.

– Ich kenne dich überhaupt nicht, sage ich.

Zum Schluss erkenne ich mich selbst kaum wieder. Ich ertrage sein Gehabe und seine Gegenwart einfach nicht länger. Ich will von ihm in Ruhe gelassen werden. Mir brennt völlig die Sicherung durch. Ich fürchte mich vor ihm, und ich fürchte mich vor mir. Ich schreie ihn an. Bin bereit, ihm mit voller Absicht weh zu tun.

Im Nachhinein (heulend auf dem Rad) erscheint es mir grotesk. Ich flenne, wie ich zuletzt zu Kindergartenzeiten geflennt habe. Das laute Schluchzen hört gar nicht mehr auf, und ich höre nicht auf zu zittern, selbst als längst keine Träne mehr kommt. Aber warum flenne ich überhaupt? Weil Kondor mir dumm gekommen ist? Weil du mich versetzt hast? Weil ich mir plötzlich so furchtbar leidtue?

Beim Einbiegen in unsere Straße flattert mein Magen. Zuhause stürze ich sofort zur Toilette. Ein leeres Würgen über der Schüssel. Anschließend stelle ich mich vor den Spiegel: Ein Merle-Kobold blickt mich an. Auf der Ablage über dem Waschbecken steht eine ganze Phalanx von Tuben und Tiegeln, Zeug von meiner Ma. Mit trübem Blick lese ich Wörter wie *zart pflegend* oder *leicht aufhellend*.

Wahllos greife ich zu, schmiere mir, was ich in die Finger bekomme, in Gesicht und Haare, sehe noch mehr aus wie ein Kobold, allerdings wie einer, der mir weniger ähnelt. So gehe ich in mein Zimmer. Schließe hinter mir ab.

Auf einmal habe ich Lust, dich zu beschimpfen, greife mein Telefon. Sage mir im Kopf deine Nummer vor und ärgere mich, dass ich sie auswendig kann und du meine in deinem ganzen Leben noch nicht ein einziges Mal gewählt hast.

Ich pfeffere das Telefon in die Ecke.

Dann legt der Merle-Kobold Musik auf. Sehr laut.

Dann bekommt der Kobold eine Schere zu fassen.

Dann steht der Kobold plötzlich vor dem elsterfarbenen Kleid, das ich mir für ein Fest ausgesucht habe, das nun vielleicht nie stattfinden wird.

Ich lasse die Schere aufschnappen und lege los. Das heißt, ich versuche es. Die Schneiden verkanten im Stoff. Vor Wut knöpfe ich mir den Kleinmädchenpyjama vor, der auf meiner Tagesdecke liegt, was aber auch nur so lala klappt. Ich pfeffere die Schere ebenfalls zur Seite. Reiße am Stoff des dämlichen Pyjamas, reiße an den Klamotten, die ich anhabe, zerre mir alles vom Leib.

Ich lösche das Licht, drehe die Musik weiter auf.

Deine Musik. Track #8.

Lauter!

Ich gehe zum Schrank, nehme im Dunkeln das Kleid

vom Bügel, schlüpfe hinein. Tanze koboldhaft im Kreis. Warum habe ich ein Feuerzeug in der Hand?

Ich lasse die Flamme aufzischeln. Ordentlich hoch. Wieder und wieder. Bis der Daumen gefühllos wird vom Rädchendrehen und ich mit dem Fuß den Stecker meiner Anlage aus der Dose pflücke.

Ein Gewummer an der Tür. Mein Pa:

– He, dein Wellensittich bekommt ja einen Vogel! Alles gut da drin?! Hattest du ein schönes Wochenende?

|Merle, Bonusmaterial: nachgestellte Szene #10

In der kärglich beleuchteten Allee mit den schwarzen, hohen Bäumen war es nahezu windstill. Kondor holte Merle ein, die das Rad schob, übernahm nach kurzem Hin und Her den Schirm von ihr. Ein dünner Regen rieselte gegen den Stoff. Merle blickte auf Kondors versehrte und bandagierte Hand. Er bemerkte das.

– Ist noch ein bisschen geschwollen und nässt hier und da auch nach, sagte er, aber ansonsten ist alles prima mit dem Stumpf, hat sich nichts entzündet.

Merle nickte abwesend.

– M-hm, sagte sie, du hättest es vielleicht doch besser nähen lassen sollen.

Kondor lachte auf.

– Hast du sie noch alle? Mit so was geht man nicht ins Krankenhaus.

Er hob im Gehen kurz den Arm, präsentierte stumm die leere Stelle neben den verbliebenen vier Fingern. Kein Mucks von Merle.

– …

Der Dynamo schnarrte am Fahrradmantel, und schweigend trotteten sie eine Weile am Rand der entlegenen Straße nebeneinanderher. Auf der einen Seite der dunkle Park, auf der anderen dunkle Felder und die Baustelle des Neubaugebiets. Niemand vor ihnen, niemand hinter ihnen.

– Stress mit dem Meister, stimmt's?

– Wie bitte?

Kondor räusperte sich.

– Na, sagte er, so wie die Mundwinkel hängen.

– Bloß der Regen. Wenn der September plötzlich aussieht wie November …

– Ha, soll ich dir was sagen? Der Meister mag dich. Gut, er hat ja so einige Sachen am Köcheln, lässt nichts anbrennen, würde ich sagen.

Kondor unterbrach sich. Merles Augenbrauen waren in die Höhe geschnellt. Sie strich sich eine ihrer Locken zurück hinters Ohr.

– Danke für den Lagebericht, Kondor.

– Autsch, sagte der, ich bin manchmal wirklich unsensibel.

Er schüttelte die freie Hand vor der Backe. Sein wiegender Gang wurde dabei noch ein wenig wiegender.

– Ja, sagte Merle, du könntest an deinem Humor arbeiten.

– Aber dass er auf dich steht, das stimmt.

– Es stimmt, dass er eine Freundin hat.

– Kopf hoch, er kommt schon noch auf den Trichter, sagte Kondor, seine Süße hin oder her. Guck mich an, manch einer wechselt im Leben die Seiten.

Merles Schritt verlangsamte sich ein wenig. Sie sah zu Kondor hin.

– Wer sagt denn, dass ich will, dass der Meister das tut?

Kondor zuckte halb vergnügt, halb unschuldig die Achseln.

– Wer das sagt? Die Piepmätze zwitschern das von den Dächern!

– Und, fragte Merle, was zwitschern sie denn genau?

– Du hast Old Eddas Karre mit ihm geklemmt!

– Ausgeliehen, Kondor. Ein Notfall.

Die Allee spuckte sie aus. Sie gingen auf die S-Kurve vor der Autobahnbrücke zu. Ein Wagen, der plötzlich von hinten heranschoss, blendete das Fernlicht auf. Er überholte sie eng, *brauste durch eine tiefe Pfütze. Dreckwasser bespritzte Kondors Hosenbeine. Kondor machte:*

– Heeeeeh!

Sprang vor, schickte dem Geländefahrzeug ein paar Flüche hinterher. Merle war stehen geblieben.

– Kann es sein, sagte sie, dass du so eine Art Bote bist, der mir was mitteilen soll? Hast du den Job, mich zu beschwichtigen?

– Mein Schicksal, wie?, sagte Kondor, immer unter falschem Verdacht!

– Du wolltest dir also nur die Beine vertreten?

– Das Zigeunerblut. Was will man machen? Das ist dieser Bewegungsdrang.

– Also, Silvester schickt dich nicht?

– Heiliger Schwur, sagte Kondor, ich würde sogar meinen, die Lage ist für uns beide ganz ähnlich. Du weißt nicht recht, woran du bist, was den Meister angeht, und ich weiß nicht recht, woran ich bin. Verstehst du?

– Ich verstehe nur Ritterburg, Kondor.

Sie musterte ihn kritisch.

– Ich habe eine Idee wegen der Mieze vom Meister, sagte er, kenne ein paar Leute im K16, die vielleicht was gehört haben.

– Warum erzählst du mir das?

– Reine Nettigkeit? Wäre doch ein Grund, im Südturm zu klingeln.

Merle schüttelte den Kopf.

– Ich glaube, ich fahre jetzt besser.

– Du hast schon davon gehört, dass der Kater vermisst wird, oder?

– Habe ich, ja. Und?

– Und?! Willst du nicht helfen? Ist das etwa kein Notfall?

– Wenn du was weißt, sagte Merle, dann geh zu Silvester.

Sie ließ sich von Kondor den Schirm geben. Er klappte den schmalen Kragen seiner Lederjacke hoch, nahm das Kreuz zwischen die Lippen.

– Ich wusste das, sagte er, ich wusste, dass du dich zierst.

Kondor hielt den Lenker fest, als Merle den einen Fuß auf die Pedale stellte und anschieben wollte. Merle bemühte sich um ein Lächeln.

– Nicht böse sein, sagte sie, aber ich bin für heute bedient.

Kondor, mit listigem Blick:

– Du bist bedient? Okay. Aber ehrlich, an diesem Kleinmädchengetue liegt es doch auch, habe ich recht?

– Was, Kondor?

Ohne zu blinzeln, starrte er sie lange an. Seine Züge wurden beinah leblos.

– Die liebe Merle!

– Wovon redest du!

Er schob das Kreuz, das noch immer zwischen den Lippen hing, mit der Zungenspitze vor, bis es aus dem Mund plumpste und auf die Brust fiel.

– Warum bringt er es wohl nicht, seine Süße deinetwegen einfach in den Wind zu schießen? Die hat halt auch ihre Qualitäten, kann ich mir denken.

Er beulte mit der Zunge die Wange aus, guckte absichtlich dämlich.

– Lass das Rad los, sagte Merle.

Verlagerte das Gewicht von einem Fuß auf den anderen. Kondor kam näher.

– Mal drüber nachgedacht, sagte er, hält der Meister die liebe kleine Merle vielleicht für ein … Rührmichnichtan?

Ihre Nasenflügel zitterten.

– LASS LOS!

Sie versetzte der bandagierten Hand auf dem Lenker einen kräftigen Schlag. Kondor krümmte sich. Kondor winselte. Er drehte gekrümmt und winselnd eine nicht ganz vollständige Pirouette. Merle sprang auf den Sattel, trat an.

Flackernd warf das Vorderlicht einen ausgefransten Fleck auf den Asphalt.

Kondor rief ihr noch etwas hinterher.

– Entschuldigung, rief er, aber andere haben auch Gefühle!

■

ÂVENTIURE V

Silvester

Der Traum

Mitte Oktober

▸▸

|Freitag, 8 Tage vor Ausbruch des Feuers

Licht dringt zuweilen durch die geschlossenen Lider, begleitet von den Geräuschen des um diese Zeit immer spärlicher werdenden Verkehrs. Silvester weiß es, ohne es sehen zu müssen: Die Scheinwerfer der Autos malen mit der Jalousie als Schablone fließende Gittermuster an die Decke, trapezförmig verzerrt wie in Schwarzweißfilmen, wenn die unheimlichen Gestalten der Nacht auftreten.

Er wälzt sich vom Rücken auf die Seite, von der Seite wieder auf den Rücken, liegt da, Augen weiterhin zu, wartet auf den Schlaf. Wie spät mag es genau sein?

Ist es noch Donnerstag? Ist es schon Freitag?

Wie lange ist es her, dass Mittwoch war?

Im Kopf dreht sich ein Karussell in rasender Fahrt. Eine Revue aus bewegten verwischten überbelichteten Bildern zieht an Silvester vorbei. Bilder der letzten 36 Stunden. Er hinter Domino auf der Sitzbank der *Rosinante*: die Arme fest um sie geschlungen. Er im Regen vor Merles Haus: die durchnässten Hosenbeine, die sich an der Haut festsaugen. Er mit Kondor im Fahrstuhl des Südturms, als sie sich gegenseitig angeraunzt haben, in der engen Kabine, in der die Beleuchtung flackert.

– Erklär's mir, bitte, Meister: Warum zum Henker hast du Brand III gedroht? Warum legst du dich mit aller Welt an? Warum?

– Gedroht?

– Du hast gesagt, es kommt eine Prüfung auf ihn zu, Mann.

– Jeder Tag ist eine Prüfung, sagt Silvester.

Lacht abfällig auf. Kondor zieht die Nase hoch.

– Du hast angeblich auch etwas von Verlust gefaselt, sagt er, willst du Lümmel entführen und gegen die Mieze austauschen, oder was?

– Gar keine schlechte Idee, Prinz ist nämlich noch immer nicht da!

– Das ist nicht dein Ernst, du willst das nicht wirklich machen?!

– Was regt dich das so auf, sagt Silvester, und woher weißt du überhaupt, was gelaufen ist? Kannst du vielleicht hellsehen? Du hast doch gekniffen, als ich gestern zu dem Typen bin!

Kondors Mimik verrät Unbehagen. Er schneidet eine Fratze, als wäre das Ächzen der Stahlseile über ihnen ein Fingernagelkratzen auf einer Tafel.

– Hier, vielleicht kommt dir der bekannt vor ...

(Kondor zupft einen Handschuh aus der Lederjacke.)

– ... den hatte ich heute in meiner Mittagspause plötzlich im Mund. Lecker Wollsuppe! Wenn du nicht Ruhe gibst, darf ich ihn beim nächsten Mal vermutlich am Stück runterschlucken.

Silvester wendet den Blick ab, betrachtet die Druckknöpfe am Kabinentableau. Über die Hälfte ist durch Kokeleien entstellt. Er fragt:

– Sie waren bei dir?

Der Fahrstuhl stoppt ruckelnd im sechsten Stock.

– Was dachtest du denn? Du hast ihm aufgetischt, was ich dir erzählt habe.

– Ja, und?

– Und?! Aus deren Perspektive stellt sich das so dar: Ich bin ein Verräter, ich habe Brand III verpfiffen, kapierst du das?

Die automatischen Innentüren schnarren zur Seite. Silvester bückt sich, greift nach der Papiertüte mit den Lebensmitteln, die zwischen seinen Beinen steht.

– Überleg, was er mit dir alles angestellt hat, sagt er.

Kondor hält ihn an der Schulter zurück.

– Ich bin nicht der Einzige, dem deine Alleingänge Kopfschmerzen machen, sagt er, die Kleine mit den Locken war eben auch bei mir.

– Merle? Am Wrack? Kann nicht sein.

– Du warst vorhin bei ihr, Meister, richtig?!

Silvester schüttelt die Hand ab, betritt, Kondor im Schlepp, den Etagenflur. Ein Einkaufswagen der Größe XXL parkt vor der Wohnung der Nachbarn, randvoll befüllt mit Pappen Zeitungen Altglas. Ein hallendes Scheppern, als Kondor dagegenstößt.

– Veranstalte hier nicht so einen Lärm, fährt Silvester ihn an, was genau willst du überhaupt von mir.

Kondor stöhnt auf und fuchtelt mit den Armen.

– Was ich will? Pass auf, Meister, ich bin einfach nicht heiß darauf, dass die Dinge weiter eskalieren. Bis Sonntag hast du die Mieze zurück. Mein Wort. Halt dich einfach fern von Brand III und seiner Truppe. Ich kümmere mich drum.

Wieder berührt eine Hand Silvesters Arm.

Er schubst Kondor weg, stellt die Tüte ab, pikst dann mit einem Finger kurz vor dessen Solarplexus Löcher in die Luft beim Sprechen.

– Tu das besser! Und lass Merle aus dem Spiel! Hör auf, Dinge zu erfinden!

– Sie war bei mir, Meister. Und die Truppe von Brand III war auch bei mir.

Ein weiterer grober Schubser, Kondor stolpert zurück. Silvester sagt:

– Du bist diesem Typen nichts schuldig! Schon verdrängt, Kondor? Er hat dich *verstümmelt*! Er hat deinem Bruder Stoff vertickt, hat ihn sehenden Auges verrecken lassen! Er hat meine Schwester …

Silvester bricht ab. Mit einem mechanischen Klicken ist das Treppenhauslicht erloschen. Im Dunkeln hört er Kondor noch sagen:

– Du bekommst die Mieze wieder, Meister. Versprochen!

Drei tastende Schritte. Dann streckt sich Silvester nach dem Schalter aus, der flammend orange leuchtet. Die Helligkeit kehrt zurück.

Kondor hat die Zeit genutzt, um in den Fahrstuhl zu schlüpfen.

Hat sich davongestohlen. (Lautlos wie ein Geist.)

Silvester wirft sich erneut im Bett herum. Zieht sich die Decke unter das Kinn. Sieht vor seinem inneren Auge noch einmal die roten Zahlen auf dem Display über der Aufzugtür durchlaufen, den Countdown: 6, 5, 4, 3, 2, 1, E.

Ja, Kondors spukhafter Abgang liegt erst ein paar Stunden zurück.

Am Tag davor ist Silvester im Getränkebasar gewesen. Mittwoch.

Heute muss also Donnerstag sein, inzwischen vielleicht auch schon Freitag. Dieser Hokuspokus im Treppenhaus hat Silvester derart aufgewühlt, dass er darüber selbst das Desaster um Merle und Domino fast vergessen hätte, wenigstens vorübergehend.

Der seit seinem Geburtstag allabendliche Gutenachtgedanke: *Ich bin jetzt älter, als sie je gewesen ist, und Kitty bleibt doch immer meine große Schwester,* hat ihn beim Wachliegen im Bett völlig erledigt. Und dann, als sich nach der Heulerei sein Kopf ohnehin ganz geschwollen angefühlt hat, sind gleich auch wieder Kondors Worte in einer nicht enden wollenden Schleife in seinen Gedanken herumgewabert.

– Warum legst du dich mit aller Welt an, Mann? Warum?

Hat Mauser das nicht auch wissen wollen auf der Fußgängerbrücke?

– Warum das alles?

Und Merle ebenso. Sie hat ihn das (am Sonntag) gefragt:

– Warum der Handschuh? Warum Christian?

Es gibt kein *Warum*. Ist das nicht die Antwort? Warum lebt Kitty nicht mehr?

Weil sie an einem Schlaganfall gestorben ist? Weil man ihr nicht rechtzeitig geholfen hat? Weil die Risiken eines Hormonpräparats falsch eingeschätzt wurden? Weil niemand ewig lebt? Ist die Frage nach dem Warum nicht wirklich sinnlos?

Warum Merle? Warum nicht Domino? *Warum?*

Warum tut man, was man tut? Wer oder was lenkt die eigenen Schritte? Wer spricht da in einem drin? Wer stellt einem die ganzen Fragen?

Ist man das selbst? Man selbst ganz allein?

Silvester merkt, wie sich ein Abgrund vor ihm auftut, dunkel, unermesslich, in dem jede Gewissheit verschwindet und dessen Anziehungskraft so stark ist, dass ihn bald das Gefühl beschleicht, den Halt zu verlieren. Er will einen Fuß vorsetzen, sein Gleichgewicht ausbalancieren, doch der Raum um ihn herum (plötzlich endlos in Länge Breite Höhe) besitzt keine Gestalt mehr.

Silvester tritt ins Leere. Stürzt.

Ein Zucken, das den Körper erfasst, ihn noch einmal herauskatapultiert aus den Tiefen des Unbewussten. Eine Schrecksekunde. Silvester atmet flach. Der Puls rast. Er hört ein Geräusch. Ein Zischeln, ein Flüstern, dessen Schall auf dem Weg zu ihm (hindurch durch Dunkelheit und Stille) anschwillt, lauter und lauter wird und am Ende wie ein Zigtausend-Hertz-Ton aufs Trommelfell trifft:

– *Silli …?!*

– *Sil.*

– *Silvester Lanzen …*

– *Meister!*

– *Junge.*

– *Bruderherz.*

Er rätselt: Wessen Stimmen hört er da? Sind es mehrere, ist es nur eine (die eigene)? Ist das jetzt noch die Wirklichkeit oder längst ein Traum in einem Traum?

Was geht hier vor?

Mit ganzer Kraft bemüht sich Silvester, im Geist die letzten rund anderthalb Tage zu überschlagen, sieht sich selbst noch einmal dabei zu, wie er heute auf Merle eingeredet hat. Er steht auf dem Treppenabsatz. Regen klimpert aufs Vordach über seinem Kopf. Merle knallt ihm die Tür vor der Nase zu.

– Zum Teufel, was soll das, sagt er, ich muss mit dir reden, Merle von Aue.

Das Auto ihrer Eltern parkt nicht in der Auffahrt. Nur Merle ist zu Hause. Doch sie schaltet auf stur. Er will es nicht wahrhaben: Der Metallknopf der Klingel bohrt sich in seine Fingerkuppe, die rot wird. Schmerzt. Er wechselt den Finger.

Der Schauer wütet sich einem neuen Höhepunkt entgegen. Silvester stapft durch ein Pflanzenbeet zum Küchenfenster, schaut hinein, klopft gegen die Scheibe, versetzt den Wellensittich in Aufruhr. Die automatischen Rollläden fahren runter.

Auf einen Stein im Vorgarten setzt Silvester sich hin. Unzählige Tropfen rinnen in feinen, wirren Fäden an Stirn Nase Wange hinunter. Das Wasser pladdert auf das Blattwerk der alten Blutbuche. Sammelt sich in Pfützen.

Silvester vermutet, Merle wird es von Edda erfahren haben, brühwarm. Er und Domino sind am Abend zuvor auf dem Scooter unterwegs gewesen. Was Edda noch nicht einmal weiß: Hinterher war er mit bei Domino.

Merle ahnt das, oder? Kann sich ausmalen, was gewesen ist. Und kann es auch nicht, weiß Silvester. Das hätte er ihr gerne erklärt. Nicht nur das.

(Er knüllt sein Kissen. Dreht sich auf die Seite, die Knie hat er angezogen.)

Dominos Blick: Dieses Glosen darin wie von Holzkohlenglut, als Silvester und sie gestern in ihrer Wohnung angekommen sind. (Er hat es beinah überdeutlich vor Augen, jetzt, eine Nacht später.) Domino lässt die Jacke fallen, streift den Pulli ab, macht sich am Verschluss ihres BHs zu schaffen und fragt, ob er möchte, dass sie die neuen Pumps anbehalte. Sie sagt:

– Ich weiß, dass du mich vermisst hast, Sil.

+

Das synchrone Heben und Senken der Brustkörbe: Sie atmen unisono, liegen auf Dominos Bett nebeneinander. Er angezogen, sie nackt oberhalb des Bauchnabels. Schweigend. Im Halbdunkel. Nur drei Teelichter schummern auf der Fensterbank. Die Flämmchen schnappen nach Sauerstoff.

– …

– …

Domino wölbt den Rücken, hebt das Becken, streift die

Hosen ab: erst Jeans, dann Slip. Ein Hauch von Stoff, spitzenverziert. Silvester rührt sich nicht, tut nichts. Wartet ab. Sieht an ihr vorbei zum Nachttisch, wo fünf, sechs Haarnadeln liegen, schwarz wie restlos verkohlte Streichhölzer.

– Du kannst das, fragt sie, du kannst wie ein Mönch leben, Sil?

Er spürt Dominos Wärme neben sich, riecht den Geruch, der aus ihren Poren strömt und ihn halb um den Verstand bringt, der signalisiert: *Komm zu mir!*

Seine Jeans fühlt sich an wie eingelaufen. Domino beginnt, sich selbst zu berühren. Silvester stellt ein Bein aus dem Bett. Bringt nicht heraus, was er denkt: *Wir sind nicht zusammen, Dom, nicht mehr.*

– …

Der Teppich unter der Sohle fühlt sich durch den Strumpf hindurch weich an. Er stößt mit den Zehen gegen einen von Dominos Pumps, zieht den Fuß zurück, als hätte er Furcht, der Bodenbelag könne ihn mit Haut und Haar verschlingen, sobald er aufsteht. Silvester glaubt: Wenn er geht, wird es vorbei sein. *Endgültig.*

Dieses Wort, das ständig alles untergräbt seit Kittys Tod: Da ist es wieder.

(Silvester blinzelt. Versucht, die Bilder zu bannen.)

Dominos Unterleib, der sich den kreisenden Fingern mit ihren langen Acryl-Nägeln entgegengedrängt hat. Die sich wölbenden Nasenflügel. Die Falten in den Winkeln der geschlossenen Mandelaugen. Das sich nach oben reckende Kinn.

(Silvester blinzelt noch einmal.)

Ihr Körper beginnt, sich unter ihrer ruhiger werdenden Hand bis hinein in den letzten Muskel und die letzte Faser zu spannen, ihre Atmung wird angestrengter und geräuschvoller. Und Silvester spult innerlich zurück zu dem Moment, als Domino ihn vor dem China-Restaurant, das letzten Monat ausgebrannt ist, abgefangen hat.

Sie wartet dort. Wartet auf ihn.

Silvester marschiert vom Getränkebasar weg, unverrichteter Dinge, so kommt es ihm vor, die Fäuste geballt in den Parkataschen. Er fühlt sich lächerlich gemacht, geprellt: Brand III hat ihn auflaufen lassen.

– Du wärst nicht aufgekreuzt, ruft Domino ihm entgegen, stimmt's, Sil?

Die im Wind flatternden Fahnenbanner vor dem Einkaufszentrum: das Klappern der gegen den Mast schlagenden Drahtseile. Das helle Leuchten von den Ampeln hinter Domino. Das Rot ihrer Jacke, das ebenfalls wie ein Signal strahlt, nun, da sich auch der letzte Rest Tageslicht verflüchtigt hat.

Seltsam überspannt erscheint Silvester seine Aufmerksamkeit. Zugleich fühlt er sich beinah losgelöst vom eigenen Körper. Silvester steuert auf das Rot zu, kaum ein Empfinden in den Beinen.

Er erinnert sich an das Versprechen, das er Domino vor seinem Besuch bei Brand III gegeben hat, an ihren Wunsch: *Komm vorbei*. Silvester blickt zurück über die Schulter und gleich wieder nach vorn. Domino sitzt auf der Bank der *Rosinante* (Helm im Schoß), richtet das Rückgrat kerzengrade auf. Ihre blitzenden Augen.

– Drehen wir eine Runde, sagt er.

Im Kopf dröhnt es. Trotzdem hüpft das Herz sachte, als sie die langen Haare mit beiden Händen über die Schultern zurückwirft, bevor sie sich den Helm schnappt.

– Nicht dass *Fräulein* mucksch wird, stichelt sie, wie kommt's, Sil?

Das Geknatter zweier Mofas wird hörbar: ein grimmiges

Geräusch wie von überhitzten Rasenmähern, das schnell näher kommt. Seit er den Getränkebasar verlassen hat, hat Silvester die Gegenwart der zwei hässlichen Zwerge gespürt.

Sie haben ihm im Nacken gesessen.

– Ich muss meine Schatten abschütteln, sagt er.

Und während Domino den Roller schon startet und wendet, reibt Silvester sich übers Gesicht, als ließen sich Zweifel Skrupel Hemmungen (er denkt tatsächlich an Merle) so einfach hinfortwischen. Aber sie bleiben. Er ringt mit sich. Ein letztes Mal, bevor er sich hinter das zierliche Persönchen am Lenker schwingt.

Das Gefährt schiebt an.

Genau in der Sekunde sind die zwei Zwerge neben ihnen. Der eine kräht:

– Kondor fährt voll auf dich ab, hä? Steht wohl auf weiße Schokolade.

Der andere:

– Pech allerdings: Kondor lügt, will dich gegen den Bross aufhetzen.

Eine Ehrenrunde um Dominos Roller gelingt ihnen dabei. Danach wollen sie den Weg verstellen, verhindern, dass der schnellere Scooter ihnen entwischt. Aber Domino dreht am Gas, stößt in die Lücke zwischen den Mofas, schlüpft hindurch.

Die *Rosinante* zieht an. Und Abflug!

Von null auf 35 kommt das Kraftrad wie aus einem Guss. Dann ein kleines Beschleunigungsloch, und sie erreichen die 50, die 55: Der Wind kühlt Silvesters Wangen. Eine Handbreit unter dem Fuß der Asphalt. Silvester vermeint, den Gummiabrieb riechen zu können, den der Straßenbelag von den Reifen schmirgelt, und seinen Rücken durchzuckt es bei jeder Unebenheit.

– Du bist in Fühlung mit allem, so hat Domino das einmal formuliert, du guckst nicht raus, da sind keine Scheiben, du bist mittendrin in der Welt.

In der Nacht, in der sie Silvester auf der Autobahnbrücke aufgegabelt hat, ist das gewesen. Sie beide hat damals die Schlaflosigkeit getrieben: Etwa eine Stunde streift Silvester allein durch die Siedlung, es tröpfelt, ganz leicht zunächst, da hält der Roller (ganz neu noch) vor ihm.

Die Chromteile blitzen mit den Sternen, die trotz der Wolken zu sehen sind, um die Wette. Silvester gibt der *Rosinante* spontan ihren Namen. Er kennt ihn aus einem Buch. Es ist der eines Pferds. Domino will wissen:

– Worum geht's in der Geschichte?

– Um einen Ritter von trauriger Gestalt, der es mit der Wirklichkeit aufnimmt.

– Ist das lustig?

Silvester antwortet weitschweifig. Erzählt von dem Kampf des Helden gegen träge Löwen und widerborstige Windmühlen. Beim Hören dieser Abenteuer, gibt er zu, sei er als Kind mehr verstört gewesen als amüsiert. Er sagt:

– Es kommt vermutlich drauf an, wie man zu traurigen Gestalten so steht, aber Kitty mochte das Buch, mochte es brutal gern, sie hat's mir vorgelesen.

Silvester und Domino sprechen über seine Schwester. Die Gedenktage (Unfall Tod Beerdigung) stehen an. Die Nachbeben scheinen aber diesmal viel weniger verheerend zu werden als noch im Herbst zuvor. Dass Bozorg fehlt und sich nicht meldet, das ist das vielleicht Schlimmste.

Auch darüber reden sie. Und Silvester bleibt nicht verborgen, dass Domino ihn anders anguckt, nicht mehr nur wie den kleinen Bruder der (toten) besten Freundin.

Eine kurze Gesprächspause folgt.

Das Blickspiel. Silvester hat Mühe mit dem Schlucken. Zugleich klopfen immer mehr Tröpfchen auf den Gehweg, gegen Dominos Helm. Ein aufreizendes Puckern.

– Und nun?, fragt sie.

– Tanke, Bier, dann zu dir?

Silvesters rotzlöffelige Antwort gefällt ihr. Sie gibt ihm einen stummen Wink, er springt auf, und sie fahren los. Das Tröpfeln geht mit einem Mal in einen handfesten Schauer über. Und in was für einen! Der Regen verdichtet sich in Rekordzeit.

Nichts ist mehr zu sehen von irgendwelchen Sternen.

Der Regen schwillt an und bricht herunter. Silvester kommt es fast so vor, als würde der Niederschlag sie suchen. Ruckzuck steht das Wasser auf den Straßen: Die Gullys sind mit Laub verstopft. Auf Höhe der Baui-Zufahrt müssen sie absteigen.

Und Silvester kommt eine Idee. Er lässt Domino die hochhackigen Schuhe ausziehen und entführt sie barfuß ins verwunschene, vergessene Land. Rennt mit der Freundin der (toten) Schwester über den matschigen Trampelpfad in Richtung Park, vorbei am Areal mit dem alten Wrack und vorbei am Holzkreuz.

Sein Ziel ist das Baumhaus in der Nähe des Bachs, eine offenbar nach dem Vorbild von Hundehütten zusammengezimmerte Spitzdach-Konstruktion in einer Astgabel weit über dem Erdboden. Ein Plätzchen, das in der warmen Jahreszeit frisch verliebte Pärchen anlockt. Silvester dürfte nicht der Erste sein, der an diesem Ort seine Unschuld verliert.

Es gießt schüttet kübelt. Durch das Dach leckt Regen hinein: Silvester tropft es ins Haar; lange kühle Wasserfäden rinnen ihm am fiebrig warmen Körper hinab.

Die Sturzfluten erschüttern den Verschlag derart, dass

er bedenklich wackelt und knarzt. Silvester hantiert an der Verpackung eines Kondoms herum, das Domino ihm reicht. Schneidet sich an der scharfen Kante. Ein fremder Mund nähert sich dem verletzten Finger, saugt einen Blutstropfen von der Kuppe, flüstert:

– Ohne, wenn das für dich okay ist. Ich will nichts zwischen uns.

In der Hitze des Gefechts hat er den Sand auf dem Boden unter sich gespürt, den feuchten Sand. Silvester erinnert sich: Wie Schmirgelpapier hat es auf der Haut gescheuert bei ihren Verrenkungen in dem engen Raum. Kämpft mit Mühe gegen die Bilder an, die ihn auf der Flucht vor den zwei Zwergen heimgesucht haben.

Sind diese Bilder überhaupt *echt?*

Wie stark hat es wirklich geregnet damals?

Ist der Wolkenbruch nicht nur ein Nieseln gewesen?

Silvester hat mit dem Gedanken gespielt, Domino zu fragen, als sie Mittwoch das erste Mal gehalten haben. Entschließt sich stattdessen aber für ein erneutes:

– Tanke, Bier, dann zu dir?

+

Wieder stehen sie auf der Autobahnbrücke. Die Verfolger haben sie abgeschüttelt, lange schon. Wieder macht Silvester diesen Scherz (ein Jahr und ein paar Tage nach dem ersten Mal) und hat dennoch das Gefühl, heute ein ganz anderer zu sein. Er meint nicht, was er sagt. Domino verschränkt die Arme vor der Brust:

– Ich warne dich, Sil, spiel keine dummen Spielchen mit mir, meine Regel ist im Anmarsch, ich bin extrem empfindlich.

– Dann danke ich dir einfach für deine Hilfe, Dom.

– Was wollten diese Typen mit den Mofas überhaupt?

Sie zupft an ihren engen Lederhandschuhen. Er sagt:

– Es ist eine Art Kräftemessen, nehme ich an, ich ärgere sie, sie ärgern mich.

Silvester erzählt, dass die hässlichen zwei Zwerge zu Brand III gehören, und er erwähnt die Elektroschocker, die er nie gesehen hat. Unter ihnen preschen die Fahrzeuge durchs Dunkel, jagen mit strahlenden Doppellanzen aneinander vorbei, stadteinwärts und stadtauswärts.

– Komm mit zu mir, Sil, nur so, auf eine Stunde. Ich verpetz dich nicht.

Domino schenkt ihm ein warmes, beinah mütterliches Lächeln.

– Nein, ich muss noch in die Kolonie zu Edda, sagt er, etwas abholen.

Was nur eine halbe Lüge ist. Edda hat den Film für den Kinoclub am Sonntag zu Hause, das stimmt, aber es besteht keine Dringlichkeit, sich darum zu kümmern, er könnte auch morgen zu Edda.

– Ich fahre dich, sagt Domino.

Silvester sträubt sich.

– Besser nicht, sagt er, das wäre falsch.

– Behandele mich bitte nicht wie eine Aussätzige, Sil!

Am Ende chauffiert Domino ihn doch, schiebt ihm während der Fahrt aufreizend den Po zwischen die Beine.

Dominos Nähe: Ihre Körperwärme, die er durch die Kleidung hindurch spürt. Silvester hat sich bemüht, der Blutumleitung, die im Unterleib vonstattengeht, Herr zu werden, während Domino den Scooter souverän durch die Straßen lotst.

Es hilft ihm, sich in die vorüberfliegenden Fassaden zu versenken, in den Anblick der Hochhäuser, die sich zu beiden Seiten (mal höher, mal niedriger) zur steinernen

Schlucht formieren. Und als sie an einer Ampel halten, nutzt Silvester die Gelegenheit, um mit den Hüften ein winziges, strategisch aber entscheidendes Stück von ihr abzurücken.

– Zum Südturm, Dom, okay?

Das hat er zu ihr gesagt, bevor das Licht wieder von flammendem Orange umgesprungen ist auf Grün. Er erinnert sich genau. Hört hinter der Stirn noch einmal Dominos Antwort. Schon im Anfahren:

– Wie läuft es denn so mit *Fräulein*?

Sie biegen ab.

Silvester wundert sich: Es sind keine Autos mehr unterwegs. Gar keine, stellt er fest. Weder vor ihnen noch hinter ihnen. Auch glimmen für seinen Geschmack die Lichter von K16, dessen Haupt sich im Hintergrund bereits abzeichnet, viel zu grell, erhellen die Dunkelheit in der Ferne wie Lampions.

Am Einkaufszentrum wiederum, auf das sie nun zurasen wie ein Fluginsekt, das völlig den Verstand verloren hat, erscheint ihm die Beleuchtung um eine Nuance gedimmter als sonst. Die Fußwege auf beiden Seiten sind entvölkert.

Silvester entdeckt den einzigen Menschen, der weit und breit zu sehen ist, sofort. Klatscht Domino auf den Oberschenkel, zeigt mit ausgestrecktem Arm zum Eingang des Südturms, als sie unter der Brücke durchnageln.

– Hast du das gesehen, Dom, ruft Silvester, das war Kondor!

– …

Domino hat Silvester nicht gehört oder nichts hören wollen. Sie wird auch nicht langsamer. Im Gegenteil. Silvester schwankt.

Hat er protestiert?

Noch einmal vergegenwärtigt er sich den Moment, in dem er sich fügt.

Die Brücke. Der Eingang zum Südturm. Die Gestalt.

(Silvester merkt, dass er abdriftet.)

War das überhaupt Kondor? Oder nicht jemand ganz anderes? Eine junge Frau, dunkelhäutig. Mit wilder Mähne. Ja!

Er weiß, es kann nicht sein, aber trotzdem ruft er ihren Namen.

– Kitty!, ruft er.

Sie sind längst über die Kreuzung geschossen, und der Motor des Scooters röhrt hochtourig, voller Zorn, könnte man meinen. Ein harter Luftstrom kneift die Wangen. Domino verlagert das Gewicht. Die *Rosinante* sticht in eine Seitenstraße ein, wird schneller und schneller und immer noch schneller.

Die Räder wachsen sich zu Beinen aus, die in beschlagenen Hufen enden. Aus der wilden Fahrt wird ein halsbrecherischer Ritt. Vor den Nüstern der *Rosinante* hängt silbriger Atemhauch in der Luft. Das Pferd schnaubt im Galopp.

Dominos Jethelm verformt sich, schließt sich bis auf die Schultern hinab um den Hals der Reiterin, nimmt ein metallisches Aussehen an. Am Oberkörper härtet sich ihre rote Jacke zur Rüstung aus.

Dominos Faust ballt sich um einen geringelten Rennspieß.

Die Spitze senkt sich herab. Sie glüht.

Wen oder was nimmt Domino ins Visier? Silvester dreht es bei dieser Frage ein Messer im Magen um: Kennt er die Szene nicht bereits aus anderer Perspektive?

Die Welt um ihn verliert Konturen Farben Töne.

Er glaubt: Sie halten auf das verwunschene, vergessene

Land zu. Und er will Domino in die Zügel greifen. Aber da ist nichts mehr.

…

…

… (Leere nur.)

…

…

…

… (Und Stille.)

…

…

Nach einer Weile unternimmt Silvester den Versuch, die Hand, die an seinem Bein ruht (er liegt wieder auf dem Rücken, registriert er), ins Gesicht zu führen, um zu kontrollieren, ob die Lider offen oder geschlossen sind.

Keine Chance: Die Hand verharrt wie gelähmt neben ihm.

Silvester möchte sich kratzen.

Auf der Haut ein brennendes Gefühl, als hätte man seinen Körper wie den einer Leiche mit einer Schicht Ätzkalk bestreut. Das Ekzem an seinem Hals macht ihn halb wahnsinnig, während jetzt ein helles Flimmern vor den Augen einsetzt.

Was ist das?

Was genau spielt sich ab? Befindet er sich im Freien?

Silvester erkennt in dem Flimmern bauschende Regenschleier, in die heftig der Wind fährt. Dahinter eine graue, dicht gestaffelte Wolkenwand. Ein Gewirr aus krüppeligen Ästen ragt am oberen Rand ins Bild, darin zittern ein paar Blätter. Eine Stimme dicht neben ihm sagt:

– Weißt du, wo du bist?

– …

Silvester kann nicht antworten. Die Stimme, männlich klingt sie, fährt fort:

– Kondor und sein Bruder sind auf dem Weg zu dir, sie werden gleich hier sein. Es ist noch nicht zu spät!

Der Bart am vorspringenden Kinn. Die Dreadlocks. Das Bandana, das Bozorg so gerne getragen hat. Silvester schaut in das vertraute Gesicht, erkennt es sofort. Er begreift, dass Bozorg, dieser drei Jahre jüngere Bozorg (eine sportliche, 1,90 Meter große Erscheinung im Parka) ihn für Kitty hält. Kapiert auch, dass er im Bett liegt und zugleich dort, wo man seine Schwester gefunden hat.

Es ist mitten in der Nacht und doch auch Tag.

(Er träumt. Und er weiß, dass er träumt.)

Ich sehe das, was Kitty zuletzt gesehen hat, schießt es ihm in den Sinn: die Äste, die Wolken, die Regenschleier. Er denkt: Ich gehöre nicht hierher, auch Bozorg nicht. Und es drängt Silvester, den Irrtum aufzuklären: Ich bin nicht Kitty, möchte er mitteilen, bringt aber keinen Ton über die Lippen.

– …

– Komm, sagt Bozorg, ich zeig dir was!

Gefangen in einer Hülle, die ihm nicht gehorcht, lässt er sich von Bozorg die Arme unter Rumpf und Oberschenkel schieben. Der Freund der Schwester trägt ihn. Es kommt Silvester vor wie ein verlangsamtes Spulen bei sichtbarem Bild: Bozorg geht rückwärts. Den ganzen Weg zum Baui, als wäre er von dort gekommen und würde jetzt mit jedem Schritt in die Fußstapfen treten, die er zuvor hinterlassen hat. Er geht rückwärts und schwenkt zum Brachland ein.

Silvester kann Bozorgs Armbanduhr sehen: Der Minutenzeiger dreht sich schnell gegen den Uhrzeigersinn. In Silvesters Glieder kehrt das Gefühl zurück. (Ein Kribbeln.) Nur sein Mund bleibt wie versiegelt.

– …

Dafür spricht Bozorg wieder, als sie am Autowrack stoppen.

– Bestimmt schon ein Jahrzehnt steht diese Karre hier, sagt er, aufgebockt auf vier Ziegelsteintürmchen, und niemand kümmert sich darum, obwohl doch jedes Kind weiß, dass Brand III und Co. das Versteck nutzen, um Stoff zu verticken. Nebenan die Grundschule. Findest du das nicht auch irre?

Silvester würde gerne antworten, dass diese Zeiten ja inzwischen vorbei seien und zuletzt Kondor im Wrack gehaust habe. Aber es geht noch immer nicht:

– …

Bozorg küsst Silvester die Stirn. Das filzige Haar klebt ihm unter dem Bandana wirr im Gesicht: Es schifft noch immer. Die Fußstapfen im aufgeweichten Boden um sie herum sind mit Wasser gefüllt. Feine Tropfen mustern die Oberfläche.

– Kondor hat nicht gelogen, sagt Bozorg, man hätte dich retten können. Das quält Kondor, deshalb hat er gebeichtet, glaub mir, Kondor lechzt nach Vergebung!

II

The Making-of

Kondor über … *Kondor*

- *Für mich ist das Ding bei ihm: Er passt in keine Schablone, auch wenn das anders aussieht. Kondor Marcks (17) ist nicht nur Rüpel, Schulabbrecher, Kleinkrimineller, sondern auch Lebenskünstler, der sich nicht unterbuttern lässt, ein Stück weit ein Vogelfreier – im besten Sinne …*

- *Was Kamp und die Knappen angeht: Ich glaube, Kondor mag Silvester zwar schon speziell wegen der gemeinsamen Vorgeschichte, aber er hat eben auch Bock, das auszuprobieren. Kann man das wuppen? Raus aus dem Milieu, aus dem man kommt. (Schürzt die Lippen.) Einer wie Kondor tickt da ja nicht groß anders als seine Altersgenossen. Wenn man sich für dich interessiert, das ist wie Stoff mit 16, 17, 18. Das pumpt dich voll auf – erst recht, wenn man, wie Kondor, früher nur hin- und hergeschubst wurde. Einziger Halt: der ältere Halbbruder. Und das Boxen, na klar …*

- *Kondors Erzeuger ist ein Es-setzt-gleich-'ne-Schelle-Klischee-Südländer. Der verschwindet aber ruckzuck von der Bildfläche. Die Mutter gibt Kondor an die Oma weiter: andrer Hauseingang, gleicher Scheiß. Suchtprobleme, Vernachlässigung, ständig wechselnde Partner. Später kommt Brand III, kümmert sich, geht voll in der Rolle des Schutzpatrons auf. Ich kann mir vorstellen, er gefällt sich darin, weil er Gerechtigkeit wohl selbst häufig vermisst hat im Leben. Na, egal: Dieser Ehrenkodex-Quatsch und so ist jedenfalls nichts für Kondor. Er kapiert intuitiv: Es steckt wenig dahinter – siehe Emmemm. Wahre Loyalität, die kennt Brand III nicht. (Schmunzelt.) Ausnahmefall: Lümmel. Da ist er blind vor Liebe. Auch er.*

«

Milan Marcks, genannt Emmemm, klopft im strömenden Regen auf der Fahrerseite gegen die Scheibe des Wracks. Kondor, Hände tief in den Hosentaschen versenkt, wartet treu an seiner Seite, während Brand III gemächlich das von Wasserschlieren gemusterte Fenster herunterkurbelt.

Silvester beobachtet das Geschehen und weiß: In seinem Kopf läuft ein Film ab (angelehnt an Kondors Schilderungen, drei Jahre später).

Emmemm schlottert schnieft nuschelt.

Die blasse pustelige Haut. Die dunklen Schatten, bläulich wie Veilchen, unter den glasigen Augen. Gesprungene Lippen, die Mundwinkel eingerissen: zwei Sorten Rot. Die lebensechten Farben des Traums und die vielen Details, von denen Kondor gar nicht gesprochen hat, verwirren Silvester und beeindrucken ihn.

(Er ist sich sicher: So hat es sich zugetragen. Genau so.)

Kondor, noch ohne Zopf und keine fünfzehn Jahre alt, springt seinem Bruder, weil der erhebliche Mühe hat, sich überhaupt zu artikulieren, zu Hilfe, übernimmt das Reden. Sagt ins offen stehende Fenster hinein:

– Er braucht noch ein letztes Mal Kredit, Bross.

Brand III zieht an seinem Zigarillo, lässt zwei Stoßzähne aus Rauch aus den Nasenlöchern wachsen. Im nächsten Moment steht er schon vor dem Wagen, wirkt im Vergleich zu den durchnässten schmächtigen Jungs, die er um mindestens einen Kopf überragt, wie ein überzeichneter Comic-Hüne.

Emmemm hebt den Blick: ein reuiger Sünder, der darauf wartet, dass Gott zu ihm spricht, während Kondor nervös auf der Stelle tippelt, Kinn gesenkt, als gelte es, in Deckung zu bleiben.

Silvester, mittlerweile (nur Schritte vom Wrack entfernt) aus Bozorgs Armen entlassen, fährt zusammen, als die Pranke von Brand III auf Kondor zuschnellt, sich fest um dessen Schulter schließt.

Die Schulter wird kräftig durchgewalkt. Schwer zu sagen, was diese Geste genau zu bedeuten hat. Einschüchternd kann sie gemeint sein, aber durchaus auch freundschaftlich. Kondor jedenfalls wird weggeschickt.

– Brand III, sagt Brand III, hat etwas mit deinem Bruder zu klären, hörst du!

Emmemm bedeutet Kondor nickend, dass das okay geht. Und Kondor trollt sich ein Stück. Beobachtet aus der Ferne die gestenreich geführten Verhandlungen. Silvester erinnert sich an Kondors Worte:

– Eigentlich, Meister, war mein Bruder anfangs nur Kurier für Brand III, aber schnell auch einer seiner besten Kunden, und bald kam er mit den Zahlungen nicht mehr hinterher, hat auf Pump eingekauft, immer weniger Plaketten geliefert.

Silvester sieht es: Brand III kocht, will Geld, etwas Zählbares, bevor er neuen Stoff rausrückt. Wischt Kondors Bruder eine, als der zudringlich wird.

Emmemm fleht:

– G-gib mir was, egal was, ich kr-krieg das schon wieder hin, E-Ehrenwort!

Zittrig und hektisch befördert Emmemm vier, fünf TÜV-Aufkleber aus der engen Hosentasche zutage. Eines der knittrigen Dinger landet gleich im Matsch. Die restlichen schlägt Brand III ihm aus der Hand.

– Was soll das sein, bellt er, abgeknibbelte Kanten, unverkäuflich.

Brand III schimpft, droht, stellt schroff ein Ultimatum, nimmt Emmemm das Mobiltelefon als Pfand ab. Emmemm bettelt trotzdem weiter.

– Kon und ich besorgen n-neue, ich b-brauch bloß ein bisschen P-Pulver.

Brand III rastet aus, packt den Stotterer am Kinn, als wären Daumen und Zeigefinger die eisernen Backen eines Schraubstocks.

– Tanz nie wieder in diesem Zustand hier vor, du Junkiepenner, hörst du? Nie wieder ohne Kohle oder ohne brauchbare Plaketten, nie wieder, du Opfer!

Und als Zeichen, wie ernst ihm die Sache ist, lädiert er Emmemm die Finger. Silvester guckt weg, guckt in eine brackige Pfütze, als es passiert.

Bozorg übernimmt daraufhin plötzlich die Rolle eines Kommentators:

– Ja, das tut ganz bestimmt weh, sagt er, Brand III benutzt die Autotür, knallt sie kräftig zu, während er Emmemms Hand in den Rahmen hält. Kondor muss dem Bruder, als der auf dem Weg zurück in die Siedlung pinkeln will, den Hosenstall öffnen. Selbst bekommt Emmemm das wegen der Schmerzen und Schwellungen nicht mehr hin. Übrigens: Genau an dieser Stelle dort erleichtert er sich …

Silvester schaut wieder auf, stellt fest, dass die Szenerie gewechselt hat: Der drei Jahre jüngere Bozorg lehnt jetzt an dem Holzkreuz, das es am fraglichen Tag noch gar nicht gegeben hat, zeigt mit ausgestrecktem Arm Richtung Brücke.

Eine schwarze Katze streicht ihm um die Beine.

Silvester, der auf Bozorgs Wink hin den Kopf dreht, sieht nun einen Steinwurf entfernt das Bruderpaar am Wegesrand im wild gewachsenen Gras stehen.

Der Ältere schlägt im hohen Bogen Wasser ab, einen weißlichen Strahl.

Kondor, vermutlich angewidert von dem süßlich riechenden Dampf, der zu ihm emporsteigt, wendet sich ab. Bemerkt dabei offenbar etwas, kraust misstrauisch die Stirn. Durch den Regen kommt jemand näher.

Silvester blickt über die Schulter zurück. Das wird meine Schwester sein, tippt er und täuscht sich. Ihm geht auf: Das bin ich, niemand sonst, mal abgesehen davon, dass Gesicht und Hände die kastanienbraune Farbe von Kittys Haut haben.

Am Kreuz verfällt das eigenartige Abbild seiner selbst unvermittelt ins Torkeln, stolpert durch einen Brennnesselstreifen, reißt den Mund weit auf, aus dem dann aber kein Ton, kein Laut dringt, sackt nach dem stummen Schrei beim Kreuz zu Boden, geschüttelt von heftigen Spasmen.

– Dein Verstand spielt dir einen Streich, erklärt Bozorg, damit es überhaupt zu ertragen ist.

Kondor, der sich ebenfalls aufführt wie ein Laiendarsteller in einem Sketch, hüpft in schlusssprungartigen Hopsern herbei. Er beugt sich vor, Hände auf dem Rücken, als wäre er ein Pilzsammler, der etwas Seltenes entdeckt hat, das es nun fachmännisch zu begutachten gilt. Gleichzeitig wandeln sich die Züge von Silvesters Doppelgänger in rascher Metamorphose. Sie werden weiblicher, erkennt Silvester, bis es am Ende (nun doch) ganz eindeutig die seiner Schwester sind.

– Warst du das, die so geschrien hat?, fragt Kondor.

Er reibt sich über die Kehle.

Emmemm nähert sich. Den Arm mit der malträtierten Hand hält er angewinkelt vor der Brust: ein Greifvogel mit gebrochenem Flügel. Er hat noch keine Vorstellung, was hier gespielt wird. Zieht vor Schmerz nur immer wieder Luft durch die Zähne.

– A-Alter, du kannst n-nicht einfach abhauen, sagt er, der R-Reißverschluss.

In diesem Moment dann: das Begreifen in seinem Gesicht.

Das Komische schlägt um ins Tragische. Der Sketch endet ohne Pointe und mittendrin. Für Sekunden ist es ganz und gar windstill.

Kein Regen mehr. Nichts.

Schwarzbild.

Eine kurze Atempause.

Als Erstes kehrt der Ton zurück. Leichtes Geprassel auf Papier. Dann sieht Silvester den Umschlag in Kondors Fingern. Schwenk zu derjenigen, die ihn verloren hat: Kitty. Sie liegt zwischen langen nassen grünen Halmen auf dem Rücken. Die Glieder verrenkt wie bei einer Stoffpuppe, die ein Kind achtlos beiseitegelegt hat.

– Die zwei waren sofort zur Stelle, sagt Bozorg, und jede Sekunde hat für die Rettung deiner Schwester gezählt, wirklich jede.

Emmemm und Kondor gaffen wie erstarrt.

– A-Alter, die n-nippelt gleich ab, sagt Emmemm.

Er bekreuzigt sich.

– Die ist völlig weggetreten, sagt Kondor, was machen wir?

Es wirkt beinah, als hätten Bozorgs Worte von eben Eindruck auf die beiden gemacht, findet Silvester. Aber weder haben die Halbbrüder gehört, was gerade gesagt wurde, noch können sie Silvester und Bozorg sehen.

Auch der Kater, der heranschleicht und Kitty mit dem Köpfchen gegen die Schläfe stupst, ist für Kondor und Emmemm unsichtbar. Umso mehr stört Silvester das

Maunzen des Tieres. Der Kater hat damit nichts zu tun, denkt es in ihm, ich muss ihn verscheuchen!

Doch da hat Bozorg es bereits für ihn getan. Legt Silvester anschließend die Hand in den Nacken. Zwingt ihn, vor seiner Schwester auf die Knie zu gehen.

– Siehst du das, sagt er, das haben Kondor und Emmemm gesehen.

Kittys Gesicht ist ganz nah. Speichel hängt ihr aus dem Mund. Ab und zu bewegen sich die Lippen, ihre Augenlider zucken. Ein Arm ragt steil in die Luft.

– L-Lass uns abhauen, sagt Emmemm, vielleicht hat d-die das ja ö-öfter.

Kondor blickt in den Umschlag.

– Gib mir dein Telefon, sagt er.

Emmemm macht eine unbestimmte Bewegung mit der heilen Hand, gesteht:

– H-hat der B-bross, ich m-musste's ihm geben, M-mann.

Kondor flucht.

– Geh zurück und hol es!, schreit er.

Emmemm sieht nun, was Kondor gefunden hat, seine Augen weiten sich, und er will einen Teil des Geldes mitnehmen. Kondor schlägt vor, selbst zu gehen.

– Ich m-mach's, sagt Emmemm.

Schnappt den Umschlag, tigert los. Kondor betrachtet Kitty. Hebt dann den Blick ein Stück. Und Silvester ist, als würde Kondor ihn direkt anschauen.

+

Ungeheuerliches geht vor, so viel ist klar: Die verborgene Wand, die bisher zwischen ihnen gestanden hat, wird durchlässig. Für die Spanne eines Wimpernschlags nur, höchstens. Doch das reicht aus, um dem Kater die Möglichkeit zu geben, flink auf die andere Seite zu schlüpfen. (Aber ja, natürlich: der Kater!)

Silvester wird gewahr, dass er um den Kopf seiner Schwester scharwenzelt und Kondor das Tier dabei beobachtet. Mehr noch: Kondor bückt sich, lockt es mit Schnalzlauten heran. Als Prinz nah genug ist, packt er ihn.

– Ein ganz Feiner bist du, sagt er, …

(Vernuschelt die Laute zu einer Diktion zwischen Babysprache und Singsang.)

– … ganz, ganz fein.

Eine Beklemmung nistet sich in Silvesters Eingeweiden ein. Kondor hat ihm mehrfach versichert, Prinz sei der Truppe von Brand III zugelaufen.

Eine Lüge. Oder nicht?

Kondor kann Türen öffnen, beinah jede Tür. Silvester durchfährt es kalt: Seine Mutter hat immer von einem Einbruch gesprochen. Es war ein Einbruch!

Davon ist er mit einem Mal felsenfest überzeugt, will Kondor zur Rede stellen, aber Bozorg lockert den Griff im Nacken nicht, und als Silvester sich wehren will, verblassen die Traumbilder auf der Netzhaut, verschwimmen und werden krisselig, entschwinden. Silvester windet sich, kommt vorerst aber nicht frei.

Das Letzte, was er sieht, ist, dass Kondor ihm zuzwinkert und auf dem Absatz kehrtmacht: die miauende Beute im Arm. Die bereits schwachen Konturen Kondors (des Kondor von damals) verlieren sich vollständig im dichten Grau der Regenschleier, während dazu die Stimme des Kondor von heute spricht:

– Brand III hat Emmemm vor die Wahl gestellt, Meister, entweder oder; in der einen Hand das Telefon, in der anderen ein Tütchen. Pfand auslösen: Möglichkeit eins. Was einschmeißen: Möglichkeit zwei. So war das!

(Silvester spürt die sanfte Last der Steppdecke auf dem Körper. Die Wimpern, die zusammenkleben. Ein Kitzeln an der Wange.)

– Warum bist du nicht zu den Leuten vom Baui gegangen, Kondor?

Es ist ein Wispern innen drin, in Silvesters Kopf, das ebenfalls wispernd, kaum mehr hörbar, beantwortet wird. Von Bozorg:

– Sein Bruder hat gerade Geld gestohlen, sagt er, Kondor hat Instinkt.

Dann hört Silvester eine andere Stimme, eine weibliche.

– Silli?!

Es klingt wie: *Hörst du mich?!* Und sofort denkt Silvester an Kitty. Stiert auf die Stelle, wo er seine Schwester gerade eben noch hat liegen sehen.

Sie ist weg.

Weg! Silvesters Herz setzt einen Schlag aus, er fühlt sich allein gelassen. *Kitty!,* will er rufen, sich aufrappeln.

– …

Vernimmt dann, noch ehe ihm etwas über die Lippen kommt und er wirklich jäh auffährt (aus dem Schlaf, der ihn ummantelt), wieder seinen Namen.

– Silli …!

Eine angenehm warme Hand berührt sein Gesicht. Silvester begreift. Sitzt jetzt kerzengerade im Bett, in seinem Bett.

– …?

Leeres Rauschen im Kopf. Er stöhnt, fühlt sich erschöpft. Jemand sagt:

– Ich bin's: Mama. Prinz ist wieder da. Silli, hörst du? Der Kater ist zurück!

– Prinz?!

Silvester sammelt sich noch.

– Es ist ein Wunder, sagt seine Mutter.

Im Morgenmantel hockt sie auf der Kante von Silvesters Bett, streichelt dem schnurrenden Tier, das in ihrem Schoß liegt, das schwarze Fell (an Brust und Pfoten ist es weißgefleckt). Silvester stammelt mühsam:

– Wie spät ist es?

Licht fällt vom Flur ins Zimmer, in sein Zimmer! Die Regale voller Tonträger an der Wand. Das rote Auge der Anlage. Die Plattencover und CD-Hüllen am Boden. Die Galaxie aus Wörtern an der Decke über ihm. *Track #9* und *Excalibur* hat er zuletzt an freien Stellen dazugekritzelt. Schemenhaft zeichnen sich die Buchstaben ab.

– Ein Uhr, sagt seine Mutter.

Mit vor Glück feuchten Augen ringt sie nach Luft. Silvester kann sich nicht erinnern, sie in den letzten Jahren einmal so strahlend gesehen zu haben.

– Ein Uhr, wiederholt er, mein Gott.

Ein Wortschwall ergießt sich über ihn. Durch ein Klopfen an der Wohnungstür sei sie aufgeschreckt worden, bringt seine Mutter hervor, habe durch den Spion geguckt, nichts sehen können, aber ein Maunzen gehört, den Kater dann auf der Fußmatte entdeckt, gänzlich unversehrt.

– Nur das Halsband fehlt, sagt sie.

– Wie viele Wochen war Prinz jetzt verschwunden?, fragt Silvester.

Lässt sich dabei zurückfallen auf sein Kissen.

– Über vier, sagt seine Mutter, wo er wohl gewesen ist?

Silvester gähnt, hat sich auf die Seite gerollt, schlägt sich die Decke zwischen die Beine. Er streichelt dem Kater, der sich die Pfoten leckt, nun auch den Rücken, fühlt die Höcker der Wirbelsäule unterm Fell. Es sei gut, dass Prinz zurückgefunden habe, sagt Silvester, alles andere spiele keine Rolle.

– Hauptsache, er lebt.

Seine Mutter drückt das Tier fest an sich, küsst es zwischen die Ohren auf den Schädelpelz, nickt und erhebt sich von der Bettkante.

– Morgen ist Schule, erinnert sie ihren Sohn, es ist spät.

– Es sind noch Ferien, Mama, sagt er.

So leise und beiläufig wie nur möglich.

– Oh, sagt sie, dann schlaf dich aus!

Silvester bekommt ebenfalls einen Kuss auf die Stirn, bleibt mit sich allein im Zimmer zurück. Hört die Mutter im Weggehen mit dem Kater sprechen. Silvester wartet, bis im Wohnzimmer der Fernseher zu laufen beginnt.

Er tappt ins Bad.

Stellt sich auf den Läufer am Waschbecken, beugt sich vor, weit vor.

Das Licht hat er nicht angeknipst; nur durchs Entlüftungsgitter am Fuß der Tür fällt ein schwacher Schein in den fensterlosen Raum. Selbst als Silvester sich an die Dunkelheit gewöhnt hat, ist das Bild im Spiegel nur vage zu erkennen. Seine Haut sieht nicht mehr hell aus, sondern grau wie ein Braunton auf Schwarzweißfotos. Als käme die Farbe seiner Haut (ihre wahre Farbe) erst nachts zum Vorschein.

– Dein Verstand spielt dir einen Streich …, echot es in seinem Kopf.

Und für die Länge eines Wimpernschlags blickt ihn dann Kitty von der anderen Seite des Glases aus an. Zumindest ist es ein Leichtes, sich das einzubilden.

Silvester schließt die Augen.

Er schlägt mit der Stirn gegen den Spiegel, nicht fest, aber ausdauernd, bis ein dumpfer Schmerz zwischen den Schläfen pocht, aufsteigt, sich als Druckgefühl dicht unter der Schädeldecke festsetzt. Der Traum hängt Silvester nach. Er weiß es. Und lenkt seine Gedanken an die Vergangenheit mühsam zurück auf Prinz, zurück in die Gegenwart. Hat Silvesters Besuch im Getränkebasar doch Eindruck auf Brand III gemacht? Ist jetzt alles ausgestanden, der *Kreuzzug* gegen Brand III beendet?

Gestern hätte er ihm am liebsten noch die Reifen am SUV zerstochen, gerne *Mörder* riesengroß an die Hauswand geschrieben. Jetzt rollt eine Welle der Scham durch Silvester hindurch. Die Sehnsucht nach Frieden.

– Willst du Lümmel entführen, oder was?

Kondor hat gar nicht falsch gelegen: Auch das war eine der Rachephantasien. Aber nun ist Prinz wieder da. Und das heißt: Silvester kann das Ganze auf der Stelle beenden, ohne das Gesicht zu verlieren. Der Getränkebasarinhaber wird auf der Hut bleiben, weil er weiß, dass Silvester alles weiß. Reicht das nicht? Es wird so oder so nie eine Gerechtigkeit für Kitty geben. Was würde sie selbst wohl sagen?

– Zeig Größe. Denk auch an die anderen, Bruderherz!

Wahrscheinlich.

Silvester berührt das Ekzem am Hals, hakt einen Fingernagel unter eine Stelle mit Schorf. Letzte Woche hat Kondor Kamps Angebot, für eine Weile vom Autowrack in den *Guten Hirten* zu ziehen, ausgeschlagen.

– Ich komme als Einzelgänger derzeit besser klar, soll er gesagt haben.

Silvester glaubt: Nur seinetwegen hat Kondor verzichtet. Auch wenn Mauser behauptet, Kondor dürfe in der Baracke am Baui schlafen, und das sei für ihn okay, letztlich vielleicht sogar weniger stressig.

Kondor.

Hat *er* wirklich die Katze entführt?

+

Samstag, am Tag, an dem die Videothek schließt, treffen die ersten Wintervorboten am Stadtrand ein: Dicke watteweiße Flocken drehen sich vorm Fenster, als Silvester in aller Frühe die Küchenjalousie hochzieht.

Der Kater reibt schnurrend das Köpfchen an seinen Hosenbeinen. Silvester befüllt Wasser- und Futternapf, schreibt seiner Mutter, die noch schläft, eine Notiz: *Bin bis abends beim Konf.-Unterricht am Hirten. Kuss, S.*

Draußen murmeln und glucksen Rinnsale am Rand der Straße, fließen auf die Gullys zu. Der Schneefall ist mittlerweile in Regen übergegangen. Silvester umkurvt die ausufernde Pfützenlandschaft vorm Eingang des Südturms, stapft stadteinwärts. Er schlägt die Kapuze hoch, macht Musik an, schaltet sich durch zu Track #6.

Kurz vor seiner Ankunft bei der Kirche schiebt er die Kopfhörer aber wieder vom Ohr. Ein silberner Wagen fährt neben ihm, langsam, als würde der Fahrer nach einem Parkplatz Ausschau halten. Es ist einer dieser protzigen Geländeschlitten. Reifen breit wie Elefantenbeine. Funkelnde Felgen. Hohes Cockpit. Die getönte Scheibe auf der Beifahrerseite senkt sich mit elektronischem Surren.

Gleichzeitig segelt (gut 100 Meter entfernt) Merle auf dem Rad heran, mit Rückenwind. Kurvt um die Ecke beim Eiscafé: eine Hand am Lenker, in der anderen hält sie einen Schirm. Silvester würde Merles Bommelmütze darauf verwetten, dass sie ihn längst gesehen hat. Doch er hat keine Zeit mehr, darüber nachzudenken, ob Merle ihm früher (trotz Schirm) nicht bereits von weitem fröhlich gewunken hätte.

– Hey …, Junge!

Ein Ruf von der Seite.

Er gellt aus dem wuchtigen Gefährt, das nun über den

Kantstein walzt, hoch auf den Fußweg. Mit laufendem Motor hält es an, direkt vor einem der Laubhaufen, groß und braun wie Ameisenhügel, die man überall unter den halbkahlen Bäumen zusammengekehrt hat, blockiert die Feuerwehrzufahrt des *Guten Hirten*.

– …?

Silvester sieht das Gesicht von Brand III, eingerahmt von der Fensteröffnung des Wagens. Der Getränkebasarinhaber reckt den Hals vor.

– Überrascht, Brand III zu sehen?, fragt Brand III.

Das Amseln seiner Stimme (dieser flötende, sehr helle Klang beim Sprechen) irritiert Silvester einmal mehr. Er bleibt stehen.

– …

– Brand III hat gehört, dein Miezekater ist zurück, sagt Brand III.

Auf der Kühlerhaube des SUV verdampft der Regen. Neblig weiße Schwaden steigen empor wie aus einem unsichtbaren Feuer.

– Sie erwarten doch hoffentlich kein Dankeschön von mir.

– Nicht ein Haar ist dem Tier gekrümmt worden, sagt Brand III, korrekt?

Silvester späht zur Seite.

Nichts. Niemand in der Nähe.

Der Platz vorm *Guten Hirten:* komplett verwaist. Bauplanen flattern an dem Gerüst, das gleich nach den Jubiläumsfeierlichkeiten um die Kirche geschalt wurde. Der Laubengang: verlassen und leer.

Wo steckt nur Merle? Müsste sie nicht längst angekommen sein?

Silvester dreht sich zurück zu Brand III.

– Was genau wollen Sie?

Brand III streicht sich einmal über den Zickzackbart, schürzt die Lippen, winkt Silvester dichter heran. Er sagt:

– Was glaubst du, was Brand III von dir will, Junge?

Silvester kann auf dem Beifahrersitz eine Eisenstange liegen sehen, armlang, rund, rostfleckig an den Enden. Er zuckt mit den Achseln.

– Keine Ahnung. Handschuhe habe ich jedenfalls nicht dabei heute.

Brand III überhört die Bemerkung. Er sagt:

– Mittwoch hätte man den Eindruck haben können, du wolltest um jeden Preis Krieg. Willst du Krieg? Komm schon, lass es raus.

– …?!

Silvester verblüfft diese Wendung des Gesprächs. Er weicht ein Stück zurück.

– Willst du Krieg?, wiederholt Brand III. (Schärfer jetzt.)

– Sie haben mich offenbar falsch verstanden am Mittwoch, sagt Silvester.

– Hat Brand III das?

Ein Regentropfen läuft Silvester von der Stirn durch die Augenbraue aufs Lid; er lässt ihn. Entgegnet die Frage von Brand III mit einem trotzigen:

– Sie haben Angst bekommen, kann das sein?

– Junge, Brand III hofft, du hast wirklich keine Ahnung, weshalb Brand III hier ist. Falls doch, hast du deinen Krieg, versprochen!

Dann rollt der SUV plötzlich an, die Scheibe summt hoch.

Silvester hat Kamp nicht kommen sehen. Auch Merle nicht. Mit einem Mal sind sie bei ihm. Und Merle berührt Silvester. Sie schiebt die Finger in seine.

Brand III nimmt beim Losfahren einen Teil des Laubhaufens mit. Bräunliche und schmutzig gelbe Fetzen stieben zur Seite.

– Was wollte der Typ von dir?, fragt Merle.

Stumm verfolgt Silvester erst den U-Turn, dann das röhrende Davonschießen des Geländewagens. Kamp sagt:

– Liebet eure Feinde und betet für die, die euch verfolgen …

(Er bläst Zigarettenrauch in die Luft, schnippt die Kippe in die Überreste des feuchten Blätterhaufens am Boden.)

– … und ich dachte, der Mann wäre ein wenig zur Ruhe gekommen.

– Ja, sagt Merle, die Katze ist doch zurück.

Sie löst ihre Hand wieder aus der von Silvester. Wischt eine Locke, die nass an ihrer Stirn klebt, zur Seite. Silvester nickt. Er kann sich nicht wirklich einen Reim auf diesen Auftritt machen. Wie auch sonst niemand.

– Ich glaube, er hat mich einfach ins Herz geschlossen, sagt Silvester.

Da sitzen sie bereits in Kamps Büro. Der Pastor und alle seine Gruppenleiter plus Edda: wie üblich im Kreis um den kniehohen Tisch in der Sofaecke versammelt. Das altmodische Möbelstück mit der ovalen Glasplatte hat Edda seinerzeit sofort auf die legendäre Tafelrunde gebracht. Silvester erinnert sich:

– Sehr schön, Christian I. und seine Knappen halten Hof, hat sie gewitzelt.

Fortan hieß es nur noch so: *Knappentreffen*. Und auch an diesem Morgen, an dem sie bis zum Eintreffen der Konfirmanden gemeinsam Tee trinken und den Tagesablauf besprechen, vergisst Edda beim Aufbruch nicht, alle noch einmal auf ihre Rolle einzuschwören. Nach Edda-Art.

– Auf, auf, Knappen, sagt sie, Brust raus und Kinn hoch,

übergebt die Fackel, tragt Erleuchtung in die Welt hinaus, der große Kürbis ist mit euch!

Lachend scheucht sie dabei alle auf den Flur und Richtung Katakomben. Nur Kamp macht keine Anstalten aufzustehen, lehnt sich bloß auf seinem knatschenden Bürostuhl vor, sucht mit den blassblauen Augen Silvesters Blick.

– Bleib noch einen Moment.

Kamp gießt sich Tee ein, hebt die Tasse auf Kinnhöhe, wartet, bis alle anderen den Raum verlassen haben. Genießt offensichtlich den Dampf, der ihm um Mund und Nase streicht. Silvester sagt:

– Es ist alles in Ordnung, wirklich.

Kamp lässt ihn dennoch wieder Platz nehmen. Wechselt ein paar Sätze mit ihm, scheinbar ohne Hintergedanken. Erkundigt sich nach Silvesters Mutter. Erzählt von Kondor, der diese Woche wieder im Boxschuppen habe mittrainieren dürfen, auch in der Fahrradwerkstatt sei man angetan von ihm.

– Kondor macht sich, sagt Kamp, er kniet sich ordentlich rein, es wird höchste Zeit, dass es eine Lösung für seine Wohnsituation gibt.

Silvester verschränkt die Arme vor der Brust.

– Dieses betreute Projekt, von dem du mal gesprochen hast?

Kamp nickt.

– Ich war noch einmal beim Autowrack am Baui deswegen. Was mir auffiel: Kondor trug so einen roten Wollhandschuh, einen wie den, der neulich auf dem Altar lag. Du erinnerst dich?

Der Pastor macht eine Pause. Silvester schweigt.

– …

Blut rauscht in seinen Ohren. Er fragt sich: Was genau

weiß Kamp? Was hat Kondor erzählt? Oder Merle? Hat Merle mit ihm gesprochen?

Weiß der Pastor am Ende sogar *alles?*

– Silvester, wenn etwas sein sollte, du kannst jederzeit zu mir kommen, und falls ich dir helfen kann, rück raus mit der Sprache …

Die schlecht entlüftete Heizung puckert. Silvester betrachtet den Teppich, als ließe sich eine Botschaft aus dem Muster ablesen. Er kratzt sich am Hals.

– Danke, sagt er, aber worauf willst du genau raus?

– Kondor hängt sehr an dir, sagt Kamp, ich tippe, das ist dir nicht entgangen, und ich mache mir einfach Gedanken.

– Weil Brand III keine Ruhe gibt?

– Er hat dich vorhin nicht nach dem Weg gefragt. Stimmt's?

Silvester bemüht sich um einen gelassenen Gesichtsausdruck und startet ein Ablenkungsmanöver. Erst gestern, beginnt er, habe er beobachtet, wie Brand III mit seinem Hündchen spazieren gewesen sei. Die Dackeldame habe einen ordentlichen Haufen mitten auf den Fußweg gesetzt und das *Herrchen* sei sich nicht zu schade gewesen, den augenblicklich zu beseitigen.

– Der hat den eingesammelt, sagt Silvester, in so einem Plastikbeutelchen, ohne mit der Wimper zu zucken.

– Mit anderen Worten, sagt Kamp, der Mann hält sich an Regeln, will sich nichts zuschulden kommen lassen, ist harmlos …

Silvester lockert die Schultern. Sagt:

– Tja, mal ehrlich, wer macht so etwas in dieser Gegend hier schon?

Das Gesicht des Pastors hellt sich für einen Moment auf. Dann schaut er zur Uhr, legt entschlossen die Handflächen auf die Oberschenkel und erhebt sich.

– Es wird Zeit, sagt er, reden wir vielleicht nachher noch weiter?

– Über Brand III?

Kamp öffnet die Tür.

– Über Brand III. Über Kondor. Gern auch über dich, sagt er, wenn du magst.

II

Kondor über … *Gott usw.*

- *Bei allen Tritten gegens Schienbein, die er so kassiert, sagt Kondor sich doch immer: Ey, das Dasein kann nicht nur aus Trübsal bestehen. Er ist keiner, der den Kopf hängen lässt. Ich denke: Es gibt da ein großes* Gottvertrauen *bei ihm. Einerseits. Und echte* Gottesfurcht. *Andererseits. Betonung auf Furcht seit dem Drogentod des Halbbruders …*

- *Ganz klar, Kondor glaubt, dass es jemanden gibt, der dich straft und belohnt. (Reibt sich den Nacken.) Kondor ist natürlich kein fleißiger Leser der Heiligen Schrift – und doch nicht völlig unbeleckt. Die Boxstaffel, aus der er geflogen ist, wurde seinerzeit ja mit kirchlicher Unterstützung gegründet. So hat Kondor bereits unter Kamps Vorgänger christliche Jugendarbeit kennengelernt. Und was er immer mochte, das waren die religiösen Geschichten, simpel und brutal, wie die sind. (Grinst.) Weil darin einfach wenig beschönigt wird …*

- *Nein, Brand III tickt anders. Dessen Credo lautet: Geld ist richtig, Geld funktioniert. Es gewinnt, wer gewinnt. Es verliert, wer verliert. Das Spiel geht immer weiter. Ende der Durchsage. (Denkt nach.) Das reflektiert Kondor sicher nicht, aber zu Silvester fühlt er sich hingezogen, weil ihn ein Schuldgefühl treibt. Aber das ist nicht alles. Kon-*

dor sehnt sich nach einem Ersatz für Emmemm, nach jemandem, dem man Respekt zollen kann und dessen Respekt man gerne hätte. Das – und als Bonus einmal eine Fahrt mit einer Maschine, die über 230 fährt. (Lacht.) Menschen wie unsereins, die mit anderen Ansprüchen durchs Leben gehen, können so was kaum nachvollziehen, vermute ich, doch für Kondor käme das dem Paradies auf Erden schon nah. Verdammt nah.

▸▸

Ein schmuckloser Vorraum mit großer Glasfront und gesprenkelten Fliesen verbindet das Pastorat mit der Kirche. Eine Treppe führt von hier zu den Gemeinderäumen im Keller. Kamp schließt oben noch die Türen zum Bürotrakt und zum Laubengang ab, während Silvester schon in die Katakomben hinuntersteigt. Seine Sohlen quietschen auf den blanken Stufen. Musik schallt ihm dumpf von unten entgegen.

Cremig-zuckrige Radiomusik.

Stimmengewirr. Vereinzeltes Lachen.

Er durchmisst einen stollenartigen Korridor, in dem Schuhschachtelmuff von der filzigen Auslegeware aufsteigt und der am Ende rechtwinklig in einen weiteren Korridor abknickt. Beim Abbiegen streift Silvesters Blick die Garderobe in der Ecke, eine beinah zimmergroße Nische. Jede Menge Winterjacken Schals Mützen hängen an den Rollständern. Genau dort, wo sich an der Rückwand nächste Woche (bei der Feier) die Getränkekisten stapeln werden.

– Der ideale Ausschank.

Das haben Erec und Erik bei den Planungen sofort bestimmt. Schnell ist dann außerdem klar gewesen: Getanzt werden soll im Bunker, der direkt hinter dem Knick folgt und wo es hoch hergehen dürfte. Mit wenigstens 150 Gästen rechnet man inzwischen. Dominos Kommentar dazu:

– Für die schmückt ihr sicher auch alles hübsch mit Girlanden, oder?

Sie hat Silvester einsammeln wollen am Vorabend. Und während er jetzt den Schritt verlangsamt und die geschlossene Tür zum Gemeindesaal ansteuert, durch die das laute Gedudel der Anlage und die Gesprächsfetzen der Konfirmanden und Knappen nach draußen dringen, muss er daran denken, wie sie beide sich gestern genau hier in die Wolle bekommen haben. Er und Domino.

– Ja, vielleicht hängen wir auch ein paar Ballons und Luftschlangen auf, Dom, genau diesen Kram besprechen wir gerade.

– Süß, das Festkomitee tagt, sagt sie, und das dauert noch länger?

Sie klopft sich mit ihrem Helm gegen den Oberschenkel. Völlig überraschend ist sie in das außerplanmäßige Treffen der Knappen geplatzt. Silvester hat sie sanft, aber bestimmt wieder auf den Flur bugsiert.

– Es tut mir leid, ehrlich, sagt er.

– Was tut dir leid? Dass du mich wegschickst, weil *Fräulein* da drin auf dich wartet, um mit dir und den anderen zu regeln, wer Chips und Erdnussflips für die große Sause besorgt und wer eine Mehrfachsteckdose mitbringen kann?

– Genau, sagt Silvester.

Nur dies eine Wort zunächst, sonst nichts.

– …?

Doch Domino legt eine Kommt-da-noch-was?-Pause ein. So jedenfalls wirkt es auf ihn, und er schiebt hinterher:

– Wir sind nicht mehr zusammen, ich komme heute nicht mit dir mit, Dom.

Domino mustert ihn kühl.

So ganz anders als zwei Tage zuvor, als er sie im Bett allein gelassen hat, aufgestanden ist, ohne sie auch nur zufällig berührt zu haben.

Dominos verstreut herumliegende Klamotten.

Die Jeans. Der Slip. Der BH. Dazu (auf der Schwelle zum

Schlafzimmer) einer der Schuhe mit den hohen und so fragil wirkenden Absätzen. Silvester steigt über all das im müden Schein der Teelichter hinweg. Domino versucht nicht einmal, ihn zum Bleiben zu überreden.

– Egal, was kommt, schön, dass du heute da warst, hat sie gesagt.

Mittwochnacht. Ohne Publikum.

Freitagabend, während die Knappen in Hörweite auf Silvester warten, schlägt sie weniger versöhnliche Töne an. Und weniger leise. Es sei ihr egal, tobt sie, wie er das nenne, ob er und sie seiner Meinung nach zusammen seien oder nicht. So eine Abfuhr habe sie nicht verdient. Was er sich überhaupt einbilde, sie vor diesen Leuten da drin, seinen *Sektenfreunden,* wie eine orientierungslose Halbirre zu behandeln …

– Du brauchst deshalb keinen Streit vom Zaun zu brechen, Dom, sagt er, es ändert nichts. Im Gegenteil, ich will nicht, dass du dir falsche Hoffnungen machst.

Das ist zu viel für Domino.

– Ich bin dir peinlich, oder? Und ich bin zu LAUT …

(Sie deutet auf die Tür mit dem geriffelten Glas.)

– … werde ich jetzt von der Gästeliste gestrichen?

– Oh, Mann!

Silvester lässt die Arme fallen und ratlos gegen die Beine klatschen.

Domino kommt näher.

– Ich habe Geduld mit dir, sagt sie, aber nicht mehr viel. Denk daran beim Händchenhalten mit *Fräulein,* das wird auf die Dauer langweilig, Sil, langweiliger als langweilig, glaub mir, du kannst gar nicht ohne mich …

Sie hat ihn küssen wollen, ihm eine Hand (in dem glatten Lederhandschuh) auf die Wange gelegt. Dann ist sie, als Silvester sie weggestoßen hat, rückwärts stolpernd gegen die Wand gegenüber geflogen: Ihr Jet-Helm fällt zu Boden, kullert über den filzigen Teppich, trudelt aus, bleibt liegen: Das grelle Licht der Deckenspots bündelt sich am Scheitelpunkt der Rundung. Ein gleißender Klecks.

Gebetsstille.

Das Blitzen aus Dominos colafarbenen Mandelaugen (der sich plötzlich davorlegende feuchte Glanz). Silvester rechnet fest damit, dass Domino gleich ausrasten wird. Ein Lächeln wie nicht von dieser Welt umspielt ihre Mundwinkel. Alles scheint in diesem Moment möglich. Fliegende Fäuste, treten beißen spucken. Ein hysterischer Schreianfall. Der Zusammenbruch in Rotz und Tränen.

Doch über Dominos Gesicht huscht bloß ein finales *Leckmichdoch*. Sie bückt sich und hebt den Helm auf, stolziert den Gang hoch in Richtung Treppe. Ohne Blick zurück. Dafür aber die rechte Faust mit dem ausgestreckten Mittelfinger erhoben.

Du bist es, Dom, du bist in Wahrheit langweilig!

Das hätte er ihr gerne hinterhergerufen, hat sich aber im Griff gehabt. Ist nur zwei, drei Mal vor dem Gemeindesaal auf- und abmarschiert, bevor er schließlich (tief, sehr tief durchatmend) die Klinke gedrückt hat, die er auch jetzt wieder drückt.

Silvester schiebt die Tür auf.

Der Gemeindesaal ist nicht wirklich groß und nicht wirklich ein Saal. Die Decke aus gilbstichigen Gipsplatten mit Lochmaserung hat normale Wohnungshöhe. Die Jugendlichen widmen sich bereits grüppchenweise der Vormittagsaufgabe: Das Stadtplanerspiel steht auf dem Programm.

Die Polsterstühle sind am Regal mit den Bibeln und Gesangbüchern zu Türmchen zusammengestellt. Auf den frei im Raum verteilten Tischen stehen die elektrischen Styroporschneidegeräte, davor herrscht Gewimmel Gewusel Gewühl.

Mittendrin, nur ein paar Meter entfernt: Merle. Sie zeigt einem Rudel Mädchen, wie man mit dem glühenden Draht der Metallbügelkonstruktion das schaumweiße Material zurechtsägt, hilft einer Anfängerin, mit dem richtigen Schwung vorzugehen, um die Kanten nicht anzusengen. Nebenher wird diskutiert.

– Also ich bin für ein Kino, sagt eins der Mädchen kaugummikauend.

– Brauchen wir das?, fragt ein anderes, was ist mit einer Kirche?

Sie gucken auf Merle. Die hält sich zurück, zuckt still vergnügt die Achseln.

– Euer Modell, eure Entscheidung, sagt sie, am Ende soll es der Ort werden, an dem ihr gerne leben wollt, ganz einfach.

– Na, dann, sag die Kaugummikauerin, lassen wir die Kirche doch einfach weg und bauen wir aus den Klötzen einen Freizeitpark!

Die Mädchen glucksen. Und Silvester schielt weiter zu Merle hin. Sie trägt das Tuch wieder. Er ertappt sich bei einem Lächeln: sein Halstuch. Ein Zeichen, klar. Wie die kurze Berührung vorhin an der Straße. Er denkt: Mit dem Erscheinen hier gestern hat Domino sich selbst ins Knie geschossen.

Und wie auf Kommando wendet Merle sich in diesem Moment zu ihm um, legt den Kopf zur Seite, guckt so von unten nach oben, lächelt ebenfalls.

Die Grübchen, die kurz in ihrem Gesicht aufscheinen.

Silvester fühlt sich mit einem Mal leicht, sehr leicht. Wie von einer Last befreit.

Er schließt die Tür hinter sich, ohne die Augen von Merle zu lassen. Jemand schlurft näher, rempelt ihn kameradschaftlich an: Edda, die Tragekiste mit den Klebeflaschen unterm Arm. Sie tuschelt ihm (hinter tatsächlich vorgehaltener Hand) zu:

– Falls das die Frage ist, sie gibt dir noch eine Chance, schätze ich, wenn du dich ins Zeug legst, aber, darauf solltest du dich einstellen: Sie wird wohl weiter einen härteren Kurs fahren. Zumindest bis zur Feier.

– Ich werde mal fragen, ob ich mich nützlich machen kann, sagt Silvester.

Bereits im Begriff, auf Merle zuzugehen.

Dann bricht die Radiomusik abrupt ab. Ein forderndes Klopfen, das vermutlich auch schon zuvor zu hören gewesen ist, durchdringt die jähe Stille. Und alles reckt die Hälse zu den Fenstern, den einzigen unter der Kirche mit einem Blick ins Freie: Der Schemen einer sehnigen, spilligen Gestalt bewegt sich da draußen, jenseits der vom Regen gemusterten Scheiben.

Silvester erkennt zuerst die schwarze Lederjacke.

Kondor.

Dann auch den Rest: Kondor winkt mit den viereinviertel Fingern seiner rechten Hand. Silvester ahnt: Der Überraschungsgast will zu ihm. Ein kurzer Blickwechsel mit Merle. Schon hat er sich durch die anderen hindurchgetankt, öffnet eins der Fenster weit. Man schenkt ihm ein Lächeln von Ohr zu Ohr zur Begrüßung.

– War gerade in der Gegend, Meister, sagt Kondor, hast du eine Minute?

Ein Sprühregenhauch wischt Silvester ins Gesicht.

– Hier?! Jetzt?!

Mit hochgezogenen Brauen schüttelt Kondor den Kopf. Er sagt:

– Das ist der Punkt, ich will dir was zeigen. Du müsstest mitkommen …

+

Ein Spalier kahler Bäume links und rechts: Silvester folgt Kondor, der in den Pfad zum Baui einbiegt. Silvesters Schritte werden schwer, wie immer an diesem Ort, beinah reflexartig. Steinchen knirschen unter den Sohlen. Die entgegenwehende Luft schmeckt eine Spur bitter auf der Zunge, ein wenig nach welkem Salat.

– Halt mal eben, Meister!

Kondor fährt schrankenartig einen Arm aus, bleibt stehen, lauscht. Von der Autobahn schwappt mit dem Wind das Summen und Jaulen der vorbeirauschenden Fahrzeuge über die Schallschutzwand. Sonst fällt Silvester nichts auf. Er fragt:

– Wozu diese ganze Heimlichtuerei, hm?

Auf Schleichwegen sind sie vom *Guten Hirten* in die Siedlung gelangt.

– Ich will nur sichergehen, sagt Kondor, besser, niemand kriegt was mit.

Am Gitterzaun beim Bolzplatz sieht Silvester die Aufsteller für den großen Laternenumzug und das *Spectaculum* stehen. Das Spielfeld zwischen den Toren: eine Landschaft aus tiefen brackigen Pfützen. Herbstblätter treiben im Wasser.

– Das ist albern, sagt Silvester, keine Sau hängt hier am Samstag rum.

– Normal nicht, sagt Kondor, aber weiß man's? Los, komm!

Mit weiten Sprüngen setzen sie über die Seenplatte. Silvester merkt: Das eine Plakatbild hängt ihm nach (fröhliche Kindergesichter und leuchtend bunte Lampions). Er hat das Motiv auch vor seinem Besuch im Getränkebasar schon gesehen.

– Brand III hat mir heute Morgen Krieg versprochen, ruft er Kondor zu, spuck's endlich aus, du weißt doch, weswegen!

Kondor zeigt keine Reaktion.

Er hat seinen üblichen Schaukelgang aufgegeben, wieselt und hüpft vornweg, erstaunlich behände und so, als hätte er nichts gehört.

– …

Silvester flucht still vor sich hin. Das nasse Bodengestrüpp auf dem Brachland tränkt die Hosenbeine, seine Schuhe schmatzen im Matsch, und an einer besonders glitschigen Stelle rutscht er um ein Haar aus.

Als er die Senke mit dem Wrack erreicht hat, lehnt Kondor mit der Hüfte am (von Taubenkot gekalkten) Kofferraum. Silvester fühlt sich unangenehm an seinen Traum erinnert. Er sagt:

– Mach's nicht unnötig spannend, okay?

Kondor wischt sich mit dem Ärmel der Lederjacke über die Nase.

– Auf der Rückbank, Meister!

Silvester schliddert näher, um nachzuschauen. Öffnet ohne großes Zögern den Wagen, starrt hinein. Das, was er erblickt, legt ihm vorübergehend komplett das Hirn lahm. Das zerfetzte Ohr. Die trüben Kulleraugen. Der wedelnde Schwanz. Für zwei, drei Sekunden findet keinerlei Übertragung zwischen den Synapsen statt, erst dann begreift Silvester es wirklich.

Da sitzt der Hund.

Wie vom Himmel gefallen, könnte man meinen, gäbe es nicht das Dach des Wracks über dem Kopf des Tiers und die Maulschlaufe um die lange Schnauze, eine Art Knebel, der Silvester an eine aufgeschnittene Socke erinnert.

– Der Hund, sagt er, das ist Lümmel.

Eine Feststellung mehr für sich selbst.

– Die heilige Dackeldame, in Fleisch und Fell, sagt Kondor, korrekt, Meister!

Der Vierbeiner hebt das Hinterteil, trippelt auf Silvester zu. Die Pfoten kratzen über das verschabte Material der Sitzbank, aber ehe das kurzbeinige Tier bei ihm ist, knallt Silvester die Tür wieder ins Schloss. Als hätte er Angst vor einem Angriff.

– Das Vieh, sagt er, muss zurück zu Brand III, sofort!

Er spricht leise, auch die letzten zwei Silben. Stellt sich, Arme hinterm Rücken verschränkt, vors Wrack wie vor einen Kamin. Statt eines Knisterns dringt Hecheln und Fiepen schwach heraus.

– Das war deine Idee, Meister, sagt Kondor, jetzt nur nicht kneifen!

– Meine Idee?!?

Silvesters Herz wird fast hörbar. Kondor setzt ein Triumphgrinsen auf.

– Töle gegen Kätzchen, Meister, Geiselaustausch!

Mit den Handballen drückt Silvester sich gegen die Wange und die Stirn, als wolle er kontrollieren, dass sein Gesicht fest sitzt.

– Das Herrchen dieser Töle kutschiert durch die Siedlung, Schaum vorm Mund und Eisenstange auf dem Beifahrersitz. Hast du nicht mehr alle Speichen in der Felge? Es gibt keinen *Geiselaustausch*.

– Keine Bange, sagt Kondor, der Typ vergöttert dieses flohverseuchte Vieh, ja, der hängt an seinem Wauwau mehr als an seiner Süßen, glaub mir, das haut hin!

– Die Katze ist längst zurück! Was soll das Theater?

Kondor horcht auf.

– Sag das noch mal.

– Was soll das Theater!

– Das andere.

– Blickst du es nicht, Kondor? Der-Ka-ter-ist-zu-rück!

– Seit wann?

– Vorletzte Nacht.

Es wirkt, als hätte man Kondor den Stöpsel gezogen. Er sackt vor dem Wrack in die Hocke, schlägt ein paar Mal hintereinander den Hinterkopf gegen die rostige Metallverkleidung. Kondor fasst ans Silberkreuz, das ihm um den Hals baumelt.

– Und er hat dir die Mieze persönlich vorbeigebracht, Meister?

– Brand III? Quatsch. Ich dachte, *du* hättest dafür gesorgt!

– Ich wusste ja nicht mal, wo der Kater steckt! Wieso überhaupt ich?

– Weil du Prinz geklaut hast? Weil du auch bei uns eingebrochen bist? Weil du Angst hattest, ich könnte Brand III wegen dieser Geschichte weiter auf die Nerven gehen? Weil dir der Typ deswegen die Hölle heißgemacht hat?

Erst lacht Kondor. Es folgt ein Stöhnen. Aber nichts Schweres liegt darin, eher Erleichterung. Dann stellt Kondor die Finger zum Kirchturmgiebel auf. Er knabbert mit seinem abgebrochenen Schneidezahn an der Spitze, schließt kurz die Augen.

– Das glaubst du, Meister? Du glaubst wirklich, ich bin bei euch eingestiegen, und du kommst trotzdem mit mir her?

Ein Knoten bildet sich in Silvesters Bauch. Er ist überzeugt, dass er sich nicht irrt. Und es kostet ihn Kraft, die

Ruhe zu bewahren. Seine Mutter fällt ihm ein. Völlig aufgelöst wegen Prinz' Verschwinden hat er sie nach der Ausfahrt angetroffen.

Die Ausfahrt!

Die Tour mit Merle durch den Sintflutregen.

Die schlimmen zwei Wochen danach.

Silvester steht das alles deutlich vor Augen. Dieses ewige Auf und Ab. Und ständig mit von der Partie: Kondor. An diesem Sonntag beim Trödelmarkt. Und hinterher mit Mauser am See, als sie den Drachen geschrottet haben. Sogar in der Nacht mit Merle auf K16 hat er ihren Weg gekreuzt.

Der Knoten in Silvesters Bauch wächst.

Er versucht, einen Sinn in alledem zu erkennen, eine Logik. Kondor war in der Zeit, als er noch bei Edda und Mauser gewohnt hat, beinah kriecherisch bemüht, sich nützlich zu machen, wo es ging, ja, er hat sogar Suchanzeigen für den Kater mit aufgehängt und dabei die ganze Zeit gewusst, was mit Prinz geschehen ist!

– Du wolltest den Helden mimen, Kondor, stimmt's?

Eine Erkenntnis, die in Silvester aufflammt wie die Dinge am Morgen, wenn man aus traumlosem Schlaf erwacht. Er schluckt die Säure herunter, die ihm in den Hals gestiegen ist. Die Sache scheint auf einmal völlig klar. Kondor sagt:

– Tja, Meister, sieht so aus, als hätte ich's gründlich vermasselt, was?!

Silvester boxt nach hinten mit der Faust gegen das Wrack. Ein einziger, fester Schlag, bevor er zu Kondor herumfährt.

– Vier Wochen war Prinz weg, herrscht er ihn an, vier! Und jetzt schleppst du einen Hund an und reißt dumme Witze?

+

Es entsteht eine Pause, während der das Sirren von der Autobahn zu hören ist. Fern auch der Gesang einer Feuerwehrsirene. Dazu die gedämpften Geräusche, die aus dem Wrack dringen: Lümmels Wehklagen. Kondor kauert noch immer am Boden, hat das Kinn auf die Brust gesenkt.

– Ich schwör's, sagt er nach einer Weile, hoch heilig hundertfach, ich habe die Mieze nicht gemopst, nicht auf die Art, wie du denkst. Eure Wohnungstür war nicht richtig zugeschnappt an dem Abend, selbst ein Blinder hätte das gesehen, Meister.

Kondor stöhnt. Der Kater, fährt er fort, sei raus ins Treppenhaus, er habe ihn bloß einfangen wollen, dann sei Silvesters Mutter plötzlich zurück gewesen und die Wohnungstür habe nun eben sperrangelweit offen gestanden.

– Sie hat sich deswegen zu Tode erschreckt, sagt Silvester.

Kondor wringt den Zopf im Nacken.

– Ich hatte auch Schiss, Meister, sagt er, verstehst du? War doch klar, deine Mutter ruft die Blaumützen. Also bin ich weg mit der Mieze. Was hätte ich denn tun sollen in der Situation? Das Vieh lassen, wo es war, siebenter Stock, mitten auf dem Treppenabsatz, und tschüs? Oder den Kater schnell mal abgeben?

Er jammert, windet sich wie unter Bauchkrämpfen: Vielleicht habe er ja wirklich etwas ausbügeln wollen für sich und Emmemm, räumt er ein, wegen damals, wegen der Kitty-Geschichte. Aber ohne großen Plan.

– Du warst im Südturm, du wusstest, ich war unterwegs, sagt Silvester, und seit Jahren knackst du Schlösser. Einer wie du ändert sich eben doch nicht!

Kondor hebt den Blick, langsam, sehr langsam, als bräuchte es zunächst Zeit, die Bedeutung der Worte überhaupt zu erfassen. Dann fährt er forsch aus der Hocke auf:

Silvester riecht den pampelmusigen Schweißgeruch, den die Bewegung aus der Lederjacke pumpt.

– Man hat mich gelinkt, sagt Kondor, ich wollte helfen, Meister, nur helfen! Aber erst hat Merle bei der Rückgabe nicht mitgespielt, weil die sauer auf dich war, oder was weiß ich. Und dann *schwupps*, war die Mieze wieder weg!

– So ein Stuss! Warum warst du überhaupt in der Nacht im Südturm, hä?

– Warum ich im Südturm war? Die Zwerge hatten an dem Abend geulkt, sie würden was bei euch an die Tür schmieren, die haben mich ständig aufgezogen, von wegen, wir sind *Homos* und so, ich wollte sehen, ob sie das durchziehen. Es war Pech, verficktes Pech. Oder wie würde der Prediger dazu sagen: höhere Gewalt?

– Höhere Gewalt! Alles und nichts ist höhere Gewalt, sagt Silvester, aber ich glaub dir einfach nicht mehr. Kein Wort! Keine Silbe!

Kondor hebt provozierend das Kinn.

– War denn was weg in der Bude? Ich war zur falschen Zeit am falschen Ort.

– Nicht das erste Mal, sagt Silvester, und du bist gestört worden!

Er will sich zum Gehen abwenden. Kondor fasst ihn am Ellbogen.

– Stoppstoppstopp, Meister, was wird jetzt mit Lümmel?

Silvester sieht hinunter auf die Hand, die den Stoff des Parkas umklammert.

– Hab ich doch gesagt. Bring ihn zurück oder lass ihn frei, sagt er, lass ihn von mir aus einfach laufen. Die Suppe hast du dir selbst eingebrockt.

Er macht sich von Kondor los, reißt den Oberkörper herum, verliert ein wenig die Balance, rasselt dabei mit dem Kopf gegen Kondors Kopf. Nicht doll, aber ihm wird kurz schwarz vor Augen, ein Schwindel erfasst ihn, ein Drehgefühl.

Kondor hält ihn erneut fest, diesmal an der Reißverschlussleiste.

– Dieser Köter hat meinen kleinen Finger gefressen, sagt er.

– Ja, und da drüben gibt es das Holzkreuz für Kitty …

(Silvester deutet in die ungefähre Richtung.)

– … aber der Köter spuckt deinen Finger nicht wieder aus, sagt er, und es hilft auch niemandem mehr weiter, das Herrchen von dem Vieh auf die Palme zu bringen, das müsstest du eigentlich am allerbesten wissen.

– Pah, und das erzählt mir ausgerechnet der Typ, der in der ganzen Siedlung Fehdehandschuhe verteilt hat, was? Ich lach mich tot, Meister. Haha! Wie bei deinen Frauengeschichten, morgens hü, abends hott. Du bist eine Windel!

Kondor lässt sein Gegenüber los, schnaubt. Wischt sich von vorn nach hinten über den öligen Scheitel. Silvester kontert: Sei nicht er, Kondor selbst, vor kurzem noch ganz erpicht darauf gewesen, dass nichts eskaliere?

– Bist *du* nicht bettelnd zu mir gekommen, sagt er, damit ich meine Füße still halte? Du hattest die Hosen voll, dir ist die Pampe an den Beinen runtergetropft!

Silvester meint am Ende dieser Tirade mit einem Mal einen intensiven Ton im Ohr zu hören (ein Klang, der in ihm selbst entsteht). Hebt die Hand vor die Muschel, verlagert das Gewicht von einem auf das andere Bein. Der helle Ton summt aus.

– He, sagt Kondor, was ist los mit dir, Meister?

Silvester hat den Blick gesenkt. Im Matsch nimmt er zum ersten Mal die schuhförmigen Umrisse wahr, die Kondor und er dort hinterlassen haben. Am Grund der Spuren steht Regenwasser, leicht gekräuselt an der Oberfläche, wie in dem Traum, in dem er mit Bozorg am Wrack gewesen ist. Dieser Traum.

– Ich bin müde, sagt Silvester, tierisch müde. Die Handschuhnummer ist passé, die restlichen drei Paar sind gestern den Müllschlucker runter.

Der Schädel brummt noch immer. Silvester schließt die Augen, presst sich Daumen und Zeigefinger gegen die Nasenwurzel.

– Ich hab Kopf und Kragen riskiert, sagt Kondor, wir können den Drecksdackel nicht laufen lassen, Meister, unmöglich. Brand III lässt uns die Scheiße von dem Vieh fressen, bevor er uns auseinanderpflückt!

Eine neue Garbe Pampelmusengeruch. Ein Windstoß pfeift ums Wrack, treibt Kondors Ausdünstungen Silvester direkt in die Nase. Er hält die Luft an, massiert die geschlossenen Lider: Glühende Punkte flammen auf der Netzhaut auf, konzentrische Kreise: ein Kosmos aus Feuerwerksfarben. Die Muster kommen Silvester vor wie das Abbild eines Schreis. Eines unmenschlichen Schreis.

Eindrücke aus dem Traum drängen ihm ins Bewusstsein: Silvester sieht eine menschliche Gestalt in nassem Gras liegen. Unkontrolliert zuckende Glieder: Sie krakeln unsichtbare Figuren in die Luft, dahinter: ein zur Schreckensfratze verzerrtes Antlitz. Beklemmung kocht in ihm hoch. Er nimmt die Finger aus dem Gesicht.

– Mach, was du willst, Kondor, sagt er, ich bin raus.

Kondor knackt mit den Knöcheln, wiederholt:

– Das geht nicht. Ich lasse das Vieh nicht laufen! Schon wegen Emmemm …

Seine Stimme klingt seltsam dünn. Ein erneuter Schwindel überfällt Silvester. Er spürt, dass etwas vorgeht. Schlägt die Augen auf. Kondor ist aus seinem Blickfeld entschwunden: Er muss eine zackige 180-Grad-Drehung vollführt und die Tür zum Wrack mit einem Ruck geöffnet haben. Den Rücken Silvester zugewandt, kniet er auf dem Sitzpolster, beugt sich tief ins Fahrzeug.

– Moment, Kondor, was wird das?!

Lümmel ist nicht zu sehen, aber die Raschelgeräusche verraten, dass sich der Hund offenbar sträubt, wohl ein paar Mal erschreckt zurückweicht, bevor Kondor ihn zu packen bekommt und mit dem Vierbeiner herumwirbelt.

Kurz darauf hält Silvester das halb geknebelte Tier im Arm. Die Dackeldame drückt ihm die feuchte Schnauze ins Gesicht, schnaubt. Der Spüllappengeruch aus dem Rachen, die Wärme des lebendigen zittrigen Körpers: Lümmels Nähe sorgt für ein merkwürdiges Gemisch aus Ekel und Wohligkeit. Kondor zückt sein Butterfly.

Eine Bewegungsstafette aus dem Handgelenk: Die Klinge steht.

– Brand III hat eine Lektion verdient, das waren deine Worte, Meister!

– Was schlägst du vor? Willst du Brand III ein Ohr des Köters schicken oder eine Pfote plus Wegbeschreibung, mit freundlichen Grüßen …

Silvester lacht gewollt auf. Kondors Züge werden starr.

– Besser keine halben Sachen, Meister, nicht mit *einem wie mir*, oder?

– Du bluffst, sagt Silvester.

Betrachtet die abgebrochene Spitze der Waffe. Seine Lippen kleben zusammen. Das Gewicht des Dackels scheint plötzlich zuzunehmen, ebenso die Müdigkeit in den Armmuskeln. Kondor zieht hoch und spuckt aus.

– Da drüben ist der Baui, eine Schaufel schnell besorgt, und früher oder später wächst Gras über die Sache, sagt er, es bleibt unser Geheimnis, Meister!

Silvester weicht zurück, tritt auf einen Ast. Aus einem Gebüsch in der Nähe fliegt ein Vogel auf. Eine Elster? Sie zieht eine Schleife über dem Brachland (weit oben), verschwindet in Richtung Baui. *In Richtung Baui!* Silvester denkt noch einmal an Kitty, zugleich an Merle, Edda, die Knappen und Kamp, die alle im *Guten Hirten* sind, wo auch er jetzt sein sollte.

– Tu, was du tun musst, Kondor, sagt Silvester.

Schaut dabei weiter in den Himmel, dorthin, wo er den Vogel eben aus den Augen verloren hat. Bedrohlich tief hängen die Wolken mit ihren prallvollen Bäuchen über ihnen: Ein paar kleinere strömen an den großen vorüber, durchscheinend und aschegrau, erstaunlich geschwind (wie Zigarettenrauch in Zeitlupe).

– Du bist nie mein Freund gewesen, Meister, oder?

Silvester lässt noch einmal die Fingerspitzen sanft und in Kreisen durch das borstige Fell streichen, dann übergibt er Lümmel an Kondor.

– Du tötest den Hund nicht, niemals, das kauf ich dir nicht ab!

■

ÂVENTIURE VI

Merle & Kondor

Die Auserwählten II

September, Oktober

◀◀

|Mittwoch, vier Wochen und drei Tage vor Ausbruch des Feuers

Früher Abend. Edda tapst ohne Begrüßung an mein Fenster, zieht am Schleuderstab der Gardine. Metallringe klimpern oben aneinander, trübes Resttageslicht schlüpft ins Zimmer. Ich kneife die Augen zusammen, ohne mich sonst nennenswert zu regen. In langer Schlabberhose und Kapuzenshirt liege ich auf dem Bett.

Den einen Arm als Stütze unterm Kopf, den anderen einfach lang am Körper ausgestreckt. Bläulich schimmern Adern innen am Handgelenk durch die Haut. In der Faust halte ich das Plastikfeuerzeug, das ich nach der Ausfahrt in den Klamotten gefunden habe. Christians Feuerzeug.

Edda, nasse Jacke, beschlagene Brille, schnappt sich das Gießkännchen vom Regal, befüllt wortlos das Vogelbadehäuschen, hängt es vor den Käfig.

Artus turnt sofort hinein. Ich sage:

– Auf keinen Fall komme ich mit.

Edda will mich zum Puppenabend schleppen, das weiß ich. Es geht darum, Aufgaben für das Fest zu verteilen. Der Termin steht schon länger. Edda reibt mir unter die Nase, dass ich das war, die das alles angeleiert hat.

– Deine Idee. Findest du nicht auch, dass du das den anderen schuldig bist?

Schlaff zucke ich die Achseln. Mir graut ein wenig davor, Christian über den Weg zu laufen. Von dir ganz zu schweigen. Seit gut einer halben Woche sind wir vom Meer zurück. Gestern hast du das erste Mal versucht, mich anzurufen.

Gestern! Ein einziges Mal! Ich bin nicht rangegangen.

– Vielleicht komme ich gar nicht mehr in den *Guten Hirten*.

– Mausi, sagt Edda, kann es sein, dass du dich verrennst?

– Kann es sein, murre ich zurück, dass ich meine Zeit fahrlässig verplempere, wenn ich nicht schleunigst ein bestimmtes Kapitel in meinem Leben abhake?

– Du bist 17, du verplemperst nur Zeit, wenn du den Kopf in den Sand steckst.

– Ich bin 17, ja, und der Kopf ist kurz vorm Platzen im Moment!

Sie kommt mit der Gießkanne auf mich zu.

– Alte Plärrboje, sagt sie, ehrlich!

Ich ahne, was sie vorhat.

– Stopp, sage ich, das wagst du nicht!

Ein Irrtum. Edda schüttet mir ohne Wimpernzucken eine ordentliche Ladung lauwarmes Wasser ins Gesicht. Kippt, als ich auffahre und schimpfe, auch noch den letzten Rest durch die große Öffnung über mir aus.

Artus tschilpt, plustert sich. Ich sitze tropfend da, trockne mich notdürftig an meinem Kapuzenshirt ab. Edda sagt:

– So, reiß das Fenster auf, hol dir eine Lungenentzündung.

– Schon gut, schon gut, sage ich, das bringt mich bestimmt voran.

Edda plumpst zu mir aufs Bett, die Matratze federt auf und ab. Ich lasse mich von Edda in den Arm nehmen, vergrabe die Nase im rauen Stoff ihres Mantels, der nach Regen riecht.

Schweigen.

Dann sagt sie:

– Das ist auch für Silvester keine leichte Situation.

Der Einbruch. Der Kater, der weiter verschollen ist. Und was das alles für den Zustand deiner Mutter bedeutet. Keine Kinkerlitzchen, gebe ich zu. Und fühle mich kurzzeitig mies. Andererseits: Hätte ich dir nicht gerne geholfen? Doch wie unter den Umständen? Dir ist offenbar lieber, dass wer anders dir Händchen hält. Ich bin dir egal. Aber Edda verneint das. Ihre Theorie: Du willst Domino im Augenblick schonen.

Es gibt etwas, das ich nicht gewusst habe: Eine wichtige Geschäftsreise steht für Domino an. Hast du mir das am Telefon beichten wollen? Dass du es momentan nicht übers Herz bringst, grausam zu deiner Freundin zu sein? Meine Theorie: Du hast gar keine Ahnung, was du willst.

– Er wird sich nie von ihr trennen, nicht meinetwegen, sage ich.

Edda stöhnt.

– Diese Dinge sind einfach die Hölle, die bringt einem keiner bei, sagt sie.

Und etwas unüberlegt rutscht ihr dann heraus, was Domino *ihrem Silvester* zum Geburtstag geschenkt hat. Ein schmuckes Schatzkästlein mit dem Schlüssel zu ihrer Wohnung. Mein Gemüt verfinstert sich wieder um mehrere Dunkelgrade:

– Ach ja, den Schlüssel zu ihrem Herzen hat er ja schon, sage ich, toll.

Reiße mich zusammen, so gut es geht. Es geht aber nicht gut. Edda:

– Du bist etwas Besonderes für ihn.

– So? Was findet er denn an mir? Kondor beispielsweise hat ja am Sonntag vermutet, dass Silvester mich für ein *Rührmichnichtan* hält! Wusstest du das?

Was ein Edda-Lachen.

– Kondor! Papperlapapp, sagt sie, hat er das wirklich gesagt? Na, ich denke, Silvester findet deine unschuldige Art eher anziehend.

– *Unschuldige Art?*

– Na und? Wie ein Flittchen kommst du einfach nicht rüber.

– Wahnsinnskompliment. Was soll ich da jetzt dazusenfen?

– Gar nichts, du sollst jetzt mitkommen. Tapetenwechsel. Los!

Doch an dem Punkt bleibe ich stur. Kein Puppenabend, kein Knappentreffen, gar nichts im *Guten Hirten* diese Woche. Das Einzige, was Edda mir noch abringen kann, ist die Zusage, ihr am Sonntag beim Trödelmarkt zu helfen.

Kaum hat sie sich allerdings verabschiedet, kommt neuer Besuch.

Es dingdongt an der Tür, und ich öffne sofort, weil ich vermute, Edda käme noch einmal zurück. Sie lässt gerne etwas liegen. Aber jemand ganz anderes steht nun vor mir auf der Fußmatte.

Öliger Haudegen-Schopf. Regentropfen, die von der Haudegen-Lederjacke perlen. Die eine Hand frisch bandagiert und zum Gruß erhoben. Ein Blumenstrauß in der anderen. Ein Blumenstrauß! Kondor scherzt:

– Selbst gepflückt.

In der Küche nebenan höre ich meine lieben Erzeuger und Ernährer werkeln. Mit gespitzten Ohren vermutlich, ihre Stimmen jedenfalls sind verstummt. Ich schiebe Kondor ein Stückchen vom Eingang weg, stelle mich mit ihm unter die Blutbuche.

Auf Strumpfsocken.

Er scheint nach unserer letzten Zusammenkunft, die so seltsam verlaufen ist, mehr zerknirscht als nachtragend.

– Wegen dem Schlag da auf die Wunde, sage ich, …

Er winkt ab.

– Die Busse verkehren weiter fahrplanmäßig.

Flatterhaft und plapperig wie immer fängt er dann wieder von dem Kater an, tischt eine echte Räuberpistole auf. Kondor sagt, er sei inzwischen im K16 gewesen. Alter Kontakt, heiße Spur. Der Typ dort würde offenbar einen anderen Typen kennen, der gelegentlich *entlaufene* Haustiere unter der Hand vertickt.

Ob ich nicht zum Schein als Interessentin auftreten könne? Am besten gleich.

– Ich war drei Tage nicht in der Schule, sage ich, ich fühle mich nicht, kann Edda das nicht auch übernehmen?

– Die ist am *Guten Hirten*.

Meine Socken: klitschnass. Ober- und Unterkiefer spielen Kastagnetten. Mit einiger Mühe gelingt es mir, Kondor abzuwimmeln und zu vertrösten.

Ich entsorge die Blumen auf dem Kompost, stehle mich zurück ins Zimmer, will mich vor Diskussionen drücken und das Familienabendessen vorsorglich sausenlassen. Aber man zwingt mich an den Tisch. Meine Mutter setzt mir Spiegelei vor.

– Iss, Süße, sonst bin ich die Nächste, die hier das Heulen bekommt.

Ich tunke einmal Brotrinde in den Dotter, führe das Stückchen an die Lippen, lutsche daran. Der Appetit stellt sich nicht ein. Die ganze Woche ging das schon so: Kummerdiät. Man hätte mir meine Lieblingsgerichte zubereiten können, es wäre wie Wasser ins Meer schütten gewesen. Doch heute grummeln Ma und Pa deswegen nicht einmal lange.

Pa hat etwas zu verkünden: große Urlaubspläne für die Ferien in zehn Tagen. Das Hotel sei bereits reserviert.

Recht spontan, nachdem meine Brüder signalisiert hätten, mitzukommen. Plus Freundinnen. Ich rechne im Kopf: Ich wäre nicht da, wenn Domino zurückkäme. Ich wäre die ganze erste Ferienwoche nicht da!

– Ich weiß ja nicht, wie der Stand der Dinge ist, sagt Ma, aber wir hätten auch kein Problem damit, wenn Silvester mitkommt.

– Allerdings, sagt mein Pa, morgen müssen wir fest buchen.

Ich sitze mit gesenkten Schultern da, wie jemand, der in Ketten zum Schafott geführt werden soll. Dicke Flunsch. Wortloses, nichtssagendes Blinzeln:

– …

– Du tust so, als hätten wir soeben das Ende der Welt verkündet.

– Ich kann nicht mitkommen.

Es rutscht mir so raus.

Mein lieber Erzeuger und Ernährer knallt jetzt die Hand auf den Tisch, dass Besteck und Teller hüpfen. Er wäscht mir den Kopf. Regt sich über mein Verhalten der letzten Tage auf. Auch der Auftritt von Kondor hier schmeckt ihm nicht.

– Wer war das überhaupt?

Die Bemerkungen meines Pas bleiben gesittet, aber ihm ist von der Stirn abzulesen, was in ihm vorgeht: *Zwielichtige Typen, die ums Grundstück streichen, eine Tochter, die sich wie geistesgestört benimmt, Zustände!* Ich sage:

– Vielleicht ist es sogar gut, wenn ich hier bleibe und das Haus bewache.

– Schluss jetzt, schnaubt mein Pa, du weißt ja nicht mehr, was du redest.

|Kondor, Bonusmaterial: nachgestellte Szene #11

In der Spüle und auf der Küchenarbeitsplatte stapelte sich das benutzte Geschirr zu imposanten Gebilden. Das Kochfeld: mariniert von Wasser- und Soßenrückständen. Über den Kacheln am Herd ragte ein staubiger Kabelstrunk aus der Wand, gerahmt von Umrissen eines nicht mehr existenten Schranks. Daneben hing eine Plastikuhr, das Ziffernblatt gelbstichig und leer. Sämtliche Zeiger fehlten.

– Spinn ich, sagte einer der hässlichen zwei Zwerge, ist er das wirklich?

– Da schau her, sagte der andere, Cousin Kondor, zurück im K16!

– Stippvisite an alter Stätte, wie?

– Gut, dass wir gewartet haben!

Kondor blieb an der Türschwelle stehen, lehnte im Rahmen. Er betrachtete die frische Botschaft an der Wand. I ♥ Homonigger, *stand dort, wo keine Kacheln waren. Die Schrift von Hand auf den Putz gepinselt. Mit Ketchup.*

– Nichts zu tun?, fragte er, für heute schon durch mit Dackeldamefüttern und Gassigehen? Fleißig, fleißig.

Die zwei Zwerge grinsten sich hässlich an. Sie saßen mit baumelnden Beinen auf einem Tisch. Unter dem kippligen Ding: leere Flaschen und Pappschachteln.

– Warst du nicht gerade erst frisch ausgezogen, Kon?

– Wohnst du jetzt nicht in so einer piekfeinen Laubenvilla am Park?

Kondor sah kurz über die Schulter. In einem anderen Raum der Wohnung lief ein Fernsehgerät. Das Vorabendprogramm:

Die musikunterkleisterten Stimmen von Seifenoper-Darstellern tönten über den Flur.

– Vergoldete Wasserhähne, sagte Kondor, Marmorböden und so, alles vom Feinsten, fast wie in diesem Schatzkästlein. Frag mich nur, was euch hertreibt?

Er stellte eine Einkaufstüte auf den spakigen Fliesen zwischen seinen Füßen ab. Einer der Stachelköpfe jonglierte mit Katzentrockenfutter in der Hand. Sagte:

– Was uns hertreibt? Palaver. Dachten, könnte lustig werden.

– Tratsch von Haustierfreund zu Haustierfreund quasi, ergänzte der andere. Pfriemelte bedächtig etwas aus der Hosentasche. Ein nachlässig gefaltetes Blatt, die Ecken und Kanten bestoßen und berieben.

– Schon gesehen? Ziemlich große Ähnlichkeit zu dem Miezchen, das seit dem Wochenende plötzlich hier rumgeschnurrt ist, findest du nicht?

Sie hielten eine Suchanzeige aus dem Heimwerkermarkt hoch.

– Das ist der Kater von dem Albinomulatten, mit dem du so dicke bist.

– Schokolollis Bruder, dein Homofreund.

Kondor senkte die Brauen. Stachelkopf eins sagte:

– Das Miezchen wird schon seit Tagen gesucht.

Stachelkopf zwei zielte mit Katzentrockenfutter auf einen Topf, und es gab ein helles Pling, *als das Wurfgeschoss am Metall abprallte. Der Schütze sagte:*

– Was sollte das wohl Schlaues werden, Belohnung nach oben treiben?

Er zwinkerte Kondor zu, riskierte den nächsten Wurf.

Pling!

– …

Kondor schwieg. Die hässlichen zwei Zwerge sahen sich an.

– Es hat ihm die Sprache verschlagen!

– Holla! Ja, ihm fehlen die Worte!

Ein Brummen vom Kühlschrank her. Kondor schaute in die Richtung, öffnete den Mund, wie um etwas zu sagen, tat es aber nicht. Stattdessen wischte er sich über den Scheitel, lächelte. Sagte dann doch noch:

– Okay, ihr Krötenfressen, ihr habt euren Spaß gehabt. Wo ist die Mieze?

– Schon vergessen? Wir Schmuddelkinder hier ticken einfach anders.

– Unsereins greift zu, wenn es etwas zu holen gibt.

– Unsereins verscherbelt in Notzeiten alles, selbst Kuschelkätzchen.

– Ehrlich, Kon, für ein gesundes Miezchen gibt es immer ein paar Tacken.

Locker, fast entspannt klangen ihre Stimmen.

– Tja, wir lassen natürlich gerne mit uns handeln, sagte der eine.

– An der Plakettenfront stockt es nämlich, sagte der andere.

Kondor starrte ins Leere.

– Nicht euer Ernst.

– Doch, doch.

– Sogar unser voller.

Doppeltes Rotzlöffelgrinsen.

– Ihr habt den Kater nicht vertickt, sagte Kondor, niemals.

– Und ob, kam die Antwort vom Tisch, aber vielleicht kriegst du ihn schon bald zurück, liegt ganz bei dir, Kon.

– Genau. Brauchst bloß ein paar Plaketten aufzutreiben.

Kondor ballte die Fäuste.

– Bloß ein paar Plaketten, wie? Das könnt ihr euch abschminken.

Luftküsse wurden ihm zugeschmatzt. Volllippig.

– Oder sollen wir direkt zu deinem Homofreund?

– Meinst du, der wäre traurig, wenn sein Miezchen kahlrasiert zurückkehrt?

– Kahlrasiert und mit zerquetschten Pfötchen?

– Kahlrasiert, mit zerquetschten Pfötchen und ausgestochenen Augen?

Kurze Denkpause.

Dann setzten die zwei noch näselnd hinzu:

– Und mit kurzamputiertem Schwänzchen!

– Und mit Homopiercing am kurzamputierten Schwänzchen!

– Haha!

– Haha!

Sie klatschten sich ab.

Kondor wollte auf sie los. Stürzte einen Schritt vor, die Einkaufstüte zwischen seinen Beinen kippte polternd um. Tierfutterdosen rollten heraus. Die Stachelköpfe sprangen auf und hatten blitzschnell ihre Hände an den Jackentaschen, lauerten.

Kondor hielt inne, einen Zeigefinger drohend ausgestreckt.

– Noch mal, das mit den Plaketten könnt ihr knicken!

Er schnaufte seine Anspannung raus.

– Ganz locker, Kondor, sagte der eine hässliche Zwerg.

– Warte, sagte der andere.

Man reichte ihm ein Katzenhalsband. Mit den Worten:

– Denk drüber nach! Der Bross meldet sich die Tage bei dir.

– War einfach kein erstklassiges Versteck für so einen Kater, Kon, echt blöd!

Ich schaue zur Seite: Eddas drei Standmeter liegen nah am Eingang, gegenüber von der chemischen Reinigung. Kondor und Mauser, beide in Sportklamotten, schleppen immer wieder neuen Trödelmarktkrempel durch die automatischen Türen.

Bis unters Dach ist Eddas Wagen, der draußen mit Warnblinklicht im dunklen und nasskalten Morgen vorm Einkaufszentrum parkt, damit vollgerammelt.

– Oh, den Karton mit dem Projektor gleich zu mir, sagt Edda.

Sie nimmt ihn entgegen, bringt ihn bei unseren Jacken in Sicherheit, sieht mich an. Halb fragend, halb entschuldigend. Ich:

– Aha, es läuft also auf ein arrangiertes Treffen hinaus.

Man hätte wirklich Lunte riechen können. Immerhin findet die Veranstaltung praktisch direkt unter deinem Fenster statt.

– Schau mich nicht so an, sagt Edda, Silvester hat das Knappentreffen am Freitag genauso wie du geschwänzt.

– Was willst du mir sagen? Ich habe die ganze Woche im Bett gelegen!

– Schwer krank, ich weiß, sagt Edda, aber ihn quält das auch.

– Ja, spotte ich, es gibt eine Menge Mythen und Sagen, die sich um seine Feinfühligkeit ranken. Ich bin gespannt.

Zu meiner eigenen Verblüffung stimmt das sogar. Ich bin neugierig, wie du dich (*falls* du aufkreuzt) wohl verhalten wirst. Und auch, wie *ich* mich dann verhalten werde. Zu einem Versöhnungskurs fühle ich mich jedenfalls nicht bereit.

Aber erst einmal gibt es sowieso andere Dinge zu tun. Kondor ächzt mit dem letzten Wäschekorb heran. Ich gehe ihm zur Hand, räume den Plunder mit aus und frage Kondor nebenher, ob es wegen seiner *heißen Spur* etwas Neues gibt.

Er reibt sich die Nase.

– K16 und der Kater? Großflop, hat sich komplett zerschlagen.

– Ach, sage ich.

– Künstlerpech, winkt er knapp ab.

Startet wenig später mit Mauser sein sonntägliches Laufprogramm.

Es ist gerade eben 7 Uhr. Die Klimaanlage über uns summt, arbeitet allerdings nur mäßig. Edda gießt Thermoskannen-Tee in große Tassen. Sie und ich beginnen, den Wust an *Schätzen* vor uns ein bisschen hübscher zu dekorieren.

Doch dann kommen auch schon die Fledderer und Schnäppchenjäger. Bis 8.30 Uhr haben sie uns alles nur halbwegs Attraktive aus den Händen gerissen. Was das Dekorieren nicht unbedingt leichter macht. Als es richtig voll wird in den Gängen, ist unser Sortiment bereits auf wertlosen Mist und schwer verkäufliche Kuriositäten zusammengeschrumpft. Wir erleben auf einmal jede Menge Leerlauf. Edda fragt:

– Was war das vorhin eigentlich mit Kondor und der *heißen Spur*?

Ich staune. Für sie scheint das völlig neu zu sein.

– Hat Kondor mit euch denn nicht darüber gesprochen?

– Nein.

Edda schüttelt den Kopf, und es stellt sich heraus, dass es Knatsch gegeben hat. Fast zwei Wochen lebte Kondor nun in der Kolonie am See. Und obwohl Zeit genug gewesen war, sich um eine dauerhafte Bleibe zu kümmern, und Christian für ihn auch ein paar Dinge angeleiert hatte, zeigte Kondor keinerlei Elan.

Am Donnerstag erschien Edda deshalb mit einem Sozialarbeiter im Schlepp bei sich zu Hause. Ein junger Typ, der Kondor unter die Arme greifen wollte. Kondor aber machte sofort dicht und kriegte sich hinterher gar nicht wieder ein. Er fürchtete, er könnte in einer Art Heim landen, packte demonstrativ seine Tüten, bevor er sich wieder beruhigen ließ. Ich:

– Was hat dieser Typ denn verkehrt gemacht?

– Der Typ war in Ordnung, sagt Edda, aber Kondor und vor allem sein Bruder haben früher nur schlechte Erfahrungen mit Sozialarbeitern und so weiter gemacht. Sobald sich jemand von außen einmischte, gab es im Umfeld der zwei anscheinend regelmäßig Remmidemmi und Krawall.

– Und jetzt? Wie geht es weiter?

– Kondor hat davon gefaselt, sagt Edda, lieber in das Autowrack am Baui zu ziehen als sich von einem *bekumpeln* zu lassen, der sich von Berufs wegen nur um Bettnässer, Drogenopfer und Vollhupen kümmert.

– Ja, bloß, sage ich, von heute auf morgen wird Kondor ganz sicher nicht auf eigenen Beinen stehen können. Was stellt er sich vor?

– Er hat versprochen, nächste Woche mit Christian zu reden. Und von mir aus kann er auch noch zwei, drei Wochen bei uns bleiben. Aber dann?

Edda kommt nicht mehr dazu, den Gedanken laut weiterzuspinnen.

Eine gebückt gehende Frau ist zu uns an den Tapeziertisch getreten. Üble Geschwüre entstellen die eine Gesichtshälfte der Silberhaarigen. Krebs? Ich meine, sie schon einmal beim Gottesdienst gesehen zu haben. Sie brabbelt komisches Zeug, verhandelt mit Edda über einen Regenschirm mit eingerostetem Schnapper.

Ich schiele wieder zur Tür.

Leute strömen in einem fort rein und raus, raus und rein, verschwinden nach verschiedenen Richtungen. Und du? Du lässt dir Zeit.

Zur Ablenkung und um mich aufzuwärmen, gehe ich mir die Beine vertreten, reihe mich in die Scharen ein, die Stand um Stand an all dem vorbeiziehen, das es hier zu sehen gibt.

Schnickschnack und Gerümpel.

Ausrangiertes und Klimbim.

Miefige Klamotten. Grässliches Geschirr. Altes Spielzeug in abgegrabschten Verpackungen. Unverwüstliche Radios und alle möglichen andere, oft auch defekte Gerätschaften, Relikte aus untergegangenen Epochen der Unterhaltungselektronik.

Was tun die ganzen Leute hier überhaupt? Die einen stellen einen Teil ihres Lebens aus, der für sie wertlos geworden ist. Und die anderen wühlen darin herum, feilschen, wenn sie etwas finden, das sie haben wollen. Wozu auch immer.

Um ein Stück Leben billig in Besitz zu nehmen?

Muss man das nicht einfach nur unfassbar traurig finden?

Am Ende meiner Runde bleibe ich vor einer Kinderritterburg aus Pappmaché stehen, denke prompt an deinen Wespenstich zurück, an das, was du danach zu mir gesagt hast, und plötzlich hält mir jemand von hinten die

Augen zu. Das wagst du nicht, ist mein erster Gedanke. Drehe mich um, wobei mir die Luft wegbleibt.

+

Um im Getümmel den Stößen und Remplern zu entkommen, führt Christian mich ein Stückchen zur Seite, in den Schutz von zwei Pflanzenkübeln. Im künstlichen Licht wirkt das Grün der Palmengewächse so unecht, dass ich gleich die Hand nach einem der fransigen Federwedel ausstrecke. Viel schlauer macht mich das auch nicht.

– Merle, sagt Christian, wieder auf den Beinen?

Kein Groll. Kein versteckter Vorwurf. Kein Wort zur Ausfahrt, zur heimlichen Flucht in Eddas Wagen, keins zu meinem Fernbleiben vom letzten Knappentreffen.

Christian zeigt mir alte Schallplatten, die er erworben hat. Und ich erzähle ihm vom anstehenden Urlaub mit meinen Eltern. Ich kann es selbst kaum fassen, wie er das deichselt: Ich verspreche am Ende ganz allein von mir aus, mich noch einmal am *Guten Hirten* zu zeigen, bevor wir fliegen.

– Ob ich es nach den Ferien wieder zu den Knappentreffen schaffe, weiß ich noch nicht, sage ich, gerade wächst mir so einiges über den Kopf.

– Du wirst gebraucht, das Festkomitee muss in Schwung kommen, sagt er.

Allein kehre ich dann zurück zu Eddas Stand.

Und als ich wieder da bin, bist auch du da, an Eddas Seite hinterm Tisch. Dein Haar: wild wie immer. Deine Miene: die reinste Unverfrorenheit. Deine Botschaft: So bricht man Herzen. Mein Puls zieht augenblicklich an.

Was nun? Ich tue erst mal, als würde ich dich nicht kennen. Inspiziere den Stand wie eine normale Trödelmarktbesucherin, die sich für etwas interessiert. Ich deute auf den tragbaren Schmalfilmprojektor, den du aus dem Karton geholt hast.

– He, funktioniert der noch?

Du spielst mit, nimmst den kaputten Netzstecker in die Hand:

– Tadellos! Wenn auch nur mit Pedalbetrieb.

– Oh, das kenne ich schon, sage ich, versprechen lässt sich ja immer viel, wenn der Tag lang ist …

Eine amüsierte Regung in deinem Gesicht, als ob alles in Butter wäre.

– Ich kenne dich, sagst du, bist du nicht die aus dem Eiscafé?

– Stimmt, sage ich, bist du nicht der, der Mädchen gerne versetzt?

Es bringt Spaß, auf die Art einen Tritt gegen dein Schienbein auszuteilen. Allerdings muss ich auch einstecken: Birnengeruch wogt mir sanft entgegen.

– Ich bin der, der versucht hat, dich anzurufen, sagst du.

– Genau ein Mal.

– Und jetzt bin ich hier. So schnell gebe ich nicht auf, Merle von Aue.

Mein Name an deine Worte angehängt: Das ist zu viel. Ich kneife die schon zusammengekniffenen Augen noch ein wenig weiter zusammen.

– Du bist eine Woche zu spät, sage ich.

Das laut ausgesprochene *zu spät* tut mir fast körperlich weh. Ich gehe um den Tisch herum, schnappe mir Jacke und Mütze und werfe Edda auf die Schnelle einen Abschiedsgruß zu, gebe meinem Fluchtimpuls nach.

Vorsichtshalber: Ich habe schlicht keinen Bock, vor dir zu heulen.

Draußen renne ich los. Über mir ein verhangener Himmel, der das Tageslicht merklich dimmt. Ich renne gegen kräftige Oktoberböen an, die den Bäumen an der Straße grob die Blätter von den Ästen reißen. Renne Richtung Kolonie am See, wo mein Rad steht. Du holst mich erst auf der Autobahnbrücke ein.

Ich bleibe nicht stehen, gehe in zackigem Schritt weiter.

– Du bist sauer, sagst du, klar.

Deine Hand, die mich dabei an der Schulter berührt: Jetzt halte ich doch an. Ich stoße deinen Arm weg, mache einen Schritt rückwärts. Und noch einen. Pralle gegen das Geländer. Deine Lippen lächeln nicht mehr. Ich sage:

– Es gibt Dinge, die vergisst man nicht so leicht, Silvester Lanzen.

Du kommst näher. So nah, bis du keine Katzenschwanzlänge mehr von mir entfernt bist. Eine deiner Lockenspitzen zappelt stürmisch in einem Luftzug.

– Okay, sagst du, was willst du, dass ich tue?

Ich blicke an dir vorbei in den Himmel. Zwei Wolkenbänke schieben sich vor der Sonne auseinander. Ich spüre das Licht auf der Haut: Es wärmt nicht mehr.

– Ist die Frage nicht vielmehr, sage ich, was *du* überhaupt von mir willst?

Du fährst dir durchs Kraushaar. Scheinst nachzudenken.

– Es ist dumm gelaufen, sagst du, ich möchte trotzdem, dass du und ich uns weiter sehen, dass du bei den Knappen bleibst.

– Wozu?, will ich wissen.

Tiefes Luftholen von dir.

– Weil du mir wichtig bist.

– Davon habe ich eine Woche lang nichts mitgekriegt.

– Ich könnte erklären, warum, aber das muss nicht heute sein.

– Gut, sage ich, dann frage ich mich natürlich, wieso du dir das Hinter-mir-her-Rennen nicht *heute* einfach gespart hast.

– Es ist Drachensaison, sagst du.

Da sehe ich es: Du schleppst tatsächlich mein Geburtstagsgeschenk mit dir herum. Das wird ja immer toller.

– Du lenkst ab!

– Kein Stück. Ich möchte mit dir zusammen was unternehmen, so einfach ist das. Ich will mit dir dieses Dings hier ausprobieren.

– Eine Wahnsinnsidee. Hat deine Freundin keine Lust gehabt?

– Domino?

– Gibt es noch eine andere?

Dein Augenverdrehen macht es nicht besser: Egal, was du auch sagen oder tun würdest, ich bin auf Zinne. Und du bist der Letzte, der dagegen etwas tun kann.

– Wir sind nicht mehr zusammen.

– Weiß sie das auch?

– Nein, noch nicht.

Unfassbar!

Doch ich komme gar nicht mehr zum Antworten. Denn in der Kurve, wo die Bauzäune im Wind wackeln, tauchen jetzt zwei Gestalten auf, frisch geduscht und unternehmungslustig, wie es aussieht. Die eine mit Mütze, die andere im Haudegen-Schaukelgang. Mauser und Kondor: Ruckzuck sind sie bei uns.

– Silvester sucht jemanden zum Drachensteigenlassen, sage ich, Lust dazu?

+

Brav frühstücke ich am Montagmorgen eine normale Portion Biomüsli, radele ganz pünktlich zur Schule. Keine Klagen, nichts. Ich stecke in einem halbwegs behaglichen menschlichen Kostüm. Ich spiele die mir auf den Leib geschriebene Rolle fast schon wieder tadellos. Das Mädchen, das jedem neuen Tag eine faire Chance gibt.

Das atlantische Tiefausläufer nicht persönlich nimmt.

Das zurücklächelt, wenn es angelächelt wird.

Das nach Niederlagen Rückgrat zeigt und wacker nach vorne blickt.

So startet Woche zwei nach der Ausfahrt.

Dir gestern auf der Autobahnbrücke keine Wahl gelassen zu haben, außer mit Mauser und Kondor in den Park zu pilgern, hat geholfen. Wie du geguckt hast.

Die Nachbilder davon auf der Netzhaut (von deinem hübschen und traurigen Gesicht) blinzele ich beinhart weg. Applaus dafür im Innern: Das Leben würde auch ohne dich weitergehen. Zum Beweis versuche ich, dich gleich völlig zu vergessen.

Klappt am Anfang zehn Sekunden. Bald aber schon eine halbe Minute. Kurz vor Unterrichtsschluss während der Klausur sogar einmal eine satte Viertelstunde. Geht doch. Und dann, nach dem letzten Gong am Nachmittag, das.

Auf dem Schulhof: das übliche Wimmeln, Wuseln.

Feiner Regen wie aus einem überdimensionierten Zerstäuber geht nieder. Ich stapfe an den Fahrradständern entlang. Du lehnst, Kopf eingezogen, an der Sitzbank dieses Rollers. Etwas abseits vom allgemeinen Treiben.

– Lauerst du mir jetzt auf?

Der gereizte Unterton in der Stimme gelingt gar nicht schlecht. Ich schiebe mir zufrieden eine widerspenstige Locke aus dem Gesicht. Deine Antwort:

– Ich wollte dir vom Drachensteigen mit Kondor und Mauser berichten.

– Ja, das Strohwitwerdasein ist hart, niemand hört mehr zu.

– Vielleicht habe ich es verkorkst, sagst du, aber du benimmst dich wie 13!

Augenblicklich richte ich mich bolzengerade auf, Kinn hoch, Brust raus, drücke meinen Rucksack an den Bauch. Ich sehe dich einfach nur an.

– …?!

– Sorry, sagst du.

– Mehr gibt der Wortschatz nicht her?

– Mir gefallen Mädchen mit Haaren auf den Zähnen.

Ein einladendes Lächeln. Dann fängst du wirklich von eurem Besuch im Park an. Der Drachen hatte sich angeblich beim ersten Absturz so in den Boden gerammt, dass ein Stab brach und das Nylonmaterial durchbohrte.

Fassungslosigkeit bei mir.

Erst nachdem ich eine Weile die Schuhe meiner vorbeihastenden Mitschüler betrachtet habe (Sneaker, Loafer, noch mehr Sneaker), sage ich:

– Bist du deshalb da? Um mich auf den Arm zu nehmen?

– Kondor hat das Ding mitgenommen, kann man vielleicht wieder reparieren, sagst du, war nicht gerade mein Glückstag gestern.

Ich sperre das Fahrradschloss auf. Du schlägst vor, mich noch nach Hause zu bringen. Mein gekünsteltes Lachen hört sich an wie das Fiepen eines Welpen.

– Ich soll als Lückenbüßerin herhalten? Vergiss es!

– Gestern war Kinoclub, sagst du, ich habe mit Kamp gesprochen. Ich finde das gut, wenn du bei den Knappen weitermachst.

Langsam begreife ich. Puste mir einen Regentropfen von der Nase.

– Habt ihr gemeinsam die Glaskugel befragt?

– Kamp hat erzählt, er hätte mit dir beim Trödelmarkt gesprochen, sagst du.

– Wie wär's damit: War nur leeres Gelaber, sage ich, kennst du ja!

Ich lasse dich stehen. Schwinge mich aufs Rad.

Aber am nächsten Tag bist du wieder da. Wieder zur selben Zeit, wieder auf diesem dämlichen Scooter, der dir nicht gehört. Du bremst damit direkt vor meinem Vorderreifen, als ich gerade vom Schulgelände fahre.

– Immer noch böse?, fragst du.

Helm am Rückspiegel, Zündung aus.

– Böse? Hätte ich denn Grund dazu?

Ich schiebe die Daumen zwischen Schultern und Tragegurten des Rucksacks entlang, als habe ich nur deshalb angehalten. Du sagst:

– Ich dachte, ich höre mal, ob du vielleicht heute Zeit hast. Oder morgen.

– Zeit wofür?

– Zum Reden, sagst du, oder direkt zum Waffengang auf neutralem Boden.

Grandioser Einfall.

– Aber wir reden doch schon, sage ich, und die Hoffnung, dass du zu einer Verabredung erscheinst, bebrüte ich bestimmt kein zweites Mal.

– Hokay, sagst du, wie geht es also weiter, Merle von Aue? Was kann ich tun?

Ein liebreizendes Grübchenlächeln von mir:

– Kleines Geheimnis: Ich mag keine Jungs, die mit den Rollern ihrer Freundin herumkutschieren und anderen Mädchen schöne Augen machen.

Bamm, das sitzt. Ich wickele zufrieden eine Strähne um meinen Finger.

– Dann morgen. Ohne Roller.

– Es hat sich nichts geändert seit gestern, ich muss lernen, die ganze Woche.

– Gut, sagst du, ab Freitag sind dann ja Ferien.

– Trotzdem schlecht.

– Freitag ist letzter Schultag, da muss niemand lernen!

– Ich habe nicht behauptet, dass ich Freitag lernen muss, sage ich.

Stecke dir die Sache mit dem anstehenden Familienurlaub. Aber du drängst nach. Sagst:

– Kofferpacken dauert nicht ewig, warum nicht Freitag?

– Nein, weil nein, sage ich.

Finde mich dabei selbst so blöd, dass ich das fast den besten Grund finde, schnell abzuhauen. Und das tue ich: Überlege mir unterwegs, auf Schleichwegen direkt zum Einkaufszentrum zu fahren.

Edda soll mich aufheitern.

In der Videothek blitzt mir zur Begrüßung aber erst einmal ein Haudegen-Grinsen entgegen. Kondor steht neben Edda am Tresen und kontrolliert, ob noch genügend Handzettel mit der Suchanzeige für deinen Kater ausliegen.

Sofort fällt mir auf, dass er eine grobe Latzhose unter seiner Lederjacke trägt. Seit dieser Woche läuft das Praktikum in der Fahrradwerkstatt. Er fängt frühmorgens an und hat deshalb auch früh Feierabend. Ich frage ihn, wie es ihm gefällt.

– Soll ich die Kette von deinem Stahlgaul spannen?

– Ehrlich, sage ich, bringt es Spaß?

Kondor spreizt auf Brusthöhe die nicht ganz viereinhalb Finger seiner Linken weit aus, bewegt das Handgelenk ein paar Mal bedächtig hin und her. Eine Geste der Unentschiedenheit. Dazu macht er ein Gesicht wie jemand, der soeben in ein Stück Zitrone gebissen hat, spricht von Bremsklötzen, Tretlagern, endlosen Tagen und von dem zähen Schmutz unter den Nägeln, gegen den kein Schrubben hilft.

– Und dieser Reifengestank, sagt er, in jede Pore kriecht der dir.

Er schnüffelt an seiner Jacke, um zu demonstrieren, dass er ihn gar nicht mehr loswird. Trotz allem wirkt er dabei nicht kreuzunglücklich. Edda sagt:

– Du klingst schon wie ein alter Hase, und das nach zwei Tagen!

Ein elektronisches Vibrieren unterbricht uns.

– Oh, vermutlich mein Karrierecoach, sagt Kondor.

Befördert aus den Tiefen seiner Arbeitshose ein Telefon zutage, stürmt zum Ausgang, als würde er etwas Heißes oder Brennendes in den Händen halten, das unter keinen Umständen auf den Boden fallen darf.

– Der Projektor, ruft Edda ihm nach.

Aber Kondor ist schon aus der Tür. Ich linse in die Tüte, die er vergessen hat. Erkenne das alte Gerät vom Trödelmarkt wieder. Edda meint, dass Kondor für dich den Netzstecker reparieren will.

– Ach ja, die Filme von Bozorg aus dem Keller, sage ich.

Ich erinnere mich. Stöhne. Edda sagt:

– Er hat nach der Schule wieder auf dich gewartet?

Ich nicke.

Schildere, wie ich dich habe abblitzen lassen.

– Tat gut, sage ich.

– Und es hat dir trotzdem fast das Herz gebrochen, gib's zu.

Ich blase hilflos die Backen auf, betrachte meine Fußspitzen. Gebe zu: Du und ich benehmen uns derzeit wie die allerschlimmsten Karikaturen von unglücklich verliebten Teenagern. Ich sage:

– Ich weiß nicht recht, was ich will. Es ist alles so verworren.

|Kondor, Bonusmaterial:
nachgestellte Szene #12

Unterm Vordach am Einkaufszentrum schob Kondor sich im Zickzackkurs durch den Parcours aus Passanten. Wich Entgegenkommenden aus, überholte schlanken Schrittes die, die in seiner Richtung unterwegs waren. Das Telefon presste er dabei gegen das eine Ohr und den Handteller als Schallschutz fest gegen das andere.

– Wie die Geschäftsreise läuft? Der ist wirklich gut, Kon …

(Kollerndes Lachen dröhnte aus dem Gerät.)

– … Hunderte Spießgesellen schlagen vor den Mahlzeiten auf Blechgeschirr ein, sagte Brand III, Freigang nur mit ans Bein geketteter Kugel, für ein zartes Gemüt wie das vom Bross nicht leicht zu verdauen.

Der Linienbus stadteinwärts kam schnaufend in der Straßeneinbuchtung auf Höhe des Spielzeugladens zum Stehen. Kondor sagte:

– Ist dann wohl wirklich alles so wie in diesen Krimis im Fernsehen, was?

Er wandte sich beim Reden leicht zur Seite, um sich dem Verkehrsgetöse und der geräuschvollen Unruhe an der Haltestelle zu entziehen: Automatiktüren, die auseinanderklappten. Aus- und einsteigende Fahrgäste.

– Wie im Fernsehen? Pass mal auf, sagte Brand III, der Bross starrt hier in einem verstunkenen Raum mit Bahnhofsbeleuchtung gegen einen abgegrabschten Apparat und eine geriffelte Metallplatte, der Hörer müffelt nach Billigrasierwasser. Das Ding ist noch warm vom Vormann.

Komm zum Punkt, lass hören, was dir auf der Seele brennt, Kon!

– Hat Josey mit dir gesprochen?

– Du bist auf dem Haustier-Trip, erzählt man sich. Hast dir Ärger eingehandelt mit deinen neuen Freunden. Ging wirklich fix!

– Ich brauche die Mieze zurück.

– Deine einzige Sorge, wie? Die Zwerge haben ordentliche Nachbesitzer für das Vieh gefunden, mach dir keine Gedanken, sagte Brand III. Die Jungs haben sich so ihr Taschengeld aufgebessert, alles korrekt, die Bude im K16 ist kein Tierheim.

– Schon kapiert, Mann.

– Zur Erinnerung: Du hast deinen Erstwohnsitz aus freien Stücken zu diesen Bibelheinis verlegt. Verstehst du? Davon mal ganz abgesehen, warum zum Henker versteckt man überhaupt ein entlaufenes Katzenvieh? Noch dazu, wenn das Leute betrifft, die einem helfen, einen Job und ein Dach überm Kopf zu bekommen. Ts, ts!

– …

Kondor schwieg.

– Na, sagte Brand III, der Bross hat sich das gleich gedacht, weißt du, diese Laberköpfe mit ihrem Mitleid, die machen einen wie Kondor ruckzuck trottelig und weich in der Birne. Aber Mitleid ist eins dieser Gefühle, die nicht lange anhalten.

Dünner Regen sprenkelte Kondors Gesicht. Das schützende Vordach hatte er inzwischen verlassen, war am Ende des Einkaufszentrums um die Kurve gebogen, verkrümelte sich nun in eine Nische beim ausgebrannten China-Restaurant.

– Ich muss die Mieze zurückgeben, beharrte er.

– Dein Problem, richtig? Warum sprichst du darüber

nicht einfach mit dem Prediger und seinen Jüngern, hä? Die haben doch sooo *viel Verständnis für alles.*

Fußgänger mit eingezogenen Köpfen hasteten an Kondor vorbei. Er drehte sich zur rußverschmierten Scheibe in seinem Rücken um. Er stöhnte.

– Ich weiß nicht, sagte er, stehe ein wenig unter Druck, auch wegen dem Job in der Werkstatt und so, schätze, wäre keine optimale Lösung.

– Tja, du steckst mal wieder in der Patsche. Ist das die Zusammenfassung, Kon? Hast gedacht, die Bibelheinis interessieren sich für dich. Aber gib's zu: Denen geht es nicht um dich, nicht ums arme, kleine Würstchen Kondor. Nein, die wollen, dass sie sich selbst gut fühlen, weil sie dich bekehren oder so ein Quatsch. Doch da haben sie eine harte Nuss erwischt, wie?

Brand III hatte sich während der letzten Sätze, das ist an seiner veränderten Aussprache zu hören, etwas in den Mundwinkel geklemmt. Ein Streichholz oder ein unangezündetes Zigarillo womöglich.

– Oh Mann, sagte Kondor, ich weiß echt nicht, worauf du hinauswillst.

– Nicht? Kondor bleibt Kondor. Stets für Dummheiten zu haben. Schuld sind natürlich trotzdem immer die anderen. Ist es nicht so?

Kondor sah sich im dunklen Glas gespiegelt, gegen das er starrte.

– Ich zahle, sagte er, ich gebe den Zwergen das Geld, das sie für die Mieze bekommen haben. Von mir aus auch das Doppelte.

Der Tonfall am anderen Ende der Leitung änderte sich, wurde eindringlicher.

– Stopp, Kon! Was soll der Bross sagen? Sei kein Opfer, du wolltest raus. Du hast dich vor ein paar Wochen für diese

dusseligen Samariter entschieden, hast hingeschmissen, einen sauberen Schnitt gewollt, obwohl wer ackert auch beim Bross ganz prima vorankommt. Und jetzt die Preisfrage: Warum sollte sich Brand III da plötzlich für deine Mieze interessieren, hm? Oder für ein paar lausige Kröten? Erklär das mal! Oder besser: Erzähl dem Bross etwas, was er noch nicht weiß.

– Zum Beispiel?

– Denk nach! Der alte Herr von Brand III hat immer gesagt, wer sich anderen nützlich machen kann, weil er ein besonderes Talent hat, der ist im Vorteil, der verschafft sich noch am ehesten Gehör. Begreifst du?

Kondor atmete tief ein.

Er drehte sich wieder nach vorne um, lehnte sich zurück: Regenspuren an der Fassade des Südturms gegenüber. Ein paar Schritte entfernt von ihm: ein Aufsteller für eine Ausstellung im Einkaufszentrum. Schwarze und weiße Magie.

Er sagte leise:

– Plaketten.

– Plaketten. Nicht schlecht, schnaufte Brand III, wäre das nicht ein Angebot?

– Habe ich eine andere Wahl?

Brand III lachte.

– Ist eine raue Gegend, in der du zu Hause bist, sagte er, sonst hätte der Bross jetzt vielleicht behauptet: Beten! Haha! Aber so. Es gibt keine Freiheit. Mit Glück höchstens die Wahl, sich sein Gefängnis selbst auszusuchen. Sprich mit Josey.

Edda und ich sind allein in der Videothek. Die Leuchtröhren an der Decke knacken. Auf dem Bildschirm, der beim Tresen an der Wand hängt, flimmert gerade stumm eine Szene, in der jemand ein Streichholz anreißt. In Großaufnahme. Edda fragt:

– Du überlegst noch immer, ob du bei den Knappen hinschmeißen sollst?

– Ich weiß einfach nicht mehr, warum ich überhaupt dabei bin.

Edda trommelt mit ihren kurzen Fingernägeln einen Galopp-Rhythmus auf den Tresen. Die schönen Edda-Hände! Sie sagt:

– Denk an den ersten Puppenabend im August, an die Dartpartie im Bunker. An die ganzen Sonntage danach beim Kinoclub.

– Das ist ja nun eh bald vorbei, wenn die Videothek schließt, maule ich.

– Abwarten, sagt sie, Filme werden wir zur Not schon woanders auftreiben.

– Ja, kann sein. Aber für Filme gibt es natürlich auch … *Lichtspielhäuser.*

Edda überhört das. Ruft mir noch mehr Momente der letzten zwei Monate ins Gedächtnis. Die Knappentreffen natürlich, bei denen wir alle hinterher auf der Wiese gesessen haben. Außerdem: meine Premiere als Gruppenleiterin; und wie begeistert die Konfirmanden damals gewesen sind.

– Die Kleinen haben dir an den Lippen gehangen, und

bis vorletzten Sonntag wären wir Großen uns immer einig gewesen, dass du perfekt zu den Knappen passt.

Ein müdes Augenrollen von mir:

– Was soll ich dazu jetzt sagen?

Eddas Finger galoppieren noch einmal auf der Stelle.

– Leute zu finden, bei denen man sich wohl fühlt, das passiert nicht jeden Tag.

– Und gleich kommst du mir mit dem Fest, ich weiß, sage ich.

– Oder mit Kondor, sagt Edda, unter Gleichgesinnten zu sein, in einem Kreis, in dem man sich richtig aufgehoben fühlt, das kennt nicht jeder, das ist einfach nicht selbstverständlich.

Ich winde mich und zwirbele eine Locke.

– Aber was, wenn ich immer nur wegen Silvester gekommen bin?

Das kauft sie mir nicht ab.

– Vielleicht hast du dich ja auch nur darum in ihn verknallt? Weil er zu denen gehört, zu denen auch du gerne gehören möchtest?

– Hm.

– Hm, macht auch Edda.

– Du meinst, sage ich, ich mache mich lächerlich, wenn ich seinetwegen bei den Knappen aufhöre, weil ich mich damit nur selbst bestrafe.

– Ich meine, hör am besten auf dein Herz, Mausi.

– Es nuschelt so, sage ich.

Sie schmunzelt.

– Kommt vor. Aber zumindest insgeheim hoffst du doch darauf, dass sich zwischen ihm und dir alles wieder einrenkt, ist das nicht so?

Ich hebe die Arme, lasse sie wie ratlos wieder fallen.

– In einer Minute schüttet er mir sein Herz aus, in der

nächsten versetzt er mich. Er läuft mir nach … und hält mich zugleich von sich fern. Ehrlich, da drüben wohnt er, da ist sein Zimmer. Nie gesehen! Ich werde einfach nicht schlau aus ihm.

– Geh rüber, klingle an seiner Tür.

– Sehr lustig.

– Kondor meint, Silvesters *schwarze Hölle* wäre eine Schau. Die ganzen Kritzeleien an der Decke.

– Bestimmt gehe ich da nicht rüber.

– Du willst eine Einladung.

– Ich will wissen, woran ich bin. Am liebsten wäre mir wirklich, jemand könnte mir mal sagen, ob dieses Hin und Her und Auf und Ab und Hü und Hott zwischen uns nicht noch ewig so weitergeht. Es sei denn, wir lassen uns komplett in Ruhe.

Edda denkt nach. Dann hat sie plötzlich eine Idee:

– Weißt du was, du brauchst eine Wahrsagerin.

Und das meint sie keineswegs nur als Scherz. Als ihre Ablösung kurz darauf kommt, zerrt sie mich durchs Einkaufszentrum.

– Das ist albern, sage ich, ich glaube nicht an diesen Humbug.

Ein paar Schaukästen sind in der Mitte der Gänge aufgebaut. Darin liegen vor allem großformatige Bücher, echte Schwarten wie die Replik der Teufelsbibel *Codex Gigas* oder das Handbuch der Exorzisten *Rituale Romanum*. Allerlei Tand fehlt aber auch nicht, so Pseudoantiquitäten. Laut der Erklärungstafeln *Werkzeuge von Sehern, Druiden und Magiern*. Im Vorbeigehen entdecke ich eine rostige Sichel und ein altertümliches Amulettkästchen. Edda meint:

– Das ist eine Wanderausstellung. Die haben die geholt, weil doch demnächst wieder dieses Mittelalterspektakel im Park stattfindet.

– Wer interessiert sich denn schon für so was?

– Mehr, als du denkst. Der Park war rammelvoll letztes Jahr.

Ich, leicht bissig:

– Lauter Gleichgesinnte, toll. Vielleicht brauche ich ja bloß ein neues Hobby.

Edda bremst ab.

– Oh, guck mal da, sagt sie, Live-Schaltungen zu Spukhäusern im Ausland.

Sie schleift mich vor eine wuchtige Bildschirmsäule, die zwischen den Vitrinen steht, etwa auf Höhe des Spielzeugladens. Zu sehen sind Videobilder leerer Räume: krisseliges und tonloses Geflimmer im Stile von Überwachungskameras.

– Ist nicht dein Ernst, sage ich.

Edda, flüsternd:

– Siehst du die Geister etwa nicht?

– Meinst du die Zombies um uns herum?

Ich schaue nach links und rechts auf die Eingänge der Geschäfte. Seltsam bleiches Volk geht ein und aus. Und plötzlich fällt mir auf, dass all diese Gestalten aneinander vorbeigehen, als würden sie nichts und niemanden um sich herum wahrnehmen, als gebe es die anderen überhaupt nicht.

– Hu, macht Edda, ob man uns jetzt auch gerade filmt?

Sie schneidet eine gespenstische Fratze. Ich schneide ebenfalls eine, sage:

– Genau, was denkst du! Übertragung in Einkaufszentren weltweit!

– Sehr schön, sagt sie, und nun auf zu Esmeralda.

+

Das winzige Rundzeltchen in Nähe des Optikers besitzt einen ziemlich albernen lila Samtbaldachin als Dach und kann von allen Seiten eingesehen werden. Es gibt nur ein einziges Möbelstück, einen kippeligen Bistrotisch.

Ich zupfe an den Troddeln der Überdecke mit Sternenstickereien und muss mir wegen Esmeralda fest auf die Lippen beißen. Eine Frau mittleren Alters, Typ: Hausmütterchen. Keine Warze auf der Nase, kein Spitzhut, kein Umhang, nichts. Stattdessen gestreiftes Puffärmel-Blüschen, halbe Brille, Brillenkettchen, Dauerwelle plus Rundschnitt. Sie mischt Karten.

Hinter der Kordelabsperrung beobachten Edda und ein paar Gaffer, wie sie den Stapel vor mich hinlegt. Ich hebe ab. In Esmeralda kommt auf einmal Leben.

– Kreuz-König, raunt sie, ein Feuerzeichen.

Diesen Herbst, warnt die Wahrsagerin im sorgenvollen Flüstermodus, müsse ich mich vorsehen, Gefahren solle ich meiden. Sie greift nach meiner linken Hand, zeichnet mit sachten Bewegungen die Linien darin nach.

– Das kitzelt, sage ich.

Esmeralda hält mich nun fester gepackt. Schließt die Augen.

– Häufig ist es am besten, sagt sie, wenn wir bloß unserer Intuition vertrauen, wenn wir unserer inneren Stimme folgen, um unser Leben in schwierigen Situationen zurück auf die richtige Bahn zu lenken, tja, aber leider, leider verlieren wir Menschen während des Aufwachsens oft die Gabe dazu.

– M-hm, wie schade, murmele ich.

Die Wahrsagerin legt eine Pause ein, scheint sich stark zu konzentrieren. An ihrer Schläfe, kurz vor dem lichten Haaransatz, schwillt und pocht eine Ader.

– Verrate mir dein biologisches Alter.

– 17.

– 17! Oh ja, ich spüre deutlich, dass du Rat suchst, mein Kind. Dir fällt es dieser Tage nicht leicht, die günstigen Augenblicke zum Handeln zu erkennen.

Dieser Tage. Sie sagt es wirklich so. Ich lege meine Stirn in Falten.

– …

– Du brauchst nicht zu antworten, fährt Esmeralda fort, sowohl meine Mutter als auch meine Großmutter haben bereits als Medium praktiziert, sie brachten mir bei, die Energie meines Gegenübers aufzunehmen, ohne dass ein Wort fallen muss. Oh, und deine Energie überträgt sich ganz deutlich auf mich, die Bilder sind sehr klar.

Esmeralda streicht ein weiteres Mal blind über meine Handfläche. Sie sagt, sie sehe große Liebe und große Schwierigkeiten. Eine Prüfung. Da sei jemand, dem ich mich anvertrauen dürfe, jemand Erfahrenes.

Damit schlägt sie die Augen wieder auf. Ich frage:

– Das war's?

Bin ein wenig überrascht. Sie hat meine Hand losgelassen.

– Du hast den Kreuz-König aufgedeckt, sagt sie, sieh dich in nächster Zeit vor, wenn es brenzlig wird. Sei bei Verstand, mein Kind, hör *nur* auf dein Herz! Man wird Opfer von dir verlangen. Bist du bereit dazu? Wage es erst dann …

Edda freut sich, als sie mich wieder in Empfang nimmt.

– Oh, das war das Geld wert, sagt sie, hast du gehört? Mein Reden! Hör *nur* auf dein Herz. Erkenne die günstigen Momente zum Handeln!

– Pffft! Blödsinnige Horoskop-Weisheiten.

– Ach, komm. Vertrau dich einem erfahrenen Mann an, hat sie gesagt.

– Stimmt gar nicht, widerspreche ich, von einem erfahrenen *Mann* war nicht die Rede, *jemand Erfahrenes* hat Frau Pudelschopf-kann-deine-Energie-deutlich-spüren gesagt.

Edda amüsiert sich und gluckst:

– Egal. Die Idee ist doch nicht schlecht. Geh zu Christian, sagt sie, sprich mit dem Kreuz-König!

Auch da hat sie etwas durcheinandergewürfelt: Nicht, dass ich an diesen Humbug glaube, aber der Kreuz-König war eine Warnung, eine wieder ganz andere Geschichte. Und ich merke abends im Bett, dass mich das alles verfolgt.

Du.

Die Einkaufszentrumsprophezeiung.

Eddas Ratschlag.

Ich liege wach, zähle Schäfchen, verfluche die Schäfchen und wünsche ihnen am Ende ein ausgehungertes Wolfsrudel an den Hals.

Am nächsten Tag in der Schule gähne ich pausenlos.

Und je näher der Mittwochmittag rückt, desto drängender wird die Frage, ob du dich später nicht ein weiteres Mal zeigen wirst.

Ja? Nein?

Ja, tippe ich.

Mit Dominos Roller oder ohne?

Ohne.

Und mein Herz?

Mein Herz ist wieder keine große Hilfe, als es endlich so weit ist.

Du kannst mich mal!

Für meine Enttäuschung, dass du nicht erscheinst, verabscheue ich mich, noch während ich mit meinem *störrischen Stahlgaul* vom Schulgelände trödele. Ich schiebe das

Rad vor bis zur Straße, bleibe dort stehen, halte Ausschau.

Ich sauge mir die Innenseiten meiner Wangen gegen die Zähne, bis ich im Mund etwas schmecke, das mich an die Ausfahrt erinnert. Ich sehe mich noch einmal dir zu Hilfe springen, nachdem die Wespe dich gestochen hat. Das erst bittere, dann leicht kupferne Aroma auf der Zunge in dem Moment damals. Wie jetzt.

– Hei, ruft jemand hinter mir.

– …?

Ich fahre herum. Aber es ist bloß Körts, dieser Junge mit dem Hörgerät. Er geht in eine der Klassen unter mir. Winkt mir im Vorbeischlurfen zu:

– Schönen Gruß an Silvester, wenn er kommt, sagt er.

+

Hinter dem Bürofenster hat sich der Abend herabgesenkt. Christian rollt im Licht der Schreibtischlampe den Drehstuhl um seinen Arbeitsplatz herum. Schiebt ihn an der zerschlissenen Lehne quer durch den Raum zur Sitzecke, wie er das zu Beginn der Knappentreffen auch immer macht. Anschließend gießt er Tee auf.

Seit dem Esmeralda-Hokuspokus sind gut 24 Stunden vergangen. Ich sitze auf meinem üblichen Platz auf dem Sofa, sehe zu, wie Christian sich ums Stövchen kümmert, das in der Mitte der Glasplatte vor mir steht.

Er nimmt das Teelicht heraus, reißt ein Streichholz an, versengt sich die Fingerspitzen, als der frische Docht beim ersten Anzündversuch im weichen Wachs ertrinkt. Ich denke an sein Feuerzeug in meiner Tasche. Vielleicht kein schlechter Moment, es ihm zurückzugeben, überlege ich und zögere dann doch zu lange.

– Die Sache mit dem Wagen von Edda war wirklich blöd, beginne ich.

Christian nickt geistesabwesend, bringt im zweiten Anlauf die Kerzenflamme in Gang. Ich reiche die fällige Entschuldigung wegen der Flucht von der Ausfahrt nach, schlage meine Beine übereinander.

– Glücklicherweise waren wohl genug Schutzengel auf den Straßen, als ihr mit dem Auto ausgebüxt seid, sagt Christian, und wenn ich das richtig sehe, habt ihr ja nicht aus purer Abenteuerlust gehandelt.

Er nimmt die Steingutkanne, schenkt ein. Tee strudelt in meine Tasse. Dann eröffne ich ihm, dass ich nach den Ferien sehr wahrscheinlich bei den Knappen nicht mehr weitermachen werde.

Mein in der Luft baumelnder Fuß wippt in schnellem Takt auf und ab. Ich höre sofort auf damit, als ich es merke.

– Ich habe ziemlich mit mir gerungen deswegen, sage ich.

– Verstehe, sagt er.

Und erzählt, dass er nach dem Kinoclub am Wochenende schon einmal eine ganz ähnliche Unterhaltung geführt habe. Er lächelt. Dein Name fällt nicht. Natürlich begreife ich trotzdem: Auch du bist bei ihm gewesen, um dich zu entschuldigen. Und auch du hast anscheinend angeboten, dich von den Knappen zurückzuziehen.

Mein einer Fuß fängt wieder an zu wippen.

– Wir wollten bestimmt niemand in Schwierigkeiten bringen, sage ich, davon ganz abgesehen aber, ich habe einfach das Gefühl, für den Konfirmandenunterricht und diese Sachen bin ich sowieso nicht die Richtige.

Keine merkliche Regung bei Christian: Weder protestiert er, noch lässt er erkennen, dass er mir zustimmt. Sehr ruhig sagt er bloß:

– Ich kann mir denken, dass es nicht leicht war, hier zu erscheinen, du hast sehr hohe Ansprüche an dich und andere. Grundsätzlich nicht verkehrt.

Er nippt an seinem Tee, stellt die Tasse danach zurück auf den Tisch.

Ich schiebe jetzt schnell noch zwei, drei fadenscheinige Gründe hinterher, die mich zu meinem Entschluss gebracht haben. Schule. Der Job im Eiscafé. Zu wenig Zeit insgesamt. Blabla. Und weil mir das selbst nur mäßig überzeugend vorkommt, berichte ich dann von meinem Besuch bei Esmeralda. Auch ein bisschen als Beleg dafür, dass ich bei den Knappen nichts verloren habe.

Christian lacht laut auf. Ich sage:

– Vielleicht bin ich für eine gewisse Art Spiritualität einfach nicht empfänglich.

– Ah, wir sind dir hier nicht esoterisch genug, sagt er vergnügt.

– Andersrum. Mir fällt es grundsätzlich schwer, an höhere Mächte zu glauben.

– Alles klar. Du möchtest also auch vor dem Heiligen Geist deine Ruhe haben.

– Vor allen Geistern bitte.

– Oh, selbst vor den guten? Das trifft einen Pastor hart, flachst er.

Und es folgt nun ein Hin und Her über unsichtbare Phänomene und die Frage, ob nicht jeder Mensch im Hirn zum Schöpfer einer Welt wird, die niemand je sieht, die aber dennoch existiert und von einem sehr lebendigen Hauch aus Empfindungen und Erkenntnissen durchdrungen wird. Ich sage:

– Die berühmte Seele.

– Der Ort, sagt Christian, an dem womöglich ein Heiliger Geist wirkt, wer weiß.

– Ich denke drüber nach, sage ich.

Und dennoch landen wir am Schluss wieder bei meinen Bauchschmerzen wegen der Arbeit in der Gemeinde. Christian:

– Du stellst kluge Fragen. Ich sehe nicht, was daran verkehrt ist.

– Mir selbst fehlt, wenn ich ehrlich bin, der Bezug zur Kirche, ich weiß nicht, sage ich, aber in religiösen Dingen kenne ich mich praktisch gar nicht aus.

– Und das beschäftigt dich ernsthaft?

– Eben nicht. Das ist es doch gerade.

Christian muss erneut lachen.

– Entschuldigung, sagt er, touché!

Legt sich die Hand an die Wange, sodass der Ballen den Mund halb verdeckt.

Seine typische Pose des Zuhörens und Nachdenkens. Es scheint fast, als erwarte er, dass ich noch etwas sage. Er sieht mich an.

– Okay, es hat vielleicht auch ein bisschen was mit Silvester und mir zu tun, gebe ich zu, alberner Kram, aber ja, unterm Strich tun er und ich uns gegenseitig nicht sonderlich gut, wenigstens im Moment nicht.

Ich sehe ihn an. Christians gegerbtes Gesicht, umkränzt von einem graublonden Dreitagebart, wird vom Schein des flackernden Teelichts warm beleuchtet. Seine blassblauen Augen ruhen auf mir.

– In der Bibel heißt es: *Wer viel lernt, der muss viel leiden.*

– Wir sind uns zu nah gekommen, sage ich.

– Silvester und du?

Ich begreife die Frage erst mit Verzögerung so richtig. Dann ein Gefühl, als prassele heißes Wasser gegen meinen Brustkorb. Hat das eine Anspielung sein sollen? Der Moment in der Hütte bei der Ausfahrt. Was dort zwischen Christian und mir passiert ist, kommt mir mehr denn je vor wie eine Ausgeburt meiner Phantasie. Gleichzeitig weiß ich genau, es ist passiert. Ich:

– Für Silvester sind die Knappen ziemlich wichtig, und ich bin ja noch nicht furchtbar lange dabei.

– Das heißt, dir sind die Treffen nicht wichtig?

Christian ändert seine Sitzposition. Stützt auf der einen Seite seinen Ellbogen, auf der anderen die Hand entschlossen auf die Armlehnen des Drehstuhls. Eine Art Lauerstellung. Und ich halte es nicht für ausgeschlossen, dass er in der nächsten Sekunde aufsteht und sich zu mir aufs Sofa setzt.

Wie würde ich reagieren? Ich bin mir nicht sicher.

Stelle mir vor, dass sich sein und mein Gesicht einander nähern, dass er mich zu sich zieht, so wie ich mir das vielleicht von dir im Auto gewünscht hätte.

Er streichelt meine Wangen, berührt meine Lippen. Mein Mund öffnet sich, ich küsse seine Finger. Seine andere Hand gleitet meinen Oberschenkel hinauf, beginnt, die Naht meiner Hose unterhalb der Knopfleiste zu reiben. Und ich hebe mein Gesäß an, stelle mein Bein auf …

Es klopft kräftig an der Tür.

Die Erdanziehungskraft holt mich aus den Sphären zurück, in denen ich schwebe, und schon steckt Kondor seinen Kopf in den Raum. Er guckt wie ein Zuschauer beim Tennis immer im Wechsel von links nach rechts, von Christians Platz zu meinem. Es ist eigenartig, aber mir kommt es vor, als würde Kondor mir ohne Mühe geradewegs hinter die Stirn schauen können.

– Oh, sagt er, Störung! Soll ich draußen Platz nehmen?

Ich überlege, ob ich die Gelegenheit gleich nutze, um

mich zu verabschieden. Stehe auf und stoße mir das Schienbein an der Tischplatte.

Die völlig harmlose Situation wird mir das erste Mal unangenehm.

– Ja, warte noch kurz draußen, sagt Christian zu Kondor.

Macht nebenbei eine Geste in meine Richtung, dass ich mich noch einmal setzen soll. Ich setze mich. Denke an Esmeralda.

Kondor zieht den Kopf zurück. Die Bürotür fliegt wieder zu.

Kondor, Bonusmaterial: nachgestellte Szene #13

Kondor durchmaß ein paar Mal mit quietschenden Sohlen den verlassenen Gang vor dem Büro. Ließ sich dann auf einen der leeren Holzstühle an der Wand plumpsen. Gegenüber, durch die raumhohen Fenster hindurch, sah man die Wiese im Dunkeln liegen. Kondor legte seinen Kopf in den Nacken, machte die Beine lang.

Schwebende Staubpartikel drehten sich über ihm im künstlichen Licht.

Er schnaufte. Verschränkte die Arme vor der Brust, sah zur Seite. Zwei Plätze weiter lag eine Bibel. Kondor streckte sich danach aus, öffnete das Buch. Stockend las er in die Stille hinein:

– Das Wort ward Fleisch.

Er blätterte weiter. Nach einer Zeit trat Kamp aus dem Büro, in Begleitung von Merle. Sie winkte Kondor im Vorübergehen. Der Pastor sagte:

– Bin gleich bei dir.

Kondor schob sein Gesicht dicht vor die Zeilen.

– Ich laufe nicht weg, brummelte er.

Saß noch immer lesend da, als der Pastor nach einer Weile zurückkehrte.

– Die Heilige Schrift, sagte Kamp, gute Stelle gefunden?

– Lauter Namen, poah! Trockenes Zeug. Hatte das spannender in Erinnerung. Auge um Auge, Zahn um Zahn. *Die Kreuzigungsnummer. Was im Fernsehen auch so kommt.*

Kondor klappte den Deckel zu. Der Pastor blickte auf die Armbanduhr, setzte sich zu ihm. Er sagte:

– Lustigerweise mochte ich die Jesus-Filme im Fernsehen eigentlich noch nie, schon als Kind nicht. Schwer, an Jesus zu glauben, wenn er in jedem Film von einem anderen Schauspieler gespielt wird, fand ich. Ich mochte andere Sachen lieber.

Nicken von Kondor. Er fragte:

– Ehrliche Kampfmaschinen und gepanzerte Cyborgs und so'n Zeug?

– Zum Teil, sagte Kamp, wobei, in Wahrheit sind diese ganzen Superhelden meist ja auch bloß Jesus-inkognito-Figuren.

– In-was-für-Jesusse?

– Verkappte.

Kondor pfiff durch die Zähne.

– Nicht schlecht, Prediger. Werde ich mir mal durch den Kopf gehen lassen.

Der Pastor hatte seinen Tabak hervorgeholt, drehte sich eine Zigarette.

– Erzähl, sagte er, was führt dich wirklich zu mir? Wie geht's in der Werkstatt? Gelungenen Einstand gehabt? Funktioniert es mit deiner Hand?

Kondor hob den Arm, ließ den Stumpf wackeln.

– In der Fingerbeere plagen mich manchmal noch Phantomschmerzen, so ein Gefühl, als ob es brennt, völlig irre. Wetterfühligkeit, glaube ich.

– Aber mit der Arbeit ist alles in Ordnung?

– Lange Tage. Macht nicht immer nur Spaß.

Kamp steckte sich die Selbstgedrehte zwischen die Lippen. Stand auf, holte ein Briefchen Streichhölzer aus der Hosentasche.

– Es gibt den leichten Weg und den schwierigen, sagte er, entscheidet man sich für den leichten Weg, wird der schnell zum Albtraum, wenn doch Hindernisse auftauchen. Die Er-

fahrung machen viele. Du hast dich jetzt für einen schwierigen Weg entschieden. Es wird leichter werden. Was genau macht denn keinen Spaß?

– Ich bin eher der unruhige Typ, mir fehlt manchmal die Geduld.

– Und eben weil es keinen Spaß bringt, Geduld zu lernen, ist es nicht verkehrt, sagte Kamp. Dinge, die nur Spaß machen, von denen bekommst du keine Muskeln, verstehst du? Als Mensch bekommst du Muskeln, wenn es auch mal weh tut.

– Sie glauben, ich kriege das hin. Das ist gut.

Kamp knetete aufmunternd Kondors Schulter. Blickte wieder auf die Uhr.

– Komm, sagte er, lass uns eben kurz rausgehen. Ich muss gleich zu einem Termin. Aber ein paar Minuten habe ich noch.

Sie gingen in den Laubengang. Kamps Streichholzbriefchen war leer. Kondor half ihm mit seinem Benzinfeuerzeug aus. Klappte den Deckel über dem silbernen Tank zurück.

Daumenschnipsen.

Eine Flamme züngelte nach oben.

– Ich brauche womöglich Rat von Ihnen, Prediger, sagte Kondor.

Ließ den Klappdeckel wieder zuschnappen. Kamps Selbstgedrehte brannte.

– Rat welcher Art?

– Tja …

Der ölige Zopf wurde glattgestrichen. Kondor verzog den Mund und sah wie hilfesuchend zum Pastor.

– Wir müssen uns um deine Wohnsituation kümmern, sagte der, zwar meinte Edda, du machst dich als Hausmann ganz anständig, aber das kann natürlich keine Dauerlösung sein, da, in der kleinen Hütte, bei den beiden.

– Schon klar, wobei: Wegen der Bude und dem Tüdelüt mache ich mir gerade weniger einen Kopf. Um die Baustelle dreht es sich nicht.

– Sondern?

Kondor versenkte die Arme in den Taschen der Jacke, verdrehte die Augen, blies kräftig Luft aus, sodass seine Lippen dabei Flattergeräusche produzierten.

– Schwer, schwer, wie soll ich es formulieren? Vor kurzem, sagte er, ist ja Silvesters Kater verschwunden, und ich, nun ja, habe was läuten hören.

– …?

Der Pastor aschte ab, legte fragend den Kopf schief.

– Alte Verbindungen, Leute von Brand III, erklärte Kondor, verstehen Sie? Ich will nicht ins Detail gehen. Allerdings: Die Sache scheint heiß zu sein.

Kurzes Schweigen.

– Du würdest Silvester gerne einen Gefallen tun, sagte Kamp.

Skeptisches Kopfschütteln bei Kondor. Plus kurzes Knabbern an einem seiner Fingernägel. Plus lauter Schnaufer.

– Ob ich ihm gerne einen Gefallen tun würde? Nein. Ja. Weiß nicht. Aber falls doch … also, nur mal rein hypothetisch, versteht sich, wäre das okay, dafür was zu riskieren, das auch nach hinten losgehen könnte?

Die Glut flammte auf, als der Pastor kräftig an der Kippe zog.

– Was hast du wegen Silvesters Kater denn läuten hören?

– Egal. Waren mehr so Andeutungen, dass jemand weiß, wo der ist, aber erst mal abwartet, ob die Belohnung noch hochgeht. Aber vielleicht will man mich ja auch bloß reinlegen oder foppen. Ich meine, ganz demnächst ist Brand III aus dem Knast zurück, ich bin nicht scharf drauf, mir die Finger zu verbrennen.

Kamp zog noch einmal an seiner Kippe, ließ sie dann fallen, trat sie aus und schlenzte sie mit der Sohle ins nahe Gebüsch.

– Ich bin vermutlich nicht ganz mitgekommen, sagte er, aber ich ahne, warum du dir Sorgen machst. Und mein Rat ist: Lass dich nicht provozieren, Kondor. Mach dein Ding, und alles wird gut. Glaub einfach fest daran.

– Das reicht?

– Du hast es doch selbst erlebt. Denk an die Menschen, die dir in letzter Zeit den Rücken gestärkt haben. Glaub an dich, dann glauben auch andere an dich, und dann kannst du fast alles schaffen.

– Ist das aus der Bibel?

– Haha, nicht wortwörtlich, aber was ist schon nicht aus der Bibel?

Kamp lachte. Kondor fragte:

– Stand in der Bibel nicht auch was von der Apokalypse?

Ein mahnendes Augenbrauenheben.

– So schlimm wird es schon nicht werden, sagte Kamp, auch wenn Brand III wieder auf freiem Fuß ist, kannst du doch deinen Weg weiterverfolgen, oder?

Kondor kratzte sich am Kinn.

– Und was ist mit dem Kater?

– Schätze, du hast den richtigen Riecher. Halt dich fern von Typen, die nur darauf warten, dass du auf die Nase fällst. In Silvesters Achtung steigst du jedenfalls nicht, wenn du ihm Hoffnungen machst, die sich zerschlagen.

Zur Abwechslung regnet es Donnerstagmittag nicht, es nieselt nur ein bisschen. Und: Du bist zu Fuß. Ich schlendere mit Tess, der aufgedrehtesten aus der neuen Klasse, und Gina, ihrer verhuschten besten Freundin, über den Schulhof. Ich will mich zuerst wegdrehen, so tun, als würde ich dich gar nicht sehen. Tess aber juchzt gleich auf:

– Dein Freund. Er kommt dich wieder abholen.

– Ist nicht mein Freund.

– Na, sagt sie, träumen ist wohl erlaubt, oder?

Sie schnalzt dazu mit der Zunge. Sie schnalzt!

– Das ist eher ausgeträumt, sage ich.

– Wenn du ihn loswerden willst, krieg ich seine Nummer?

Im nächsten Moment bist du bereits bei uns. Tess wiegt Schultern und Hüfte hin und her, *kokett,* wie man vor 100 Jahren wohl dazu gesagt hätte. Haucht dir ein leises *Hi* zu und rempelt mich noch, bevor sie von Gina fortgezogen wird, halb verschwörerisch, halb gönnerhaft an. So nach dem Motto: *Gib dir einen Ruck, sonst schnapp ich ihn mir.* Dann sind du und ich allein am Fahrradständer.

Du streckst deine Hand aus: Vor dem Reißverschluss meiner Jacke baumeln die Ohrstöpsel meines Kopfhörers in der Luft. Mit dem Zeigefinger schnipst du leicht dagegen. Fragst:

– Was hörst du für Musik?

Erwischt, es ist deine. Ich ärgere mich. Auch darüber,

dass ich eben kurz davor war, nach der ausgestreckten Hand zu greifen.

– Geht dich nichts an, sage ich.

Betrachte meine Schuhspitzen. Sehen spitze aus.

– Ich mag Mädchen, die sich zieren, sagst du, die sich auch mal zickig geben können, nur kurz für ein paar Tage … Wochen, Monate.

Sofort schnellt mein Blick wieder hoch. Keine Frage, *du* hast Spaß.

– Lass mich raten, deshalb warst du gestern nicht hier, du hast Witze gepaukt.

– Tank leer.

Du platzt fast vor Glück über diese Antwort.

– Brüller, sage ich.

Es folgt das gleiche Spiel wie schon am Anfang der Woche. Du möchtest die klärende Aussprache oder aber dich mit mir verabreden, wenn ich das richtig verstehe. Ich blocke ab, schütze wie gehabt Eile und viel Lernerei vor und schwinge mich ohne großes Abschiedsbrimborium aufs Rad.

Neu ist: Du läufst neben dem klapprigen Stahlgaul her.

– He, sehen wir uns noch vor deinem Urlaub?

– Und ob, sage ich, du bist bestimmt auch morgen wieder zur Stelle.

Ich ziehe das Tempo an. Du hältst Schritt, wirst allerdings kurzatmig.

– Ich verstehe es nicht. Ich verstehe *dich* nicht, keuchst du.

– Gesegnet sind die Minderbemittelten, gebe ich zurück.

Und plötzlich geht eine Erschütterung durch den klapprigen Stahlgaul, als hätte ich soeben eine Mörderbodenwelle erwischt. Das Rad sackt hinten kräftig ab, der ganze Rahmen schlingert, ich habe Mühe, noch zu treten und Kurs zu halten.

– Nicht mit dem Strampeln aufhören, sagst du, einfach weiter!

Erst jetzt schnalle ich, dass du auf dem Gepäckträger sitzt. Perplex, wie ich in der Sekunde bin, höre ich auf dich, trete weiter in die Pedale. Zwei Mal. Drei Mal.

Das Schnarren der Kette. Dein schwerer Atem in meinem Rücken.

Der nachlassende Schock.

Vollbremsung!

Ich springe vom Sattel, gebe dem Lenker einen Stoß. Du versuchst noch, dich und das kippende Gefährt zu retten, aber du bekommst keinen richtigen Halt, landest vor einem Gebüsch auf dem Rücken.

Ein Stück weiter scheppert und dengelt der Stahlgaul hart aufs Pflaster. Das feuerrote Plastik des Rücklichts zerspringt in kleine Splitter.

Der Hinterreifen dreht leer in der Luft.

Wutentbrannt mache ich einen Schritt auf dich zu, will zu einer gepfefferten Tirade ansetzen, dich für völlig bescheuert erklären. Öffne bereits den Mund, hole auch tief Luft, beiße mir dann allerdings doch auf die Lippen, maule bloß:

– Tut's wenigstens weh?

Du reibst dir den Ellbogen. Sagst, Schmerz im Blick und trotzdem lächelnd:

– Ich bringe das Rad für dich zu Kondor in die Werkstatt, wenn du willst.

Ich schüttle den Kopf.

– Danke. Es fährt bestimmt auch ohne Rücklicht. Erst mal.

– Okay. Dann Lust auf ein Entschuldigungs-Eis?

Wieder schüttle ich den Kopf. Aber während ich das Rad aufhebe, zucken auch meine Mundwinkel nach oben. Ich lächele ebenfalls.

– Ich überlege, zum Knappentreffen zu gehen, sage ich.

– Gute Überlegung.

– Es ist noch nicht ganz raus, schiebe ich hinterher.

– Trotzdem gut, Merle von Aue, sagst du.

Und gleich am nächsten Morgen gelingt dir ein weiterer Coup. Feuchte Luft ist in der Nacht eingetroffen. Der Wagen meiner Eltern steht im fahlen Morgenlicht mit benetzten Scheiben vor der Garage. Auf der Windschutzscheibe lese ich: *Trau dich!*

Ich blicke mich um. Sehe dich aber nirgends. Ich wische die Botschaft mit der Handkante weg. Muss an Christian denken. Mittwoch hat er mich breitgeschlagen, zumindest bis Ende Oktober mir alles in Ruhe durch den Kopf gehen zu lassen. Wie Edda fand er, dass ich die anderen nicht hängenlassen sollte. Das Fest sei mein persönlicher Wunsch gewesen, meine Idee. Das konnte ich nicht bestreiten.

Auch deshalb raffe ich mich am Freitag auf, erscheine zur gewohnten Zeit im *Guten Hirten,* staune, wie leicht das geht. Als wäre nie etwas gewesen.

Erst Knappentreffen. Dann Planung für die Feier. Und hinterher noch Umzug von Christians Büro in den Bunker. Das nächste Mal werden sich alle erst in knapp zehn Tagen wiedersehen, zum letzten Filmabend.

Es wird Mitternacht.

Die Runde löst sich langsam auf. Musik dudelt im Hintergrund weiter aus den Boxen, wenn inzwischen auch deutlich leiser als zuvor. Edda ist bereits gegangen.

Ich lehne an der Täfelung bei der Dartscheibe, trinke Wein, der im funzeligen Deckenlicht tiefrot leuchtet und geheimnisvoll glitzert, der vor allem immer weicher zu werden scheint auf der Zunge.

In ein paar Stunden werde ich im Flugzeug sitzen. Der Rollkoffer steht gepackt in meinem Zimmer. Ich habe meiner Ma versprochen, pünktlich zur Abfahrt des Taxis am nächsten Morgen wieder da zu sein. Sie hat das sicher als Scherz genommen.

Normalerweise komme ich nicht später als 23 Uhr vom *Guten Hirten* zurück.

– Trinkst du noch was?, fragt Christian.

Er, heute glatt rasiert, streicht sich über seine Wangen und den markanten Kiefer, wo der Bartschatten seine Haut verdunkelt. Ich stelle mein Glas ab, sage:

– Ich glaube, es ist nichts mehr da.

Die Flasche steht zwischen uns auf dem Barhocker, den Christian und ich als Tisch benutzen. Ich hebe sie an, betrachte die dünne Wiege Wein am Boden, die nicht einmal mehr für einen Fingerhut voll reichen würde.

– Ich kann noch was von oben holen, sagt Christian.

Meinen Pulli habe ich bis zur Hälfte der Unterarme hochgeschoben. Christian berührt meine Haut dort, während er auf die Antwort wartet.

– Klar, sage ich.

Garniere die eine Silbe mit einem extrahübschen Lächeln. Ich weiß, du bekommst das alles mit. Wie ich die Hände auf die Hintertaschen meiner Jeans lege, flach, die Finger weit abgespreizt. Wie ich den Rücken straffe und ihn zum Hohlkreuz verforme. Wie ich mich danach wieder vorbeuge, Christian bei der Gelegenheit einen kurzen Blick in meinen Ausschnitt erhascht.

Schräg hinter mir hast du Stellung bezogen.

Am Kicker.

Die Kurbeln ruhen. Das Bier und die anderen Getränke,

die eine Abordnung vorhin von der Tanke geholt hat, sind zur Neige gegangen. Tristan, Erec mit C und einige der anderen Jungs wollen weiterziehen, in die Innenstadt.

– Ohne mich. Ich hau mich demnächst in die Federn, sagst du.

Ich höre, wie du dich mit ihnen abklatschst. Ihr wünscht euch schöne Ferien. Es gibt Umarmungen. Und am Ende bleiben nur Christian, du und ich übrig.

+

Dieses fiese Ziepen in der Brust, als du die Ecke mit der Dartscheibe anpeilst. Den Parka hast du schon übergeworfen: *Bereit zum Aufbruch,* untertitelt mein Hirn dein Mienenspiel ohne Mühe. Stumm baust du dich so vor Christian und mir auf.

Du stemmst deine Beine fest in den Sandteppich des Bunkers.

Ich atme von der Luft, die beim Näherkommen um dich herum in Bewegung geraten ist. Zeitverzögert trifft sie bei mir ein. Ich filtere die Spuren deines Geruchs heraus: Etwas liegt darin, das mich an ein getragenes Kleidungsstück erinnert, das man besonders gerne mag. Ich ringele eine Locke um meinen Finger.

Christian lässt die Hand auf deine Schulter fallen. Er will, dass du dich noch ein wenig dazugesellst, zu ihm und mir. Er sagt:

– Wir haben gerade darüber gesprochen, was für eine außergewöhnliche Phase das ist, rund um die Volljährigkeit. Diese Gefühlsachterbahn. Die Fülle an Erlebnissen, die sich einem für den Rest des Lebens einbrennen …

Ich ergänze:

– Die ganzen Entscheidungen, die anstehen.

Du siehst mich an. Ich verstehe deinen Blick nicht wirklich. Teils geht er glatt durch mich hindurch, teils straft er mich mit einer Mischung aus Enttäuschung und Kälte. Vermutlich Rache. Die längste Zeit des Abends habe ich dich ebenfalls wie Fensterglas behandelt.

– Diese prägende Zeit, sagt Christian, rückblickend unterschätzt man die gern. Meist aus Scham, weil man meint, man hätte sich damals ständig *überschätzt*.

Seine Stimme leiert einen winzigen Tick.

Er greift mit einem Lächeln um die Mundwinkel nach der neuen Flasche, die er aus seiner Wohnung mitgebracht hat, als die anderen los sind und er ihnen die Tür oben zum Laubengang aufschließen musste. Ich frage in seine Richtung:

– Wie warst *du* eigentlich mit 17, 18?

Christians Lächeln wird breiter und verklärter. Er antwortet nicht sofort, und du nimmst das als Chance, schnell eine kleine Spitze zu setzen. Du sagst:

– Du bist ja mehr als doppelt so alt wie wir. Weiß man das noch so genau?

Dein Tonfall ist im Vergleich zu sonst um einige Grad heruntergekühlt. Aber deine Bemerkung verpufft völlig unspektakulär bei Zimmertemperatur.

Christian lässt sich Zeit.

Er tatzt auf dem Barhocker vor sich nach dem Korkenzieher, setzt ihn in aller Ruhe an, dreht die Metallspirale mit fester Hand in den Flaschenhals. Er sagt:

– Wie ich mit 17 war? Wie man so ist, schätze ich, ich fühlte mich von der Welt unverstanden, ich war alle Augenblicke verliebt, meist glücklos, litt Höllenqualen und war trotzdem überzeugt, alles zu durchschauen. Alles und jeden!

– Sind das nicht Klischees, wirfst du ein, ziemlich lahme sogar?

Deine Augen wandern von Christian zu mir und wieder zurück, funkeln auf, bevor du sie senkst, um auf deinen rechten Schuh zu schauen, mit dem du im Sand stocherst. Christian hat aufgehört, den Korkenzieher zu drehen.

– Klischees? Klar, sagt er, aber es beeindruckt einen im Rückblick schon, für wie clever man sich gehalten hat. Lustig daran: Das Einzige, was man mit 17, 18 nicht im Ansatz kapiert … dass man gerade wirklich jung ist. Das geht einem erst sehr viel später richtig auf.

Der Korken ploppt aus der Flasche. Du fragst:

– Was genau gibt es daran denn nicht zu kapieren?

Christian deutet mit dem Korkenzieher auf deine Stirn:

– Wenn man jung ist, sagt er, gibt es nur diesen einen halberwachsenen Kopf, den man hat. Aber als reifer Mensch stellt man eines Tages fest, und das genau ist der Moment, in dem es *Klick* macht, dass sich in deinem Kopf drin noch ein anderer Kopf befindet.

Jetzt deutet Christian auf die eigene Stirn. Du kommentierst:

– Der Kindskopf?

Christian geht nicht darauf ein.

– Der Kopf außen wird älter, sagt er, im Gesicht nehmen die Lebensspuren zu, die Haare werden dünner, man ergraut, kriegt Falten. Der andere Kopf innen drin aber, der alles abspeichert, der kann dich das vergessen lassen, weil ihm die Zeit wenig anhaben kann. Es ist paradox, aber man bleibt auf eine Art unverändert jung, auch wenn andere das nicht sehen. Das geht einem mit den Jahren auf.

– Moment, sagst du, willst du uns erzählen, du bist noch 17?

Christian schenkt Wein in die Gläser.

– Ja und Nein. Es ist jedenfalls nicht schwer, sich einzubilden, man sei weiter jung. Mit allem Drum und Dran. Mit der gleichen Neugier im Gesicht, mit wildem Haar und einer Haut, die einen so perfekt einhüllt, dass man nicht einen Gedanken daran verschwendet. Es ist so: Man vergisst nicht, wie das war. Und manchmal fühlt man es sogar wieder. Beim Sport zum Beispiel. Im Gespräch. In intensiven Augenblicken, in denen du aus der Zeit fällst. Ziemlich bitter zuweilen, wenn das dann abrupt vorbeigeht. Wenn du innerhalb eines Wimpernschlags um ein halbes Leben alterst.

Christian, einen unbestimmbaren Ausdruck im Gesicht, nimmt sein Glas, trinkt, kämmt sich danach durchs Haar. Und an der Stelle schalte ich mich wieder ein.

– Ich begreife, sage ich, wir sollen uns fürchten!

Angele auch nach meinem Wein.

– Fürchtet euch nicht, sagt Christian, je intensiver man sein Jungsein erlebt, desto besser wird man sich daran erinnern.

Er zeichnet mit dem Ringfinger seine Kinnlinie nach. Fixiert mich, als wolle er mich durch reine Gedankenkraft von allen Sorgen befreien.

Und in diesem Moment stößt ein Fuß gegen den Barhocker.

Wein schwappt über die Ränder, spritzt in die Höhe, weit in die Höhe.

+

Süßlicher Alkoholdunst sticht in der Nase, steigt vom gesprenkelten Hocker auf, wo die Salven gelandet sind, die sich nicht über Christians Klamotten ergossen haben.

– Das ist Absicht gewesen, sage ich.

Im Augenblick sind nur wir zwei im *Bunker.* Christian zieht sich oben um. Du und ich haben nicht einen Spritzer abbekommen.

– Das alles passt nicht zu dir, sagst du, du bist hacke.

Du musterst mich.

Wenn überhaupt, bin ich leicht beschwipst.

– Was passt nicht zu mir, gebe ich schroff zurück, dass ich was trinke?

Ich fühle die nervösen roten Flecken auf meinen Wangen glühen.

– Die ganze Vorführung mit Kamp. Ich habe das schon geschnallt: Du willst mich auf kleiner Flamme dahinsiechen lassen.

– Und das kommt ausgerechnet von dir? Überhaupt, sage ich, du lenkst ab, was sollte *deine Vorführung* denn da eben?

Beim Wort *Vorführung* äffe ich deinen Ton nach und deute auf den Barhocker, der inzwischen wieder so unerschütterlich und ruhig auf der Stelle steht, als wäre das nie anders gewesen. Ein Kopfschütteln von dir.

– Komm, hol deine Jacke, sagst du, wir hauen ab!

Du streckst vorsichtig eine Hand nach meinem Unterarm aus, nimmst sie aber gleich wieder zurück. Ich tue so, als bemerke ich es nicht.

– Nein, ich bleibe hier.

Ich verschränke die Arme. Du wirfst mir einen bedeutsamen Blick zu, der mir offensichtlich verklickern soll, wie wenig ich die Lage begreife.

– Du hast mit ihm geflirtet.

– Was habe ich? Du hältst mich wohl für völlig unterbelichtet.

– Er will was von dir.

Du fährst dir durchs Kraushaar. Das hast du lange nicht mehr gemacht.

– Wer hier wohl hacke ist, spotte ich.

Lache laut auf, halte die Hand vor den Mund. Du sagst sehr eindringlich:

– Kamps Gafferei, das war mehr als auffällig. Was glaubst du wohl, wie das weitergeht, wenn du hier mit ihm allein bleibst?

– Uh, sagte ich, daher weht der Wind. Du bist besorgt. Du hast heldenhaft den Wein verschüttet, um mich zu retten …

Du rollst die Augen. Packst mich am Oberarm, zerrst an mir.

– Komm! Es sei denn, du möchtest morgen als kleines Lolitachen neben einem Geistlichen aufwachen, der fast 40 ist und so verzaubert von dir, dass er sich heute auf einmal für 17 hält …

Für eine Sekunde kriege ich Bammel, ärgere mich sofort darüber. Ich befreie mich, sage überlaut und überdeutlich:

– Du gehst verdammt nah an einer Ohrfeige spazieren, Silvester Lanzen!

Was die Wahrheit ist.

Und ich stelle mich innerlich darauf ein, dass du nun einen weiteren Anlauf unternehmen wirst, mich mit dir mitzuschleifen. Oder darauf, dass du aus der Haut fährst. Oder aber wenigstens mir contra gibst.

Aber das Gegenteil passiert.

Deine Stimme sackt ab.

Als würde dir auf einmal klarwerden, dass sich die ganze Aufregung und Mühe für mich nicht lohnt. Du sagst:

– Schönen Urlaub, Merle von Aue, mach's gut.

Du hebst die Hand zum Gruß, drehst dich um. Im Flur kommen parallel dazu Schritte näher. Ich sehe dich durch das Rechteck der Tür verschwinden, höre dann das kurze Palaver zwischen dir und Christian nebenan.

Schlüsselbundgeklimper.

Ich höre euch gemeinsam die Treppenstufen nehmen.

Ich gehe zur Anlage hinüber, drehe am Regler, bis die Musik aus ist.

Diese Stille.

|Kondor, Bonusmaterial: nachgestellte Szene #14

Der Abendhimmel im Westen sah aus wie rosig eingepudert. Panzer polierte vorm Getränkebasar mit einem Lederlappen am SUV von Brand III herum. Lack glänzte, Chromteile blitzten. Auf der wuchtigen, leicht gewölbten Motorhaube spiegelten sich die Leuchtreklamen, klarer noch als in der geputzten Windschutzscheibe.

– Tja, Kon, sagte Panzer, so schnell geht das aber nicht.

Göckel, der ihm bei der Arbeit assistierte, quetschte den Bauch einer Plastikflasche, träufelte milchige Kleckse aufs Fahrzeug.

– Wir haben uns überlegt, sagte er nebenbei, du musst noch mal nachlegen.

Kondor stand etwas abseits. Er beobachtete Josey, die mit Lümmel vom Gassigehen zurückgekehrt war, nun die Hundeleine abclipste und ein Leckerli an den Halbdackel verfütterte. Der Hund kaute und schmatzte, drehte sich dann einmal um sich selbst, ließ sich mit einem Schnaufen neben dem Geländewagen zu Boden sinken, die Schnauze auf die Pfoten gebettet.

Kondor wendete sich an Lümmels Frauchen.

– Es ist mein Ernst, Jo, sagte er, wo ist die Mieze?

Mit zwei Fingern zog er sich die Haut oberhalb des Adamsapfels vom Hals weg. Josey musterte ihn kühl.

– Göckel hat schon recht, sagte sie, erst bist du noch mal dran.

– Ich bin dran? Ihr habt eure Plaketten gestern bekommen …

– Pünktlich geliefert, sagte Panzer, das war auch sehr löblich.

Er unterbrach seine Lappenwischerei.

– Aber das war nur der Test, Alter, sagte Göckel.

– Test?

Kondor zupfte seine Halskette zurecht, blickte Richtung Straße. Zwei Frauen schoben dort Kinderwagen an der Parkplatzeinfahrt vorbei.

Orientalische Augenpartien.

Tiefschwarze Tschadors um Kopf und Körper.

Zwei menschengroße Krähen.

– Du hast neulich erst die Biege gemacht, sagte Panzer mit Unschuldsmiene, wer garantiert uns, dass auf dich auch wirklich Verlass ist, Alter?

– Wer das garantiert? Okay, ersparen wir uns die Prozedur, sagte Kondor, ihr wollt mich also über den Tisch ziehen, ja?

Panzer und Göckel grienten.

– I wo, sagte der eine, was bist du für ein Weichei? Kein Saft mehr im Sack?

Und der andere ergänzte:

– Wir wollen einfach, dass jeder seinen Schnitt macht.

Kondor kommentierte das mit stummer Grimasse.

– …

Josey hatte derweil auf einer umgedrehten Getränkekiste Platz genommen, zog eine weitere zu sich heran, sagte zu Kondor:

– Komm, setz dich doch, mach's dir bequem, lass uns reden.

Kondor rührte sich nicht vom Fleck.

– Wie viel soll ich blechen? Nennt mir den Preis.

– Geld? Nein, darum geht's nicht, säuselte Josey, einfach noch mal so eine Lieferung wie gestern, Kon, dann sehen wir weiter.

– Ich pule aber keine Plaketten mehr für euch von Nummernschildern.

– Nicht?

– Ich will den Kater …

Göckel und Panzer grienten nun nicht mehr. Sie hatten das Putzzeug und das Reinigungsmittel zurück in den Eimer gefeuert, machten ein paar Schritte um den gewienerten Wagen herum. Panzer spuckte aus.

Sekret flatschte auf den Boden. Er fragte:

– Sonst …?

– Ja, was sonst?, fragte auch Göckel.

Josey gab den zweien einen Wink, Abstand zu halten.

– Wir können deinen Bibel-Homos ja auch einfach stecken, sagte sie, dass du dir das Miezchen zum Knuddeln ausgeborgt hast. Hä? Tolle Geschichte: Erst steigst du bei einem von denen ein, klaust das Vieh und vertickst es dann an uns.

Kondor blickte auf den Boden vor seinen Füßen.

– Das bringt ihr nicht, zischte er, und die Lüge glaubt sowieso keine Sau.

– Ist das so? Wir wissen, du denkst, du bist mit deinen neuen Freunden was Besseres, sagte Josey, aber die mit ihren Schwachmaten-Hornbrillen und den tollen Streberzeugnissen und so weiter, was tun die wohl, wenn die rauskriegen, dass du es verbockt hast? Weitermachen mit dem Eideidei-wir-haben-uns-alle-lieb-Gehabe?

– Mein Herz ist rein, sagte Kondor.

– Sei kein Opfer, sagte Josey, mal angenommen, ich wäre da aufgewachsen, wo man sich über nichts groß beklagen kann, außer dass dir vielleicht ein putziges Eichhörnchen die Drei-Frucht-Marmelade vom Terrassentisch stibitzt, was würde ich da tun? Mit dir durch dick und dünn gehen? Dir alles glauben? Dir?

Sie amüsierte sich. Kondor rieb sich die Nasenflügel.

– Ihr bringt das nicht, wiederholte er, oder soll ich vielleicht rumerzählen, was ich alles so weiß? Über euch. Und über den Bross …

Mit schräg gelegtem Kopf verzog Josey nun das Gesicht, öffnete den Mund. Die Zungenspitze leckte übers Glitzersteinchen am Schneidezahn. Sie wartete kurz, dann sagte sie:

– Das wird ja immer besser, Kon, Superidee. Soll ich das dem Bross beim nächsten Mal etwa erzählen, dass du uns erpresst?

– Ich weiß eine ganze Menge, sagte er, ich kenne richtig tolle Geschichten.

– Schwachsinn!

– Aha. Schwachsinn.

– Die hören dir nicht zu, die lassen dich fallen, Mann. Schneller, als eine Maus in ihrem Loch ist. Sieh's ein. Wenn du uns erpresst, wird's richtig einsam um dich!

Kondor machte plötzlich einen Schritt vor.

Er kickte mit seiner Schuhspitze gegen die leere Getränkekiste, die man ihm eben noch zum Sitzen angeboten hatte. Das Plastikding überschlug sich ein, zwei, drei Mal, hüpfte herum, blieb vor einem der breiten Reifen des SUV liegen.

– Wer erpresst hier wen, schrie Kondor, hä? Ich! habe! geliefert!

Hinterher war es sehr still auf dem Parkplatz.

Panzer und Göckel blickten auf Josey. Josey blickte auf die Getränkekiste.

Schließlich ein Schnaufen von Lümmel.

Der Halbdackel erhob sich, tippelte hinkend an allen vorbei zur Kiste, gegen die Kondor getreten hatte, schnüffelte daran herum. Alles guckte jetzt zum Hund hin. Lümmel setzte einen Haufen auf den Asphalt.

– Plaketten, sagte Josey kühl, eine Lieferung noch, bis spä-

testens in drei Tagen, sonst können wir das Miezchen auch gerne einfach im See ertränken, gegen die Kirchentür nageln oder zu Dackelfutter verarbeiten. Okay?

Sie zog einen Kotbeutel aus der Jackentasche, reichte ihn Göckel. Der bückte sich willig vor dem dampfenden Hundehaufen, beseitigte die Notdurft.

– …

Tonlos schaute Kondor dem Schauspiel zu. Josey sagte:

– Überleg's dir, Kon, du hast es verkackt. Und du weißt ja, diese Hundedame hier, die futtert und verdaut einfach alles! Auch Katerhackepeter, nehme ich an. Und wir machen gerne ein Filmchen davon, das man rumzeigen kann.

|Merle

Die Bäume vorne an der Straße brennen gelb, rot und orange im Widerschein der Laternen, flammen jedes Mal in den Wipfeln lichterloh auf, wenn die Scheinwerfer eines vorbeirauschenden Autos sie erfassen; was allerdings nur noch in größeren Abständen geschieht. Auf der Kirchturmuhr stehen die Zeiger auf kurz vor eins.

Die Nachtluft ist feucht und so kühl, dass sie in der Kehle sticht. Die Lippen kribbeln warm. Ich schiebe meinen störrischen Stahlgaul durch den unbeleuchteten Laubengang, pule nebenher Mütze und Handschuhe aus den Taschen, halte an.

Ich schlüpfe hinein in die Fäustlinge.

Ich ziehe mir meinen kuscheligen Bommelhelm über Locken und Ohren.

Da gellt ein Pfiff von der Seite. Unwillkürlich fahre ich zusammen. Infarkt. Und wie ich mich umdrehe, sehe ich einen Schatten auf dem Baugerüst vor der Kirche. Du hast auf mich gewartet. Dein Vorwand: Bozorgs Gitarre.

– Falls du bei den Knappen aufhörst und wir uns dann logischerweise nicht wiedersehen, hätte ich die doch ganz gerne zurück. Ist ja nicht meine.

Ich bin mit dem Rad näher gekommen.

Du hockst in Etage drei dieses Gebildes aus Rohrstangen und abgewetzten Planken, deine Beine baumeln gut eine Körperlänge über meinem Kopf.

Ich beruhige dich, zumindest was die Gitarre angeht:

– Du kannst sie wiederbekommen, aber ich bleibe nach dem Urlaub noch bis zum Fest dabei.

Eine Pause entsteht.

– Okay, sagst du schließlich von oben, okay.

– So sieht's aus, sage ich unten.

– Ja dann, sagst du, behalt sie ruhig so lange.

– Wie du meinst, sage ich.

Wieder Pause. Eine längere diesmal. Schätzungsweise eine Minute Stille, mindestens, bevor du dann den Holzboden neben dir tätschelst:

– Willst du nicht einen Moment raufkommen? Ist noch Platz!

Ich schiebe den Stahlgaul ein paar Zentimeter zurück, um den Nacken nicht die ganze Zeit überstrecken zu müssen. Ich frage:

– Wie ist denn der Ausblick? Ich dachte, du bist nicht schwindelfrei.

Dann stelle ich das Rad auf dem wackligen Ständer ab, bin eigentlich längst entschlossen, die Hangelei hoch zu dir in Angriff zu nehmen. Aber da tauchst du schon unter einer der Verstrebungen hindurch und landest mit einem ordentlichen Satz nicht weit von meinem Vorderreifen entfernt. Fragst:

– Räuberleiter?

Das Kleinkind in mir schiebt beleidigt die Unterlippe vor:

– Das hätte ich auch so geschafft.

– Egal, sagst du, wir können ja auch einfach ein Stück gehen, die Aussicht war sowieso nicht spektakulär.

– Schade.

– Schade?

– Ja, schade, dass die Aussicht nicht spektakulär war, sage ich.

Du zupfst an deinem Halstuch.

– Gut, dann weiß ich, wohin wir noch gehen, hatte ich schon die ganze Woche mit dir vor. Ist nicht weit.

– Du hast Nerven, Silvester Lanzen, ich gehe jetzt nach Hause.

– Komm, sagst du, wir löschen diesen Abend plus die Tage seit der Ausfahrt mal kurz so *zack!* aus dem Gedächtnis, nur für eine halbe Stunde.

Du merkst natürlich auch: Die Kraft deiner Anziehung wirkt. Ich frage:

– *Was* hattest du denn schon die ganze Woche mit mir vor?

Ich ahne die Antwort bereits und mache vorsorglich ein Gesicht wie eine, die sich mit Muskelkater mühsam vom Sitzen wieder auf die Beine hievt.

– K16.

– Du hast wirklich Nerven, Silvester Lanzen.

– Eine halbe Stunde, mehr nicht. Bitte!

Diese letzten zwei Silben haben etwas Ehrliches, Flehentliches, und sie gehen mitten durch mich hindurch. Ich schaue erneut zur abgeflachten Turmspitze und zum Uhrenwürfel hinauf, der sich strahlend weiß vom porenlosen Beton dahinter abhebt.

Die Glocke schlägt. Ich bin todmüde und zugleich putzmunter und sträube mich ein letztes Mal halbherzig. Sage:

– Es ist echt spät.

– Wir nehmen beide den Stahlgaul, schlägst du vor, wie gestern.

– Gestern lagst du nach ein paar Metern im Gebüsch, sage ich.

– Die Nacht der zweiten Chance, Merle von Aue.

Und dann probieren wir es, nur dass du diesmal den Lenker übernimmst und ich hinten auf dem Gepäckträger sitze. Was ein Geeier am Anfang.

Schon nach kurzer Strecke kommst du allerdings immer besser in Tritt. Fährst über den flachen Kantstein vom huckeligen Fahrradweg ab. Ich kralle mich noch ein bisschen fester in deinen Parka. Die abschüssige Straße zum Einkaufszentrum liegt einsam und verlassen vor uns.

Und jetzt lässt du es laufen.

Wir nageln mit singendem Dynamo und klappernden Schutzblechen auf die leere Kreuzung beim ausgebrannten China-Restaurant zu.

Die Bommelkordeln an den Ohrenklappen meiner Mütze reißen nach hinten aus. Von wegen störrischer Stahlgaul: In halsbrecherischem Tempo, im Tempo eines galoppierenden Turnierpferds schießen wir am Eingang des Südturms vorbei.

Du johlst. Ich johle.

Die Gestalt, die dort unter der Brücke im Kreis herumhühnert, sieht auf. Der einzige Mensch weit und breit außer uns: Er stutzt, etwa einen Wimpernschlag lang. Setzt dann aber auch schon zur Verfolgung an. Im Sprint.

– Das war Kondor, rufe ich.

Ein Grummeln von dir:

– Eine echte Plage manchmal.

Ich sehe über die Schulter zurück:

– Er winkt. Er läuft uns nach.

Du gibst unserem Gefährt die Sporen, um den Verfolger zu triezen.

Der störrische Stahlgaul ächzt in allen Gelenken, die Tretlager knirschen. In voller Fahrt biegen wir Richtung K16 ab, legen uns weit in die Kurve. Erst, als wir auf dem Vorplatz des Betonriesen das Rad anketten, holt Kondor uns ein. Ein Jutebeutel schlackert um seine Knie.

– Das Rücklicht ist im Eimer, bringt er hervor.

– Es ist nach eins, sage ich ein wenig dümmlich zu ihm.

Kondor holt ein paar Mal tief Luft, völlig aus der Puste vom Laufen, streckt den Arm vor. Ein Wegelagerer, der nach dem Beutezug das Säcklein mit Gold und Geschmeide an den Hauptmann überreicht.

– Hier, Meister, sagt er, das reparierte Netzkabel für den Projektor.

Fassungslos starrst du ihn an, weichst einen Schritt zurück.

– Und das ist so fürchterlich dringend und eilig?

+

Ein Lkw grollt in der Ferne vorbei. Der Wind treibt hinter uns trockenes Laub im Kreis herum. Kondor kratzt sich am Ohr. Schaut einmal hoch in die Wolken und ins Weltall über K16 und dann gleich wieder dir direkt ins Gesicht.

– Es gab ein wenig *Trabbel* in der Kolonie am See, ich war gerade unterwegs zur Kirche. Hast du ein paar Sekunden für mich, Meister?

– *Trabbel?* Ist das nicht dein zweiter Vorname? Was hast du ausgefressen?

Kondor korrigiert den Sitz seiner Häkelkappe.

– Unter vier Augen.

Bis zur Oberfläche der Haudegen-Visage dringt eine Besorgnis durch, die ich bei Kondor in dieser Form noch gar nicht kenne. Ich sage:

– Ist vielleicht sowieso schlauer, wenn ich doch nach Hause fahre.

– Nein, sagst du schnell.

Du und ich tauschen Blicke.

– Schon klar, sagt Kondor, ich komme ungelegen.

Er schaut gequält aus der Wäsche, du schaust gequält aus der Wäsche, ich reibe mir fröstelnd die behandschuhten Hände. Trotz der dicken Klamotten und der Fahrt, die den Kreislauf ordentlich in Wallung gebracht hat, ist mir kalt. Aber ich nicke.

– Redet ruhig, sage ich zu dir, ich warte.

– Die Kurzversion, sagst du zu Kondor.

Ihr geht rüber zu den Müllcontainern, wo deine Schuhe im Licht der Laternen immer wieder in Kondors Schatten kommen und auch umgekehrt, als würdet ihr ein seltenes Tanzritual vollziehen oder ein Spiel spielen und so um Punkte kämpfen.

Ein Tauziehen ohne Tau.

Ich spitze die Ohren, kann aber kaum etwas verstehen. Aus meiner Warte wirkt es, als würdest du Kondor verbal zusammenstauchen. Eine Taube flattert auf (ein zerzaustes Tier mit Klumpfuß), als er am Ende den Beutel mit dem Kabel zur Seite schleudert.

Kondor stiebt davon.

Du bückst dich nach dem Beutel, stopfst ihn dir zusammengeknüllt in die Parkatasche, kehrst zu mir zurück. Ich frage:

– Und was wollte er jetzt genau?

– Er ist wohl schlimm mit Edda aneinandergerasselt und hat die Zelte bei ihr abgebrochen, sagst du, praktisch eben gerade erst.

– Solltest *du* ihn jetzt bei dir aufnehmen?

– Ach, was weiß ich. Kondor hat gemeint, vielleicht macht er bald ganz die Biege, komplett raus aus der Stadt. Ich habe versucht, ihm klarzumachen, dass mich das im Augenblick nicht interessiert.

Du siehst an der Außenhaut von K16 hinauf. Machst ein Gesicht dabei, als wäre die eigenartige Waffelstruktur der Fassade deine missglückte Erfindung; eine, die du am liebsten auf der Stelle ungeschehen machen würdest.

– Und jetzt?

– Hoch hinaus, sagst du, K16.

Im unwirtlichen Treppenhaus vor den Fahrstühlen nehme ich deine Hand und ziehe dich zurück. Ein ranziger Geruch entströmt der Kabine, die du gerade betreten willst. Aber das ist es gar nicht. Ich schnalle selbst erst auf den Stufen nach oben so richtig, dass du mich sofort verstanden haben musst.

Kein Wort ist zwischen uns gefallen, und doch scheinen du und ich uns einig: Wir wollen nicht einfach irgendwohin, wir wollen etwas Besonderes. Dazu gehört, sich den Ausblick zu verdienen.

– Zählst du beim Gehen mit?

Gleich am Anfang stellst du diese Frage, zwischen zwei Treppenabsätzen.

– 33, sage ich.

Wir wetten, wie viele Stufen wir insgesamt steigen müssen.

Unwichtig, dass ich gewinne. Geschenkt auch, dass der Ausblick fast nichts mit meinen sagenhaften Vorstellungen von diesem Ausblick zu tun hat. Klar: Die Welt ist hier oben die gleiche wie rund 400 Stufen tiefer; uns empfängt natürlich keine laue Sommernacht auf dem Balkon, sondern einfach wieder feuchtkühle Herbstluft.

Ich sehe das Rechteck des Parkdecks direkt zu unseren Füßen, ausgefüllt mit Autos, Markierungslinien, dunklen Pfützen. Dahinter reihenweise Hochhausblocks und gleich links das Einkaufszentrum, aus ungewohnter Perspektive zwar, doch letztlich ändert das nicht viel. Es bleibt das Einkaufszentrum.

Du, in sehr sachlichem Ton:

– Nichts, was wirklich *Wow!* wäre, hm?

Du scheinst meine Gedanken erraten zu haben, und ich schüttele trotzdem den Kopf. Ich will, dass es etwas gibt, das mir gefällt, etwas zum Staunen, schon aus Prinzip. Und nach einer Weile des Guckens finden sich durchaus auch Details, die mich fesseln. Ganz hübsch zum Beispiel: die Lichtbündel der Laternen, die fahl (und an den Seiten ausfransend) zu Boden dringen.

Oder überall fern und nah diese von hinten beleuchteten Fensterausschnitte im Stadtdunkel, wo in Wohnungen noch Fernseher laufen, Lampen brennen, ganz unterschiedlich hell, gefiltert von Gardinen und Jalousien und Rollos.

Ich trete näher an die Brüstung heran, zu der du respektvoll Abstand hältst.

– Ziemlich weit bis unten, sage ich.

Presse die Hüften fest gegen den Beton, lehne mich leicht vor, sehe aus den Augenwinkeln, dass du die Hände aus den Taschen nimmst.

– Übertreib es nicht, sagst du.

Ich amüsiere mich.

– *Fürchtet euch nicht,* sage ich.

Du hebst etwas auf.

Ein einzelnes Laubblatt, das jemand in die Höhe mit heraufgeschleppt haben muss. Du betrachtest es wie ein schüchterner Kavalier die Rose in seiner Hand. Und näherst dich damit dem Geländer.

Hältst es am Stängelchen in die Brise da draußen.

Das Blatt flattert.

– Loslassen?

Der Luftzug entreißt dir das zittrige Etwas, bevor ich reagieren kann. Hebt es hoch, wirbelt es ein ordentliches Stück nach oben.

Das Blatt driftet vom Gebäude weg.

Dann wechselt es, erfasst von einem unsichtbaren Sog, die Richtung, stürzt auf den Abgrund zu, gerät dabei heftig ins Trudeln, driftet neuerlich ab, treibt an den Rand unseres Sichtfelds. Wir verrenken uns die Hälse, um noch einen letzten Blick zu erhaschen, ehe das Blatt endgültig fortsegelt.

– Von der Nacht gefressen, sage ich.

– Ja, und es ist nicht einmal in die Nähe des Bodens gekommen.

Schulter an Schulter lehnen du und ich am Geländer, beide die Unterarme über Kreuz. Du schweigst, scheinst in dich versunken, nicht ganz da. Als würdest du einen Film gucken. Überhaupt kommt es mir fast vor wie beim Kinoclub, wenn man zur Seite schaut und im Licht der Leinwand nur Schemen erkennt.

– Danke, sage ich, wegen vorhin.

– Wegen was?

– Na, wegen vorhin, wiederhole ich, diese Sache mit Christian, das war nicht unbedingt was zum Angeben.

Du zuckst einmal schlapp mit den Achseln.

– Ihr habt euch nur unterhalten.

– Du hast mich gerettet, *mein schwarzer Ritter,* sage ich. Spreche die letzten Worte leicht übertrieben aus. Du drehst den Kopf zu mir:

– Ist das so?

– Vielleicht.

Deinen Gesichtsausdruck kann ich nicht genau einordnen. Lächelst du?

– Wäre nichts passiert, sagst du, war nur ein Spiel. Stimmt's?

+

Der Nachtwind streift weiter mein Gesicht, bläst mir in die Ärmelöffnungen. Mit dem Fahrradschlüssel ritze und schabe ich unsere Initialen in den Beton der Brüstung. Plus Datum. Das Ganze ist wieder einer dieser Gedanken, die im Hirn aufpoppen, wie von unsichtbarer Hand hineingelegt: Schädeldecke auf, Gedanke rein, Kalotte wieder zu. Ich sage:

– Bestimmt werde ich jetzt immer, wenn ich den Koloss auch nur von weitem sehe, daran denken, dass es diese winzigen Zeichen hier oben gibt.

– Und dann, Merle von Aue?

Ich puste einen Rest feinen Staub aus dem vollendeten Kunstwerk, sehe mich zu dir um: Du hast dich inzwischen an der Rückwand des Balkons hingesetzt, zwei, drei Schritte entfernt von mir.

– Und dann? Dann werde ich mich an diesen sehr speziellen Abend erinnern, ich werde daran denken, dass es okay war, mit dir mitzugehen, Silvester Lanzen.

– *Okay?*

– Ja, der Abend war ganz okay, findest du nicht?

– Der Abend war Müll, sagst du, der erste Teil des Abends zumindest.

– Und die letzten beiden Wochen davor, gebe ich zurück.

Du kneifst den Mund zusammen. Das Licht im Treppenhaus ist angesprungen, die Schatten in deinem Gesicht werden härter. Du sagst:

– In ein paar Stunden bist du weg.

Ich warte, ob noch ein Kommentar folgt. Eine Erklärung. Irgendwas.

Aber es kommt nichts. Ich schiebe mir mit dem Handschuh eine Locke aus dem Gesicht.

– Ich bin ziemlich bald zurück, sage ich.

– Wenn die Fremden in der Fremde es zulassen, sagst du.

Ein Lächeln von mir:

– Es wird ein Familienurlaub, frag ruhig, wie viel Lust ich darauf habe.

Ich stoße mich nun von der Brüstung ab und setze mich zu dir auf den Boden. Die Kleidung zieht die klamme Kälte aus der Luft in ihr Gewebe, und wir hocken einfach eng beieinander, Schultern weit hochgezogen, die Hände flach zwischen den zusammengepressten Schenkeln. Nach einer Zeit erlischt das Treppenhauslicht. Du sagst:

– Wieder Freunde?

Der warme Klang deiner gedämpften Stimme.

Ich schlüpfe aus einem der Fäustlinge und strecke den Arm nach dir aus. Wir flechten die Finger ineinander. Ein Gefühl, als wenn jemand von hinten den Arm um einen legt und mit der Hand die Haut zwischen Hals und Brust berührt.

– Oh weh, Silvester Lanzen, stöhne ich.

Lehne den bemützten Kopf zurück. Ein paar Sterne blitzen zwischen den Wolkenmassiven auf: strahlende, weit, weit entfernte Feuer.

– Was meinst du, Merle von Aue? Mehr als Freunde?

(Hübscher Versuch. Wirklich gut.)

– Nein, sage ich.

Unsere Gesichter berühren sich beinah schon. Du fragst:

– Sicher?

Dein Haar kitzelt mich an der Wange.

– Nein, flüstere ich noch einmal.

Lasse nun allerdings meine Finger aus deinen gleiten, puffe dir vorne gegen den Parka und stehe auf. Helfe auch dir hoch. Ein Nadelstichprickeln in den Beinen, runter bis in die Zehen, die halb taub sind vor Kälte. Wir verlassen den Balkon.

– Du hast mich vorhin *mein schwarzer Ritter* genannt. Warum?

Da stehen wir schon wieder unten auf dem zugigen Vorplatz von K16.

Der Abschied rückt näher.

– Weil du anders bist als die meisten, sage ich.

Trete ein Stück zurück.

Hinter dir, im dritten Stock des kantigen Steinriesen, flackert ein Rechteck aus Licht auf. Schatten erscheinen in dem Rahmen. Erst einer. Und dann ein zweiter. Sie nähern sich einander, sie überlappen sich für einen Moment.

– Was meinst du damit genau?

– Ich meine, wir sollten wirklich probieren, Freunde zu sein, sage ich.

Deine Mundwinkel zucken.

– Das traust du uns zu?

– Du glaubst nicht daran, ich weiß.

– Erzähl mir mehr, Merle von Aue, wieso bin ich anders?

– Du bist manchmal fürchterlich arrogant, aber du kannst auch schön traurig gucken und dann wieder sehr witzig sein, darum funktioniert das bei dir so gut.

– Was funktioniert gut?

– Na, deine zum Teil bescheuerte Art.

Dir gefällt das, das merke ich. Du sagst:

– Mehr davon, lass es raus.

Ich schüttele den Kopf.

– Unter dem Panzer gibt es ja noch einen Silvester. Du interessierst dich für andere. Ohne dich würde Kondor weiter in dem prächtigen Loch da oben hausen.

– Das war ich nicht allein. Eine gewisse Merle von Aue hat mitgeholfen.

– Ich mag Kondor nicht sonderlich, aber ich verstehe, dass *du* ihm wichtig bist.

– Ihm fehlt jemand, sagst du.

Der Satz bleibt in der Luft hängen. Auch dir fehlt jemand, denke ich. Und ich sehe zu der Stelle hin, wo du vorhin mit Kondor gesprochen hast. Zu dem Fleck aus Laternenlicht bei den Müllcontainern.

Mir fällt das Netzkabel ein, das du in der Parkatasche hast, komme so auf den Projektor von Eddas Oma, auf Bozorgs Filmspulen. Ich höre dich und mich darüber reden. Ein sehr eigenartiger Moment. Vielleicht nur die Übermüdung. Es ist, als wäre ich kurz nicht da gewesen. Ich sage:

– Du kannst sie dir jetzt ansehen, die Filme.

– Vermutlich schon, sagst du, und ich glaube, ich würde sie gerne mit dir sehen, Merle von Aue.

– Wenn du eine Woche warten kannst.

– Ich hätte eine andere Idee. Aber du musst los.

Ich hebe die Brauen. Muss ich das? Muss ich los? Wo ist die allwissende Stimme des Universums, die es mir verrät? Ich sage zögerlich:

– Langsam sollte ich wirklich, ja.

Doch ich fahre nicht, zumindest nicht in meine Richtung. Du bekommst es hin, dass wir noch einen Schlenker zu dem Eckblock einlegen, in dem Domino wohnt.

Du willst ihr den Schlüssel, den sie dir zum Geburtstag geschenkt hat, in den Briefkasten werfen, willst vor allem, dass ich das mitbekomme. Und: Du bist gut, verdammt gut, wenn du auf deinen gekonnten Augenaufschlag setzt.

Am Ziel bleibt der Schlüssel allerdings zunächst in deiner Hand.

Wieder so ein Moment. Du sagst:

– Komm kurz mit hoch.

Schaust flüchtig an der Hausfront hinauf. Und ich? Ich habe das Gefühl: Das kenne ich. Die Situation wirkt wie einem Traum entsprungen, den man schon einmal geträumt hat, ein bisschen unwirklich und zugleich unabwendbar. Wie sehr sorgfältig *durchgeplant,* nicht von dir, nicht von mir, auch nicht von einem Unterbewusstsein; vielmehr so, als gebe es die allwissende Stimme des Universums und sein alles sehendes Auge doch.

Eine lenkende Macht.

Etwas, das festlegt, dass es genau dort drüben diesen beleuchteten Eingang in deinem Rücken gibt mit den vielen Klingelknöpfen und den ganzen Schildern und dem alten Kaugummi in den Rillen der Gegensprechanlage; etwas, das entscheidet, dass sich in den struppigen Tannenbüschen da vorne ein Stück Folienverpackung verfangen hat, zittert und wispert; etwas, das dafür sorgt, dass sich erfüllt, was sich erfüllen soll, das will, dass ich dir einen Vogel zeige.

– Du spinnst, sage ich.

– Wieso?

– Das kann einfach nicht dein Ernst sein.

Ich betrachte dich. Und mir fällt auf, dass der Wind, der fast die ganze Zeit im Ohr geklungen hat, ausgesetzt haben muss. Kein Geräusch. Auch in den Büschen zittert und wispert nichts mehr. Sehr schräg. Nicht nur wegen der Stille.

– Der Projektor und die Filme sind da oben in der Bude, beharrst du.

– Hol sie von mir aus eben runter. Ich warte auf dich.

Du fummelst den Jutebeutel, den Kondor vorhin weggeschleudert hat, aus der Parkatasche, zeigst ihn her, wie um mir zu beweisen, dass mein Vorschlag völlig unsinnig ist, weil du doch jetzt das Netzkabel hast. Du sagst:

– Ich mache einen Tee …

– Du wohnst hier nicht.

– Lieber Kakao? Oder einen Kaffee? Domino kommt erst übermorgen wieder.

Dein Blick danach.

Als ich ihn erwidere, scheinen sich die Gedanken dahinter auf geheimnisvolle Art auf mich zu übertragen. *Lass die Nacht nicht hier enden. Trau dich!* Und um uns herum rücken die tonnenschweren Betonfronten, von denen wir umzingelt sind, ein Stück näher.

Ich schließe kurz die Augen.

– Wir sehen uns in einer Woche, sage ich.

Fühle mich groß. Fühle mich stark. Ignoriere die unsichtbare Kraft, die mir den Hals fest zuschnürt, und drehe das Fahrrad um. Ich setze einen Fuß auf die Pedale, stoße mich kräftig mit dem anderen ab, trete langsam an. Im Stehen. Mir ist, als würde ich mich selbst bestrafen.

Möchte ich das?

Möchte ich natürlich nicht.

– Stopp, halt, Merle von Aue, rufst du. Denk nach!

Ich bremse. Ich bin noch keine neun Meter weit gekommen. Du siehst mich auf die Entfernung an. Ich sehe dich an. Sage:

– Worüber soll ich nachdenken?

Und dann sagst du diesen Satz, der wie gelernt und aufgesagt klingt. Sagst:

– Es ist die falsche Methode, Unglück zu vermeiden, indem man es mit dem Glück erst gar nicht probiert. Du weißt das, sagst du.

|Kondor, Bonusmaterial:
nachgestellte Szene #15

Ein Deckenstrahler warf maues Licht in die enge Dachkammer. Mauser lehnte an der Raufasertapete, im Gesicht den halbmondförmigen Schatten des Punching-Balls. Kondor, in Motorradjacke, saß zwei, drei Schritte entfernt auf der Hantelbank, stopfte letzte Wäschestücke in die Einkaufstüten, die mit prallen Bäuchen vor ihm aufgereiht standen. Leder knarzte, Plastik raschelte.

– Mir ist ganz schlecht, sagte Edda, seit fast zwei Wochen fehlt jede Spur von dem Kater, und du hast sein Halsband.

Sie guckte aus dem winzigen Gaubenfenster. Draußen: tiefste Dunkelheit.

– Entschuldigung, sagte Kondor, aber im Moment habt ihr *das Halsband.*

– Verkneif dir den Kinderkram, warf Mauser ein, du wolltest, dass wir das Ding bei dir finden. Niemand hat in deinen Sachen herumgeschnüffelt.

Mauser ballte die eine Hand zur Faust, hob sie auf Kinnhöhe, tippte ein paar Mal gegen das Sportgerät, das neben ihm baumelte, ganz leicht nur. Edda drehte sich in den Raum um, ergänzte:

– Du hast das Licht hier brennen lassen, das Halsband lag genau dort vorne.

Sie deutete auf das aufblasbare, mit einem Spannlaken bezogene Reisebett, eine große weiße Fläche. Nur Kondors Schlafsack befand sich darauf, ordentlich zur Rolle zusammengeschnürt.

– Eure Hütte, eure Regeln, schon in Ordnung, sagte Kon-

dor, keinerlei Klagen von mir. Gleich seid ihr mich ja los, bin praktisch schon eine Wolke.

– So läuft das nicht!

Mauser.

– Was ist mit dem Kater?

Edda.

Beide hatten fest die Augen auf Kondor gerichtet. Er sog an seinen Lippen, trüber Blick ins Nichts. Sagte dann:

– Keinen Schimmer! Klingt vielleicht irre, ist aber so.

Kondor griff nach seiner Kette. Er richtete den Silberanhänger, schob ihn mittig unters Kinn. Mauser warf sich in die Brust, pflaumte:

– Ich kapiere es nicht. Was geht nur in deinem Hirn vor? Hast du eins? Das ist das Halsband von dem Kater, nach dem du selbst gesucht hast!

Er schlug gegen den Punching-Ball. Sehr hart diesmal. Edda trat sofort zu ihm, legte zur Beruhigung eine Hand auf seine Schulter.

– Ist gut, sagte sie, das bringt doch auch nichts.

– Nein, gab Mauser zurück, gar nichts ist gut. Seit Wochen pennt Herr Ich-habe-keinen-Schimmer mit uns hier unter einem Dach, wir haben ihn praktisch von der Straße geholt … und jetzt das! Wenigstens die Klappe könnte er aufmachen!

Noch einmal drosch Mauser mit Wucht gegen die Lederbirne.

Sie pendelte wild hin und her.

Schwang langsam aus.

Stand still.

Kondor straffte die Schultern, massierte sich beidhändig den Nacken.

– Ihr seid sauer, ich kann es nicht ändern, sagte er, wahrscheinlich glaubt ihr, ich bin bei Silvester eingestiegen.

Edda versetzte ihrer Brille einen Stupser.

– Bist du nicht, flehte sie, bitte sag, dass du das nicht getan hast …

Mauser:

– Du warst in der Nacht unterwegs, als alle bei der Ausfahrt gewesen sind.

– Ich war sogar im Südturm, sagte Kondor.

Er schüttelte den Kopf. Hämmerte die Handballen synchron gegen seine Stirn. Dann setzte er sich sein Häkel-Käppchen auf und erhob sich und begann, die Tüten aufzusammeln. Edda:

– Lebt die Katze noch? Wo ist sie?

Kondor zog geräuschvoll hoch.

– Ich habe Mist gebaut, sagte er, aber ich biege das wieder hin. Mehr kann ich dazu im Moment nicht sagen, weil ich einfach nicht mehr weiß.

– Was für Mist?

Mauser verlagerte das Gewicht von einem auf den anderen Fuß. Edda sagte:

– Du wirst doch zumindest wissen, woher du das Halsband hast.

– Unwichtig, sagte Kondor, ich will erst mal mit dem Meister quatschen. Und ich schwöre, in ein paar Tagen ist die Katze wieder da.

Er hatte sich inzwischen den Schlafsack unter den Arm geklemmt, stand jetzt genau in der Mitte der engen Kammer, haltlos wanderten die Augen mal hierhin, mal dorthin. Mauser sagte:

– Es sind Brand III und seine Truppe, oder? Du steckst in der Klemme. Du hast dich mal wieder mit den falschen Typen eingelassen.

– Brand III ist im Bau, entgegnete Kondor, und fast egal, mit wem man sich einlässt, Schwierigkeiten gibt's immer. Wahrscheinlich ein Naturgesetz.

Mauser blieb hartnäckig:

– Wieso haben sie dich wieder auf dem Kieker?

Kondors Lider senkten sich ein Stück herab.

– Ich weiß nicht, was du willst.

– Du hast Mist gebaut, schnaubte Mauser, hast du eben zugegeben. Und du hast Angst, das sehe ich, bist nervös, weil dieser Kerl demnächst wieder rauskommt.

– Nett, eure Anteilnahme, sagte Kondor, aber dieses Gesabble, dieses ganze Hinterfragen und Immer-eine-Begründung-für-alles-finden-Wollen, das ist nicht meine Disziplin, das macht mir eher Kopfschmerzen. Ich bin weg!

Er wandte sich zum Gehen. Edda war sofort bei ihm, hielt ihn zurück.

– Wir haben dich nicht vor die Tür gesetzt, sagte sie.

– Zigeunerblut, sagte Kondor, ich bin nicht der häusliche Typ, wird langsam Zeit zum Weiterziehen. Schätze, ich ticke einfach anders.

Mauser schüttelte den Kopf:

– Wo willst du überhaupt hin, jetzt, mitten in der Nacht?

– Wo ich hinwill? Wollt ihr mir eine Postkarte schreiben?

Kondor zeigte ihm spöttisch die Zähne. Edda sagte leise:

– Du musst es nicht verraten. Aber du musst möglichst bald mit Silvester reden. Und wenn es Probleme gibt, lass dir helfen. Zur Not von uns.

– Ich komme schon klar, sagte er, oder meint ihr nicht?

Und statt einer Erwiderung gab es nun eine Umarmung für Kondor. Lang, sehr lang drückte Edda ihn an sich. Kondor, die Tüten links und rechts in der Hand und den Schlafsack unterm Arm, ließ es geschehen. Mauser räusperte sich. Er sagte:

– Du bleibst aber in der Siedlung!

Edda hatte Kondor wieder losgelassen. Und Kondor nickte jetzt noch einmal in Richtung Mauser, zwinkerte ihm zu.

– Es sieht zwar anders aus, sagte er, aber keine Bange, ich brenne mit deiner Süßen nicht durch. Vorerst nicht. Ihr hört von mir.

■

ÂVENTIURE VII

Silvester
|Die Krone

Ende Mitte Oktober

▸▸

|Montag, 5 Tage
vor Ausbruch des Feuers

Silvester legt sich in die Kurve, biegt auf Merles Rad von der ruhigen Nebenstraße beim Eiscafé in eine schnurgerade, noch ruhigere Seitenstraße ein. In regelmäßigen Abständen links wie rechts: eingeschossige Häuser mit gepflegten Vorgärten, die sich unaufdringlich an die Fassaden schmiegen.

Hecken oder schmiedeeiserne Zäune an den Grundstücksgrenzen. Stellplätze für die Zweitwagen vor den Garagen. Ab und an auch ein Carport.

Parzelle um Parzelle fliegt so an Silvester vorbei, Eigenheim um Eigenheim. Über die Satteldächer und durch die engen Lücken zwischen den Häusern streicht eine ständige Brise, rupft an Bäumchen und Büschen, fährt Silvester von der Seite an, kneift ihm ins Gesicht.

Gleich nach Schulschluss ist er am Baui gewesen und anschließend dann mit Kamp, der ihn dort erwartet hat, im Park (am See).

Von dort kommt er jetzt.

Er hat die Köpfhörer auf und Musik an, steigt kräftig in die Pedale.

Das Treten, der Ritt auf dem störrischen Stahlgaul, tut ihm gut.

Ihn plagt das beinah albtraumartige Gefühl, die ganze Siedlung im Schlepp zu haben, wo noch alles mit diesen Flugblättern zugepflastert ist.

Lümmels Konterfei: An Ampeln prangt es, an Bushaltestellen, Bäumen. Mit den Vermisstenanzeigen sind selbst die Schaufenster der (seit Samstag leerstehenden) Videothek und so gut wie jedes Plakat, ob nun für *Spectaculum* oder Laternenumzug, tapeziert.

Niemand hat die Zettel mit den Telefonnummerfransen bislang entfernt.

Erst am Morgen hat man den Hund gefunden. Rund zwei Tage nach seinem Verschwinden. Wo Kondor inzwischen abgeblieben ist, weiß keiner.

– Was glaubst du, Silvester, warum wohl sollte Kondor so etwas tun?

Kamps Frage lässt ihn aufhorchen. Allein sitzen sie beim alten Holzfort, in dem Halbrund aus verwitterten Bänken. Freier Blick auf die Hügel des Parks, die weite Grassenke dazwischen und auf den See.

– Sag du mir das. Wer sonst sollte so etwas tun?

Silvester betrachtet die Bäume auf einem der bewaldeten Inselchen inmitten der Wasserfläche, ihr hell loderndes Laub: Zimtorange Teegelb Zuckerrot. Dazu das Porzellanweiß der Schwäne vor den Ufern: Wie dick mit Ölfarbe hineingetupft ins Bild. Blass und verschwommen spiegelt es sich auf der geriffelten Haut des Sees.

Ein Herbstgemälde mit Goldglanz.

Immer wieder bricht die Sonne durch die dichten Formationen der bauschigen Wolken, streut ein Glitzern in die Landschaft.

– Die Leute vom Baui haben Lümmel an dem Kreuz entdeckt, das du damals gemeinsam mit Bozorg gezimmert hast.

– Ich weiß, sagt Silvester.

– Sie meinten, der Hund hätte eines dieser Blinkhalsbänder umgehabt, als sie ihn gefunden haben, so ein Ding mit roten Herzchen, die abwechselnd aufleuchten.

– Ich weiß.

Schweigen.

Fern das gedehnte Summen vom Fahrzeugverkehr der Autobahn.

– Ein Handschuh war daran befestigt, so einer wie der hier, sagt Kamp.

Erneut Schweigen, länger diesmal. Ein leichter Windstoß wirbelt hinter ihnen Blätter auf, während Silvester an dem roten Wollstück herumfingert, das Kamp ihm gereicht hat. Es rauscht in den Bäumen. Es raschelt am Boden.

– Schon klar, sagt Silvester, Brand III wird eins und eins zusammenzählen und mich im Verdacht haben, gar nicht blöd von Kondor.

Ein gewelltes Laubblatt ist neben seinem Fuß liegen geblieben. Es klappt um. Und gleich noch einmal. Und wieder zurück. Wälzt sich. (Wie jemand, der unruhig schläft.) Ein flauer Magen, heiß-kaltes Brennen unter Silvesters Haut.

– Ja, sagt Kamp, ein starkes Gefühl wie Wut verzerrt Vermutungen schnell zur Wahrheit. Die Menschen glauben, was sie glauben wollen.

– Du bist der Experte.

Der Pastor sieht Silvester mit hochgezogenen Augenbrauen an.

– Ich spreche nicht unbedingt nur von unserem Freund Brand III.

Silvester betrachtet den Handschuh, die Kreuzmuster der Maschen, sagt:

– Ich freue mich nicht über das, was passiert ist, ehrlich nicht!

Er wendet den Blick zur Seite. Von der Siedlung, die keine 15 Minuten Fußweg entfernt liegt, sieht man bloß die abgeflachte Schädeldecke des Riesen: Eckig kahl steinern ragt die Spitze von K16 im Norden hinter den Kammlinien der Baumwipfel auf. Kamp sagt:

– Vorgestern hast du dich dazu nicht geäußert, aber auch der Handschuh im *Guten Hirten* war von dir, pünktlich zu Kittys Todestag hat er auf dem Altar gelegen.

– Gott braucht Rivalen, denkst du nicht?

– Ich denke, er hat mehr als genug davon, sagt der Pastor.

– Meinst du, ich sollte zu Brand III gehen und Kondor in die Pfanne hauen?

– Was meinst du selbst?

Silvester stöhnt. Er sagt:

– Jede Frage führt zu einer neuen Frage, das Leben wird echt anstrengender und immer komplizierter mit der Zeit.

Kamp lässt die Bemerkung unkommentiert stehen, bleibt ernst.

– Du bist am Samstagvormittag mit Kondor im Brachland gewesen, sagt er.

Silvester ballt eine Faust fest um den Handschuh, nickt. Es sei verkehrt von ihm gewesen, gibt er zu, er habe wohl einfach nicht richtig nachgedacht, als er vom Konfirmandenunterricht abgehauen ist. Er lacht auf.

– Idiotisch, sagt Silvester, aber ich habe dir erzählt, was los war.

– Hinterher hast du diese Flecken auf den Schuhen und an der Hose gehabt, sagt Kamp, erinnerst du dich? Das ist nicht nur Merle aufgefallen.

– Nasenbluten, sagt Silvester, Kondor boxt einfach besser als ich.

– Wieso genau bist du eigentlich mit ihm mitgegangen, zum Wrack?

Silvester schüttelt den Kopf. Er sagt:

– Wieso genau haben wir eigentlich alle mal gedacht, uns unbedingt um ihn kümmern zu müssen? Ich weiß es nicht. Im Rückblick sieht vieles merkwürdig aus.

– Komm, sagt Kamp, erzähl mir die ganze Geschichte.

Silvester spürt eine Art körperliches Unbehagen. *Die ganze Geschichte.* Was kann das sein? Soll er noch einmal von dem Unglückstag vor drei Jahren anfangen?

Er tut's, unternimmt zumindest einen Anlauf.

Doch sie schweifen ab. Sprechen bald nicht mehr über Kitty und auch nicht über Kondor oder Lümmel, sondern plötzlich über ganz andere Dinge. Und auch, als er gut eine Stunde später dann Kurs auf das Haus der Familie von Aue nimmt, fragt Silvester sich noch, ob das wirklich so hilfreich gewesen ist.

Er rutscht auf dem Sattel von Merles Rad herum.

Haben Kamp und er am Ende nicht fast nur noch über Silvester gesprochen?

Über ihn und über Merle und Domino?

Silvester drosselt das Tempo. Wie immer orientiert er sich an der Blutbuche vorm Haus, an der mächtigen Krone, die sich über sämtliche Dächer hier erhebt, deren Geäst bis ganz auf die andere Straßenseite hinüberragt.

Es ist nicht mehr weit, neun oder zehn Grundstücke höchstens noch.

In ruhigem Tritt nimmt Silvester eine Hand vom Lenker, richtet sich auf, hört das Rasseln der ausgeleierten Kette, die am Plastikschutz wetzt: Das Geräusch dringt hinein, in seinen Kokon aus Kopfhörermusik. Und dann noch ein anderes.

Ein zweistimmiges Knattern, das von hellem Motorensingsang untermalt wird.

Mit Affenzahn dröhnen die hässlichen zwei Zwerge heran. Zischen eng an Silvester vorbei. Hinterlassen Lärm und benzingesättigten Abgasgeruch in der Luft, schießen davon. Silvester schlingert und bremst. Er hält an.

Es ist nichts passiert, gar nichts. Sie sind einfach nur an ihm vorbeigefahren. Trotzdem schiebt er Merles Rad, ihre Leihgabe, das letzte Stück, harrt für einen Moment an der Pforte aus, als er sein Ziel endlich erreicht hat.

– Gib's zu, ein Haus wie auf einer phantasielosen Kinderzeichnung.

Das hat Merle mal gesagt. Und er ihr nicht widersprochen. Obwohl der Anblick (auch heute wieder) nicht nur harmlos auf ihn wirkt. Weißer Anstrich, die Tür aus lackiertem Holz, gardinenverhangene Fenster. Das Ganze, findet Silvester, strahlt in seiner Bravheit etwas fast Furchteinflößendes aus, wie alle diese Gebäude um ihn herum, wenn man genau hinschaut.

Außenrollläden. Alarmanlagen. Die peniblen Umgrenzungen. Es sticht nicht sofort ins Auge, aber man legt offenbar Wert darauf, sich schützen abschotten verriegeln zu können vor der Welt.

Dazu passt dann auch die vollständige Abwesenheit von Menschen auf den Gehwegen. Das gibt es dort, wo er wohnt, nie um diese Uhrzeit. An keinem Tag der Woche, schon gar nicht an einem Montag. Und dennoch lächelt Silvester.

Ja, er setzt die Kopfhörer ab, strahlt beinahe.

+

Sie trägt wieder diese Bommelmütze, die ihm so gut gefällt. Merle steht oben auf den Sprossen einer weit gespreizten Leiter, hat bis eben gerade mit Gummihandschuhen noch verrottete Blätter aus der Regenrinne geschaufelt. Unten hält Edda die Holme fest. Beide sehen sie zu Silvester hin.

Die stumme Botschaft ihrer Blicke: *Spann uns nicht auf die Folter.*

– Lass mich raten, ruft Merle ihm zu, du willst nur das Fahrrad zurückbringen!

Die rot überhauchten Wangen. Die Stachelbeeraugen.

Merle sieht aus wie Merle. Ein wenig zierlicher auf die Entfernung, vielleicht auch ein Stück erwachsener, wie sie dort auf dem wackligen Gerät ganz souverän das Gleichgewicht balanciert und echte Tatkraft ausstrahlt.

– Ja, erzähl schon, ruft Edda, was gibt's Neues? Kondor aufgetaucht?

Er zuckt mit den Achseln.

– Kondor? Nein, der ist weiter wie vom Erdboden verschluckt …

(Silvesters Blick schwenkt von Edda zurück zu Merle.)

– … aber das Fest wird auf jeden Fall nicht abgeblasen, sagt er, kann ich mich sonst noch nützlich machen? Ich könnte mit anpacken.

Merle macht das Merle-Ding, zwirbelt eine ihrer Locken. Und antwortet nicht gleich, was Silvester leicht irritiert. Edda merkt das wohl, springt ein.

– Wir könnten bestimmt Unterstützung brauchen, sagt sie.

– Du hast Höhenangst, merkt Merle an.

Von oben herab, fast schnippisch. Silvester hält an der Zaunpforte inne, nestelt mit einer Hand am Parkakragen, der gegen das Ekzem am Hals scheuert.

– Ich habe Höhenangst, stimmt, sagt er, und ich fürchte mich bei Dunkelheit vor dem Meer, aber das heißt nicht, dass ich klein beigebe.

Eine Einladung an Merle. Sie haben den Dialog schon einmal geführt, als er sie vorletzte Nacht nach Hause gebracht hat. Als sie beide Hand in Hand aus der Kolonie am

See herspaziert sind. Als es wirklich spät gewesen ist und Silvester am Ende Merles störrischen Stahlgaul für den Rückweg anvertraut bekommen hat.

Doch heute geht Merle nicht weiter auf seine Bemerkung ein. Sie rückt einfach nur ein wenig an ihrer Bommelmütze herum. Wieder muss Edda helfen.

– Du kannst meinen Job übernehmen, sagt sie, ich will auf jeden Fall noch ein paar mehr Einzelheiten wissen.

– Vielleicht machen wir einfach eine Pause, ruft Merle von der Leiter herab.

Silvester drückt die Klinke der Pforte. Das metallische Schnappen scheucht ein Eichhörnchen auf. Es jagt auf spiralförmiger Bahn den Blutbuchenstamm hoch: ein flammenfarbener Fellstrahl, der himmelwärts schießt. Zwei Vögel flattern über dem Wipfel auf. Silvester stockt kurz in der Bewegung. Woran erinnert ihn das?

– Habt ihr die hässlichen zwei Zwerge eben auch gesehen?, fragt er.

Edda stupst ihre Brille Richtung Nasenwurzel.

– Mir ist nichts aufgefallen, sagt sie, wieso? Will Brand III dich piesacken?

Silvester schiebt das Rad in den Vorgarten. Er kippt es in Parkposition, klappt dafür mit dem Fuß den Ständer ab. Kondor, erklärt er, habe die Chose mit Lümmel so hingebogen, dass Brand III nur zu einem Schluss kommen könne.

– Er wird denken, ich war's, sagt Silvester, schätze, sogar Kamp hätte seine Hand bis vorhin nicht für mich ins Feuer gelegt.

– Mann, Mann, Mann, das ist wirklich böse, sagt Edda, und das nach allem, was du für Kondor getan hast. Warum macht er so etwas bloß?

– Das hat Kamp mich auch gefragt, sagt Silvester, aber ich kapier's nicht.

Er steht an den Holmen neben Edda, sieht Merle zu, die mit dem Eimer voller Laubpampe nach unten kraxelt. Sie stellt den Eimer ab.

– Du kapierst es wirklich nicht, sagt sie, oder?

– Nein, sagt er, Kondor ist nun endgültig obdachlos, hat sich verdünnisiert und alle Brücken hinter sich zerstört, das ist doch völlig plemplem.

Seine kalten Finger reiben in den Parkataschen auf der einen Seite an feinen Sandkörnchen, betasten auf der anderen Seite den Handschuh, den er vom Pastor im Park bekommen hat. Er guckt von Merle zu Edda und wieder zu Merle.

– Tja, sagt sie, du brichst einfach immer den falschen Menschen zur falschen Zeit das Herz, auch ein Talent.

Merle wölbt ihre Augenbrauen wie eine Zeichentrickprinzessin, die soeben einen kleinen Triumph eingefahren hat und ihn nun auskostet. Pflückt an den Spitzen der Gummidinger herum, die sich an ihren Fingern festgesaugt haben, streift sie ab.

Flapp, macht es. Und noch einmal: *flapp.*

Flehentliche Blicke von Silvester Richtung Edda. Die sagt:

– Was bezweckt Kondor denn, Mausi?

– Was weiß ich, sagt Merle, Rache ist süß, das finden ja viele.

Und damit geht sie zur Haustür, wo der Schlüssel von außen steckt. Merle dreht ihn um, schließt auf, und Silvester kommt prompt der Tag in den Sinn, weit weg (und doch noch gar nicht lange her), an dem der Regen durch die Äste und Blätter geklatscht ist und sie ihm diese Tür vor der Nase zugerummst hat. Mit dem Satz:

– Du hast dich verändert!

Aber war das inzwischen nicht vergessen abgehakt erledigt?

Ist Silvester nicht schon wieder so weit gewesen, sich die Frage zu stellen, wie ein Leben mit ihr aussehen würde? Ohne konkrete Bilder im Kopf. Mehr oder weniger nur, um die klangvollen, aber seltsam leeren Ideen heraufzubeschwören, die in den Worten mitschwingen. Und weil es auch Spaß macht, das so für sich zu formulieren.

Ein Leben.

Silvester blickt in die dunkle Öffnung des Hauses. Sagt nebenbei zu Edda:

– Das ist so eine Frauengeschichte, hoffe ich, oder hält sie mich jetzt doch für ein gestörtes Psychomonster wegen Lümmel?

– Um den Hund geht es nicht, sagt Edda, ganz sicher glaubt sie nicht, dass du das warst, das kann ich mir nicht vorstellen.

– Aber sie hat was, beharrt er.

Edda holt tief Luft. Verwirft ihre Arme.

– Dominos Auftritt im Eiscafé gestern, ich vermute, das beschäftigt sie.

– Dom war im Eiscafé? Gestern?

Silvester erfährt zum ersten Mal davon. Er verstehe nur Ritterburg, sagt er. Und fühlt sich wie eine Marionette, der man soeben alle Fäden gekappt hat, als er nun aus Eddas Mund hört, was passiert ist. In der Schnellzusammenfassung.

– Kurz und gut, sagt sie am Schluss, deine Ex ist da rein in den Laden, als wäre sie bereit, zur Not Nägel mit bloßer Hand in einen Balken zu treiben, macht Riesenfez vor großem Publikum und rauscht lächelnd wieder ab.

Silvesters Kopf liegt im Nacken. Er guckt gegen schwere Wolkenbäuche.

– Na, herzlichen Glückwunsch!

– Geh rein, sagt Edda, spende Trost, klär das, ich mach mich auf den Weg.

Silvester blickt wieder zur Tür, die offen steht, zum schwarzen Ausschnitt, in dem Merle verschwunden ist, sieht sich in Gedanken schon darauf zugehen, denkt an die angenehme Heizungswärme, die ihn empfangen wird, an Merles winziges Zimmer. Dann fällt ihm aber noch etwas ein.

– Ihr habt die zwei Zwerge wirklich nicht vorbeifahren sehen?

+

Bozorgs Gitarre lehnt an dem einzigen freien Stück Wand, direkt am Fußende von Merles heruntergeklapptem Schrankbett. Silvester zögert, stellt das Instrument dann vor die Heizung an den Schaukelstuhl. Die Armlehnen sind unter den Schichten aus Klamotten kaum noch zu erkennen. Er setzt sich auf den Teppich. In Griffweite von ihm, am flauschigen Boden: eine angebrochene Tafel Schokolade auf Silberpapier. Und ein Buch, ein Büchereibuch, in dem Merle offenbar vorhin gelesen hat.

Er stellt sich das vor.

(Bäuchlings liegt sie da, Beine angewinkelt, Füße in der Luft.)

Silvester schnappt sich das schmale Bändchen, ohne es zunächst näher zu betrachten. Er starrt an die Decke. Über ihm baumeln bonbonfarbene Glaströpfchen von einem Kronleuchter herab, Perlenschnüre verbinden die geschwungenen Arme. Er lauscht: Merle verabschiedet sich gerade nebenan ein zweites Mal von Edda, die zurückgekommen ist, weil sie ihre Tasche vergessen hat.

Stimmenklang dringt vom Flur her zu ihm herüber.

– … Teewasser aufgesetzt, meint Silvester einmal zu verstehen.

Und kurz darauf:

– … keine Anstandsdame, Mausi.

Was genau gesprochen wird, bleibt ihm verborgen. Er klinkt sich aus, mustert das Zimmer, mehr eine Kammer, ein begehbares Kästlein. Drüben, deckenhoch und über Eck: wuchtige Schränke. Einer mit Vitrinenelement, einer mit Spiegeltür, und aus dem nächsten ragt eine Schreibtischplatte, befrachtet mit reichlich Papierstößen und allerlei Krimskrams. Die Nische darunter wird von einem Sitzball blockiert.

Auf der Fensterbank schließlich steht der Vogelbauer mit Merles Wellensittich. Silvester denkt an den Start zur Ausfahrt, als er Merle abgeholt und sie dem Vogel mit geschlossenen Augen und aufscheinenden Grübchen den Schnabel geküsst hat. Tief innen drin ist dieses Bild bei ihm eingebrannt. Warum auch immer.

Er erinnert sich, was er Domino nach der Ausfahrt erzählt hat. Damals, an seinem Geburtstag, am Morgen nach der Einbruchsnacht.

– Wonach riechst du, Sil?

Sie schnüffelt in der Luft (noch bei der Begrüßung), und er ist sich sicher, dass sie unter dem Rauchgeruch auch Merle an ihm wittert.

– Ich habe mit dem Feuer gespielt, Dom, sagt er.

Und für den Moment genügt das, dieser sehr ernste Scherz.

Ist das alles wirklich erst einen Monat her?

Silvester rechnet nach, entdeckt dabei das Buch in seiner Hand, lässt sich von dem knalligen Einband ablenken. Schwarzer Grund, rote und weiße Schrift: *Ich wäre tenden-*

ziell für ein Happy End, steht da. Und kleiner in der Ecke: *Storys.*

Silvester liest ein paar Zeilen. Es scheint in der Geschichte um die Trennung zwischen einem jungen Mann und einer jungen Frau zu gehen. Gleich im ersten Satz stürzen brennende Papierflieger am Wohnungsfenster vorbei; Silvester mag das, hat direkt eine Szene vor Augen. Kann sich aber nicht lange auf den Text konzentrieren.

Die plötzliche Stille nach dem Verstummen der Stimmen von Merle und Edda: Er hört, wie die Haustür geschlossen wird. Schlüsselbundklimpern.

Silvester schlägt das Buch zu, will es weglegen, und ihm geht auf, dass es offen gewesen ist, nicht zugeschlagen, als er es genommen hat. Er blättert darin, sucht die Seite, als Merle erscheint. Ohne Bommelmütze. Mit einem Tablett.

Sie schenkt Tee ein. Silvester und Merle reden. Er bleibt am Boden sitzen, sie hockt auf ihrem Bett, auf der Tagesdecke mit dem bunten Flickenmuster, die Beine seitlich angewinkelt, Füße unterm Po. Eine Art Meerjungfrauenpose. Er kann, wo die Hosenstöße enden, ein Stück Haut sehen, die Urlaubsbräune, die in ihrem Gesicht schon zu verblassen beginnt.

– Samstag war so toll, sagt Merle, der Superabend bei Edda und Mauser …

(Sie saugt ihre Wangen ein, denkt nach.)

– … und wumms, keine 48 Stunden später, frage ich mich wieder, ob jemand uns mit einem bösen Zauber belegt hat. Was denkst du, kann Domino hexen?

Merle lächelt, aber nur mit dem Mund. Ihre Augen sind gerötet, als hätte sie die ganze Nacht nicht geschlafen. Und Silvester merkt, dass ihre Verletzlichkeit ungewohnt offen hinter den Worten aufscheint. Ihre Stimme ist nicht fest wie sonst.

Er entschuldigt sich noch einmal bei ihr. Es sei einfach *kleinkindblöd* gewesen, sich letzten Mittwoch von Domino kutschieren zu lassen.

– Das hat ihr natürlich Hoffnung gemacht, sagt er, tut mir leid.

– Abgehakt.

– Ich glaube nicht, dass Domino das Fest sprengen wird, sagt er.

– Hm, sagt sie, du hast sie nicht erlebt im Eiscafé.

Merle umschließt ihre Tasse mit beiden Händen. Den Kopf hat sie leicht nach unten geneigt, die Puppenwimpern sind herabgesenkt. Ist es nur die Wärme in dem kleinen Raum, die ihr rote Flecke auf Hals und Wangen treibt?

– …

Silvester sagt nichts. Er greift zum Tee, führt ihn an den Mund, verbrennt sich leicht die Lippen, stellt das Getränk zurück aufs Tablett. Er sieht: Merle schließt die Augen, schließt sie sehr fest, als würde sie sich etwas wünschen.

– Manchmal denke ich, ich kenne dich gut, Silvester Lanzen, manchmal denke ich, ich kenne dich gar nicht, sagt sie. Wer bist du?

Schulterzucken von ihm. Mit einem Finger sucht er nach der feinen Narbe, die der aufgekratzte Wespenstich am Ellbogen hinterlassen hat, findet sie nicht.

– Hilf mir, Merle von Aue, sagt er, was glaubst du, wer ich bin? Wer bist du?

– Du kennst mich gut, ich weiß nicht mal, wie dein Zimmer aussieht.

Merle wechselt die Sitzposition. Er schielt auf ihren Körper. Der Wunsch nach einer Berührung kribbelt in seinem Bauch. Zugleich muss er gegen seinen Willen an Domino denken, an ihren nackten Oberkörper, den straffen Bauch, daran, wie sich ihr Rücken durchgebogen hat (in der Nacht nach dem Getränkebasarbesuch).

Silvester ist beschämt von den eigenen Gedanken, und dennoch schnürt ihm die Vorstellung, dass er Domino womöglich nie wieder berühren wird, fast die Kehle zu in dieser Sekunde. Und er hat Kamps Worte wieder im Ohr.

– Die Sache mit deiner Freundin setzt dir ganz schön zu, habe ich recht?

Sie gehen am Seeufer längs, unter Bäumen, dieselbe Strecke, die er vorletzte Woche noch mit seiner Mutter gegangen ist, nur in die andere Richtung.

– Domino ist es einfach nicht, sagt Silvester, es fehlt etwas, glaube ich.

Er schiebt Merles Rad neben sich her. Kamp hat sich eine Zigarette gedreht. Der Pastor bleibt stehen, um nach Feuer zu suchen. Er sagt:

– Trennungen sind immer schmerzhaft, niemand weiß das so gut wie du.

Kamp reißt ein Streichholz an, hält die Flamme gegen das Papier. Es knistert. Sie treten dichter an die Wasserkante. Drüben, auf der anderen Seite des Sees, werden bereits die ersten Absperrungen fürs *Spectaculum* errichtet. Man kann das Treiben in der Ferne schemenhaft ausmachen.

– Ich denke oft an Bozorg, sagt Silvester, an die Art, wie er seine Liebe zu Kitty zelebriert hat, das hat mir immer imponiert. Er hat nie einen Zweifel daran gelassen, dass sie die Eine für ihn ist.

Er kneift die Augen zusammen. Die verchromte Lenkstange des Rads fängt die Sonne ein, die gerade durchbricht, schießt ihm grelles Licht ins Auge.

– Und du glaubst, Merle ist deine Kitty?

– Ja, vielleicht.

Kamp stößt Qualm aus.

Silvester spürt das Stechen in der Nase, inhaliert tief. Bis letztes Jahr, in der Zeit vor dem Domino-Abenteuer, gab es diese Momente häufiger, in denen er so offen mit dem Pastor gesprochen hat. Über seine Schwester vor allem. Doch nicht nur. Er weiß es noch: Er hat ihn sich als Vater gewünscht.

Dieses lachhafte Gedankenspiel, seine Mutter und Kamp könnten sich näherkommen: Das hat es wirklich gegeben. Damals schon wusste er, wie ganz und gar albern das war. Aber es tat gut, sich diesen Phantasien hinzugeben.

Wie Silvester auch jetzt das leichte Kratzen in der Lunge guttut. Er genießt es. Genießt Kamps Nähe, die alte Vertrautheit zwischen ihnen, die sich im Laufe der letzten Monate langsam zu verlieren begann. Und dann kommt der Schlag.

– Merle wird dir das Herz brechen, sagt Kamp, sie ist nicht Kitty, genauso wie Domino auch niemals Kitty sein konnte.

– Und, sagt Silvester, das heißt?

Kamp schaut ihn unverwandt an. Er sagt:

– Du solltest dich fragen, ob du dich von der Richtigen trennst.

II

Domino über … *Domino*

- *Ui, ich versuch's mal: Sie folgt dem Prinzip, dass das Leben Spaß machen soll. Domino Phuong (20) ist dann auch keine, die auf Teufel komm raus gegen den Strom schwimmen muss. Arbeiten gehört dazu, wenn man sich gewisse Annehmlichkeiten leisten will – da gibt sie sich keinen Illusionen hin. (Lächelt.) Okay, jetzt habe ich doch mehr als einen Satz gebraucht …*

- *Ihren Background finde ich irre spannend. Einwandererkind der zweiten Generation. Eltern geschieden. Bezug zur Kultur der Vorfahren? Kaum. Ja, ein wenig wurzellos, könnte man sagen. Was sie selbst vielleicht gar nicht so empfindet. Hat sich jedenfalls früh beigebracht, Ziele selbst zu stecken, träumt letztlich von einem ganz durchschnittlichen Lebenslauf – Familie und Kinder inklusive. Das hat sich im Jahr mit Silvester bestimmt noch verstärkt. Ich tippe mal, ihr gefällt, dass er ihr ein Interesse entgegenbringt, das sich nicht auf ihre Zartgelenkigkeit und die atemberaubende Form ihres kleinen Hinterns beschränkt. Seine Fürsorge, die Zärtlichkeit, aus früheren Beziehungen kennt sie das so eher nicht …*

- *Ich sage mal: Was soll daran falsch sein? Natürlich liegen da zum Teil Welten zwischen den Anschauungen, aber wenn zwei Menschen immer völlig gleiche Auffassungen hätten, wäre das wünschenswert? (Streicht sich eine Strähne aus dem Gesicht.) Ich glaube schon, dass sie versteht, warum es Silvester schwerfällt, sich zwischen ihr und «Fräulein» zu entscheiden. Mit Domino erwachsen und mit Merle großes Kind spielen – das ist doch das, was dahintersteckt. Sein Hang, die Zukunft weit von sich zu schieben: Das setzt ihr mehr zu als die Konkurrentin. Die Alarmglocken schrillen erst, als er sich ihr auch körperlich entzieht. Da sieht sie rot …*

▸▸

Freitag, am Abend vor der Feier: ein Dämmerlicht, in dem die Welt komplett blaugrau erscheint. Samtiger Regen fieselt Silvester ins Gesicht, als er mit den Farbeimern die letzten Stufen der Fußgängerbrücke erklimmt. Die dünnen Metallhenkel schneiden ins Fleisch der gekrümmten Finger, in die Mulden zwischen den Gelenken.

Ein Brennen in den Armen.

Er astet die Last Richtung Südturm, blickt im Gehen über die Brüstung: Unter sich sieht er den fließenden Verkehr am Einkaufszentrum (Kolonnen aus Fahrzeugen in Bewegung) und drüben auf dem Bürgersteig eine Horde Kostümierter. Beinwickel. Schief geschnittene Gewänder. Derbe Umhänge, die kapuzenartig über die Köpfe gezogen sind. Ein Schlacks trägt auch Stulpenstiefel plus Filzhut mit Feder.

Schon ein paar Mal ist er heute Gestalten begegnet, die wie Komparsen in mittelalterlichen Historienfilmen aussahen. Beim Zahlen im Heimwerkermarkt hat Silvester sogar gemeint, vom Parkplatz her Hufklappern zu hören.

– Ja, sagt seine Mutter (die auf dem Stuhl hinter der Kasse sitzt und nickt), im Park findet doch am Wochenende wieder dieses Ritterdings statt.

Im grünen Firmenkittel guckt sie von der anderen Seite des Laufbands zu ihm hin, hält den Scanner gegen den Barcode an einem der Farbeimer. Es piept.

– Das *Spectaculum*, sagt Silvester, genau, wir wollten nach dem Fest da auch gegen Mittag mal auf einen Happen vorbeischauen, hatte ich das nicht erwähnt?

– Stimmt, stimmt, sagt sie, und wann legt ihr mit eurer Pinselaktion genau los?

– Direkt im Anschluss, schätze ich mal.

Er kratzt sich am Hals. Das hänge natürlich davon ab, erklärt er, wer sich von den anderen dann noch die Wunden von der Nacht lecken müsse und wer nicht, aber Merle werde auf jeden Fall mithelfen.

Seine Mutter tippt auf der Tastatur herum: Der Deckel über der Kassenlade hebt sich mit dezentem Bimmeln, ein Drucker rattert parallel dazu im Hintergrund.

– Ich finde das richtig schön, dass ihr dein Zimmer neu streichen wollt.

Sie lächelt. Gibt ihrem Sohn den fertigen Bon und wünscht ihm viel Spaß für die Feier. Er solle Prinz noch frisches Wasser hinstellen, sagt sie, und unbedingt wieder gut abschließen bitte, falls er starte, bevor sie von der Arbeit zurück sei.

– Mach ich, keine Sorge, sagt er.

– Viel Spaß, sagt sie.

Und er hört die Worte noch einmal im Kopf nachklingen, während er jetzt das andere Ende der Brücke erreicht und sich dort an den Abstieg über die vom Niesel benetzten Betonstufen macht.

Er hat seine Mutter, zufrieden, wie sie in dieser Sekunde gewesen ist, einfach nicht korrigieren wollen. Heute hat er nichts weiter vor. Das Fest findet erst morgen statt. Und Silvester will sich auch erst dann mit Merle für eine Nacht bei Edda und Mauser einquartieren. So der Plan.

Mit leichtem Kitzel im Bauch erreicht Silvester den Fuß der Treppe.

Kurz darauf drückt er, Schulter voran, die nicht richtig zugeschnappte Haustür am Südturm auf. Er gelangt polternd (die klobigen Bottiche schlagen gegen einen am Eingang abgestellten XXL-Einkaufswagen) ins Gebäude.

Penetranter Geruch nach erkaltetem Essen und nach etwas, das wie nasses Hundefell riecht, schlägt ihm entgegen. Am Boden vor den Briefkästen: Handzettel für den Laternenumzug am Abend. Das Bild der fröhlichen Kinder mit den Lampions: In großer Zahl liegt es dort, bestempelt von zig Schuhprofilen.

Silvester muss an Merle denken, die vorhin, gar nicht fröhlich, beim Aufbau im *Guten Hirten* wieder davon angefangen hat, dass sie vielleicht doch noch mit Domino spricht. Er biegt im Erdgeschoss des Südturms um die Ecke und hofft, sein Versuch, ihr das Ganze auszureden, hat Erfolg gehabt.

Dann stutzt er.

Eine Flurlampe ist kaputt, schummriges Halbdunkel umgibt Silvester, aber er erkennt die Gestalten sofort, obwohl nicht viel Zeit bleibt: Der Fahrstuhl schließt sich vor den hässlichen zwei Zwergen. Es reicht eben gerade für einen verwunderten Blick auf beiden Seiten.

Das dumpfe Schnaufen und helle Quietschen des Aufzugs, der losjuckelt, sich entfernt, der in seinem Schacht ächzend hinaufgezogen wird.

Silvester horcht, wartet. Wartet lang.

Länger.

Noch länger.

Leer kehrt die Kabine schließlich zurück.

Im neunten Stock angekommen, stellt er die Farbeimer vor der Wohnungstür ab. Von den zwei Zwergen keine Spur. Silvester geht ans Treppengeländer, beugt sich weit über den Handlauf. Ein paar Stockwerke tiefer bewegt sich etwas, jemand schlappt nach unten. Es ist aber keiner der beiden Stachelköpfe.

Doch da hört er sie auch schon:

– Hier oben, sagt der eine.

– Nicht durchdrehen, Mann, wir kommen mit weißer Flagge, sagt der andere.

– Als Botschafter des Friedens quasi.

– Wir kommen im Namen unseres Cousins Kondor.

Die Zwerge sitzen da, wo Domino gesessen hat. Seine Zungenspitze sucht unwillkürlich die Stelle an der Lippe: die kleine Blessur in der Nähe des Mundwinkels. Das Andenken an gestern. An sie.

Silvester schließt die Augen.

– Flipp nicht aus, Sil, hat Domino gesagt, ich bin ziemlich angeschlagen, aber bis zur großen Sause am Samstag bin ich wieder auf dem Damm.

Äußerst damenhaft schnäuzt sie in ein Papiertaschentuch und tupft, ebenfalls sehr damenhaft, ein bisschen nach. Silvester sieht, wie sich ihre tropfenförmige Rinne über der Oberlippe kräuselt. Sieht auf der flachen Nase auch die verblichenen Sommersprossen, die nur an dieser einen Stelle im Gesicht aufblühen, sobald Dominos Haut Sonne oder Solariumslicht bekommt.

Silvester schluckt trocken.

– Du solltest dich in aller Ruhe auskurieren, sagt er, wirklich.

– *Fräulein* war bei dir, sagt Domino, hat deine Schauerkammer Eindruck auf sie gemacht, hat es ihr gefallen in deiner schwarzen Wabe, hm?

Ihr verkniffener Mund. Die spröden Lippen.

– Was wird das, Dom, spionierst du uns nach? Musst du nicht arbeiten?

Domino hustet.

Sie erwidert, sie sei krankgeschrieben und halte es zu Hause allein kaum aus. Der Gedanke, dass es das mit ihnen so einfach gewesen sein soll, quäle sie beinah pausenlos. Sie vermisse ihn. Ihr Kinn zittert jetzt.

– Sil, über ein Jahr sind wir zusammen, sagt sie, das mit uns, das hat gepasst, ich brauche dich, hörst du, und ich will mit dir ins Bett, wenn mir danach ist.

Er öffnet die Augen wieder. Wischt sich übers Gesicht.

Wirklich exakt dort, wo auch Dominos Platz gewesen ist, um ihn abzupassen, hocken sie, Schulter an Schulter: die hässlichen zwei Zwerge. Begaffen ihn mit ihren Mannsgesichtern, bleich wie Maden in dem kalten Treppenhauslicht.

Silvester sucht in seiner Parkatasche nach dem Wohnungsschlüssel.

Einer der Zwerge drückt sich sofort von der Stufe: Die dritte von oben ist es. Der andere macht es ihm nach. Beide haben ihre Helme (pechschwarze *Braincaps*) unterm Arm klemmen und jeweils eine Hand in der Jacke.

Elektroschocker, Handgeräte, flüstert etwas in Silvester. Er sagt:

– Kondor soll also wieder aufgetaucht sein …

(Man nickt bestätigend.)

– … tja, schönen Gruß an euren Cousin, aber wenn ich ganz ehrlich bin, von mir aus kann er bleiben, wo die Hagebutte sprießt!

Er traut dem Duo nicht. Keiner hat Kondor zu Gesicht bekommen seit dieser unsäglichen Nummer mit Lümmel. Wilde Geschichten und Gerüchte zirkulieren. Die plausibelste Vermutung, behauptet Merle, sei immer noch: Er habe sich wirklich vom Acker gemacht. Auf Dominos *Rosinante* sehr wahrscheinlich, die just an dem Tag verschwunden ist, an dem man die Dackeldame am Kreuz von Kitty gefunden hat.

– Du glaubst uns nicht, sagt einer der Zwerge.

– Du denkst, sagt der andere, der Bross schickt uns, aber verkehrt!

Sie kommen näher, aufreizend langsam.

Ein Redeschwall ergießt sich unterdessen über Silvester. Man versichert ihm, Brand III wisse von nichts. Aber selbst wenn: Speziell Silvesters zweiter Auftritt am Getränkebasar mit seinem Kumpel, diesem Boxertypen, habe sich ausgezahlt, das sei überzeugend gewesen, auch hilfreich, ziemlich hilfreich.

– Oh ja, sagt Stachelkopf eins, der Bross hat kapiert, warum du Kondor nicht ans Messer liefern wolltest, Mann, und er ist richtig ins Grübeln gekommen.

Stachelkopf zwei ergänzt:

– Keine Frage, es sind Fehler gemacht worden, das mit dem Päckchen war nicht 100-prozentig in Ordnung von uns, so viel steht fest.

Das Päckchen. Die zwei Brüder müssen nicht erklären, was sie meinen: Ein Beutel mit Hundekot hat man ihm am Mittwoch zukommen lassen. Silvester wusste natürlich: Die Truppe von Brand III schickt ihm persönlich diesen Gruß, weil sie auf Rache für Lümmel sinnt. Die Botschaft hätte kaum eindeutiger ausfallen können.

Auch deshalb rumort es leise in Silvesters Eingeweiden, als er nun hört, wo man ihn hinlocken will und dass Brand III sich angeblich Kondor bereits vorgeknöpft habe. Er spürt das Spannen im Nacken. Denkt: eine Falle.

– Quatsch, sagt Silvester, Kondor ist nicht mehr in der Siedlung, er ist längst über alle Berge. Und selbst, wenn nicht, er weiß, wo er mich findet.

Die hässlichen zwei Zwerge wechseln einen Blick.

– Wen der Bross in der Mangel hatte, dem ist nicht groß nach Herumtollen.

– Verstehst du, es wäre nicht schlecht, wenn mal jemand nach Kondor schaut.

– Er ist immerhin unser Cousin.

– Ja, Mann, und ich meine, du hast ihm das doch alles mit eingebrockt!

+

Silvester tritt aus dem Eingang des Südturms, bleibt stehen. Von überall, aus allen Himmelsrichtungen: die tausend Geräusche der Siedlung. Da ist der Wind, der um die Ecken weht. Da ist der rieselnde Regen. Da ist der Verkehr: das Orchester aus vorbeirauschenden fauchenden gurgelnden Autos. Zwischendrin erhebt sich kurz das dünne Quietschen einer verdreckten Bremse über den breiigen Lärm, gefolgt von einem Hupen. Silvester lässt sich davon nicht irritieren.

Schaut nach rechts. Nach links. Vergewissert sich.

Ihm fällt auf, dass der XXL-Einkaufswagen, der vorhin, bei seiner Ankunft mit den Farbeimern, noch im Weg gewesen ist, fehlt. Egal: Drei vier fünf Schritte macht er weiter vor. Nirgends die hässlichen zwei Zwerge. Gut.

Auch hinter der Wohnungstür eben hat er zunächst eine Weile verstreichen lassen, hat sich dort verschanzt, bis sich die Brüder getrollt haben. Erst dann ist er los. Vermutlich eine dumme Entscheidung. Andererseits: Was, wenn Kondor wirklich am Holzkreuz abgelegt wurde, was, wenn er tatsächlich Hilfe braucht?

Die Luft immerhin scheint rein zu sein.

Gegenüber: Leute mit Einkaufstüten. Ein Grüppchen Halbwüchsige, das an den Radständern vor der geschlossenen Videothek lungert. Nichts Auffälliges sonst. Ein schneller Blick noch hoch zur Fußgängerbrücke, die jedoch verlassen daliegt.

Dann wendet Silvester sich ab. Weicht drei Gestalten aus, die ihm noch unter dem Vordach des Südturms entgegenmarschieren, Bierbüchsen sowie qualmende Kippen im Anschlag. Sie tragen Ringpanzerhemden und breite Ledergürtel, einer hat eine Kettenhaube auf. Die Ritter prosten ihm zu. Man lacht.

Bellender Raucherhusten und Fetzen eines Gesprächs, die für ihn keinen Sinn ergeben, verfolgen Silvester, während er auf die große Kreuzung zuhält und ihn die Frage aufwühlt, was wohl wäre, falls man ihn doch reingelegt haben sollte.

Muss er Brand III fürchten?

Silvester lässt den Besuch mit Mauser am Getränkebasar Revue passieren.

Im Hintergrund wuchten Panzer und Göckel Kisten übereinander. Scheppern. Flaschenklappern. Dazu vereinzelt ein Puckern auf der Markise, unter der Brand III hantiert: der einsetzende Regen. Das angestrahlte Grau des Asphalts vor Silvesters Füßen wird fleckig von den ersten Tropfen. Silvester räuspert sich.

– Ich glaube, Sie haben mir eine Nachricht zukommen lassen, sagt er.

Der breitschultrige Mann mit dem Zickzackbart und der Tolle bestückt vor der ehemaligen Scheune gerade ausgehöhlte Kürbisse mit Teelichtern. In die Hohlköpfe, die auf einem Stapel Holzpaletten thronen, sind Augenschlitze, Nasendreiecke sowie je ein breiter Mund mit spitzen Zahnstummeln geschnitzt.

Brand III zückt ein Gasfeuerzeug, entzündet Docht um Docht. In aller Seelenruhe.

Kein Aufblicken.

Kein Ton zu den Ankömmlingen.

Mauser nestelt am Schirm seiner Mütze, wagt den nächsten Vorstoß.

– Wir möchten vor allem klarstellen, dass die Sache mit

dem Dackel auch uns von den Socken geholt hat, sagt er, wir würden Missverständnisse gerne ausräumen.

Halb verächtliches, halb amüsiertes Schnauben von Brand III. Er steckt das Feuerzeug weg, klimpert mit Kleingeld in der Hosentasche, hebt den Kopf.

– Zum Klarstellen seid ihr also gekommen, sagt Brand III, aha, normalerweise kommt man zum Einkaufen her, ihr Spaßvögel, das hier ist ein Getränkebasar.

Silvesters Brust spannt sich. Und bleibt gespannt. Er sagt:

– Ich verkrieche mich nicht, nur weil man mir einen Gassibeutel schickt.

Brand III befördert seine Pranken zurück ans Licht, rammt sie sich (zur Faust geballt) unter die Achseln. Geräuschvolles Lufteinziehen. Pause. Schließlich sagt er:

– Kommt da noch was?

Mit geblähten Nasenflügeln mustert er sein Gegenüber wie der Folterknecht einen Tisch mit Gewichten Schraubzwingen Eisenkrallen.

– Ich war's nicht, sagt Silvester, *ein Stück Anatomie in Ihrem Oberstübchen spielt Ihnen einen Streich,* das wollte ich Ihnen bloß mitteilen!

Brand III schnaubt erneut.

– Wie neulich. Ist das nicht komisch? Der Bross war's ja auch nicht, erinnerst du dich? Soll das heißen, wir sind quitt, Junge?

– Quitt?

Silvester schüttelt irritiert den Kopf. Durchharkt sein Hirn nach einer Antwort, die mehr hergibt als dieses dümmliche Echo. Aber der Getränkebasarinhaber ist schneller. Deutet mit dem Kinn auf Mauser.

– He, Sportsfreund, sag du doch mal, wer war's denn, wenn *er* es nicht war?

Mauser bläst die Backen auf.

– Jemand, der Sie nicht sonderlich mag, würde ich tippen.

Silvester sieht den Freund schwimmen, will helfen. Sagt:

– Ich bin wohl kaum der Einzige, der eine Rechnung mit Ihnen offen hat.

An dieser Stelle horcht Brand III auf. Zumindest kommt Silvester das so vor. Und er zuckt ein Stück zurück, als der Mann im wattierten Flanellhemd nun mit dem Oberkörper herumfährt, Panzer etwas zuruft. Wenig später präsentiert man Silvester und Mauser zwei Gegenstände: ein Blinkhalsband, einen Handschuh.

– Wenn das wahr ist, was du behauptest, sagt Brand III, müsste dir dann nicht spontan jemand einfallen, der auch eine Rechnung mit *dir* offen hat, Junge? Na, fällt dir wer ein? Geistert eventuell gerade ein Name durch deinen Kopf?

Silvester begafft das Wollstück. Hinter der Stirn: der Name Kondor. Sonst sehr wenig. Rauschendes Nichts. Und ganz plötzlich eine Eingebung:

– Und wenn ich es doch war?

Mauser boxt ihm einen Ellbogen in die Seite. Brand III klemmt sich ein Zigarillo in den Mundwinkel. Sieht Silvester an, ohne zu blinzeln.

– Warst du's?

Kalter Schweiß sickert Silvester ins T-Shirt unter dem mollig warmen Parka.

– Möglich.

– Pass auf, sagt Brand III, dann kommt hier ein Vorschlag zu einer möglichen Lösung dieser Angelegenheit, zu einer zivilisierten Lösung: Erstatte doch einfach bis Freitagmittag die Auslagen, die Brand III hatte, und tritt ihm danach besser nie wieder unter die Augen. Nie, nie wieder.

– Auslagen?

– Kopierkosten für die Vermisstenanzeige. Die ausgezahlte Belohnung. Da kommt unterm Strich ein hübsches Sümmchen zusammen.

Brand III nennt eine Zahl. Silvester, ungläubig:

– Geld? Darum dreht es sich?

– Geld ist richtig, Geld funktioniert. Geld sorgt für ein bisschen Ordnung in einer Welt voller Chaos. Es dreht sich um die Geste, Junge.

– Also war das jetzt ein Ultimatum für mich?

Der breitschultrige Mann macht einen lässigen Schritt vor. Silvester wird unsanft an die Brust gestupst.

– Du warst es doch gar nicht …

(Ein weiterer Stupser, kräftiger.)

– … komm, gib's zu, sagt Brand III, du mimst hier den Möchtegernmessias, und die Wahrheit lautet: Du warst es in Wirklichkeit gar nicht. Oder?

Silvester merkt, dass er ein *Nein* auf den Lippen hat.

– Ich war's, sagt er trotzig, und jetzt? Waren Sie das mit dem Gassibeutel? Haben Sie sich eine Entschuldigung wegen der Katergeschichte zurechtgelegt? Und das ist ja noch nicht alles. Das wissen Sie ja!

– Junge, geh nach Hause, sagt Brand III.

Silvester drückt den Rücken durch, hebt die Stirn.

– Sonst?

Brand III grinst. Schaltet das Blinkhalsband ein. Herzen flammen auf.

– Sonst lass ich dir einen Schokololli holen und sage ganz lieb *bitte, bitte.*

Silvester spürt Mausers festen Griff am Arm.

– Komm, sagt der, wir hauen ab!

Der Freund hat ihn von Brand III weggezerrt. In den Regen. Das war's: Man hat sie einfach so ziehen lassen. Und Silvester fragt sich, während er nun, zwei Tage später, vor dem Südturm die Kapuze aufsetzt: Was hat er erwartet?

Dass man ihn an Ort und Stelle vertrimmt?

Dass man ihm mehr mit auf den Weg gibt als ein läppisches Ultimatum?

Er weiß es nicht.

Nicht ein Wort ist zu Lümmel gefallen, schießt es Silvester in den Sinn. Verfällt in leichten Trab. Er glaubt nicht, Kondor am Holzkreuz zu finden, aber er will das jetzt geklärt haben. Komplett, denkt er, ein für alle Mal.

Läuft dabei um ein Haar in eine weißhaarige Frau in Faltenrock hinein, die abrupt vor ihm stoppt, sich eckig an einem Schirm zu schaffen macht.

Die Beulen in ihrem Gesicht: Es ist die alte Bottels.

– Junger Mann?

– …?

Silvester schaut ihr ins wächserne, halb entstellte Gesicht, in ein Augenpaar, das allen Glanz verloren hat. Es ist zu spät, um einfach weiterzulaufen: Die Alte bittet ihn, ihr behilflich zu sein, mehr wispernd und nuschelnd als sprechend.

– Ob sie wohl so lieb wären, der Schnapper klemmt, erklärt sie.

Streckt den Arm aus. Eine dürre, übergroße, unter ihrem Flügel schlafende Fledermaus baumelt daran herab: der Schirm. Bilder von Kittys Beerdigung poppen in Silvesters Kopf auf. Schwarzgekleidete Menschen zwischen Grabsteinen. Kamp im Talar. Der leere Abgrund unterm Sarg: *schwarz wie das Meer bei Nacht*.

– Jemand wartet auf mich, sagt Silvester.

Würde am liebsten gleich weiter, ruckelt ohne Geduld am Ungetüm der Bottels herum, kriegt es schließlich auch aufgespannt. Ein Riesenexemplar. Er reicht es ihr so, dass auch er in diesem Moment den Kopf darunter verbergen kann. Gerade will er sich wieder in Bewegung setzen, da hakt sich die Alte bei ihm ein.

– Ich habe Ihre Schwester lange nicht gesehen.

– Was?!

Ihm ist, als hätte er einen heftigen Schlag in die Magengrube erhalten.

– Ihre Frau Schwester, beharrt die Alte.

– Sie ist gestorben, vor drei Jahren schon, sagt er wie ferngesteuert.

Vernimmt ein Rasseln in seinem Rücken, wirft den Kopf herum, die Halswirbel knirschen. Göckel und Panzer: Sie schieben einen XXL-Einkaufswagen vor sich her.

+

Silvester geleitet die Bottels, die, wenn er sich nicht täuscht, Bibelverse murmelt, am Arm bis zur Ampel. Hört den XXL-Einkaufswagen hinter sich, hört ihn näher kommen. Überlaut erscheint ihm das stetige Rasseln. Wie von einer Handvoll Steinchen, die in einem Metallbottich geschüttelt wird und rotiert.

Schräg von vorn plötzlich: das Sprotzen der Mofas.

Grrrmm. Brrrmm. Grrromm. Grrrooooomm.

Die hässlichen zwei Zwerge haben sich zwischen den Autos hindurch bis nach vorn geschlängelt. Strecken die Standbeine aus. Es ist rot. Die Helme drehen sich in seine Richtung. Silvester drückt unwillkürlich den Körper näher an den der alten Frau heran. Überlegt, einfach zurück in den Südturm zu gehen.

– Der Herr hat einen Plan für uns Menschen, wispert die Weißhaarige.

Zumindest ist es das, was zuletzt noch bei Silvester ankommt.

Dann rennt er los.

– Ich muss, sagt er.

Tätschelt die Hand, die sich an ihn klammert, von der er sich mit einiger Mühe befreit. Stürmt unter den verdutzten Augen der zwei Zwerge und vor einem Wagen über die Fahrbahn: Spurtet stadtauswärts, volle Pulle, wetzt, was er kann, entlang der Hauptstraße. Die Arme fliegen an den Seiten auf und ab.

Im Luftzug fliegt die Kapuze nach hinten.

Regentropfen zerlaufen auf dem Gesicht zu dünnen Rinnsalen.

Silvester biegt ab, quert bald darauf den Vorplatz von K16, setzt über eine Bank, fegt eine Ecke weiter die Treppen zwischen zwei Häuserblocks nach unten, sprintet vorbei an brusthohen Tannengebüschen, an verschachtelten Gebäudezeilen, vorbei an Eingang um Eingang, rennt und rennt.

In den Muskeln der Oberschenkel ein Brennen.

Jagt am Ende die Zufahrt zum Brachland hoch. Kommt erst, als er den Baui schon hinter sich gelassen hat und das Kreuz in Sicht ist, ganz allmählich wieder zur Besinnung. Innen drin: das kräftige Pumpen, das *Ba-bumm, Ba-bumm* des Herzens. Dazu dringt das Geräusch dumpf aufklatschender Schuhe an sein Ohr: Es sind nur die eigenen Schritte. Er drosselt das Tempo. Atmet schwer, blickt zurück.

Eine Falle. Ganz bestimmt.

Silvester ballt die Fäuste, rührt sich nicht. Steht und schaut.

Das einsame Wegstück nahe der Autobahn ist an dieser Stelle unbeleuchtet, der Rest Tageslicht verflüchtigt sich zusehends und der dichter werdende Regen scheint die Dämmerung noch zu beschleunigen, aber Silvester erkennt genug, um das Ende des Pfads, über den er hergelangt ist, zu erahnen.

Irgendwelche Verfolger? Fehlanzeige.

Macht schon. Los, zeigt euch!

Doch niemand zeigt sich.

Nicht nach einer Ewigkeit. Auch nach zwei Ewigkeiten nicht, nicht nach drei.

Silvesters Puls beruhigt sich. Er wendet sich um. In den letzten Minuten hat sich die Sicht derart verschlechtert, dass Silvester die Lattenkonstruktion ein paar Meter weiter inzwischen nur noch als Schemen wahrnimmt. Graues Gestrichel legt eine Art Unschärfen-Filter auf die nähere Umgebung.

Er geht auf das Kreuz zu. Das Gras drum herum: unberührt. Das ist Silvester eben bereits aufgefallen. Er ruft trotzdem einmal sehr laut:

– Kondor?!

Die einzige Antwort: das Summen der Autobahn, das Rauschen von Wind und Regen. Mit wie zum Gebet gefalteten Händen sinkt Silvester nieder. Auf die Knie. Er krümmt sich vor gegen die Längslatte des Kreuzes, lehnt die Stirn dagegen, kaputt vom Laufen. Er spürt die Feuchtigkeit an den Schienbeinen und an den Knien, das Nachglühen in den Oberschenkeln. Sonst würde er vielleicht glauben: ein Traum.

Ein Traum. Ein seltsamer Albtraum. Denn nun kommen sie doch. Er weiß es. Weiß es, beinah ehe er (erst fern, aber sich rasch nähernd) die Mofas vernimmt, ihr hüstelndes Brummen, das sich in die Klänge des Schauers mischt. Silvester hebt den Kopf: Der Lärm der zwei Maschinen geht jäh in doppeltes Gurgeln über, erstirbt.

Stimmenfetzen.

Jetzt auch das XXL-Rasseln des Einkaufswagens. Schatten schälen sich in der Kurve beim Baui aus der trüben Suppe. Gewinnen nur langsam Kontur, bevor sie unterscheidbar werden. Die Schultern nach hinten, die Brust nach vorne geschoben rücken die vier Gestalten an, stolzieren auf Silvester und das Holzkreuz zu.

Ja, es sind nur vier.

Brand III hat sich nicht herabgelassen.

Panzer, der kräftigste des Trupps, steuert das wuchtige Vehikel, das sie dabeihaben. Die selbstlenkenden Rollen brechen auf dem unebenen Untergrund ständig aus. Hüpfen über zahlreiche Huckel. Platschen durch Pfützchen. Die Sperrkette klimpert gegen den Drahtkorb. Silvester verharrt in seiner Position am Kreuz.

– Da schau her, brav gewartet, sagt einer der Zwerge.

Tritt zu ihm, der Mund nah an Silvesters Gesicht. Der andere tut es ihm nach.

– Der Albinomulatte, sagt er, genießt den Abend in freier Natur!

Die Spitzen ihrer Stachelfrisuren haben sich gebogen oder liegen bereits vor Nässe platt am Kopf an. Ihre Halbschalenhelme tragen sie an den Verschlüssen in der Hand. Stupsen Silvester damit an, während sie nun beginnen, ihn zu umkreisen. Schläge gegen Schulter Rücken Hinterkopf, ganz leicht: Provokationen. Verhaltene Stöße mit den Fußspitzen in die Rippen. Göckel macht mit. Pufft Silvester mit dem Handballen dreimal hintereinander gegen die Schläfe, schon doller.

– Machst hier auf Heiland mit Kreuz, du Opfer, höhnt er.

– Zu dumm, Alter, dass Kondor nicht da ist, sagt einer der Zwerge.

– Tja, reingefallen, sagt der andere.

– Unser Cousin hat eben Zigeunerblut in den Adern.

– Der zieht weiter, Mann, wenn's brenzlig wird.

– Aber mit uns kann man auch Spaß haben, weißt du.

Eine Hand klatscht in Silvesters Gesicht. Die erste Backpfeife. *Batsch!*

– He, es schifft, sagt Panzer, lasst uns zu Potte kommen.

Er kickt mit dem Knie gegen den XXL-Einkaufswagen, hinter dem er nach wie vor steht. Ein Scheppern. Aus dem Augenwinkel erkennt Silvester, dass im Gitterkorb etwas liegt, fransig an mehreren Stellen. Dann kommt er darauf: leere Kartoffelsäcke. Ein ganzer Stoß. Wie am Marktstand. Tropfensalven gehen darauf nieder.

– Hast recht, sagt Göckel, verschnüren, einpacken und weg!

Silvester kassiert die nächste Schelle. *Backs!* Und noch zwei. *Backs! Batsch!*

– Warte mal, Mann, sagt einer der Zwerge, finde, wir beseitigen eben schnell noch dieses Denkmal hier für …

(Er tritt gegen das Holzkreuz, die Lattenkonstruktion vibriert.)

– … *Schokololli!* Könnten Kinder sich ja böse Splitter ziehen beim Spielen!

Ein weiterer Tritt. Und noch einer. Die Erde bekommt Risse, klafft fingerbreit auf, hebt sich ein Stück. Eine Unterarmlänge entfernt von Silvester. Er fängt an, mit den Zähnen zu mahlen. Lässt die Hände aber gefaltet.

Nächster Tritt.

Das Kreuz wackelt, der zweite Zwerg drückt Göckel seinen Helm in den Arm, hängt sich mit ganzem Gewicht außen an die Querlatte des Kreuzes.

Silvester löst die Finger. Etwas Nasses, Kühles rutscht von der Stirn, läuft in seinen linken Augenwinkel. Er zuckt nicht mit der Wimper.

Das Quartett johlt, als sich das Kreuz zu neigen beginnt.

Jubelt, als es kippt.

Rittlings purzelt der Zwerg, der es zu Fall gebracht hat, auf den Boden. Lacht. Silvester ist sofort über ihm. Tackert die Arme des Überrumpelten mit den Knien fest an den Boden, hält ihn links und rechts an den Ohren, krallt die Finger mit aller Kraft um die Muscheln, sodass es keinen Spielraum für Bewegungen mit dem Kopf gibt. Ein klägliches Winseln von unten, ein Quieken fast.

– Meine Ohren!

Silvester greift nur noch fester zu. Er reiße sie ihm ab, würgt er hervor, er reiße ihm die Ohren ab, die Zunge raus und nagle alles ans Kreuz! Er geifert:

– Du stellst es wieder auf!

Spucke und Regen spritzen vor seinem Mund auf. An der Lippe pocht die Stelle, wo Domino ihn gebissen hat. Merle hat er die Wunde als Folge eines *unglücklichen Zusammenpralls* verkauft. Und stimmt das nicht sogar? Silvester ist Domino hinterher nicht mal richtig böse gewesen. Trotz allem. Schon, als ihr im Treppenhaus Tränen leise über die Wangen gerollt sind, hat er fast vergessen, was alles los gewesen ist.

– Ich heule nicht, sagt Domino, das macht die Erkältung. Guck weg!

II

The Making-of

Domino über … *Gott usw.*

- *Ich erkläre mir das so: Kittys Unglück, das ganze Drama drum herum, das hat Domino nur in ihrer Anti-Haltung bestärkt. Kirchen machen traurig, das fand sie schon immer. Sie mag Kaufhäuser: schön hell, alles so geordnet, so … mal ehrlich, selbst die Musik dort, das ist doch gut für die Seele. (Lacht.) Na ja, zu viel Nachdenken macht meist unglücklich, das ist ihre Erfahrung. Finde ich nicht verwerflich! Tanzen Feiern Sex – das funktioniert für sie einfach besser. Der Augenblick zählt. Sagt man das nicht so?*

- *Ach, Quatsch! Ich denke, sie findet eher umgekehrt, dass Silvester sich die Antworten zu schwer macht. Sie will es für sich unkompliziert: Sie weiß, das Ende kommt für alle so sicher wie bis dahin jedes Jahr der Möbelkatalog für die Herbst / Winter-Saison. Nur nicht ganz so pünktlich, aber im Normalfall doch für alle zur ungefähr selben Zeit. Und hinterher? Paradies und so? Alles leere Versprechen ihrer Meinung nach, damit wir das Diesseits doch ertragen, wenn wir es mal nicht ertragen. (Streicht sich eine Strähne aus dem Gesicht.) Ich finde, das ist schon eine Haltung, die ist sehr ehrlich …*

- *Gott? Nein, nichts für sie. Und, unter uns, ich kann das nachvollziehen: Es heißt ja, Gott kümmert sich um die, die*

Hilfe brauchen, die allein und traurig sind. Aber entweder helfen dir andere in dem Moment. Oder du hilfst dir selbst. Und so sieht Domino das eben auch, würde ich meinen. Sehr nüchtern. Welchen Trost, welche Erkenntnis soll das Denken an einen Gott denn auch spenden? Wie soll das gehen, rein praktisch? Wenn man mal überlegt, was man sich wirklich, wirklich vorstellt bei dem Wort. Da passiert doch genau null. Gott. (Zuckt die Schultern.) Hm. Also, tut mir leid. Das sind vier Buchstaben. Ein Geräusch. Mehr nicht. Oder?

▸▸

Da hockt sie auf der dritten Stufe von oben. Mit rotem Umhängetäschchen auf dem Schoß und den wild über den Mandelaugen hängenden Strähnen. Wasser schießt die Wangen hinab. Silvester kann es in der fahlen Treppenhausbeleuchtung deutlich sehen. Er holt tief Luft.

– Oh, Mann, Dom, sagt er, komm schon.

– Ich Kuh kann es nicht ändern, sagt sie, deinetwegen flenne ich, mein Gott.

Etwas an diesem letzten Satz oder ihrem Anblick (oder beidem) trifft sein Ziel wie ein Pfeil. Die Beine betonschwer stapft Silvester auf sie zu.

– …

Kein Wort bringt er raus. Setzt sich stumm neben sie. Spürt die Kälte von der Wand, an der sie lehnt, gegen sein Gesicht schlagen, die Kälte von unten.

– Tu das nicht, Sil, sagt Domino, versuch bitte nicht, mich zu beruhigen.

Kaum zu entscheiden, von wem die Initiative ausgeht. Berührt er sie zuerst tröstend an der Schulter? Streckt sie zuerst abwehrend die Hand aus? Domino und er, beide plötzlich auf Knien, klammern sich aneinander. Mit ganzer Inbrunst schlingt sie die Arme um ihn, so doll, dass Silvester das Atmen schwer wird.

Feucht rinnt es an der Nase hinab, am Kinn, tropft in den Parkakragen hinein. Er weint nicht. Aber Domino weint, weint unaufhörlich, während sie (ganz brüchig die Stimme) Bekenntnisse raunt, Hoffnungen haucht, und er immer nur das eine sagt:

– Nein.

– Wir schaffen das schon, Sil.

– Nein, sagt er, ich will das nicht, nein!

Ihm kommt es vor, als halte er jemand Fremdes fest: Es ist nicht Domino, die er umarmt. Die Berührung gilt etwas, das sonst keine Gestalt besitzt. (Vergangenem und Unwiederbringlichem vielleicht.) Und sehr wahrscheinlich ist es auch nicht er, den sie fest an sich drückt. Silvester begreift das auf diffuse Weise, geht dennoch darauf ein, wehrt sich kaum, wenn überhaupt, bis sie die Finger in seinem Haar vergräbt.

Er packt auf einmal ihren Arm, reißt ihn zurück, langt ihr ins Gesicht, drückt Dominos Kopf grob gegen die Wand. Eine Sekunde, zwei. Lässt los.

Das Umhängetäschchen kippt: Der Inhalt ergießt sich über die Stufen.

Dieser Blick. Das Lächeln. Wie von einer, die gerade in die Steckdose gefasst und überlebt hat. Sie schießt auf ihn zu, rächt sich auf ihre Art: ein Biss, ein letzter Kuss, bevor sie ihre Sachen zusammenklaubt und ihn im Treppenhaus allein lässt, mit einer einzigen verwaisten Haarnadel, die vor seinen Füßen liegen geblieben ist.

Ihre hochhackigen Schuhe, die Richtung Erdgeschoss klackern. Das warme Blut, das er leckt, einsaugt. Am Holzkreuz, mitten im Kampf, schmeckt er es wieder.

Silvester zerrt unerbittlich an den Ohren des hässlichen Zwergs, der plärrt und mit den freien Beinen strampelt. Erhöht noch mal den Druck, beißt sich selbst auf die Lippe vor Anstrengung, als der Rest der Meute sich auf ihn stürzt. Er kümmert sich nicht um die Tritte von der Seite, lockert den Griff keinen Millimeter.

Den Zwerg am Boden mitgerechnet, sind sie vier gegen eins. Man nimmt ihn in den Schwitzkasten. Tobt. Schäumt. Prügelt auf ihn ein. Mit Fäusten, mit den Helmen. (Das Kupferarom: Sehr deutlich mischt es sich jetzt hinein in seinen Speichel.) Ihm wird an den Haaren gezogen. Jemand brüllt etwas.

– Du verstunkener Spinatstecher, versteht er.

– Du Niggerschwuchtelfotze! Ich mach dich weg!

Man drückt ihm schließlich einen Gegenstand in die Seite. Elektrisches Zirpen. Silvester meint einen zitternden Lichtbogen zu sehen. Gleißend hell an den Rändern, flammenblau. Hart wie der Trensenring eines Gauls trifft ihn der Schlag. Ein Huftritt zwischen die Beine. Pfeifend zieht er Luft ein. Das Gefühl, als

kämen die Augen aus den Höhlen!

platzten heiße Drähte aus dem Hirn!!

b e r s t e : b e r s t e d e r KOPF!!!

Der Schmerz erreicht nicht nur die Haarspitzen, sondern scheint diese förmlich zu zerspalten, der Zahnschmelz droht jede Sekunde aufzuspringen. Ein metallischer Schmerz. Ein (unirdischer) Schmerz, zu dem ein SCHREI gehört, der das Innere nach außen stülpen will, der

in der Kehle (hochkriechend)

stecken bleibt feststeckt der in die Tiefe sackt wieder aufsteigt der (in ihm drin) anschwellend und sich ausdehnend (aber sich nirgends hin Bahn brechen könnend) Silvesters Bewusstsein umfängt, dann: ein leeres

Japsen nach Luft, dann: flimmern

die Baumspitzen (diese netzartigen Flechtwerke aus Ästen und feinädrigem Zweiggewirr) schimmern einen Wimpernschlag lang wie auf einem Negativ

(Weiß vor Schwarz), eh die Welt sich auflöst, ein dauer- und ortloses Nichts Silvester endlich, endlich ummantelt, in das hinein sich ein eigenartig geometrischer, an den Rändern hart beschnittener Sternenregen ergießt

*** *********** ******************* * ********
*** ******************* *********** **********
********* *********** * ******************* **
********* **** *********** *******************
* *********** ******************* ***********
******************* *********** * ************
******* *********** * *** *********** *********
********** * *********** ******************* *
********** ******************* *********** * *
****************** *********** * *** **********
* ******************* * *********** **********
********* *********** ******************* ****
******* * ******************* *********** * ***
*********** ******************* * ***********
******************* *********** **************
***** *********** * ******************* ******
***** * *** *********** ******************* * *
********** ******************* *********** ***
**************** *********** * ***************
**** *********** * *** *********** ************
******* * *********** ******************* ****
******* ******************* *********** * ****
*************** *********** * *** *********** *
****************** * *********** *************
****** *********** ******************* *******
**** * ******************* *********** * *** ***
******** ******************* * *********** ***
**************** *********** *****************
** *********** * ******************* *********
** * *** *********** ******************* * ****
******* ******************* *********** ******
************* *********** * ******************
* *********** * *** *********** ***************

**** * *********** ******************* *******
**** ******************* *********** * *******
************ *********** * *** *********** ***
**************** * *********** ***************
**** *********** ******************* *********
** * ******************* *********** * *** ****
******* ******************* * *********** ***
**************** *********** *****************
** *********** * ******************* *********
** * *** *********** ******************* * ****
******* ******************* *********** ******
************* *********** * ******************
* *********** * *** *********** **************
***** * *********** ******************* ******
***** ******************* *********** * ******
************* *********** * *** *********** **
***************** * *********** **************
***** *********** ******************* ********
*** * ******************* *********** * *** ****
******* ******************* * *********** ***
**************** *********** *****************
** *********** * ******************* *********
** * *** *********** ******************* * ****
******* ******************* *********** ******
************* *********** * ******************
* *********** * *** *********** **************
***** * *********** ******************* ******
***** ******************* *********** * ******
************* ***** *********** *************
****** *********** * ******************* *****
****** * *** *********** ******************* *
*********** ******************* *********** **
***************** *********** * ************ *

Nach vorne kippen. Kippen und fallen, als das Bewusstsein zurückkehrt. Mit dem Kopf am Boden aufschlagen. Sich winden. Auf dem Rücken liegen bleiben.

Hyperventilieren.

Sich einbilden, ein Zittern zu spüren, erst am Oberkörper, dann folgen Beine Füße Kopf. Aber da ist kein Zittern. Die Arme liegen eng am Rumpf an, ganz ruhig, nur die Fingerspitzen pflügen den Boden, und Silvester spürt, dass sich Dreck unter seine Nägel schiebt.

Wie eine Faust krampfen sich die Eingeweide zusammen; als wäre er frisch operiert, und man hätte ein gewetztes Skalpell im Magen vergessen, den Darm mit Rasierklingen gespickt, Säure in die Harnröhre gepumpt: So fühlt es sich an. Eine endlose Folge Bilder springt ihm entgegen, gestückelt wie in einem Daumenkino.

Das Holzkreuz.

Regen.

Ohrmuscheln.

Ein Elektroschockgerät.

Helles Blitzen.

Dunkle Wolken.

Kartoffelsäcke.

Die alte Bottels.

Ritter.

Der Südturm.

Kamp.

Kondor.

Lümmel.

Zickzackmuster.

Brand III.

Domino.

Prinz.

Lampionkinder.

Farbeimer.
Ein Kassenbon.
Silvesters Mutter.
Die Brücke.
Merle.
Das schwarze, tiefschwarze Meer.
Kittys Sarg.
Eddas falscher Käfer.
Merles Wellensittich.
Ein Lagerfeuer.
Die Gitarre.
Bozorg.
Kitty.
Merle, Merle, Merle.

Kein einziges Bild lässt sich richtig verarbeiten. Die Schädeldecke scheint zu schwingen wie ein geschlagener Gong. Erneut tritt er weg. Ist wieder da. Bleischwere in den Gliedern. Er sieht die hässlichen zwei Zwerge nicht mehr, nur noch Panzer und den XXL-Einkaufswagen. Und Göckel, zwei Kabelbinder in der Hand:

– Bereit für den Transport, du Opfer?

– …

Silvester kann nur wortlos daliegen. Seine Zunge: ein Stück Holz.

Göckel dreht ihn auf die Seite. Mit schnellem Zug sind Silvesters Hände hinten fixiert. Es folgen die Knöchel. Dann packt man ihn unter den Achseln. Göckel hievt ihn hoch. Panzer hat schon einen der grob gewebten Kartoffelsäcke geöffnet. Sie ziehen ihm den regennassen Sack bis zu den Hüften über die Beine. Sie stülpen ihm einen zweiten über den Kopf.

Es wird finster. Auf der Haut im Gesicht und an den Händen ein Kratzen.

Erdigen Staubgeruch inhalieren: den Ackergeruch von Kartoffeln. Registrieren, dass sie einen in den Käfig des Einkaufswagens verfrachten. Dass weitere Säcke auf einen geworfen werden. Dass das Gefährt anschiebt.

+

Das unaufhörliche, rhythmische Holpern: Fugenlücken an den Übergängen zwischen den Steinplatten. Gehwegpflaster, eindeutig. Silvester weiß aber nur: Sie sind zurück in der Siedlung, mehr nicht. Ihm fehlt, blind, wie er im Augenblick ist, die Orientierung. Dazu der Krach, das ständige Vibrieren: Jede kleinste Erschütterung überträgt sich auf seinen Körper und alle Knochen, wirklich alle, scheinen in Schwingung versetzt.

Mehrere Minuten sind sie so unterwegs. Schätzt er.

Einmal geht es einen Bordstein runter, einmal die Steigung einer Rampe hoch. Ansonsten scheinen Panzer und Göckel ihn ohne anzuhalten nur stur vorwärtszuschieben. Weder variieren sie großartig das Tempo, noch kurven sie wild herum. Sie reden auch nicht miteinander. Durch den geräuschdämpfenden Jutestoff hört er ihre Schritte unter dem Rattern und Rasseln: das Schlappen von zwei Paar Schuhen.

Das ist alles.

Zusammengekrümmt liegt Silvester im Gitterkorb. Innen drin: fast die gleiche wunde Taubheit wie in den Gliedern. Eine überwache Müdigkeit.

Keine unmittelbare Gefahr droht, es gibt nichts zu tun, nichts zu entscheiden. Ein Teil von ihm wünscht sich, dass die Fahrt niemals endet, ein anderer schämt sich dafür. Man hat ihm den Mund nicht verbunden oder zugeklebt. Er atmet den eigenen Atem, könnte rufen, sich bemerkbar machen. Tut es nicht. Und wird es nicht tun.

Das ist bereits entschieden.

Fest geht er davon aus, dass er morgen zur Feier im *Guten Hirten* erscheinen wird. Fest geht er davon aus, gemeinsam mit Merle hinterher bei Edda und Mauser zu übernachten. Fest, ganz fest hofft er darauf, am Sonntag mit Merle die schwarze Decke und die schwarzen Wände seines Zimmers zu weißen. Was immer man mit ihm vorhat: Es beruhigt ihn, dass es Pläne gibt, dass noch Zeit ist, sie umzusetzen, genügend Zeit bis zum Fest.

Dann kommt der Wagen abrupt zum Stehen.

Die Ruhe.

– Hepp!, sagt Panzer.

Das Vehikel wird angehoben. Sie nehmen ein paar Stufen. Silvester hört das Schnaufen der Träger, die ihre Last am Ende unsanft wieder absetzen: Abertausend leicht zeitversetzte Stiche im Rückenmark.

Schlüsselklimpern.

Eine schwere Schwenktür, die gegen das Gummi eines Schlagdämpfers am Boden rammt beim Aufstoßen. Das knarrende Gestänge eines Metallschließers, das oben das Zuschwingen abbremst. Sie sind jetzt in einem Hochhaustreppenhaus, das ist am Hall der Schritte zu erkennen, an den Rädern, die über nackte Fliesen rollen.

Wieder bleiben sie stehen.

Aufzugsgeräusche: Ächzen von Stahlseilen. Das schleppende Öffnen des Fahrstuhls. Sie steigen ein, fahren lange, vermutlich also nicht in den Keller, sondern hoch, weit nach oben, und wenn Silvester richtigliegt, passieren sie auf jeden Fall deutlich mehr als ein Dutzend Stockwerke, bevor sie halten.

Die Kabine öffnet sich. Ein Korridor. Sohlenquietschen.

Eine Schwelle, über die sie zuckeln: ein Hüpfer vorn, einer hinten. Dann kommen sie an, am Ziel.

Er fühlt die Präsenz von Brand III, noch bevor die Stimme ertönt.

– Stellt ihn auf die Beine!

Ein barscher Befehl aus dem Off. Man packt ihn. Befreit ihn von den Säcken. Der kühle Windhauch im Gesicht plötzlich. Silvester merkt es erst jetzt: Sie befinden sich im Freien. K16, ganz oben. Das erkennt er sofort.

Die Kritzeleien. All die in den Putz geritzten Kürzel.

Ungefähr dort, wo er Brand III ausmacht, hat Silvester gesessen, als Merle noch das Datum ihres Besuchs hier in der Brüstung verewigt hat: an der Rückwand des Etagenbalkons.

Tiefe Schatten im Gesicht steht der Getränkebasarinhaber dort, im Halbdunkel des halboffenen Betonwürfels, die Arme vor der muskulösen Brust verschränkt.

Nur vage lassen sich die Konturen erahnen.

Die Außenleuchte an der Betondecke über ihnen brennt nicht. Kann sein, dass sie defekt ist, womöglich hat man sie auch mutwillig zerstört vor Silvesters Eintreffen. Einzig aus dem Treppenhaus dringt ein wenig Schwachlicht.

– Und jetzt, Bross?

– Brauchst du die Beutel?

Brand III ignoriert die Fragen von Göckel und Panzer, die Silvester mit hartem Griff gepackt halten, einer links, einer rechts. Der Mann mit dem Zickzackbart macht einen Schritt vor, hebt eine Faust, spreizt zwei Finger zum V heraus.

– Sieh mich an, Junge …, sagt er.

(Zeigt auf die Augen. Erst auf Silvesters, dann auf die eigenen.)

– … ah, viel besser so!

Ohne Hast stößt sich Brand III nun ganz von der Wand ab, geht auf Silvester zu. Im dürftigen Lichtschein von hinten strahlt die Silhouette des hochgewachsenen Mannes an den Rändern dabei beinah golden.

– Das Universum ist so groß, sagt der Getränkebasarinhaber, und dieses Treffen hättest du Brand III und dir ohne Probleme ersparen können, Junge.

– Hast ein faires Angebot gehabt, ergänzt Göckel.

Panzer nickt:

– Hättest bis heute Mittag Zeit gehabt.

Sie drücken Silvesters Arme noch ein wenig fester, halten ihn mit dem Rücken zur Brüstung.

– Korrekte Zusammenfassung, sagt Brand III, bloß hat beim Bross bis heute Mittag leider niemand Kohle abgeliefert. Du nicht, Kondor nicht, keiner, und das nach diesem respektlosen Auftritt mit deinem Mützenkumpel da am Mittwoch. Wieso dieser Groll von euch? Wieso hat Kondor das mit Lümmel getan, hä?

Brand III legt Silvester eine Pranke in den Nacken. Die kantigen Ringe, die er auf den Fingern trägt, drücken in die Haut hinterm Ohr, ritzen sie mehrere Male.

Silvester spürt die Brüstung im Kreuz, atmet flach.

Er vermutet, man erwartet nicht wirklich eine Reaktion von ihm. Und vielleicht spornt gerade das ihn an. Er sei nicht Kondor, bringt er hervor, er wisse nicht, was man meine und was man überhaupt genau von ihm wolle wegen Kondor.

– Das mit Lümmel, sagt er trotzig, das war doch ich.

Das Zickzackmuster kommt näher. Müffeliger Horngeruch steigt aus dem Bart in Silvesters Nase. Er meine wohl, dass er etwas Besseres sei, oberschlau, vielleicht auch witzig, zischt Brand III, zieht ihm rabiat den Kopf an den Haaren zurück.

Sprühregen trifft Silvester im Gesicht. Er sieht den Mond. So hell strahlt er auf zwischen den dunklen Wolken und vor dem schwarzen Hintergrund wie ein einzelner Knochensplitter auf einem Röntgenbild. Silvester sieht auch ein Stück Waffelmuster: die Außenhaut von K16. Viel ist es nicht.

Sie sind in der Tat ganz oben, auf dem allerletzten Balkon vor dem Dach.

– Macht die Beutel klar und setzt ihm das Dingsda auf, sagt Brand III zu seinen Vasallen, wir fangen mit der Fütterung an.

Noch immer starrt Silvester gezwungenermaßen in die Luft. Die unnatürliche Kopfhaltung macht das Reden zum Kraftakt. Dennoch antwortet er wieder.

– Wenn Sie mir was tun, sagt er, schließt man Sie wieder weg, das wissen Sie!

Brand III lässt von ihm ab, richtet beiläufig seine Tolle.

– Alles wird gut, du bist doch einer dieser Bibelheinis ...

(Ein extraverächtliches Schnaufen.)

– ... du glaubst doch an Gott, sagt der Getränkebasarinhaber, oder nicht?

Silvester schluckt angestrengt.

– Glauben Sie an Gott?

Brand III bekreuzigt sich, verzieht die Mundwinkel.

– Oh ja! Gott ist ein Spanner, Junge. Ein alter fieser Sack, der uns zuguckt, der weiß, was auch Brand III weiß, nämlich, jeder muss selbst sehen, und zwar allein, wie er hier unten zurechtkommt, ganz allein. Werd erwachsen!

– Wie Sie?

Brand III tut, als überhöre er die Frage. Gibt Göckel einen Wink. Der Vasall hat inzwischen das Blinkhalsband, mit dem man Lümmel an Kittys Kreuz gefunden hat, aus einem Kartoffelsack hervorgezaubert. Er schaltet es ein.

Blink-blink.

Man setzt es Silvester aufs Haupt. Brand III prüft, ob es hält.

– Sollst deinen kleinen Heiligenschein ja nicht verlieren, sagt er.

Drückt Silvester das Halsband ein Stück weiter über die krausen Locken nach unten, bis beinah auf Höhe der Augenbrauen. Guckt zufrieden in die Runde.

– Richtig schmuck, sagt Göckel.

– Macht den Nigger noch ein wenig blasser, sagt Panzer.

Sie setzen Silvester auf die rostige Querstange der Brüstung. Der abendliche Wind streicht um Silvesters Oberkörper, treibt ihm dünnen Regen seitlich ins Gesicht. Man hält ihn im Moment nur, indem Brand III einen seiner klobigen Schuhe auf Höhe des Kabelbinders gegen Silvesters Beine stellt.

Die Gummisohle drückt schmerzhaft in die Haut.

Den Abgrund im Rücken überfallen Silvester Gedanken, die ihn erschauern lassen. Was, wenn er sich einfach zurückfallen ließe? Es würde nach Hinrichtung aussehen wegen der Fesselungen. Er denkt: Sie werden Brand III drankriegen, ich brauche mich nur um eine Winzigkeit nach hinten zu lehnen.

Er linst über die Schulter.

Heiß jagt es ihm dabei über den Rücken. Kalt.

– Wir passen auf, Junge, sagt Brand III, keine Sorge.

– …

Silvester bleibt stumm. Geschockt, dass er offenbar so leicht zu durchschauen ist. Brand III streift sich derweil, den Widerschein der roten Blinkherzen im Gesicht, hautenge Latexfingerlinge über, wie man sie in Erste-Hilfe-Kästen findet.

Blink-blink.

Schlüpft anschließend außerdem noch in rote Wollhandschuhe, die man ihm reicht. Kontrolliert deren Sitz, sehr akribisch, sehr theatralisch: Seine Finger klimpern in der Luft vor Silvesters Nase auf einer unsichtbaren Tastatur.

– Die kennst du.

– Freut mich, dass sie passen, sagt Silvester.

Verwundert über die eigene Schlagfertigkeit. Aber auch froh. Man erwartet von ihm Angst, das ist ihm klar. Doch er hat keine. Kennt seine Gefühle überhaupt nicht. Nicht mehr. Sie scheinen sich verflüchtigt zu haben, sind futsch. Er kennt nur diesen Satz, der in diesem Moment in seinem Kopf auftaucht: *Das ist nicht die Wirklichkeit*.

Oder?

Brand III verzieht die Mundwinkel.

Er bückt sich nach etwas, flötet dabei mit sanfter Stimme:

– Ja, ja, Junge, du träumst nicht, ein wahres Leckerli wartet jetzt auf dich, der Bross kredenzt dir eine echte Köstlichkeit …

+

Trotz der geschundenen Haut Muskeln Knochen, trotz der Blessuren, die man ihm am Holzkreuz beigebracht hat, fühlt sich Silvester auf eine sehr eigenartige Weise leicht, als Göckel und Panzer ihn wieder packen. Ja, ein Anflug von Geborgenheit durchströmt ihn warm, während sie seine kipplige Sitzposition stabilisieren.

– Schau den Bross an, befiehlt einer der Vasallen.

– Mach schon, du Windel, sagt der andere.

Silvester begreift: Er muss seine Augen eben gerade geschlossen haben. Und er versucht jetzt, sich mit aller Macht auf den Gedanken zu konzentrieren, dass er aufwachen wird, sofern er sie öffnet. Wo auch immer. Ein kindischer Einfall. Findet er selbst. Dennoch kommt ihm das Ganze nicht völlig abwegig vor. Zumal die Lider auf einmal wie zugeschweißt scheinen, sich noch fester zusammenkrampfen.

– Helft ihm, sagt Brand III.

Finger machen sich an Silvester zu schaffen, öffnen die Augen mit Gewalt. Verzerrt sieht er, dass Brand III ihn mustert, halb belustigt, halb abfällig. Querfalten haben sich über der Kolbennase gebildet.

– Es gibt echt lecker ham ham, sagt Göckel.

Brand III schwingt ein raschelndes Plastiktütchen in Augenhöhe hin und her. Darin: ein etwa kinderfaustgroßer Klumpen. Er sagt:

– Warum so memmenhaft? Wer groß und stark werden will, der muss essen, das weißt du doch, Junge.

– Richtig echt lecker ham ham ist das, sagt Panzer.

Silvester liest die außen aufgedruckte Schrift: *Gassibeutel*. Die Öffnung wird ihm dicht unter die Nase gehalten, und seine Geruchszellen verraten, dass er sich nicht irrt. Hundekot.

– Es gibt eine *schlechte* und eine *schlechte* Nachricht für dich, sagt Brand III, denn die eine Nachricht lautet, du wirst das hier alles gleich brav verspeisen, und die andere, es gibt noch Nachschlag.

– Mhmmm, macht Göckel, du willst doch groß werden.

– Und stark, sagt Panzer.

Der Getränkebasarinhaber lässt Halswirbel knacken. Essen heiße, doziert er nebenher feierlich, immer auch schlucken und verdauen. Und es stimme, nur so werde man mit der Zeit wirklich zum Menschen, der auf eigenen Beinen steht.

– Schlucken und verdauen, sagt Brand III, auch wenn's

mal nicht schmeckt, das hat der alte Herr vom Bross schon gepredigt, das muss man lernen. Richtig?

Panzer lässt Silvesters Arm wieder für einen Moment los. Er bewegt den Kopf des Wehrlosen auf und ab, was begeisterte Zustimmung ausdrücken soll.

– Er nickt, Bross, sagt Göckel, kann losgehen.

Brand III macht einen raschen Schritt vorwärts: Er packt Silvesters Gesicht mit der linken Hand, drückt mit der Zange aus Daumen und Zeigefinger auf die Höhlung unter den Wangenknochen, bis sich der Mund zum Fischmaul verformt.

Silvester presst die Zähne zusammen.

Auf der Stirn des Getränkebasarinhabers tritt eine Ader hervor.

– Schön weit aufmachen, verlangt Brand III.

Silvester kämpft. Wehrt sich. Wehrt sich verzweifelt. Merkt, dass seine Sinne plötzlich um ein Vielfaches geschärft scheinen. Er sieht jedes Barthaar des Peinigers wie unter einer Lupe. Der penetrant-schwefelige Geruch nach Verwesung, der dem Beutel mit Hundeausscheidungen entströmt, brennt feuergleich in den Atemwegen.

Und Silvester hört Musik.

Zunächst hebt sie sich kaum ab vom Tösen des Winds und zurückgehenden Verkehr in der Siedlung, aber sie ist da, die Musik.

Getrommel Geklimpere Gepfeife.

Man drückt kräftiger auf Silvesters Kiefergelenke, bis sich der Mund endlich öffnet. Ein Klappmesser schnappt in Silvesters Innerem zu, als ihm die erste Ladung vor den Mund geschaufelt wird. Er würgt.

Dann stopft Brand III ihm, begleitet von den fröhlichen Klängen eines fernen Spielmannszugs, bröckeliges Hundeexkrement auf die Zunge. Silvester zwängt es, so gut es geht, zurück. Schiebt die Lippen halb zu, bevor die nächste Ladung kommt. Magensaft schießt bitter in den Mund. Erneutes Würgen.

Er erbricht sich.

Brand III wartet, bis nichts mehr kommt, schmiert Silvester hinterher das Zeug aus dem Tütchen über das ganze Gesicht. Göckel sagt:

– Jetzt sieht er nicht mehr blass aus.

– Dafür riecht er streng, sagt Panzer.

Rümpft die Nase. Aber Brand III öffnet bereits den nächsten Beutel.

– Etwas mehr, Junge? Gerne, sagt er, brauchst ja auch bloß zu schlucken und nicht hudeln: Ist reichlich da. Und alles nur für dich.

Nach dem dritten Beutel legt Brand III eine Pause ein. Er zieht die Handschuhe aus, greift in die Tasche, klemmt sich ein Zigarillo in den Mundwinkel, reißt ein Streichholz an. Er hält es sich vors Gesicht. Schatten brechen sich darauf.

Silvester sieht das Aufleuchten der Glut. Senkt mit verklebten Augenbrauen den Blick. Seine besudelten Klamotten, die leeren Beutel zu seinen Füßen, die breiigen Pfützen am Boden.

Blink-blink.

Silvester schluckt gegen den erneuten Brechreiz an.

– Kann weitergehen von mir aus, stößt er rotzverschmiert hervor.

Wischt sich den Mund an der Schulter ab. Das herbe Geschmacksgemisch aus Magensaft und Fäulnisseim raubt ihm fast den Verstand.

– Nicht schön, erniedrigt zu werden, sagt Brand III, tja, Junge, so hat sich der Bross auch gefühlt, als man ihm den Hund zurückgebracht hat.

Er bläst Silvester Rauch ins Gesicht. Silvester röchelt:

– Machen Sie weiter!

– Wie du willst. Aber vielleicht willst du gar nicht. Hast längst genug, tust bloß so, als wärst du furchtbar tapfer und wirklich schon groß und stark.

– Was wollen Sie?

– Was alle wollen. Ein wenig Spaß. Auch mal gucken, auf wessen Seite Gott so steht. Hm, was meinst du? Scheint ein guter Freund vom Bross zu sein.

– …

Silvester spuckt aus. Brand III ascht ab.

– Erzähl einfach, dass Kondor es war, sagt der Mann mit dem Zickzackbart, erzähl, wo der Bross Kondor suchen soll. Sag, dass du ein unartiger Lausebengel warst, der sich fürchtet vor dem, was noch kommt, erzähl dem Bross irgendetwas, das ihn aufheitert.

– Dann?

– Dann beeilt sich der Bross mit dem Rest. Na, ist das nichts?

Brand III wirft den Zigarillostummel weg. Das Sprühen von Funken.

– Ich bin dafür, Gott noch eine Chance zu geben, sagt Silvester.

Spuckt noch einmal aus. Lenkt seine Konzentration auf die Musik: Inzwischen muss der Laternenumzug recht nah an K16 sein. Silvester hört das volltönende Spiel der Instrumente, hört deutlich den Singsang aus Kinder- und Erwachsenenstimmen.

Silvester erkennt die Melodie, ergänzt den Text im Kopf.

– Kontrolliert noch mal die Binder, sagt Brand III zu seinen Vasallen.

Göckel geht in die Hocke. Silvester atmet tief ein, strafft

sich. Verlagert das Gewicht ein wenig. Panzer erhöht sofort den Druck auf Silvesters Arm.

– Der Typ ist voll von dieser Scheiße und seiner Kotze, beschwert sich Göckel von unten, und der Kabelbinder sitzt locker. Leuchtet mal!

Panzer bückt sich nun ebenfalls, hält Silvester am Knie fest.

Nur noch am Knie.

Blink-blink.

Brand III verfolgt mit Skepsis die Verrichtungen an Silvesters Knöchel. In der akkurat frisierten Haartolle spielt der Wind, bläst winzige Schneisen hinein. Ein paar sanfte Verwirbelungen entstehen.

Ein winziger Mahlstrom.

Ein Strudel, der Silvester in den Bann zieht und der sich in seiner Vorstellung noch auswächst, als er sich abwendet und aus den Augenwinkeln schräg hinter sich nach unten schielt. Kein Boden.

Nur Schwarz. Tiefschwarzes Schwarz.

Silvester ist, als gäbe es das Außen nicht mehr. Als wäre das, was er sieht, das Innendrin und dieses Innendrin löse sich auf, stürze in den Strudel hinein.

Ein weiteres Indiz?

Doch ein Traum?

Wenn es einer wäre, könnte er sich fallen lassen, ohne Bedenken.

Falls nicht …

Der lange, hautkühlende Schatten einer Zukunft steht Silvester vor Augen, in der alles eins ist: schwarz. Ein Abbild der leeren Weiten des Weltalls. Oder der unergründlichen Tiefen des Meeres. Oder der blendenartigen Öffnung einer Pupille.

– Komm, Bruderherz, hat er eine Stimme im Ohr.

Und eine andere flüstert nahezu parallel:

– Ich glaube auch daran. Es geht gut aus, Silvester Lanzen.

Ein fremder Atem kost die Haut. Eine Stirn will seine Stirn berühren, bewegt sich auf ihn zu: Vorauseilend senkt sich ein Schatten auf Silvester, Dunkelheit greift um sich. In Zeitraffergeschwindigkeit. Die Berührung bleibt aus. Der Atem: nur ein Windhauch. Silvester hört Trommelwirbel, das Pauken, die Pfeifer Glockenspiele Becken, viele, viele Stockwerke tiefer. Auf der Straße. Die Stimmen der Menschen.

Laterne, Laterne …

Das Sirren von Kunststoff auf Kunststoff wie bei einem Plastikreißverschluss: Die winzigen Zähnchen von Kabelbindern, die ineinandergreifen. Göckel und Panzer. Sie fixieren unter Aufsicht von Brand III gerade die Knöchel noch einmal neu.

Blink-blink!

Sich selbst beschwören.

Aufwachen.

Aufwachen aufwachen aufwachen!

Rückwärts zählen: Drei, *ich träume nur*. Leicht vorbeugen: Zwei, *Sonne, Mond und Sterne*. Kinn auf die Brust: Eins, *gleich ist es vorbei, gleich …*

Null.

Alles Gewicht zurückwerfen, Beine nach oben reißen. Das Echo im Kopf: Null.

Brenne aus, mein Licht …

Einen Satz machen.

Stürzen.

Im freien Fall.

Ein Toben im Brustkorb.

Null Null!

Die beginnende Nacht vor Augen verschwimmt zu einem dunklen Klumpen, in dem nur ein paar Lichter treiben wie ein geheimnisvolles Leuchten im All, im Meer, am Rand einer Pupille. Den Bruchteil eines Lidschlags später: ein Knall hinter der Stirn. Nicht fühlen, was man erwartet hat.

Null Null Null!

Nicht aufwachen.

Jäh geht ein Ruck durch den Körper. Der Körper stoppt. Ein Strecken in den Gelenken. Kopfüber baumelt Silvester in schwindelnder Höhe über dem Boden und fällt nicht tiefer. Die Stöße des Parkas sind verrutscht, das Kleidungsstück behindert den Blick, aber er kann unter sich den Laternenumzug ausmachen. Der gelbliche Schein aus unzähligen Quellen. All die wackelnden Lichttupfer, die sich zu einem breiten, löchrigen Leuchtband fügen: Sie kommen nicht näher.

Silvester hängt zwischen Himmel und Erde.

Kein Traum.

Er weiß nicht, ob er weinen oder lachen soll. Ihm ist nach beidem. Sieht durch den Schleier vor Augen, als er den Kopf aus dem Nacken nimmt, dass Brand III ihn im letzten Moment noch erwischt haben muss. An der neuen Plastikfessel, die tiefer und tiefer hineinschneidet in die Beine.

Mit nur einer Hand hält ihn der Retter, hat den kräftigen Arm durchgestreckt bis zum Alleräußersten. Der Oberkörper lehnt weit über die Balkonbrüstung hinaus.

In Silvesters Hirn tönt alles durcheinander.

Da ist die Musik. Da ist Wind. Da ist Sprühregen. Da ist ein Rufen:

– Sil-vesteeeeeer!

Merle?

Da ist auf einmal die Notrufsirene im Treppenhaus von K16, die anschlägt.

■

ÂVENTIURE VIII

Merle

Das Fest

Ende Oktober

◀◀

Sonntag, 13 Tage
vor Ausbruch des Feuers

Ein flammenblauer Mittagshimmel ohne jedes Wölkchen: Die Sonnenstrahlen treffen die Erde schräg, besitzen nicht viel wärmende Kraft, aber sie blenden, als wäre es nicht längst Herbst. Christian und ich schauen mit zusammengekniffenen Augen zu, wie Eddas Wagen den Parkplatz des *Guten Hirten* verlässt.

Mit dir und deiner Mutter an Bord.

Sie, ganz in Trauerschwarz, und du, mit einer frischen Schramme am Auge, beide starrt ihr durch die Scheiben in unsere Richtung und zugleich ins Nichts. So sieht es jedenfalls aus. Christian sagt:

– Trotz allem eine atemberaubende Frau, auf ihre Art.

Es stimmt. Schlicht und doch figurbetont gekleidet ist sie zum Gottesdienst erschienen, was sie sich leisten kann. Dazu die stolze Haltung, die vielleicht sogar einen Tick zu übertrieben zur Schau getragene Unnahbarkeit; die einen dann aber umso mehr berührt, wenn man weiß, dass sich heute zum dritten Mal der Todestag ihrer Tochter jährt.

Ich nicke.

– Silvester wirkt fast jungenhaft neben ihr, sage ich.

– Er hat viel von seiner Mutter, sagt Christian, findest du nicht? Behaupten nach außen eine Stärke, die zwei, die sie nach innen gar nicht haben.

Der Wagen biegt um die Ecke, fädelt sich in den Sonntagsverkehr auf der Hauptstraße ein. Ich strecke ein wenig dümmlich den Arm aus, winke. Sage:

– So habe ich das noch gar nicht gesehen.

Christian hat diesen Handschuh dabei, der vorhin auf dem Altar lag und von dem er sicher nicht weiß, dass du ihn dort drapiert hast. Er lässt seine Finger damit spielen. Schaut mich an.

– Du fühlst dich ausgeschlossen, sagt er.

– Ich weiß nicht, sage ich, am Grab von Kitty habe ich ja nichts verloren.

Aber Christian sieht, was er sieht. Ahnt sicher im Groben, wie es um dich und mich steht. Dass du dich meinetwegen von Domino getrennt hast. Dass es mir nicht leicht fällt, mich dir deshalb gleich in die Arme zu stürzen.

– Du wirst aufpassen müssen, sagt er.

– Aufpassen?

– Hast du mal überlegt, mit was für Erwartungen Silvester sich nach dir sehnt?

– Ich habe über allerhand nachgedacht im Urlaub, sage ich.

Christian nutzt mein Stichwort, um kurz abzuschweifen. Vielleicht merkt er, dass mir nicht ganz wohl dabei ist, ausgerechnet mit ihm über dich zu sprechen.

– Du hast gut Farbe bekommen, sagt er, seit wann bist du zurück?

– Seit gestern.

Ein paar weitere Fragen zu dem, was ich erlebt habe. Strände, Hotel, Wetter. Erst dann bohrt er noch einmal nach:

– Worüber hast du im Urlaub denn nun genau gegrübelt?

Christians Berührung, die ich durch Jacke, Shirt, Top hindurch mittig zwischen den Schulterblättern spüre, Zentimeter über dem Verschluss meines BHs. Ich schaue hoch in den Himmel. Lehne mich mit einem Teil meines

Gewichts zurück, im Kopf die Ereignisse der letzten neun Tage, durch die ich zurückspule.

Du und ich gestern auf dem Rückweg bei diesem Kreuz am Baui. Der Ausflug davor in den Park. Mein Urlaubsmitbringsel, der Drachen, der hinfortgesegelt ist. Die beinah endlose Woche ohne dich in der Fremde. Und das direkt nach der Nacht mit Bozorgs Filmen in Dominos Wohnung und dem Besuch auf K16.

– Silvester bedeutet mir viel, sage ich.

Mehr nicht.

Es ist das, was ich auch schon im Bunker zu Christian gesagt habe, an dem Freitag, als du mich vor den Ferien dort mit ihm allein gelassen hast; meine dürftige Erklärung nach dem zweiten Kuss auf Zehenspitzen zwischen mir und ihm.

Ich wollte so klarmachen, dass ich nicht bereit war, mich auf mehr, auf etwas Ernsteres einzulassen. Er hat mich zu nichts gedrängt. Und auch jetzt endet seine Berührung, bevor sie mir zu aufdringlich werden kann. Unverfänglich und brav verabschieden wir uns bis später voneinander.

– Du kommst zum letzten Kinoclub, nehme ich an, sagt er.

Und natürlich bin ich da, gleich nach meiner Schicht im Eiscafé. Edda fährt gerade die Leinwand über dem Tresen aus. Zur Begrüßung umarmt sie mich.

Um uns herum in dem niedrigen Kellerraum: die muntere Gischt aus Stimmen, die in einem fort durch die Luft sprüht. Es ist voll wie lange nicht mehr, vielleicht wie noch nie. Knappen und Konfirmanden sitzen dicht gedrängt auf den Sofas, auf den Stühlen, die aus dem Gemeindesaal herübergeholt worden sind, und im Sand auf dem Boden. Dich kann ich nirgends entdecken.

– Er wird noch im Südturm sein, bei seiner Mutter, sagt sie, vielleicht schafft er es heute auch gar nicht mehr, Mausi.

– Ich habe ja nicht mal Piep gemacht, gebe ich zurück, hat er denn vorhin im Auto etwas angedeutet, ob er kommt oder nicht?

Edda schüttelt den Kopf.

– Ich habe die beiden auch nur hinchauffiert, zurück wollten sie gerne laufen, ein Stück am See längs. Du machst dir Sorgen?

– Er hat sich auf der Straße geprügelt. Auf dem Altar lag ein Handschuh, und du weißt, dass er das war.

Edda sieht auf, macht kleine Zuckungen mit den Gesichtsmuskeln, als wolle sie den Sitz ihrer Brille korrigieren:

– Geprügelt, na ja. Die hässlichen zwei Zwerge haben Silvester bedroht.

– Für eine Schramme hat es gelangt.

– Du *machst* dir Sorgen, Mausi, sagt sie.

Bereitet dann weiter das Abspielgerät vor, tut das, was du sonst tust, wenn Kinoclub ist. Bloß, dass sie auf weniger routinierte Art zu Werke geht. Ich inhaliere tief den leicht muffigen Bunkergeruch ein. Zupfe am Halstuch, das ich trage:

– Was treibt er sich überhaupt Sonntag früh am Getränkebasar rum?

– Frag ihn selbst, wenn er kommt, sagt Edda, aber an so Tagen wie diesem, an dem es ans Eingemachte geht, kochen die Gefühle eben auch schnell mal hoch.

Edda deutet an, dass du dich unterwegs zum Friedhof sogar mit deiner Mutter wegen Domino in der Wolle gehabt hast. Ich sage:

– Na, klasse. Man könnte echt meinen, ich wäre wieder ein ganzes Jahr allein im Ausland gewesen. Alles so unwirklich, so gleich und doch so anders hier.

Edda geht darauf nicht weiter ein. Sie hantiert an der Fernbedienung herum, und soeben springt ein farbiges Rechteck gegen die Leinwand. Augenblicklich ein Ruf von weiter vorn im Clubraum, die durchdringende Stimme von Gwyn:

– Wuuuhu! Los! Licht aus.

Und gleich darauf ein Echo von der Seite. Jemand klatscht los. Gelächter. Und dann klatschen alle. Und das Licht geht aus.

Als du in den Raum schleichst, läuft die Vorführung schon eine ganze Weile. Du ziehst leise den Reißverschluss am Parka auf, entscheidest dich, erst einmal an die Wand gelehnt stehen zu bleiben. Folgst dem Filmgeschehen ein paar Minuten ohne Regung. Bis zu einer Stelle, in der sich eine junge Frau, gefesselt und lebendig begraben, aus einem Sarg befreien muss. Mit nichts als einem Rasiermesser und den nackten Händen.

Wütend schlägt sie am Ende gegen den Deckel ihres Gefängnisses. Erde rieselt auf sie herab. In Wirklichkeit würde sie nun jeden Moment rettungslos verloren sein. Im Film nicht.

Im Film pflügt sie die auf sie niederstürzenden Massen mit einer speziellen Kampftechnik zur Seite. Die Kamera fährt durchs Erdreich bis zur Oberfläche. Eine Hand erscheint dort, gräbt sich frei. Im Film ist vorerst alles wieder im Lot.

In Wirklichkeit ist dein Platz an der Wand verwaist.

Ich zwänge mich aus meiner engen Lücke auf dem Sofa, finde dich an der Garderobe, rede einen Moment mit dir, begleite dich auch noch zurück zur Straße. Ein tolles Abendlicht: dunkelblau, darin ein letztes Glimmen wie von einem weit, weit entfernten, fast erloschenen Feuer. Du willst nach Hause.

– Ich komme mit, sage ich.

– Ein andermal. Ich glaube, ich müsste meine eigenen vier Wände erst einmal komplett renovieren, bevor ich dich empfangen kann.

– So ein Quatsch.

Deine Hand streicht einmal über meine Wange.

– Bis zum Fest spätestens habe ich das geregelt, Merle von Aue, sagst du, versprochen. Schönes Tuch übrigens. Steht dir.

Und ich sehe dich dann erst am Mittwoch wieder. Obwohl noch Ferien sind. Aber ich arbeite Montag und Dienstag lange im Eiscafé. Und du willst angeblich ein Auge auf Kondor haben, weil Anfang der Woche Brand III zurückkehrt.

Du hoffst darauf, dass sich damit die obskure Geschichte mit dem Kater klärt. Doch als du zu mir kommst, um dich an den Vorbereitungen zum Fest zu beteiligen, hat sich noch immer nichts getan. Du gehst mit dem ersten Pulk.

– Er hat eine Verabredung. Mit Kondor, sage ich zu Edda und Mauser.

Sie sind die, die noch übrig geblieben sind. Sie wollen mir nicht glauben, dass Kondor versucht, dich gegen Brand III aufzuhetzen. Doch ich bin mir sicher, dass das stimmt. Und spätestens am nächsten Tag fühle ich mich bestätigt. Nicht nur in dem Punkt.

Ich bringe mein Rad zu Kondor in die Werkstatt, um das kaputte Rücklicht reparieren zu lassen. Was auch prompt erledigt wird.

Am Schluss das alte Haudegen-Grinsen.

– Ob der Meister gestern Erfolg hatte? Oh, sagt Kondor, wer weiß. Zumindest hat er mit seiner Exfreundin eine kleine Spritztour gemacht letzte Nacht.

|Merle, Bonusmaterial: nachgestellte Szene #16

Artus saß bei Merle auf der Schulter, knabberte an ihrem Ohrläppchen. Sie schaute am Fenster in die Abenddämmerung hinaus. Über dem Dach des Nachbarhauses türmten sich, weit oben, lilagraue Wolken. Um den Schornstein herum flimmerte die warme Luft, die ins Freie strömte. Mauser räusperte sich.

– Frage, sagte er, findet ihr das eigentlich richtig, was Silvester treibt?

Edda räumte am Boden die Zettelwirtschaft auf. Hockte im Schneidersitz vor Plakatentwürfen, handschriftlichen To-do-Listen und einer Skizze der Katakomben, auf der bunte Kreise, Quadrate und Rechtecke eingezeichnet waren. Sie sagte:

– Wie meinst du das? Ich finde, man muss das nicht unnötig aufbauschen. Was tut er denn? Er geht der Sache nach.

– Welcher Sache? Er verteilt Handschuhe in der Siedlung, sagte Mauser, rote Wollhandschuhe! Du hast gehört, was Kondor zum Besten gegeben hat, Silvester ist heute auf dem Markt gewesen, hat Brand III so ein Wolldings vor den Latz geknallt.

Er saß auf der Kante von Merles heruntergeklapptem Schrankbett, fächerte einen Stapel Einladungspostkarten in der Hand auf. Dazu: permanentes Auf und Ab eines Knies. Nach gewisser Zeit: Seitenwechsel. Edda:

– Silvester hat vorhin selbst erklärt, das war ein spontaner Impuls, ein kleiner Scherz, ein Signal. Er ist verhöhnt worden, mein Gott, und von einem Wollhandschuh trägt ja nun niemand eine Beule davon.

– Der Typ, den er da aufs Korn nimmt, ist erst vor zwei Tagen aus dem Bau.

Mausers Ton war eindringlicher geworden.

– Die Truppe von dem Typen hat den Kater irgendwohin verschleppt, sagte Edda, lieb bitte-bitte *sagen hilft da nicht weiter. Das hat Kondor schon ausprobiert. Man hat einfach nichts in der Hand. Ich weiß auch nicht.*

Sie holte tief Luft. Dann drehte sich Merle zu ihr und Mauser um. Artus' Krallen griffen sofort fester zu. Der Wellensittich verlor trotzdem den Halt auf ihrer Schulter, stieß sich ab und drehte eine Runde um die Lampe.

– Kondor versucht, seine Haut zu retten, sagte Merle, er ist viel gerissener, als er selbst womöglich ahnt.

– Erklär, sagte Edda.

Artus war inzwischen flatternd auf der Spitze des Gitarrensacks gelandet.

– Die Sache mit Silvesters Kater, sagte Merle, angeblich steckt die Truppe von Brand III dahinter. Aber stimmt das? Die Sache mit Silvesters Schwester: Kondor will mit einem Mal alles über die Umstände des Unglücks von damals wissen. Drei Jahre, nachdem sich die Dinge zugetragen haben. Und Silvester glaubt ihm, ohne mit der Wimper zu zucken. Ist wie hypnotisiert von diesen Geschichten.

Edda kratzte sich am Hinterkopf:

– Du meinst, Kondor hetzt Silvester ganz bewusst gegen Brand III auf?

– Jedenfalls stochert Kondor in alten Wunden herum. Und ihr habt Silvester doch gerade erlebt. So war er vor zehn Tagen noch nicht …

– Ich weiß nicht, Mausi. Dieser Gerechtigkeitssinn, der ist nun nicht ganz neu bei ihm. Und dazu Kondors Geständnis …

Mauser nickte.

– Das stimmt allerdings, sagte er.

Zupfte an seinem Käppi, warf wie Edda jetzt auch einen Blick zur Seite auf Artus, der mit dem Schnabel an der Naht des Gitarrensacks herumhackte.

Schweigen.

Merle brach es, indem sie zu einem Kopfschütteln ansetzte und sich dann direkt an Mauser wendete:

– Du hast es von Anfang an gesagt, Kondor bleibt Kondor. Und stimmt das nicht? Er klaut in der Kirche, schmarotzt sich bei euch durch, belügt uns alle wegen Silvesters Kater. Ich will, ehrlich gesagt, lieber gar nicht wissen, ob das im Südturm ein echter Einbruch war. Bin ich denn die Einzige, die seine Rolle seltsam findet?

– Kondor ist ein armer Wicht, sagte Mauser, keine Frage. Handschuhe verteilt allerdings nicht er. Das macht Silvester.

– Kondor ist ein Pechvogel, stimmte Edda zu.

– Eben nicht, protestierte Merle, er ist kein Pechvogel. Er ist ein kaputter Typ mit verkorkstem Leben. Dafür kann er nichts. Weiß ich. Aber zuletzt hat er sehr viel Glück gehabt und sich sofort alles gleich wieder selbst verbockt. Und Silvester zieht er mit runter.

– Du meinst mit Absicht? Warum?

Edda nahm ihre Brille ab, rieb über die Druckstelle auf dem Nasenrücken.

– Keine Ahnung, stöhnte Merle leise, weil er eben kaputt ist.

– Das ist mir zu billig.

Noch ein Stöhnen von Merle. Mit zwei bedächtigen Schritten ging sie zur Gitarre. Hielt Artus die Hand hin. Der Vogel nahm das Angebot an, hüpfte auf den ausgestreckten Zeigefinger. Merle sagte:

– Okay, wie wär's damit: Kondor saß einfach in der Klemme. Das Hickhack wegen der Katze … Er hat sich vor Liebesentzug gefürchtet. Darum die Geschichte über Kitty.

Kondor wusste, damit schenkt Silvester ihm Gehör. Und schwups, schon hatte er ihm bei der Gelegenheit ein paar Flöhe ins Ohr gesetzt.

– Das ist mir zu verkopft, sagte Mauser, Kondor ist ein Trottel, und das weiß Silvester auch. Hauptsächlich geht es doch um die Katze.

– Hat Silvester euch mal erzählt, was, laut Kondor, vor drei Jahren angeblich passiert ist? Abenteuerlich.

– Hm, machte Edda, ich denke auch, du siehst Gespenster, Mausi.

– Leider nicht nur ich. Die Nummer mit den Handschuhen, die ist real. Oder? Silvester veranstaltet eine Fehde da draußen im Namen seiner toten Schwester. Was passiert, wenn Brand III darauf anspringt? Oder ihm einfach so der Kragen platzt?

Mauser legte den Stapel mit den Einladungskarten zur Seite. Sagte:

– Der gute Silvester hat sich nicht immer im Griff, aber er wird es schon nicht eskalieren lassen. Im Zweifel droht sowieso mehr Ärger für Kondor.

Merle setzte Artus in seinen Käfig zurück, schloss das Türchen.

– Ich habe Angst. Angst, dass Silvester was richtig Dummes tut. Er braucht Hilfe, und er hat sie auch verdient. Nicht Kondor.

Du schiebst die durchnässte Parkakapuze zurück, verstrubbelst dir das Haar. Kopf weit zwischen den Schultern und leicht schlotternd, trippelst du vor der Fußmatte hin und her. Ein Gesicht wie ein zerknitterter Beipackzettel.

– Sie kam zufällig mit dem Roller vorbei.

– Du erwartest hoffentlich keinen Freudentanz von mir deswegen, sage ich.

Ich lehne drinnen im Rahmen der Haustür, blicke von deinem Ratscher am Auge weg. Im Vorgarten klatscht Regen durchs Geäst der Buche und gegen den Zaun. Das Wasser steht auf der Straße, hart schlagen dort die Salven ein. Sieht fast aus, als würde es unter der Oberfläche von winzigen Tierchen wimmeln, die voller Gier nach Luft schnappen. Du sagst:

– Im Getränkebasar lief es nicht. Ich war wütend, auch auf mich selbst. Ich habe mich zum Hampelmann machen lassen.

– Bekommst du den Kater wenigstens zurück?

– Der Typ hat so getan, als wüsste er nicht, wovon ich überhaupt rede.

– Aha, sage ich, und sonst?

– Nichts. Was soll ich sagen? Es war ein Desaster.

Ich verschränke die Arme vor der Brust. Höre mir an, dass du wegen deiner Schwester genauso schlau bist wie vorher und dass Kondor dich am Getränkebasar hat hängen lassen. Ich frage:

– Warum bist du hier?

– Du weißt es, sagst du, ich habe mich von Domino herumkutschieren lassen. Dumm, leider verbockt. Vielleicht ja auch, weil du mich hinhältst. Aber ich will einfach nicht, dass alles den Bach runtergeht. Verstehst du? Deshalb bin ich hier.

Ich spüre etwas, das mir bis in die kleine Zehe schießt.

– Ich halte dich hin?

Du schiebst eine Art Entschuldigung nach.

– Die ganze Woche, in der du weg warst, habe ich gedacht, es kann nichts mehr schiefgehen, sagst du, und dann im Park, beim Drachensteigen, war plötzlich alles ganz anders, als ich es mir vorgestellt habe. Begreifst du, wie ich das meine?

– Nein, kein Wort.

– Du hast gefehlt, sagst du.

Eine ganze Weile danach: nichts. Nur Regengeräusche. Du in Gedanken, ich in Gedanken. Ich glaube dir. Ich glaube dir wirklich. Aber das reicht nicht.

– Du bist noch mit zu *ihr* gefahren, richtig?

Die Pause nach dieser Frage erscheint mir bemerkenswert kurz.

– Ein Fehler, sagst du, aber es war nichts.

– Danke, aber auf die Beichte, dass ihr nur eine Runde Mau-Mau zusammen gespielt habt, kann ich gut verzichten.

Mühsam bringe ich das hervor, kieksig. Es ist, als hätte sich etwas in meinen Stimmbändern verfangen.

– Du hast mich gefragt, ich habe dir ehrlich geantwortet, Merle von Aue. Was willst du, dass ich sonst tue?

– Du hast dich verändert, sage ich.

Und ich sage noch etwas, von wegen, dass du leider nicht schnallen würdest, wie du anderen auf den Leim gehst, und dass du auch wegbleiben kannst, solange du keinen Plan hast, warum das bei dir so gut klappt.

Dann beginnen meine Beine nachzugeben.

Ich knalle dir die Tür vor der Nase zu. Rutsche mit dem Rücken daran hinab, bis ich auf den Fliesen sitze, Ellbogen auf den Knien, Hände vor den Augen.

Ich halte die Luft an.

Und halte länger die Luft an. Länger.

Dauerklingeln.

Das Hämmern deiner Hand über mir. Deine Stimme draußen:

– Ich muss mit dir reden, Merle von Aue, bitte!

Ich schalte, so gut es geht, auf Durchzug, denke: Du musst nicht mit mir, du musst mit Kondor reden. Ja, Kondor ist es in Wahrheit. Er tischt dir Geschichten auf. Er lügt. Warum siehst du das nur nicht?

Den Grund dafür begreife ich erst so richtig, als ich später mit dem Stahlgaul am Kreuz in der Nähe vom Baui abbremse. Auf dem Weg zu Kondors Unterschlupf. Regen rinnt an der Holzkonstruktion herunter. Am Boden davor: eine aufgeweichte Masse Laub, ein dunkler Schlacketeppich.

Mir ist, als rücke die voluminöse Dunkelheit der Wolken, die wie Schatten von Riesenfäusten über mir hängen, noch dichter. Ich lese das Wort, das in das Querholz hineingeschnitzt ist, betrachte das Datum darunter.

Du willst es nicht sehen, geht mir auf.

Ich erinnere mich an unser Gespräch im Auto über die Fehler im Universum. Versuche, die in alle Himmelsrichtungen stiebenden Gedanken zu bündeln. Steige in die Pedalen und fahre weiter Richtung Autowrack.

+

Ein heftiger Zwischenguss beackert das Brachland. Ich werfe mein Rad gegen den grafittibesprühten Kotflügel, die Reifen glitschen im Matsch zur Seite weg. Auf der Motorhaube und auf dem Dach veranstalten die Tropfen des Schauers wilde Tänze.

– Für mich gab's immer einen Backs, wenn ich beim Fußeabtreten nachlässig war, sagt Kondor, aber he, komm ruhig rein.

Ich habe mich zu ihm ins Trockene gerettet. Schlage die ungelenke Tür hinter mir ins Schloss. Ein Geruch zwischen Friseursalon und Altkleidercontainer stürmt auf mich ein. Ich sage:

– Ich bleib nicht lange.

Vorne an der leeren Rückspiegelfassung baumeln ein Paar Boxhandschuhe und ein mobiles Fahrradlicht, das für ein wenig Helligkeit sorgt. Kondor hat sich auf der Sitzbank hinten in die eine Ecke gequetscht, fest eingehüllt in eine Decke, Beine lang dahin ausgestreckt, wo einmal der Beifahrersitz montiert war.

Ich, gegenüber von ihm in der anderen Ecke, wische über die klitschnassen Hosenbeine, puste mir Spritzer von der Nase, blicke Kondor fest an.

– Oh! Ärgerlich, stellt er fest (mit gleichgültiger Stimme), etwa auf mich? Stimmt was mit dem Rücklicht nicht?

– Guck raus, selbst das Wetter scheint ärgerlich auf dich zu sein. Es ist nicht gut, was gerade läuft, überhaupt nicht.

Kondor gähnt herzhaft. Zieht sich die Decke mit seinen darunter verborgenen Händen noch dichter unters Kinn. Sagt:

– Schatz, ich hatte heute einen harten Tag in der Werkstatt …

– Du musst damit aufhören, sage ich.

– Mit der Arbeit?

– Ich will, dass du mit Silvester sprichst, sage ich, am besten gleich.

– Den Job als Partnervermittler habe ich an den Nagel gehängt, sagt er, tut mir leid, aber der Meister fährt im Augenblick sowieso seinen ganz eigenen Film.

– Du benutzt ihn.

– Umgekehrt, sagt Kondor, er macht einen auf großen Rächer. Und wer darf's am Ende ausbaden? Meine Kondorwenigkeit. Pass auf …

Er holt die eine Hand unter der Decke hervor. Sie steckt in einem Handschuh.

– Wo hast du den her?

– Den hat der Meister im Getränkebasar *liegen lassen*. So was schätzt man da gar nicht. Heute in der Pause hat man mir deshalb einen kleinen Besuch abgestattet. Warst gerade weg. Ich hatte das Ding hier am Ende tief im Rachen hängen.

Mit dem Anflug eines Geschieht-dir-recht-Blicks ätze ich:

– Und warum war er wohl im Getränkebasar? Wer hat ihn darauf gebracht?

– Nicht gehört? Der Kater ist wem aus der Truppe von Brand III zugelaufen. Hätte ich dem Meister das verheimlichen sollen?

– Der Kater ist niemandem zugelaufen, sage ich.

Kondors abfälliges Lächeln danach, bei dem die Haut um die Mundwinkel eine Menge Falten bildet und die Zähne unter den Lippen hervorblitzen. Mit einer Geste macht er mir klar, dass er keine Lust hat, noch länger über das Thema zu reden.

Und ich sage ihm nun auf den Kopf zu, dass er bei dir eingebrochen ist, erwarte, dass er sich zur Wehr setzt. Aber er tut es nicht. Er erzählt einfach von der Nacht, als er in deinem Zimmer war. Von den Kritzeleien an der Decke.

Und wie als Erklärung hinterher von Emmemm, mit dem er früher angeblich häufiger Wohnungen in der Nachbarschaft *ausgekundschaftet* hat. Am Anfang nur, um dort für ein paar Minuten auf einem Bett zu liegen, das einem nicht gehört, und an die Decke zu starren und sich vor der fremden Stille zu gruseln, wenn die Leute zum Beispiel nur mal eben kurz einkaufen waren.

– Total krank, sagt Kondor, und total geil. Wir haben wie Gespenster am Ende immer ein Möbelstück leicht verrückt, den Stecker von einem Gerät gezogen oder ein Bild umgedreht. Und dann wieder raus. Erst als Emm auf dem absteigenden Ast war, haben wir auch mal was mitgehen lassen.

Sein scheeler Blick.

Die nasse Haut meiner Oberschenkel. Und meine Füße, die sich kalt, beinah gefühllos anfühlen. Über uns weiter das dumpfe Stakkatopuckern des Regens.

– Besorg die Katze, wenn sie noch lebt, sage ich, bring sie Silvester einfach zurück und dann lass ihn in Ruhe.

Kondor streift den Handschuh ab. Senkt dabei sein Kinn weiter auf die Brust als nötig. Er knibbelt an einer vorstehenden Ecke Isolierband, mit dem die Sitzfläche zwischen ihm und mir an mehreren Stellen geflickt ist. Sagt:

– Ich kapiere nicht ganz, worum es überhaupt geht. Aber ich kapiere, du willst helfen. Das kommt allerdings einen Tick zu spät.

Ich strecke den Arm nach ihm aus, spreche leise. Doch bestimmt.

– Ich kann nicht helfen. Du hast Mist gebaut, sage ich, eine Menge Mist, sieh zu, dass du die Dinge, so gut es geht, geregelt bekommst. Bitte!

Er schaut auf.

Ich schaue ebenfalls. Und ich sehe eine winzige Regung in Kondors Gesicht. Dazu dieser schön geschwungene Mund. Beinah ist mir, als würde ich jetzt nicht nur ihm, sondern zugleich auch dem kleinen Jungen in die Augen schauen, der in einer fremden Wohnung in einem Bett liegt, auf die Schritte im Treppenhaus lauscht.

Die Furcht, das Glück.

(Und ich sehe diesem Jungen geradewegs bis tief hinunter in die Seele.)

Kondor knibbelt weiter. Ich rücke ein bisschen näher zu ihm hin.

– Du bist merkwürdig, sagt er ruhig.

Ich berühre ihn. Nehme seine Hand und führe sie an meine Wange. Knöchrig fühlen sie sich an, seine Finger, aber warm. Ich merke, wie etwas in ihm nachgibt. Er beugt unvermittelt den Oberkörper vor, verbirgt das Gesicht in den Händen, bekommt die Kurve aber nicht mehr.

Er legt den Kopf an meine Brust, wimmert. Ich halte ihn, streichle ihm übers Haar, schaukele vor und zurück. Fest, richtig fest krallt er sich an mich.

Und als es vorbei ist, scheuche ich ihn durch den Regen zum Südturm.

Er und ich unter der Fußgängerbrücke.

Das Wasser in den Pfützen auf dem Gehweg zittert von den Vibrationen der vorbeifahrenden Autos. Ein dicker Tropfen klackst auf seine Lederjacke. Noch ein Tropfen. Kondor saugt die Wangen ein.

– Ihr habt alle einen Sprung im Napf, sagt er.

Richtet das Rückgrat kerzengrade auf, die Augen rot umrandet. Lässt langsam Atem entweichen. Und er will, dass ich mit hoch zu dir komme.

– Du packst das allein, sage ich kopfschüttelnd.

Lasse ihn stehen. Schiebe mein Rad durchs griesige, feuchte Grau auf die andere Straßenseite, komme an einem der Eingänge zum Einkaufszentrum vorbei.

Ich sehe dich: Du stiefelst direkt auf die automatischen

Türen zu, trägst eine Tüte mit Einkäufen. Ich bin nicht darauf gefasst, dir hier über den Weg zu laufen, und umgekehrt ist es wohl nicht anders. Ich könnte meine Hand nach dir ausstrecken und dich berühren, so dicht gehst du draußen an mir vorbei. Ohne mich zu bemerken.

Du drehst dich nicht um.

Ich springe auf den Sattel des störrischen Stahlgauls. Und dann, am nächsten Tag, noch vor dem Knappentreffen, erfahre ich es. Der Kater ist zurück. Eine Woche und einen Tag vor dem Fest: ein Lichtstreif am Horizont. Und dann gleich noch einer, als Domino später am *Guten Hirten* auftaucht.

Sie macht dir eine Szene, stürmt in den Gemeindesaal, wo wir gerade wegen der Planungen für die Feier zusammenhocken. Tristan sagt einmal nur sehr trocken, während du dich mit ihr draußen, in den Katakomben, abplagst:

– Autsch!

Du lässt sie wirklich böse abblitzen.

+

Samstag krümelt am Morgen einmal kurz Schnee vom Himmel. Brand III passt dich vor dem Blockunterricht am *Guten Hirten* ab. Im Laufe des Tages stellt sich heraus, dass sein Hund verschwunden ist. Am Abend schließt die Videothek.

Die Schaufensterscheiben sind von innen bereits wie bei einem Leerstand mit Packpapier verklebt. Mehrere Schilder verkünden: *Wir hören auf!* Dazu das Datum von heute. Wahrscheinlich hat sich auch deshalb niemand mehr die Mühe gemacht, diese vielen farbigen Zettel zu entfernen, die draußen am Glas kleben.

Grell leuchtend.

Jeder Ampelmast und jeder zweite Baum im Stadtteil ist damit tapeziert. Suchanzeigen für den Halbdackel. Beim Fahrradabschließen höre ich die losen Ecken im Wind flattern.

Ein nasskalter Abend.

So ungemütlich, dass sogar die Spatzen, die unters Vordach der Videothek geflüchtet sind, noch schneller als üblich umherzuhüpfen scheinen, mit wenigen Pausen zwischen den Bewegungen. Ich sehe zu, dass ich schnell reinkomme.

Drinnen: eine Reihe offener Kartons vor den staubigen Heizungen unter den Fenstern; und sonst viel gähnende Leere. Am Boden die Abdrücke, wo die Regale gestanden haben. Die letzten Filme, die noch zu verkaufen sind, liegen kreuz und quer im Gitter eines einsamen Wühltisches, hinten am Kassentresen.

Du wartest dort bereits mit Mauser auf mich.

– Ah, die Nachhut mit dem Eis, sagt er.

Eine kleine Reisekühltasche habe ich dabei. Vier Schlemmerbecher, frisch zubereitet für nachher. Du sagst:

– Im richtigen Moment, die Stimmung war gerade auf dem Nullpunkt.

Wir drei haben uns verabredet, um Edda von ihrer letzten Schicht abzuholen. Sie, den langen Wollschal schon um den Hals geschlungen, verdrückt eine Träne, als sie den Tresen leer räumt. Dabei segelt der Stapel mit den Werbepostkarten für das *Spectaculum* zu Boden, uns direkt vor die Füße.

Du bückst dich. Ich helfe dir beim Einsammeln, schiele auf deine Schuhe. Als du vorhin in den Konfirmandenunterricht zurückgekommen bist, ohne Kondor, habe ich die Flecken sofort bemerkt. Auch das getrocknete Blut an deiner Nase.

Inzwischen keine Spur mehr von beidem.

Edda hält uns den Papierkorb hin, damit wir die aufgelesenen Karten gleich darin versenken können. Sie:

– Wisst ihr noch letztes Jahr? Ständig sind hier Recken und Burgfräuleins in die Videothek gestapft, um nach dem Weg zu fragen. Trolle in Schafspelzen auch.

Edda schaut in die Runde, tapfer bemüht um ein Lächeln.

– Am Heimwerkermarkt, sagst du, hat jemand in Rüstung sogar einmal ein Pferd an den Fahrradständern angeleint und dann Scharnieröl besorgt. Legendär.

Ich betrachte die Aufmachung der Werbung. Vorn eine Abbildung von zwei behelmten Gestalten zu Pferde, die mit Lanzen aufeinander zupreschen. Hinten ein bisschen Text plus Anfahrtsskizze zum Park. Mauser meint:

– Ein bisschen wie ein Motto-Geburtstag für Große.

Letztes Jahr bin ich nicht da gewesen und kann es mir nur schwer vorstellen. Angeblich lockt die Veranstaltung Tausende an, Scharen von Mittelalterfreaks und Unmengen Schaulustige.

Später, in der Kolonie am See, nachdem wir Edda halbwegs wieder aufgebaut haben, sprechen wir noch einmal davon. Und über Lümmel.

Eine Suchanzeige für den Halbdackel, die du an der Videothek abgepflückt hast, liegt vor uns auf dem Wohnzimmertisch. Direkt neben dem Pizzablech, auf dem bloß ein paar Krümel und ein feuerroter Klecks Tomatensoße übrig geblieben sind.

Edda, jetzt wieder mit ein wenig mehr Farbe auf den Wangen:

– Was ich ja nicht schnalle, die sind erst am Nachmittag aufgehängt worden, von diesen zwei abgebrochenen Typen auf den Mofas.

– Und die Belohnung ist in die Höhe geschnellt, sagt Mauser, das heißt, das Herrchen vermisst seine Dackeldame noch immer.

– Kondor biegt das wieder hin, sagst du, er bringt den Hund zurück, sobald es eine günstige Gelegenheit gibt, ganz sicher. Er hat den nicht gekillt.

Edda stöhnt:

– Erinnert wirklich an einen schlechten Film. Kondor hat es mal wieder nur gut gemeint und beim Zielen einfach völlig falsch Maß genommen.

– Ein *Dognapper*, sagt Mauser.

Gespielt empört versetzt ihm Edda dafür einen Stoß gegen die Schulter.

– Aber doch nur, sagt sie, weil er ja nicht wusste, dass Herr Zickzackbart den Kater längst wieder rausgerückt hat. Nachtisch?

Sie holt die Eisbecher von nebenan. Und nachdem alles verputzt, abgeräumt und die Spülmaschine befüllt ist, machen wir weiter mit Wein und Bier. Spielen ein Würfelspiel. Lachen. Reden.

Die Kerzen zwischen den geflochtenen Pflanzenkörben auf der Fensterbank brennen zu Stumpen herunter, die Flammen und die Abbilder der Flammen flackern als orangefarbene Tropfen vor dem dunklen Nichts hinter dem Fenster. Der Geruch von geschmolzenem Wachs hat sich, ganz dezent, unter den Essensduft gemischt, der nach wie vor im Raum hängt. Ich mag das. Sehr.

Die Wärme in Eddas Hütte.

Die Fröhlichkeit von allen um mich herum.

Das Gefühl, zur richtigen Zeit und unter den richtigen Menschen am richtigen Ort zu sein. Eine behagliche Müdigkeit sickert mir in die Knochen.

Eine Woche lang bin ich im Urlaub gewesen, eine Woche lang haben du und ich gebraucht, um uns wieder so nah zu kommen wie vor meinem Abschied.

Genau eine Woche bleibt noch bis zum Fest.

– Was meint ihr? Lasst uns am Morgen nach dem Bohei im Hirten doch mal bei diesem Spektakel im Park vorbeischauen. Ist ja nur ein Steinwurf von hier.

Mausers Idee. Kurz vor dem Abschied. Edda:

– Warum pennt ihr nicht gleich bei uns? Die Kapelle ist ja frei geworden …

Nicht schlecht getimt, das muss man zugeben.

Du und ich, wir schauen uns an. Lange.

– …!?

Du mich.

– …?!

Ich dich.

Und dann ist der Plan beschlossene Sache.

Ein toller Abend. Und es ist toll, dass du mich noch nach Hause bringst.

Inzwischen haben wir Übung. Du am Lenker des störrischen Stahlgauls. Ich auf dem Gepäckträger, die Arme um deine Körpermitte gelegt. Laub raschelt unter den Reifen. Die Straßenlaternen lassen es dort, wo sich der Regen verfangen hat, silbrig im Astwerk der Bäume glitzern. Einmal meine ich hinter uns ein entferntes hochtouriges Röhren (voller Zorn) zu vernehmen.

Kann aber auch Einbildung sein.

Ich leihe dir trotzdem das Rad für den Heimweg. Habe nicht vergessen, dass Brand III am Morgen vor dem *Guten Hirten* vorgefahren ist.

|Merle, Bonusmaterial: nachgestellte Szene #17

Der Nachtwind blies in die Krone der Blutbuche, sacht schwangen die dünneren Äste und Zweige auf und ab. Das Rad lehnte an der Pforte zum Vorgarten. Im Hintergrund stand das Haus mit den heruntergelassenen Rollläden. Über dem Eingang leuchtete das rote Lämpchen der Alarmanlage. Silvester sagte:

– Am Donnerstag hast du mich hier noch fies abserviert, ich habe gedacht, das war's. Endgültig.

– Hast du nicht, sagte Merle.

Er blickte an ihr vorbei die verschlafene Straße hoch, die von Laternenlicht wie monderhellt dalag, obwohl kein Mond am bedeckten Himmel zu sehen war. Nirgends Bewegung, nur parkende Autos in unregelmäßigen Abständen neben den leeren Fußwegen. Silvester sagte:

– Doch. Was du mir an den Kopf geworfen hast, hat mich beschäftigt, vielleicht habe ich mich ja wirklich verändert, ich weiß es nicht, und vielleicht ist das gar nicht verkehrt, Merle von Aue.

– Was glaubst du, Silvester Lanzen?

– Die ganze Woche, in der du weg warst, bin ich davon ausgegangen, es kann nichts mehr schiefgehen, sagte er, und im Park, beim Drachensteigen, war plötzlich alles anders. Ich hatte mir das so nicht vorgestellt. Begreifst du, wie ich das meine?

Merle klemmte sich eine Strähne hinters Ohr.

– Ich kann keine Gedanken lesen. Und es ist viel passiert in der Woche.

– Davor auch, sagte er.

Ihre Augenbrauen wanderten weit nach oben.

– Davor warst du mit Domino zusammen. Ein Jahr lang.

– Ich habe versucht, dir zu zeigen, wie wichtig du mir bist.

– Das ist dir nicht immer richtig gut gelungen.

– Du hast die Filme von Bozorg gesehen, sagte er, du weißt Dinge, die kein Mensch sonst von mir weiß.

– Was denn? Ich habe gesehen, was Bozorg vor drei Jahren gefilmt hat. Ich habe gesehen, dass du vor drei Jahren dein Zimmer gestrichen hast, dass deine Mutter etwas mit dem Freund ihrer Tochter hatte. Na und?

– Na und?!

– Alte Filme, sagte sie, für mich sind das Fremde. Ich verstehe, dass dich das verletzt, was du erlebt hast. Es ist aber einfach schwer, damit klarzukommen. Ihr seid alle so eng miteinander verbunden. Ständig kommt das alles wieder hoch.

– Ich kann das leider nicht ändern. Ich …

Er rührte mit einer Hand kurz in der Luft herum, sprach nicht zu Ende.

– Du kannst.

– Wie?

Merle blickte kurz zur Seite. Auf das Fahrrad.

– Zum Beispiel Kondor, sagte sie, ich kriege da echt eine Gänsehaut, wenn ich daran denke, wie leicht das für ihn war, dich aus der Bahn zu werfen.

Silvester holte tief Luft.

– Das Kapitel ist durch, sagte er, ich glaube, ich weiß, was ich wissen wollte. Und ich sehe es wie du: Kondor hat seine Chance gehabt.

Ein unbestimmtes Nicken von ihr.

– Für Kondor ist nichts durch. Und ich fürchte mich davor, dass ihm oder dir etwas zustößt, weil nächste Woche das Fest

ist. Und das Fest soll etwas Besonderes werden. Für dich und mich. Ziemlich egoistisch, natürlich.

Ein Windstoß riss ein paar Blätter von der Buche.

– Kondor war nicht glücklich, dass ich ihm nicht helfen wollte mit dem Hund. Trotzdem, ich kann mir gut vorstellen, dass er nur gewartet hat, um den Dackel am Zaun vorm Getränkebasar festzubinden. Oder so.

– Und wenn er dem Hund doch etwas antut?

– Warum sollte er?

– Was, wenn er gewusst hat, dass euer Kater zurück ist.

– Wo ist da der Sinn?

Merle zögerte einen Moment mit der Antwort. Ein Stück weiter tauchte an der Einmündung zu einer der kleinen Stichstraßen eine kräftige Gestalt auf. In Mundhöhe glühte das Ende einer Zigarette. Der Mann schnippte die Kippe weg, verschwand dann ohne Hast wieder in die Dunkelheit. Merle sagte: .

– Ich war bei Kondor am Wrack. Ein paar Stunden später war Prinz zurück.

– Du warst bei ihm?

Sie nickte.

– Donnerstag, direkt nach deinem Auftritt im Regen hier. Ich wollte wie du, dass nicht alles den Bach runtergeht, ich habe ihn zu dir geschickt. Und ein paar Stunden später hattet ihr Prinz wieder.

Silvester überlegte. Es sah aus, als würde er im Kopf etwas nachrechnen.

– Aber mit Prinz hat Kondor nichts zu tun, ich bin mir sicher, davon wusste er nichts. Das war ein spätes Schuldeingeständnis von Brand III, sagte er.

– Vielleicht, sagte sie.

– Kannst du dir ehrlich vorstellen, dass Kondor ein Tier tötet. Einen Hund?

– Ja. Nein. Weiß nicht. Ich bin eben auch nur Merle.

– Du meinst, dich hat man als Kind nicht ausgepeitscht. Dir fehlt kein Finger.

Eine von Merles Schuhspitzen spielte mit einem Blatt, das ihr vor die Füße gefallen war. Sie blickte auf:

– Das Schlimmste ist sowieso die Vorstellung, dass Brand III es deswegen auf dich abgesehen hat. Hast du denn keine Angst?

Silvester schüttelte den Kopf, lächelnd:

– Wegen Brand III? Du weißt doch, man darf sich von Angst nicht sein Leben kontrollieren lassen. *Zitat Kamp. Ich habe selten Angst. Nur manchmal Höhenangst.*

Silvesters Lächeln wurde wärmer.

– Und du fürchtest dich vor Wasser bei Nacht.

– Stimmt. Das heißt allerdings nicht, dass ich klein beigebe. Du hast mich schon hier oben auf dem höchsten Gipfel weit und breit gesehen, du ganz allein.

– Bei Nacht habe ich dich aber noch nicht schwimmen sehen, sagte sie.

Streckte ihre Hand nach ihm aus. Er nahm sie.

– Du machst dir mehr Gedanken um Kondor als um Domino.

– Sie verstehe ich besser. Und wegen ihr wird das Fest nicht abgeblasen. Das kann sie uns nicht kaputtmachen.

Sie standen jetzt sehr dicht beieinander. Er sagte:

– Ich freue mich auf nächste Woche. Alles geht gut aus.

Sonntag kursiert die Nachricht, Kondor habe das Wrack geräumt. Körts, dieser etwas merkwürdige Junge mit dem altmodischen Hörgerät, an dem er beim Reden so gerne herumjustiert, erzählt mir als Erster davon. Im Eiscafé.

Wie alle Konfirmanden hat Körts den Gottesdienst am Morgen besucht und mitbekommen, wie Brand III, offenbar schwer unter Strom und Josey im Schlepp, an der Kirche aufgekreuzt ist, um Christian zu sprechen.

– Aber nach Silvester hat dieser Typ nicht noch einmal gefragt, oder?

– Nö, warum, sagt Körts, Herr Stiernacken wollte nur wissen, wo Kondor denn schon wieder mit Sack und Pack hin ist, aber für den Pastor war das auch neu, dass der die Biege gemacht hat.

Einer von Körts' Fingern stupst gegen das bauchige Glas der Eistruhe. Er deutet auf eine der rechteckigen Edelstahlschalen, in denen überall schon der Boden durchschimmert. Ich frage:

– Ist denn der Hund noch immer verschollen?

– Sieht ganz so aus, sagt Körts.

Ich schnappe mir den Portionierer, reinige ihn an der Spezialdüse und strecke meinen Arm tief hinunter zur gewünschten Sorte. Schabe mit drei, vier Strichen Eis zusammen, forme eine ausufernde Kugel. Klackend gleitet sie ins Waffelhörnchen.

– Und Brand III ist einfach abgezogen?

Ein Achselzucken von Körts. Dann der Griff zum Hörgerät.

– Naja, in den Gottesdienst wollte er jedenfalls nicht, und die Freundin von ihm hat zum Schluss echt gefragt, ob das in Ordnung geht, wenn man bei den Autos am Parkplatz Suchanzeigen hinter die Scheibenwischer klemmt. Lammfromm.

– Irre, sage ich abwesend.

Körts dreht das Hörnchen in der Hand, bekommt von mir Münzen auf den Wechselgeldteller gelegt, schaut allerdings dahin, wo auch ich jetzt hinschaue. Zum Fenster. Der Scooter fährt vor. Die Fahrerin drückt die Bremszangen, parkt.

– Oh, oh, kommentiert Körts.

– Du kennst sie?

Der Junge saugt ein überstehendes Stück Eis in den Mund, stellt an seinem Hörgerät herum.

– Nachbarschaft, sagt er knapp.

Ich wische mir die Hände an der Kittelschürze ab.

– Vielleicht möchte sie einfach nur ein Bananensplit, sage ich.

Überlasse den Job am Tresen den beiden anderen Mädchen, die sich mit mir die Nachmittagsschicht teilen, schlappe mit kreisrundem Tablett hinüber in den gut besetzten Wintergarten, beginne, die freien Tische abzuräumen und zu wischen.

Die Türglöckchen bimmeln.

– Kuckuck, höre ich Körts am Eingang sagen.

Domino scheint ihn nicht zu beachten. In rhythmischem Schritt durchmisst sie wortlos den Raum drüben.

Kommt zielstrebig näher.

Tack, klack, klack, tack machen die Absätze auf dem Holzparkett. *Tack, klack.*

– Fräulein?

Ich balanciere gerade mein Tablett aus, als mich der

spitze Finger von hinten antickt. Ein Eisbecher rutscht über die runde Platte bis zum Rand und wankt.

– Himmel!

Das Glasgefäß kippt. Es stürzt. Schlägt ungebremst, mit dem breiten Rand der Öffnung vorweg, neben meinen Füßen auf. Zerschellt.

Scherbensplitter, die gegen Stuhlbeine plongen.

Köpfe, die sich in meine Richtung drehen.

Es sieht bestimmt ein wenig linkisch aus, wie ich die Überreste einsammele, ohne dabei richtig in die Hocke zu gehen. Mein Gesicht fühlt sich gefleckt an.

– Das ist nicht *dein* Halstuch, sagt Domino.

Ich linse über die Schulter. Sie hat den Kragen der engen Jacke hochgestellt. Falsche Wimpern, echte Wut darunter. Ihre schmalen Augen und die Körpersprache sagen: *Ich bin bereit zu kratzen, beißen, spucken, wenn es sein muss.*

– Es gehört Silvester, sage ich.

Richte mich auf, werfe die gefundenen Scherben auf das Tablett, klemme es mir fest vor den Bauch. Domino verbaut den Weg.

– Nicht ganz so schnell, sagt sie.

Zupft an den Spitzen ihrer schwarzen Lederhandschuhe. Es ist deutlich zu sehen, wie es hinter ihrer Stirn rattert. Sie will um jeden Preis Streit.

– Kann ich bitte vorbei, sage ich.

Mache einen Schritt vor. Glaspartikelchen knirschen unter meiner Sohle.

– Eine klitzekleine Frage nur, meine Süße, haucht Domino, wie passt das alles mit eurem *Bibel-Zeug* zusammen? Das interessiert mich ja schon. Heißt es da nicht, ich meine, in den zehn Geboten und so, dass der Partner von wem anders für einen selbst tabu ist?

– Nirgendwo steht geschrieben, du sollst dich nicht verlieben, sage ich.

Gerade laut genug, dass Domino es hören kann.

– Respekt? Treue? Darüber *sprecht* ihr also nur, aber für euch selbst *gilt* das nicht unbedingt. Verstehe ich das richtig?

– Mein Herz ist rein, sage ich, um was genau geht es überhaupt?

– Du nimmst ihn mir nicht weg.

– Silvester gehört dir?

– Sil und ich gehören zusammen, erwidert Domino.

Macht einen Schritt vor. Steht fast neben mir. Ich ziehe das Tablett fester an mich heran. Sie schnappt sich grob meinen Oberarm.

– Lass mich los, sage ich.

Domino lächelt. Und es wirkt, als müsste sie darauf achten, wirklich mit dem ganzen Gesicht zu lächeln. Aber sie bekommt es hin.

– Hat er dich schon mal geküsst, fragt sie mit pseudosinnlicher Stimme, ich meine, auch an interessanten Stellen? Wart ihr zusammen im Bett?

Ich rieche Kaugummiatem. Es ist diese gelbe Sorte, tippe ich, genau die, die ich noch nie besonders mochte. Ich wiederhole:

– Lass mich los.

– Ach, wart ihr etwa noch nicht *intim?* Selbst in der Nacht in *meiner* Wohnung nicht? Und das soll ich glauben!

Dominos Finger krallen sich kräftiger in mein Fleisch, dann löst sie den Griff. Sie, die ohne ihre hohen Schuhe vermutlich sogar einen Tick kleiner sein dürfte als ich, schiebt sich dichter an mich heran und scheint zu wachsen. Sie legt mir ihre superschlanken Hände (ihre in den glatten Lederhandschuhen steckenden Hände) auf die Wangen.

Domino beugt sich vor.

Gleichzeitig zieht sie mein Gesicht an ihren Mund heran, und ich spüre, wie ihre Zunge beim Kuss zwischen meine Lippen vorstößt. Ich schmecke den pikant-obstigen Kaugummispeichel, der sich mit meinem mischt.

Jetzt fällt das ganze Tablett.

Nach dem Scheppern: Mucksmäuschenstille im Eiscafé.

Eine Ewigkeit.

Zwei Ewigkeiten.

Drei.

Dann lässt Domino von mir ab. Ich, kaum vernehmlich:

– Er kann das besser.

– Wir sehen uns beim Fest nächste Woche, sagt sie.

+

Lümmel bleibt bis Montagmorgen vermisst. Dann aber entdecken die Leute vom Baui im Waschbecken der Barackentoilette Haarreste, Blutspritzer auf dem Linoleum und eine Abfalltüte. Darin: ein sorgfältig zusammengefalteter Milchkarton, einige leere Hundefutterdosen, ein Nassrasierer und eine aufgerissene Packung Stahlklingen.

Offenbar hat sich Kondor übers Wochenende mit seinem Opfer in der Baracke verschanzt, ehe er zur Tat geschritten ist; bevor er den Halbdackel dorthin verfrachtet hat, wo die Leute vom Baui ihn aufspüren.

Lümmel liegt am Holzkreuz im hohen Gras.

Grotesk zugerichtet. Geschmückt mit einem eingeschalteten Blinkhalsband, unter dem ein Wollhandschuh klemmt.

Lichtreflexe von abwechselnd aufleuchtenden Herzchen umspielen Kehle und Nacken des Vierbeiners. Das

Fell weist zahlreiche kahle Stellen auf, Schneisen, an denen die nackte Haut ungeschützt zum Vorschein kommt.

Kondor hat saubere Arbeit geleistet und der Dackeldame ein Ganzkörper-Brand-III-Zickzackmuster verpasst.

Die Herzchen blinken und blinken.

Davon abgesehen wirkt das Tier unversehrt und munter. Und die Leute vom Baui bringen es zum Getränkebasar, streichen die Belohnung ein. Brand III zahlt, ohne mit der Wimper zu zucken. Es handelt sich um etwas mehr Geld, als damals mit dem Umschlag verlorengegangen ist, den man Kitty anvertraut hat.

– Jetzt sind nach drei Jahren die Scheine zurück bei den Richtigen, sagst du, mit Zinsen sogar, die Welt ist manchmal seltsam gerecht. Fast zum Lachen.

Aber du lachst nicht. Kriegst nicht einmal ein Lächeln hin, während du bei mir in meiner kleinen Kammer hockst und die Neuigkeiten verkündest, fünf Tage vor dem Fest. Stierst die meiste Zeit gegen den Schaukelstuhl, wo Bozorgs Gitarre lehnt.

Und ich? Ich stiere auf die Teebeutelschildchen, die an der Seite der Kanne herabbaumeln, lächle auch nicht. Artus girrt und zetert in seinem Käfig vor sich hin. Mir scheint, das Geschirr klappert überlaut, jedes Mal, wenn einer von uns damit zugange ist. Ich sage:

– Ich mache Musik an.

– Ab Track #4, schlägst du vor.

Schnappst dir, während ich an der Boombox bin, das Buch von meinem Bett, rückst damit in die Mitte des Zimmers, streckst dich lang auf dem Teppich aus. Ich deute auf das Cover.

– Vernünftiger Titel, sage ich, ich wäre auch *tendenziell für ein Happy End*.

– Lies mir was vor, sagst du.

Ich lege mich zu dir, bette meinen Kopf in deine Kuhle zwischen Schulter und Hals. Blättere. Suche nach einer Geschichte.

– Die meisten davon gehen eher nicht gut aus, sage ich.

Entscheide mich schließlich für eine, in der sich jemand, der in etwa unser Alter hat, unglücklich verliebt und alles auf eine Katastrophe zusteuert. Es gibt in der Mitte eine sehr schöne, fast kitschige Szene an einem See bei Nacht, in der sich die zwei, die nicht zueinanderfinden, einmal sehr nah sind. Und gegen Ende ist dieser See zugefroren, und ein Auto steht brennend auf dem Eis.

Lange nach den letzten Sätzen sagst du:

– Jemand hat mal behauptet, wer liest, lebt nicht.

Ob du eine Antwort darauf erwartest, weiß ich gar nicht. Stumm streiche ich über die dunkel eingefärbte Stelle an deinem Hals, unterhalb des Ohrs, wo sich bei dir die Haut so häufig entzündet. Rau fühlt sie sich dort an, wie eine Papierseite.

Dann fällt mir etwas ein.

– Wer liest, lebt ein Leben mehr, sage ich.

Gleich am nächsten Tag bestelle ich das Buch für dich im Einkaufszentrum, bringe es dir Mittwoch in den Südturm mit. Zum ersten Mal sehe ich, was ich mir bisher immer nur vorgestellt habe. Deine schwarze *Hölle*.

In einem von Bozorgs Filmen war zu sehen, wie du in diesem Raum damals mit der Malerrolle zu Werke gegangen bist. Farbe spritzte und kleckerte auf die ausgelegte Zeitung, das Muster der Kinderzimmertapete verschwand unter langen schwarzen Bahnen. Jede Wand, selbst Tür und Heizkörper hast du rabenschwarz gestrichen. Du fragst:

– Woran denkst du?

– Ich weiß nicht.

Du, barfuß, den dösenden, schnurrenden Kater auf den Beinen, neben mir. Ich, strumpfsockig, Lotussitz, Hände im Schoß. So hocken du und ich auf deiner Matratze, als wäre es das Selbstverständlichste überhaupt, dass ich dich besuche.

Mein Blick geht beinah automatisch erst einmal nach oben. Lange betrachte ich das Meer aus Wörtern über uns. *Trau dich!*, lese ich. Und: *Woran glaubst du?* Und noch etwas, das mir eigenartig vertraut vorkommt, steht da, direkt neben dem ebenfalls rabenschwarzen Deckenstrahler: *Wie Flügel, von denen niemand weiß, wie weit sie tragen.*

Hat das nicht auch etwas mit uns zu tun?

Ich horche in mich hinein, kann es aber nicht genau zuordnen. Du sagst:

– *Ich weiß nicht?* Das ist keine Merle-von-Aue-Antwort, normalerweise.

– Ich habe an die Nacht bei Domino denken müssen, an die Filme, und ich will eigentlich nicht an deine Exfreundin denken. Tut mir leid. Nicht so wichtig. Ich freue mich, dass ich dein Zimmer endlich sehe.

Du setzt Prinz zur Seite, und der Kater schleicht nach nebenan.

– Sie war vorhin hier, sagst du, nur damit du es weißt. Seit Anfang der Woche vermisst sie ihren Roller. Ich habe sie abgewimmelt.

Ratloses Kopfschütteln von dir. Du glaubst, Kondor sei womöglich mit ihrem Scooter getürmt. Von ihm fehlt weiter jeder Spur. Ich glaube langsam, alle Welt dreht völlig am Rad. Ich sage spöttelnd:

– Wir dürfen uns wirklich auf Samstag freuen.

– Du denkst nicht ernsthaft, dass Domino das Fest sprengt?

– Das Streichholz ist entzündet, oder? Sie *wird* aufkreuzen. Und ich überlege, ob ich vorher nicht einfach mal zu ihr gehen soll.

Du legst den Kopf schief.

– Nützt das was? Das zeigt ihr doch nur, dass du dich provozieren lässt.

– Vielleicht nützt es nichts, aber ich habe es dann wenigstens versucht.

– Und was, fragst du vorsichtig, wenn ich mit ihr spreche?

– Oh, das hätte sie bestimmt gerne, sage ich, meinst du nicht?

Doch noch bevor du etwas darauf erwidern kannst, geht die Klingel. Schrill und fordernd. Ich bleibe sitzen, während du im Flur verschwindest, betrachte die Umzugskisten. Du hast sie dir fürs Renovieren besorgt und bei dem sehr schlichten Metallregal aufgestapelt, in dem so unfassbar viele Tonträger untergebracht sind.

Schlösser klicken.

Du öffnest die Tür, plötzlicher Durchzug.

Ein schwaches Pfeifen in den Zimmern, etwas Unsichtbares zupft an deiner Jalousie. Ich spitze angestrengt die Ohren, rechne fest mit Dominos Erscheinen, vernehme aber nichts weiter als Treppenhausstille. Keine Stimmen.

Die Tür, die wieder zufällt. Deine Schritte, die sich nähern. Du bringst einen flachen, handlichen Karton mit. Und im Gesicht: eine ungute Vorahnung. In dem Paket befindet sich ein gefüllter, löchriger Gassibeutel.

Der Gestank!

An dem Plastiksack ist oben ein roter Wollhandschuh festgetackert und ein Zettel mit einer Botschaft: *Du siehst blass aus, Schokololli, friss das!* Ich frage dich nach dem Müllschlucker, nehme dir den ganzen Kram ab und jage ihn neben dem Fahrstuhl durch den Metallschlund ins Gedärm des Südturms.

Ich habe noch nie einen Müllschlucker benutzt.

Es macht etwas mit mir. Obwohl (oder vielleicht gerade, weil) es bloß eine Kleinigkeit ist. Schon zigmal wirst du diesen Griff angefasst haben, denke ich und begreife, dass Abgründe einem wirklich Respekt einflößen können; wenn sie Dinge einfach so verschwinden lassen, ohne dass man eine Vorstellung hat, wohin.

– Eigentlich hätte ich das Päckchen gleich zurück in den Getränkebasar bringen sollen, reinen Tisch machen, sagst du.

Diesmal bin ich die, die widerspricht.

– Damit hätte dieser Mensch doch nur erreicht, was er will, sage ich.

+

Du bist am Fenster, das du geöffnet hast. Ich bleibe im Türrahmen stehen, schaue an dir vorbei nach draußen. Unverstellt verliert sich der Blick hinter dem rechteckigen Ausschnitt Richtung Westen: ein zugezogener Himmel vor gleißendem Sonnenrund. Man könnte fast neidisch sein. Von meinem Zimmer aus sieht man bloß gegen eine Hecke und den Giebel des Nachbarhauses.

– Das ist ja die Frage, sagst du, was will *dieser Mensch* überhaupt?

– Wut loswerden? Dich locken? Kondor hat das schön eingefädelt.

Ich gehe zu dir. Wir setzen uns nebeneinander vor die Heizung.

– Fast verstehe ich ihn ein bisschen, sagst du.

– Wen? Kondor?

– Die Sache mit Lümmel war sein Abschiedsgruß, er hat sich verdünnisiert, ganz sicher, und vielleicht ist es ja das Beste so, wie bei Bozorg damals auch, was hält einen schon wirklich hier?

– Die Schule?

Ich ziehe die Beine dicht vor die Brust. Du fragst:

– Nicht die Menschen?

– War ein Spaß, sage ich, aber vielleicht hast du ja recht. Vielleicht solltest du zu dem Typen gehen und klären, was war. Kondor hat uns alle gelinkt.

– Ich weiß, sagst du, selbst Kamp hat vorgestern so getan, als hätte ich die Dackeldame umgebracht, und trotzdem …

– Du musst den Kopf nicht für Kondor hinhalten.

– Nein, muss ich nicht. Aber dem Hund eine Rasur zu verpassen, war schon lustig. Mal ganz ehrlich.

Die Wärme der Heizung strahlt mittlerweile über den ganzen Rücken aus. Die Haut unter dem Baumwollstoff glüht. Ich schiebe die Ärmelbündchen meines Pullis ein Stück nach oben.

– Und was ist mit dem Gassibeutel und dem Handschuh im Karton?

Einen Moment lang denkst du nach.

– Bestimmt amüsieren wir uns in ein paar Wochen darüber, über den ganzen Spuk der letzten Zeit.

– Alles wird gut?

– Happy End, sagst du.

Nickst rüber zur Matratze, wo noch das Geschenk von mir liegt. Das Buch. Zupfst dann etwas von meiner Schulter, eine kleine Flaumfeder, die sicher aus Artus' Gefieder stammt. Ich sage:

– Ich bin dafür. Und ich habe einen Vogel.

– Ich weiß, sagst du, das gefällt mir. Als ich vor der

Ausfahrt bei dir war und ich gesehen habe, wie du mit ihm umgegangen bist, das hat mir fast den Tilt versetzt.

– Vor Eifersucht?

– Vor Glück.

Du bekommst ein Grübchenlächeln von mir.

– Komm, sage ich, wir packen Kisten.

Und das tun wir, denken nebenher laut über die Farben nach, die Wände, Decke, Tür und Heizung bekommen sollen.

Es geht mir wirklich gut, als ich aufbreche. Den Schlüssel, den ich gerade von dir zurückbekommen habe, halte ich fest in der Hand. Gleich hinter der Stahltür zum Parkhaus finde ich mein Rad. Es steht vor einem der Betonpfeiler, und sofort springt mir der Schriftzug, der am Rahmen prangt, ins Auge: *Merles störrischer Stahlgaul*. Du hast das Ganze noch mal aufgemotzt. Eine Art Flammenmuster umrahmt die Buchstaben jetzt leuchtend weiß.

Still vergnügt freue ich mich über deine Verschönerungsaktion. Aber beim Aufschließen sehe ich: Vorne habe ich einen Platten.

Eine Haarnadel steckt im Mantel.

Natürlich beweist das nichts. Und ich nehme mir vor, als ich in Richtung Werkstatt losschiebe, keinen Tanz deshalb zu veranstalten. Ich halte mein Rad an der Lenkstange gepackt, sodass der luftlose Reifen nicht über den Boden flappt. Auf die Dauer kein Vergnügen bei einem kartoffelsackschweren Gefährt wie meinem.

Außerdem nieselt es.

Bereits auf Höhe der geschlossenen Videothek halte ich es wieder für einen absolut genialen Plan, Domino vor Samstag doch noch zur Rede zu stellen. Von zu Hause aus rufe ich gleich Edda an, frage sie nach ihrer Meinung.

– Blödsinn, sagt sie.

Ihr Atem, der durchs Telefon sehr nah klingt.

– Das ist nicht das, was ich hören wollte, sage ich.

– Du erreichst nichts, Mausi. Du kannst zu ihr gehen. Aber wenn du sie so vom Fest fernhalten willst, kannst du dir auch gleich einen Wunschbrunnen suchen und Münzen hineinwerfen. Schlaf deinen Ärger besser weg.

Der Tipp fruchtet leider nicht. Donnerstag nerve ich Edda noch einmal wegen der Sache. Ich bin in der Kolonie am See, um zusammen mit dir Malerkram von ihr auszuleihen. Pinsel Rollen Klebeband.

– Guck, sage ich zu ihr, Silvester hat es auch gemacht.

– Was?

Edda weiß es genau: Du bist ein zweites Mal am Getränkebasar gewesen. In Begleitung von Mauser. Gleich gestern, um die Sache mit Lümmel aufzuklären.

– Er hat Brand III gezeigt, dass er sich nicht einschüchtern lässt.

– Ob das der Bringer war, wird sich zeigen, sagt Edda, ich habe gehört, es gab ein Ultimatum für Silvester.

Ich korrigiere sie:

– Es gab ein Ultimatum für denjenigen, der dem Dackel die Fellrasur verpasst hat.

– Gut, vielleicht ist das also nicht verkehrt gewesen, aber was willst du denn Silvesters Exfreundin genau mitteilen? Dass sie unerwünscht ist?

– Ja.

Edda drückt mir unsanft einen großen Eimer mit Leihgaben in den Arm.

– Bravo, sagt sie, wenn dir etwas noch Brillanteres einfällt, komme ich glatt mit und schaue mir deine Nummer live an.

Ich nehme Edda beim Wort.

Als wir Knappen uns am Freitagnachmittag beim Aufbau im *Guten Hirten* mit den Getränkekisten abrackern und die Katakomben mit Dekoration aufhübschen, kommt mir eine Idee.

Ich warte auf eine ruhige Minute, in der du nicht in der Nähe bist.

– Was hältst du davon, sage ich zu Edda, sie bekommt von mir ganz offiziell eine Einladung. Vielleicht hilft das.

– Und was genau hilft das?

Edda sitzt auf dem Garderobentresen und schreibt Preise für den Ausschank in bunte Pappsterne, die an der Decke aufgehängt werden sollen. Ich sage:

– Es verdirbt Domino den Spaß, ungebeten hier reinzuplatzen.

Edda schaut nicht auf.

– Und du meinst, wenn du in die Offensive gehst, dann erscheint sie nicht?

– Keine Ahnung. Fährst du mich nachher rum?

Bevor es so weit ist, setzt Edda dich noch am Heimwerkermarkt ab, wo du die Farbe für dein Zimmer besorgen willst; anschließend geht es weiter in die Kolonie am See: deinen und meinen Kram für unsere Übernachtung morgen abliefern und die Dachkammer ein bisschen herrichten.

Es dunkelt bereits, als wir wieder ins Auto steigen.

Lagerfeuergeruch hängt in der Luft. Das *Spectaculum* hat begonnen. Auf der Fahrt durch die Allee am Park zurück in die Siedlung begegnen wir einigen Gestalten in mittelalterlichen Kostümen, die durch den feinen Regen dorthin ziehen.

Ich halte eine Einladungskarte für das Fest in der Hand. Stelle mir vor, dass Domino sich keine Blöße geben wird, wenn ich damit vor ihrer Tür stehe.

Ein paar dumme Bemerkungen.

Vielleicht ein herablassendes Großes-Mädchen-Lächeln.

Womöglich öffnet sie nicht einmal.

Das sind meine Vorstellungen. Doch Domino blinzelt am Anfang bloß stumm, vielleicht auch leicht irritiert, zu Edda und mir in den Treppenhausflur hinaus; und eh ich mich's versehe, sind wir alle dann sogar in der Wohnung.

Ein milchiger Schlafgeruch hängt in den Räumen, und mit empfindlicher Nase nimmt man wahr, dass vor kurzem Dämpfe eines Kamillenblütenaufgusses durch die Luft gewabert sein müssen. Domino hat sich ein Monstrum aus Wolle um den Hals gewickelt, in so vielen Lagen, dass es im Vergleich zu ihrem zierlichen Körper wirkt, als hätte sie den Kopf durch einen umstrickten Autoreifen gesteckt.

– Führung schenken wir uns. Du bist ja nicht das erste Mal hier, sagt sie in meine Richtung (mit belegter Erkältungsstimme).

Sie lässt sich aufs Sofa plumpsen. Nur etwas Wimperntusche trägt sie heute, aber keinen Lidschatten, keinen Lippenstift, keine Ohrringe, wodurch sie kindlicher wirkt als sonst und viel schutzloser.

Auch wenn das täuscht.

Domino weiß sich zu wehren und setzt bei jeder Gelegenheit Stiche. Egal, worum es sich dreht. Ob um die Einladung und das Fest. Oder um die Haarnadel, die ich mitgebracht habe. Oder um dich.

Wie es wirklich in ihr drin aussieht, weiß ich nicht.

Während wir sprechen, schlägt sie das rechte über das linke Bein. Der in der Luft schwebende Fuß wippt in einem mal wilderen, mal ruhigeren Takt. Was immer das bedeutet. Dazu lärmt die ganze Zeit nebenan im Schlafzimmer der Fernseher, und ich muss häufiger nach draußen schauen, um keinen Rappel zu kriegen.

Entgehe so auch am besten deiner ständigen Anwesenheit; diesem Porträt des jungen Silvester, das bei den anderen drei hinter Edda an der Wand hängt.

Ein strahlendes Gesicht.

|Merle, Bonusmaterial: nachgestellte Szene #18

Merle drückte ihre Oberschenkel fest gegen den voll aufgedrehten Heizkörper, sah in den Innenhof des Hochhauskarrees. Auf der anderen Seite schimmerte das Licht aus zahllosen Fensterausschnitten. Und über den abgeflachten Dächern wölbte sich der eingedunkelte Himmel: grau, tiefgrau, mit seltenen, beinah schwarzen Schlieren.

– Was hat es mit dieser Haarnadel nun genau auf sich?

Domino hustete. Merle drehte sich zu ihr um.

– Mein Rad stand ein paar Tage im Parkhaus am Südturm. Das hübsche Ding da steckte am Ende im Vorderreifen.

– Tja, keine tolle Gegend, was will man tun? Seit Montag ist mein Roller weg, einfach geklaut, sagte Domino, die Polizei hat mir keine große Hoffnung gemacht. Es ist alles ein Trauerspiel.

Sie lehnte sich gegen die Sofakissen zurück. Vorne hielt sie ihre Strickjacke mit beiden Händen fest zusammen. Schaute zur Haarnadel, die Merle ihr auf die Sofalehne gelegt hatte, gleich neben die Einladungskarte für das Fest.

Edda rückte einen Stuhl vom Esstisch ab, setzte sich.

– Wir dachten, du vermisst die vielleicht, sagte sie.

Öffnete oben den Mantel, der selbst bei ihrer Statur gut drei Nummern zu groß schien, ein halbes Zelt. Fuhr mit den Fingern die Tischkante ab.

– Man verliert die andauernd, sagte Domino, und man denkt gar nicht darüber nach, was das für Folgen haben kann. Böse.

– Das ist alles?, fragte Edda.

– Was soll ich sagen? Ein Riesendrama. Fräulein hat einen Platten gehabt.

– Ich weiß, dass du das warst, sagte Merle, aber wozu dieser Gruß?

Domino wartete einen Moment, guckte von Merle zu Edda und wieder zurück:

– Ihr seid drollig, kommt mit einer Einladung angestiefelt, und jetzt beschuldigt ihr mich der Sachbeschädigung, *oder wie das heißt.*

Edda stöhnte:

– Denkst du wirklich, du gewinnst Silvester auf die Art zurück?

Ein Lächeln von Domino. Dann verzog sich ihr Gesicht, sie musste niesen und zupfte eilig ein Kosmetiktuch aus einer Box, die in Griffnähe bereitstand. Sie sagte:

– Wie wär's denn damit? Fräulein besucht Silvester, findet eine Haarnadel von mir, kapiert, dass sie für ihn nur ein kleines Abenteuer sein kann und er sich niemals ganz von mir trennen wird, und schmiedet einen perfiden Plan. Na?

Sie machte sich die Nase frei.

– Lächerlich, sagte Edda.

– Stimmt, sagte Domino, das mit dem Abenteuer streichen wir. Zwischen den beiden läuft ja nicht viel. Aber den Rest der Geschichte finde ich stimmig.

Auf Merles Wangen erschienen kleine Grübchen, während sich ihre feinen Brauen zugleich zusammenzogen:

– Verstehe ich das richtig? Ich soll das mit der Haarnadel selbst gewesen sein, um sie *reinzureiten?*

Ein hilfesuchender Blick zu Edda. Die sagte:

– Das glaubt doch kein Mensch.

– Nicht? Nur zur Erinnerung, sagte Domino, das kleine Fräulein da hat eine Nacht mit meinem Freund in dieser

Wohnung verbracht, keine drei Wochen her, so unschuldig, wie sie aussieht, ist sie nicht.

Merle lachte beinah tonlos auf. Mied jedoch, indem sie sich abermals zum Fenster hin ausrichtete, für eine Weile den Augenkontakt mit Domino.

Unten fegten Blätter davon.

Jagten über den Gehweg vor dem Haus, der noch nass glänzte vom letzten Regen; und es sah schon wieder nach einem Schauer aus.

– Silvester wird dir nicht zuhören, sagte Merle.

– Du kennst Sil doch gar nicht richtig. Wir haben eine schwierige Phase gerade. Er möchte ein bisschen rumprobieren, Eroberungen machen. Ist ja auch normal. An einem gewissen Punkt sind alle großen Jungs gleich.

Domino hustete erneut.

Merle wechselte rüber zum Tisch, lehnte sich gegenüber von Edda mit der Hüfte an die Platte, verschränkte die Arme vor der Brust.

– Du siehst fiebrig aus. Ernsthaft, sagte sie zu Domino. Schaute sich demonstrativ um, bei den vermeintlichen Beweisstücken jeweils einen Augenblick verharrend. Die Wärmflasche, eine Großpackung Zwieback und das Tablettenbriefchen auf dem Sofa. Die Papiertuchknäuel daneben, ordentlich in einem Körbchen gesammelt.

– Du denkst, ich bluffe?

– Ich denke, du bist sehr verletzt.

Dominos Finger griffen nach dem tintenschwarzen Haar, das ihr glanzlos über die Schulter hing, schoben es mit einer geübten Bewegung nach hinten.

– Wusstest du, dass Sil letzte Woche noch in dem Bett dort drüben gelegen hat? Und zwar nicht allein.

Merle knapp:

– Ich weiß, dass er hier gewesen ist.

– Aha. Und er hat vermutlich behauptet, es war nichts.

– Komm, wir gehen, sagte Edda jetzt.

Sie beugte sich vor. Einer ihrer klobigen Halbschuhe war offen, umständlich schnürte sie die Schleife neu. Merle sah ihr zu.

– Einen Moment noch.

– Ich erzähle gerne mehr, meldete sich Domino vom Sofa.

Edda stand auf:

– Ich warte im Auto.

Sie ging. Merle blieb an ihrem Platz stehen. Sah nach draußen, wo nun der vom Wind verwirbelte Regen gegen die Scheibe fieselte.

Das Knacken in den Rahmen. Ein Pfeifen in den Ritzen. Verschwommen im Hintergrund: die Lichter und Schatten der anderen Wohnblocks. Domino:

– Was willst du noch wissen?

– Weiß ich nicht schon alles?

Domino antwortete nicht gleich. Sie hockte nach wie vor in ihrer Sofaecke, wippte mit dem Fuß. Leise zog sie hoch. Sagte danach:

– Silvester und ich haben gestern gesprochen, er hat mich gebeten, auf das Fest zu verzichten.

– So?

– Ich schätze, er will mir nicht weh tun. Ihm ist klar, dass er und ich nach der kleinen Episode mit dir wieder zusammen sein werden. Er fürchtet, dass es mich verletzt, ihn mit einer anderen zu sehen. Aber ich bin erwachsen.

Getrappel von Kinderfüßen in der Wohnung über ihnen. Außerdem aus dem Schlafzimmer eine Fernsehstimme, die feurig scharfes Knabbergebäck anpries: It's hot! *Ein heiseres Keifen.*

– Du bist morgen also da, sagte Merle.

– Ja, ich denke, sofern meine Gesundheit es zulässt. Ich

finde es wichtig, Sil zu zeigen, dass ich nicht sauer auf ihn bin.

– Gut.

Merle schloss den Reißverschluss an ihrer Jacke.

– Ach, eins noch, falls du mir nicht glaubst, sagte Domino.

– Nämlich?

– Ist dir die Stelle an Silvesters Mund zufällig aufgefallen?

– Was ist damit?

– Frag ihn danach. Da ist uns gestern ein kleines Malheur *passiert.*

– Verstehe.

– Und frag ihn unbedingt noch mal nach letztem Mittwoch. Frag ihn, was ich anhatte, als hier nichts gewesen ist.

Sie begann, noch einmal zu husten. Fischte ein frisches Papiertaschentuch aus der Box und schnäuzte aus.

– Gute Besserung …

(Merle stoppte halb schon auf dem Weg zur Tür.)

– … und, es tut mir leid, sagte sie, dass du rausgefunden hast, dass Silvester und ich hier die Nacht zusammen verbracht haben. Es war etwas Besonderes.

– Danke für den Besuch!, rief Domino ihr nach.

|Merle

Ich steige zu Edda in den Wagen, fühle die Kühle des Sitzes durch die Klamotten, lege den Kopf zurück gegen die Nackenstütze. Edda lässt den Motor an.

– Alles klar?

– Ich hatte mich so weit unter Kontrolle, sie sich auch. Alles klar, ja.

Wir fahren die Tempo-30-Zone zwischen den Blocks hoch, biegen hinter dem Parkdeck ab auf die Hauptstraße: Schnittig nimmt Edda die Kurve, muss aber gleich wieder runter vom Gas. Schon von weitem sehe ich das Blaulicht. Eine Streife steht vor der Kreuzung beim Einkaufszentrum quer auf der Fahrbahn.

Edda schaltet in den Leerlauf.

– Der Laternenumzug, sagt sie, gemein, dass die so ein Wetter haben.

Der Wagen rollt aus. Klingendes, polterndes, scheppterndes Umptata nähert sich. Ich starre stumm auf den Tross.

– …

Die Musiker tragen Tschakos: zylindrische Schirmmützen mit stehenden Federbüschen und schneidend engen Kinnriemchen. Goldene Lamettafransen zippeln aus den Schwalbennestern auf den Schultern, glänzende Knöpfe und schimmernde Kordeln schmücken die Jacken, breite Gürtel die Taillen.

– Das kann dauern, seufzt Edda, die haben es nicht eilig.

In gemäßigtem Schritt schreitet der Tambourmajor voran, gibt den Takt vor, vollführt einseitig weit ausholende

Armbewegungen, schwingt den Küs. Hinter ihm bearbeiten silberne Hämmerchen die zwei Glockenspiele. *Pling, pling, pling-pling-pling-pling, pliiing, pling.* Edda fällt summend in die Volksliedmelodie ein, sagt:

– *Ich geh mit meiner Laterne.* Ganz schön zackig!

Es folgen Trommler mit straff gespannten Schnarrseiten und mehrere Reihen Pfeifer: Quer- und Piccoloflöten. Ein schmächtiges Kerlchen stakst ihnen nach; der dickkopfige Schlägel in seiner Hand bearbeitet die Pauke, die er nur knapp überragt. Und ganz hinten dengelt ein Mädchen, zwölf, 13 Jahre alt vielleicht, forsch die Becken. Edda dreht sich zu mir. Sieht, was mit mir los ist.

– Wird gleich wieder, behaupte ich.

Aber mein Kinn zittert. Meine Augen brennen. Und es ist auch nicht gerade hilfreich, dass sie mir über die Wange streicht. Edda:

– Sie lügt, Mausi, vergiss ihre Geschichten einfach wieder.

Regen sprüht zart gegen die Windschutzscheibe, vernebelt das bunte Bild. Edda stupst das Plastikärmchen hinter dem Lenkrad an. Beide Wischarme pendeln los. Es klart auf. Ein Flappen wie bei einem weit entfernten Sprungbrett, von dem sich jemand in die Tiefe gestürzt hat.

Pause danach.

Im Wagen rauscht die Lüftung.

Draußen geht das Umptata weiter.

– Ich muss das alles erst mal sacken lassen.

Das Salzige, das mir in den Mundwinkel läuft. Ich stütze den Ellbogen am Rahmen des Seitenfensters ab, bette den Kopf auf meine Hand.

Ein ungeordneter, vielbeiniger Menschenstrom latscht und zockelt im Schlepp des Spielmannszugs vorbei. Erwachsene, die unter Mützen oder Stirnbändern einen durchgefrorenen Eindruck machen. Dick eingemummelte Kinder, kurze Holzstöcke und Kunststoffstäbe in den Fäusten.

Edda schaut ebenfalls in das Treiben. Sagt ein paar tröstende Worte.

– Du hast das prima gemacht, meint sie am Schluss.

– Es fühlt sich leider aber ganz anders an im Moment, gar nicht prima.

Jede Menge Sonnen Monde Sterne (mit Strahlemündern und übergroßen Augen) schaukeln vor den Körpern der Kleinen hin und her, zuweilen auch Elfen Zauberer Prinzessinnen. Lichter funzeln in Kreppballons und Eigenkonstruktionen; elektrisch überwiegend, vereinzelt aber scheint es auch das Leuchten echter Kerzen zu sein. Edda:

– Was hat dieses verschnupfte Biest denn noch zum Besten gegeben?

– Du hast nichts verpasst, wiegele ich ab.

Wische fahrig an der Nase längs, halte die Luft für einen Moment an, lehne mich vor. Etwas in den Mienen der Kinder löst eine noch viel tiefere Traurigkeit in mir aus, die ich mir selbst nicht recht erklären kann.

Unschuld? Arglosigkeit? Ich weiß nicht, was ich in den jungen Gesichtern zu erkennen meine, spüre nur diesen zunehmenden Druck auf meinem Brustkorb. Atme dagegen an, lasse den Blick von den bemützten Köpfen weg schweifen, hoch in die Leere des trüben Himmels, finde dort im Dunkeln die Kuppe von K16; erstaunlich klar zeichnet sie sich auf die Entfernung in ihren Umrissen ab.

Mein zielloses Schauen stoppt am Etagenbalkon ganz oben.

Ein Blinken.

Kann das sein? Winzige, rote Pünktchen. Die Ränder wie zerlaufen hinter dem Regenmuster auf der Scheibe. Inzwischen intoniert die Kapelle eine neue Weise.

– *Weißt du, wie viel Sternlein stehen,* errät Edda.

Stupst noch einmal den Scheibenwischer an.

Die Gummiblätter schaufeln die Sicht frei. Wieder das Flappen. Ich fokussiere achtsamer: Schemenhafte Bewegungen. Endlich begreife ich.

Einen Wimpernschlag lang setzt der Puls komplett aus. Und hinterher pumpt das Herz in neuer Geschwindigkeit weiter. Ich murmle:

– Ohmeingott.

Schon habe ich mich abgeschnallt, die Beifahrertür aufgerissen, springe ins Freie. Edda ruft nach mir. Ich laufe um den Polizeiwagen herum, ohne zu reagieren, bahne mir einen Weg durch die Menschen, remple gegen eine Schulter, stolpere weiter. Bringe mich armrudernd zurück auf Kurs.

– Hey, brüllt mir jemand nach, pass doch auf!

Der Eingang von K16 kommt näher.

Ich stürme darauf zu, als gelte es das Leben. Bin bereits auf dem Parkplatz mit den Garagen. 100 Meter sind es maximal noch, mehr nicht. Ich spähe nach oben. Kann nicht glauben, dass das, was ich hier und jetzt sehe und fühle, der Wirklichkeit angehört.

Aber ich träume offenbar nicht.

Der Regen auf meinem Gesicht ist echt. Die Seitenstiche sind es auch. Das letzte Stück muss ich traben.

– Silvester, sage ich beinah tonlos vor mich hin, Silvester Lanzen.

Forme meine Hände vor dem Mund zum Trichter, überlege, ob ich laut rufen soll, und besinne mich dann doch eines Besseren. Etwas sagt mir, dass das nicht das Richtige sein kann, bei dem, was sich dort vor meinen Augen abspielt.

Ich bleibe stehen.

Und das ist es, was mich hinaufstarren lässt: In schwindelerregender Höhe baumelt eine menschliche Gestalt vor der Brüstung. Wie leblos. Die langgestreckten Glieder. Das wilde Kraushaar. Der Parka. Um den Kopf trägst du ein reifenartiges Ding, das in einem fort Lichtsignale in die Nacht aussendet.

Blink-blink. Blink-blink.

Der sich entfernende Spielmannszug musiziert *Laterne, Laterne*, genau die Stelle, an der es im Text heißt: *Brenne auf mein Licht …*

+

Durchs Sicherheitsglas der Tür fällt der trübe Schein der Treppenhausbeleuchtung zu mir nach draußen. Keuchend rüttle ich am Griff. Der silberne Überzug ist stumpf und blind, und ich habe die Hände so fest darum geballt, dass meine Knöchelhöcker deutlich hervorstechen.

In mir drin meine ich deine Stimme zu vernehmen; deine Worte, als wir hier kurz vor meinem Urlaub gestanden haben, *jeder kann diesen Eingang öffnen*.

Ich klopfe gegen das Fenster der Portierloge im Erdgeschoss, die aber nicht besetzt scheint. Hämmere und schlage auf das Klingeltableau ein, drücke blindlings die Knöpfe neben den Dutzenden Namensschildern. Warte darauf, dass man mich ins Treppenhaus summt.

Nichts.

Kann das wahr sein?

Noch einmal drücke ich Knöpfe. Dann: das Knistern und Rauschen aus der Gegensprechanlage. Ich schnaufe:

– Ich muss rein!

– Hä?!

Einige Schweißperlen, die an meiner Wirbelsäule hinabrinnen, um sich in der weichen Baumwolle meines Stretch-BHs zu verlieren. Meine Haut, die von dem Lauf nachglüht, als wäre jemand mit Stahlwolle auf mich losgegangen.

– Bitte! Ein Notfall!

– Hast du sie noch alle?! Verpiss dich, raunzt es aus dem Lautsprecher.

Und jetzt tue ich es doch, sauge die Lungen voll bis zum Anschlag, leere sie beim Rufen deines Namens. Edda taucht wie aus dem Nichts neben mir auf.

– Wir müssen da hoch, sage ich.

Der verstörte Ausdruck in ihrem Gesicht.

– Was willst du in dem Kasten?

– Was denkst du wohl? Helfen! Hast du eine bessere Idee?

Sie folgt mir, als ich an jemandem vorbei, der glücklicherweise in diesem Moment das Gebäude verlässt, zu den Aufzügen stürze. Der kleine Kasten an der Wand. Bevor Edda mich zurückhalten kann, habe ich den Hausalarm ausgelöst.

Die Fahrt hinauf in der engen Kabine dauert ewig.

Das Heulen der Sirene.

Dieser Geruch, Gemüsesuppe und billige Seife; überall sitzt er fest.

Ungeduldig tippe ich wieder und wieder und völlig sinnlos die angekokelte Taste für den 17. Stock. Da fällt es mir auf: K16 hat siebzehn Stockwerke? Edda redet auf mich ein, rüttelt an meiner Schulter. Mir dämmert, dass sie offenbar keinen Schimmer hat, was vorgeht.

Abgehackte Sätze, mit denen ich ihr die Lage zu schildern versuche.

Sie hält mich für übergeschnappt.

– Du spinnst, sagt sie.

Und auf dem verlassenen Balkon, nachdem ich über die Brüstung auf den leeren Vorplatz hinabgeschaut habe, bin ich kurz davor, ihr zuzustimmen. Ich sehe weiter weg Autos fahren, so winzig wie Spielzeug, und ein paar Menschen, die sich durch das Gewirr der Straße bewegen.

An mein Ohr dringt der jaulende Warnton, den ich in Gang gesetzt habe, mit erhöhter Lautstärke, wie es mir vorkommt. Dann verstummt der Lärm jäh.

Stille.

Ich reibe mir die Schläfen, in denen das Blut gegen die Gefäße puckert. Ein Stück weit beruhigt immerhin, dass unten kein zerschmetterter Körper liegt. Mir ist, als würde ich mühsam aus einer Art Betäubung wieder zu mir kommen.

– Erklär mir das, das war keine Halluzination, sage ich.

Merke, dass ich den Beton befühle. Auf der Suche nach den Initialen von dir und mir. Merke außerdem, dass Edda spricht. Sie macht mich auf den Gestank um uns herum aufmerksam; die Sauerei zu meinen Füßen.

– Vorsicht, du stehst gleich mitten in einer widerlichen Pfütze, sagt sie.

Magensäfte schießen bitter die Speiseröhre hoch. Ich schlucke. Schnaufe die abflauende Panik aus der Brust. Edda zieht mich fort. Ich leiste keinen Widerstand.

Unten, im Flur vor dem Portierkabuff, beruhigt ein Mann in einem Oberhemd, das ihn wegen eines Aufnähers am Ärmel nach Sicherheitsdienst aussehen lässt, eine Schar Aufgeregter. Er hebt die Hände:

– Wahrscheinlich ein Streich, ihr kennt das, Leute, Fehlalarm.

– Jaja, Freitagabend, mault eine Frau mit Lockenwicklerfrisur heiser.

Ich senke das Kinn, höre den im Oberhemd noch etwas von *Auswertung der Kamerabilder* sagen, stolpere mit Edda im Eiltempo die Treppen vor dem Eingang hinunter. Die Schwingungen, die ich von ihr empfange, sind eindeutig. Ich nuschle:

– Und du hast wirklich nichts gesehen?

– Nein.

Sehr kühl und kurz kommt diese Antwort. Sehr forsch und zielstrebig stapft Edda weiter. Ich verlangsame den Schritt, halte vor der Parkplatzausfahrt noch mal inne, umgeben von Plattenbaublocks.

– Ich habe keinen Knacks, sage ich vor mich hin.

Schaue zurück. Für einen letzten Blick auf K16.

Die Fassade mit dem Waffelmuster ist vom Alter eingedunkelt und nass vom Regen, die Außenleuchten auf den Etagenbalkonen brennen in schnurgerader Reihe.

Ich zähle.

16. Das 17. Licht ist kaputt.

Ein Gefühl, das sich nicht zuordnen lässt. Etwas, wenn es das gibt, zwischen Niedergeschlagenheit und Erleichterung. Ich beginne, an mir selbst zu zweifeln. Was genau war das alles? Ein Streich des Gehirns? Und was, wenn nicht? Womöglich hat Edda versäumt, nach oben zu gucken, als sie mir nach ist.

Ratlos setze ich mich wieder in Bewegung. Im verhaltenen Laufschritt, um zu Edda aufzuschließen. Sie, einige Meter weiter, weicht einer gebückten Gestalt aus, die mit ihrem Schirm kämpft. Der nächste Windstoß stülpt das Riesenexemplar auf.

Ohne zu zögern, gehe ich der Silberhaarigen zur Hand. Ich kenne sie. Das Runzelgesicht. Die walnussgroßen Beulen: Der Trödelmarkt, entsinne ich mich.

– Gutes Kind, zetert die Gebückte.

Greift nach meiner Hand, packt mich. Und da ist es so weit, obwohl die Geste auch ein harmloser Ausdruck der Dankbarkeit sein kann: Etwas fährt in mich, eine Kristallklinge, funkelnd und rasiermesserscharf, eine albtraumartige Furcht, die ich bis eben noch nicht gespürt habe.

– Edda?!

Sanft, aber bestimmt biege ich die Finger, die mich halten, nach hinten weg. Die Zeterstimme dringt erneut aus kurzer Distanz an mein Ohr, unartikuliert erst, ein schmerzvolles Röcheln, aus dem sich dann aber doch ein paar Worte schälen.

– Der aus Glauben Gerechte wird leben, meine ich zu vernehmen.

Mache mich los.

– Edda …!, rufe ich wieder.

Mir ist die Sicht durch den Schirm genommen, und ich stelle fest, wie mir die Beine wackelig werden, sich die Steinplatten unter den Füßen auf einmal anfühlen, als hätten sie einen Kern aus Schaumstoff.

+

Wie ein Erwachen kommt es mir vor, zu Edda zurück in den Wagen zu steigen. Ein jähes und unerfreuliches Erwachen. Ihre schönen Hände trommeln von hinten aufs äußere Rund des Lenkers ein. Die zarte Narbe unter ihrer Nase: ein gerader Strich.

– Wir können darüber reden, sagt sie, aber wir müssen auch nicht.

Ihre Lippen sind messerschmal. Unter meinen Füßen vibriert es ganz leicht. Der Motor läuft. Eddas Fußspitze tippt im Leerlauf um Millimeter das Gaspedal an.

– Okay, sage ich.

– Okay, wir müssen nicht? Oder okay, wir reden darüber?

Unschwer zu erraten, welche Variante ihr lieber ist.

– Wir müssen nicht, sage ich brav.

Edda hat den Gang eingelegt, praktisch bevor ich ausgeredet habe. Sie fährt mich nach Hause. Es bereitet mir Mühe, ihr beim Abschied ins Gesicht zu schauen. Ich entschuldige mich kleinlaut.

– Telefonieren wir morgen?

– Wir tanzen morgen, sagt sie, wir feiern!

Ich lege mich bald schlafen. Sehe, nachdem das Licht ausgeknipst ist, über mir Schatten flimmern; wachsende, zugleich ausdünnende Flecken in verschiedenen Größen, Spukbilder der Netzhaut vermutlich. Die Zimmerdecke rückt näher, erscheint so nah, dass ich kurz das Verlangen spüre, die Hände danach auszustrecken.

Ich zügele mich, weil ich weiß, dass ich nur ins Leere greifen würde, kralle mich stattdessen im Laken fest, versuche, an nichts zu denken.

In der Nacht schrecke ich einmal auf.

Die Haut am Rücken und an der Stirn hauchdünn überzogen von einem feuchten Film. Beklemmender Wirrwarr im Kopf. Traumfetzen, ganz frisch noch, die zurückkehren, in denen ich Zeugin bin, wie dich Domino in Gestalt von Brand III foltert. Der Mann mit dem Zickzackbart, der sie ist, stopft dir lebendige Wespen in den Mund, Wespen mit ausgefahrenen Stacheln.

Kondor hält mich im Polizeigriff, führt mich ab, um mit mir durch den Keller von K16 in unser Haus einzusteigen. Dort öffnet er den Vogelbauer. Artus lässt sich bereitwillig einfangen. Kondor legt sich in mein Bett, dreht dem Wellensittich den Hals um und bettet das tote Tier auf das Kopfkissen neben sich.

Es dauert, bis ich wieder wegdämmere.

Am Morgen öffne ich die verklebten Augen, und der Tag ist ein anderer. Ist ein Samstag. *Der* Samstag. Ich sammle mich, lenke meine Konzentration auf das, was mich zwischen zwei und drei wachgehalten hat, kann mich nicht gegen die Sorge wehren, die sich in mir einnistet. Quäle mich aus dem Bett, tapse in die Küche, wo der abgedeckte Käfig von Artus meist über Nacht auf der Fensterbank steht.

Ich rechne fest mit dem Schlimmsten.

Erleichterung, als ich die Wäscheklammern löse und das Tuch lüpfe; Artus hockt auf seiner Stange, nagt am Hirsekolben.

Quicklebendig schaut er mir auch am späten Nachmittag beim Fertigmachen zu, plustert sich in seinem Käfig, den ich mit in mein Zimmer genommen habe, bringt das helle Glöckchen beim Wetzstein zum Klingen.

Nackt betrachte ich meinen Körper in der Spiegeltür des Kleiderschranks, die Formen der ungefähr 45 Kilo Merle. Ich rätsele, ob ich mir selbst gefalle, drehe mich langsam um die eigene Achse, mit erhobenen Armen.

Die Kerzenleuchten unter der Decke brennen.

Man sieht bei diesem Licht die Gänsehaut um meine Brustwarzen, die feinen, blonden Härchen, die man sonst nicht sieht. Ich schwenke die Hüften, hebe meinen Kopf, verliere mich schwindelnd in dem Gesicht, das mich von gegenüber beäugt.

Die Verbindung vom Äußeren zum Inneren scheint gekappt.

Dann wird mir zeitverzögert mein albernes Posieren plötzlich bewusst, und ich amüsiere mich. Nehme das elsterfarbene Kleid vom Bügel, befühle den leichten Stoff zwischen meinen Fingern.

Im ersten Anlauf bleibe ich beim Hineinsteigen mit einem vorwitzigen Zeh blöd am Saum hängen, kippe fast um. Ich muss lachen. Stelle mich, als ich fertig bin und den Reißverschluss am Rücken endlich zuhabe, erneut vor den Spiegel.

Bin das ich?

Im Bad zupfe ich die Augenbrauen mit der Pinzette nach. Zwei Mal unterbreche ich die Prozedur, weil ich niesen muss. Greife mir anschließend den Flakon mit dem Eau de Parfum, das ich bei meiner Ma wahnsinnig gerne mag; befolge ihren Ratschlag, den sie mir vor Ewigkeiten gegeben hat: Ich sprühe eine Wolke hoch in die Luft und laufe drunter durch.

Der Duftnebel senkt sich gemächlich herab, hüllt mich von Kopf bis Fuß ein. Ich probiere auch einen Lippenstift, wische ihn aber gleich wieder ab.

Das bin ich nicht.

Am Ende bändige ich meine Locken mit Haarclips und einer Schleifenspange, binde mir dein Dreieckstuch ums Handgelenk. Fertig. Pa am Bügelbrett pfeift durch die Zähne, als ich mich im Wohnzimmer verabschiede. Feiner Dampf umspielt seine Gestalt. Ich werfe ihm eine Kusshand zu.

Ma schaltet sich vom Sofa aus ein. Sie hat dort die Beine hochgelegt, schält gerade eine Apfelsine, sagt:

– Dein Mädchen hat sich rausgeputzt. Hast du keine Angst?

Pa bejaht. Und strahlt trotzdem.

– Kneift mich. Haben wir nicht eben noch Kindergeburtstage da draußen im Garten gefeiert? Mit Toberei, mit Ticken und Verstecken?

– Vergiss nicht die Nummer mit dem Abholen, erinnert ihn Ma.

– Genau, wenn was ist …, sagt Pa, und genieß den Abend, meine Große!

Ich schlüpfe in Jacke und Riemchenschuhe, schultere den Gitarrensack.

Am *Guten Hirten* versammeln sich die Knappen, um den restlichen Kleinkram vor dem Fest zu erledigen. Wechselgeld in die Kassen zählen. Den Ausschank mit Lappen und Handtüchern bestücken, diese Dinge. Anlage testen auch. Was zum Beispiel eigentlich dein Job wäre. Aber du bist auch kurz vor der Andacht, mit der offiziell alles beginnt (und zu der bereits ein Großschwung Gäste eintrifft), nicht da.

Die anderen tranen nach und nach in die Kirche. Nur ich bleibe draußen, gehe durch den leeren Laubengang vor zum Glockenturm, halte Ausschau. Das letzte Leuchten, ein zusammengedrängter Horizontstreifen aus Tageslicht, vergeht.

Ich streiche das Kleid glatt, das unter der Jacke vorlugt.

Autos fegen vorbei, in unregelmäßigen Abständen. Stumpf beglotzen sie mich mit ihren weit auseinanderstehenden Scheinwerferaugen. Laub fliegt rasselnd in den Windschleppen hinter den Stoßstangen her, die Blätter hüpfen auf ihren Kanten ein paar Meter über den Asphalt, bis sie die Puste wieder verlässt.

Geläut ertönt über mir.

Ich kehre um. Sitze kurz darauf neben dem Altar auf einem einfachen Stuhl. Mit dem gestimmten, spielbereiten Instrument vor mir, das ich seit dem Urlaub kaum mehr angefasst habe und dir nach heute zurückgeben will.

– Willkommen! Friede sei mit allen, mit denen, die diesen Ort kennen, und mit denen, die ganz neu hier sind, sagt Christian. Ihr seid voller Erwartung da, und wer Erwartungen hat, lebt. Kostet das heute in vollen Zügen aus.

Er trägt seinen Talar, diese tiefschwarze Robe, spricht die Begrüßung weiter. Ich richte den Mikrophonständer, bemühe mich um ruhige und gleichmäßige Atmung.

Es riecht nach Kerzen.

Unmengen von Teelichtern sind überall im Raum verteilt. Und die Flämmchen zappeln eine Spur hektischer, als du in die abgedunkelte Kirche schleichst, begleitet von zwei Unbekannten. Ihr setzt euch weit hinten.

Christian gibt mir einen Wink. Ich bringe den ersten Song, singe allein, später begleite ich auch zwei Lieder, die alle gemeinsam anstimmen. Dazwischen wird zum Gebet eingeladen. Christian erteilt den Segen, wünscht am Schluss uns allen ein Fest, dass die größten Erwartungen übertreffen möge. Dann bin ich noch mal an der Reihe, dann ist die Andacht vorbei.

Dann verlassen wir die Kirche in Richtung Katakomben.

Dann geht es richtig los; für uns Knappen zu Beginn mit wenig Leerlauf.

Ich komme nicht einmal dazu, die Gitarre in den Tragesack zurückzupacken, stelle sie einfach nur schnell bei den Getränkekisten an der Garderobe ab, kümmere mich dort gleich mit Gwyn um den Ausschank.

In der kleinen Pause, die ich mir nach einer Stunde gönne, finde ich dich beim Musikmachen. Bin schwer versucht, die Hand nach deinem Kopf auszustrecken.

Deine Haare sind ab. Ratzekurz geschnitten.

Nicht nur darüber, auch über die Blutergüsse an deinem Arm würde ich gerne mehr wissen. Und über die Unbekannten in ihren Mittelalterkostümen, mit denen du aufgekreuzt bist. Die beiden haben funkelnde Brustpanzer umgeschnallt und sogar echte Ritterhelme dabei. Aber so lange sprechen wir gar nicht.

Vorerst ist nur Zeit für ein paar Flüchtigkeiten.

Merle, Bonusmaterial: nachgestellte Szene #19

Unter der drehenden Discokugel im Bunker bot sich ein verschwommenes Bild von Bewegung. Hüften kreisten, Beine schnellten vor und zurück, Arme schwangen auf und ab, Hände flogen in die Luft, griffen nach aufmüpfigen Haarsträhnen, warfen sie nach hinten. Der treibende Sound aus den Boxen übertönte die am Rand geführten Kurzgespräche und das vereinzelt aufwallende Gelächter.

– K16 hat 17 Stockwerke, wusstest du das?

Merle stand bei Silvester hinter dem Bartresen, wo auf der einen Seite das Mischpult aufgebaut war. Er hatte eine Kopfhörermuschel zwischen Ohr und Schulter klemmen. Schaute.

– Ich ahne, dass die Frage einen Haken hat, Merle von Aue. Hilf mir.

– K16 hat 17 Stockwerke, sagte sie noch einmal.

Ein kurzer Blick von ihr zu den Blessuren an seinem Oberarm, die das T-Shirt nicht verbarg. Ein langer Blick von Silvester zurück. Bunte Farbtupfer wanderten über ihre Gesichter. Er sagte:

– Vielleicht hat man Stockwerk 13 herausgerechnet. Aberglaube.

Silvester griff nach seinem Getränk. Nahm einen Schluck. Merle wartete, bis er die Flasche wieder abgesetzt hatte.

– Du guckst skeptisch, sagte sie.

Er schlug die Augen kurz nieder.

– Skeptisch? Überhaupt nicht. Irres Kleid übrigens, Merle von Aue.

– Kurze Haare übrigens, Silvester Lanzen.

– Eine Typveränderung. Spart Zeit beim Föhnen, sagte er. Schob an zwei Reglern. Die Musik wechselte. Unter der Discokugel brandete spontaner Jubel auf. Merles Stimme ging darin fast unter:

– Was ist passiert?

Silvester legte den Kopfhörer neben dem Mischpult ab. Die Andeutung eines Lächelns, das sofort wieder verschwand. Er sagte:

– Haare wachsen nach. Haben sie dir anders besser gefallen?

– Das war nicht die Frage, sagte sie.

Von der Seite tauchte Edda aus dem Pulk auf, tanzte dem Tresen entgegen, lockte Merle mit gebogenem Zeigefinger. Silvester:

– Dein Typ wird verlangt.

Er nickte in Richtung Edda. Zog seinen Arm dichter zu sich heran, als Merle die verfärbten Stellen vorsichtig berührte.

– Gib dir Mühe, dass die Meute weiter so bei Laune bleibt, sagte sie.

Schon halb im Gehen. Schloss sich dann Edda an, trieb hinein ins Gewimmel, gelangte unter die, die im aufstiebenden und herumspritzenden Sand hopsten und hüpften. Edda eroberte eine Lücke für sie zwei.

– Das läuft ja ziemlich gut alles!, rief sie.

Schnipste mit den Fingern vor der Brust, machte weite Bewegungen mit Kopf, Nacken und dem ganzen Oberkörper.

– So viele Leute!, rief Merle zurück.

– Ja, Wahnsinn, sagte Edda.

Merle nickte. Auch sie ging im Takt mit, lockerer in den Knien als Edda und weniger ausladend in den Gesten.

Der Schwung der Schultern übertrug sich bei ihr wie

selbstverständlich auf die Arme, stieg aus dem Rücken auf, floss hinab bis zu den Handgelenken.

– Weißt du was über diese Rittergestalten, die Silvester angeschleppt hat?

Edda schnitt eine Schwerhörigen-Grimasse.

– Zu laut, stellte sie fest.

Merle kam dichter heran, sprach ins Ohr, das Edda leicht nach vorne klappte:

– Die Ritter. Wo sind die her?

– Silvester war gestern noch bei diesem Spectaculum, *hat Mauser gemeint, da hat er die wohl kennengelernt.*

– Er war … was?

– Beim Spektakel. Im Park.

– Allein?

Ein Brillenstupser von Edda. Sie wippte einmal vergnügt vor und zurück und ließ ihre Zeigefinger, die aus lockeren Fäusten ragten, in der Luft kreiseln.

– Domino hat ja nun ein Alibi, rief sie.

– Höhö!, kommentierte Merle.

Fiel aus dem Rhythmus, grinste gequält. Edda sagte:

– Komm mit, ich muss dir noch was erzählen.

Sie quetschten sich zwischen den anderen hindurch, mogelten sich vorwärts, raus auf den Gang der Katakomben. Hinter einem Grüppchen gickelnder Mädchen fanden sie einen freien Platz an der Wand, den sie in Beschlag nahmen.

– Und?

Merle sah auf Edda, die ihre Stirn in Falten gelegt hatte.

– Das Wrack ist in der Nacht ausgebrannt.

– Kondors Wrack?

Edda hob und senkte den Kopf.

– Ich weiß auch nicht, warum, aber das hat mich mitgenommen. Obwohl Kondor die Karre ja letzte Woche schon geräumt hat.

Abgelenkt, weil sich jemand gerade an den Gickelmädchen vorbeizwängte, antwortete Merle nur kurz:

– Ja, eigenartig.

Mauser stieß zu ihnen dazu.

– Herzergreifend gespielt in der Kirche, Respekt, lobte er Merle.

– Danke, sagte sie, ich habe fast nichts davon mitbekommen.

Er rückte an seiner Mütze herum. Edda holte sich von ihm einen Kuss auf den Mund ab, sagte:

– Wir haben Merle alle ordentlich bekniet, war eine Premiere vor Publikum.

– Ein Talent, sagte er, kein Zweif…

Dann gingen alle Blicke auf einmal nach oben, auch um sie herum. Gespräche verstummten. Ein elektrisches Summen von der Decke. Sämtliche Strahler flackerten in ihren mit Buntpapier überklebten Fassungen. Die ganze Reihe vom Ende des Gangs bis zur Garderobennische.

– Oh, bitte nicht, meinte Edda, kein Stromausfall …

Gespanntes Luftanhalten überall. Aber das Licht leuchtete schon wieder wie zuvor. Bunt und ohne jedes Flackern.

Flaschen schnalzen auf. In der Geldkassette klimpern die Münzen. Es drängelt sich vor uns am Ausschank beinah pausenlos. Gwyn stellt nach einer Zeit fest, dass wir selbst noch gar nicht angestoßen haben. Ich trinke einen ersten Prosecco mit ihr. Und schnell den nächsten hinterher.

– *Boah!* Erscheinungen suchen mich heim, scherzt Gwyn.

Wie vor etwa einer Stunde schon zuckt die Beleuchtung in den Katakomben, ganz kurz diesmal nur. Eine Bildstörung, ein Schwarz, ein Nichts, alles verschwindet darin, ist aber sofort zurück, als hätte man bloß geblinzelt.

– Vielleicht die Leitungen, sage ich, überlastet?

Gwyn begutachtet ihren Pappbecher eingehender.

– Also keine Wahnvorstellung, sagt sie, beruhigend. Man weiß ja nie.

Sie gießt nach, ein bisschen zu schwungvoll. Uns läuft der ein oder andere Tropfen Schaum über die Finger. Ich sage:

– Stimmt, manchmal weiß man wirklich nicht, ob man noch bei Trost ist.

– Du nun wieder, sagt sie.

Nach der Ablösung will ich erst einmal in Richtung Toilette, um meine rechte Hand dort unter dem Wasserhahn zu kühlen. Keine Ahnung, wie viele Kronkorken ich in den letzten zwei Stunden abgehebelt habe. Gelenk und Ballen pochen.

Ich verlasse die Garderobennische.

Der Alkohol fließt warm durch meine Venen, sehr angenehm, gerade richtig. Dazu der aufwühlende Duft in den Katakomben, gesättigt mit etwas, das mich gleich erfasst und mitreißt beim Slalom Richtung Treppe.

Man riecht diese besondere Spannung, die Lebendigkeit; eine namenlose Energie, die aus unzähligen Poren strömt, um sich sogleich am knapper werdenden Sauerstoff zu entzünden.

Meine Schritte federn. Das Kleid schaukelt gegen die Beine. Ich klemme mir eine widerspenstige Locke hinters Ohr. Der Stoff des Dreieckstuchs streichelt dabei meine erhitzte Wange.

Unterwegs treffe ich Christian.

Ohne den Talar fällt er kaum auf zwischen den ganzen jungen Leuten. Und er scheint Spaß zu haben, auch wenn er sagt:

– Ein paar Konfirmanden haben sich reingeschummelt, ich fürchte, ich muss sie gleich mal nach Hause schicken, in die Heia.

Ich begegne Tristan, der mit einer Schnappschusskamera herumknipst.

Und Tess und Gina, den zwei Unzertrennlichen aus meiner neuen Klasse, die sich begeistert über das Treiben im Bunker auslassen. Tess sagt:

– Das totale Epizentrum da! Dein Freund, der nicht dein Freund ist, spielt cooles Zeug, ehrlich, einfach … cool!

Gina neben ihr grinst aufgekratzt.

Ich bin schnell weiter. Eben vorbei an den zwei Rittern, um die sich ein wahrer Pulk geschart hat, Teile der Damenwelt, bestens gelaunt offenbar; und ich frage mich noch, was so ein Brustpanzer wohl wiegen mag, ob der einem auf Dauer nicht lästig wird, da wischt etwas Schattenartiges vor meinem Gesicht längs.

Jemand winkt mir. Aus nächster Nähe.

– Huhu!

Domino.

Sie nimmt eine Pose ein, die aussieht wie lange eingeübt. Ein Bein stramm durchgestreckt, das andere locker vorgeschoben, eine Hand an der Taille. Ganz die Politesse oder der weibliche Grenzposten aus dem Männermagazin. Sie trägt sogar eine strengweiße Bluse (tief ausgeschnitten) und eine lose gebundene Krawatte vor der Brust. Ihre Miene sagt: *Auf ein Wort!* Ich frage, betont fürsorglich:

– Was macht die Erkältung?

Sie überhört das. Gibt lächelnd zurück:

– Sil gesehen? Hier ist ja richtig Halligalli.

Ich schlage ihr vor, sich am besten auf gut Glück ins Getümmel zu stürzen.

Sie öffnet daraufhin ihre rote Umhängetasche, zieht eine Spirituosen-Flasche heraus, schraubt den Deckel ab. Ich:

– Was genau ist das, deine Medizin?

Sie mustert mich. Wischt sich außen am Auge ein Klümpchen Tusche von den Wimpern, hält mir die schlanke Buttel hin. Laut Etikett: *Saurer Korn*. Ich lehne ab.

– Ich war mir nicht sicher, sagt sie, ob es hier nur Saft, Kakao und Cola gibt.

Sie setzt die Flasche an und trinkt. Einen großen Schluck. Stößt dezent auf. Trinkt erneut. Das hochprozentige Zeug gurgelt in sie hinein.

Domino streckt sich.

– Mächtig durstig, sage ich.

Aber sie schenkt mir keine Beachtung mehr. Tut jetzt so, als würde sie mich gar nicht sehen, und zieht los. Im Vorbeigehen streift sie mich. Vielleicht nicht mal mit Absicht. Ich gebe ihr ein paar Meter Vorsprung, verschiebe vorerst mein Projekt mit Wasserhahn, Handgelenk und Kühlen, folge Domino.

Sie geht tanzen.

Und ich sehe ihr zu, wie sie tanzt. Hula-Hoop ohne Plastikreifen, das ist ein bisschen ihr Stil, aber schon auf geschmeidige Art, gekonnt.

Meine Beklemmung, für die ich die Gründe nicht kenne.

Ich flüchte aus dem überfüllten Raum.

Das Fest läuft weiter.

Der strudelnde Strom von Menschen unter der Kirche verdichtet sich. Von der Treppe her drängen noch immer Neuangekommene in die Katakomben. Von unten treibt es die Erhitzten und Verausgabten nach oben zum Luftschnappen.

Ein dritter Ritter erscheint.

Du übergibst das Zepter am Mischpult an Erec und Erik. Gabelst mich im hinteren Teil des Bunkers auf, ergatterst für uns zwei dort einen der raren Sofaplätze.

– Alles gut, Merle von Aue?

Laut, sehr laut musst du gegen die ballernden Bässe aus den Boxen anreden, gegen das ganze schallende, allgegenwärtige Lärmen. Und ich auch. Schließlich legst du den Arm um mich, rückst näher heran. Deine Lippen sind kühl, weich und schmecken zuerst ein bisschen nach Bier.

Du greifst mir ins Haar.

Eisiges Magenziehen, plötzliches Kribbeln überall: Bis in die entlegensten Zellen strahlt beides aus. Deine Finger gleiten meinen Nacken hinab, den Rücken, spreizen sich aus, der Daumen streicht an den Rippen entlang.

Ich spürte deine Hand in der Delle unten an der Wirbelsäule, über dem Steiß. Sie streicht auf meinem Kleid über den Po nach vorn, erreicht meine Leistenbeuge.

Wärme schießt mir zwischen die Beine, heftig, feucht.

Das Karussell dreht sich. Im Kopf so herum, im Bauch andersherum. Trotz der Verrenkungen, die du und ich veranstalten. Ich mag deinen Atem auf meiner Wange. Achte nicht zu sehr auf das alberne Schmatzen neben uns.

Es blitzt.

Helles Weiß reißt das Halbdunkel auf. Tristan hinter der Kamera drückt gleich noch einmal ab. Du und ich räumen die schummrige Ecke.

Die Musik wird noch ein Stück aufgedreht.

Hand in Hand wechseln wir vom Bunker raus in die Katakomben.

Und Domino?

Eine Weile sehe ich sie nicht. Bis Christian dich von mir loseist. Du sollst ihm schnell mal helfen. Am Ausschank sind Kisten umzustapeln. Und der Nachschub an Bier Wasser Wein, der vorm Büro deponiert ist, wird gebraucht.

Ich besorge mir ein Getränk, ziehe mich in eine Ecke des Ganges zurück.

Warte. Beobachte.

Einer der Ritter fällt mir auf. Es ist der, der später gekommen ist, meine ich. Er nimmt einen Bilderrahmen von der Wand. Beim Aufbau hat jemand von uns Knappen den Einfall gehabt, die komplette Reihe Schwarzweißfotografien neu zu arrangieren. Lauter Motive aus dem Stadtteil sind darauf zu sehen.

Und alle stehen sie jetzt kopf.

Die Brücke beim Einkaufszentrum, der Eingang eines Hochhausblocks, einer der Apfelbäume vorm Eiscafé in voller Blüte, das Betonkreuz am Glockenturm.

Der Ritter dreht den Rahmen, platziert ihn wieder an der Wand, tritt einen Schritt zurück. Das Visier seines Helms ist hochgeklappt.

Ich versuche etwas von seinem Gesicht zu erhaschen. Aber wieder hickst für Sekundenbruchteile das schwache

Licht, und auf die Entfernung kann man die Züge ohnehin kaum erahnen, sich alles Mögliche einbilden.

Ich verbiete mir das. Verdränge die abenteuerliche Idee, die mich bestürmt, richte meine Aufmerksamkeit auf eine Flasche, die leer über den Boden kullert.

Domino steigt darüber hinweg.

Sie schreitet an mir vorbei. Ihre hochhackigen Schuhe hat sie ausgezogen. Ein eher trauriges Stolzieren. Mit ein wenig Schlagseite.

+

Sie fängt dich ab, etwa auf Höhe der Toiletten. Es stört mich. Wie sie den Hals reckt. Wie sie sich an dir abstützt und dein Arm, als sie ins Schwanken gerät, vorschnellt, um sie zu halten. Mich stört, dass ich denke: Keinem stehen Jeans und T-Shirt besser als dir, Silvester Lanzen. Grauenhaft.

Ich führe meinen Pappbecher zum Mund, um etwas zu tun. Schlucke hastig und trinke gleich einen zweiten Schluck gegen die aufsteigende Kohlensäure.

Du sprichst mit ihr. Ich spiele mit dem Gedanken, auf sie loszugehen. Oder wenigstens zu stören. Eine Vorstellung, die Spaß macht. Und deprimiert.

Jemand tippt mich an.

Neben mir dreht der kleine Körts an seinem Hörgerät:

– Weißt du, warum Frauen sich so rausputzen für Feste?

Die Haut an seiner Stirn glänzt. Ich erinnere mich daran, dass Christian vorhin auf der Suche nach Konfirmanden war, die sich reingemogelt haben. Ich sage:

– Solltest du nicht längst auf dem Nachhauseweg sein?

– Mit Frauen ist das so, fährt Körts stur fort, nicht wegen der Männer wollen sie gut aussehen, sondern wegen der anderen Frauen, wegen der Konkurrenz.

Er verzieht keine Miene. Ich sage:

– Warum erzählst du mir das?

Sein Blick wandert beinah aufreizend behäbig rüber zu dir und Domino. Ich folge der Bewegung. Du sprichst noch immer mit ihr. Körts sagt:

– Ich verstehe was von Frauen. Ich kann dir helfen.

Domino schlüpft in diesem Moment umständlich zurück in ihre Stilettos. Du guckst zu, reichst ihr die Hand, damit sie es leichter hat, machst keinerlei Anstalten, der Situation zu entkommen. Körts lacht auf, hell und ein wenig glucksend. Ich frage:

– Findest du, dass sie so gut aussieht?

– Sie ist eingebildet, aber sie hat was, urteilt Körts, um ehrlich zu sein, ich habe vor einiger Zeit mal versucht, bei ihr zu landen.

Das Gewirr aus Stimmen und Lärm. Sicher habe ich mich verhört.

– Vor einiger Zeit?

– Mit Brief und Blumen und Pipapo, letztes Jahr irgendwann. Für mich wäre der Altersunterschied kein Problem gewesen, sagt er.

Schraubt an seinem Ohrenkasten.

Ich schaue ihn an. Die eine Winzigkeit zu weit auseinander liegenden Augen. Kindlich pralle Backen, seine dürren Ärmchen an dem fast kugelig gewölbten Rumpf.

Körts erklärt mir, dass Domino mit dem Brief zu seiner Mutter sei, woraufhin es für ihn die Abreibung seines Lebens gegeben habe. Wegen des *anzüglichen* Inhalts an gewissen Stellen, wie Körts mich wissen lässt.

– Ich glaube, ich muss jetzt tanzen, sage ich.

– Wenn du es willst, pfusche ich Silvester ein bisschen ins Handwerk, sagt er, da ist noch eine Rechnung offen.

Ich drücke ihm meinen halbleeren Pappbecher in die Hand, sage:

– Tu, was du willst.

– Ich werde laufend unterschätzt, meint Körts noch.

Strolcht dann durch den Gang davon. Und ich? Ich sehe, dass du mich nicht siehst und Domino sich direkt vor dir (aufreizend und selbstverliebt) ins Profil dreht. Mit zehn Fingern kämmt sie ihr Haar zurück.

Ich nehme Kurs auf den Bunker.

Es tut gut, einfach die Schuhe fortzuschleudern, den Sand unter den Füßen zu haben und sich zu verausgaben, fortgetragen zu werden.

Die Musik, die mir die Bewegungen vorschreibt. Die Attacken, die sie auf mein Bewusstsein fährt. Ihr fordernder Takt. Ich lasse mich mitnehmen, anstacheln von der Schlichtheit des Eins-und-eins-und-eins-Beats, von seiner metallischen Härte.

Bäm! Bäm! Bäm!

Schweiß läuft über meine Schläfen und den Hals. Ich spüre das elektrische Licht auf der Haut. Die von der Discokugel gestreuten Kleckse, wie sie über mich hinwegfließen. Und bald spüre ich fast gar nichts mehr.

Drehe mich.

Das Becken kreist immerzu. Die Ellbogen fliegen auf Höhe meines Gesichts herum. Und ich reagiere erst gar nicht auf dein Erscheinen. Drehe mich weiter, und du stehst nur stocksteif da. Mit verkniffenem Gesicht.

Der Dunst der verbrauchten Luft hängt wie eine Kuppel über den zahllosen Köpfen und Körpern, die um uns herum auf und ab gehen, hin und her zappeln. Ein Geruch aus Bittersaurem und Süßem. Zucker und Essig. Vorne an deinem T-Shirt, über der Brust, zeichnet sich ein nasser Fleck ab, wie von einem verschütteten Bier.

Du packst mich am Oberarm.

Ich lächle, obwohl du mich unsanft aus dem wogenden Gedränge bugsierst. Ich höre dich etwas in mein Ohr brüllen, und ich höre mich etwas in deins brüllen.

Streiten wir uns?

Ich lächle anders weiter, abweisend. Dein ungläubiger Blick unter den langen, tiefschwarzen Wimpern. Du, betont ernst:

– Du warst gestern bei ihr. Wieso?!

Ich gebe ein Stöhnen zum Besten. Will es nicht schlimmer machen als nötig und mich trotzdem wehren gegen die Vorwürfe, die in deiner Frage mitschwingen. Ich werfe dir wahllos die Dinge an den Kopf, die mir in den Sinn schießen.

Wir streiten uns.

Eindeutig. Ausgiebig. Von Herzen. Ich:

– Sie hat gemeint, ich soll dich fragen, was sie letzte Woche anhatte.

– …?

Du schweigst.

– Als *du* bei ihr warst, ergänze ich.

– Oh Mann, sagst du.

Sagst es, als wenn du dich gegen eine Lüge wehrst. Und es wird nicht besser. Mauser steuert uns an. Offenbar ist Domino mittlerweile völlig neben der Spur.

– Sie blockiert eine Toilettenkabine, sagt Mauser, göbelt sich da drin fleißig die Seele aus dem Leib.

Du verbirgst dein Gesicht halb hinter der Hand, schüttelst den Kopf.

– Und das heißt?

Mauser sieht mich an:

– Edda versucht gerade, einen Schlüssel für die Tür aufzutreiben.

Augenrollend verabschiede ich mich aus der Runde. Ohne bestimmtes Ziel. Laufe Edda aber direkt in die Arme. Sie bremst mich, sie hat keinen Schlüssel. Und Christian hat auch keinen. Der dritte Ritter öffnet die Toilettenkabine.

Es ist Kondor.

Und es wundert mich, wie wenig mich das wundert. Habe ich es nicht bereits geahnt? Ebenfalls keine Überraschung: Du kümmerst dich darum, dass Domino das Fest verlässt. Wer auch sonst?

Ich weiß nicht, was ich genau tue oder lasse, während du weg bist. Und ich weiß auch nicht, wie lange es überhaupt dauert, bis du zurückkehrst.

Ich bin nicht sonderlich scharf auf Gesellschaft. Gehe Edda aus dem Weg. Flüchte in den Laubengang, wo ich in meinem Kleid fröstelnd auf und ab laufe.

Ist Kondor auch da?

Wäre es nicht Zeit, das Weite zu suchen? Regnet es wieder? Ist das am Ende mein Vorwand, doch zu bleiben? Das Wetter?

Kann sein.

Kann sein.

Kann alles sein.

Was sich sicher sagen lässt: In den Katakomben gibt es kein Wetter. Und auf Dauer kein Verstecken. Der kleine Körts wird erwischt und von Mama abgeholt. Ich trinke noch einen mit Gwyn. Meine Klassenkameradin Tess (weiter in voller Fahrt) verwickelt mich in etwas, das kein Gespräch mehr ist. Ihre Freundin Gina knutscht derweil auf der Treppe mit Tristan.

Das Fest läuft weiter. Biegt nach und nach auf die Zielgerade ein.

Das Gedränge lichtet sich ein wenig. Die zwei Ritter vom *Spectaculum* haben sich im Bunker aufs Sofa geflätzt, sind eingenickt. Obwohl die Musik dort inzwischen so durchdringend wie Baulärm durch den Raum rumpelt und kracht und feuert.

Ich tummle mich bald hier, bald da, schnappe das Gerücht auf, dass Brand III am Glockenturm gesichtet wurde. Ich selbst sichte kurz darauf dich am Ausschank. Du stehst dort mit Mauser zusammen. Und mit Christian.

Du bist also wieder da.

Aber nicht du stößt dich vom Tresen ab. Christian streicht sich das Haar zur Seite, ergreift die Initiative.

Christian.

Ist es spät? Wie spät überhaupt? Vielleicht bin ich müde, vielleicht beschwipst. Aber vielmehr ist mein Eindruck: Ich handle so wach und so nüchtern wie noch nie. Auch wenn Handeln und Fühlen nicht mehr unbedingt eins sind.

Ich berühre Christian, strecke die Brust vor, wenn ich mich an ihn schmiege, um auf Zehenspitzen etwas zu sagen. Zugleich strahlt seine Hand, die er mir auf die Hüfte legt, durch den Stoff meines Kleids hindurch Wärme ab. Kleine Gesten. Ein Spiel.

Er bleibt immer darauf bedacht, nicht unnötig die Neugier der Umstehenden zu wecken oder gar mich in die Enge zu treiben. Das alles bringt Spaß, ohne mir schrecklich viel zu bedeuten, und es endet damit, dass Christian den Schlüsselbund aus der Hosentasche kramt.

– Ich bin mal für eine halbe Stunde oben, verabschiedet er sich.

Mit einem Lächeln. Mein Herz wächst mir den Hals empor. Das Büro, denke ich. Die Sitzecke. Horche auf das Klimpern der Schlüssel. Nuschle:

– Bis gleich.

Ein Kribbeln im Nacken, wie von einer gestaltlosen Erinnerung ausgelöst. Er geht. Du passt mich an der Schwelle zum Bunker ab.

– Was genau stimmt nicht, Merle von Aue?

Du ahnst bereits alles, das ist zu sehen, und ich lasse den Satz deshalb auch unkommentiert. Frage bloß:

– Klappt die Tour manchmal, Silvester Lanzen?

– Was soll das? Du benimmst dich wie ein Prinzesschen.

– Du behandelst mich aber nicht so, sage ich.

Wehre mich kaum, als du mir den Arm danach halb verdrehst, mich so von der Türöffnung wegdrängst. Die kühle Wand, die ich am Rücken spüre.

– Das hätte unser Fest werden können, sage ich.

– Hätte?

– Ja.

Dein bettelnder Blick. Du scheinst gegen etwas anzukämpfen, das du nicht begreifen kannst. Du möchtest, schätze ich, dass ich dir zu Hilfe springe, einlenke, weich werde. Doch den Gefallen tue ich dir nicht. Ich will weg. Du sagst:

– Die Feier läuft noch, für mich jedenfalls sieht es ganz danach aus, guck dich um, Merle von Aue. Aber du möchtest es mir *heimzahlen*, geht's darum?

So hast du mich noch nie angesehen. Ich atme nur flach in den Brustkorb, nicht mehr bis in den Bauch. Am liebsten würde ich dir den Mund zuhalten.

– Nein, sage ich.

– Ich glaube dir nicht, du lügst, sagst du.

Mit nun wieder gesenktem Kopf und einem Schmunzeln der Verachtung auf den Lippen. Ich schlucke angestrengt.

– Du machst mir Angst, sage ich.

Befreie meinen Arm, öffne fahrig den Knoten dieses

dämlichen Dreieckstuchs, wickle es ab, lege es dir in die Hand. Du schleuderst es zur Seite, wie du im Park die rote Spule zur Seite geschleudert hast. Wie die Filmspule in der Nacht in Dominos Wohnung. Kreisrund, ohne Anfang, ohne Ende, haben diese Dinge dagelegen.

Das Tuch ist ein Knäuel.

– Warum mache ich dir Angst?

Es ist sinnlos, es dir zu erklären (das begreife ich); es geht auch gar nicht mit ein paar Sätzen. Aber ich gebe dir eine Antwort. Sie erreicht mich von ganz weit her, auf unerklärliche Art, schiebt sich mir auf die Zunge.

Ihre Klarheit verblüfft mich selbst.

– Vielleicht ist einfach zu wenig Platz für mich in deinem Leben, sage ich.

Ich halte es für wahr. Bemerke mit einiger Genugtuung das Erstaunen auf deinem Gesicht und eine große Enttäuschung.

– Das verstehe ich nicht, sagst du.

Drückst mich an der Schulter wieder gegen die Wand.

– Schade, sage ich.

– ERKLÄR ES MIR!

Du bist zu laut. Ich probiere loszukommen. Du schubst mich zurück. Einer in Rüstung nähert sich in deinem Rücken, fährt den Arm nach dir aus.

– Komm, mischt er sich ein, so geht man nicht mit Mädchen um.

Die Stimme klingt blechern, hallt, wie wenn man in einen Metalleimer spricht.

Du drehst dich zu der Gestalt um. Sagst:

– Das geht dich nichts an, halt dich raus.

Die gepanzerte Hand bleibt, wo sie ist.

Ich entwische. Du holst mich an der Ecke beim Ausschank ein. Weil du mich bedrängst, beichte ich dir, was es zu beichten gibt. Von der Ausfahrt. Vom Abend vor den Ferien. Von Christian und mir. Weil es keine Rolle mehr spielt.

– Du weißt nicht, was du willst, sage ich, aber ich tue dir jetzt einen Gefallen, ich mache es dir leicht.

Du lachst dein tonloses Lachen. Mag sein, dass du mir nicht eine Silbe von dem abkaufst, was ich dir preisgegeben habe. Du sagst:

– Das ist alles ein böser Traum, richtig?

Meine Grübchen sind zu sehen, davon bin ich überzeugt. Ich lege nach:

– Was glaubst du?

Der Ritter stakst zwischen uns, hält dich auf Abstand. Er verhindert auch, dass du mir ein weiteres Mal folgst. Er sagt:

– Krieg dich ein, Meister, das Mädchen will mal eben für sich sein.

In zielstrebigen Schritten bin ich bei der Treppe. Erklimme Stufe um Stufe um Stufe. Das Kleid schaukelt wieder gegen meine Kniekehlen. Kitzelnd wippt mir eine Lockenspitze gegen die Wange. Ich lasse sie.

Oben im Büro brennt eine Kerze auf dem ovalen Tisch. Das Feuerzeug liegt da, beschienen vom Licht der tropfenförmigen Flamme; das Feuerzeug, das ich nach der Ausfahrt bei mir hatte.

Christian streckt die Hand einladend aus. Hat den Platz gewählt, den auch ich mir an den Freitagen immer ausgesucht habe. Ich drücke hinter mir die Tür fest zu.

+

Am nächsten Morgen wecken mich meine Eltern sehr früh. Sie kommen in mein Zimmer, meine Ma setzt sich zu mir ans Bett, erdrückt mich fast, küsst mein Haar, küsst mir die Stirn. Halb benommen erfahre ich, was am *Guten Hirten* passiert ist.

Ich habe die Sirenen vor dem Einschlafen noch durch die Nacht heulen hören und mir nichts dabei gedacht. Mindestens einen Toten soll es geben.

– Es ist so schrecklich, sagt Ma.

Edda geht nicht ans Telefon. Es dauert, bis ich herausgefunden habe, dass sie im Krankenhaus liegt. Ich erreiche schließlich Mauser.

– Du hast dich von niemand verabschiedet, sagt er.

Auf der Suche nach *mir* sind sie wohl noch einmal weit bis in die Katakomben vorgedrungen. Haben sich in dem dichten Rauch beinah verloren. Christian und du und Edda. Und ein paar andere, unter ihnen auch Mauser, die wiederum euch nach sind. Angeblich waren deine Schuhe schon versengt, als man dich ins Freie trug.

Ihr seid mit Blaulicht abtransportiert worden.

– Ich weiß nicht, was ich sagen soll, sage ich.

Presse den Hörer gegen das Ohr. Es gibt nichts mehr zu sagen, scheint mir. Ich kauere vorm Bett, den freien Arm um die Knie geschlungen. Tageslicht lehnt von außen an den zugezogenen Vorhängen. Der Vogelbauer steht auf der Fensterbank.

Etwas an dem Bild stimmt nicht.

– Ein paar Tage, sagt Mauser, dann kommen sie alle wieder raus.

Stille in der Leitung. Wir legen auf.

Dich und Edda und Christian hat man lebend geborgen, ihr werdet wieder gesund werden. Kondor nicht. Die Feuerwehrleute mussten den Rettungseinsatz abbrechen, ohne ihn gefunden zu haben.

17, denke ich. Folge einer Eingebung, rapple mich hoch,

meinen Blick weiter auf den dünnen, angekratzten Metallstreben des Käfigs.

Nichts rührt sich dort. Ich gehe näher heran.

Ein Trommelfellrauschen. Artus liegt am Boden, in der sandigen Einstreu, das Gefieder ganz stumpf, die vorgewölbten schwarzen Äuglein halb geöffnet.

Die Krallen ragen ins Leere.

Pa buddelt am Nachmittag ein Loch im Vorgarten. Zwischen den mächtigen Wurzeln der Blutbuche, zwei Spatenblatt tief. Ich schicke ihn und Ma ins Haus. Erinnere mich an mein letztes Zusammentreffen gestern mit Kondor im Laubengang.

Es ist kurz gewesen.

Für mich selbst schmücke ich es jetzt aus, während ich Artus in einer Pappschachtel bestatte; zusammen mit dem Kettchen, das Kondor mir gegeben hat. Alles scheint so weit weg.

Das Fest.

Die Zeit davor.

Du.

Ich schaue nach oben.

Halbkahl stehen die Äste über mir gegen das Grau-in-Grau einer lückenlosen Wolkendecke. Ich entferne in Gedanken die letzten Blätter, entferne das Gezweig.

Der niedrige Himmel rückt näher.

Und ich entferne in Gedanken nun alle Dinge um mich herum. Die Hecke zum Nachbargrundstück. Den Zaun zur Straße und die geparkten Autos auf der Straße, jede Mülltonne, jeden Strauch und jedes Beet, jede Garage, sämtliche Häuser, den Gehweg und schließlich auch noch die Straße selbst und den Blutbuchenstamm samt der Wurzeln. Bis nichts mehr da ist.

Nichts.

Nur noch der hautkühlende Hauch des Windes.

Ich stelle mir deinen Atem auf meiner Wange vor. Höre dich meinen Namen sagen. Fest und warm. *Merle, Merle von Aue.* Höre mich antworten. Sehe uns auf dem Balkon von K16, sehe uns in der dunklen, fremden Wohnung auf dem Sofa.

Ich trete aus mir heraus.

Wie in einer Geschichte, wenn man sich in Figuren hineinfühlt und doch weiß, wer man ist; man ist hier und woanders, man fällt aus der Gegenwart, ohne jemals ganz fort zu sein. Wie in der Erinnerung, wie im Traum.

Damals, in der fremden Wohnung, ist es ganz ähnlich gewesen.

Die Burgen und Schlösser.

Plötzlich wuchsen sie aus dem Nichts, als ich bei dir lag, den Kopf auf deiner Brust, und ich habe dein Herz schlagen hören. Als ich dir so nah war und du mir so nah warst (wir beide so müde) … und du zu mir sagtest:

– Du darfst nicht einschlafen.

Dann bist du eingeschlafen, das weiß ich. Das weiß ich ganz sicher, Silvester Lanzen, das ist passiert. Und ich beginne, mich mit deinen Augen zu sehen.

|Merle, Bonusmaterial: nachgestellte Szene #20

Aus dem Innern der Katakomben grummelte die Musik in den Laubengang hinaus. Merle hatte sich mit der Schulter gegen die Glasfront am Eingang gelehnt. Dahinter tupfte eine Lichtorgel bunte Kreise auf den Fliesenboden vor dem Treppenschacht. Der verwaiste Kassentisch stand dort. Von der Kante baumelte das Papierschild mit dem Eintrittspreis herab.

– Der Wind.

Merle wischte sich etwas Feuchtes aus dem Gesicht, wendete sich ab, ging Richtung Straße. Kondor stapfte schwerfällig hinterher. Über die Scherben einer zersplitterten Flasche. Es knirschte. Er keuchte:

– Wo willst du hin?

– Weg. Ich weiß nicht. Ich habe keine Ahnung, sagte sie.

Blieb dabei stehen, hob ratlos die Arme. Als sie nicht weitersprach, sagte Kondor:

– Ist das nicht dein Fest?

– Meins?

– Deine Idee. Was ist mit dem Meister?

– Was soll sein? Siehst du ihn?

Ein zertretener, umgestülpter Schirm lag ein paar Meter weiter. Ein leerer Pappbecher trudelte auf einer Gehwegplatte im Laubengang hin und her, stoppte, sobald er eine der Fugenritzen erreichte, rollte zurück.

– Die alte Flamme des Meisters, wie? Tja, wenn sie noch fahrtüchtig gewesen wäre … ihr Roller steht da drüben.

Merle streichelte sich über die Gänsehaut an ihren Armen. Biss sich auf die Lippe, betrachtete dann Kondor eingehender. Neben seinem Helm trug er eine Art Wams, das mit Metallplättchen gespickt war, und eisenbesetzte Fingerhandschuhe. Die Schienbeine waren ebenfalls gepanzert.

– Wo bist du seit letzter Woche gewesen, Kondor?

Er stand ein Stück abseits der nächsten Gangleuchte, im schwachen Licht, seine verschatteten Augen waren kaum zu sehen.

– Wo ich gewesen bin? Hier und da. Kurzurlaub, überall und nirgends.

– Und was hast du jetzt vor?

Kondor deutete an sich herab.

– Die suchen Helfer bei diesem Ritterdings. Glaubt man das? Wenn ich die geborgte *Kluft hier zurückbringe, frage ich mal nach.*

Merle lächelte verhalten. Ihr Zeigefinger begann sich um eine ihrer lockigen Haarsträhnen zu drehen.

– Klingt nicht verkehrt, sagte sie, ich meinte aber eher, warum tauchst du ausgerechnet heute wieder auf?

– Hm. Mir gefallen Feste. Feiern ist immer gut.

– Ganz im Ernst, Kondor.

Ihr Finger drehte sich weiter um die Locke.

– Du meinst, sagte er, weil ich mir in der letzten Zeit nicht unbedingt Freunde gemacht habe? Wegen dieser ganzen Geschichten mit der Mieze und dem Kläffer …

– So in der Art.

– Ich dachte, ich könnte ein paar Dinge regeln. Vielleicht auch nebenbei ein paar traurige Mädchen aufheitern.

– Was für Dinge regeln?

Am Eingang schwang die Tür auf. Zwei junge Kerle. Sie gingen bis zum Ende des Dachüberstands, hielten prüfend die Hand in den Nieselregen hinaus, zündeten sich Zigaretten an und marschierten dann quer über die Wiese auf ein Gebüsch zu.

– Was für Dinge? Du stellst ziemlich viele Fragen, weißt du …

(Kondor nahm den Helm ab, kraulte sich wortlos hinterm Ohr.)

– … versteh mich nicht falsch, sagte er dann, aber für mich ist das jedes Mal höllisch anstrengend mit dir. Und ich blicke nicht, wieso.

Er setzte den Helm wieder auf. Sah über die Schulter zurück zum Gebüsch, gegen das die beiden Raucher ihre Blasen entleerten.

– Du musst hier nicht mit mir stehen, sagte Merle.

Einer ihrer Nasenflügel zuckte leicht. Eine Achsel ebenso.

– Ich weiß, du hältst nicht viel von mir, sagte Kondor, das ist auch völlig okay, aber andererseits … ach.

Er gestikulierte in der Luft herum.

– Es stimmt nicht, was du von mir denkst, sagte Merle.

– Oh. Du streichst dir keine Drei-Frucht-Marmelade aufs Brötchen?

In Kondors Mundwinkel kam Leben. Er lächelte.

– Ich mag dich.

Sie glättete das Tuch am Handgelenk.

– Du frierst, sagte er.

– Ich bin halb tot vor Kälte.

Ein hurtiger Griff in den Kragen: Kondor fischte die Kette mit dem Anhänger hervor, öffnete den Verschluss, legte den Schmuck in Merles Hand.

– So. Ist ein Glücksbringer, sagte er, sterben verboten damit.

– Hat das dein Bruder gesagt?

Kondor tippte sich mit der Eisenfaust an die Brust.

– Das sage ich.

Die Haut unter Merles Augenbrauen rötete sich.

– Der Wind, sagte sie wieder, kann gut sein, dass einfach der Wind schuld ist. Außerdem bin ich ein Mädchen.

Kondor drehte den Kopf weg.

– Ich gehe wieder rein, sagte er.

– Und morgen reist du mit den Rittern?

– Wer weiß.

Die Rüstung. Merle schnippte dagegen. Der silberhelle Ton eines Löffels auf den Rand einer Untertasse. Sie sagte:

– Ich wünsche dir alles Gute! Wohin die Reise auch geht.

■

ÂVENTIURE IX

Silvester

Das Feuer

Ende Oktober

◀◀

|Samstag, 27 Stunden
vor Ausbruch des Feuers

Atemgeräusche. Dazu dies Rascheln am Boden. Die Turnschuhe. Stumpf leuchten sie in der Düsternis, waten durchs Laub. Beine in beschmierten Hosen. Der Parka: vorne vollkommen verdreckt. In den Außentaschen stecken Hände, zur losen Faust geschlossen. Das Echo der Peinigungen summt noch immer durch den Körper.

Silvester strafft den Rücken im Gehen, bemüht sich um eine Haltung, die so etwas wie Entschlossenheit ausstrahlen soll, obwohl ihn niemand sieht. Drüben sind die Lichter des *Spectaculums* zu sehen, aber die dunklen Wiesen auf dieser Seite des Parks sind menschenleer. Der Weg vor ihm auch.

Es regnet nicht, nicht mehr. Aber Wind weht schneidend und unregelmäßig. Über den bewegten Wipfeln der Bäume ziehen Schleiergebilde in raschem Flug vor dichteren Wolkenverbänden dahin, durchscheinend wie Rauch. Mondlicht schlüpft hier und da durch die Formationen, bestäubt den gekräuselten See mit Silberglanz.

Silvester erreicht das Westufer.

Die Benommenheit, die in den Knochen steckt. Sie erleichtert es ihm, sich zu überwinden. Er streift die Schuhe ab, die Socken, macht zwei Päckchen aus seinen Klamotten. Parka und Hose hier, der Rest da.

Silvester geht zum Wasser, zögert nicht lange.

Im ersten Moment schmerzt die Kälte an den Beinen, scheint weit ins Fleisch hineinzuschneiden. Der modrige

Untergrund im Flachen: pelzig und glitschig unter den Sohlen; und jeder nächste Schritt verlangt Silvester mehr Kraft ab, er pflügt sich dennoch Stück für Stück vorwärts.

Bis die Knie ganz, bis die Oberschenkel zur Hälfte eingetaucht sind.

Der Wind gibt den letzten Schubs.

Die Atemwege ziehen sich zusammen, die Lungen werden eng, nachdem sich Silvester hineingeworfen hat. Tausend kleine Nadelstiche unter der Haut. Er hört das dumpfe Gurgeln und Schwappen in der flüssigen Finsternis um sich herum, bleibt unten, rudert blind mit den Armen, rubbelt sich durchs Haar.

Mit weit aufgerissenen Augen schießt er zurück an die Oberfläche. Hüpft auf der Stelle. Das Herz pumpt gegen den Rippenkäfig, das Kälteempfinden weicht dem wohligen Gefühl, lebendig zu sein.

Lebendig und wach.

Eine Kelle aus den Händen formen, den Mund ausspülen. Einmal. Und noch einmal. Und noch einmal. Mit der Zungenspitze an den Zahnreihen längs fahren. Wie vorhin im K16 auch. Mit dem Fahrstuhl sind sie vor dem Jaulen der Sirene geflohen, bis hinab ins Kellergeschoss. Silvester wieder im XXL-Einkaufswagen.

– Hausalarm, diese versoffenen Vollhupen in diesem Kasten, flucht Göckel.

Die Aufzugstüren ruckeln zur Seite weg. Sie verlassen die Kabine. Die Räder von Silvesters Gefährt bollern über die Schwelle, erst vorne, dann hinten.

– Da war jemand auf dem Vorplatz, sagt Panzer.

– Einfach mal Klappe halten, raunzt Brand III.

Er schiebt.

Silvester liegt gekrümmt in dem offenen Gitterkäfig.

Man hat sich keine große Mühe gegeben, ihn zu verstecken, nur schlampig die Kartoffelsäcke über ihn geworfen; es gibt einen fingerbreiten Spalt in seinem Sichtfeld, durch den er spähen kann.

Mit Schaumstoff isolierte Rohre und Leitungskabel, die dicht unter der Decke entlanglaufen. Schatten von Zeug, das in Ecken rottet. Vor den Verschlägen, die sie passieren: Brettertüren (einige hängen halb aus den Angeln), rostige Riegel, klobige Bügelschlösser. Silvester kennt die unterirdischen Verbindungen zwischen den Häuserblocks, ein weitverzweigtes Tunnelsystem. Er lauscht.

Kein Sirenenton mehr.

Er möchte seinen Mund ausspülen, unbedingt diesen fauligen Geschmack loswerden. Magensäure und das andere. Er wünscht sich, dass dieses Rütteln ein Ende nimmt, dies Gefühl, als würden die Zähne locker im Kiefer vibrieren.

Aber Brand III schiebt stramm weiter.

Immer an den Durchgängen, wenn es von einem Schacht in den nächsten geht, zieht er wegen der knapp bemessenen Höhe den Kopf ein.

Einmal bleiben sie dann doch stehen. Das Licht einer Kellerlampe lässt (in einem Winkeleck an einem Mauervorsprung) ein fein gewebtes Spinnengitternetz aufschimmern. Das dröhnende Blut in Silvesters Ohren. Er hört Göckels Stimme:

– Was machen wir mit dem Opfer, Bross? Sollen wir ihn hier vielleicht …

– Hier findet ihn so schnell keiner, stimmt Panzer zu.

Brand III füllt seinen mächtigen Brustkorb.

Pause.

Er atmet aus.

– Nein, weiter, sagt er schließlich.

Die Fahrt wird fortgesetzt. Von einer Halbdunkelheit in

die nächste. Die Kühle. Die Stille, die das Schlappen und Hallen der Schritte, das Rumpeln des Wagens und das Echo dieser Geräusche umso lauter macht.

Der Beton, von Scharten und Kerben übersät, die gealterte, ursprünglich wohl helle Farbe, mit der die Wände getüncht sind.

Sie gelangen an eine Stahltür.

Dahinter: eine Treppe. Ein Aufgang.

Sie ächzen den Einkaufswagen zu dritt nach oben. Setzen ihn ab. Das Poltern der Räder, das sofort wieder anfängt. Keiner redet ein Wort. Sie sind im Freien. Feuchte Luft strömt zu Silvester unter die Kartoffelsäcke.

Er reibt das juckende Gesicht am groben Stoff, auf dem er liegt, spürt, wie ihn ein überwältigendes und fast schmerzhaftes Hochgefühl flutet. Eine Dankbarkeit, die keinen bestimmten Adressaten kennt.

Sie kehrt dort, im Wasser, noch einmal zurück.

Er schlägt ins Nass, dass die Tropfen meterweit spritzen. Schaufelt die Wellen hoch gegen den Körper. Nimmt die Geräusche um sich herum intensiv wahr, dieses satte Klatschen und helle Glucksen. Er friert, und es kümmert ihn nicht, bis er wieder zur Ruhe kommt. Silvester dreht sich zum Ufer um.

Er befindet sich ein ganzes Stück weiter draußen, als er gedacht hätte. Und ihm fällt etwas auf, das aussieht wie eine Laterne, die in der Nacht geschwenkt wird.

Es ist eine Laterne.

– He ho, du machst mir Spaß, sagt die eine Gestalt, lebensmüde?

Sie sind zu zweit, tragen Oberteile mit Fledermaus-Puffärmeln, Fellwesten, kordelartige Gürtel. Und steife Ledermanschetten an den Unterarmen.

– Der See ist kurz vorm klirrenden Zufrieren und der

planscht da drin, als wäre er ein Gesandter des Himmels, der die Elemente zu segnen hat.

Diesmal spricht der andere, der mit der Laterne. Der ohne macht:

– *Brrr-hhh.*

Schüttelt sich.

Die Haare sind bei beiden lang und filzig. Fusselige Vollbärte umspielen die Wangen, kräuseln sich fast bis ans Ende der Brustbeine hinab.

Zwei stattliche Vogelscheuchen von ungefähr Mitte 20, schätzt Silvester, der eine kann auch etwas jünger sein. Seine zottelige Matte wird von einem Bandana gebändigt. Der Ältere trägt den wolligen Schopf offen. Er sagt:

– Ist deine Haut aus gebürstetem Stahl, du Recke?

Splitternackt steigt Silvester über die flache Böschung zu ihnen aufs Trockene, die Glieder halb taub vor Kälte. Bibbernd verschränkt er die Arme vor der Brust.

– Ihr kommt von dem Ritterspektakel, sagt er.

– Und du?, fragt Bandana zurück.

– Er kommt aus dem See, Strohkopf, sagt der Ältere, und vermutlich hat sich unser tapferer Recke darin soeben unverwundbar gebadet.

– Du meinst, sagt Bandana, es ist ein Drachenblutsee?

– Gewiss, nickt der Ältere.

Ein Spaß? Schwer abzuschätzen. Silvester blickt zur Seite. Von einem nahen Baum kreiseln Blätter zur Erde, gesellen sich zum Laub im Ufergras oder landen auf dem Wasser, wo um sie herum winzige Ringe entstehen.

Schlotternd denkt Silvester an seine Klamotten.

– Ich könnte was zu trinken vertragen, sagt er, vielleicht habt ihr auch eine Hose für mich. Oder eine Decke, leihweise.

Die Laterne wird höher gehoben. Silvester vergisst einen Augenblick Kälte und Zittern. Der Ältere. Er kann ihm jetzt das erste Mal direkt ins Gesicht sehen. Schon die Stimme hat Silvester stutzig gemacht.

Ist er es? Er wirkt hohlwangiger als der vermisste Freund, aber ähnelt Bozorg frappierend. Dasselbe breit vorspringende Kinn, das gütige, offene Lächeln.

– Sieh an, nach Beinkleidern verlangt unserem tapferen Helden.

– Und nach einem belebendem Trunk, verständlicherweise.

Bandana schaut zum Älteren. Der Ältere schaut kurz zurück und trommelt sich mit zwei Fingern gegen die vorgeschobenen Lippen, so wie Bozorg das auch gerne gemacht hat, wenn es etwas zu bedenken gab. Er sagt zu Silvester:

– Möge er an diesem Abend unser Gast sein.

+

Die Ritter schleusen Silvester mit auf das umzäunte Areal des *Spectaculums*. Vorbei an verrammelten Verkaufsständen, einem Bogenschießplatz, hin zu einer Zeltstadt. Kreisförmig sind die Unterkünfte um Feuerstellen gruppiert.

Bandana und der Ältere statten den Gast mit einer knittrigen Pluderhose aus, die am Knie schon einige Mottenlöcher aufweist. Bringen ihm eine Decke. Silvester verbrennt den Parka und die eigene Hose. Den Rest seiner Klamotten hat er noch am See wieder übergestreift.

– Das Zeug hat einen Odem verströmt, sagt der Ältere, wie der schwarze Tod.

Silvester erwartet, nach einer Erklärung gefragt zu werden. Aber das passiert nicht. Sie nehmen einfach zu dritt auf Strohsäcken vor dem Feuer Platz.

– Wärme und stärke er sich, erfreue er seinen Gaumen, sagt Bandana.

Es gibt Schmalzbrot, dazu sämiges Bier aus Füllhörnern.

– Kein gutes Gebräu, räsoniert der Ältere, aber es lindert Ungemach, Recke.

– Und stärkt die Abwehr des Körpers, weil das Zechen manch einem Bazillus den Garaus macht, wirft Bandana ein.

– Strohkopf, sagt der Ältere, Irrsal! Alkohol ertüchtigt die Fresszellen, Biologie, neunte Klasse, schwächt in hohem Maße das Immunsystem.

– Fürwahr?

– Es sei denn, man reibt sich damit ab. Jedoch vollbringt er auch treffliche Wundertaten, weiß man ihm gescheit zu huldigen. Drum: Hebet an, Freunde!

Silvester lächelt. Trinkt.

– Ich bin übrigens Knappe, sagt er.

– Wohl denn, prostet der Ältere ihm zu, wünschet er, Bericht zu erstatten?

Und Silvester erzählt.

Später gesellt sich ein bleichgeschminkter Gaukler mit Schellenkappe zu ihnen. Ungezähmt wie bei einem Pferd ragen dichte Ponyfransen aus der Mütze mit den gebogenen Zipfeln. Ein kostümiertes Äffchen hockt auf der Schulter des Mannes und starrt Silvester aus schwarzen Knopfaugen an.

Der Gaukler lässt eine glimmende Tüte kreisen, an der auch Silvester einmal kräftig zieht. Langsam breitet sich wohltuende, einlullende Leere in ihm aus.

– Puh, vermeldet er.

Er merkt, dass er einen sitzen hat. Der Gaukler lacht. Klebt schon das nächste Dreiblatt zusammen, krümelt und rollt Tabak und noch etwas anderes hinein. Sagt, nachdem er bislang keinen einzigen Ton von sich gegeben hat, plötzlich:

– Wer sich berauscht, den verlangt nach einem Seelenzustande, bei dem es möglich ward, von der Herrschaft über sich selbst zu lassen. Wie im Traum, dem kleinen Rausch. Einverstanden, sei es so?

Die Worte, die da aus dem fremden Mund purzeln, klingen rhythmisch, scheint Silvester wenigstens, als würde der Gaukler ein Gedicht rezitieren. Ganz ähnlich wie bei Kamps Predigten manchmal.

– Einverstanden. Es sei, gibt der Ältere Rückmeldung.

– Es sei, sagt Bandana ebenfalls.

Und Silvester nickt, pro forma.

Glotzt ins Feuer. Merkt, wie sich das Gesicht aufheizt. Betatscht seine heiße Stirn. Der Gaukler streichelt das Äffchen, das ihm in den Arm geklettert ist.

– Dem Rausche zu frönen, fährt er fort, das meint, ich bin es überdrüssig zum Ersten, mein Ich immerfort durch eigene Vernunft zu knechten, begehre im Rausche quasi den vorübergehenden Selbstverlust. Zum Zweiten jedoch begehre ich zugleich noch viel mehr Regentschaft über mich.

– Totale Regentschaft, echot Bandana (leer grinsend).

– Ei, ja! Mich deucht, dies ist der eigentliche Kniff, zwinkert der Ältere, am Rausche fasziniert mich, wer ich sein könnte, wenn ich mich nicht ständig unter der eigenen Obhut hätte, ich gebe meiner verborgenen Seite also eine Gelegenheit ans Lichte zu gelangen, reiche dem Unbekannten das Zepter.

Der Gaukler hält ein Hölzchen in die Glut, nimmt es heraus, als es vorne zu brennen beginnt, und zündet sich damit den Joint an. Dann steht er unvermittelt auf, zieht grußlos weiter. Die Glöckchen an seiner Mütze klimpern munter.

Wie das Kettchen am XXL-Einkaufswagen, findet Silvester. Ein helles *Pling-pling,* das ihn den ganzen langen Weg bis zum Brachland begleitet hat.

– Auf die Rückbank mit ihm, hat Brand III am Wrack befohlen.

Silvester wird hochgezerrt, umgebettet. Froh, die Beine wieder ausstrecken zu können und endlich von den kratzenden Kartoffelsäcken befreit zu sein.

Er liegt da und hört das metallische Aufschnappen eines Benzinfeuerzeugs. Fingerschnippsen. Ein Reibrädchen knirscht, schabt am Zündstein. Winzige Funken stieben gegen den Docht. Noch ein Schnippsen. Aus dem gestanzten Kamin des Anzünders wirbelt eine Flamme empor, sie flackert im Luftzug.

Brand III durchtrennt die Fesseln, schmilzt den Kabelbinder mit der Flamme soweit zusammen, bis er nachgibt. An den Händen, an den Füßen. Im Schein des Lichts formen sich dabei dunkle Höhlen und Lichträume im Wrack.

Silvester sieht Brand III dicht vor sich.

Zähne schimmern im Dunkel. Auf den Lippen der Anflug eines Lächelns, als der Getränkebasarinhaber mit allem fertig ist.

– Bist ein zäher Hund, sagt Brand III, hast eine Belohnung verdient. Schulden sind erlassen, Haken an die Sache. Okay?

Die Bemerkung geht Silvester einen Augenblick durch den Sinn. Dann sagt er:

– Kondor auch.

– *Pffft,* macht Brand III.

Senkt die Stirn. Mit dem Mund scheint er nun stumm Gedanken zu kauen. Er ringt mit sich. Silvester bleibt zäh.

Das Sprechen bereitet ihm Mühe. Die Zunge fühlt sich an, als hätte er an einer Feile geleckt. Aber er beharrt:

– Für Kondor gilt das auch.

Brand III starrt ihm ins Gesicht, als ob diese ganze Angelegenheit, die ganzen Vorkommnisse Silvesters alleinige Idee gewesen wären. Er zögert, dann sagt er:

– Das kann Brand III nicht versprechen.

– Doch.

Silvester glaubt das Nachgeben in seinem Gegenüber zu spüren. Der Mann mit dem Zickzackbart sagt:

– Du bist echt so ein Hobbymessias, was?

– Danke, ringt Silvester sich ab.

Brand III tätschelt ihm die Wange.

– Wenn dann Frieden ist, Junge. Und geh dich waschen!

Panzer wirft ihm noch das Blinkhalsband zu. Dann ist Silvester allein. Atmet halb durch Mund, halb durch Nase. Ein Brennen auf der Kopfhaut. Er betrachtet die leuchtenden roten Herzchen.

Tränen fließen in seine Ohren.

Dass er zu weinen angefangen hat, ist ihm gar nicht aufgefallen bisher. Er denkt: Oder blutet die Nase? Denkt: Ich muss die Klamotten loswerden, ich kann so nicht nach Hause. Hört einen Vogelschrei, der ihm unwirklich vorkommt, und die Autobahn, verwehte Fahrgeräusche, ein brandungsähnliches Rauschen.

– Recke?

– Ja.

Silvester dreht den Kopf zum Älteren, hat den Eindruck, Ewigkeiten dafür zu brauchen. Der Ritter ist nicht Bozorg, das weiß Silvester jetzt. Es gibt ihm dennoch ein gutes Gefühl, in das vertraut wirkende Gesicht zu gucken.

– Sind wir wohlauf?

Silvester zieht kurz hoch. Saugt an der kleinen Blessur an der Lippe. Fragt:

– Wer war der Gaukler?

– Ein Gaukler eben, sagt Bandana.

– Ein großzügiger Gesell, antwortet der Ältere, ein Herr von Weisheit.

Gießt ein wenig Met aus seinem Trinkhorn in den gesprenkelten Sand vor der Feuerstelle. Silvester fragt:

– Schmeckt es nicht mehr?

– Der Herbst ist die Zeit der *wilden Jagd*. Und somit die Zeit der Opfergaben, darum streift auch der Gaukler umher und teilt Kräuter mit uns.

Es vergeht eine Weile, bis wieder einer etwas von sich gibt. Es ist Silvester:

– Ihr nehmt das schon sehr ernst, oder?

Der Ältere lässt einmal den Fusselbart durch die Faust gleiten. Er sagt:

– Wir sind Schausteller, Recke. Wir glauben an den Zauber der Verwandlung. Früher, da haben wir an so Live-Rollenspielen teilgenommen, du weißt schon, mit Polsterwaffen durchs Gebüsch turnen und so. Aber das hier ist echter.

– Ohne Wasser, ohne Strom, sagt Bandana, wir liegen auf Strohsäcken, in denen Wanzen und Flöhe hausen.

Er rülpst herzhaft. Gähnt kurz darauf, ähnlich herzhaft.

– Ihr karrt euer Zeug doch mit dem Laster an, wirft Silvester ein.

– Die Hufe klappern zu laut auf den Straßen, sagt der Ältere, und auch wir müssen unsere Silbertalerchen verdienen.

Er grinst in sein Bier. Sucht dann Blickkontakt zu Bandana. Sie reichen sich die Hände. Silvester rührt diese Geste. Sie begleitet ihn auf dem Nachhauseweg.

Über die Autobahnbrücke. Ein Stück die Strecke am Bach entlang, bis er beim umgestürzten Kreuz anlangt. Die Bäume, die nicken und lispeln. Windbewegtes Geäst. Darunter, am Boden nasses Gesträuch, Laub und Zweige, abgebrochen und ineinander verhakt.

Geplättete Gräser, wo er vor ein paar Stunden gelegen hat. Ein Streifen aufgepflügtes Erdreich. Die Spuren der Einkaufswagenräder.

Silvester sieht niemanden und fühlt sich doch beobachtet. Greift in die fremde Pluderhose. Stößt mit den kalten Fingern auf eine Schachtel Streichhölzer, rasselt damit in der Tasche hin und her.

Er schultert die Holzkonstruktion, schleift sie zum Brachland. Verschwommen im Hintergrund die berankte Schallschutzmauer. Gestrüpp. Silvester nähert sich der Senke, erkennt die Konturen des Wracks.

Der XXL-Einkaufswagen liegt noch davor im Matsch.

Silvester lässt das Kreuz fallen, öffnet die Hintertür auf der Fahrerseite. Der Mief von schimmelndem Papier, Rost, klammen Polstern.

Er sammelt ein paar Zweige, rupft unter dem Wrack lange Halme ab, schiebt die zusammen mit geknüllten Zeitungsresten, die er im Fußraum findet, auf die Rückbank. Es sieht mickrig aus. Silvester reißt den Kunstlederbezug an einer bereits geflickten Stelle auf. Ein paar winzige, gepanzerte Insekten stieben zur Seite weg.

Silvester greift in die Pluderhose.

Das erste Streichholz bricht ab.

Das zweite erlischt in einer winzigen Rauchsäule, noch bevor er es an eine Papierecke halten kann. Also klemmt er vor dem dritten Anlauf orgelpfeifenartig eine ganze Reihe Streichhölzer in die Papplade, entflammt sie alle.

Der Geruch beim Auflodern. Als wenn man zwei

Steine gegeneinanderschlägt, nur intensiver: Pulver und Schwefel.

Auf die Weise klappt es.

Er pustet in die Lohe unter den Ästen. Schnell beginnt es zu qualmen. Der poröse Schaumstoff schwelt. Und plötzlich sind die Flammen stechend hell. Silvester nimmt das Holzkreuz noch einmal hoch, schiebt es quer in das Wrack. Er wuchtet den XXL-Einkaufswagen aufs Dach.

Rauch breitet sich am Himmel aus.

Starker Wind, der das Licht aus dem Feuer in die Nacht bläst. Hitze, die flirrend über dem brennenden Fahrzeug aufsteigt. Gestank von Verbranntem in der Luft, säuerlich. Die Schemen der Häuserblocks verschwimmen hinter dem Qualm.

+

Noch in der Nacht säbelt er sich im Badezimmer die Haare ab, cremt seinen ganzen Körper mit einer Lotion seiner Mutter von oben bis unten ein. Scheuert die Zähne, bis ihm das Zahnfleisch fast blutet. Prinz liegt, als er ins Zimmer schleicht, eingerollt auf der Matratze, schnurrend. Vorsichtig kriecht Silvester neben ihn. Es braucht eine Weile, um eine Position zu finden, die nicht schmerzt.

Er betrachtet das ruhende Tier. Riecht das geputzte Fell des Katers. Wartet darauf, dass Kittys Stimme sich meldet, aber alles bleibt still.

Silvester schlummert weg.

Er erwacht spät am Samstag, nach traumlosem Schlaf. Bereitet in der Küche das Frühstück. Seine Mutter gesellt sich im Bademantel zu ihm.

– Wie war's gestern, erkundigt sie sich, die Party?

– Die ist erst heute.

Silvester gießt frischen Kaffee für sie beide ein. Seine Mutter lächelt.

– Danke.

– Achtung, der ist heiß.

Sie trinkt mit gespitzten Lippen. Pustet vor jedem Schluck in die Tasse. Eine Säule aus weißem Dampf wabert an ihrem Kopf vorbei.

– So schmeckt er am besten, wenn man befürchten muss, sich Lippen und Mund zu verbrühen, sagt sie.

Kneift nach jedem Schluck die Augen zu und verzieht das Gesicht, mit der Theatralik, wie ein Trinker nach einem Schnaps Grimassen schneidet. Imitiert damit Kitty. Und Silvester schmunzelt, weil er weiß, seine Mutter möchte, dass er den Wink versteht. Und weil es wirklich komisch ist.

– Mama, sagt er, kann ich dich was fragen?

– Dein Hals sieht heute gut aus, mein Großer, sagt sie.

Er befühlt die Stelle unter dem Ohr. Glatt und weich, melden die Rezeptoren in den Fingerspitzen ans Hirn. Silvester erkundigt sich, ob er zum Renovieren seinen Kram ins Zimmer seiner Schwester räumen dürfe.

– Morgen könnten wir dann gleich loslegen, sagt er.

Rechnet mit einem Zögern. Einem langen Atemholen. Doch selbst ihre Mimik kippt nicht einmal ansatzweise.

– Warum nicht, Silli, sagt sie. Hast du dir die Haare geschnitten?

Gleich nachdem seine Mutter zur Arbeit gegangen ist, macht Silvester sich ans Werk. Verklebt mit Kreppband die Steckdosen und den Lichtschalter. Räumt die Kartons aus dem Weg, schiebt auch Matratze, Drehstuhl und seine Kleiderstange nach nebenan, zerlegt den Schreibtisch in Einzelteile.

Er breitet Folie über den Teppich, probiert die weiße Farbe aus.

Mit großem Schwung malt er ein riesiges *M* an die Stirnseite des Zimmers. Anfang und Ende sind nach innen gebogen: Der Buchstabe sieht wie ein Herz aus. Silvester schießt noch einen Pfeil durch das Gebilde.

Er duscht.

Wartet vor dem Südturm auf die zwei Ritter, mit denen er sich verabredet hat, wartet lange, gibt ihnen eine halbe Stunde, vor der Andacht noch fünf Minuten. Und noch mal fünf. Sie haben angekündigt, womöglich nicht pünktlich sein zu können.

Im Eiltempo treibt Silvester sie schließlich zum *Guten Hirten*.

Die Außenbeleuchtung brennt bereits bei ihrer Ankunft. Geläut hebt an. Der Klang einer Klöppelkugel, die auf Gussstahl trifft. Zwei Mal. Abgehetzt nehmen sie in der Kirche Platz. Kamp steht vorn im schwarzen Talar, trägt diese weiße Halskrause, die ihm stets etwas Clownhaftes verleiht.

– Ein Gauklerkostüm, Recke, wispert der Ältere neben ihm.

Silvester geht nicht darauf ein. Konzentriert sich auf Merle. Der Widerschein des Kerzenlichts liegt auf ihr. Die Welle des taillierten Kleids verleiht den Konturen ihrer Hüften etwas Sanftes. Leichtes auch.

Sie sitzt mit der Gitarre auf einem Stuhl neben dem Altar.

Diese ebene Haut.

Die Kuhle am Hals, die ihm so gut gefällt.

Der Ansatz der Wölbung in ihrem Ausschnitt.

Silvester kann es nicht sehen, aber er stellt es sich vor: die glattrasierten Achseln, die kinderzarte Haut dort. Hingerissen lauscht er dem Gesang: Es ist eine schwelgende, aber dennoch klare, nur noch wenig mädchenhafte Stimme.

Merle trifft nicht jede Note präzise, das hört Silvester, ihn stört das nicht, im Gegenteil. Er mag es, wie sie mit Absicht Silben in die Länge summt.

Er mag es, wie Schultern und Kopf beim Singen dieses mittelruhigen Songs mitgehen und Merles Augenbrauen an den richtigen Stellen im Text kleine Regungen zeigen. Überhaupt gefällt ihm das: ihr beim Singen und Gitarrespielen zuzuschauen.

Nur zu Beginn linst sie aufs Instrument. Danach kein verstohlener Blick mehr zum Griffbrett, nicht zur Hand, mit der sie die Saiten anschlägt. Sie ist ganz bei sich. Die Augen wandern immer wieder schräg nach oben, wie in die Sterne, wie auf einen fernen Horizont gerichtet.

Merle senkt ihr Kinn erst, als die letzten Töne ausklingen, legt den Hals schief, wie um dem Akkord und der eigenen Stimme nachzulauschen.

Eine Locke rutscht nach vorn. Und mit Verzögerung erblüht dann ein Lächeln auf Merles Gesicht. Pures Glück darüber, in diesem Moment an diesem Ort zu sein.

Nichts von diesem ansteckendem Lächeln geht auf dem Weg zu ihm (über das vielköpfige Dunkel zwischen ihnen hinweg) verloren. Die schöne Vorstellung, dass sie nur ihn damit meint, schnürt ihm die Kehle zu.

Silvester saugt an seiner Lippe, schluckt mühsam.

Kamp spricht nun ein paar Worte. Hinter ihm: die würfelförmige Kanzel, das schlichte Birkenkreuz und die quadratischen Betonreliefs, die in der geweißten Wand versenkt sind. Eins der neun Motive, die alle von der Passionsgeschichte erzählen, stellt einen Palmwedel dar, der mit etwas Phantasie an einen Drachen erinnert, der am Himmel steht. Ein anderes eine Peitsche. Silvester entsinnt sich der Striemen auf Kondors Rücken. Und auf einmal sprechen alle diese Steinbilder zu ihm.

Da ist das gebrochene Brot. Ihm fällt die Ausfahrt ans Meer ein, der halbgare Teig, den sie von den Stöcken gerupft haben. Und die Speerspitze könnte auch ein überdimensionierter Wespenstachel sein.

Dornenkranz Fesseln Würfel.

Haben sie nicht zusammen geknobelt (Mauser, Edda, Merle und er), nachdem Edda die letzte Schicht in der Videothek hatte?

Drei Nägel, schlank wie Haarnadeln. Ein Weinkelch.

– Lasst uns im Stillen beten, sagt Kamp.

Es ist kühl.

Es schüttelt Silvester. Doch er legt die Innenflächen der Hände aneinander. Eine Form jener Reglosigkeit erfasst ihn, die (sobald geschwiegen wird) in der Kirche immer auf allem zu ruhen und auf jeden einzuwirken scheint. Äußerlich und innerlich.

Das Beten kommt Silvester richtig vor: Er würde gerne einen wahren Wunsch formulieren, ein selbstloses Anliegen oder dergleichen. Das Bedürfnis packt ihn, und doch kann er seine Gedanken nicht bündeln. Ihm fällt nichts ein, nichts Konkretes, worauf er sich konzentrieren könnte. Und so schaut er wieder auf Merle.

Sie spielt noch einmal, als das Gebet vorbei ist. Und dann richtet Kamp sich mit einer längeren Ansprache an die Besucher des Fests. Silvester gelingt es erst ab etwa der Mitte, den Worten zu folgen.

– Ich glaube, ein gutes Fest führt uns vor Augen, dass ein Leben ohne von uns selbst geschaffene Gegenwelten ein ärmeres Leben wäre, vielleicht sogar ein völlig unmögliches. Die bekannte Welt und der Alltag sind nicht genug.

Kamp schoppt die Ärmel seines Talars ein wenig. Fährt fort, dass ein Fest wie ein guter Film sei. Oder wie ein gutes Buch. Wie Musik und Tanz, die zu jedem guten Fest dazugehörten. Wie ein Gebet vielleicht. All diese Dinge zögen uns hinein ins Ungewisse, sie würden uns ihre ganz eigene Dramaturgie offenbaren und dabei helfen, eigene Grenzen zu verschieben.

Ein Tuscheln vor Silvester.

– Oha, der Mann ist in Form, kichert ein Mädchen.

– Der Mann ist ein Mann, kommt die Antwort von ihrer Nachbarin.

Kamp redet weiter.

– Ein gutes Fest erweitert unser Leben um Erlebnisse, die uns an einer Stelle berühren, die man Seele nennt, sagt er, ein schwieriges Wort, weil es etwas benennt, was sich nicht herzeigen lässt. Die Seele ist der Teil unserer Persönlichkeit, der uns mit anderen verbindet und zugleich einzig macht.

Er legt eine Pause ein. Horcht in die Stille vor sich.

– …

– Hier, in unserer Seele, und nur hier findet man in raren Glücksmomenten die wichtigste Anerkennung von allen. Die Anerkennung vor sich selbst. Ein gutes Fest bietet eine Gelegenheit, sich neuen Vorstellungen und Empfindungen zu öffnen und damit auch sich selbst neu zu entdecken und das uns geschenkte Leben dankbar anzunehmen. Amen.

Kamp erteilt den Segen. Er malt ein Kreuz in die Luft: Stirn (leichter Diener dabei), Solarplexus, Herz, rechte Brust. Küsst zum Schluss Zeige- und Mittelfinger.

Dann gibt es ein letztes Lied von Merle. Track #2. Der Song, den sie auch am Strand gespielt hat.

Hinterher leert sich der *Gute Hirte* in Minuten. Und Silvester und Merle steigen nebeneinander hinab in die Katakomben.

– Dachte schon, du kommst nicht, sagt sie ablenkend.

– Klang gewaltig in dem Kasten, sagte er.

Deutet auf den Gitarrensack in ihrer Hand.

Nimmt synchron mit ihm die letzte Stufe.

Im Gang ist das Licht aus den Deckenstrahlern durch die Abklebungen mit buntem Fensterpapier gedimmt. Lange Bahnen aus Alufolie schmücken zwischen den Bildern an der Wand den nackten Putz und erzeugen hübschbunte Reflexe.

– Warum hätte ich nicht kommen sollen?

Silvester bleibt stehen. Der Lärm der Gespräche, der Schall der Stimmen, der sich über ihren Köpfen bereits aufzufalten beginnt. Merle schaut ihn an.

– Egal, sagt sie, du bist ja hier, Silvester Lanzen.

Sie trennen sich. Merle muss zum Ausschank, Silvester ans Mischpult.

II

The Making-of

Silvester über … *Silvester (II)*

- *Tja, wie sieht man sich selbst? Ich sag mal: Silvester Lanzen (18) hat sich, wie wir alle, seine Rolle nicht ausgesucht. (Räuspert sich.) Aber es ist ihm schon wichtig, sich zu beweisen, zu reifen. Als Mensch. Er will ganz bestimmt kein Pappkameradendasein …*

- *Für mich ist das der Punkt: Er hat diese wahnsinnig hohen Ansprüche an sich – und an andere. Zugleich ist er aber auch nicht mehr als ein großer Junge, launisch, sentimental, unfertig, zu fast allem fähig, sobald er Ungerechtigkeiten wittert. Das mag ich, durchaus. Er ist gefährlich für sich selbst. Der tragische Held, ganz klassisch vielleicht sogar. Vielleicht hat er auch einfach zu viele Filme geguckt? (Lacht.) Er sehnt sich nach dem großen Glück, aber hat eigentlich keine genaue Vorstellung davon, wie es aussehen könnte. Ja, Silvester misstraut seinen Gefühlen …*

- *Begreift er, dass es bis zuletzt nie Erlösung von Kampf und Mühsal geben wird? Aus Silvesters Warte wirkt zumindest eins klar: Wenn du älter wirst, scheinst du gleichgültiger zu werden. Doch das will er nicht. (Macht eine leere Geste.) Will neugierig bleiben, will die Dinge verstehen. Ich glaube aber, er fürchtet auch: Je älter du wirst, desto weniger verstehst du. Der Horror. Bozorg. Kamp. Es ist schlimm, von den Vorbildern enttäuscht zu werden, schließlich formst du dich nach diesen Vorbildern in deinem Kopf. Und ich frage mich, ob es nicht gerade das ist, was ihn an Merle verblüfft. Sie hat da diese pragmatische Ader, dieses gesunde Urvertrauen in sich selbst, lässt los. Sie klammert sich nicht so sehr an* kindische *Ideale …*

▸▸

Zähflüssig drängen sich die dichten Ströme in den Katakomben aneinander vorbei, und immer noch mehr Volk schwemmt es die Treppe hinab. Rund um den Ausschank Geplapper Gelächter Geschrei. Wortsalven hier, Beiläufiges da.

Musik aus dem Bunker nebenan.

Mädchen fallen sich in die Arme. Stimmen klettern eine Tonlage hinauf. Perlendes Gickeln, Schnattern und Tuscheln im Wechsel. Jungs in ihrer Nähe sondieren die Lage, in ihnen drin ein Radar, das unablässig nach Fixpunkten ausschweift; ein wortkarges Suchen in dem sich laufend (von Sekunde zu Sekunde) verändernden Wimmelbild aus Körpern Gesichtern Frisuren Schatten Mustern Farben, lauter Farben.

Gespräche werden angefangen und versickern, Grüppchen ziehen weiter, lösen sich auf, formieren sich neu. Silvester beobachtet das Treiben im Gang eine Weile, trinkt sein Bier, reiht sich dann hinter denen ein, die es zum Tanzen zieht.

Der Bunker heißt sie mit gewittrigem Getöse willkommen. Aus den Lautsprecherboxen raspeln Stromgitarrenklänge, angetrieben von streng prügelnden Schlagzeugbeats. Eine ganze Wand durchdringender Geräusche steht unsichtbar im Raum und schirmt die Lichtung, das Areal unter der Discokugel, gegen den schummrigen Rest ab. Hier brodelt es. Hier entlädt sich die Hauptenergie.

Arme werden ausgestreckt.

Hände durchschneiden die Luft.

Die nackten Hautpartien der Tanzenden glitzern wie

Salzkristall bei hellem Mondschein. Enge Tops stramme Jeans tief ausgeschnittene Shirts knappe Röckchen Schuhe mit Absätzen grellbunte Sneakers funkelnder wippender Schmuck.

Silvester peilt die Bar an, kehrt ans Mischpult zurück, das Mauser ein paar Minuten lang für ihn übernommen hat. Verständigung. Ist schwer.

– Gar nicht bemerkt vorhin. Neue Mütze?

Silvester deutet auf Mausers Käppi.

– Immer dasselbe Modell, brüllt Mauser zurück.

Erzählt davon, dass die blauen Boxhandschuhe von Kondors Bruder am Morgen an der Gartenpforte hingen.

– Du meinst, entgegnet Silvester, das Gespenst Kondor ist zurück.

– Mit einem besonderen Dankeschön, ja …

Schulterzucken bei Silvester.

– Das Wrack ist in der Nacht ausgebrannt.

– Passt ins Bild, nickt Mauser, da räumt jemand auf.

Silvester fummelt an einem roten Regler herum, sieht, noch während er das tut, eine Reihe von Bildern hinter der Stirn aufpoppen.

Blinkende Herzen.

Das Wrack mit dem kopfstehenden Einkaufswagen auf dem Dach.

Die Flammenspitzen, die aus den Fensteröffnungen schlagen, bald gelblich, bald rosa leuchtend. Und der Wind, der in das Licht hineinpustet wie ein Kind in ein Rund aus Geburtstagskerzen.

Silvester domptiert diese Erinnerungen, indem er nach dem Kopfhörer greift.

– Für mich ist das Thema durch, sagt er.

Nach einer Zeit, ein paar Songs später, erscheint Merle. Ein Kitzel, nur schwer einzuordnen, überfällt Silvester, während sie miteinander sprechen. Ein unbekannter Duft haftet an ihr. Parfum. Aber das allein erklärt es nicht. Sie fragt:

– Hat das was mit Brand III zu tun?

Sie betrachtet die blauen Flecke, immer wieder auch sein kurz geschnittenes Haar. Die Spannung zwischen ihnen ist zwar nicht unerträglich groß, aber spürbar. Silvester nimmt seinen Mut zusammen. Er sagt:

– Die Sache mit Brand III hat sich ein für alle Mal geklärt.

Er kann nicht formulieren, wieso (nicht mal still für sich im Kopf), doch ihm scheint, als wüsste sie das bereits. Als wüsste sie alles. Umso seltsamer wirkt ihre Distanz. Sie sagt nur knapp:

– Gut. Die Sache mit Domino leider nicht.

Ein kämpferisches Schimmern in den Augen. Ein kaum hörbares Flattern in ihrer Stimme. Silvester sagt:

– Sie ist nicht hier.

– Ist noch früh, kommt die Antwort.

Merle streichelt sich mit den Fingern über den Arm. Silvester meint, er könne die Erwachsene kurz sehen, die sie einmal sein wird. Erschreckt darüber, wie gut ihm das gelingt. Er muss zur Decke schauen.

Merle beginnt, von K16 zu reden.

Er wird noch ein wenig unsicherer, was das alles zu bedeuten hat. Doch er wüsste auch nicht, wie die Dinge auf die Schnelle zu klären wären.

Edda holt Merle ab.

Silvester sieht, wie die zwei von der Masse der Tanzenden geschluckt werden, kümmert sich um die Musik. Zwischendurch leisten die Ritter ihm dabei Gesellschaft. Es ist zu merken, dass sie bereits einen gewissen Pegel an *Beschmortheit* erreicht haben, wie sie das nennen. Der Ältere erkundigt sich, ob Silvesters Feinde wohl schon auf dem Fest eingetroffen seien.

– Meine … *Feinde?*

Silvester überlegt, ob er gestern etwas erzählt haben könnte, das er wieder vergessen hat. Ihm fällt nichts ein. Guckt fragend von einem zum anderen. Bandana lüftet daraufhin den Helm, rückt am Bandana herum, das er darunter trägt.

– Einerlei, sagt er, knüppelgeile Party!

Auch der Ältere nimmt den Helm ab und klopft Silvester auf die Schulter.

– Wir stehen Seite an Seite mit ihm, wenn er uns braucht, Recke!

Sie stapfen durch den Sand davon. Silvester sieht, wie die zwei Dominos Weg kreuzen. Sie ist also da. Und da ist auch Merle an der Schwelle zum Bunker.

Merle verschränkt die Arme vor der Brust.

Domino tanzt.

Das lange Haar fällt ihr über die Schultern herab bis zu den Brusthügelchen. Sie reckt die Arme in die Höhe. Zwischen dem schweren, silbernen Kettengürtel, der direkt auf der Hüfte sitzt, und Dominos enger Bluse liegt ein schmaler Streifen Haut frei. Silvester sieht ihren Bauchnabel. Und Silvester ist sich ziemlich sicher, dass Domino ihn noch nicht bemerkt hat. Sie tanzt, weil es ihr Spaß macht.

Und weil es ihr Spaß macht, sich zu zeigen.

Domino geht immer wieder tief in die Knie, die Arme bleiben weit über dem Kopf. Die Hände kreiseln mit lang ausgestreckten Fingern in den lockeren Gelenken.

Die Krawatte hüpft, die Spitze flattert auf und ab.

Silvester hat das sehr gemocht früher. Ihre Eleganz, das Antilopenhafte. Und er hat es schon immer auch merkwürdig gefunden, wie vorhersehbar die Bahnen ihrer Bewegungen nach einer Zeit werden.

Eine gestelzte Ekstase.

Die chaotisch wirbelnden Glieder der anderen verstärken den Eindruck heute noch: Die Anstrengung, die darin liegt, stilvoll sexy sein zu wollen inmitten von so viel Ausgelassenheit und Fröhlichkeit, hat auch etwas Trauriges. Und dann geht ihm auf: Das liegt nicht an dem, was sie tut. Es steckt tief in ihm. Schon lange.

– Warum ziehst du nicht ganz zu mir?

Das hat sie ihn an seinem Geburtstag gefragt. An dem Abend, als er nach der Ausfahrt bei ihr ist und eigentlich danach Merle am Eiscafé abholen will.

– Klingt gut, sagt er mau zu Domino.

– Das war kein Heiratsantrag, mein Schatz.

Pause.

Er schwenkt das geöffnete Kästchen in der Hand, in dem der Schlüssel zu ihrer Wohnung liegt. Auf nachtblauem, samtigem Untergrund. Ihr Geschenk für ihn.

– Ich sagte doch: Klingt gut, sagt er.

– Wir müssen deshalb nicht weniger oft miteinander vögeln, Sil, und ich räume sogar ein Schrankdrittel oder -viertel für dich.

Sie steckt sich die Haare hoch, lässt Badewasser ein, singend und summend. Ihr Glück über ihre Pläne zerschießt alle seine Pläne. Ihm fehlt Rücksichtslosigkeit, und ihm fehlt eine Erklärung, warum das so ist.

– Ich habe meiner Mutter versprochen, gleich zurück zu sein, lügt er, länger als eine Stunde allein im Südturm, das killt sie nach gestern Nacht. Dass Prinz weg ist, nimmt sie ziemlich mit.

– Ja, vielleicht solltest du ihr auch nicht sofort erzählen, dass du ausziehst.

– Nein, sagt er.

Ist dann zurück zu seiner Mutter. Mit diesem Gefühl, das sich kaum spüren ließ, das aber da war. So, als würde man erleben, unter Wasser zu weinen.

Völlig irre, aber er hat Domino auch deshalb nicht verletzen und nicht direkt vor den Kopf stoßen können (so hat er sich das nach und nach zurechtgelegt), weil er fürchtete, nach einer derartigen Grausamkeit Merles Gegenwart nicht *würdig* zu sein. Seine Feigheit machte es aber auch nicht besser.

Und jetzt?

Jetzt tanzt Domino nicht mehr. Und Merle guckt nicht mehr. Silvester kann sie beide nicht entdecken. Edda schaut dafür am Mischpult vorbei, lobt Silvester für sein glückliches Händchen beim Auflegen. Gemeinsam gucken sie auf die Tanzenden, die fliegenden Gliedmaßen. Edda lacht:

– Stell dir vor, die Tonspur wäre aus und keiner würde es merken.

Silvester findet den Gedanken eigenartig gespenstisch und verstörend. Möchte auch sich selbst davon ablenken. Er sagt:

– Domino schon gesehen?

– Zeit für Helden, gibt Edda zurück.

Nimmt ihre leicht beschlagene Brille von der Nase.

– Wie meinst du das?

– Das ist eine Krisensituation, in der man sich beweisen kann. Bitte …

Sie winkt jemandem, der sich von der anderen Seite des Tresens nähert. Domino. Und Domino winkt zurück, ruft in Richtung Silvester:

– Und, mein Schatz, willst du mir nicht richtig hallo sagen? Hab dich kaum erkannt mit den kurzen Haaren.

– Hi. Du hier?

Der verkniffene Mund, als er sich die Kopfhörer aufsetzt. Das Blitzen unter den Wimpern, bevor sie ihr Lächeln wiederfindet. Ihr kaum vernehmliches:

– Na, sprechen wir später!

+

Erec und Erik sind an der Reihe mit der Musik. Silvester hat sich mit Merle ein Stück abseits der Tanzfläche zurückgezogen. Sie kuschelt sich in seinen Arm. Es wundert ihn ein bisschen, und er dreht sich kurz darauf wieder so zu ihr, dass er sie ansehen kann. Möchte sich bei ihr entschuldigen und weiß nicht recht, wofür.

– Wir können auch abhauen, wenn du willst, sagt er.

– Warum? Weil *sie* da ist? Nö.

Er führt die Hände hinter den Kopf, als wolle er sie dort verschränken, aber wuschelt bloß einmal durch das, was von seinem wilden Kraushaar übrig ist.

– Zugegeben, Merle von Aue, versucht er es, die letzte Zeit, das war nicht gerade die ruhmreichste Episode meines Lebens …

Er stockt.

– Aber …?

Er hat an kein Aber gedacht. Verwirrt, vielleicht auch befangen wegen der unterkühlten Nachfrage, blickt er an ihr vorbei. Und sie tut bei ihm das Gleiche.

– Ich kann Dom nichts verbieten, bringt Silvester hervor.

Was genau will er sagen? Er kann ihr nicht verbieten, um ihn zu kämpfen, verrückt nach ihm zu sein, sich an ihm und Merle zu rächen?

Sie hebt das Kinn.

– Mit Reden wird es heute nicht besser, sagt sie.

Wirkt auf ihn wieder, als wäre sie kilometerweit entfernt. Doch dann hat sie sich auch schon erneut mit dem Rücken an ihn gelehnt, parkt vor ihm ein, legt sich einen seiner Arme wie einen Sicherheitsbügel vor den Bauch. Merle lehnt den Hinterkopf sanft gegen seine Schulter. Neben ihnen zwei Konfirmanden, die an der Öffnung eines Flachmanns schnuppern.

– Für harte Kerle, sagt der eine.

Und der andere gibt damit an, eine Halbliterdose Bier schießen zu können. Es ist der mit diesem Hörgerät, Silvester fällt der Name nicht ein. Er schmiegt sich dichter an Merle heran und schließt die Augen, nähert seine Nase den Locken.

Er inhaliert tief alle Luft, die hineingeht in die Lungen. Riecht eindeutig Merles Geruch heraus. Das Holzige in ihrem Haar. Gutes Kaminholz. Vermischt mit einem Hauch von Shampoo. Eine Stimme neben ihm schrillt:

– Das Zeug brennt im Rachen. Höll! Le!

Der mit dem Hörgerät. Er haut Silvester einen Ellbogen in die Rippen, ohne Absicht vermutlich. Merle nimmt Silvesters Hand, zieht ihn fort, durch die dunkle Schwüle im Bunker weiter nach hinten.

Sie wechseln im Zickzack zur Sofagruppe in der Ecke.

Sie sitzen. Silvester erkennt nur noch Schemen. Er sieht ihn trotzdem, den ausgefransten Rand zwischen der stachelbeergrünen Iris und dem Weiß. Sieht auch Merles Mund, ist nah genug dran, sieht die feinen Rillen, die ihre Lippen schraffieren, die schildförmige Furche unter der Nase.

Er fühlt einen Sog nach unten, nach vorn, vergräbt seine Finger in ihrem Haar, ist schließlich so nah bei Merle, dass er sie atmen hört. Er sagt:

– Sprudelnder Süßwein, richtig?

Er schmeckt es fast schon.

Sie nimmt wortlos sein Gesicht in beide Hände, führt es die letzten Zentimeter, beugt sich ihm entgegen. Sie küsst ihn mit leicht geöffnetem Mund. Er spürt, wie sich ihre Zungenspitze vorwagt.

Ein feines Kribbeln kriecht seine Oberschenkel hinauf. Sie betastet durch die Hose sein Bein. Seine rechte Hand wölbt sich auf ihrem Kleid um die Rundung ihrer Brust. Eine plumpe Tatscherei ohne Bedeutung.

Er empfindet nicht das, was er empfinden sollte.

Weißblitz!

Und noch einmal: Weißblitz!

Grell blendendes Kameralicht unterbricht sie. Merle löst sich von Silvester, schirmt die Augen mit dem Unterarm ab.

– Schluss damit, neckt Tristan, Fummelmucke läuft doch noch gar nicht.

Merle und Silvester kehren zurück in den Gang, in dem es mittlerweile beinah genauso voll ist wie im Bunker, nur ein bisschen weniger laut.

– Oh, du hast einen weiteren Wunsch frei, Silvester Lanzen.

Sie wischt ihm eine Wimper von der Wange. Er spürt noch den Druck von Merles gerillten Lippen auf seinem Mund.

– Kann auch von dir sein, sagt er.

– Okay, sagt sie, Chance vertan.

Pustet selbst die filigrane Sichel von der Daumenkuppe.

– Und, Zugbrücke runter, Merle von Aue, wer saß vorne auf dem Schimmel, du oder dein Prinz? Wer hatte die Zügel in der Hand?

Sie lächelt, lässt den Blick vorbei an den Körpern und Köpfen um sie herum schweifen. Merle sagt:

– Haben wir über Pferde nicht schon mal gesprochen? Erzähl von den Rittern.

– Du magst langbärtige Typen in Rüstungen?

– Weiß nicht. Entscheidend ist doch, wer unter den Panzern steckt.

– Keine Chance, sagt er, ich glaube, die beiden Herren sind ein Paar.

– Na, dann.

Ein Doppelklopfen von Merles grazilen Knöcheln gegen Silvesters Brustbein.

Gleich danach (er überlegt gerade, sich einen Ruck zu geben und Merle eine aufmüpfige Locke aus dem Gesicht zu streichen) tippt ihm jemand auf die Schulter.

Kamp.

Teddybäraugen. Wer hat das noch einmal gesagt?

Silvester soll helfen. Sucht fragend Merles Blick, bevor er Kamp folgt.

– Ich pass schon auf mich auf, sagt sie.

Neben der Tür zum Pastorenbüro: in die Höhe gestapelte Getränkekisten und Kartons. Kamp und Silvester arbeiten einen Teil der Türmchen ab, schleppen das Zeug zum Ausschank, stapeln Leergut, das sie im Gegenzug wieder mit nach oben nehmen, an anderer Stelle auf.

– Entschuldigung, sagt Kamp, hast *du* eigentlich deine Freundin eingeladen?

Silvester schüttelt den Kopf.

– Zwischen ihr und mir ist Schluss, murrt er, wieso?

Kamp zieht die Augenbrauen nachdenklich zusammen. Die Kinnlade klappt auf, einen Bruchteil früher als nötig. Er verzögert das Lossprechen. Sagt schließlich:

– Sie trinkt ein bisschen stark über ihren Durst.

Vielleicht die Wortwahl.

Vielleicht der Anblick der vielen Getränke. Oder auch

etwas ganz anderes. Silvesters Mund wird trocken. Er sagt:

– Und? Sie ist keine 15. Was soll ich machen?

Ärgert sich. Es sollte nicht so patzig klingen, wie es klingt. Kamp nimmt eine andere Haltung ein. Väterlicher, weniger kumpelhaft.

– Du bist auch keine 15, sagt er, du kennst sie. Manchmal reicht ein wenig Aufmerksamkeit.

– Okay, sagt Silvester, klar.

Seine Wahrnehmung verrauscht kurz. Er sieht Kamp mit Schellenkappe. Hört ein Klingeling. Es sind die Flaschen in dem Kistenturm, den er mit dem Fuß an die Wand schiebt. Er sieht schnell zu, dass er zum Fest zurückkommt. Und auf dem Weg nach unten gibt es wieder dieses Flackern im Gang. Bereits das dritte, vierte Mal.

Eine plötzliche, komplette Gesprächsstille.

Totale Dunkelheit.

Dann setzen Beleuchtung und Lärm wieder ein. Silvester nimmt die letzten Stufen, sieht von der erhöhten Position aus: Domino.

Wie sie beim Gehen die Oberschenkel vorschiebt: Ihr Laufstegschreiten, einen Fuß vor den anderen setzend (allerdings mit Stöckelschühchen in der Hand sowie leichtem Linksdrall). Auch sie entdeckt ihn.

Domino wölbt die Lippen vor. Fegt auf Silvester zu, umzuckt von elektrischer Spannung. Die Szene hat er so ähnlich schon erlebt, sie beide in den Katakomben. Nur mit weniger Publikum damals. Und was auch anders ist: Sie tut ihm jetzt fast leid.

– Nervös?, fragt Domino.

Bronze auf den Augenlidern. Die stark geweiteten Pupillen verdunkeln die Augen nahezu vollständig. Silvester sagt ruhig:

– Musste das unbedingt sein, Dom? Was suchst du hier?

– Du brauchst dich nicht für deine Kinderdisco unter der Kirche zu schämen. Die große Domino findet deine putzigen Hanseln und Puppen wirklich niedlich.

– Gib mir doch einfach eine Antwort, sagt er.

– Du willst wissen, was ich hier suche? Ich gucke mir das neugierig an, das ganze Tamtam und Trara. Hui. Ist ja echt toll.

Stadtführerarmschwung. Sie schaut Silvester dabei herausfordernd an.

Er riecht den Alkohol in ihrem Atem. Chemische Süße.

– Ich will, dass du gehst, sagt er.

Domino lässt ihre Pumps auf den Boden fallen, müht sich beim Hineinkommen ab. Sie ringt mit dem Gleichgewicht. Er hilft ihr.

– In Liebe und Krieg ist alles erlaubt, turtelt sie.

Leicht lispelnd. Sie legt sich eine Hand an die Kehle. Zaubert mit der anderen aus ihrem roten Täschchen eine Flasche hervor und hält sich den Glasbauch einen Moment kühlend gegen die Schläfe. Das Licht der Deckenleuchten bricht glitzernd in den Tropfen, die an der Flaschenwand hängen. Silvester sagt ruhig:

– Du bist hacke.

Ein Grinsen von ihr.

Sie hantiert am Verschluss, stürzt den Korn direkt aus der Pulle hinunter.

– Oh ja, das bin ich, sagt sie absichtlich bräsig, ich bin dun.

Verliert den Schraubdeckel, taucht dem kullernden Ding ungeschickt hinterher.

Silvester stöhnt.

– Warum gehst du nicht einfach nach Hause?

Sie richtet sich wieder auf. Spült einen weiteren Schluck hinunter.

– Ich möchte ein Biest sein, sagt sie, ich möchte in dem süßen Märchen von *Fräulein* die böse Hexe spielen, mein Schatz.

– Das macht dich so liebenswert, sagt er, deine romantische Ader.

– Nicht wahr!

Sie lacht. Ihr Gesicht und ihre Augen lachen nicht mit. In ihr arbeitet etwas.

– Gib mir den Korn, sagt er, du hast genug.

Sie reagiert darauf nicht.

– Ich will mit dir alt werden, Sil. Ich will zusehen, wie du älter wirst, sagt sie, und das habe ich *Fräulein* auch aufs Brot gestrichen, als sie mir gestern den Besuch abgestattet hat. Das mit ihr ist doch nur eine Episode.

Silvester dreht den Kopf ein Stück wie jemand, der noch einmal wiederholt haben möchte, was gerade gesagt wurde.

– Wie bitte? Sie war bei dir?

– Jahaha! Eine ganze Abordnung. *Fräulein* und diese Große mit der Brille und dem ulkigen kurzen Putz. Sie haben mir eine Einladung gebracht wie zu einer Geburtstagsparty mit Topfschlagen!

– Das denkst du dir aus.

Mit dem Handballen an seiner Schulter stützt sie kurz ihren kippligen Stand.

– Hups, sagt sie, ich hätte das filmen sollen, Sil, zum Später-noch-mal-Angucken. *Fräulein* war richtig forsch. So süß! Ihr Klapperrad hatte einen Platten, weißt du. Und das fand sie ja nun ganz gemein …

– Ist gut jetzt, Dom. Sie haben dir keine Einladung gebracht.

Domino streckt die Finger zum Eid stramm in die Höhe.

– Ich schwöre! Ist passiert. Ein grausames Herumtrampeln auf meiner zarten, zarten Seele. Aber ich halte das alles aus, mein Schatz. Deinetwegen.

Das Begreifen fährt mit Wucht durch Silvesters Hirn, hinterlässt Verwüstung.

– Noch einmal, Dom, sagt er, Merle hat dich wirklich eingeladen?

– Sie. Mich. Jawoll. Höchstpersönlich.

Dann drängt sich eine kauzige, geduckte Erscheinung von der Seite zu ihnen durch. Ein Konfirmand. Silvester sieht die aufgerissenen Augen in dem rundlichen Jungsgesicht. Körts kommt näher, er holt Schwung aus dem Ärmchen.

Silvester fragt sich, was er genau vorhaben mag.

Das Wort *angriffslustig* schießt ihm in den Sinn. Bemerkt, dass Körts etwas in der Hand hält, einen Pappbecher. Er scheint auf Domino zu zielen. Und entscheidet sich im letzten Moment um.

– Schönen Gruß von einer gewissen Dame, Schwerenöter, sagt Körts.

Schleudert Silvester den Inhalt des Pappbechers entgegen: Die Flüssigkeit klatscht Silvester gegen die Brust. Und spritzt ihm über Hals und Arm.

Körts wieselt davon.

– Oh, là, là, höhnt Domino, das wird ja immer interessanter hier.

+

Alle paar Meter rempelt Silvester im Gang jemanden an, stößt gegen Schultern und harte Ellbogen. Schuhe scharren über den Boden: Der Sand unter den Sohlen, der von nebenan herübergetragen wurde. Eine helle Spur, der Silvester folgt, die sich bis zur Türöffnung verbreitert.

Im Bunker vibriert die Musik bis tief in Silvesters Eingeweide hinein.

Die Discokugel zersplittert das Licht. Streut fließende Muster überall im Raum. An den Wänden, an der Decke, auf den Gesichtern und Körpern.

Das spastische Glück der Tanzenden.

Silvester hat Merle bald erspäht: Die kinnlangen Locken fliegen. Sie schwitzt, dass die Haut am Hals wie glasiert aussieht. Er nähert sich ihr.

Sie bemerkt es, schaut ihm entgegen, macht dabei so ein Zeichen: *jetzt gerade nicht …!*

Er ignoriert es. Baut sich vor ihr auf.

Merle verharrt, zeigt (verpackt in ein Lächeln mit verrutschten Mundwinkeln), dass sie enttäuscht von ihm ist. Silvester hakt die Daumen fest in die Hosentaschen, sieht links und rechts von sich matte Blicke, die sich auf ihn richten.

Grimassen.

Ein blondiertes Mädchen glotzt ihn unverhohlen an, schaulustig. Silvesters Augen verengen sich noch ein Stück. An der klitschnassen Stelle über der Brust klebt das T-Shirt unangenehm eng und kühl auf seiner Haut.

– Du hast sie eingeladen, sagt er zu Merle.

Nicht sonderlich laut.

(Gut möglich, dass es nicht mal bei ihr ankommt.)

Sie dreht sich weg, verfällt wieder ins Tanzen. Sein Arm schlingt sich um ihre Taille und wirbelt sie herum. Sie hält ihn auf Abstand, ihr Lächeln jetzt komplett wie ausgeknipst. Dann führt sie plötzlich die Hände in seinen Nacken, verschränkt sie dort, schmiegt sich vorsichtig an ihn, wiegt die Hüften wieder im Takt.

– Wir haben einfach kein großes Talent füreinander, oder?

Der Merle-Geruch unter den letzten Überbleibseln Parfüm. Silvester kann ihn riechen. Und den Hauch von etwas Citrusartigem. Bergamotte wird es genannt, hat er mal gehört, ein Duft, der bei Männern weniger frisch, weniger fruchtig ist, Moschus heißt. Silvester steht noch immer stocksteif da, sagt:

– Ich blicke das nicht mehr. Findest du das lustig?

Sein Schatten in ihrem Gesicht.

– Was?

Silvester deutet auf die durchnässte T-Shirt-Stelle.

– Mir hat gerade einer von den Kleinen eine Ladung Prosecco übergekippt. Mit voller Absicht. In deinem Namen. Geht's noch?

Zu seiner Verwunderung lacht sie laut auf. Sein Magen meldet sich mit einem unangenehmen Ziehen. Die Blondierte neben ihnen glotzt weiter unverhohlen und amüsiert sich offenbar prima. Silvester zerrt Merle aus dem Gedränge.

– Du hast dich nur mit ihr unterhalten, sagt sie schnippisch, ich weiß.

– Ja, ich bin auch nur ein Mensch.

– Es sah aus, als hättet ihr euch viel zu erzählen.

– Lass das. Du und Edda, ihr wart bei ihr. Davon wusste ich nichts.

– Sie empfängt ja gerne Besuch.

Er stutzt. Er begreift. Und es ist, als würden die Worte nun von selbst aus ihm herausbrechen, ohne dass er das verhindern könnte.

– Aha, Merle von Aue, du willst das. Du willst dich unbedingt zoffen.

– Wann warst du noch zuletzt bei ihr?

– Was wird das? Möchtest du ein Geständnis? Möchtest du hören, dass ich letzte Woche noch mit Domino im Bett war?

– Du bist mir nicht verpflichtet, sagt sie (nun deutlich reserviert), du musst mir keine Geständnisse machen. Ich weiß auch gar nicht, ob ich die hören will.

– Ich war nicht mit ihr im Bett.

– Sie erzählt etwas anderes.

– Wundert dich das?

Unter ihrer Haut flammt es auf. Entschlossen. Ihre Augenlider flackern.

– Erinnerst du dich? Du hast bei mir vor der Tür gestanden, im strömenden Regen und hast mir mitgeteilt, wo du in der Nacht vorher warst. Ich muss nicht genau wissen, was ich sowieso glauben muss.

– Ich war bei ihr, und ich weiß, ich hätte das niemals tun sollen, sagt er, leider verbockt. Aber ich habe dich nicht belogen.

– Wenn du an meiner Stelle wärst, was dann?

Noch einmal sagt er daraufhin:

– Ich bin auch nur ein Mensch.

Das lässt sie nicht gelten.

– Du wiederholst dich. Und sowieso ist das ziemlich dreist. Was willst du mir mitteilen? Es ist besser, wir denken beide noch mal nach, bringt Merle hervor.

– Worüber?

Merle leise von den Zinnen ihrer Enttäuschung herab:

– Über bescheuerte Erklärungen? Über Taktlosigkeit von mir aus. Über …

(Sie macht eine kurze Sprechpause.)

– … darüber, schiebt sie hinterher, welche Art Menschen wir sein wollen.

Er wischt sich unterm Ohr längs, die unterschiedlichsten Gedanken schwirren hinter der Stirn durcheinander. Er bekommt sie auf die Schnelle nicht geordnet und fühlt sich von Merle durchschaut.

– Es gefällt mir nicht immer, wer ich bin, sagt er.

Sie schüttelt den Kopf.

– Es ist nicht nur deine Schuld.

Wendet sich weg. Gemeint ist damit eindeutig: *Ich möchte nichts weiter hören, nicht weiter sprechen*. Silvester schielt kurz auf die Wölbungen ihrer Brüste, die sich im Gegenlicht abzeichnen. Dann hoch zur Decke: Kondenswasser hat sich dort gesammelt, taufein.

– Sie soll es dir selbst erklären, sagt er.

– Vergiss es.

Sie rückt an einem Schulterträger unter dem Kleid. Und unpassenderweise überkommt ihn die Lust, sie zu berühren, vielleicht sogar mit den Lippen, ihre von diesem hauchzarten Schweißfilm überzogene Haut zu schmecken.

– Wir stiefeln jetzt zu ihr, beschließt er, hören, was sie zu sagen hat. Und dann sehen wir weiter.

– Nein. Bestimmt nicht.

Mauser erscheint, berichtet von Dominos Zusammenklappen. Merle schlüpft in die Katakomben raus. Verschwindet. Ihr Geruch, der bei ihm zurückbleibt. Er verliert ihn unterwegs zur Mädchentoilette, wo Edda die Wartenden zur nächsten Tür weist und Silvester nebenbei gleich auf Kondor vorbereitet.

– Wunder dich nicht, er ist, nun ja, *kostümiert*.

Silvester hört die Spülung, als er den gekachelten Raum betritt. Kondor steht vor der geschlossenen Kabinentür: Wams Eisenhandschuhe Ritterhelm.

– Ouh! Meister, begrüßt er ihn, immer in Schwierigkeiten.

– Wie so viele von uns.

– Wie so viele? Ja, dein Punkt. Gründen wir einen Club?

Kondor berührt Silvester an der Schulter, zieht die Hand zurück, als hätte er sich verbrannt. Silvester sagt:

– Kriegst du das Schloss auf?

Wieder Wasserrauschen. Nach dem Verklingen geht das Geräusch über in das Sprudeln beim Befüllen des Spülkastens.

– Na, wenigstens sprichst du noch mit mir, Meister.

Kondor hat das Butterflymesser in der Hand. Klick, klack: Es fächert auf. Er hantiert am Plastikknauf, verschafft Silvester Zugang zur Kabine.

Domino würgt noch einmal über der Schüssel. Silvester bringt sie zum Waschbecken. Er schaufelt ihr Wasser ins Gesicht. Domino schaufelt sich selbst Wasser ins Gesicht. Ihre benetzten Haare. Der säuerliche Geruch.

Domino schiebt sich ein Kaugummi in den Mund. Auf dem Weg nach oben stützt er sie. Edda, die Dominos Jacke aufgetrieben hat, packt mit an. Kurz vor der Treppe schreit jemand aus einem Pulk in Richtung Silvester:

– Ist das nicht die Falsche? Hahaha!

Domino quält sich. Sie schlingert und knickt in den Knien ein.

– Volle Breitseite im Motorikzentrum, Schuldigung, lallt sie.

An der Luft trippelt sie sofort auf ein Gebüsch zu. Übersieht eine leere Pulle, tritt dagegen, die Flasche rollt über die Steinplatten.

Domino beginnt erneut hustend zu würgen. Silvester entfernt sich, wartet mit Edda am Eingang auf sie, direkt neben einem sanduhrförmigen Betongebilde. Dicht an dicht stecken oben in dem offenen, mit Streugut befüllten Rund die Zigarettenkippen in einer Art Metallsieb. Edda:

– Voll abgestürzt. Du wirst sie wohl kaum ihrem Schicksal überlassen können.

– Na, großartig.

Wind fährt in die T-Shirt-Ärmel. Er versenkt die Fäuste in den Hosentaschen. Erntet ein halb vorwurfsvolles Edda-Stirnrunzeln, das ihn verblüfft.

– Und, sagt sie spitz, du kriegst das ohne meinen Beistand geregelt.

In Silvester pendelt es zwischen Aufruhr und Erschöpftheit. Er nickt.

– Komm, ruft er Domino zu, wir machen einen Spaziergang.

Er bringt sie zur Straße. Das tintige Dunkelgraublau der Haufenwolken über ihnen. Domino greift nach seiner Hand.

– Keine Kutsche für das Königspaar da, was?

Silvester sträubt sich. Domino lässt ihn aber nicht los. Stattdessen wird ihr Griff fester. Er wird grob. Blafft sie an.

– Herrgott noch mal, presst er hervor.

Am Rand des Blickfelds ein Fahrzeug, das hält. Silbern. Groß. Die Lichthupe geht. Domino schert sich nicht darum. Sie rangelt weiter mit ihm. Fragt:

– Du weißt gar nicht, wer vor dir steht, oder?

– Steht nicht Domino vor mir?

Fröstelnd verdreht er die Augen. Weicht einen Schritt zurück. Eine Haut aus Tränenflüssigkeit schiebt sich vor ihren Blick. Wieder geht die Lichthupe.

– Du weißt es wirklich nicht, Sil?

– Okay, Dom, sagt er, wer steht vor mir?

– Die Frau deines Lebens.

Kann es nicht auch ein Scherz sein? Ist es aber nicht, glaubt Silvester. Die Worte haben die perfekte Balance zwischen Ironie und Ernst.

– Wow, kommentiert er.

Mit hörbar spöttischem Unterton, ganz unzweideutig. Zugleich senkt sich eine Autoscheibe. Ein Surren.

– Junge, nur auf ein Wort! Stimmt es, was man hört? Hier steigt ein Fest?

II

Silvester über … *Gott usw. (II)*

- *Verlust, das ist der vermutlich ultimative Schock, mit dem es anfängt, das Bewusstsein der Endlichkeit. So unfassbar das Ganze für jeden von uns bleibt. (Denkt nach.) Ich behaupte, Silvester ahnt das: Ein Datum, an dem die Trauer abläuft? Gibt's nicht. Die entwickelt sich mit einem mit, die hast du dann einfach, so schattenartig. Und nach und nach kapierst du auch: Mit den Toten ist das wie mit erfundenen Personen. Wenn du die nicht vergisst, ruhen die nicht friedlich in Gräbern bzw. brav in den Geschichten, aus denen die kommen, sondern sie führen in uns diese körperlose Existenz, beinah so lebendig wie Lebendige. Ist das nicht so? Eine rhetorische Frage …*

- *Genau, ja. Es gibt keine Furcht vor dem Tod bei ihm. Was Silvester wirklich peinigt? Dies Gefühl der Abhängigkeit von unvorhersehbaren Ereignissen, die das Leben durcheinanderbringen, urplötzlich etwas von dir einfordern … Entscheidungen, Verantwortung, Haltung, was weiß ich. (Lebhafter.) Ich meine, er hat den Wahnsinn erlebt, dass ein einziges Ereignis Menschen, deren ganze Leben aus unzählbaren Ereignissen bestehen, für immer verändern kann. Und keiner hat Einfluss darauf? Tja, bitte …*

- *Wer bin ich? Bin ich ein guter Mensch? Was ist die Seele? Gibt es eine höhere Macht? Die faustkeilalten Fragen.*

Wenn du sie dir stellst, klärst du die nicht allein. (Vergnügt.) Gut, du klärst sie sowieso nicht, hahaha. Aber deine Zwischenergebnisse, die Stelle, wo ein Sinn- und Bedeutungssucher wie Silvester vielleicht auch mal über Gott nachdenkt, die erreichst du nur mit fremder Hilfe. Das hat er bei den Knappen gelernt. Allein kann man sich nicht irren, einer allein hat ja immer recht. Allein also kein Glaube …

▸▸

Am Ausschank. Ein Wald aus leeren Flaschen. Herb, metallen und warm schmeckt das Bier, an dem Silvester nuckelt. Ihm fällt ein Pärchen auf. Inmitten des Hin-und-Hers im Gang steht es einfach nur da, in inniger Umarmung.

Ein Stück weiter entdeckt er Mauser und Kamp, nimmt Kurs auf sie, will sich als Zuhörer in das Gespräch der zwei einklinken. Doch die Unterhaltung stoppt jäh, gleich in der Sekunde, in der sie Silvester bemerken.

– Ach. Zurück?

Kamp hat die Arme vor der Brust verschränkt. Mauser ebenso.

– Zurück, ja, sagt Silvester.

Er spürt ein Unbehagen, bis in die Wirbelsäule. Eine nicht zu lokalisierende Schuld, obwohl er sich keiner Schuld bewusst ist. Er hat sich beeilt, hat Domino zu Hause abgeliefert, nichts sonst. Und dabei mit unverhoffter Hilfe sogar noch einiges an Zeit gespart.

– Steig ein, Junge.

Brand III chauffiert ihn und Domino. Panzer reicht vom Beifahrersitz einen frischen Gassibeutel nach hinten. Silvester zögert.

Panzer raschelt mit dem Plastiksäckchen.

– Vorsichtshalber. Die Polster sind gerade shampooniert, verstehst du.

Domino fröstelnd neben Silvester: Sie signalisiert, dass sie das Tütchen nicht brauchen wird, schiebt ihre Hände in den jeweils anderen Ärmel der Jacke.

– Sie ist okay, sagt Silvester.

Stille. Domino bettet ihren Kopf an seine Schulter, dämmert weg während der Fahrt. Die Heizung ist zu weit hochgedreht für Silvesters Geschmack.

Der Tannennadelgeruch des Duftbäumchens am Rückspiegel vernebelt jeden Gedanken. Von vorne sagt Brand III:

– Kondor wurde heute gesichtet, knattert offenbar mit einem Motorroller in der Siedlung herum. Soll nicht seiner sein.

Das Nachtgrau der klobigen Plattenbaublocks rauscht hinter den getönten Scheiben vorbei. Die Lichtschlieren der Straßenbeleuchtung.

– Aha, sagt Silvester, und?

Er streicht gedankenverloren eine Strähne von Dominos schwarzem Haar hinter ihr Ohr zurück. Brand III nimmt eine Hand vom Lenker, furcht sich durch den Zickzackbart. Sie sind bereits in der richtigen Straße.

– Nur so, sagt Brand III, aber kümmere dich erst mal um *Dornröschen* ...

(Er bremst sanft und hält in zweiter Reihe.)

– ... ich warte, Junge.

Geduldiges Klicken des Blinkers.

Silvester widerspricht nicht. Bringt Domino in ihre Wohnung, stellt ihr eine Schüssel ans Bett, deckt sie zu. Das vom Flurlicht hübsch ausgeleuchtete Gesicht. Die Cola-Augen, die noch einmal hinter einem schmalen Spalt aufscheinen.

– War ich sehr peinlich?

– Eine Galavorstellung, Dom.

Der schlanke Spann schlüpft hervor, ein Zeh pikt Silvester in den Schenkel.

– Keine Angst, ich tu mir nichts an, sagt sie.

Erst, als er schon fast wieder an der Tür ist, merkt er, dass er noch immer ihren Schlüssel in der Hand hält. Blickt zu den vier Porträts.

Dann hat er das Licht gelöscht.

– Du bist schwer vermisst worden, sagt Mauser.

Nestelt am Schirm seiner Mütze.

– Vermisst von wem?

Silvester schielt wieder auf das eigenartige Pärchen, das sich selig lächelnd in inniger Umarmung wiegt. Bemerkt jetzt Merle, direkt dahinter, allein.

– Ritter Kondor hat sich mehrfach nach dir erkundigt, sagt Kamp.

Merles Blick. Als wolle sie Silvester an die Wand nageln damit. Er spürt diesen Druck auf der Brust, seine Wehrlosigkeit. Er reibt das glühende Ohr, die Stirn feucht.

– Wo steckt Kondor denn? Ist er noch da?

Die Frage geht mehr an Mauser. Kamp schlendert ohne viel Aufhebens auf die andere Seite des Gangs. Mauser:

– Hat Kondor eigentlich was mit den anderen beiden Rittern zu tun?

Silvester schaut zu Merle. Sie hat ihm jetzt halb den Rücken zugekehrt. Kamp begockelt sie, blickt ihr ins Dekolleté. Silvester kann es nicht genau sehen, aber er glaubt fest, Kamp betatscht sie sogar, mehrfach. Mit dem Ergebnis, dass sich auf der Gesichtshälfte von Merle, die Silvester im Auge hat, ein Grübchen zeigt.

Sie lacht.

Himmelt Kamp an. Wie sie ihn anhimmelt! Die Berührung von ihr, die folgt, dauert länger als nötig.

– Bitte?

Hat Mauser nicht gerade etwas gesagt?

– Kennt Kondor die beiden anderen Ritter?

Das Kleid. Silvester erwischt sich bei dem Gedanken, dass Merle darin auch ein bisschen lächerlich aussieht. Zu festlich für dieses Fest vielleicht.

Sie fasst sich hinten ins Haar, sodass Silvesters Blick auf

die geschwungene Nackenlinie fällt und auf den aufscheinenden hellen Flaum. Silvester sagt zerstreut:

– Brand III hockt draußen in seiner Karre. Wegen Kondor.

– Einfach auf Verdacht, sagt Mauser, oder weiß er, dass Kondor da ist?

Der Raum verschwindet auf der Netzhaut. Kehrt sofort wieder. Zwei, drei Mal hintereinander. Ist das überhaupt das Geflacker in den Katakomben?

Mauser hebt die Hand zur Mütze. Silvester meint noch einmal vor der mächtigen Pranke zurückzuschrecken, die sich durch die Tolle fährt: Brand III hat ihn am Glockenturm wieder abgesetzt.

– Die Dackellady ist tot. Letzte Nacht.

Der Getränkebasarinhaber und Panzer sind mit ausgestiegen.

– Irgendein Schwein hat ihr Glassplitter unters Futter gemischt, sagt Panzer.

Brand III klemmt sich ein Zigarillo in den Mundwinkel. Auffordernd linst er zu seinem Vasallen, der nicht zu wissen scheint, was man von ihm verlangt.

– Ich warte nicht auf einen Bus, Gemüsehirn, schnauzt Brand III.

Macht mit einer Feuerzeug-Gebärde pantomimisch klar, was er will.

– Ich dachte, der Hund kann das ab, sagt Silvester.

Das Zigarillo wippt im Mundwinkel von Brand III auf und ab beim Sprechen, brennt. Feine Rauchschwaden umspielen Lippen und Nase.

– Wer erzählt denn so einen Blödsinn?

Silvester lehnt sich an einen Betonpfeiler im Laubengang.

– Keine Ahnung, wer da heute wann und von wem

auf einem Roller gesichtet wurde. Ich weiß nichts von Kondor.

Die Muskeln, die sich in der Visage von Brand III bewegen, feine Stränge. Er stemmt die Beine fest in den Gehweg, schnuppert vor Silvester in der Luft.

– Stinkt nach Lüge, hätte der alte Herr vom Bross gesagt, guck, da drüben am Gebüsch steht dieses gottverfluchte Knatterdings.

Silvester sieht den Scooter, Dominos *Rosinante*. Er sagt:

– Wir hatten eine Abmachung. Kondor ist raus. Vergessen?

– Nicht, wenn er den Hund gekillt hat.

– Hat er denn?

– Er soll sich verdünnisieren, hörst du, Junge. Er. Muss. Weg. Heute um drei werden die Uhren auf Winterzeit zurückgestellt. Die eine Stunde schenke ich Kondor noch. Danach garantiere ich für nichts.

Brand III kneift ihm in die Wange. Freundschaftlich. Silvester fährt sich durch sein kurzgesäbeltes Haar. Einmal in Gegenwart von Brand III. Und gleich noch einmal, jetzt wieder in Gegenwart von Mauser.

Kamp hat sich abgeseilt. Wohin? Er und Merle sind auseinandergegangen. Silvester merkt, dass sich etwas abspielt, in das er nicht eingeweiht ist. Aber was?

Er verfolgt Merle.

Es ist ein weiter Weg. Nicht räumlich, das sind höchstens neun, zehn Meter. Die Musik. Die lauten Gesprächsfetzen. Die dichten Gerüche. Die vielen Eindrücke.

Silvester reiht im Kopf Wörter aneinander, übt sie, schaut Merle an, die auf den Eingang des Bunkers zustrebt, schlängelt sich zu ihr durch, sagt:

– Das ist nicht fair. Habe ich dir was getan?

Das sind nicht die Worte, die er geübt hat. Argwöhnisch legt sie den Kopf schief. Ein harter Zug um ihren Mund. Ein Anflug von Feindseligkeit fast schon.

– Ich bin auch nur ein Mensch, haucht sie.

Merle wirft die Locken zurück. Eine abfällige Geste. Er packt sie mit der Hand. Besser gesagt: Die Hand tut es von selbst. So zumindest empfindet es Silvester.

Vorwürfe. Beschuldigungen. Merle löst das Dreieckstuch vom Handgelenk.

Kondor trödelt heran, bleibt im Hintergrund.

– Ich bin mir zu schade, Ersatz für irgendwen zu sein, sagt sie, ich bin es leid, mit all denen zu konkurrieren, von denen du nicht loskommst.

– Wen meinst du? Domino ist zu Hause, das ist alles längst gegessen, und das weißt du. Du weißt das!

Silvesters Stimme überschlägt sich fast. Prompt scheppert aus Kondors Helm eine Beruhigung. Kondor legt den Panzerhandschuh auf Silvesters Schulter ab:

– Komm, Meister, lass sie!

Merle ist schnell an ihm vorbei. Flüchtet.

– Warte!, sagt Silvester.

Überholt sie, versperrt ihr den Weg. Überlegt eine Frage, findet keine.

– Was, Silvester Lanzen?

Einen Moment lang scheint sie ihn sehr genau zu mustern, fast belustigt. Eine Ermunterung? Eine Einladung? Ein Versöhnungsangebot, vielleicht? Silvester will sie an der Taille angeln. Da stößt sie ihn weg. Er sagt:

– Warum dieses Spielchen mit Kamp?

Sie lächelt leer.

Seine Haut fühlt sich zu eng an. Im Nacken ein Kitzeln. Oder Phantom-Kitzeln eigentlich. Lästig.

– Stört dich das? Stört es dich, wenn ich mit Christian spreche?

Eine tiefe Falte in der Gegend zwischen ihren Augen. (Ihm ist klar: Sie ist mindestens beschwipst.)

– Du bist mit das Beste, was mir seit …, du weißt schon, wann, passiert ist.

Er hat das schon einmal zu ihr gesagt. In Dominos Wohnung. Es ist das, was er sich für eben zurechtgelegt hatte, er dringt damit aber nicht mehr zu ihr durch, sie hat Beton angerührt. Sie antwortet, er wisse leider nicht, was er wolle. Sie sagt:

– Das mit Kamp bedeutet nichts. Es ist auf der Ausfahrt losgegangen, auch an dem Abend hier vor den Ferien hat er ein bisschen was versucht. Nur Spaß.

– Du hast mit ihm gepennt?

– Ehrlich gesagt, ist mir das zu doof, flüstert Merle, das brauche ich nicht.

– Hast du?

Merle drückt das Kreuz durch, reibt sich mit den Händen die Haut auf den bloßen Oberarmen, fragt:

– Du traust mir das nicht zu?

Ist das nicht alles Geplapper? Ist das überhaupt Merle? Wieder schnappt er sich ihren Arm. Ein Impuls lässt ihn außerdem einen Schritt auf sie zu machen, die Muskeln in der flachen Hand anspannen. Er ist kurz davor auszuholen und entsetzt über sich selbst. Wieder mischt sich Kondor ein, zwängt sich schlichtend zwischen Silvester und Merle. Silvester deutet mit dem Finger auf sie:

– Du würdest nie etwas mit Kamp anfangen, niemals.

– Was macht dich da so sicher?

– Weil du Merle bist, ganz einfach. Die tut so was nicht!

– Glaubst du.

– Ich weiß es. Und noch einmal, ich weiß auch, was ich will.

– Ich habe dich verstanden, sagt sie, und, was nützt es?

Ich bin nicht die, die ich in deiner Vorstellung bin, tut mir leid.

Sie lässt ihn mit Kondor zurück. Zwischen all den anderen. Im schummrigen Licht. Im Dunst der verbrauchten Luft.

Kondor rüttelt an ihm, wie um ihn aufzuwecken. Silvester ist bereit, seinem Gegenüber wahlweise ins Gesicht zu schlagen oder sich ihm an den Hals zu werfen, ihn fest, ganz fest zu umarmen. Beides scheint möglich in dieser Sekunde. Er sagt:

– Was ist? Stier mich nicht so an wie ein debiles Kind.

Silvester macht Anstalten, an Kondor vorbeizugehen. Der hält ihn zurück:

– Häh? Hast du mich gerade behindert genannt?

– Ich habe eine Metapher benutzt, Mann. Und oben wartet Brand III. Sein Köter ist hin. Du hast sie doch nicht mehr alle!

+

Der Lärm des Fests hallt dumpf und breiig herauf in den Laubengang. Silvester ist nicht der Einzige hier, an der Luft. Er winkt den Rittern zu und wird auf dem Weg zu ihnen von Tristan abgefangen. Der hält Merles Klassenkameradin im Arm. Gina, heißt sie. Tristan boxt Silvester gegen die Schulter, grient breit:

– So allein?

– Merle ist los, murmelt er, vermutlich nach Hause.

Gina sagt:

– Merle? Die ist bestimmt noch nicht weg.

– Nicht?

Silvester sieht, dass das Mädchen Spaß daran hat, junge Frau zu spielen. Sie zuckt nur sehr angeödet die Schultern.

– Sie ist da eben im dunklen Gang in den mittleren Raum rein.

Wie ein Schlag mit dem Morgenstern in den Bauch trifft Silvester das. Er grinst blöd, schaut zur Seite: Über die Wiese weht eine zerfetzte Plastiktüte, verfängt sich in den Ästen eines Gebüsches, flattert im Wind.

Silvester marschiert weiter auf die Ritter zu. Er hat keinen wirklichen Plan.

– Leiht mir einer von euch einen Helm?

Er will wissen, ob das, was er für undenkbar hält, wahr ist. Leise bauen sich er und die Ritter, die ihn begleitet haben, vor dem Büro auf. Lauschen. Aber da sind nur die zusammenpappenden Geräusche von unten, ein dumpfes Dröhnen.

Silvester trägt den geliehenen Helm.

Er klatscht mit der flachen Hand gegen das Türblatt.

Greift zur Klinke, drückt sie, versetzt ihr einen Stoß.

Die Tür fliegt nach innen auf: Was Silvester im Halbdunkel ausmachen kann, flirrt vor seinen Augen, fast nach Art einer Luftspiegelung. Kerzenschein. Silhouetten. Im Ohr etwas, wie ein Fauchen, das ihn betäubt. Dann friert der Moment ein, alle Welt erstarrt plötzlich in einem Zittern.

Sie, Merle, rücklings auf der Couch. Er, Kamp, halb auf, halb neben ihr, nur in Boxershorts, die Jeans auf Höhe der Knöchel zusammengestaucht. Ihr Kleid ist an den Beinen hochgeschoben, der Oberkörper entblößt, ihr BH hängt an einer Seite von der Schulter. Merle verbirgt die Brüste hinter den Armen.

Stumme Blicke hin zu ihm, zu Silvester.

Ein Loch in der Zeit tut sich auf: Silvester sitzt allein, ganz allein, im Gang vor dem Pastorenbüro. Ohne Helm. Schwer abzuschätzen, ob seit einer Minute oder seit zehn.

Merle steigt über ihn hinweg, hinweg über seine lang ausgestreckten Beine. Wortlos. Die Tür hinter ihr rummst zu.

Sie geht.

Sie ist schon weg. Nein, da hinten entfernt sich ihr Kleid, der Reißverschluss am Rücken steht ein Stück offen. Vielleicht geht sie ihre Jacke holen? Die alberne Schleife im Haar. Merle: das Geschenk. Für wen?

Kondor passt sie vor der Treppe ab, kommt nicht zum Reden.

– Hau ab!

Merle kreischt. Es ist kein Schreien mehr. Sie will ihn fortscheuchen. Silvester kauert weiter am Boden, beobachtet die Szene aus der Entfernung. Hat zugleich noch einmal das Bild von eben vor Augen. Die Couch. Merle Kamp, halbnackt.

Nein, spricht die Stimme hinter der Stirn, die eigene, die dort immer spricht. *Nein, nein!* Der Raum gerät in Bewegung. Schwindelgefühl verengt den Gang mit den fast bodenlangen Glasscheiben.

Niemand mehr im Vorraum: Merle nicht, Kondor nicht.

Von draußen rückt die Dunkelheit näher heran. Alles rückt bedrohlich nah. Die Decke ist zu niedrig, das gesprenkelte Muster des Bodenbelags verliert die Konturen, verschwimmt, wird zu einem ganz und gar unterschiedslosen Grauschwarz.

Das Gesicht betasten.

Wie um zu prüfen, ob es noch da ist. Grob den Nacken massieren. Die Fäuste ballen, weiter massieren. Bemerken, dass sich der Kiefer verkrampft. Absolut nichts dagegen tun können. Machtlos die Zähne noch fester aufeinanderpressen.

Jemanden, verzerrt, sagen hören:

– Komm, das ist kein guter Platz, um sich zu sammeln.

Kamp, wieder bekleidet, streicht sich das Haar aus der Stirn. Kamp zwirbelt an einer seiner Brauen herum. Teddybäräuglein.

In Silvesters Lungen jetzt: ein übles Stechen. Die Farben, sämtliche Farben weichen aus den Gegenständen, ein dumpfer Schmerz zieht unter die Schädelbasis und zurück in die Brust. Silvester rafft sich auf. Spannt den Bizeps, sein Fuß holt aus.

Mit Wucht gegen einen Turm aus Getränkekisten treten. Offene Kartons mit leeren Weinflaschen blind zu Boden reißen. Mühsam das Wutgeheul unterdrücken.

Glas platzt.

Glas knackt und springt und zersplittert, Glas klirrt. Über Scherben und Splitter hinweg staksen und rutschen.

Silvester im Vorraum.

Auf der Treppe.

Im Gedränge der Katakomben.

Was tun? Während er sich einen Weg durch die Menge bahnt, bläht er die Nasenflügel auf, atmet tief ein, drückt die Nasenflügel mit Daumen und Zeigefinger und großer Kraft gegen die Scheidewand.

Was tun?

Was ist die Erklärung? Und wofür genau?

Ein Reden überall, ein Lachen Herumstehen Nicken Weiterziehen. Noch immer. Sie stoßen klanglos mit Pappbechern an. Sie haben hellrot geschminkte Wangen. Sie stecken verschwitzte Köpfe zusammen. Sie gaffen aus matten Murmelaugen. Sie, sie, sie. Sie sind viele.

Wo ist Merle? Er spürt ihren Blick, körperlich. Wie einen Druckpunkt am Hinterkopf. Silvester ist überzeugt, dass sie ihn in seinem Rücken beobachtet.

Aber er sieht sie nicht. Silvester trinkt Bier. Sein Aufmerksamkeitsvermögen scheint mit einem Mal so knapp bemessen wie das Volumen eines Fingerhuts. Hat er sich das Getränk besorgt? Am Ausschank?

Ja. Ja!

Silvester steht vor einem der Bilder. Es hängt (anders als die übrigen) richtig herum. Ein Kaugummi heftet im Winkeleck des Rahmens.

Silvester ist schon wieder weiter, schürft mit dem Oberarm an rauem Putz entlang. In sich: Die Ödnis von leeren Grotten und verlassenen Parkhäusern. Und dies Bild von Merle und Kamp, gestochen scharf. Ihr geöffnetes Kleid. Die Pastorenhand zwischen ihren Beinen. Ein Moment, der bleiben wird.

Es lässt sich nichts mehr tun: Diese Gewissheit kühlt Silvesters Rumpf von innen aus, während zugleich an Wangen und Stirn ein Glühen beginnt. Er schüttelt sich in Krämpfen. Noch ein Bier.

Silvester im Bunker.

Bewegt sich der Boden?

Oder hat Silvester nur das Gefühl, der Boden bewege sich? Der Sand fühlt sich an wie Matsch. Wie Glibber. Oder doch nur wie Watte? Vor Hitze klebt Silvester das T-Shirt mittlerweile auf der Haut. Die knappe Luft: durchsetzt von menschlichen Lockstoffen. Er treibt auf die Tanzenden zu.

Vorbei an verwischenden Figuren, die sich halb in Wirbel auflösen, im Chaos.

Rauschen auf allen Kanälen. Ein paar klare Tonfolgen der Musik metzeln immer mal wieder dazwischen und hacken die verrauschte Wahrnehmung in Teile.

Silvester hüpft auf und nieder, wirft sich gegen den Rücken von jemand, der ebenfalls wild herumspringt. Verspürt, als er hart zurückprallt, eine Aufwallung von Heiterkeit, eine Lust am Leichtsinn, die nicht echt ist, springt weiter. Möchte pogen toben rangeln, sich erschöpfen. Und er tut es. Würzige Körpergerüche mischen sich mit den Schwaden von süßlichem Bierdunst.

Silvesters Arme bewegen sich auf und ab wie Pumpenschwengel. Er geht einen Nebenmann ruppig an, Ellbogen weit ausgefahren.

– Hey! Vollhupe!

Man stößt ihn zurück. Silvester erklimmt ein breites Kreuz, krallt sich fest, wird abgeschüttelt. Ist das nicht Panzer? Und sind da nicht auch die hässlichen zwei Zwerge? Silvester stürzt hin in den Sand, lacht, krabbelt lachend (er kriegt sich gar nicht wieder ein) auf allen vieren aus der Mitte weg, bis er den Bartresen erreicht.

Er zieht sich daran hoch.

Speichel rinnt ihm aus dem Mund, nicht viel, eine klitzekleine Menge. Mit dem Unterarm wischt er sich die Spur aus dem Gesicht. Sand klebt zwischen den Fingern, klemmt unter den Nägeln fest. Er freut sich über die Discokugel, die sich dreht und dreht; ärgert sich über seine stumpfe Freude und über den Sand, über die dämlichen Lichtreflexe.

Die blassgrünen, die blassblauen, die blassroten Kleckse, die über die Wände laufen, treiben ein Spiel mit ihm, bemerkt Silvester: Sie schwellen an, die Kleckse, sie verschwimmen miteinander, sickern in den Putz ein und kehren als Nebel zurück.

Wabernder Nebel.

Was macht der Nebel in der Luft?

Der Krawall hinter ihm wird leiser. Die Musik stockt. Nein, abrupt hört sie auf. Weißblitz. Eine Kameralichthelle fletscht noch einmal ihr strahlendes Gebiss. Für die Dauer eines Funkenlebens. Dann gibt es nur noch tiefstes

Schwarz, das Verglimmen letzter Eindrücke. Silvester stützt sich am Tresen ab.

– ES BRENNT!

Ein Ausruf wie Hagel auf einem Wellblechdach. In seiner ganzen Schlichtheit so brutal wie das Aufheulen einer Sirene in der Nacht.

Schweißausbruch. Kalt, unangenehm. Jemand rempelt Silvester an. Er verliert fast das Gleichgewicht. Wittert den Geruch von Versengtem.

Silvester im stockfinsteren Gang der Katakomben. Durchs saumlose, dichte Gewebe der Dunkelheit flimmern Telefondisplays. Flucht zur Treppe hin, aufgehetzt verfolgt gejagt von Panik Hysterie Geschrei.

Silvester im Freien, auf der Wiese. Er kann das Gras unter seinen Sohlen quietschen hören. Es ist Nacht und nicht dunkel. Es ist hektisch, aber nicht wirklich laut. Er schmeckt und kaut Speichel, versetzt mit Feuerrauch. Die Augen tränen.

– Fehlt wer?

Die Frage kommt von Edda. Sie erscheint Silvester vernünftig, auch wenn er nicht weiß, wie sie zu beantworten wäre.

– Was ist mit Merle?

Silvester am Glockenturm. Erec und Erik macht er aus. Und Gwyn. Die zwei Ritter sind da. Zwischen all den anderen, die sich dort versammeln.

Ihr hilfloses Gaffen.

+

Eine wirbelnde Qualmwolke quillt aus den Fensterschächten am Fuße des mächtigen Kirchengebäudes, als hätte wer eine Fackel entfacht dort unten, eine Riesenfackel, von der nur die Spitze dann und wann ausschlägt. Aber der Beton hinter dem Baugerüst verfärbt sich bereits rußschwarz. Angekohlte Schnipsel fliegen im heißen Luftzug umher, rieseln zur Erde.

Silvester beschleicht das Gefühl, ihm entgleite die Wirklichkeit. Zumindest das, was er dafür hält. Fürchtet und hofft halb und halb, mit dem nächsten Schritt könne er ins Leere treten, stürzen, um im Moment drauf dann im freien Fall von K16, am Strand neben Merle, wieder im Bett oder sonst wo aufzuwachen.

Wie in schlechten Filmen.

Aber nichts passiert, als er den Fuß zur Seite setzt. Auch kann er sich (anders als im Traum) äußern. Nur mit Mühe, aber er kann.

– Wer fehlt?!

Er hat Merles Namen auf der Zunge, bringt ihn aber nicht heraus.

Silvester rennt durch den Laubengang.

Kamp hat einen Feuerlöscher. Stürmt damit in den verglasten Vorraum. Silvester folgt ihm. Die Lichtorgel arbeitet noch, tupft weiter bunte Kreise auf den Boden, färbt Rauch rot gelb blau.

Silvester stößt sich an der Kante des Tisches, der vor dem Treppenschacht steht. Die Sirenen heulen schon heran. Die Wärme aus den Katakomben schlägt Kamp und ihm entgegen. Silvester reibt sich die Augen.

Sie stülpen sich die Krägen der T-Shirts über die Nasen, nehmen die Stufen nach unten. Aber nicht einmal auf halber Strecke scheinen bereits die Haare zu schwelen. Kamp drückt auf die Düse des Feuerlöschers. Ein Zischen. Schaum pufft in den Qualm.

Das Käppi von Mauser neben ihnen.

– Hat keinen Sinn!

Kamp will Silvester zurückdirigieren. Der wehrt sich, macht sich los, reißt den Feuerlöscher an sich. Kamp hustet, schlingt beide Arme um Silvester.

Nun taucht auch das Gesicht mit dem Zickzackbart über ihm auf. Im Fallen sieht er es. Kann Einbildung sein. Silvester erinnert sich an die Kürbisfratzen beim Getränkebasar, an das feurige Flackern hinter den hineingeschnitzten Schlitzen.

Kamp hält ihn noch immer, zerrt an Silvester.

Qualm, der in der Nase, in den Augen beißt, im Hals kratzt, Rauch, der in einem drin ist, der giftig schmeckt auf der Zunge. Silvester ringt nach Atem und verschluckt sich am eigenen Schleim. Ein lochartiges Nichts fällt ihn an. Und dann ist da die Gegenwart von etwas Großem, das keinen Namen hat, das in ihn einbricht, ihm erlaubt, für Augenblicke hoch oben über allem zu schweben, von dort aus alles zu überblicken: der *Gute Hirte* aus der Vogelperspektive.

Die verbrennende Einrichtung in den Katakomben bläst schwarzen Atem in die Atmosphäre. Scharfe Böen treiben die Schwaden auseinander. Angefacht von dem lodernden Baugerüst wirbelt das Feuer höher und höher in die Nacht hinauf, als wäre es ein lebendiges Wesen. Wild. Mächtig. Zügellos.

An der Straße die Löschfahrzeuge.

Dahinter preschen im feinen Ascheregen zwei Turnierpferde aufeinander los. Pferde aus Fleisch und Blut. Ein Apfelschimmel. Ein Kastanienbrauner. Die Reiter senken die geringelten Spieße hinab. Es sind Merle und Domino. Merle in ihrem elsterfarbenen Kleidchen, Domino trägt ihren Jethelm.

Es sind Kamp und Brand III.

Es sind Silvester selbst und Kondor.

Kurz bevor die glimmenden Spitzen aber ins Ziel treffen,

klackt der lange Minutenzeiger der Turmuhr nach rechts auf die Zwölf.

Drei Uhr.

Die versammelte Menge, die eben erst aus den Gängen unter der Kirche an die Luft geflohen ist, hält den Atem an, schaut auf.

Der Minutenzeiger springt nach links.

Die Pferde bewegen sich voneinander fort. Die Reiter heben die Rennspieße, das letzte Löschfahrzeug schert nach hinten aus. Das Feuer züngelt zaghafter, es schrumpft, zieht sich rötlich und zittrig zurück in die Schächte am Fuße der Kirche, dunkle Wirbel aus dichtem Rauch kreiseln hinab in die Tiefe.

Ruß verschwindet geisterhaft und rückstandslos im Beton.

Die Schar am Glockenturm gerät ungeordnet in Bewegung, verstreut sich. Alle treiben im Rückwärtslauf Qualm durch die Tür in den verglasten Vorraum hinein und jagen die Schwaden dorthin zurück, wo sie hergekommen sind, über die Treppe in den Keller hinunter, rückwärts im Dunkeln dem schlagartig wiederkehrenden Licht und der rückwärtslaufenden Musik entgegen, die wieder eingesetzt hat.

Die Wände saugen Nebel in ihre Poren auf.

In den Zügen der Gesichter lockern sich Muskeln, entspannen sich Augen, weiten sich Pupillen, schlüpfen Rufe in entleerte Hälse, schließen sich Münder, weicht Entsetzen dem Erschrecken und Erstaunen. Man wendet sich ab. Tanzt. Gespiegelt von den silbernen Plättchen einer Discokugel an der Decke, die sich dreht, ein Bild aus lauter kleineren Bildern.

Die Scherben am Boden vor dem Pastorenbüro fügen sich zu Flaschen zusammen, heben ab, schlüpfen im Flug in Kisten und Kästen, die sich selbständig zu Türmen aufstapeln.

Merle wickelt sich an der Schwelle zum Bunker das Dreieckstuch ums Handgelenk, verknotet die Enden. Kondor verriegelt vor Domino die Kabinentür in der Mädchentoilette, klappt das Butterfly ein. Ein Blitzlicht schießt in Tristans Kamera. Merle wirft sich in Silvesters Arm. Er rutscht ins Dunkle, taucht im See unter, über seinem Kopf glättet sich die Oberfläche. Brand III wuchtet ihn mit festem Griff um die Knöchel über die Balkonbrüstung, K16, ganz oben.

Kittys Kreuz richtet sich auf, hievt einen der hässlichen zwei Zwerge dabei in die Luft, Silvesters Mutter herzt den Kater und setzt ihn auf die Fußmatte, der Drachen mit dem Schwertaufdruck treibt am Himmel heran, Silvester schnappt sich das Ende der langen Schnur, wickelt die Strippe um die Spule, ein weißer Stift löscht Wörter aus dem Wörtermeer, saugt die Farbe in die Schreibspitze, Domino fängt mit offenen Armen die Kissen und die Decke, die zum Fenster hereingeflogen kommen.

Silvester schließt die Augen.

Schließt die Augen.

Schließt unzählige Male hintereinander die Augen.

Die Augen.

Die Augen: Sie öffnen sich wieder. Der Schalter am Filmprojektor, der gedreht wird. Eine Kachel aus Licht, die gegen die Wand in Dominos Wohnung fällt. Schatten von Fusseln und Flusen wippen darin auf und ab. Es ist zwei Uhr. Auf dem Tisch ein Eisbecher, zwei Löffel.

Merle sitzt neben Silvester. Er sagt:

– Du darfst nicht einschlafen.

Er weiß, sie werden die Filme von Bozorg sehen. Silvester hat das alles schon einmal erlebt. Er fädelt einen Film ein. Es rattert. Kittys Gesicht erscheint in dem hellen Quadrat vor ihnen, füllt den Ausschnitt fast ganz aus. Der See im Hintergrund. Enten. Kamerawackeln. Close-up einer Iris und einer Pupille. Die Spiegelungen des Himmels darin, Wolken, die hindurch schwimmen. Dann kommt der Teil, in dem Silvester das Zimmer streicht. Und schließlich sehen sie die Aufnahmen, die Bozorg von seiner Mutter gemacht hat.

Silvesters Ausraster. Merles Tröstung.

Danach Stille und Dunkelheit. Merle und er zusammen auf der Couch. Er schlüpft hinter sie, umklammert sie fest. Ihr Rücken an seiner Brust, seinem Bauch. Seine Knie, geborgen in den Kniekehlen ihrer angezogenen Beine. Die Wärme.

In einem Zwischenreich von Erinnerung und Traum (in der Dunkelkammer, die sein Hirn ist) merkt er ihr leichtes Zucken. Sie fährt auf, zieht Jacke und Schuhe an.

Der Abschied: Sie entzieht ihm ihre Hand.

– Komm heil aus der Fremde zurück, sagt er.

Sie dreht sich noch einmal um.

– Du hast recht, sagt sie, ich glaube daran.

– Woran?

– Es geht gut aus, sagt sie.

Ein brennendes Piksen läuft ihm über den Rücken. Was wäre, wenn er sie bitten würde, noch zu bleiben? Was wäre, wenn er sie ernsthaft bitten würde, auf die Reise mit den Eltern zu verzichten? Aber sie geht.

Die Waswärewenns lösen sich auf.

Er schließt die Lider. Ist wach, und doch träumt er auch schon. Er ist sie. Sie ist er. Und alles ist eins und zieht sich zusammen in einem einzigen Punkt.

■

– …?!?

– Und, Vorschläge?!

– Die einen verstümmeln dich, die anderen ficken dich?

– Wer sind die? Die mit ihrem Geld und
die mit ihrem Gott?!

– Glaubst du nicht?

▶ ⏸ ◀◀ ▶▶ ■

Soundtrack

▶

Holy Hells – Sophie Hunger 2:46
Broadripple Is Burning – Margot & The Nuc's 4:33
God – John Lennon 3:16
Church Not Made With Hands – The Waterboys 6:03
Laughing With – Regina Spektor 3:34
I Was Made For You – Rivers Cuomo 4:03
Believe – Savatage 5:43
E. V. O.L. – Marina and the Diamonds 3:44
Jesus, Etc. – Wilco 3:52
The Memory Is Cruel – Russian Red 3:59

Bonustracks
You Were A House On Fire – Listener 3:00
Je crois entendre encore – Kronos Quartet, S. Licitra, T. de Haïdouks 3:40

■

(Jenfeld, Amrum, Venedig, Paris, Sexten, New York, 2010–2013)

MIX
Papier aus verantwortungsvollen Quellen
FSC® C019821

Das für dieses Buch verwendete FSC®-zertifizierte Papier
Lux Cream liefert Stora Enso, Finnland.